George Eliot · Die Mühle am Floss

GEORGE ELIOT

Die Mühle am Floss

AUS DEM ENGLISCHEN ÜBERSETZT,
MIT ANMERKUNGEN UND NACHWORT
VON EVA-MARIA KÖNIG

PHILIPP RECLAM JUN. STUTTGART

Englischer Originaltitel: The Mill on the Floss

Universal-Bibliothek Nr. 2711 [8]

Gesamtherstellung: Reclam, Ditzingen. Printed in Germany 1983
ISBN 3-15-002711-X (kart.) ISBN 3-15-022711-9 (geb.)

Erstes Buch

Junge und Mädchen

Kapitel 1

An der Dorlcoter Mühle

Eine weite Ebene, wo der breiter werdende Floss zwischen seinen grünen Ufern der See zueilt und die liebende Flut, die ihm entgegenströmt, seinen Lauf mit einer ungestümen Umarmung auffängt: auf dieser mächtigen Flut werden die schwarzen Schiffe – beladen mit frischduftenden Tannenplanken, mit prallen Säcken voll ölhaltiger Samen oder mit dunkel glänzender Kohle – zur Stadt St. Ogg's hingetragen, die ihre alten gefurchten roten Dächer und die breiten Giebel ihrer Verladeplätze zwischen den niedrigen bewaldeten Hügeln und dem Flußufer hervorsehen läßt und das Wasser unter dem flüchtigen Schein dieser Februarsonne mit sanftem Purpur färbt. Weit nach jeder Seite erstrecken sich das üppige Weideland und die Flecken dunkler Erde, die für die Aussaat des breitblättrigen grünen Getreides bereitet ist oder schon einen Hauch Farbe der zarten Herbstsaat zeigt. Von den Mengen aufgerichteter goldener Getreidegarben des letzten Jahres sind noch Überreste da, die sich in Abständen zwischen den Heckenzäunen erheben, und überall wachsen Bäume entlang den Heckenzäunen: die fernen Schiffe scheinen ihre Masten zu heben und ihre rotbraunen Segel dicht zwischen den Ästen der ausladenden Esche zu blähen. Genau bei der Stadt mit ihren roten Dächern fließt der Nebenfluß Ripple mit munterer Strömung in den Floss. Wie anmutig der kleine Fluß ist mit seinen dunklen, sich kräuselnden Wellen! Er erscheint mir als lebendiger Begleiter, während ich am Ufer entlangwandere und auf seine leise, sanfte Stimme lausche wie auf die Stimme eines, der taub ist und liebevoll. Ich erinnere mich an jene großen, ins Wasser hängenden Weiden. Ich erinnere mich an die Steinbrücke.

Und hier ist die Dorlcoter Mühle. Ich muß ein paar

Minuten hier auf der Brücke stehenbleiben und sie ansehen, obwohl die Wolken bedrohlich sind und der Nachmittag weit fortgeschritten ist. Sogar in dieser blätterlosen Zeit des scheidenden Februar ist es erfreulich, sie anzusehen – vielleicht verleiht die frostige, feuchte Jahreszeit diesem gepflegten, behaglichen Wohnhaus, das so alt ist wie die Ulmen und Kastanien, die es vor dem stürmischen Nordwind schützen, noch einen besonderen Zauber. Der Fluß führt jetzt viel Wasser und liegt hoch in dieser kleinen Weidenpflanzung und ertränkt beinahe den Grasrand des Anwesens vor dem Haus. Da ich so auf den vollen Strom schaue, auf das lebhafte Gras, den zarten grünen Schimmer, der die Umrisse der mächtigen Stämme und Äste mildert, die unter den kahlen roten Zweigen glänzen, bin ich verliebt in die Nässe und beneide die weißen Enten, die ihre Köpfe hier zwischen den Weiden tief in das Wasser tauchen, ungeachtet des wenig anmutigen Aussehens, das sie der trockeneren Welt oben bieten.

Das Rauschen des Wassers und das Dröhnen der Mühle schaffen eine verträumte Taubheit, die das Friedliche der Szene noch zu erhöhen scheint. Es ist wie ein großer Vorhang aus Schall, der einen von der dahinterliegenden Welt abschirmt. Und jetzt donnert der riesige Planwagen daher, der mit Getreidesäcken heimkommt. Der rechtschaffene Fuhrmann denkt an sein Essen, das zu dieser späten Stunde im Ofen traurig dahintrocknet; aber er wird es nicht anrühren, bevor er nicht seine Pferde gefüttert hat – diese starken, geduldigen Tiere, die mit ihren sanften Augen, so meine ich, in mildem Vorwurf zwischen ihren Scheuklappen hervorschauen, weil er so fürchterlich mit der Peitsche knallt, als ob sie dieser Ermunterung bedürften. Wie recken sie doch ihre Schultern schon aufwärts zur Brücke, mit um so größerer Anstrengung, weil sie bald daheim sind. Man sehe sich nur ihre großen, zottigen Hufe an, die die feste Erde zu greifen scheinen; die geduldige Stärke ihrer Nacken, die sich unter dem schweren Kummet beugen, die mächtigen Muskeln ihrer sich mühenden Schenkel! Ich würde sie gern über ihrem schwerverdienten Futter wiehern hören und sehen, wie sie mit feuchten, vom Geschirr befreiten Hälsen ihre Nüstern begierig in den morastigen Teich tauchen. Jetzt sind sie auf der Brücke, und geschwinder traben sie wieder hinunter, und der Bogen des Planwagens verschwindet an der Wegbiegung hinter den Bäumen.

Jetzt kann ich meine Augen wieder der Mühle zuwenden und das rastlose Rad beobachten, das Wasser wie Diamanten spritzen läßt. Das kleine Mädchen dort beobachtet es auch: sie steht schon auf demselben Fleck am Wasser, seit ich auf der Brücke haltmachte. Und der merkwürdige weiße Hund da mit dem braunen Ohr scheint in vergeblichem Protest gegen das Rad zu springen und zu bellen. Vielleicht ist er eifersüchtig, weil seine Spielgefährtin mit der Bibermütze von dessen Bewegung so eingenommen ist. Ich meine, es wäre Zeit für die kleine Spielgefährtin hineinzugehen; dort ist ein helles, flackerndes Feuer, das sie locken will, das rote Licht scheint nach draußen unter dem dunkler werdenden Grau des Himmels. Es ist auch Zeit für mich, meine aufgestützten Arme von dem kalten Stein der Brücke zu nehmen …

Ja, meine Arme sind tatsächlich schon ganz steif. Ich habe meine Ellbogen gegen die Lehnen meines Sessels gedrückt und geträumt, ich stünde auf der Brücke vor der Dorlcoter Mühle, die noch so aussah wie vor vielen Jahren an einem Februarnachmittag. Bevor ich in meine Träume versank, wollte ich erzählen, worüber Mr. und Mrs. Tulliver sprachen, als sie am hellen Feuer in der Wohnstube zur Linken saßen, gerade an dem Nachmittag, von dem ich träumte.

Kapitel 2

Mr. Tulliver von der Dorlcoter Mühle erklärt, was er Toms wegen beschlossen hat

»Was ich will, weißt du«, sagte Mr. Tulliver, »was ich will, ist, Tom 'ne gute Ausbildung zu geben, eine, wo er sein Brot mit verdienen kann. Das war's, was ich im Kopf hatte, als ich ihn zu Mariä Verkündigung von der Lehranstalt abgemeldet hab. Ich will ihn jetzt zu Mittsommer auf 'ne richtig gute Schule schicken. Die zwei Jahr' auf der Lehranstalt hätten ja wohl gereicht, wenn ich aus ihm 'nen Müller oder Bauern machen wollte, denn er hat jetzt schon mehr Schule gehabt, als ich in meinem ganzen Leben. Die Gelehrsamkeit, für die *mein* Vater bezahlt hat, war Prügel auf der einen Seite und das Alphabet auf der andern. Aber Tom soll so was wie 'n Gelehrter sein, damit er mit den Tricks mitkommt, die diese Kerle gebrauchen, die gut reden und verschnörkelt schreiben können. Er könnt' mir dann bei den Prozessen und Schlichtungen und all dem helfen. Ich will kein' richtigen Advokaten aus dem Jungen machen – es tät' mir leid, wenn er ein Schurke würde – aber so 'nen Ingenieur oder Verwalter oder 'nen Auktionator und Schätzer, wie Riley, oder ein' von diesen schlauen Geschäftsleuten, die nur Gewinn haben und nie Ausgaben, außer für 'ne schwere Uhrkette und 'nen hohen Bürostuhl. Das ist fast alles dasselbe, und die kommen auch mit dem Gesetz ins reine, glaub ich, denn Riley sieht dem Advokaten Wakem so scharf ins Gesicht wie eine Katze der andern. *Er* hat keine Angst vor ihm.«

Mr. Tulliver sprach zu seiner Gattin, einer hübschen blonden Frau mit einem fächerförmigen Häubchen. (Es ist jetzt schon furchtbar lange her, daß fächerförmige Häubchen getragen wurden – demnach müßten sie bald wieder in Mode kommen. Damals, als Mrs. Tulliver fast vierzig war, waren sie neu in St. Ogg's, und man fand sie entzückend.)

»Ja, Mr. Tulliver, du weißt es am besten; ich hab nichts dagegen. Aber sollt' ich nicht lieber ein paar Hühner schlachten und die Tanten und Onkel nächste Woche zum Essen einladen, so daß du hören kannst, was Schwester Glegg und Schwester Pullet dazu zu sagen haben? Ein paar Hühner müssen sowieso bald geschlachtet werden!«

»Du kannst jedes Huhn auf dem Hof schlachten, wenn du willst, Bessy, aber ich werde weder Tante noch Onkel fragen, was ich mit meinem eigenen Jungen machen soll«, sagte Mr. Tulliver herausfordernd.

»Meiner Seel!« sagte Mrs. Tulliver, erschreckt über diese angriffslustige Redeweise. »Wie kannst du so sprechen, Mr. Tulliver? Aber so verächtlich sprichst du ja immer von meiner Familie, und Schwester Glegg sagt, ich sei schuld, obwohl ich doch so unschuldig bin wie ein ungeborenes Kind. Ich hab doch noch nie gesagt, es sei nicht gut für meine Kinder, daß sie Onkel und Tanten haben, die über genug zum Leben verfügen. Doch wenn Tom auf eine neue Schule gehen soll, dann hätt' ich's gern, wenn er wohin ginge, wo ich für ihn waschen und flicken kann; sonst bekommt er besser Kattun als Leinen, weil ja eins so vergilbt ist wie das andre, bevor es ein halbdutzendmal gewaschen ist. Und dann könnt' ich dem Jungen, wenn der Koffer hin und her geht, einen Kuchen schicken oder Schweinspastete oder einen Apfel, denn er kann wohl was extra gebrauchen, der Gute, egal, ob sie das Essen knapp bemessen oder nicht. Meine Kinder können soviel essen wie andere auch, Gott sei's gedankt.«

»Schon gut, wir werden ihn nicht außer Reichweite des Botenwagen schicken, wenn sich was Passendes findet«, sagte Mr. Tulliver. »Aber du darfst uns wegen der Wäsche keine Steine in 'n Weg legen, wenn wir keine Schule in der Nähe bekommen können. Das will mir nicht recht gefallen, Bessy, daß du immer, wenn du 'nen Knüppel im Weg liegen siehst, meinst, du könntst nicht drübersteigen. Du würdst mich wohl noch dran hindern, einen guten Fuhrmann einzustellen, nur weil er 'n Muttermal im Gesicht hätt'.«

»Meiner Seel!« sagte Mrs. Tulliver in milder Überraschung. »Wann hab ich je was gegen einen Mann gesagt, nur weil er ein Muttermal im Gesicht hatte? Ich mag doch Muttermale sogar gern, weil mein Bruder, der nun schon unter der Erde ist, ein Muttermal auf der Stirn hatte. Aber ich kann mich nicht erinnern, daß du je einen Fuhrmann mit einem Muttermal hättst einstellen wollen, Mr. Tulliver. Da war John Gibbs, und der hatte ebensowenig ein Muttermal, wie du eins hast, und ich war doch ganz dafür, daß du ihn einstellst, und so hast du's getan, und wenn er nicht an Lungenentzündung gestorben wär', als wir Dr. Turnbull noch für die Behandlung bezahlt haben, dann würd' er sehr wahrscheinlich heut noch den Wagen fahren. Vielleicht hatte er ein Muttermal irgendwo, wo man es nicht sehen kann, aber wie sollt' ich das wohl wissen, Mr. Tulliver?«

»Nein, nein, Bessy, es ging mir ja gar nicht um das Muttermal; ich wollt' damit was anderes sagen, aber gleichviel – Reden ist ein verwirrendes Geschäft. Ich denk drüber nach, wie man am besten die richtige Schule für Tom findet, denn ich könnt' wieder Pech haben, wie mit der Lehranstalt. Ich will nie wieder was mit 'ner Lehranstalt zu tun haben; auf welche Schule ich Tom auch schicke, es wird keine Lehranstalt sein, es soll eine sein, wo die Jungen ihre Zeit anders zubringen als mit Schuheputzen für die Familie und Kartoffellesen. Es ist 'ne ganz ungewöhnlich schwierige Sache, rauszufinden, was für 'ne Schule man am besten nimmt.«

Mr. Tulliver schwieg eine Minute oder zwei und schob die Hände tief in beide Hosentaschen, als ob er hoffte, dort einen Vorschlag zu finden. Offensichtlich wurde er nicht enttäuscht, denn schon sagte er: »Ich weiß, was ich tun werd – ich werd's mit Riley besprechen. Er kommt morgen wegen dem Wehr, um zu schlichten.«

»Nun, Mr. Tulliver, ich hab die Laken für das beste Bett rausgelegt, und Kezia hat sie ans Feuer gehängt. Es sind nicht die besten Laken, aber sie sind gut genug, daß jemand drin schlafen kann, wer's auch sei; denn was die besten Leinenlaken angeht, so würd' ich's bereuen, daß ich sie gekauft hab, wenn wir nicht drin aufgebahrt werden würden. Und wenn du morgen sterben solltest, Mr. Tulliver, sie sind wunderbar geplättet und bereit und riechen nach Lavendel, so daß es 'ne Freude wär', sie auszubreiten; und sie liegen links in der großen eichenen Wäschetruhe ganz hinten, und ich würd's nie jemandem außer mir anvertrauen, sie rauszunehmen.«

Als Mrs. Tulliver den letzten Satz aussprach, zog sie einen Bund glänzender Schlüssel aus der Tasche, hielt einen davon hoch und rieb zufrieden lächelnd mit Daumen und Finger daran entlang, während sie ins helle Feuer sah. Wäre Mr. Tulliver hinsichtlich seiner ehelichen Verbindung ein empfindlicher Mann gewesen, so hätte er vermuten können, daß sie den Schlüssel nur herauszog, um ihrer Vorstellungskraft nachzuhelfen, mit der sie bereits den Zeitpunkt sah, da er in einem Zustand sein würde, der das Hervorholen der besten Leinenlaken rechtfertigte. Glücklicherweise war er das nicht, er war nur empfindlich, wenn es um sein Recht auf die Wasserkraft ging. Überdies hatte er die Angewohnheit aller Ehemänner, nicht genau hinzuhören, und seit seiner Erwähnung von Mr. Riley war er ganz offensichtlich mit dem prüfenden Befühlen seiner Wollstrümpfe beschäftigt gewesen.

»Ich glaub, ich hab's getroffen, Bessy«, war seine erste Bemerkung nach kurzem Schweigen. »Riley ist doch wohl 'n Mann, der 'ne Schule wissen sollte; er ist selbst zur Schule gegangen und kommt viel rum zum Schätzen und Schlichten und all dem. Und wir werden morgen abend Zeit haben, drüber zu reden, wenn das Geschäftliche erledigt ist. Ich möchte, daß Tom so 'n Mann wird, wie Riley einer ist, weißt du – der so gut reden kann, als ob's alles für ihn aufgeschrieben wär', und der 'ne Menge Wörter kennt, die nicht viel bedeuten, so daß man sie bei Gericht nicht zu fassen kriegt, und der dazu 'ne solide Kenntnis vom Geschäft hat.«

»Na ja«, sagte Mrs. Tulliver, »wenn's drum geht, schön zu reden und alles zu wissen und mit gebeugtem Rücken zu gehen und das Haar zurückzukämmen, so hätt' ich ja nichts dagegen, wenn der Junge so erzogen würde. Aber diese schönredenden Männer aus den großen Städten tragen meistens 'ne falsche Hemdbrust, und sie tragen 'ne Krause, bis sie ganz unordentlich ist, und verbergen sie dann unter 'nem Latz; ich weiß, daß Riley das tut. Und dann, wenn Tom nach Mudport gehen und da wohnen soll, wie Riley, dann wird er ein Haus haben mit 'ner Küche, in der man sich vor lauter Enge kaum umdrehen kann, und er wird niemals frische Eier zum Frühstück bekommen und drei Treppen hoch schlafen, wenn nicht vier, was weiß ich, und er wird verbrannt sein, bevor er runterkommen kann.«

»Nein, nein«, sagte Mr. Tulliver. »Ich denke nicht daran, daß er nach Mudport gehen soll. Ich möcht, daß er sich ein Büro in St. Ogg's einrichtet, bei uns in der Nähe, und zu Hause wohnt. – Aber«, fuhr Mr. Tulliver nach einer Pause fort, »wovor ich etwas Angst hab, ist, daß Tom nicht die rechte Sorte Verstand hat für 'nen gewitzten Mann. Ich mein, er ist ein bißchen langsam. Er schlägt nach deiner Familie, Bessy.«

»Ja, das tut er«, sagte Mrs. Tulliver und nahm die letzte Behauptung als ein für sich sprechendes Urteil auf. »Es ist wunderbar, daß er so gern ordentlich viel Salz in der Brühe mag. Genauso war's bei meinem Bruder, und davor bei meinem Vater.«

»Trotzdem scheint es doch ein wenig schade zu sein«, sagte Mr. Tulliver, »daß der Junge nach der Seite der Mutter schlägt und nicht das kleine Mädel. Das ist das

Schlimmste dabei, wenn man zwei Zuchten kreuzt: man kann niemals vorausberechnen, was dabei rauskommt. Die Kleine schlägt nach meiner Seite; sie ist zweimal so aufgeweckt wie Tom. Zu aufgeweckt für 'ne Frau, fürcht ich«, fuhr Mr. Tulliver fort und wiegte bedenklich den Kopf. »Es ist nicht so schlimm, solange sie noch klein ist, aber 'ne scharfsinnige Frau ist nicht besser als 'n langschwänziges Schaf – sie wird keinen höheren Preis damit erzielen.«

»Es *ist* schlimm, solang sie noch klein ist, Mr. Tulliver, denn es führt alles nur zu Ungezogenheit. Wie ich sie zwei Stunden lang in einer sauberen Schürze halten soll, geht schon über meinen Verstand. Aber jetzt, wo du mich drauf gebracht hast –«, setzte Mrs. Tulliver hinzu, stand auf und ging zum Fenster, »ich weiß nicht, wo sie jetzt ist, und es ist schon fast Zeit zum Teetrinken. Ach, das dacht' ich mir ja – da wandert sie am Wasser auf und ab, wie 'ne Wilde, sie wird eines Tags noch reinfallen.«

Mrs. Tulliver klopfte kräftig ans Fenster, gab ein Zeichen zum Hereinkommen und schüttelte mit dem Kopf. Diesen Vorgang wiederholte sie mehrmals, bevor sie zu ihrem Stuhl zurückkehrte.

»Du redst von Aufgewecktheit, Mr. Tulliver«, bemerkte sie, als sie sich setzte, »aber ich bin sicher, daß das Kind in manchen Dingen 'n halber Schwachkopf ist, denn wenn ich sie raufschicke, um irgendwas zu holen, vergißt sie, wofür sie gegangen ist und setzt sich vielleicht im Sonnenschein auf'n Fußboden und flicht ihr Haar und singt vor sich hin wie ein Geschöpf aus Bedlam[1], und ich wart hier unterdessen die ganze Zeit. Das gab's in meiner Familie nie, Gott sei Dank, und auch nicht so 'ne braune Haut, mit der sie wie 'n Mulatte aussieht. Ich will ja die Vorsehung nicht rausfordern, aber es ist doch hart, daß ich nur ein Mädchen habe, und das eine ist so wunderlich.«

»Ach, Unsinn!« sagte Mr. Tulliver. »Sie ist so 'n feines schwarzäugiges Mädel, wie man's sich nur wünschen

kann. Ich weiß nicht, worin sie anderer Leute Kinder nachstehen soll, und sie kann schon fast so gut lesen wie der Pastor.«
»Aber ihr Haar will sich nicht kräuseln, da kann ich mit machen, was ich will, und sie ist wie toll, wenn ich's auf Papier rollen will, und ich hab alle Mühe, daß sie stehenbleibt und es mit dem Eisen locken läßt.«
»Schneid's ab – schneid's ganz kurz«, sagte der Vater ungeduldig.
»Wie kannst du nur so reden, Mr. Tulliver? Sie ist so 'n großes Mädchen, schon über neun und groß für ihr Alter, zu alt, um ihr Haar kurz schneiden zu lassen; und ihre Kusine Lucy hat 'nen Lockenkranz um den Kopf und kein Haar, das aus der Reihe tanzt. 's ist wohl hart, daß meine Schwester Deane das hübsche Kind haben sollte. Ich bin sicher, daß Lucy mehr nach mir schlägt als mein eignes Kind. – Maggie, Maggie«, fuhr die Mutter in einem halb zuredenden, halb ärgerlichen Ton fort, als dieser kleine Mißgriff der Natur das Zimmer betrat, »warum sag ich dir wohl immer, daß du vom Wasser wegbleiben sollst? Eines Tages wirst du reinfallen und ertrinken, und dann wird's dir leid tun, daß du nicht auf deine Mutter gehört hast.«
Maggies Haar bestätigte die Klagen ihrer Mutter auf schmerzliche Weise, als sie die Mütze wegwarf. Mrs. Tulliver, die wollte, daß ihre Tochter einen Lockenkopf hätte wie ›anderer Leute Kinder‹, hatte es über der Stirn zu kurz schneiden lassen, um es noch hinter die Ohren zu kämmen, und da es gewöhnlich eine Stunde, nachdem die Lockenpapiere herausgenommen waren, wieder glatt war, warf Maggie unaufhörlich ihren Kopf zurück, um das dunkle, schwere Haar aus den glänzenden schwarzen Augen zu halten – eine Bewegung, die ihr ganz das Aussehen eines kleinen Shetlandponys gab.
»Oje, oje, Maggie, was denkst du dir dabei, die Mütze so hinzuwerfen? Nimm sie mit nach oben, sei ein braves Mädchen, und laß dir die Haare bürsten, und zieh um

Himmels willen 'ne andre Schürze an und andre Schuhe, und komm und setz dich wieder an deine Flickenarbeit, wie 'ne kleine Dame.«
»Oh, Mutter«, sagte Maggie heftig aufbegehrend, »ich will aber meine Flickenarbeit nicht machen.«
»Was, keine hübsche Flickenarbeit für 'ne Decke für deine Tante Glegg?«
»Ist 'ne blöde Arbeit«, sagte Maggie und warf ihre Mähne zurück, »Stoff in Stücke zu reißen und ihn wieder zusammenzunähen. Und ich will nichts für meine Tante Glegg machen – ich mag sie nicht.«
Maggie beendete ihren Auftritt, indem sie, die Mütze am Band hinter sich herschleifend, hinausging, während Mr. Tulliver hörbar lachte.
»Ich weiß wirklich nicht, wie du drüber lachen kannst, Mr. Tulliver«, sagte die Mutter leicht gereizt. »Du bestärkst sie nur in ihrer Ungezogenheit. Und ihre Tanten meinen dann wieder, daß ich es bin, die sie verwöhnt.«
Mrs. Tulliver war, was man eine sanftmütige Person nennt; als Kind hatte sie nie wegen eines geringeren Anlasses als Hunger und Nadelstichen geweint, und von der Wiege an war sie gesund, blond, mollig und einfältig gewesen, kurz, die Zierde ihrer Familie, was Schönheit und Liebenswürdigkeit anlangt. Aber Milch und Milde halten sich nicht besonders gut, und wenn sie nur ein wenig sauer werden, können sie jungen Mägen ernstlich schlecht bekommen. Ich habe mich oft gefragt, ob die frühen Madonnen von Raffael mit den blassen Gesichtern und dem etwas dümmlichen Ausdruck ihre Milde noch bewahrten, als ihre kräftigen und willensstarken Knaben etwas zu alt wurden, um ohne Bekleidung auszukommen. Ich glaube, sie müssen sich auf schwachen Protest verlegt haben und immer mürrischer geworden sein, je unwirksamer er wurde.

Kapitel 3

Mr. Riley gibt seinen Rat hinsichtlich einer Schule für Tom

Der Herr mit der weiten weißen Halsbinde und der Krause am Hemd, der so vergnügt mit seinem guten Freund Tulliver Branntwein und Wasser trinkt, ist Mr. Riley, ein Herr von wächserner Gesichtsfarbe und dikken Händen, der für einen Auktionator und Schätzer recht gebildet, aber dennoch großherzig genug ist, um einfachen Bekannten vom Lande mit gastfreundlichen Gewohnheiten leutselig zu begegnen. Mr. Riley sprach von solchen Bekannten als von ›Leuten von der alten Schule‹.

Die Unterhaltung war zu einem Stillstand gekommen. Mr. Tulliver hatte, nicht ohne besonderen Grund, davon Abstand genommen, zum siebten Mal die kühle Bemerkung zu zitieren, mit der Riley sich Dix weit überlegen gezeigt hatte, und wie Wakem damit endlich einmal den kürzeren gezogen hatte, nun da die Sache mit dem Wehr durch Schlichtung beigelegt war, und wie es überhaupt nie Streit wegen der Höhe des Wasserstandes gegeben hätte, wenn jeder sich so benähme, wie er sollte, und wenn der Gottseibeiuns die Advokaten nicht gemacht hätte. Mr. Tulliver war im großen und ganzen ein Mann von gesicherten traditionellen Ansichten, aber in ein oder zwei Punkten hatte er sich auf seinen eigenen Verstand verlassen und war zu mehreren zweifelhaften Schlüssen gelangt, unter anderem, daß Ratten, Kornwürmer und Advokaten vom Gottseibeiuns geschaffen seien. Unglücklicherweise gab es niemanden, der ihm sagte, daß dies wilder Manichäismus[2] sei, sonst möchte er seinen Irrtum wohl eingesehen haben. Aber heute war klar, daß das gute Prinzip triumphierte; diese Angelegenheit mit der Wasserkraft war doch irgendwie ein vertracktes Geschäft gewesen, obwohl es, von *einer* Seite aus betrach-

tet, so klar wie Wasser schien. Aber so groß die Verwicklung auch gewesen war, sie hatte Riley nicht in die Knie gezwungen. Mr. Tulliver trank seinen Branntwein etwas stärker als gewöhnlich, und für einen Mann, von dem man wohl annehmen konnte, daß er ein paar überzählige Hunderter auf der Bank hatte, sprach er seine Hochschätzung für die geschäftlichen Talente seines Freundes mit ziemlich unvorsichtiger Offenheit aus.
Aber das Wehr war ein anhaltender Gesprächsgegenstand, man konnte ihn stets von neuem an derselben Stelle und völlig unverändert wieder aufnehmen; doch wie man weiß, gab es noch ein anderes Thema, für das Mr. Tulliver dringend Mr. Rileys Rat benötigte. Dies war der besondere Grund dafür, daß er nach seinem letzten Schluck eine Weile schwieg und seine Knie nachdenklich rieb. Er war kein Mann der plötzlichen Übergänge. Dies war eine verwirrende Welt, wie er oft sagte, und wenn man seinen Wagen in Eile fährt, so kann man leicht auf eine dumme Ecke stoßen. Mr. Riley war indessen nicht ungeduldig. Warum sollte er auch? Selbst Hotspur[3] muß geduldig gewesen sein, möchte man meinen, wenn er in Pantoffeln am warmen Feuer reichlich Schnupftabak nehmen und Branntwein schlürfen durfte, ohne zahlen zu müssen.
»Mir geht da 'ne Sache im Kopf rum«, sagte Mr. Tulliver schließlich mit etwas leiserer Stimme als gewöhnlich, wobei er den Kopf wandte und seinen Gast ins Auge faßte.
»Ah«, sagte Mr. Riley mit sanftem Interesse. Er war ein Mann mit schweren, wächsernen Lidern und hochgewölbten Augenbrauen, der in allen Lebenslagen immer gleich aussah. Die Unbeweglichkeit seines Gesichts und die Angewohnheit, eine Prise Schnupftabak zu nehmen, bevor er eine Antwort gab, machten ihn für Mr. Tulliver dreimal so orakelhaft.
»Es ist 'ne besondere Sache«, fuhr er fort; »es ist wegen Tom, meinem Jungen.«

Als dieser Name fiel, schüttelte Maggie, die, ein großes geöffnetes Buch im Schoß, auf einem niedrigen Schemel am Feuer saß, ihr schweres Haar zurück und schaute eifrig auf. Es gab wenige Geräusche, die Maggie auffahren ließen, wenn sie über ihrem Buch träumte, aber Toms Name wirkte so gut wie die schrillste Pfeife; augenblicklich war sie auf der Hut, mit funkelnden Augen wie ein Skyeterrier, der Unheil wittert, oder auf jeden Fall entschlossen, jeden herauszufordern, von dem Tom ein solches drohte.

»Sehen Sie, ich will ihn zu Mittsommer auf 'ne neue Schule schicken«, sagte Mr. Tulliver. »Er kommt jetzt zu Mariä Verkündigung von der Lehranstalt, und 'n Vierteljahr will ich ihn so rumlaufen lassen; aber danach will ich ihn auf 'ne richtig gute Schule schicken, wo sie 'n Gelehrten aus ihm machen.«

»Nun«, sagte Mr. Riley, »es gibt keinen größeren Vorzug, den Sie ihm geben könnten, als eine gute Ausbildung. Nicht, daß ein Mann«, so fügte er mit bedeutungsvoller Höflichkeit hinzu, »nicht auch ohne viel Hilfe von den Schulmeistern ein ausgezeichneter Müller, Bauer und ein verflixt vernünftiger Kerl dazu sein könnte.«

»Ich glaube Ihnen«, sagte Mr. Tulliver augenzwinkernd und legte dabei den Kopf auf die Seite, »aber so ist's nun mal. Ich will Tom ja gar nicht Müller oder Bauer werden lassen. Ich versprech mir nichts davon. Wenn ich ihn zu 'nem Müller oder Bauern machen würde, dann würd' er freilich erwarten, die Mühle und das Land zu übernehmen, und mir bedeuten, daß es Zeit ist, aufzuhören und über mein späteres Ende nachzudenken. Nee, nee, ich hab das oft genug an Söhnen gesehn. Ich werd nie meine Jacke ausziehn, bevor ich zu Bette geh. Ich will Tom 'ne Ausbildung geben und ihn in 'n Geschäft stecken, dann kann er sein eignes Nest baun und braucht mich nicht aus meinem zu stoßen. Schön und gut, wenn er's kriegt, wenn ich unter der Erde bin. Ich laß mich nicht mit Brei abspeisen, bevor ich nicht meine Zähne verloren hab.«

Dies war offensichtlich ein Punkt, der Mr. Tulliver besonders wichtig war, und der Impetus, der seiner Rede ungewöhnliche Schnelligkeit und Nachdruck verliehen hatte, zeigte sich noch Minuten später unerschöpft in einem trotzigen Kopfschütteln und einem gelegentlichen »nee, nee«, gleich einem verstummenden Knurren.
Diese zornigen Anzeichen wurden von Maggie genau beobachtet und trafen sie bis ins Mark. Tom, so schien es, sollte fähig sein, seinen Vater aus dem Haus zu treiben und die Zukunft in irgendeiner Weise durch seine Bosheit ins Tragische zu wenden. Dies war unerträglich, und Maggie sprang von ihrem Schemel auf, ohne an das schwere Buch zu denken, das polternd ins Kamingitter fiel, und als sie zwischen den Knien ihres Vaters stand, sagte sie halb weinend, halb entrüstet:
»Vater, Tom würde nie ungezogen zu dir sein, das weiß ich genau.«
Mrs. Tulliver war nicht im Zimmer, weil sie ein besonderes Gericht für das Abendessen überwachen mußte, und Mr. Tullivers Herz war gerührt, so daß Maggie wegen des Buches nicht gescholten wurde. Mr. Riley hob es ruhig auf und betrachtete es, während der Vater mit einer gewissen Zärtlichkeit auf seinen harten Zügen lächelte und seinem kleinen Mädchen auf den Rücken klopfte und dann ihre Hände hielt, während sie zwischen seinen Knien stand.
»Holla! 's darf keiner was Böses über Tom sagen, was?« sagte Mr. Tulliver und sah Maggie mit einem Augenzwinkern an. Dann wandte er sich leiser an Mr. Riley, als ob Maggie es nicht hören könne: »'s ist unerhört, wie sie versteht, wovon man redet. Und Sie müßten sie lesen hören – ohne Stocken, als ob sie schon alles im voraus wüßte. Und immer über ihr'm Buch! Aber es ist schlecht – ganz schlecht«, fügte Mr. Tulliver hinzu und unterbrach seinen tadelnswerten Lobpreis, »für 'ne Frau ist das nichts, so klug zu sein. Es wird sich zum Schlimmen wenden, fürcht ich. Aber, mein Gott« – und hier gewann

der Lobpreis deutlich wieder die Oberhand – »sie liest die Bücher und versteht sie besser als die Hälfte von den Erwachsenen.«

Maggies Wangen begannen sich vor Aufregung zu röten. Triumphierend dachte sie, daß Mr. Riley jetzt vor ihr Respekt haben würde; es war offensichtlich gewesen, daß er sie vorher kaum für beachtenswert gehalten hatte.

Mr. Riley blätterte in den Seiten des Buches, und sie konnte seinem Gesicht mit den hochgewölbten Augenbrauen nichts entnehmen. Aber schon sah er sie an und sagte: »Na komm, erzähl mir ein wenig über dieses Buch; hier sind Bilder, ich möchte wissen, was sie bedeuten.«

Maggies Röte vertiefte sich noch, und ohne zu zögern ging sie zu Mr. Riley und blickte über seinen Ellenbogen in das Buch. Eifrig hielt sie es an einer Ecke, warf ihre Mähne zurück und sagte: »Oh, ich sage Ihnen, was es bedeutet. Es ist ein furchtbares Bild, nicht wahr? Aber trotzdem muß ich es immer anschauen. Die alte Frau im Wasser ist eine Hexe; sie haben sie hineingeworfen, um herauszufinden, ob sie eine Hexe ist. Und wenn sie schwimmt, ist sie eine Hexe, und wenn sie ertrinkt – und tot ist, wissen Sie –, dann ist sie unschuldig und keine Hexe, sondern nur eine arme, dumme alte Frau. Aber was nützt ihr das dann, nicht wahr, wenn sie ertrunken ist? Nur, glaube ich, daß sie dann in den Himmel kommt und Gott es an ihr wiedergutmacht. Und dieser schreckliche Schmied, der die Arme in die Seiten stemmt und lacht – oh, ist er nicht häßlich? – wissen Sie, wer er ist? Er ist in Wirklichkeit der Teufel« (hier wurde Maggies Stimme lauter und nachdrücklicher) »und gar kein richtiger Schmied; denn der Teufel nimmt die Gestalt von bösen Männern an und geht herum und läßt die Leute böse Dinge tun, und er ist ganz oft in der Gestalt eines bösen Menschen, weil nämlich die Leute, wenn sie sähen, daß er der Teufel ist, und wenn er so brüllte,

weglaufen würden, und dann könnte er nicht mit ihnen machen, was er will.«
Mr. Tulliver hatte Maggies Darlegung in sprachlosem Staunen gelauscht.
»Was ist das denn eigentlich für ein Buch, das das Mädel da hat?« rief er schließlich aus.
»*Die Geschichte des Teufels*[4], von Daniel Defoe. Nicht ganz das Richtige für ein kleines Mädchen«, sagte Mr. Riley. »Wie kam es unter Ihre Bücher, Tulliver?«
Maggie sah verletzt und entmutigt drein, während ihr Vater sagte: »Nun, es ist eins von den Büchern, die ich bei Partridges Versteigerung gekauft hab. Sie war'n alle gleich eingebunden – sehen Sie, ist 'n guter Einband – und ich dachte, 's wär'n wohl alles gute Bücher. Jeremy Taylors *Heiliges Leben und Sterben*[5] ist dabei; ich les an Sonntagen oft drin.« (Mr. Tulliver fühlte sich diesem großen Schriftsteller auf eine gewisse Weise verbunden, weil auch er Jeremy hieß.) »Und es sind noch mehr davon da, zumeist Predigten, glaub ich; aber sie haben alle den gleichen Umschlag, und da dacht' ich, sie wär'n wohl auch alle von derselben Sorte. Aber anscheinend darf man das nicht von außen beurteilen. Das ist 'ne verwirrende Welt.«
»Also«, sagte Mr. Riley in einem ermahnenden und gönnerhaften Ton und tätschelte Maggies Kopf, »ich rate dir, *Die Geschichte des Teufels* fortzulegen und irgendein hübscheres Buch zu lesen. Hast du denn keine hübscheren Bücher?«
»Oh, doch«, sagte Maggie und lebte wieder etwas auf in dem Wunsch, die Vielfalt ihrer Lektüre zu rechtfertigen. »Ich weiß, daß in dem Buch keine hübschen Geschichten stehen, aber ich mag die Bilder gern, und ich denke mir nämlich selbst Geschichten zu den Bildern aus. Aber ich habe auch Äsops Fabeln und ein Buch über Känguruhs und so und *Des Pilgers Reise*[6].«
»Ah, ein schönes Buch«, sagte Mr. Riley, »du könntest kein besseres lesen.«

»Aber da ist auch eine Menge über den Teufel drin«, sagte Maggie triumphierend, »und ich werde Ihnen das Bild von ihm in seiner wahren Gestalt zeigen, wie er mit Christian kämpft.«

Maggie lief sofort in eine Ecke des Zimmers, sprang auf einen Stuhl und holte von dem kleinen Bücherbord eine abgegriffene alte Bunyan-Ausgabe, die sich sofort und ohne die geringste Mühe, es zu suchen, bei dem Bild, das sie brauchte, öffnete.

»Hier ist es«, sagte sie und lief wieder zu Mr. Riley, »und Tom hat es für mich mit seinem Farbkasten bunt ausgemalt, als er in den letzten Ferien zu Hause war; der Körper ist ganz schwarz, sehen Sie, und die Augen sind rot wie Feuer, weil er innerlich voll Feuer ist, und das scheint aus seinen Augen heraus.«

»Genug jetzt!« sagte Mr. Tulliver entschieden, weil er anfing, sich ein wenig unbehaglich zu fühlen bei diesen freien Äußerungen über die Erscheinungen eines Wesens, das mächtig genug war, Advokaten hervorzubringen. »Stell das Buch wieder weg und laß uns von dem Zeug nichts mehr hören. Es ist, wie ich's mir dachte – das Kind lernt ja mehr Schlimmes als Gutes aus den Büchern. Geh und sieh nach, wo deine Mutter ist.«

Maggie stellte das Buch sofort zurück. Sie fühlte sich einerseits zurückgesetzt, andererseits aber nicht geneigt, nach ihrer Mutter zu sehen, und so fand sie einen Kompromiß, indem sie sich in eine dunkle Ecke hinter dem Stuhl ihres Vaters zurückzog und sich mit ihrer Puppe beschäftigte, der gegenüber sie ab und zu, wenn Tom nicht da war, Ausbrüche von Zärtlichkeit hatte. Sie kümmerte sich zwar nicht um deren Kleidung, verschwendete aber so viele warme Küsse an sie, daß die wächsernen Wangen ein abgezehrtes, ungesundes Aussehen bekommen hatten.

»Haben Sie so was schon mal gehört?« sagte Mr. Tulliver, als Maggie sich zurückzog. »Schade, daß sie nicht der Junge ist – sie hätt's mit all den Advokaten aufnehmen können, sie bestimmt. Es ist 'ne ganz wunderliche Sache«, fuhr er mit leiserer Stimme fort, »denn ich hab die Mutter genommen, weil sie nicht allzu gescheit war und außerdem 'ne gutaussehende Frau, und weil sie aus 'ner Familie kommt, die wirtschaften kann wie kaum eine; aber ich hab absichtlich sie und nicht eine der Schwestern genommen, weil sie 'n bißchen schwach schien, denn ich wollt' mir an meinem eignen Herd keine Vorschriften machen lassen. Aber nun sehn Sie, wenn ein Mann selbst Verstand hat, dann weiß man nie, wo der wieder auftaucht; und so 'ne nette, sanfte Frau kriegt dann dumme Jungen und kluge Mädchen, als ob die Welt auf'n Kopf gestellt wär'. Das ist 'ne ungewöhnlich verwirrende Sache.«

Mr. Rileys Ernsthaftigkeit wich und er bebte ein wenig, als er wieder eine Prise Schnupftabak nahm, bevor er sagte:

»Aber Ihr Junge ist doch nicht dumm. Ich sah ihn, als er letztes Mal hier war, wie er sich Angelgerät machte, und er schien das ganz gut zu können.«

»Ja, schon, er ist nicht grade dumm, er kommt mit Dingen draußen gut zurecht, und er hat 'nen gesunden Menschenverstand, er packt die Dinge von der rechten Seite an. Aber er ist nicht sehr fix im Sprechen, wissen Sie, und er kann kaum lesen, er hält's bei keinem Buch lang aus und buchstabiert ganz falsch, wie ich gehört hab, und er ist so schüchtern bei Fremden, und man hört ihn nie schlaue Dinge sagen wie das kleine Mädel. Aber ich will ihn jetzt auf 'ne Schule schicken, wo sie ihn ein bißchen geschickter mit Zunge und Federhalter machen und 'nen schlauen Burschen aus ihm machen. Ich will, daß mein Sohn denen gleichkommt, die mir immer voraus waren, weil sie 'ne bessre Schulbildung hatten. Nicht daß ich, wenn die Welt so geblieben wär', wie Gott sie gemacht hat, nicht hätt' meinen Weg gehen können und mich nicht unter den Besten behauptet hätt', aber es hat sich alles so verdreht und in so unvernünftige Wörter verwickelt, daß man sich gar nicht mehr auskennt und ans Falsche gerät. Alles windet sich nur so rum, und je mehr man selbst gradraus ist, desto verwirrter ist man.«

Mr. Tulliver nahm bedächtig einen Schluck und schüttelte melancholisch den Kopf in dem Bewußtsein, die Wahrheit zu bestätigen, daß ein völlig gesunder Verstand in einer verrückten Welt wohl kaum eine Heimat findet.

»Sie haben ganz recht, Tulliver«, bemerkte Mr. Riley. »Besser, jetzt noch ein bis zwei Hunderter auf die Ausbildung Ihres Sohnes verwenden, als sie ihm im Testament vermachen. Ich weiß, daß ich versuchen würde, es genauso zu machen, wenn ich einen Sohn hätte, obwohl ich, weiß Gott, nicht so viel Geld flüssig habe wie Sie, Tulliver; und obendrein habe ich noch das Haus voller Töchter.«

»Nun mein ich, daß Sie wohl 'ne Schule wissen, die genau das Richtige für Tom wär'«, sagte Mr. Tulliver und ließ sich durch Mitgefühl für Mr. Rileys Mangel an finanziellen Mitteln nicht von seiner Absicht abbringen.

Mr. Riley nahm eine Prise und hielt Mr. Tulliver durch ein Schweigen in Spannung, das durchaus absichtlich schien. Dann sagte er:

»Ich weiß eine sehr gute Möglichkeit für jemanden, der das nötige Geld hat, und das haben Sie ja, Tulliver. Es ist nämlich so, daß ich keinem Freund empfehlen würde, einen Jungen auf eine normale Schule zu schicken, wenn er sich Besseres leisten kann. Aber wenn jemand für seinen Jungen höhere Bildung und Erziehung da suchte, wo der Lehrer sein Gefährte sein würde, und dieser Lehrer ein ausgezeichneter Mensch wäre, dann weiß ich den rechten Mann. Ich würde diese Möglichkeit nicht jedem gegenüber erwähnen, weil ich nicht glaube, daß jeder, auch wenn er es versuchte, Erfolg hätte, dort anzukommen, aber ich sage es Ihnen, Tulliver, unter uns.«

Der unbewegte, fragende Blick, mit dem Mr. Tulliver das orakelhafte Gesicht seines Freundes beobachtet hatte, wurde ganz interessiert.

»Dann lassen Sie's hören«, sagte er und setzte sich in seinem Sessel zurecht mit der Wohlgefälligkeit eines Mannes, den man wichtiger Mitteilungen für würdig erachtet.

»Er war in Oxford«, sagte Mr. Riley bedeutungsvoll, machte den Mund wieder zu und sah Mr. Tulliver an, um die Wirkung dieser anregenden Information zu beobachten.

»Was, ein Pastor?« sagte Mr. Tulliver ziemlich mißtrauisch.

»Ja, und ein Magister. Der Bischof hat, soweit ich weiß, eine hohe Meinung von ihm; freilich, es war der Bischof, der ihm seine jetzige Unterpfarre übertrug.«

»Ja?« sagte Mr. Tulliver, für den diese Dinge unvertraut und daher recht wunderlich waren. »Was kann er dann mit Tom wollen?«

»Nun, es ist so, daß er gern lehrt und seine Studien weiterführen möchte, und ein Geistlicher hat wenig Gelegenheit dazu wegen all der Pflichten in seiner Pfarre. Er möchte daher ein oder zwei Knaben als Schüler aufnehmen, um seine Zeit nutzbringend zu verwenden. Die Jungen würden ganz zur Familie gehören – das Beste auf der Welt für sie, ständig unter Stellings Augen.«

»Aber meinen Sie denn, sie würden dem armen Jungen zweimal Pudding geben?« sagte Mrs. Tulliver, die nun wieder auf ihrem Platz saß. »Er mag so gern Pudding, und er muß doch noch wachsen. 's wär' schrecklich, sich vorzustellen, daß sie ihn knapp hielten.«

»Und wieviel Geld würde er wollen?« sagte Mr. Tulliver, dessen Instinkt ihm sagte, daß die Dienste dieses vortrefflichen Magisters einen hohen Preis haben würden.

»Nun, ich kenne einen Geistlichen, der hundertfünfzig

Pfund für seine jüngsten Schüler nimmt, und er ist nicht zu vergleichen mit Stelling, dem Mann, von dem ich spreche. Aus sicherer Quelle weiß ich, daß einer der wichtigsten Leute in Oxford sagte: ›Stelling könnte die höchsten Ämter bekommen, wenn er wollte.‹ Aber er macht sich nichts aus Universitätsämtern. Er ist ein ruhiger Mann, keiner, der viel Aufhebens macht.«

»Um so besser, um so besser«, sagte Mr. Tulliver, »aber hundertfünfzig – das ist ein außerordentlicher Preis. Ich hatte nicht vor, so viel zu zahlen.«

»Lassen Sie es sich gesagt sein, Tulliver – eine gute Ausbildung für *das* Geld ist preiswert. Aber Stelling ist mäßig in seinen Forderungen, er ist nicht raffgierig. Ich bezweifle nicht, daß er Ihren Jungen für hundert nimmt, und das würde sonst kaum ein Geistlicher tun. Ich werde ihm schreiben, wenn Sie wollen.«

Mr. Tulliver rieb sich die Knie und schaute nachdenklich auf den Teppich.

»Aber wahrscheinlich ist er 'n Junggeselle«, bemerkte Mrs. Tulliver dazwischen, »und ich halt gar nichts von Haushälterinnen. Mein Bruder, der nun schon unter der Erde ist, hatte mal 'ne Haushälterin, und die nahm die Hälfte Federn aus dem besten Bett und packte sie ein und schickte sie weg. Und man weiß nicht, wieviel Leinen sie mitgehn ließ – Stott hieß sie. Es würd' mir das Herz brechen, Tom irgendwo hinzuschicken, wo 'ne Haushälterin ist, und ich hoffe, du hast das nicht vor, Mr. Tulliver.«

»In dieser Hinsicht können Sie beruhigt sein, Mrs. Tulliver«, sagte Mr. Riley, »denn Stelling ist mit einer so netten, kleinen Frau verheiratet, wie man sie sich nur zur Ehefrau wünschen kann. Es gibt keine gütigere Seele auf der Welt; ich kenne ihre Familie gut. Äußerlich ähnelt sie Ihnen, sie hat auch helles, lockiges Haar. Sie kommt aus einer guten Familie in Mudport, und in der Gegend wird nicht jeder Antrag erhört. Aber Stelling ist kein gewöhnlicher Mann. Er ist eher ein besonderer Mensch im

Hinblick auf die Leute, die er zu seinen Bekannten wählt. Aber ich glaube, er hätte nichts dagegen, Ihren Sohn zu nehmen – ich glaube es nicht, wenn ich es ihm nahelege.«

»Ich wüßt' nicht, was er gegen den Jungen haben könnte«, sagte Mrs. Tulliver in einem Anflug mütterlicher Entrüstung, »so 'n netter, frischer Junge, wie man ihn sich nur wünschen kann.«

»Aber da ist noch was, das mir durch 'n Kopf geht«, sagte Mr. Tulliver und wandte sich Mr. Riley zu, nachdem er den Teppich lange und gründlich betrachtet hatte. »Wär' 'n Pastor nicht beinah zu hochgelehrt, um 'nen Jungen zu einem Geschäftsmann zu erziehn? Soviel ich von Pastoren weiß, haben die so 'ne Gelehrsamkeit, von der man gar nicht viel sehn kann. Und das ist's nicht, was ich mir für Tom wünsche. Ich will, daß er rechnen kann und schreiben wie gedruckt und schnell begreift und weiß, was die Leute meinen und wie man Dinge in Wörter wickelt, die nicht strafbar sind. Das ist 'ne besonders feine Sache«, schloß Mr. Tulliver und schüttelte den Kopf, »wenn man jemanden wissen lassen kann, was man von ihm hält, ohne dafür zahlen zu müssen.«

»Oh, mein lieber Tulliver«, sagte Mr. Riley, »Sie sind im Irrtum über die Geistlichkeit; die besten Schulmeister sind Geistliche. Die Schulmeister, die keine Geistlichen sind, sind normalerweise ziemlich gewöhnliche Leute.«

»Ja, der Jacobs ist so einer, in der Lehranstalt«, warf Mr. Tulliver ein.

»Ganz sicher – Männer, die in anderen Berufen erfolglos waren, höchstwahrscheinlich. Dagegen ist ein Geistlicher nach Beruf und Ausbildung ein Gentleman, und überdies hat er das Wissen, das einem Jungen eine gute Grundlage gibt und ihn vorbereitet, jedweden Berufsweg mit Ehre einzuschlagen. Es mag Geistliche geben, die reine Buchgelehrte sind, aber Sie können sich darauf verlassen, daß Stelling keiner ist; er ist ein Mann, der mit offenen Augen durch die Welt geht, lassen Sie es sich gesagt sein. Geben Sie ihm nur einen Fingerzeig, und das genügt. Sie sprechen vom Rechnen. Nun, Sie brauchen Stelling nur zu sagen: ›Ich möchte, daß mein Sohn ein gründlicher Arithmetiker wird‹, und dann können Sie alles Weitere ihm überlassen.«

Mr. Riley schwieg einen Augenblick, während Mr. Tulliver, der hinsichtlich geistlicher Lehrer nun etwas beruhigt war, innerlich vor einem erdachten Mr. Stelling den Satz »Ich möchte, daß mein Sohn Arittmatik lernt« probte.

»Sehen Sie, mein lieber Tulliver«, fuhr Mr. Riley fort, »wenn Sie einen gründlich gebildeten Mann wie Stelling haben, der kann ohne weiteres jede Art von Unterricht erteilen. Wenn ein Handwerker den Gebrauch seiner Werkzeuge kennt, kann er eine Tür ebensogut wie ein Fenster machen.«

»Ja, das stimmt«, sagte Mr. Tulliver, nun schon fast überzeugt, daß Geistliche die besten Schulmeister sein müßten.

»Ich sage Ihnen, was ich für Sie tun will«, sagte Mr. Riley, »und ich würde das nicht für jeden tun. Ich werde Stellings Schwiegervater aufsuchen oder ihm ein paar Zeilen schreiben, wenn ich nach Mudport zurückkomme, und sagen, daß Sie Ihren Sohn gern zu seinem Schwiegersohn geben würden, und ich bin sicher, daß Stelling zurückschreibt und Ihnen seine Bedingungen nennt.«

»Aber es eilt doch nicht, oder?« sagte Mrs. Tulliver. »Ich hoffe, Mr. Tulliver, daß du Tom nicht vor Mittsommer an der neuen Schule anfangen lassen willst. Er hat mit der Lehranstalt zu Mariä Verkündigung angefangen, und du siehst, was draus geworden ist.«

»Ja, ja, Bessy. Brau niemals mit schlechtem Malz auf St. Michael, sonst schmeckt's beim Anzapfen nicht«, sagte Mr. Tulliver augenzwinkernd und lächelte Mr. Riley zu mit dem natürlichen Stolz eines Mannes, der eine rei-

zende, mollige Frau hat, die ihm an Verstand deutlich unterlegen ist. »Aber, 's ist wahr, 's hat keine Eile, das hast du genau getroffen, Bessy.«
»Trotzdem wäre es sicher gut, die Absprache nicht zu lange hinauszuschieben«, sagte Mr. Riley ruhig, »denn Stelling könnte noch Anfragen von anderen haben, und ich weiß, daß er nicht mehr als zwei oder drei Zöglinge aufnehmen würde, wenn überhaupt. Wenn ich Sie wäre, würde ich mich, glaube ich, sofort mit Stelling deswegen in Verbindung setzen; der Junge braucht ja nicht vor Mittsommer geschickt zu werden, aber ich würde sichergehen und dafür sorgen, daß niemand Ihnen zuvorkommt.«
»Ja, da ist was dran«, sagte Mr. Tulliver.
»Vater«, rief Maggie dazwischen, die sich unbemerkt wieder an die Seite ihres Vaters gestohlen hatte und mit geöffneten Lippen zuhörte, wobei sie ihre Puppe auf den Kopf hielt und deren Nase gegen das Holz der Lehne preßte, »Vater, ist es weit weg, wo Tom hingehen soll? Werden wir nie hinfahren und ihn besuchen?«
»Ich weiß es nicht, mein Mädel«, sagte der Vater zärtlich. »Frag Mr. Riley, er weiß es.«
Schon stand Maggie vor Mr. Riley und sagte: »Wie weit ist es, bitte, Sir?«
»Tja, es ist ein langer, langer Weg von hier«, antwortete Mr. Riley, weil er der Meinung war, daß man mit Kindern, sofern sie nicht unartig waren, immer scherzhaft sprechen sollte. »Du mußt dir Siebenmeilenstiefel borgen, um dorthin zu gelangen.«
»Das ist Unsinn!« sagte Maggie, warf ihren Kopf verächtlich zurück und wandte sich ab, während die Tränen ihr in die Augen schossen. Sie begann Mr. Riley nicht mehr zu mögen; es war offensichtlich, daß er sie für dumm und unwichtig hielt.
»Ruhig, Maggie, was fällt dir ein, einfach Fragen zu stellen und loszuplappern?« sagte ihre Mutter. »Komm und setz dich auf deinen kleinen Schemel und halt jetzt

den Mund. Aber«, fügte Mrs. Tulliver hinzu, weil ihre eigene Besorgnis erregt war, »ist es so weit, daß ich nicht für ihn waschen und flicken könnte?«
»Ungefähr fünfzehn Meilen, mehr nicht«, sagte Mr. Riley. »Sie können ganz bequem an einem Tag hin- und zurückfahren. Oder – weil Stelling ein gastfreundlicher, angenehmer Mensch ist, wird er sich freuen, wenn Sie über Nacht bleiben.«
»Aber für die Bettwäsche ist's zu weit, fürcht ich«, sagte Mrs. Tulliver traurig.
Hier nun wurde das Abendessen hereingetragen, und so war die Schwierigkeit vertagt und Mr. Riley der Mühe enthoben, eine Lösung oder einen Kompromiß vorzuschlagen – einer Mühe, der er sich sonst ohne Zweifel unterzogen hätte; denn, wie man sieht, war er ein Mann von sehr verbindlichen Manieren. Und er hatte es wirklich ohne bestimmte Erwartung eines handfesten, sicheren Vorteils für sich selbst unternommen, Mr. Stelling seinem Freund Tulliver zu empfehlen, trotz der feinen Hinweise auf das Gegenteil, die einen allzu scharfsinnigen Beobachter hätten irreführen können. Denn nichts ist irreführender als Scharfsinn, wenn er auf die falsche Fährte gerät, und Scharfsinn, der davon ausgeht, daß die Menschen für gewöhnlich aus ganz bestimmten Motiven heraus und mit einem bewußt angestrebten Ziel im Auge handeln und sprechen, dieser Scharfsinn verschwendet mit Sicherheit seine Energie auf ein Gedankenspiel. Verschworene Heimlichkeit und ausgeklügelte Schliche, um ein selbstsüchtiges Ziel zu erreichen, gibt es nur in der Welt des Dramatikers reichlich; sie erfordern eine zu intensive geistige Tätigkeit für viele unserer Mitchristen, als daß sie sich ihrer schuldig machen könnten. Es ist leicht genug, das Leben unserer Nächsten ohne so viel Mühe zu beeinträchtigen; wir können es tun durch träge Einwilligung und durch träge Unterlassung, durch banale Unaufrichtigkeiten, für die wir kaum einen Grund wissen, durch kleine Täuschungen, die durch

kleine Übertreibungen wettgemacht werden, durch taktlose Schmeicheleien und plumpe Anspielungen. Wir leben von der Hand in den Mund, die meisten von uns jedenfalls, mit unserer kleinen Familie unmittelbarer Wünsche; wir tun kaum anderes, als ein Bröckchen erhaschen, um die hungrige Brut zu sättigen, und denken selten an Saatkorn oder Ernte des nächsten Jahres.
Mr. Riley war ein Geschäftsmann und seinen eigenen Interessen gegenüber nicht unempfindlich, doch stand er mehr unter dem Einfluß kleiner Eingebungen als weitsichtiger Pläne. Er hatte kein Übereinkommen mit Reverend Walter Stelling getroffen, im Gegenteil, er wußte sehr wenig von jenem Magister und seinen Fähigkeiten, vielleicht nicht genug, um eine so nachdrückliche Empfehlung, wie er sie seinem Freund Tulliver gegeben hatte, vertreten zu können. Aber er glaubte, daß Mr. Stelling ein ausgezeichneter Kenner der alten Sprachen sei, denn Gadsby hatte das gesagt, und Gadsbys Vetter lehrte in Oxford, und das war eine bessere Begründung dieser Annahme, als es sogar seine eigenen unmittelbaren Beobachtungen gewesen wären; denn obwohl Mr. Riley einen kleinen Hauch von den alten Sprachen an der Freien Schule zu Mudport mitbekommen und das Gefühl hatte, Latein im allgemeinen zu verstehen, so war doch eine Fähigkeit, Latein im besonderen zu verstehen, bei ihm nicht ausgebildet. Zweifelsohne war ihm ein feiner Geschmack von seinem jugendlichen Kontakt mit *De senectute* und dem vierten Buch der *Äneis*[7] geblieben, aber dieser hatte aufgehört, erkennbar klassisch-antik zu sein, und war nur noch in seinem verfeinerten und wirkungsvollen Auktionsstil wahrzunehmen. Und dann war Stelling doch von Oxford, und die von Oxford waren schon immer – das heißt, nein, es waren die von Cambridge, die schon immer gute Mathematiker gewesen waren. Aber ein Mann mit Universitätsbildung konnte lehren, was er wollte, insbesondere ein Mann wie Stelling, der bei einem Essen in Mudport aus politischem

Anlaß eine Rede gehalten und seine Sache so gut gemacht hatte, daß man allgemein sagte, dieser Schwiegersohn von Timpson sei ein schlauer Bursche. Von einem Mudporter aus der Pfarre St. Ursula war zu erwarten, daß er es nicht unterlassen würde, einem Schwiegersohn von Timpson einen Dienst zu erweisen, denn Timpson war einer der tüchtigsten und einflußreichsten Männer im Kirchspiel und hatte eine Menge Arbeit, die er in die richtigen Hände zu legen wußte. Mr. Riley mochte solche Männer, ganz abgesehen von dem Geld, das vielleicht durch ihr gutes Urteil von weniger würdigen Taschen in seine eigenen gelenkt werden könnte; und es würde ihm eine Genugtuung sein, bei seiner Rückkehr zu Timpson zu sagen: »Ich habe Ihrem Schwiegersohn einen guten Schüler gewonnen.« Timpson hatte zahlreiche Töchter, und Mr. Riley fühlte mit ihm; zudem war Louisa Timpsons Gesicht mit den hellen Locken über dem eichengeschnitzten Kirchenstuhl ihm seit fast fünfzehn Jahren sonntäglich vertraut: so war es natürlich, daß ihr Mann ein empfehlenswerter Lehrer sein mußte. Überdies wußte Mr. Riley keinen anderen Schulmeister, den er aus irgendeinem Grund statt seiner hätte empfehlen sollen, warum also sollte er nicht Stelling empfehlen? Sein Freund Tulliver hatte ihn nach seiner Meinung gefragt, und es beeinträchtigt stets den freundschaftlichen Umgang, wenn man sagt, man habe keine Meinung abzugeben. Und wenn man dann seine Meinung äußert, dann ist es reine Dummheit, es nicht mit einem Anschein von Überzeugung und wohlbegründetem Wissen zu tun. Man macht eine Meinung zu seiner eigenen, wenn man sie ausspricht, und natürlich erwärmt man sich selbst für sie. Sobald Mr. Riley also Stelling empfohlen hatte, von dem er zunächst einmal nichts Schlechtes wußte und dem er nur Gutes wünschte, wenn er ihm überhaupt etwas wünschte, da fing er schon an, voller Bewunderung an den Mann zu denken, der von höchst glaubhafter Seite empfohlen war, und gewann bald ein so warmes Interesse an der Sache, daß er, falls Mr. Tulliver es am Ende abgelehnt hätte, Tom zu Stelling zu schicken, seinen ›Freund von der alten Schule‹ für einen ausgemachten Dummkopf gehalten hätte.

Falls man Mr. Riley ernstlich tadelt, weil er eine so wenig begründete Empfehlung gab, muß ich sagen, daß man zu streng mit ihm ist. Warum sollte man damals von einem Auktionator und Schätzer, der sein Latein von der Freien Schule so gut wie vergessen hatte, erwarten, daß er eine peinliche Gewissenhaftigkeit zeigte, wie sie nicht einmal immer von Herren der gelehrten Berufe ausgeübt wird, und das auf unserer gegenwärtigen fortgeschrittenen Stufe der Moralität?

Zudem kann ein Mann voll der Milch menschlicher Freundlichkeit es kaum unterlassen, eine gutherzige Tat zu tun, und man kann nicht nach allen Seiten gutherzig sein. Die Natur selbst bringt gelegentlich einen lästigen Schmarotzer bei einem Tier unter, gegenüber dem sie sonst keine bösen Absichten hat. Und dann? Wir bewundern ihre Fürsorge für den Schmarotzer. Hätte sich Mr. Riley gescheut, eine Empfehlung zu geben, die nicht auf gesicherter Kenntnis beruhte, dann hätte er Mr. Stelling nicht zu einem zahlenden Schüler verholfen, und das wäre nicht so günstig gewesen für den hochwürdigen Herrn. Man bedenke auch, daß all die angenehmen kleinen verschwommenen Vorstellungen und Selbstgefälligkeiten, die Mr. Rileys Bewußtsein bei dieser Gelegenheit ausmachten – gut mit Timpson zu stehen, Rat zu erteilen, wenn man ihn darum gebeten hatte, seinem Freund neuerlich Respekt einzuflößen, etwas zu sagen und es mit Nachdruck zu sagen, mit anderen geringfügigen und unschätzbaren Zutaten, die vom warmen Feuer und vom Branntwein herrührten –, nichts als Leere gewesen wären.

Kapitel 4

Tom wird erwartet

Es war eine schwere Enttäuschung für Maggie, daß sie nicht mit ihrem Vater zusammen Tom im Einspänner von der Lehranstalt abholen durfte, aber der Morgen war zu feucht, so sagte Mrs. Tulliver, als daß ein kleines Mädchen in ihrer besten Haube ausgehen dürfe. Maggie war ganz entschieden gegenteiliger Ansicht, und es war eine direkte Folge dieser Meinungsverschiedenheit, daß sie, als ihre Mutter dabei war, die widerspenstige schwarze Haarfülle auszubürsten, plötzlich unter deren Händen fortlief und ihren Kopf in eine Wasserschüssel tauchte, die in der Nähe stand – in dem rachsüchtigen Entschluß, daß es dann heute auch keine Locken mehr geben solle.

»Maggie, Maggie«, rief Mrs. Tulliver aus, die hilflos und behäbig mit den Bürsten auf dem Schoß dasaß, »was soll nur aus dir werden, wenn du so ungezogen bist? Ich werd's deiner Tante Glegg und deiner Tante Pullet erzählen, wenn sie nächste Woche kommen, und dann mögen sie dich gar nicht mehr leiden. Oje, oje! Sieh dir deine saubere Schürze an, naß von oben bis unten. Die Leute werden denken, daß es 'ne Strafe für mich ist, daß ich so ein Kind habe, sie werden denken, daß ich was Böses getan habe.«

Bevor sie mit ihren Vorhaltungen fertig war, war Maggie schon außer Hörweite und auf dem Weg zu dem großen Speicher, der unter dem alten, steilen Dach lag, und sie schüttelte beim Laufen das Wasser aus ihrem schwarzen Schopf wie ein Skyeterrier, der dem Bad entronnen ist. Dieser Speicher war Maggies Lieblingszuflucht an einem nassen Tag, wenn das Wetter nicht allzu kalt war; hier konnte sie ihre bösen Launen auslassen und laut zu den wurmstichigen Dielen und wurmstichigen Simsen und den dunklen, von Spinnweben überzogenen Dachsparren reden; und hier bewahrte sie einen Fetisch auf, den sie für all ihr Unglück strafte. Es war dies der Rumpf einer großen hölzernen Puppe, die einst mit runden Kulleraugen über leuchtendroten Wangen vor sich hingestarrt hatte, aber jetzt völlig gesichtslos war durch eine lange Reihe stellvertretend erlittener Leiden. Drei in den Kopf geschlagene Nägel erinnerten an ebenso viele Krisen in Maggies neun Jahren irdischen Kampfes. Die Idee zu dieser ausschweifenden Rache war ihr durch das Bild in der alten Bibel gekommen, auf dem Jael Sisera umbrachte.[8] Der letzte Nagel war mit einem heftigeren Schlag als gewöhnlich eingeschlagen worden, denn damals stellte der Fetisch gerade Tante Glegg dar. Aber sofort danach hatte Maggie sich überlegt, daß sie, wenn sie zu viele Nägel hineinschlüge, sich nicht mehr gut vorstellen könnte, daß es dem Kopf wehtat, wenn sie ihn gegen die Wand schlug, noch könnte sie ihn trösten und so tun, als ob sie ihm Umschläge machte, wenn ihr Zorn nachgelassen hatte, denn sogar Tante Glegg konnte einem leid tun, wenn man ihr so sehr wehgetan und sie so gedemütigt hatte, daß sie ihre Nichte um Verzeihung bat. Seitdem hatte sie keine Nägel mehr hineingeschlagen, sondern sich dadurch Beruhigung verschafft, daß sie den hölzernen Kopf gegen den rohen Backstein der Schornsteine, die als zwei viereckige Pfeiler das Dach stützten, abwechselnd scheuerte und schlug. Und dies tat sie auch an diesem Morgen, als sie auf dem Speicher war, und schluchzte die ganze Zeit mit einer Leidenschaft, die jede andere Form des Bewußtseins verdrängte, sogar die Erinnerung an den Kummer, der sie hervorgerufen hatte. Als die Schluchzer schließlich ruhiger wurden und das Schinden weniger wütend, ließ sie ein plötzlicher Sonnenstrahl, der durch das Drahtgeflecht auf die wurmstichigen Balken fiel, den Fetisch fortwerfen und zum Fenster laufen. Die Sonne kam wirklich durch, und das Geräusch der Mühle klang wieder fröhlich, die Türen der Kornkammer standen offen, und Yap, der putzige weißbraune Terrier lief, ein Ohr nach hinten geschlagen, umher und schnüffelte herum, als ob er einen Gefährten suche. Es war unwiderstehlich. Maggie warf ihr Haar zurück und lief die Treppe hinunter, griff nach ihrer Mütze, ohne sie aufzusetzen, sah vorsichtig über den Flur und rannte dann schnell hindurch, damit sie ihrer Mutter nicht begegnete, und schon war sie im Hof und drehte sich um und um wie eine Besessene und sang beim Wirbeln: »Yap, Yap, Tom kommt heim!«, und Yap tanzte bellend um sie herum, als ob er sagen wollte, wenn es an Lärm fehle, dann sei er gerade der Rechte.

»He, he, Miss, du wirst schwindlig und in'n Schmutz falln«, sagte Luke, der erste Müller, ein großer breitschultriger Mann von vierzig Jahren mit schwarzen Augen und schwarzem Haar, durch eine allgemeine Mehligkeit gedämpft wie eine Aurikel.

Maggie hörte auf zu wirbeln und sagte, ein wenig schwankend: »Oh, nein, es macht mich nicht schwindlig, Luke; darf ich mit dir in die Mühle gehen?«

Maggie liebte es, sich im geräumigen Innenraum der Mühle aufzuhalten, und oft war, wenn sie herauskam, ihr schwarzes Haar weiß überpudert, so daß ihre dunklen Augen mit noch stärkerem Feuer darunter hervorleuchteten. Das kräftige Getöse, die unaufhörliche Bewegung der großen Steine erfüllten sie mit einer unbestimmten, wohltuenden Scheu wie in Gegenwart einer unbezwinglichen Macht; das Mehl, das immer nur strömte, strömte; der feine weiße Puder, der alle Oberflächen milderte und sogar die Spinnweben wie feenhafte Spitze aussehen ließ; der süße, reine Duft des Mehles – dies alles trug dazu bei, daß Maggie fühlte, die Mühle sei eine kleine Welt für sich, fernab von ihrem Alltagsleben draußen. Die Spinnen vor allem beschäftigten ihre Gedanken sehr. Sie fragte sich, ob sie wohl Verwandte außerhalb der Mühle hätten, denn in dem Falle müßte es ernstliche Schwierigkeiten im familiären Umgang geben – eine dicke mehlige Spinne, die es gewohnt war, Fliegen gut mit Mehl bestäubt zu verspeisen, müßte wohl am Tisch einer Base, wo es Fliege au naturel gab, einiges ausstehen, und die Spinnendamen müßten über ihr gegenseitiges Aussehen schockiert sein. Aber der Teil der Mühle, den sie am schönsten fand, war das oberste Stockwerk, die Kornstube, wo die großen Kornhaufen waren, auf denen man sitzen und immer wieder hinunterrutschen konnte. Für gewöhnlich tat sie dies, wenn sie sich mit Luke unterhielt, dem gegenüber sie sehr gesprächig war, denn sie wollte, daß er eine gute Meinung von ihrem Verstand hätte so wie ihr Vater.

Vielleicht fühlte sie gerade jetzt, daß es nötig sei, bei ihm ihr Ansehen wiederherzustellen, denn als sie auf dem rutschenden Kornhaufen saß, in dessen Nähe er gerade zu tun hatte, sagte sie in dem schrillen Ton, der bei Mühlengesprächen notwendig war:

»Ich glaube, du hast noch nie ein Buch außer der Bibel gelesen, nicht wahr, Luke?«

»Nee, Miss, und auch davon nich viel«, sagte Luke mit großer Offenheit. »Ich bin nämlich kein großer Leser.«

»Aber wenn ich dir eins meiner Bücher leihen würde, Luke? Ich habe kein besonders hübsches Buch, das für dich leicht zu lesen wär', aber ich habe *Pugs Europafahrt*[9]; das könnte dir alles über die verschiedenen Arten von Leuten auf der Welt erzählen, und wenn du das Geschriebene nicht verstündest, würden die Bilder dir helfen; sie zeigen, wie die Leute aussehen, und ihre Eigenarten und was sie tun. Es gibt da Holländer, die sind sehr dick und rauchen, weißt du, und einer sitzt auf einem Faß.«

»Nee, Miss, von 'n Holländern halt ich nichts. Über die braucht man nichts zu wissen.«

»Aber sie sind unsere Mitmenschen, Luke, wir sollten etwas über unsere Mitmenschen wissen.«

»Mitmenschen, ich weiß nich recht, Miss; ich weiß nur, daß mein früherer Meister, der 'n kluger Mann war, immer sagte ›Wenn ich meinen Weizen ohne Salzwasser säe, dann bin ich 'n Holländer‹, so sagt' er, und das hieß so viel, als wenn er sagte, 'n Holländer ist 'n Dummkopf oder nich viel andres. Nee, nee, ich will mich nich mit 'n Holländern abgeben. 's gibt Dummköpfe genug und Schurken genug, man braucht sie nich in Büchern suchen.«

»Na gut«, sagte Maggie, die Lukes unerwartet bestimmte Ansichten über die Holländer als eine Niederlage empfand, »vielleicht würde dir *Die belebte Natur*[10] besser gefallen; da sind keine Holländer drin, sondern Elefanten und Känguruhs und die Zibetkatze und der Sonnenfisch und ein Vogel, der auf seinem Schwanz sitzt – ich habe seinen Namen vergessen. Es gibt Länder voll von diesen Geschöpfen, statt Pferden und Kühen, weißt du. Würdest du nicht gern was über sie wissen, Luke?«

»Nee, Miss, ich muß genau über Mehl und Korn Bescheid wissen, ich kann nich noch so viel' Dinge außer meiner Arbeit kennen. Das ist es, was Leute an 'n Galgen bringt – alles zu wissen, obwohl sie damit nich ihr Brot verdienen müssen. Und ich glaub, das meiste, was in 'n Büchern steht, sind Lügen, jedenfalls das, was auf den gedruckten Seiten steht, die sie auf der Straße ausrufen.«

»Ach, du bist wie mein Bruder Tom, Luke«, sagte Maggie, um der Unterhaltung eine bessere Wendung zu geben, »Tom mag nicht lesen. Ich habe Tom so lieb, Luke, mehr als irgend jemanden auf der Welt. Wenn er erwachsen ist, will ich ihm den Haushalt führen, und wir werden immer zusammen wohnen. Ich kann ihm alles sagen, was er nicht weiß. Aber ich glaube, daß Tom klug ist, obwohl er keine Bücher mag; er macht so wunderbare Peitschenschnüre und Kaninchengehege.«

»Hm«, sagte Luke, »aber er wird sich recht ärgern, weil die Kaninchen alle tot sind.«

»Tot!« kreischte Maggie und sprang von ihrem rutschigen Sitzplatz auf dem Korn auf. »Oje, Luke! Was! das

Schlappohr und das gefleckte Weibchen, für die Tom all sein Geld ausgegeben hat?«
»So tot wie Maulwürfe«, sagte Luke und nahm seinen Vergleich von den unverwechselbaren Leichnamen, die an die Stallwand genagelt waren.
»Oje, Luke«, sagte Maggie ganz jämmerlich, während ihr große Tränen über die Wangen rollten, »Tom hatte gesagt, ich sollte auf sie achtgeben, und ich hab es vergessen. Was soll ich nur tun?«
»Na, sieh mal, Miss, sie war'n in dem Werkzeughaus da ganz hinten, und niemand hatte sich drum zu kümmern. Ich nehm an, daß Master Tom Harry gesagt hat, er soll sie füttern, aber auf Harry is kein Verlaß, er is so schlimm wie keiner, der je auf diesen Hof gekommen is. Er denkt an nichts als sein' Bauch; und ich wünsch ihm, daß der ihn ordentlich zwickt.«
»Oh, Luke, Tom hatte mir gesagt, daß ich mich vergewissern sollte und jeden Tag an die Kaninchen denken, aber wie konnte ich das denn, wenn sie mir einfach nicht einfielen? Oh, er wird so böse auf mich sein, ganz bestimmt, und es wird ihm so leid tun wegen seiner Kaninchen, und mir tut es auch so leid. Oh, was soll ich nur tun?«
»Gräm dich nich, Miss«, sagte Luke beruhigend. »Es sind verkorkste Dinger, diese schlappohrigen Kaninchen – vielleicht wär'n sie auch eingegangen, wenn sie gefüttert worden wär'n. Was gegen die Natur ist, das gedeiht nie, der Allmächtige mag so was nich. Er machte Kaninchen mit zurückgelegten Ohren, und 's ist ganz verkehrt, sie häng'n zu lassen wie bei 'ner Dogge. Master Tom wird's 'ne Lehre sein, sich so was nich wieder zu kaufen. Gräm dich nich, Miss. Willst du mit mir nach Haus gehn und meiner Frau guten Tag sagen? Ich geh sofort.«
Die Einladung bot eine erfreuliche Zerstreuung für Maggies Kummer, und ihre Tränen versiegten allmählich, als sie neben Luke her zu seinem hübschen Häuschen trottete, das mit seinen Apfel- und Birnbäumen und dem

stattlichen angebauten Schweinestall am anderen Ende des Mühlengeländes stand. Mrs. Moggs, Lukes Frau, war entschieden eine angenehme Bekannte. Sie bot gastfreundlich Brot und Sirup an und besaß die verschiedensten Kunstwerke. Maggie vergaß ganz, daß sie an diesem Morgen einen besonderen Grund hatte, traurig zu sein, als sie auf einem Stuhl stand und eine bemerkenswerte Folge von Bildern betrachtete, die den Verlorenen Sohn im Gewand des Sir Charles Grandison[11] zeigten, außer daß er, wie es von einem Charakter mit so unzureichender Moral zu erwarten ist, nicht wie jener vortreffliche Held den Geschmack und die Willenskraft besaß, ohne eine Perücke auszukommen. Aber die unsägliche Last, die die toten Kaninchen auf Maggies Seele hinterlassen hatten, veranlaßte sie, für den Lebensweg dieses schwachen jungen Mannes mehr Mitleid als sonst zu empfinden, vor allem, wenn sie das Bild ansah, auf dem er, kraftlos und mit aufgerissenen Kniehosen und verrutschter Perücke an einem Baum lehnte, während die Schweine – offensichtlich eine fremdländische Züchtung – ihn durch großes Vergnügen an ihrem Schotenmahl zu beleidigen schienen.

»Ich bin sehr froh, daß sein Vater ihn wieder aufgenommen hat, du nicht auch, Luke?« sagte sie. »Denn es tat ihm nämlich sehr leid, und er würde nie wieder etwas Schlimmes tun.«

»Ach, Miss, 's war wohl nich viel los mit ihm, mein ich, ganz gleich, was sein Vater für ihn tat.«

Das war ein schmerzlicher Gedanke für Maggie, und sie wünschte, die nachfolgende Geschichte des jungen Mannes wäre nicht offen geblieben.

Kapitel 5

Tom kommt heim

Tom sollte am frühen Nachmittag eintreffen, und außer Maggies Herz schlug noch ein anderes heftig, als es Zeit war, auf das Geräusch der Wagenräder zu warten, denn wenn Mrs. Tulliver überhaupt ein tiefes Gefühl hegte, dann war es Zuneigung zu ihrem Jungen. Endlich kam das Geräusch, das schnelle, leichte Rollen des Einspänners, und trotz des Windes, der die Wolken vorwärtsblies und wohl auch vor Mrs. Tullivers Locken und Haubenbändern keinen Respekt zeigen würde, trat sie aus der Tür und legte sogar ihre Hand auf Maggies bösen Kopf, ungeachtet all des Kummers vom Vormittag.

»Da ist er, mein süßer Junge! Doch – mein Gott, nein! Er hat seinen Kragen nicht um; er ist sicher auf dem Weg verlorengegangen, und jetzt ist die ganze Garnitur verdorben.«

Mrs. Tulliver stand mit offenen Armen da, und Maggie hüpfte von einem Bein auf das andere, als Tom aus dem Wagen stieg und mit männlicher Zurückhaltung auf die zärtlichen Gefühle erwiderte: »Hallo! Yap – was! Du bist da?!«

Trotzdem ließ er sich willig küssen, obwohl Maggie ihn beinahe erwürgte, als sie an seinem Hals hing, und seine blaugrauen Augen schweiften dabei über das kleine Anwesen und die Lämmer und den Fluß, wo er am nächsten Morgen unbedingt zuallererst fischen gehen wollte. Er war einer dieser Jungen, die es überall in England gibt und die im Alter von zwölf oder dreizehn Jahren einander so ähnlich sehen wie junge Gänse; ein Junge mit hellbraunem Haar, frischen, rosigen Wangen, vollen Lippen und unausgeprägter Nase und Augenbrauen; ein Gesicht, in dem es unmöglich scheint, irgend etwas anderes als die typischen Wesenszüge eines Jungen festzustellen, so verschieden wie nur möglich vom

Gesicht der armen Maggie, das die Natur mit höchst bestimmter Absicht geformt und gefärbt zu haben schien. Aber eben diese Natur besitzt eine große List, die sich verbirgt unter dem Anschein einer Offenheit, die einfache Leute denken läßt, man könne sie gut durchschauen; doch währenddessen bereitet sie im geheimen die Widerlegung all dieser zuversichtlichen Voraussagen vor. Unter diesen Durchschnittsjungengesichtern, die sie im Dutzend zu fertigen scheint, verbirgt sie einige ihrer bestimmtesten, unbeugsamsten Absichten, einige ihrer unveränderlichsten Charaktere, und das dunkeläugige, auffällige, rebellische Mädchen wird sich vielleicht später als passiv erweisen im Vergleich zu diesem rosa und weißen bißchen Männlichkeit mit den unbestimmten Zügen.

»Maggie«, sagte Tom vertraulich, indem er sie in eine Ecke zog, sobald seine Mutter hinausgegangen war, um nach seinem Gepäck zu sehen, und das warme Zimmer das Frösteln, das er noch von der langen Fahrt verspürte, vertrieben hatte, »du weißt ja nicht, was ich in meinen Taschen habe«, und er nickte bedächtig mit dem Kopf, um in ihr ein Gefühl des Geheimnisvollen zu wecken.

»Nein«, sagte Maggie. »Wie unförmig sie aussehen, Tom. Sind es Murmeln oder Nüsse?« Maggies Herz sank ein wenig tiefer, weil Tom immer sagte, es hätte keinen Zweck, mit *ihr* solche Spiele zu spielen – sie spielte so schlecht.

»Murmeln! Nein! Ich hab alle meine Murmeln mit den Kleinen getauscht und Nüsse machen keinen Spaß, du Dummchen, nur wenn sie noch grün sind. Aber guck mal, hier.« Er zog etwas halb aus seiner rechten Tasche.

»Was ist es?« flüsterte Maggie. »Ich kann nur ein bißchen Gelbes sehen.«

»Tja, es ist ... eine ... neue ... rate, Maggie.«

»Oh, ich kann doch nicht raten, Tom«, sagte Maggie ungeduldig.

»Werd nicht gleich wütend, sonst sag ich's dir nicht«, sagte Tom, schob seine Hand schnell wieder in die Tasche und guckte ganz entschlossen.
»Nein, Tom«, sagte Maggie bittend und legte ihre Hand auf den Arm, den er steif in der Tasche hielt. »Ich bin ja nicht böse, Tom. Es war nur, weil ich nicht raten mag. Bitte, sei lieb.«
Toms Arm entspannte sich langsam, und er sagte: »Na, dann, es ist eine neue Angel, zwei neue – eine für dich, Maggie. Ganz für dich allein. Ich wollte nämlich die Karamellen und Ingwerkuchen nicht teilen, um das Geld zu sparen, und Gibson und Spouncer haben sich mit mir geprügelt, weil ich es nicht wollte. Und hier sind die Haken, schau. Du, wollen wir nicht morgen unten am Runden Teich angeln gehen? Und dann wirst du selbst Fische fangen, Maggie, und die Würmer festmachen und alles, wird das nicht ein Spaß sein?«
Als Antwort schlang Maggie ihre Arme um Toms Hals und preßte ihre Wange gegen seine, ohne zu sprechen, während er langsam ein bißchen von der Leine abwickelte und nach einer Pause sagte:
»Bin ich nicht ein guter Bruder, daß ich dir eine Angel ganz für dich allein gekauft habe? Du weißt ja, wenn ich nicht gewollt hätte, hätte ich das nicht zu tun brauchen.«
»Ein sehr, sehr guter Bruder ... ich habe dich so lieb, Tom.«
Tom steckte die Angel wieder in die Tasche und sah sich die Haken der Reihe nach an, bevor er wieder sprach.
»Und die Jungen haben sich mit mir geprügelt, weil ich wegen der Karamellen nicht nachgeben wollte.«
»O weh! Ich wünschte, ihr würdet euch an deiner Schule nicht prügeln. Hat es dir wehgetan?«
»Wehgetan? Nein«, sagte Tom, steckte die Haken wieder weg und nahm ein großes Taschenmesser heraus. Er öffnete langsam die größte Klinge und sah sie gedanken-

verloren an, während er mit dem Finger daran entlangstrich. Dann fügte er hinzu:
»Ich habe Spouncer ein blaues Auge verpaßt – das hatte er davon, daß er *mich* verprügeln wollte. Ich teile doch nicht, nur weil irgend jemand mich sonst verprügelt.«
»Oh, wie tapfer du bist, Tom. Ich finde, du bist wie Samson. Wenn ein Löwe auf mich zukäme und brüllte, würdest du mit ihm kämpfen, glaub ich. Nicht, Tom?«
»Wie kann ein Löwe kommen und dich anbrüllen, du Dummchen? Es gibt keine Löwen, nur im Zirkus.«
»Nein, aber wenn wir in den Löwenländern wären, ich meine in Afrika, wo es sehr heiß ist – da fressen die Löwen Leute. Ich kann es dir in dem Buch zeigen, wo ich es gelesen habe.«
»Tja, dann würde ich ein Gewehr nehmen und auf ihn schießen.«
»Aber wenn du kein Gewehr hättest – wir hätten ja ausgegangen sein können, ohne daran zu denken, so wie wir fischen gehen – und dann könnte ein großer Löwe auf uns zurennen, und wir könnten ihm nicht entkommen. Was würdest du dann tun, Tom?«
Tom schwieg einen Moment, wandte sich aber schließlich verächtlich ab und sagte: »Aber der Löwe kommt nicht. Was hat das Reden für einen Zweck?«
»Aber ich stell' mir so gern vor, wie es wäre«, sagte Maggie und folgte ihm zur Tür. »Denk doch mal, was du dann tun würdest, Tom.«
»Ach, hör doch auf, Maggie! Du bist ja so dumm. Ich gehe jetzt und seh nach meinen Kaninchen.«
Maggies Herz begann vor Furcht zu beben.
Sie getraute sich nicht, die traurige Wahrheit sofort zu sagen, aber sie ging in zitternder Erwartung schweigend hinter Tom her und überlegte, wie sie es ihm so sagen könnte, daß sie zugleich seinen Kummer und Ärger lindern würde, denn Maggie fürchtete Toms Wut am allermeisten; seine Wut war so ganz anders als ihre.

»Tom«, sagte sie furchtsam, als sie draußen waren, »wieviel Geld hast du für die Kaninchen bezahlt?«
»Zwei halbe Kronen[12] und sechs Pennies«, sagte Tom prompt.
»Ich glaube, ich habe eine Menge mehr als das oben in meiner Sparbüchse. Ich werde Mutter bitten, es dir zu geben.«
»Wofür?« fragte Tom. »Ich will dein Geld nicht, du Dummchen. Ich habe viel mehr Geld als du, weil ich ein Junge bin. Ich bekomme immer Zehn- oder Zwanzigschillingstücke zu Weihnachten, weil ich ein Mann sein werde, und du bekommst nur Fünfschillingstücke, weil du nur ein Mädchen bist.«
»Ja, aber, Tom – wenn Mutter mich dir zwei halbe Kronen und sechs Pennies aus meiner Sparbüchse geben lassen würde, könntest du sie einstecken und ausgeben, weißt du, und neue Kaninchen kaufen.«
»Neue Kaninchen? Ich will nicht noch mehr.«
»Oh, aber, Tom, sie sind alle tot.«
Tom blieb stehen und wandte sich zu Maggie um. »Du hast also vergessen, sie zu füttern, und Harry hat es auch vergessen«, sagte er und lief rot an, aber nur für einen Moment. »Ich werd es Harry geben, ich werd dafür sorgen, daß er weggeschickt wird. Und ich mag dich nicht leiden, Maggie. Du wirst morgen nicht mit mir angeln gehn. Ich hatte dir gesagt, du solltest jeden Tag nach den Kaninchen sehn.« Er ging weiter.
»Ja, aber ich hab's vergessen – und ich konnte nichts dafür, wirklich, Tom. Es tut mir so leid«, sagte Maggie, während die Tränen ihr aus den Augen schossen.
»Du bist ein ungezogenes Mädchen«, sagte Tom streng, »und es tut mir leid, daß ich dir 'ne Angel gekauft hab. Ich mag dich nicht leiden.«
»Oh, Tom, das ist grausam«, schluchzte Maggie. »Ich würd' dir verzeihen, wenn du irgendwas vergäßest, es würde mir nichts ausmachen, ich würd' dir verzeihen und dich liebhaben.«

»Ja, du bist dumm, aber ich vergesse niemals was, niemals.«
»Oh, bitte verzeih mir, Tom. Mein Herz wird brechen«, sagte Maggie, von Schluchzern geschüttelt, und sie hängte sich an Toms Arm und legte ihre nasse Wange an seine Schulter.
Tom schüttelte sie ab, blieb wieder stehen und sagte in bestimmtem Ton: »Jetzt hör mal zu, Maggie. Bin ich dir nicht ein guter Bruder?«
»Ja-a-a«, schluchzte Maggie und ihr Kinn hob und senkte sich unter Erschütterungen.
»Habe ich nicht dieses ganze Vierteljahr an deine Angel gedacht und vorgehabt, sie zu kaufen, und extra mein Geld gespart und meine Karamellen nicht geteilt, so daß Spouncer sich mit mir geprügelt hat, weil ich es nicht wollte?«
»Ja-a-a ... und ich ... ha-a-be dich so lieb, Tom.«
»Aber du bist ein ungezogenes Mädchen. In den letzten Ferien hast du die Farbe von meiner Bonbondose abgeleckt, und in den Ferien davor hast du meine Angel vom Boot ins Wasser rutschen lassen, als ich dir gesagt hatte, darauf aufzupassen, und du hast deinen Kopf durch meinen Drachen gestoßen, ganz ohne Grund.«
»Aber ich wollte es doch nicht«, sagte Maggie, »ich konnte nichts dafür.«
»Doch«, sagte Tom, »wenn du aufgepaßt hättest, was du tust. Aber du bist ein ungezogenes Mädchen und wirst morgen nicht mit mir angeln gehn.«
Mit diesem schrecklichen Schlußwort ließ Tom Maggie stehen und lief zur Mühle, um Luke dort zu begrüßen und sich bei ihm wegen Harry zu beklagen.
Maggie stand, von ihren Schluchzern abgesehen, bewegungslos da – vielleicht eine Minute lang oder zwei. Dann drehte sie sich um und rannte ins Haus und auf ihren Speicher, wo sie sich auf den Fußboden setzte und mit dem Gefühl tiefsten Elends ihren Kopf gegen den wurmstichigen Balken legte. Tom war nach Hause

gekommen, und sie hatte gedacht, wie glücklich sie sein würde – und jetzt war er grausam zu ihr. Was konnte ihr etwas bedeuten, wenn Tom sie nicht liebhatte? Oh, war er grausam! Hatte sie ihm nicht das Geld geben wollen, und hatte sie ihm nicht gesagt, wie leid es ihr tue? Sie wußte, daß sie ungezogen zu ihrer Mutter war, aber sie war nie ungezogen zu Tom gewesen – hatte nie ungezogen zu ihm sein *wollen*.

»Oh, er ist grausam!« Maggie schluchzte laut, und der hohle Widerhall aus dem großen, leeren Speicher gefiel ihr in ihrer Verzweiflung. Sie dachte nicht einmal daran, ihren Fetisch zu schlagen oder zu schinden, sie fühlte sich zu erbärmlich, um wütend zu sein.

Dieser bittere Kummer der Kindheit – wenn Kummer selbst noch ganz neu und fremd ist, wenn die Hoffnung noch keine Flügel hat, um über Tage und Wochen hinwegzufliegen, und wenn die Zeit von Sommer zu Sommer noch unermeßlich scheint!

Maggie dachte bald, daß sie schon seit Stunden auf dem Speicher wäre und es Zeit zum Teetrinken sein müßte, und daß alle Tee tränken, ohne an sie zu denken. Gut, dann würde sie hier oben bleiben und hungern und sich hinter dem Zuber verstecken und die ganze Nacht dableiben, und dann würden alle Angst haben, und Tom würde es leid tun. So dachte Maggie im Stolz ihres Herzens, als sie hinter den Zuber kroch; aber schon fing sie wieder an zu weinen bei dem Gedanken, daß es ihnen nichts ausmachen würde, daß sie dort wäre. Wenn sie jetzt wieder hinunterginge zu Tom, würde er ihr verzeihen? Vielleicht würde ihr Vater dasein und für sie Partei ergreifen. Aber sie wollte ja, daß Tom ihr verzeihe, weil er sie liebhatte, nicht auf Anordnung seines Vaters. Nein, sie würde nie hinuntergehen, wenn Tom nicht käme, um sie zu holen. Diese Entscheidung bestimmte in ihrer ganzen Intensität fünf dunkle Minuten hinter dem Zuber, aber dann begann das Bedürfnis, geliebt zu werden, das stärkste Bedürfnis überhaupt in Maggies Natur, mit ihrem Stolz zu kämpfen und gewann bald die Oberhand. Sie kroch hinter dem Zuber hervor in die Dämmerung des großen Speichers, aber da hörte sie einen schnellen Schritt auf der Treppe.

Tom war von seinem Gespräch mit Luke, seinem Gang über das Gelände, dem Herein- und Herausspazieren, wo immer es ihm gefiel, dem Stöckeschneiden ohne jeden besonderen Grund, außer daß er in der Schule keine Stöcke schnitt, viel zu sehr beansprucht, um an Maggie zu denken und an die Wirkung, die sein Zorn in ihr hervorgerufen hatte. Er wollte sie bestrafen, und da er das erledigt hatte, beschäftigte er sich mit anderen Dingen, ganz wie ein praktisch denkender Mensch. Aber als er zum Tee hereingerufen wurde, sagte sein Vater: »Nanu, wo ist denn mein kleines Mädchen?« und fast gleichzeitig sagte auch Mrs. Tulliver: »Wo ist deine kleine Schwester?«, weil beide angenommen hatten, daß Maggie und Tom den ganzen Nachmittag zusammen gewesen wären.

»Ich weiß nicht«, sagte Tom. Er wollte Maggie nicht verpetzen, obwohl er ihr sehr böse war, denn Tom Tulliver war ein Knabe von Ehre.

»Was! hat sie nicht die ganze Zeit mit dir gespielt?« sagte der Vater. »Sie hat doch an nichts anderes gedacht als an deine Heimkehr.«

»Ich hab sie in den letzten zwei Stunden nicht gesehn«, sagte Tom und fing an, Pflaumenkuchen zu essen.

»Grundgütiger! Sie ist ertrunken!« rief Mrs. Tulliver und sprang von ihrem Stuhl auf und lief zum Fenster. »Wie konntest du das zulassen?« setzte sie hinzu und beschuldigte – bezeichnend für ängstliche Frauen – ohne zu wissen wen und ohne zu wissen wofür.

»Na, na, sie ist doch nicht ertrunken«, sagte Mr. Tulliver. »Du warst sicher frech zu ihr, Tom, oder?«

»Bestimmt nicht, Vater«, sagte Tom entrüstet, »ich glaube, daß sie im Haus ist.«

»Vielleicht auf dem Speicher«, sagte Mrs. Tulliver, »sie

singt und redet mit sich selbst und vergißt darüber ganz die Mahlzeiten.«

»Du gehst jetzt und holst sie herunter, Tom«, sagte Mr. Tulliver ziemlich streng. Sein Scharfblick oder seine väterliche Zuneigung zu Maggie ließen ihn den Verdacht hegen, daß der Junge unfreundlich zu der Kleinen gewesen war, sonst wäre sie nicht von seiner Seite gewichen. »Und sei nett zu ihr, hörst du? Sonst werd ich's dich lehren.«

Tom war nie ungehorsam gegenüber seinem Vater, denn Mr. Tulliver war ein Mann, der keinen Widerspruch duldete und der sich, wie er selbst sagte, niemals die Zügel aus der Hand nehmen lassen würde; aber er ging ziemlich mürrisch und nahm sein Stück Pflaumenkuchen mit. Er hatte nicht vor, Maggies Strafe aufzuheben, die nicht mehr als verdient war. Tom war erst dreizehn und hatte keine genauen Vorstellungen von Grammatik und Arithmetik – er betrachtete sie eher als offene Fragen – aber in einem Punkt war er sehr bestimmt und genau, nämlich daß er jeden bestrafen würde, der es verdiente; freilich würde er sich selbst auch nicht gegen Bestrafung wehren, wenn er sie verdiente, nur verdiente er sie ja nie.

Es war also Toms Schritt auf der Treppe, den Maggie hörte, als ihr Bedürfnis nach Liebe über ihren Stolz triumphiert hatte und sie mit geschwollenen Augen und strubbeligem Haar hinuntergehen wollte, um um Mitleid zu betteln. Wenigstens ihr Vater würde ihren Kopf streicheln und sagen: »Ist doch nicht so schlimm, mein Mädelchen.« Es ist ein wunderbarer Bezwinger, dieses Verlangen nach Liebe, dieser Hunger des Herzens, ebenso entschieden wie jener andere Hunger, mit dem die Natur uns zwingt, uns dem Joch zu unterwerfen und das Angesicht der Erde zu verändern.

Aber sie erkannte Toms Schritt, und ihr Herz begann heftig in einem plötzlichen Anflug von Hoffnung zu schlagen. Tom blieb oben auf der Treppe stehen und sagte nur: »Maggie, du sollst herunterkommen.« Sie aber stürzte auf ihn zu und warf die Arme um seinen Hals und schluchzte: »O Tom, bitte verzeih mir ... ich kann es nicht ertragen ... ich will immer lieb sein ... immer an alles denken ... hab mich doch lieb ... bitte, lieber Tom.«

Wir lernen Zurückhaltung, wenn wir älter werden. Wir bleiben einander fern, wenn wir gestritten haben, sprechen in wohlerzogener Förmlichkeit, die auf der einen Seite viel Festigkeit zeigt und auf der anderen Seite viel Kummer hinunterschluckt. Wir sind in unserem Verhalten der reinen Impulsivität niederer Tiere nicht mehr nahe, sondern benehmen uns in jeder Hinsicht wie Mitglieder einer hochzivilisierten Gesellschaft. Maggie und Tom waren noch ganz wie junge Tiere, und so konnte sie ihre Wange an seiner reiben und schluchzend mal sein Ohr, mal sein Gesicht küssen, und auch in dem Jungen regte sich die zartere Saite, die schon immer auf Maggies Liebkosungen reagiert hatte, und so handelte er mit einer Schwäche, die so gar nicht im Einklang stand mit seinem Beschluß, sie so sehr zu strafen, wie sie es verdiente. Er fing an, auch sie zu küssen, und sagte:

»Wein doch nicht, Magsie – komm, iß ein Stückchen Kuchen.«

Maggies Schluchzen begann zu versiegen, und sie hielt ihren Mund zum Kuchen hin, um ein Stück abzubeißen, dann biß Tom ein Stück ab, nur so zur Gesellschaft, und sie aßen zusammen und stupsten Wangen, Stirn und Nasen aneinander, während sie aßen, so daß sie fast wie zwei freundliche Ponys aussahen.

»Jetzt komm mit zum Teetrinken, Magsie«, sagte Tom schließlich, als kein Kuchen mehr da war außer dem, der noch unten wartete.

So endete der Kummer dieses Tages, und am nächsten Morgen trottete Maggie mit ihrer eigenen Angel in der einen Hand und dem Henkel des Korbes in der anderen daher, mit einer besonderen Begabung, immer in die morastigsten Stellen zu treten, und ihr dunkles Gesicht strahlte unter der Bibermütze hervor, weil Tom nett zu ihr war. Sie hatte Tom jedoch gesagt, daß es ihr lieber sei, wenn er für sie die Würmer am Haken festmachte, obwohl sie es glaubte, als er ihr versicherte, daß Würmer kein Gefühl hätten. (Es war Toms private Ansicht, daß es auch nicht viel ausmachen würde, wenn sie eins hätten.) Er wußte alles über Würmer und Fische und dergleichen, und welche Vögel schädlich waren und wie sich Vorhängeschlösser öffneten und nach welcher Seite man die Griffe an den Pforten hochheben mußte. Maggie fand, daß diese Art von Wissen wunderbar sei und viel schwieriger, als zu behalten, was in Büchern stand; und sie fühlte Ehrfurcht vor Toms Überlegenheit, denn er war der einzige, der ihr Wissen »Zeug« nannte und über ihre Schlauheit nicht erstaunt war. Tom war in der Tat der Ansicht, daß Maggie ein dummes kleines Ding sei; alle Mädchen waren dumm, sie konnten keinen Stein so werfen, daß sie etwas trafen; sie konnten nichts mit Taschenmessern anfangen und hatten Angst vor Fröschen. Dennoch hatte er seine Schwester sehr gern und wollte immer für sie sorgen, sie zu seiner Haushälterin machen und sie bestrafen, wenn sie unrecht täte.

Sie waren auf dem Weg zum Runden Teich, dem wundervollen Teich, den eine Überschwemmung vor langer Zeit hatte entstehen lassen; niemand wußte, wie tief er war, und es war auch geheimnisvoll, daß er fast kreisrund war und so von Weiden und hohem Schilf umschlossen, daß man das Wasser nur sehen konnte, wenn man dicht am Ufer stand. Der Anblick seines alten Lieblingsplatzes bestärkte jedesmal Toms gute Laune, und er sprach mit Maggie in äußerst freundschaftlichem Flüstern, als er den kostbaren Korb öffnete und ihr Gerät fertigmachte. Er warf die Angelschnur für sie aus und legte die Rute in ihre Hand. Maggie hielt es für wahrscheinlich, daß die kleinen Fische zu ihrem Haken und die großen zu Toms kommen würden. Aber sie dachte

schon gar nicht mehr an Fische und schaute nur verträumt auf das glasklare Wasser, als Tom ihr vernehmbar zuflüsterte: »Guck, guck, Maggie!«, und angelaufen kam, um sie daran zu hindern, die Leine hastig wegzuziehen.
Maggie befürchtete, daß sie, wie gewöhnlich, etwas falsch gemacht hätte, aber schon zog Tom ihre Schnur heraus und warf eine große Schleie ins Gras.
Tom war aufgeregt.
»O Magsie! Du Goldschatz! Mach den Korb leer!«
Maggie war sich keines außergewöhnlichen Verdienstes bewußt, aber es war ihr genug, daß Tom sie Magsie nannte und mit ihr zufrieden war. Nichts trübte ihr Entzücken über das Flüstern und die träumerische Stille, wenn sie dem leise plätschernden Geräusch der hochkommenden Fische zuhörte und dem sanften Rauschen, als ob auch die Weiden, das Schilf und das Wasser ihr glückliches Geflüster hätten. Maggie dachte, daß das ein schöner Himmel sein müßte, so am Teich zu sitzen und nicht gescholten zu werden. Sie merkte es nie, wenn ein Fisch bei ihr anbiß, bevor Tom es ihr sagte, aber sie fand Angeln herrlich.
Es war einer ihrer glücklichen Vormittage. Sie trotteten daher und setzten sich zusammen nieder ohne einen Gedanken daran, daß das Leben sich noch sehr für sie ändern würde: sie würden nur größer werden und nicht mehr zur Schule gehen, und es wäre dann immer wie Ferien; sie würden immer zusammen leben und einander gern haben. Und die Mühle mit ihrem Dröhnen, die große Kastanie, unter der sie Haus spielten, ihr eigener kleiner Fluß, der Ripple, wo das Ufer ihr Zuhause zu sein schien und wo Tom immer Wasserratten sah, während Maggie die fedrigen roten Spitzen des Schilfs sammelte, die sie später vergaß und fallen ließ; und vor allem der große Floss, an dem sie entlang wanderten, als ob sie eine Reise machten, um die stürzende Springflut zu sehen, die wie ein fürchterliches, hungriges Ungeheuer

herankam, oder um die Riesenesche zu sehen, die einst wie ein Mensch geächzt und gestöhnt hatte – all dies würde für sie immer gleich bleiben. Tom hielt all die Menschen für benachteiligt, die auf einem anderen Fleck der Weltkugel lebten; und Maggie sah, wenn sie las, daß Christiana[13] »den Fluß durchquerte, über den keine Brücke führte«, stets den Floss zwischen den grünen Wiesen bei der Riesenesche vor sich.

Natürlich änderte sich das Leben für Tom und Maggie, und doch glaubten sie nicht zu Unrecht, daß die Gedanken und die Liebe dieser frühen Jahre immer einen Teil ihres Lebens ausmachen würden. Wir könnten die Erde niemals so sehr lieben, wenn wir nicht unsere Kindheit auf ihr verbracht hätten, wenn es nicht die Erde wäre, aus der in jedem Frühling dieselben Blumen hervorkommen, die wir immer mit unseren winzigen Fingern pflückten, als wir noch vor uns hin plappernd im Gras saßen, dieselben Hagebutten und Mehlbeeren an den herbstlichen Hecken, dieselben Rotkehlchen, die wir »Gottesvögel« zu nennen pflegten, weil sie der kostbaren Ernte keinen Schaden zufügten. Welche Neuheit kann sich mit dieser süßen Monotonie messen, wo alles bekannt ist und geliebt wird, eben weil es bekannt ist.

Der Wald, durch den ich an diesem milden Maitag gehe, mit dem jungen gelblichen Eichenlaub zwischen mir und dem blauen Himmel, den weißen Sternblumen und dem blauen Ehrenpreis und dem kriechenden Efeu zu meinen Füßen – welcher tropische Palmengrund, welcher fremdartige Farn oder welche herrliche, breitblättrige Blüte könnte je solch tiefe und zarte Regungen in mir wecken wie diese heimatliche Umgebung? Diese bekannten Blumen, diese vertrauten Vogelstimmen, dieser Himmel in seinem wechselvollen Leuchten, diese gefurchten und grasbewachsenen Felder, ein jedes mit seiner besonderen Eigentümlichkeit, die ihm durch die eigenwilligen Heckenzäune verliehen ist – all das macht die Muttersprache unserer Vorstellungskraft aus, die Sprache, die beladen ist mit all den feinen, unauslöschlichen Assoziationen, die die flüchtigen Stunden unserer Kindheit zurückgelassen haben. Unsere Freude am Sonnenschein auf den Grashalmen wäre heute vielleicht nicht mehr als die schwache Wahrnehmung müder Seelen, wenn nicht der Sonnenschein und das Gras in zurückliegenden Jahren gewesen wären, die noch in uns leben und unsere Wahrnehmung in Liebe verwandeln.

Kapitel 6

Die Tanten und Onkel kommen

Es war in der Osterwoche, und Mrs. Tullivers Käsekuchen waren noch zarter und lockerer als sonst. »Bei einem Windstoß würden sie herumfliegen wie Federn«, sagte Kezia, das Hausmädchen, und war stolz darauf, unter einer Hausherrin zu arbeiten, die solches Gebäck herstellen konnte. Die Zeit und die Umstände hätten für ein Familientreffen nicht günstiger sein können, auch wenn es nicht angezeigt gewesen wäre, Schwester Glegg und Schwester Pullet wegen Toms Schule zu Rate zu ziehen.

»Ich würde Schwester Deane diesmal ebenso gern nicht einladen«, sagte Mrs. Tulliver, »denn sie ist so eifersüchtig und habgierig, wie man nur sein kann, und sie versucht immer, meine armen Kinder vor ihren Tanten und Onkeln schlechtzumachen.«

»Doch, doch«, sagte Mr. Tulliver, »laß sie kommen. Ich komme fast gar nicht mehr dazu, mit Deane zu plaudern; er war seit einem halben Jahr nicht mehr hier. Was tut es schon, was sie sagt? Meine Kinder haben's nicht nötig, jemandem verpflichtet zu sein.«

»Das sagst du immer, Mr. Tulliver; aber ich bin sicher, daß niemand von deiner Seite, weder Tante noch Onkel,

ihnen auch nur eine einzige Fünfpfundnote vermachen wird. Und Schwester Glegg und auch Schwester Pullet sparen wer weiß wieviel Geld – sie legen doch ihre eigenen Zinsen und ihr ganzes Buttergeld zurück, weil ihre Männer alles für sie kaufen.«
Mrs. Tulliver war eine sanfte Frau, aber sogar ein Schaf wird reizbar, wenn es Junge hat.
»Ach was!« sagte Mr. Tulliver. »Man braucht 'n großes Brot, wenn viele frühstücken wollen. Was bedeutet schon das bißchen Geld deiner Schwestern, wenn sie 'n halbes Dutzend Nichten und Neffen haben, unter denen sie's aufteilen? Und deine Schwester Deane kann sie doch nicht dazu kriegen, alles nur einer zu hinterlassen, denk ich, die ganze Gegend würd' sich ja empören, wenn sie tot sind.«
»Ich weiß nicht, ob sie sie nicht doch dazu kriegen könnte«, sagte Mrs. Tulliver, »denn meine Kinder sind so ungebärdig bei ihren Tanten und Onkeln. Maggie ist noch zehnmal unartiger, wenn sie kommen, als an anderen Tagen, und Tom, der Gute, mag sie nicht – für 'nen Jungen ist das ja wohl auch natürlicher als für 'n Mädchen. Und dann ist Lucy Deane so 'n liebes Kind, man kann sie auf 'nen Schemel setzen und dann sitzt sie da für 'ne ganze Stunde, ohne auch nur einmal aufstehn zu wollen. Ich muß das Kind einfach liebhaben, als ob es mein eignes wär', und sie könnt' ja auch wirklich viel eher mein Kind sein als Schwester Deanes, denn die war immer sehr bläßlich für eine aus unsrer Familie, wirklich.«
»Na schön, wenn du das Kind so gern hast, dann sag doch ihrem Vater und ihrer Mutter, sie sollen's mitbringen. Und willst du nicht auch Tante und Onkel Moss einladen und ein paar von *ihren* Kindern?«
»Oje, Mr. Tulliver, dann hätten wir ja acht Leute außer den Kindern, und ich müßt' noch zwei Bretter mehr in die Tischplatte schieben und noch mehr Eßgeschirr runterholen, und du weißt so gut wie ich, daß meine

Schwestern und deine Schwester nicht gut zusammenpassen.«
»Schon gut, mach's, wie du willst, Bessy«, sagte Mr. Tulliver, nahm seinen Hut und ging hinaus zur Mühle. Wenige Frauen waren fügsamer als Mrs. Tulliver in allen Dingen, die nichts mit ihren Familienangehörigen zu tun hatten, aber sie war eine Miss Dodson gewesen, und die Dodsons waren durchaus eine sehr angesehene Familie, so angesehen wie sonst wenige in ihrem Kirchspiel und im nächsten noch dazu. Man hatte immer schon gesagt, daß die Miss Dodson ihren Kopf recht hoch trügen, und niemand war überrascht, daß sich die beiden ältesten so gut verheiratet hatten – nicht sehr jung, denn das war bei den Dodsons nicht üblich. Man hatte für alles eine eigene Art in dieser Familie: eine eigene Art Leinen zu bleichen, Primelwein zu machen, Schinken zu räuchern und Stachelbeeren einzuwecken, so daß es keiner Tochter aus jenem Haus gleichgültig sein konnte, daß sie das Vorrecht besaß, als eine Dodson geboren zu sein und nicht etwa als eine Gibson oder Watson. Begräbnisse wurden in der Familie Dodson immer mit besonderer Schicklichkeit abgehalten: die Hutbänder hatten niemals einen bläulichen Schimmer, die Handschuhe waren niemals am Daumen aufgeplatzt, jeder trauerte, wie es sich für ihn gehörte, und man hatte immer Schärpen für die Sargträger. Wenn einer in der Familie von Not oder Krankheit heimgesucht wurde, gingen die übrigen hin, um das unglückliche Familienmitglied zu besuchen, für gewöhnlich gleichzeitig, und sie scheuten sich nicht, äußerst unangenehme Wahrheiten auszusprechen, die das korrekte Familiengefühl diktierte: wenn Krankheit oder Not durch den Leidenden selbst verursacht waren, dann war es in der Familie Dodson nicht üblich, dies nicht auch zu sagen. Kurzum, es gab in dieser Familie eine besondere Tradition im Hinblick auf richtige Haushaltsführung und gesellschaftliches Verhalten, und der einzige bittere Umstand, der mit dieser Überlegenheit einherging, war

eine schmerzliche Unfähigkeit, weder die Küchengebräuche noch das Betragen der Familien wertzuschätzen, die nicht von der Dodson-Tradition geleitet wurden. Eine Dodson aß bei Fremden immer nur trockenes Brot zum Tee und lehnte jede Art von Konfitüre ab, da sie kein Vertrauen in die Butter hatte und vermutete, daß die Konfitüren möglicherweise aus Mangel an Zucker und richtigem Einkochen schon zu schimmeln anfingen. Es gab Dodsons, die den Familiensitten weniger entsprachen als andere, das wurde zugestanden; aber insofern sie Verwandte waren, waren sie notwendigerweise besser als jene, die keine Verwandten waren. Und es ist bemerkenswert, daß, obgleich jeder einzelne Dodson an jedem anderen Dodson etwas auszusetzen hatte, jeder dennoch nicht nur mit sich selbst, sondern auch mit den Dodsons insgesamt sehr zufrieden war. Das schwächste Mitglied einer Familie, das am wenigsten Charakter zeigt, ist oft nur noch eine bloße Kurzfassung der Familiengewohnheiten und -tradition, und Mrs. Tulliver war eine echte Dodson, gleichwohl eine von der schwächeren Sorte, so wie Dünnbier, wenn überhaupt, dann doch immer noch als ein sehr dünnes Bier beschrieben werden muß; und obwohl sie in ihrer Jugend ein wenig unter dem Joch der älteren Schwestern gestöhnt hatte und noch immer gelegentlich Tränen vergoß wegen deren schwesterlicher Vorwürfe, so lag es ihr doch völlig fern, die Vorstellungen der Familie zu reformieren. Sie war dankbar, daß sie eine Dodson gewesen war und daß sie ein Kind hatte, das nach ihrer Familie schlug, wenigstens in Gesichtszügen und -farbe und darin, daß es Salz und Bohnen gern mochte, was ein Tulliver niemals tat.
In anderen Bereichen war der echte Dodson in Tom nicht so deutlich sichtbar. Er schätzte seine Verwandten mütterlicherseits ebenso wenig wie Maggie und verschwand gewöhnlich für den Tag mit einem großen Vorrat an transportablen Nahrungsmitteln, wenn er rechtzeitig gewarnt worden war, daß seine Tanten und

Onkel kämen. Seine Tante Glegg leitete aus diesem moralisch bedenklichen Symptom die düstersten Aussichten für seine Zukunft ab. Es war hart für Maggie, daß Tom immer verschwand, ohne sie vorher einzuweihen, aber man weiß ja, daß das schwache Geschlecht bei Fluchtunternehmen nur ein schwerwiegendes Hindernis darstellt.

Am Mittwoch, dem Tag, bevor die Tanten und Onkel kommen sollten, war das Haus voll der verschiedensten und einladendsten Düfte, von Pflaumenkuchen im Ofen und heißem Gelee, gemischt mit dem Aroma von Bratensoße, so daß es einfach unmöglich war, ein düsteres Gefühl aufkommen zu lassen: Hoffnung lag in der Luft. Tom und Maggie machten mehrere Beutezüge durch die Küche, und wie andere Marodeure wurden sie nur dadurch dazu gebracht, eine Weile fernzubleiben, daß man ihnen erlaubte, eine ausreichende Menge Beute fortzutragen.

»Tom«, sagte Maggie, als sie auf den Ästen des Holunderbaumes saßen und ihre Plunderstückchen verzehrten, »wirst du morgen weglaufen?«

»Nein«, sagte Tom langsam, als er sein Plunderstückchen aufgegessen hatte und das dritte begutachtete, das sie sich teilen sollten, »nein, morgen nicht.«

»Warum nicht, Tom? Weil Lucy kommt?«

»Nein«, sagte Tom, klappte sein Taschenmesser auf und hielt es zögernd mit schräggehaltenem Kopf über das Plunderstückchen. (Es war eine schwierige Aufgabe, das ganz unregelmäßige Vieleck in zwei gleiche Teile zu teilen.) »Was kümmert mich schon Lucy? Sie ist nur ein Mädchen und kann nicht mal Hockey spielen.«

»Dann vielleicht wegen der Weintorte?« mutmaßte Maggie weiter, während sie sich zu Tom hinüberbeugte, die Augen auf das schwebende Messer gerichtet.

»Nein, du Dummchen, die ist auch einen Tag später noch gut. Es ist der Nachtisch. Ich weiß, was es zum

Nachtisch gibt: Aprikosenrolle – oh, Menschenskind!«
Bei diesem Ausruf ging das Messer auf das Plunderstück nieder, und es war zerteilt; aber das Ergebnis erschien Tom nicht zufriedenstellend, denn noch immer sah er zweifelnd auf die Hälften. Schließlich sagte er:
»Mach die Augen zu, Maggie.«
»Warum?«
»Frag nicht, warum. Mach sie zu, wenn ich's dir sage.«
Maggie gehorchte.
»So, welche Hand willst du, Maggie, die rechte oder linke?«
»Ich will das Stück, wo die Marmelade herausläuft«, sagte Maggie und hielt die Augen geschlossen, um es Tom recht zu machen.
»Aber das willst du doch gar nicht, du Dummkopf. Du kannst es haben, wenn du's auf faire Weise triffst, aber sonst nicht. Rechts oder links, nun wähl doch. – He!« sagte Tom verärgert, als Maggie vorsichtig blinzelte. »Du sollst die Augen zulassen, sonst kriegst du gar nichts.«
So weit ging Maggies Opferbereitschaft nun doch nicht; tatsächlich fürchte ich, war ihr weniger darum zu tun, daß Tom das größtmögliche Stück Plunder bekäme, als vielmehr darum, daß er sich über sie freuen sollte, weil sie ihm das beste Stück gab. So schloß sie also die Augen wieder, bis Tom sie aufforderte: »Sag, welches«, und antwortete dann: »Linke Hand.«
»Du hast es«, sagte Tom ziemlich bitter.
»Was! Das Stück, wo die Marmelade herausläuft?«
»Nein; hier, nimm«, sagte Tom bestimmt und gab Maggie entschlossen das beste Stück.
»Oh, bitte, Tom, iß es; mir ist es gleich – ich mag auch das andere, bitte nimm dies.«
»Nein, das tu ich nicht«, sagte Tom fast böse und fing an, sein eigenes, geringeres Stück zu essen.
Maggie, die dachte, es hätte nun keinen Zweck, weiter zu

streiten, fing ebenfalls an und aß ihr halbes Plunderstückchen mit beträchtlichem Genuß und ebensolcher Geschwindigkeit auf. Aber Tom war noch schneller fertig und mußte mit ansehen, wie Maggie die letzten Bissen aß, und fühlte dabei in sich selbst noch Raum für mehr. Maggie merkte nicht, daß Tom sie ansah; sie wippte auf dem Holunderast und verspürte nichts als ein unbestimmtes Gefühl von Marmelade und Nichtstun.

»Oh, du gefräßiges Ding!« sagte Tom, als sie den letzten Bissen hinuntergeschluckt hatte. Er war sich bewußt, fair gehandelt zu haben und meinte, daß sie dies hätte bedenken und ihm vergelten sollen. Zunächst hätte er ein Stückchen von ihrem abgelehnt, aber natürlich betrachtet man Dinge ganz verschieden, bevor und nachdem man seinen eigenen Anteil an Plunder verzehrt hat.

Maggie wurde ganz blaß. »O Tom, warum hast du mir denn nicht gesagt, daß ich dir noch was abgeben sollte?«

»*Ich* sage dir das doch nicht, du Vielfraß. Du hättest allein daran denken sollen. Du wußtest ja, daß ich dir das beste Stück gegeben hatte.«

»Aber ich wollte es dir ja geben, das weißt du doch«, sagte Maggie verletzt.

»Ja, aber ich wollte nichts Unfaires tun, wie Spouncer. Er nimmt immer das beste Stück, wenn man ihn deswegen nicht verhaut, und wenn du mit geschloßnen Augen das beste Stück wählst, dann tauscht er die Hände. Aber wenn ich teile, mach ich das fair, bloß wär' ich nicht gefräßig.«

Mit dieser schneidenden Anspielung sprang Tom von seinem Ast hinunter und warf Yap mit einem »Hoi!« zur freundlichen Ermunterung einen Stein zu. Der Hund hatte mit zitternden Ohren und Gefühlen, die kaum frei von Bitterkeit gewesen sein konnten, ebenfalls zugesehen, wie die Eßwaren dahinschwanden. Doch der treffliche Hund nahm Toms Aufforderung mit ebenso munterer Bereitwilligkeit an, als wenn er ganz großzügig behandelt worden wäre.

Aber Maggie, die mit jener erhabenen Fähigkeit zu leiden begabt war, die den Menschen auszeichnet und in stolze Entfernung von dem noch so melancholischen Schimpansen rückt, saß nur auf ihrem Ast und gab sich dem schmerzlichen Empfinden des unverdienten Vorwurfs hin. Sie hätte die Welt darum gegeben, ihr Plunderstückchen nicht ganz gegessen, sondern etwas für Tom aufgespart zu haben. Nicht, daß das Gebäck nicht sehr lecker gewesen wäre, denn Maggies Gaumen war keineswegs unempfindlich, aber sie hätte ja viel lieber darauf verzichtet, als daß Tom sie gefräßig nennen und böse auf sie sein sollte. Und er hatte doch gesagt, er wolle es nicht, und sie hatte es gegessen, ohne nachzudenken, was konnte sie dafür? Die Tränen flossen so reichlich, daß Maggie für die nächsten zehn Minuten nichts um sich her sah, aber dann gab ihr Groll allmählich dem Wunsch zur Versöhnung nach, und sie sprang von ihrem Ast, um Tom zu suchen. Er war nicht mehr auf der Wiese hinter den Getreideschobern; wo konnte er denn wohl mit Yap hingegangen sein? Maggie lief zum hohen Ufer bei der großen Stechpalme, von wo aus sie weit in Richtung des Floss sehen konnte. Da war Tom; aber ihr Herz sank erneut, als sie sah, wie weit entfernt er schon war auf seinem Weg zu dem großen Fluß und daß er noch einen anderen Begleiter außer Yap bei sich hatte, nämlich den frechen Bob Jakin, der von Beruf, wenn nicht von Natur aus, die Aufgabe hatte, Vögel aufzuscheuchen, und der jetzt nicht zu arbeiten brauchte. Maggie war sicher, daß Bob böse war, ohne ganz genau zu wissen, warum, es sei denn, weil Bobs Mutter eine entsetzlich große, dicke Frau war, die in einem sonderbaren runden Haus unten am Fluß wohnte. Und einmal, als Maggie und Tom dorthin gewandert waren, kam ein scheckiger Hund herausgesaust, der nicht aufhören wollte zu bellen, und als dann Bobs Mutter hinterherkam und das Bellen durch noch lauteres Kreischen zu übertönen suchte, um ihnen zu sagen, sie sollten keine Angst haben, da dachte Maggie, daß sie sie heftig schelten würde, und ihr Herz schlug vor Schrecken. Maggie hielt es für wahrscheinlich, daß es im Haus Schlangen auf dem Fußboden und Fledermäuse im Schlafzimmer gab, denn sie hatte gesehen, wie Bob seine Mütze abnahm, um Tom eine kleine Schlange zu zeigen, die darin war, und ein anderes Mal hatte er eine Handvoll junger Fledermäuse gehabt; überhaupt war er ein liederlicher Mensch, vielleicht sogar ein wenig teuflisch, seiner Vertrautheit mit Schlangen und Fledermäusen nach zu urteilen, und was allem die Krone aufsetzte, war, daß er sich überhaupt nicht um Maggie kümmerte und sie niemals mitnahm.

Tom war, zugegeben, von Bobs Gesellschaft sehr angetan. Wie hätte es auch anders sein können? Bob wußte sofort, wenn er ein Vogelei sah, ob es von einer Schwalbe, einer Meise oder einer Goldammer war; er fand alle Wespennester und konnte alle möglichen Fallen stellen; er konnte wie ein Eichhörnchen auf Bäume klettern und hatte eine magische Fähigkeit, Igel und Wiesel zu entdecken, und er hatte den Mut, Dinge zu tun, die ziemlich ungezogen waren, wie etwa Löcher in Heckenzäune zu machen, Steine nach Schafen zu werfen und eine umherstreunende Katze zu töten. Solche Fähigkeiten in einem, der ihm untergeordnet war und trotz seines größeren Wissens immer von oben herab behandelt werden konnte, übten natürlich eine verhängnisvolle Faszination auf Tom aus, und in jeden Ferien war Maggie sich einiger kummervoller Tage sicher, an denen Tom mit Bob loszog.

Nun denn! Jetzt war keine Hoffnung mehr; er war weggegangen, und Maggie wußte sich keinen anderen Trost, als sich bei der Stechpalme niederzusetzen oder am Heckenzaun entlangzuwandern und sich vorzustellen, alles wäre ganz anders, und dabei ihre kleine Welt so umzugestalten, wie sie sie gern hätte.

Maggies Leben war voller Kümmernisse, und auf diese Art nahm sie ihr Opium.
Inzwischen eilte Tom, ohne noch an Maggie und den Stachel des Vorwurfs, den er in ihrem Herzen hinterlassen hatte, zu denken, mit Bob, den er zufällig getroffen hatte, zum Schauplatz eines großen Rattenfangens in einer benachbarten Scheune. Bob wußte hierüber genau Bescheid und sprach von diesem Sport mit einer Begeisterung, die sich jeder, der nicht entweder bar aller männlichen Gefühle oder bedauerlich unwissend hinsichtlich des Rattenfangens ist, sicher gut vorstellen kann. Für einen Menschen, der im Verdacht übernatürlicher Schlechtigkeit steht, sah Bob gar nicht so schurkisch aus; sein stupsnasiges Gesicht, das von roten Locken umrahmt war, hatte sogar eher etwas Nettes. Aber dann waren seine Hosenbeine immer bis zu den Knien aufgekrempelt, damit er bei jeder Gelegenheit schnell durchs Wasser waten konnte, und seine Tugend, angenommen sie existierte überhaupt, war unleugbar eine »Tugend in Lumpen«[14], die sogar nach dem Zeugnis mißlauniger Philosophen, die alle gutgekleideten Vorzüge als zu hoch bezahlt einschätzen, ständig Gefahr läuft, unerkannt zu bleiben (vielleicht, weil man sie so selten sieht).
»Ich kenn den Mann, dem die Frettchen gehörn«, sagte Bob mit hoher, heiserer Stimme, als er daherschlurfte und seine blauen Augen dabei auf den Fluß gerichtet hielt wie ein Amphibientier, das auf Gelegenheit lauert, hineinzuschnellen. »Der wohnt nämlich am Kennel Yard in St. Ogg's. Er is der größte Rattenfänger inner Gegend. Ich möcht auch lieber Rattenfänger als was andres sein. Maulwürfe sind nix gegen Ratten. Aber man muß leider Frettchen haben, Hunde nützen nix. Guck dir doch dein' eignen Hund an«, fuhr Bob fort und zeigte mit abfälliger Miene auf Yap. »Den kann man bei Ratten überhaupt nich brauchen. Hab's selbst gesehn beim Rattenfangen bei dein' Vater inner Scheune.«
Yap spürte den vernichtenden Einfluß dieser Gering-

schätzung, zog den Schwanz ein und hielt sich dicht an Toms Bein. Dieser fühlte sich seinetwegen etwas verletzt, brachte aber nicht den übermenschlichen Mut auf, Bob in der Verachtung für einen Hund, der eine so schlechte Figur abgab, nachzustehen.

»Nein, das stimmt«, sagte er, »Yap ist zum Jagen nicht zu gebrauchen. Ich will richtige, gute Hunde für Ratten und all das haben, wenn ich mit der Schule fertig bin.«

»Nimm Frettchen, Master Tom«, sagte Bob eifrig, »weiße Frettchen mit rosa Augen. Mensch, du könntst selbst Ratten fangen, und du könntst 'ne Ratte in 'n Käfig stecken und 'n Frettchen dazu und sehn, wie sie kämpfen. Das würd' ich tun, und es wär fast noch lustiger als wie zwei Männern beim Prügeln zusehn – außer den beiden auf'm Jahrmarkt, die Kuchen und Apfelsinen verkauften, wo die Sachen aus ihr'n Körben flogen und 'n paar Kuchen zerquetscht war'n, ... aber sie schmeckten noch genauso gut«, setzte Bob nach einer kurzen Pause als eine Art Anmerkung hinzu.

»Aber trotzdem, Bob«, sagte Tom bedächtig, »Frettchen sind doch widerliche bissige Dinger – sie beißen einen, ohne aufgehetzt zu sein.«

»Mensch, das is doch grad das Gute dran. Wenn jemand dir dein Frettchen wegnehm' will, dann dauert's nich lang und er fängt an zu schrein.«

In diesem Moment geschah etwas, das die Jungen plötzlich auf ihrem Weg einhalten ließ. Ein kleiner Körper war von den angrenzenden Binsen aus ins Wasser getaucht. Wenn das keine Wasserratte sei, so kündete Bob an, dann wäre er bereit, einen Besen zu fressen.

»Hoi, Yap, hoi. Da ist sie«, sagte Tom und klatschte in die Hände, als die kleine schwarze Schnauze pfeilgeschwind auf das andere Ufer zuschoß. »Schnapp sie, Bursche, schnapp sie.«

Yap schlenkerte aufgeregt mit den Ohren und kniff die Augen zu, weigerte sich aber, ins Wasser zu springen.

Statt dessen probierte er, ob Bellen nicht den gleichen Zweck erfüllen würde.

»Ach, du Feigling!« sagte Tom und versetzte ihm einen Tritt, weil er es als Demütigung empfand, daß er als Sportsmann ein so wasserscheues Tier besaß. Bob enthielt sich eines Kommentars und ging weiter, jetzt aber zur Abwechslung im seichten Uferteil des Hochwasser führenden Flusses.

»So voll is der Floss jetzt gar nich«, sagte Bob und ließ das Wasser mit dem angenehmen Gefühl des Mutwillens beim Gehen kräftig hochspritzen. »Im letzten Jahr war'n die Wiesen 'ne einzige Wasserfläche.«

»Ja, aber«, sagte Tom, dessen Sinn immer danach stand, einen Widerspruch zwischen Feststellungen zu sehen, die tatsächlich in Einklang miteinander standen, »es gab einmal eine große Flut, als der Runde Teich entstand. Ich weiß das, weil mein Vater das sagt. Und die Schafe und Kühe ertranken alle, und die Boote fuhren ganz weit quer über die Felder.«

»Mir wär's egal, wenn 'ne Flut käm'«, sagte Bob. »Ich hab nix gegen Wasser, so wenig wie gegen Land. Ich würd' schwimmen.«

»Ja, aber wenn du für 'ne ganz lange Zeit nichts zu essen bekämst?« sagte Tom, dessen Vorstellungskraft bei diesem schrecklichen Gedanken ganz lebhaft wurde. »Wenn ich ein Mann bin, mache ich mir ein Schiff mit einem hölzernen Haus darauf, wie Noahs Arche, und bewahre eine Menge zum Essen drin auf, Kaninchen und so, stets bereit. Und wenn dann die Flut käm', Bob, weißt du, dann hätt' ich nichts dagegen ... Und ich würd' dich aufnehmen, wenn ich dich schwimmen säh'«, fügte er im Ton eines gütigen Schutzherrn hinzu.

»Ich hab keine Angst«, sagte Bob, dem Hunger nicht so abschreckend erschien. »Aber ich würd' reinkommen und die Kaninchen auf 'n Kopf haun, wenn du sie essen wolltest.«

»Ja, und ich hätte ein paar Pennies mit, und wir könnten

Kopf oder Zahl spielen«, sagte Tom, ohne die Möglichkeit zu bedenken, daß dieser Zeitvertreib ihm in reiferem Alter vielleicht weniger reizvoll erscheinen könnte. »Ich würd' am Anfang gerecht teilen, und dann würden wir sehn, wer gewinnt.«

»Ich hab 'nen eignen Penny«, sagte Bob stolz, kam aus dem Wasser und schleuderte ihn in die Luft. »Kopf oder Zahl?«

»Zahl«, sagte Tom, sofort von dem Wunsch besessen, zu gewinnen.

»'s is Kopf«, sagte Bob hastig und schnappte den Penny, als er fiel.

»Stimmt nicht«, sagte Tom laut und entschieden. »Gib mir den Penny, ich hab ihn ehrlich gewonnen.«

»Nee«, sagte Bob und hielt ihn fest in der Tasche.

»Dann zwing ich dich, paß auf«, sagte Tom.

»Du kannst mich zu nix zwingen«, sagte Bob.

»Doch.«

»Nee.«

»Ich bin Master.«

»Das is mir egal.«

»Das wird dir gleich nicht mehr egal sein, du Betrüger«, sagte Tom, packte Bob am Kragen und schüttelte ihn.

»Laß mich los«, sagte Bob und gab Tom einen Tritt.

Toms Blut war jetzt in Wallung. Er sprang Bob an und warf ihn nieder, aber Bob faßte ihn, krallte sich wie eine Katze fest und zog so Tom mit sich hinunter. Einige Augenblicke lang kämpften sie erbittert auf dem Boden, bis Tom Bob an den Schultern niederdrückte und dachte, er sei Sieger.

»Sag sofort, daß du mir jetzt den Penny gibst«, sagte er mühsam, während er mit Anstrengung Bobs Arme festhielt.

Aber in diesem Augenblick kehrte Yap, der vorausgerannt war, zum Schauplatz der Handlung zurück und sah eine günstige Gelegenheit, nicht nur ungestraft, sondern sogar ehrenvoll in Bobs bloßes Bein zu beißen. Der von Yaps Zähnen verursachte Schmerz ließ Bob jedoch nicht vor Überraschung seinen Griff lockern, sondern verlieh ihm statt dessen noch erbittertere Zähigkeit, und mit erneuter Kraftanstrengung stieß er Tom zurück und gewann die Oberhand. Aber jetzt schlug Yap, der noch längst nicht genug hatte, seine Zähne in eine andere Stelle, so daß Bob, auf diese Weise gepeinigt, Tom nun losließ und Yap mit würgendem Griff packte und in den Fluß schleuderte. Inzwischen stand Tom wieder, und bevor Bob nach dem Schleudern des Hundes sein Gleichgewicht ganz wiedererlangt hatte, stürzte sich Tom auf ihn, warf ihn nieder und stemmte seine Knie fest auf Bobs Brustkasten.

»Du gibst mir jetzt den Penny«, sagte Tom.

»Nimm ihn«, sagte Bob unwillig.

»Nein, ich nehme ihn nicht, du gibst ihn mir.«

Bob nahm den Penny aus der Tasche und warf ihn weit von sich auf die Erde.

Tom lockerte seinen Griff und ließ Bob aufstehen.

»Da liegt der Penny«, sagte er, »ich will deinen Penny nicht; ich hätt' ihn nicht behalten. Aber du wolltest betrügen; ich hasse Betrüger. Ich geh nicht mehr mit dir«, fügte er hinzu und wandte sich heimwärts, allerdings nicht ohne einen bedauernden Gedanken an das Rattenfangen und andere Vergnügen, die er zugleich mit Bobs Gesellschaft aufgeben mußte.

»Dann läßt du's eben«, rief Bob hinter ihm her. »Ich betrüg, wann ich will, sonst macht Spielen kein' Spaß; und ich weiß, wo 'n Stieglitznest ist, aber ich paß auf, daß *du's* nich weißt ... Und du bist 'n widerlicher Kampfhahn, das bist du ...«

Tom ging weiter, ohne sich umzusehen, und Yap folgte seinem Beispiel, da das kalte Bad seine Leidenschaften abgekühlt hatte.

»Geh doch weg mit dein' ersoffnen Hund. Ich würd so 'n Hund nich haben wolln«, sagte Bob noch lauter in einer letzten Anstrengung, seiner Herausforderung

Gewicht zu geben. Aber Tom ließ sich nicht zum Umdrehen provozieren, und Bobs Stimme begann ein wenig zu schwanken, als er sagte:
»Und ich hab' dir alles gegeben und alles gezeigt und wollte nie nix von dir. Und da is dein Messer mit dem Horngriff, das du mir gegeben hast.« Hier schleuderte Bob das Messer, so weit er konnte, hinter Toms sich entfernenden Schritten her. Aber es erzielte keine Wirkung außer dem Empfinden bei Bob, daß da eine schreckliche Lücke unter seinen Sachen wäre, nun, da das Messer nicht mehr da war.
Er blieb stehen, bis Tom durch die Pforte gegangen war und hinter der Hecke verschwand. Das Messer würde dort auf der Erde nichts nützen – es würde Tom nicht ärgern, und Stolz oder Groll waren schwache Leidenschaften verglichen mit der Liebe zu einem Taschenmesser. Seine Finger sandten drängende Impulse hinzugehen und nach dem vertrauten, rauhen Hirschhorngriff zu greifen, den sie so oft aus reiner Zuneigung umfaßt hatten, wenn es ungenutzt in der Tasche lag. Und es hatte zwei Klingen, und die waren gerade geschliffen worden. Was ist schon das Leben ohne ein Taschenmesser für den, der einmal eine höhere Existenz gekostet hat? Nein! Den Griff hinter dem Beil herzuwerfen, ist eine verständliche Verzweiflungstat, aber sein Taschenmesser hinter einem unversöhnlichen Freund herzuwerfen, ist eindeutig in jeder Beziehung eine Übertreibung und geht über das Ziel hinaus. So schlurfte Bob also zu der Stelle zurück, wo das geliebte Messer im Schmutz lag, und fühlte ein ganz neues Vergnügen, es nach der vorübergehenden Trennung wieder zu ergreifen, eine Klinge nach der anderen zu öffnen und die Schneiden mit seinem harten Daumen zu befühlen. Armer Bob! Er war in puncto Ehre nicht sensibel, kein ritterlicher Charakter. Jenes feine moralische Flair wäre in der öffentlichen Meinung von Kennel Yard, wo der Brennpunkt oder das Herz von Bobs Welt war, nicht sehr geschätzt worden,

sogar wenn man es dort hätte wahrnehmen können; doch trotz allem war er nicht von Grund auf ein Schwindler und Dieb, wie unser Freund Tom so rasch entschieden hatte.

Aber Tom war, wie man sieht, eher ein Charakter wie Rhadamanth[15], und er hatte mehr als den gewöhnlichen Anteil an Jungengerechtigkeit in sich – der Gerechtigkeit, die möchte, daß Schuldige so verletzt werden, wie sie verletzt zu werden verdienen, und sich nicht mit Zweifeln belastet hinsichtlich des genauen Maßes des Verdienten. Maggie sah seine Stirn umwölkt, als er heimkam, und das trübte ihre Freude darüber, daß er so viel eher kam, als sie erwartet hatte; und sie wagte nicht, ihn anzusprechen, als er stumm dastand und kleine Kieselsteine in das Mühlenwehr warf. Es ist nicht schön, eine Rattenjagd aufzugeben, wenn man sich darauf gefreut hat. Aber wenn Tom ausgesprochen hätte, was er in diesem Moment am deutlichsten fühlte, dann hätte er gesagt: »Ich würde es genauso wieder machen.« Das war seine übliche Art, seine vergangenen Handlungen zu betrachten, wohingegen Maggie immer wünschte, sie hätte es anders gemacht.

Kapitel 7

Die Tanten und Onkel treten auf

Die Dodsons waren gewiß eine gutaussehende Familie, und Mrs. Glegg war nicht die am wenigsten gut aussehende der Schwestern. Wie sie so in Mrs. Tullivers Sessel saß, hätte kein unbeteiligter Beobachter leugnen können, daß sie für eine Frau von fünfzig ein sehr ansehnliches Gesicht und eine gute Figur hatte, obwohl Tom und Maggie ihre Tante Glegg als den Inbegriff der Häßlichkeit betrachteten. Allerdings verachtete sie die Vorteile der Garderobe, denn obwohl, wie sie oft bemerkte, keine Frau bessere Kleider hatte, so war es doch nicht ihre Art, neue Sachen vor den alten aufzutragen. Andere Frauen konnten ja, wenn sie wollten, ihre beste Baumwollspitze bei jeder Wäsche dabeihaben, aber wenn Mrs. Glegg stürbe, würde man feststellen, daß sie bessere Spitze in der rechten Schublade ihres Kleiderschrankes in der kleinen Kammer aufbewahrte, als Mrs. Wooll aus St. Ogg's je in ihrem Leben gekauft hatte, obwohl Mrs. Wooll ihre Spitze trug, bevor sie bezahlt war. Ebenso verhielt es sich mit ihren falschen Stirnlocken. Mrs. Glegg hatte zweifelsohne die glänzendsten und kräuseligsten braunen Locken in ihren Schubladen, sowie Lokken in verschiedenen Abstufungen von schlafferer Welligkeit, aber die Alltagswelt unter glänzenden und krausen Stirnlocken hervor anzusehen, hieße eine äußerst verworrene und unschöne Vermengung von Sakralem und Säkularem herbeizuführen. Gelegentlich trug Mrs. Glegg zwar ihre drittbesten Stirnlocken bei einer Alltagsvisite, aber nicht im Haus einer ihrer Schwestern und schon gar nicht bei Mrs. Tulliver, die seit ihrer Heirat die Gefühle ihrer Schwestern dadurch sehr verletzte, daß sie ihr eigenes Haar trug, obwohl, wie Mrs. Glegg zu Mrs. Deane bemerkte, eine Ehefrau und Mutter, wie Bessy, mit einem Mann, der immer mit dem Gericht zu tun hatte, es besser hätte wissen sollen. Aber Bessy war schon immer schwach gewesen.

Wenn Mrs. Gleggs Stirnlocken heute also struppiger und schlaffer als gewöhnlich waren, dann verfolgte sie damit eine Absicht: sie bezweckte eine äußerst spitze und schneidende Anspielung auf Mrs. Tullivers blonde Lokkenfülle, die durch eine sittsame sanfte Welle zu beiden Seiten des Scheitels auseinandergehalten wurde. Mrs. Tulliver hatte schon mehrmals Tränen über Schwester Gleggs Unfreundlichkeit in bezug auf diese so gar nicht matronenhaften Locken vergossen, aber das Bewußtsein, daß sie damit nur um so hübscher aussah, war ihr eine natürliche Stütze. Mrs. Glegg beliebte heute, ihre Haube im Haus zu tragen – losgebunden und ein wenig nach hinten geschoben natürlich. Dies tat sie häufig, wenn sie auf Besuch war und sich zufällig in ungnädiger Stimmung befand, sie wußte ja nicht, ob es in fremden Häusern nicht vielleicht zöge. Aus demselben Grund trug sie eine kleine schwarze Pelerine, die gerade um ihre Schultern reichte und sich über ihrer wohlgeformten Brust nicht schloß, während ihr langer Hals durch eine Krause mit mehreren kleinen Rüschen geschützt war. Man müßte in der Mode jener Zeit bewandert sein, um zu wissen, wie rückständig Mrs. Gleggs schiefergraues Seidenkleid gewesen sein muß; doch schon wegen gewisser Anordnungen kleiner gelber Flecke darauf und wegen eines modrigen Geruchs, der an eine feuchte Kleiderkiste denken ließ, war es wahrscheinlich, daß es zu einer Schicht von Kleidungsstücken gehörte, die gerade alt genug war, um seit kurzem getragen zu werden.

Mrs. Glegg hielt ihre große goldene Uhr in der Hand, die vielfach verschlungene Kette um die Finger gewickelt, und bemerkte zu Mrs. Tulliver, die gerade von einem Gang in die Küche zurückgekehrt war, daß, was immer es auch nach anderer Leute Stand- oder Taschenuhren sein mochte, es nach ihrer jedenfalls halb eins vorbei sei.

»Ich weiß nicht, was Schwester Pullet fehlt«, fuhr sie fort. »Es war in unserer Familie immer Sitte, daß einer so früh wie der andere kam – ich bin sicher, daß es zu meines Vaters Zeiten so war – und nicht, daß eine Schwester schon eine halbe Stunde dasaß, bevor die anderen kamen. Aber wenn die Sitten der Familie geändert werden, dann soll es nicht meine Schuld sein – ich werde nie diejenige sein, die erst kommt, wenn alle anderen schon wieder gehen. Ich wundre mich über Schwester Deane – sie war sonst mehr wie ich. Aber wenn du meinen Rat annehmen willst, Bessy, dann servierst du das Essen lieber etwas früher als später, wenn die Leute zu spät kommen, die es besser hätten wissen sollen.«

»Oje, wir brauchen nicht zu fürchten, daß sie nicht alle rechtzeitig hier sein werden, Schwester«, sagte Mrs. Tulliver in ihrem sanft-verdrießlichen Ton. »Das Essen wird vor halb zwei nicht fertig sein. Aber wenn du nicht so lange warten möchtest, laß mich dir ein Stück Käsekuchen und ein Glas Wein holen.«

»Also, Bessy!« sagte Mrs. Glegg mit einem bitteren Lächeln und warf kaum wahrnehmbar ihren Kopf zurück. »Ich hätte gedacht, du kenntest deine eigene Schwester besser. Ich habe doch niemals etwas zwischen den Mahlzeiten gegessen, und ich habe nicht vor, damit anzufangen. Nur, ich hasse diesen Unsinn, daß du um halb zwei essen willst, wenn du es um eins tun könntest. So bist du doch nicht erzogen worden, Bessy.«

»Freilich, Jane, aber was kann ich tun? Mr. Tulliver mag nicht vor zwei essen, ich habe es euretwegen schon eine halbe Stunde vorgezogen.«

»Jaja! Ich weiß, wie's mit Ehemännern ist – sie wollen alles aufschieben – sie schieben das Essen bis nach dem Tee auf, wenn sie Frauen haben, die schwach genug sind, diesem Betreiben nachzugeben; aber es tut mir leid für dich, Bessy, daß du nicht mehr Durchsetzungsvermögen hast. Wenn nur deine Kinder nicht drunter leiden. Und ich hoffe, daß du nicht hergegangen bist und ein großartiges Essen für uns bereitet hast und dich in Ausgaben stürzt für deine Schwestern, die doch eher 'ne trockne Brotkruste essen würden, als dazu beitragen, daß du dich durch Übertreibung ruinierst. Ich frage mich, warum du dir nicht deine Schwester Deane zum Vorbild nimmst – sie ist viel vernünftiger. Und du hast zwei Kinder zu versorgen, und dein Mann hat dein Vermögen für seine Prozesse aufgebraucht und wird das seine auch noch aufbrauchen. Eine gekochte Fleischkeule, aus der du gleich für die Küche Brühe machen könntest«, setzte Mrs. Glegg mit mißbilligender Deutlichkeit hinzu, »und ein einfacher Pudding mit einem Löffel Zucker und ohne Gewürze, das wäre viel passender.«

Mit Schwester Glegg in dieser Laune waren das heitere Aussichten für den Tag. Mrs. Tulliver ging nie so weit, mit ihr zu streiten, nicht mehr als man von einem Wasserhuhn, das flehentlich ein Bein ausstreckt, sagen kann, daß es mit einem Jungen streite, der Steine wirft. Aber die Sache mit dem Essen war ein empfindlicher und keineswegs neuer Punkt, so daß Mrs. Tulliver dieselben Antworten geben konnte, die sie oft zuvor gegeben hatte.

»Mr. Tulliver sagt, daß er drauf besteht, seinen Angehörigen ein gutes Essen zu geben, solange er es bezahlen kann«, sagte sie, »und er hat ein Recht drauf, in seinem eigenen Haus zu tun, was er will, Schwester.«

»Nun, Bessy, *ich* kann deinen Kindern von meinen Ersparnissen nicht genug hinterlassen, um sie vorm Ruin zu bewahren. Und du darfst nicht drauf rechnen, daß du was von Mr. Gleggs Geld bekommst, denn es ist gut und schön, solange ich nicht zuerst sterbe, aber er kommt aus einer langlebigen Familie, und wenn er sterben sollte und mich für den Rest des Lebens wohlversorgt hinterließe, dann würd' er sein ganzes Geld auf der Bank für seine eigne Verwandtschaft festlegen.«

Das Geräusch von Wagenrädern, während Mrs. Glegg sprach, war eine hochwillkommene Unterbrechung für Mrs. Tulliver, die hinauseilte, um Schwester Pullet zu empfangen – es mußte Schwester Pullet sein, weil es das Geräusch einer Chaise war.

Mrs. Glegg warf ihren Kopf zurück und kniff den Mund zusammen bei dem Gedanken an die Chaise. Zu dem Thema hatte sie ihre eigenen Ansichten.

Schwester Pullet war in Tränen, als die einspännige Kutsche vor Mrs. Tullivers Tür hielt, und es war anscheinend erforderlich, daß sie noch einige vergießen mußte, bevor sie aussteigen konnte; denn obwohl ihr Mann und Mrs. Tulliver bereitstanden, um sie zu stützen, saß sie

still da und schüttelte traurig mit dem Kopf, als sie durch ihre Tränen in eine unbestimmte Ferne sah.
»Nein, was ist denn nur los, Schwester?« sagte Mrs. Tulliver. Sie war keine phantasievolle Frau, aber es kam ihr in den Sinn, daß der große Toilettenspiegel in Schwester Pullets bestem Schlafzimmer möglicherweise zum zweiten Mal zerbrochen war.
Es kam keine Antwort außer einem erneuten Kopfschütteln, als Mrs. Pullet sich langsam erhob und aus dem Wagen stieg, nicht ohne einen Blick auf Mr. Pullet zu werfen, um zu sehen, ob er auch ihr hübsches Seidenkleid vor Schaden bewahrte. Mr. Pullet war ein kleiner Mann mit einer hohen Nase, kleinen blinzelnden Augen und dünnen Lippen, in einem frisch aussehenden schwarzen Anzug mit weißer Halsbinde, die aus einem höheren Prinzip als der bloßen persönlichen Bequemlichkeit sehr eng gebunden zu sein schien. Er sah im Verhältnis zu seiner stattlichen, gutaussehenden Frau mit ihren Ballonärmeln, dem weiten Umhang und dem großen, mit Federn und Bändern besetzten Hut aus wie ein kleiner Küstenkutter verglichen mit einer Brigg unter vollen Segeln.
Es ist ein pathetischer Anblick und ein deutliches Beispiel der Komplexität, die durch einen hohen Stand der Zivilisation in das Gefühlsleben Eingang gefunden hat, wenn man eine modisch gekleidete Dame von Gram erfüllt sieht. Vom Kummer eines Hottentotten bis zu dem einer Frau in großen Buckramärmeln mit mehreren Armbändern an jedem Arm, einem kunstvoll aufgetürmten Hut und zarten Bändern – welch eine lange Stufenleiter! Im aufgeklärten Kind der Zivilisation ist die Selbstvergessenheit, die für den Kummer charakteristisch ist, gemäßigt und auf feinste Art verändert und bietet so dem analytischen Verstand ein interessantes Problem. Wenn die Dame mit gramerfülltem Herzen und vom Tränenschleier halbblinden Augen mit einem falschen Tritt durch einen Türeingang gehen sollte, könnte sie ihre

Buckramärmel zerdrücken, und das tiefe Bewußtsein dieser Möglichkeit bringt Kräfte hervor, durch die sie eine Richtung nimmt, die genau in der Mitte zwischen den Türpfosten hindurchführt. Bemerkt sie, daß die Tränen strömen, dann macht sie ihre Bänder los und wirft sie matt nach hinten – eine rührende Geste, die auch in der tiefsten Schwermut die Hoffnung auf zukünftige trockene Augenblicke anzeigt, wenn Haubenbänder wieder ihren Reiz haben werden. Sobald die Tränen ein wenig nachlassen, lehnt sie den Kopf in einem Winkel zurück, der ihrem Hut keinen Schaden zufügen wird, und erträgt so den schrecklichen Augenblick, in dem der Kummer, der alles andere zu einer Last werden ließ, selbst lästig geworden ist; gedankenverloren sieht sie auf ihre Armbänder hinab und rückt deren Schließen zurecht mit der hübschen, einstudierten Zufälligkeit, die ihren Sinn erfreuen würde, wäre er nur erst wieder ruhig und wohlauf.

Mrs. Pullet streifte mit großer Genauigkeit die beiden Türpfosten nur leicht, die etwa die Breite ihrer Schultern hatten (zu jener Zeit war eine Frau für ein kundiges Auge wahrhaft lächerlich, wenn ihre Schultern nicht eineinhalb Ellen maßen), und nachdem das geschafft war, schickte sie ihre Gesichtsmuskeln nach neuen Tränen aus, während sie die Wohnstube betrat, in der Mrs. Glegg Platz genommen hatte.

»Nun, Schwester, du kommst sehr spät. Was ist los?« sagte Mrs. Glegg recht scharf, als sie sich die Hand gaben.

Mrs. Pullet setzte sich und hob dabei ihren Umhang hinten sorgfältig an, bevor sie antwortete:

»Sie ist dahin«, womit sie unbewußt eine eindrucksvolle rhetorische Figur benutzte.

»Dann ist's diesmal nicht der Spiegel«, dachte Mrs. Tulliver.

»Sie starb vorgestern«, fuhr Mrs. Pullet fort, »und ihre Beine waren so dick wie mein Körper«, setzte sie mit tiefer Traurigkeit nach einer Pause hinzu. »Sie haben sie unzählige Male abgezapft, und das Wasser – es heißt, man hätte darin schwimmen können, wenn man wollte.«

»Nun Sophy, dann ist es doch eine Erlösung, daß sie verstorben ist, wer immer es auch sein mag«, sagte Mrs. Glegg mit der Schnelligkeit und dem Nachdruck eines von Natur aus klaren und entschiedenen Verstandes, »aber ich für mein Teil weiß gar nicht, von wem du sprichst.«

»Aber *ich* weiß es«, sagte Mrs. Pullet und seufzte und schüttelte mit dem Kopf. »Und so eine Wassersucht gibt es im ganzen Kirchspiel nicht noch einmal. *Ich* weiß es, weil es doch die alte Mrs. Sutton von Twentylands ist.«

»Nun, sie ist nicht mit dir verwandt und auch nicht gut bekannt, soweit ich weiß«, sagte Mrs. Glegg, die immer nur gerade so viel weinte, wie es schicklich war, wenn etwas in ihrer eigenen Verwandtschaft passierte, aber nicht zu anderen Gelegenheiten.

»Sie war eine gute Bekannte, ich habe doch ihre Beine gesehen, als sie wie Wasserblasen waren. Und eine alte Dame, die ihr Geld fortwährend vermehrt hatte und alles selbst verwaltete bis zuletzt und die den Beutel mit den Schlüsseln ständig unter ihrem Kopfkissen hatte. Ich glaube nicht, daß es viele alte Leute wie sie im Kirchspiel gibt.«

»Und man sagt, sie nahm so viel Medizin, daß man einen Wagen damit füllen könnte«, bemerkte Mr. Pullet.

»Ach«, seufzte Mrs. Pullet, »sie hatte noch ein anderes Leiden viele Jahre vor der Wassersucht, und die Ärzte konnten nicht herausfinden, was es war. Und sie sagte zu mir, als ich sie letzte Weihnachten besuchte: ›Mrs. Pullet, falls Sie je die Wassersucht bekommen, dann werden Sie an mich denken.‹ – Das sagte sie«, setzte Mrs. Pullet hinzu und fing wieder bitterlich an zu weinen, »das waren genau ihre Worte. Und sie soll Samstag beerdigt werden, und Pullet ist zum Begräbnis geladen.«

»Sophy«, sagte Mrs. Glegg, unfähig, Vernunft und Widerspruchsgeist länger zu unterdrücken, »Sophy, ich wundere mich über dich. Du grämst dich und schadest deiner Gesundheit wegen Leuten, mit denen du nichts zu tun hast. Dein armer Vater tat das nie, und deine Tante Frances auch nicht, noch sonst jemand aus der Familie, soviel ich je gehört habe. Du könntest dich ja nicht mehr grämen, wenn wir hörten, daß unser Vetter Abbot plötzlich gestorben sei, ohne sein Testament zu machen.«

Mrs. Pullet war ruhig. Sie hatte zu weinen aufgehört und fühlte sich eher geschmeichelt als entrüstet, daß sie getadelt wurde, weil sie zu viel weinte. Nicht jeder konnte es sich leisten, so viel um Nachbarn zu weinen, die ihm nichts hinterlassen hatten; aber Mrs. Pullet hatte einen Gutsbesitzer geheiratet und hatte Muße und Geld genug, um ihr Weinen und auch sonst alles bis zum höchsten Grad der Schicklichkeit zu betreiben.

»Mrs. Sutton starb jedoch nicht, ohne ihr Testament zu machen«, sagte Mr. Pullet, der irgendwie meinte, daß er damit etwas sagte, das die Tränen seiner Frau guthieß. »Wir sind ein reiches Kirchspiel, aber es heißt, daß niemand sonst so viele Tausender hinterlassen könnte wie Mrs. Sutton. Und sie hat keine Vermächtnisse, die der Rede wert wären, verfügt, sondern alles zusammen dem Neffen ihres Mannes vererbt.«

»Dann hatte es ja nicht viel Sinn, so reich zu sein«, sagte Mrs. Glegg, »wenn sie keine Verwandten außer denen ihres Mannes hatte, denen sie es vererben konnte. Das ist ja erbärmlich, wenn das alles ist, wofür man gedarbt hat – nicht, daß ich eine von denen wäre, die gern stürben, ohne mehr Geld auf Zinsen zu hinterlassen, als andere Leute geschätzt hätten. Aber es ist doch eine traurige Geschichte, wenn es dann von der eigenen Familie wegkommt.«

»Ich bin sicher, Schwester«, sagte Mrs. Pullet, die sich

hinreichend erholt hatte, um ihren Schleier abzunehmen und sorgfältig zu falten, »daß es ein netter Mann ist, dem Mrs. Sutton ihr Geld vermacht hat, denn er leidet an Asthma und geht jeden Abend um acht Uhr zu Bett. Er hat mir selbst davon erzählt, ganz offen, an einem Sonntag, als er in unsre Kirche kam. Er trägt ein Hasenfell auf der Brust und hat eine etwas zittrige Stimme – er ist ein richtiger Gentleman. Ich sagte ihm, daß es nicht viele Monate im Jahr gäbe, in denen ich nicht in den Händen des Doktors wäre. Und er sagte: ›Mrs. Pullet, ich fühle mit Ihnen.‹ Das war es, was er sagte, genau diese Worte. Ach!« seufzte Mrs. Pullet und schüttelte den Kopf bei dem Gedanken, daß es nur wenige gäbe, die vollen Anteil an ihrer Erfahrung mit rosa und weißen Mixturen, mit starker Arznei in kleinen Flaschen und schwacher Arznei in großen Flaschen, Pillen für einen Schilling und Tropfen für achtzehn Pence hätten. »Schwester, ich glaube, ich könnte jetzt wohl meinen Hut abnehmen. Hast du darauf geachtet, daß die Schachtel mit dem Häubchen mitgebracht wurde?« setzte sie hinzu, indem sie sich an ihren Mann wandte.
Mr. Pullet hatte es durch einen unerklärlichen Gedächtnisausfall vergessen und eilte mit schlechtem Gewissen hinaus, um die Unterlassung wiedergutzumachen.
»Sie werden sie hinaufbringen, Schwester«, sagte Mrs. Tulliver, die sofort gehen wollte, damit Mrs. Glegg nicht anfinge, ihre Empfindungen darüber zu erläutern, daß Sophy die erste Dodson sei, die je ihre gesundheitliche Verfassung durch Arznei ruiniert hätte.
Mrs. Tulliver ging gern mit ihrer Schwester Pullet nach oben, um sich deren Häubchen erst gründlich anzusehen, bevor diese es aufsetzte, und um über Putzmacherei im allgemeinen zu reden. Auch dies gehörte zu Bessys Schwächen, die Mrs. Gleggs schwesterliches Mitleid erregten: Bessy ging für ihre Verhältnisse viel zu gut gekleidet und war zu stolz, um ihr Kind mit den guten Sachen zu kleiden, die ihr Schwester Glegg aus der

uralten Schicht ihres Kleiderschrankes gab; es war Sünd und Schande, dem Kind irgend etwas zum Anziehen zu kaufen, abgesehen von einem Paar Schuhe. In dieser Hinsicht tat Mrs. Glegg jedoch ihrer Schwester Bessy unrecht, denn Mrs. Tulliver hatte wirklich große Anstrengungen unternommen, um Maggie dazu zu bewegen, eine Florentinerhaube und ein gefärbtes Seidenkleid, das aus einem alten von Tante Glegg gemacht worden war, zu tragen, aber die Ergebnisse waren derart gewesen, daß Mrs. Tulliver sie nur in ihrem mütterlichen Busen begraben konnte, denn Maggie hatte erklärt, das Kleid rieche nach ekliger Farbe, und hatte die Gelegenheit ergriffen, es am ersten Sonntag, an dem sie es trug, zusammen mit dem Roastbeef mit fettiger Soße zu übergießen, und da sie fand, daß dieses Unternehmen erfolgreich war, hatte sie danach die Haube mit den grünen Bändern so lange bearbeitet, bis sie Ähnlichkeit mit einem Kräuterkäse hatte, der mit welkem Salat garniert ist. Zu Maggies Entschuldigung muß ich unbedingt hinzufügen, daß Tom sie mit der Haube ausgelacht hatte und sagte, sie sähe aus wie eine alte Gretel. Tante Pullet schenkte ebenfalls Kleider, aber diese waren immer hübsch genug, um sowohl Maggie als auch ihrer Mutter zu gefallen. Von all ihren Schwestern mochte Mrs. Tulliver ihre Schwester Pullet wohl am liebsten, und dies beruhte auf Gegenseitigkeit, aber es tat Mrs. Pullet leid, daß Bessy diese unartigen, ungebärdigen Kinder hatte; sie wollte so gut an ihnen handeln, wie sie konnte, aber es war schade, daß sie nicht so brav und hübsch wie Schwester Deanes Kind waren. Maggie und Tom ihrerseits hielten ihre Tante Pullet für erträglich, hauptsächlich weil sie nicht ihre Tante Glegg war. Tom mochte keine der beiden mehr als einmal während seiner Ferien besuchen; natürlich steckten ihm beide Onkel das eine Mal Geld zu, aber bei seiner Tante Pullet gab es im Keller eine Menge Kröten zum Bewerfen, so daß er sie lieber besuchte. Maggie schauderte es vor den Kröten, und sie

träumte entsetzlich von ihnen, aber sie mochte die klingende Schnupftabaksdose von ihrem Onkel Pullet. So waren die Schwestern also, in Mrs. Tullivers Abwesenheit, übereingekommen, daß das Tulliverblut sich nicht gut mit dem Dodsonblut vermischte, daß in der Tat die Kinder der armen Bessy Tullivers waren und daß Tom, obwohl er die Dodsonsche Gesichtsfarbe hatte, wahrscheinlich so verquer war wie sein Vater. Was Maggie anging, so war sie das Abbild ihrer Tante Moss, Mr. Tullivers Schwester, einer grobknochigen Frau, die sich so armselig verheiratet hatte, wie man nur konnte, die kein Porzellan hatte und einen Mann, der sich abmühen mußte, um seine Pacht zu bezahlen. Aber wenn Mrs. Pullet oben mit Mrs. Tulliver allein war, gingen ihre Bemerkungen natürlich zu Ungunsten von Mrs. Glegg, und sie kamen im Vertrauen überein, daß man nie wissen konnte, was für ein Scheusal ihre Schwester Jane nächstens noch werden würde. Ihr vertrauliches Gespräch wurde jedoch durch das Erscheinen von Mrs. Deane und ihrer kleinen Tochter Lucy abgebrochen, und es gab Mrs. Tulliver einen Stich, als sie zusehen mußte, wie Lucys blonde Locken in Ordnung gebracht wurden. Es war ganz unerklärlich, daß ausgerechnet Mrs. Deane, die dünnste und bläßlichste aller Miss Dodson, dieses Kind haben sollte, das man jederzeit für Mrs. Tullivers hätte halten können. Und Maggie sah immer doppelt so dunkel aus wie sonst, wenn sie an Lucys Seite war.
So auch heute, als sie und Tom mit ihrem Vater und Onkel Glegg aus dem Garten kamen. Maggie hatte ihre Haube nachlässig abgeworfen und kam herein mit ihrem struppigen Haar, das gar nicht mehr lockig war, und stürzte sogleich auf Lucy zu, die beim Knie ihrer Mutter stand. Bestimmt war der Kontrast zwischen den Kusinen auffällig, und für ein oberflächliches Auge fiel er sehr zu Maggies Nachteil aus, obwohl ein Kenner Anzeichen in ihr hätte sehen können, die mehr Reife versprachen als Lucys vollendete Niedlichkeit. Es war wie der Kontrast

zwischen einem struppigen, dunklen, zu groß geratenen Hündchen und einem weißen Kätzchen. Lucy spitzte ihr allerliebstes kleines Rosenmündchen, um sich küssen zu lassen: alles an ihr war allerliebst – ihr kleiner runder Hals mit der Schnur von Korallenperlen; ihre kleine gerade Nase, keineswegs eine Stupsnase; ihre kleinen klaren Augenbrauen, die etwas dunkler als ihre Locken waren, so daß sie zu ihren Haselnußaugen paßten, die mit schüchterner Freude zu Maggie aufsahen, die einen Kopf größer war, obwohl kaum ein Jahr älter. Maggie betrachtete Lucy stets mit Entzücken. Sie stellte sich immer gern eine Welt vor, in der die Menschen niemals größer wurden als Kinder ihres eigenen Alters, und die Königin dachte sie sich genau wie Lucy, mit einer kleinen Krone auf dem Kopf und einem kleinen Zepter in der Hand – nur war die Königin Maggie selbst in Lucys Gestalt.

»O Lucy«, rief sie aus, nachdem sie sie geküßt hatte, »du bleibst bei Tom und mir, nicht wahr? O Tom, gib ihr einen Kuß.«

Tom war auch auf Lucy zugegangen, aber er hatte nicht vor, sie zu küssen, nein, er kam mit Maggie, weil es im ganzen einfacher erschien, als all den Tanten und Onkeln guten Tag zu sagen. Ohne in eine bestimmte Richtung zu sehen, stand er da mit der errötenden Unbeholfenheit und dem halben Lächeln, das schüchternen Jungen eigen ist, wenn sie in Gesellschaft sind – ganz als seien sie aus Versehen auf die Welt gekommen und fänden sie in einem noch so unfertigen Aufzug vor, daß es sie verlegen machte.

»Holla«, sagte Tante Glegg laut und mit Nachdruck, »kommen kleine Jungen und Mädchen wohl ins Zimmer, ohne ihre Onkel und Tanten zu beachten? Das war nicht Sitte, als *ich* ein kleines Mädchen war.«

»Geht und sprecht mit euren Tanten und Onkeln, meine Lieben«, sagte Mrs. Tulliver und sah besorgt und melancholisch drein. Sie wollte Maggie eigentlich noch zuflüstern, daß sie sich erst die Haare bürsten lassen sollte.

»Na dann, guten Tag. Und ich hoffe, ihr seid brave Kinder, nicht wahr?« sagte Tante Glegg noch ebenso laut und nachdrücklich, als sie ihnen die Hand reichte und ihnen mit ihren großen Ringen wehtat und sie ganz gegen ihren Willen auf die Wangen küßte. »Kopf nach oben, Tom, Kopf nach oben! Jungen, die auf die Schule gehen, sollten ihren Kopf hochhalten. Sieh mich mal an.« Tom lehnte dieses Vergnügen offensichtlich ab, denn er versuchte, seine Hand wegzuziehen. »Streich dein Haar hinter die Ohren, Maggie, und laß dein Kittelchen nicht von der Schulter rutschen.«

Tante Glegg sprach immer auf diese laute und nachdrückliche Weise mit ihnen, als ob sie sie für taub oder vielleicht ziemlich schwachsinnig hielte; es war, so dachte sie, ein Mittel, sie fühlen zu lassen, daß sie Rechenschaft schuldig waren, und um Tendenzen zu Ungezogenheit schon im voraus zu zügeln. Bessys Kinder waren ja so verwöhnt, sie brauchten jemanden, der sie fühlen ließ, was ihre Pflicht war.

»Nun, meine Lieben«, sagte Tante Pullet mitleidig, »ihr wachst ja wunderbar schnell. Ich glaube, sie werden über ihre Kräfte wachsen«, fügte sie hinzu und sah über ihre Köpfe hinweg mit einem melancholischen Ausdruck auf die Mutter. »Ich glaube, das Mädchen hat zu viel Haare. Ich würde es ausdünnen und kürzer schneiden lassen, Schwester, wenn ich du wäre, es ist nicht gut für ihre Gesundheit. Das ist es wahrscheinlich, was ihre Haut so braun macht, es würde mich nicht wundern. Meinst du nicht auch, Schwester Deane?«

»Ich bin nicht sicher, Schwester«, sagte Mrs. Deane, preßte die Lippen zusammen und sah Maggie mit kritischem Auge an.

»Nein, nein«, sagte Mr. Tulliver. »Das Kind ist schon gesund, es fehlt ihr nichts. Es gibt doch auch roten Weizen so gut wie weißen, und manche mögen das dunkle Korn am liebsten. Aber es wäre ebenso gut, wenn Bessy dem Kind die Haare schneiden ließe, so daß es glatt liegen würde.«

Ein schrecklicher Entschluß reifte in Maggies Brust, aber er wurde zurückgehalten durch den Wunsch, von ihrer Tante Deane zu hören, ob sie Lucy dalassen würde; Tante Deane ließ Lucy kaum einmal zu Besuch kommen. Nach mehreren Einwänden wandte sich Mrs. Deane an Lucy selbst:

»Du würdest doch nicht gern ohne deine Mutter zurückbleiben, nicht wahr, Lucy?«

»Doch, bitte, Mutter«, sagte Lucy furchtsam und verfärbte sich bis zu ihrem kleinen Hals in ein kräftiges Rosa.

»Gut gemacht, Lucy! Laß sie bleiben, Mrs. Deane, laß sie bleiben«, sagte Mr. Deane, ein großer, aber heiter aussehender Mann von einem Äußeren, das in allen Schichten der englischen Gesellschaft anzutreffen ist – Halbglatze, roter Backenbart, hohe Stirn und eine allgemeine Stämmigkeit, ohne schwerfällig zu sein. Man kann Adlige und man kann Krämer oder Tagelöhner wie Mr. Deane sehen; aber die Schärfe seiner braunen Augen war weniger gewöhnlich als seine Gestalt. Er hielt eine silberne Schnupftabaksdose fest in der Hand und tauschte hin und wieder eine Prise mit Mr. Tulliver, dessen Dose nur versilbert war, so daß es ein ständiger Scherz unter ihnen war, daß Mr. Tulliver auch die Schnupftabaksdosen tauschen wollte. Mr. Deane hatte seine Dose von den Hauptteilhabern der Firma, zu der er gehörte, erhalten, zur gleichen Zeit, als sie ihm einen Anteil am Geschäft gaben in Anerkennung seiner wertvollen Dienste als Geschäftsführer. Niemand war geachteter in St. Ogg's als Mr. Deane, und einige waren sogar der Ansicht, daß Miss Susan Dodson, von der man erst gedacht hatte, sie habe die schlechteste Partie von allen Dodsonschwestern gemacht, eines Tages in einer besseren Kutsche fahren und in einem besseren Haus wohnen könnte als sogar ihre Schwester Pullet. Man konnte nie wissen, wo ein Mann aufhören würde, der seine Hand in einem großen Mühlen- und Reedereigeschäft mit angeschlossenem Bankhaus hatte, wie dem von Guest & Co. Und Mrs. Deane war, wie ihre engsten Freundinnen bemerkten, stolz und habgierig genug; *sie* würde ihren Mann nicht aus Mangel an Ansporn in dieser Welt zur Ruhe kommen lassen.

»Maggie«, sagte Mrs. Tulliver, winkte Maggie zu sich und flüsterte ihr ins Ohr, sobald die Angelegenheit um Lucys Dableiben geregelt war, »geh und laß dir das Haar bürsten, um Himmels willen. Du weißt genau, daß ich dir gesagt hatte, du solltest nicht hereinkommen, ohne erst zu Martha zu gehen.«

»Tom, komm mit«, flüsterte Maggie und zog ihn am Ärmel, als sie an ihm vorbeiging, und Tom folgte willig genug.

»Komm mit mir nach oben, Tom«, flüsterte sie, als sie draußen waren. »Da ist was, das ich vor dem Essen tun möchte.«

»Es ist keine Zeit mehr, noch irgendwas vor dem Essen zu spielen«, sagte Tom, den die Vorstellung eines Zwischenspiels ganz ungeduldig machte.

»O doch, dafür ist noch Zeit – komm doch, Tom.«

Tom folgte Maggie nach oben ins Zimmer ihrer Mutter und sah sie an eine Schublade gehen, aus der sie eine große Schere nahm.

»Was willst du damit, Maggie?« sagte Tom und spürte, daß seine Neugier erwachte. Maggie antwortete, indem sie ihre Stirnhaare ergriff und sie mitten über der Stirn gerade abschnitt.

»O Menschenskind, Maggie, du wirst was abkriegen!« rief Tom aus. »Schneid lieber nicht noch mehr ab.«

Schnipp! machte die große Schere wieder, während Tom noch sprach, und er konnte nicht umhin, das Ganze recht lustig zu finden – Maggie würde ja so komisch aussehen.

»Hier, Tom, schneid es mir hinten ab«, sagte Maggie, erregt von ihrem eigenen Mut und begierig, die Tat zu vollenden.
»Du kriegst bestimmt was ab«, sagte Tom, nickte ermahnend mit dem Kopf und zögerte ein bißchen, bevor er die Schere nahm.
»Macht nichts, beeil dich!« sagte Maggie und stampfte etwas mit dem Fuß auf. Ihre Wangen brannten.
Die schwarzen Haare waren so dick, nichts konnte verführerischer für einen Jungen sein, der schon das verbotene Vergnügen gekostet hatte, dem Pony die Mähne abzuschneiden. Ich wende mich an diejenigen, die die Genugtuung kennen, wenn man die beiden Schneiden durch eine gehörig widerspenstige Masse Haar hindurch aufeinandertreffen läßt. Ein köstlich knirschendes Schnipp und dann noch eins und noch eins, und das hintere Haar fiel schwer zu Boden und Maggie stand gestutzt da, gezackt und ungerade zwar, aber mit einem Gefühl von Klarheit und Freiheit, als ob sie aus dem Wald heraus auf offenes Feld gelangt wäre.
»O Maggie«, sagte Tom, sprang um sie herum und schlug sich auf die Knie beim Lachen. »O Menschenskind, wie komisch du aussiehst! Guck dich im Spiegel an – du siehst aus wie der Idiot, den wir in der Schule immer mit Nußschalen bewerfen.«
Maggie fühlte einen unerwarteten Stich. Zuvor hatte sie hauptsächlich an die Befreiung von dem lästigen Haar und den lästigen Bemerkungen darüber gedacht und ein wenig auch an den Triumph über ihre Mutter und ihre Tanten durch diese entschlossene Handlungsweise. Sie wollte nicht, daß ihr Haar hübsch aussehe – das stand außer Frage – sie wollte nur, daß die Leute sie für ein kluges kleines Mädchen hielten und nichts an ihr auszusetzen fänden. Aber jetzt, als Tom anfing, über sie zu lachen, und sagte, sie wäre wie der Idiot, bekam die Sache einen ganz neuen Aspekt. Sie sah in den Spiegel, und Tom lachte noch immer und klatschte mit den

Händen, und Maggies heiße Wangen wurden langsam blaß, und ihre Lippen begannen ein wenig zu zittern.
»O Maggie, du mußt jetzt gleich zum Essen hinuntergehen«, sagte Tom, »au weia!«
»Lach mich nicht aus, Tom«, sagte Maggie hitzig, brach in wütende Tränen aus, stampfte auf und gab ihm einen Stoß.
»Was denn, du Hitzkopf!« sagte Tom. »Wozu hast du es denn abgeschnitten? Ich werde jetzt hinuntergehen; ich kann riechen, daß das Essen aufgetragen wird.«
Er eilte nach unten und überließ die arme Maggie jenem bitteren Gefühl des Unwiderruflichen, das ein beinahe tägliches Erlebnis ihrer kleinen Seele war. Jetzt, da es getan war, sah sie deutlich genug, daß es sehr töricht war und daß sie nun mehr als je über ihr Haar zu hören und nachzudenken bekäme, denn Maggie stürzte sich mit leidenschaftlichem Impuls in ihre Taten und sah dann nicht nur deren Folgen, sondern auch was geschehen wäre, wenn sie sie nicht getan hätte, mit all den Einzelheiten und der übersteigerten Ausführlichkeit einer lebhaften Vorstellungskraft. Tom tat nie dergleichen törichte Dinge wie Maggie, denn er hatte eine wunderbare Gabe, instinktiv zu unterscheiden, was zu seinem Vorteil und was zu seinem Nachteil ausgehen würde, und so kam es, daß, obwohl er sehr viel eigensinniger und unbeugsamer war als Maggie, seine Mutter ihn kaum jemals ungezogen nannte. Und wenn Tom einen Fehler dieser Art beging, dann bekannte er sich dazu und hielt daran fest: es machte ihm nichts aus. Wenn er die Kutscherpeitsche seines Vaters zerbrach, weil er das Tor peitschte, dann konnte er nichts dafür – die Peitsche hätte sich nicht im Scharnier verfangen sollen. Wenn Tom Tulliver ein Tor peitschte, dann war er überzeugt, nicht daß das Peitschen von Toren durch alle Jungen eine zu rechtfertigende Handlung sei, sondern daß er, Tom Tulliver, zu rechtfertigen sei, wenn er dieses bestimmte Tor peitschte, und es tat ihm nicht leid. Aber Maggie

fühlte, als sie weinend vor dem Spiegel stand, daß es unmöglich sei, zum Essen hinunterzugehen und die strengen Augen und strengen Worte ihrer Tanten zu ertragen, während Tom und Lucy und Martha, die bei Tisch bediente, und vielleicht ihr Vater und ihre Onkel sie auslachten – denn wenn Tom sie ausgelacht hatte, würden es natürlich alle anderen auch tun, und wenn sie nur ihr Haar in Frieden gelassen hätte, dann könnte sie bei Tom und Lucy sitzen und Aprikosenpudding mit Vanillesoße essen. Was konnte sie anderes tun als schluchzen? Sie saß so hilflos und verzweifelt zwischen ihren schwarzen Haarbüscheln wie Ajax zwischen den geschlachteten Schafen[16]. Sehr trivial erscheint vielleicht dieser Schmerz gefeiten Sterblichen, die an Weihnachtsrechnungen, liebe Verstorbene und zerbrochene Freundschaften zu denken haben, aber er war für Maggie nicht weniger bitter – vielleicht war er sogar noch bitterer als das, was wir im Gegensatz dazu so gern die wahren Sorgen des reifen Lebens nennen. »Ach, mein Kind, du wirst dich erst noch über die wahren Sorgen zu grämen haben«, ist der Trost, der fast jedem von uns in seiner Kindheit zugesprochen wurde und den wir, seit wir erwachsen sind, anderen Kindern gegenüber wiederholt haben. Wir alle haben so jämmerlich geschluchzt, als wir mit bloßen Beinchen in kurzen Söckchen dastanden und unsere Mutter oder Kinderfrau an einem fremden Ort aus den Augen verloren hatten, aber wir können uns in den heftigen Schmerz jenes Augenblickes nicht mehr hineinversetzen und darüber weinen wie über die Leiden der vergangenen fünf oder zehn Jahre, an die wir uns erinnern. Ein jeder dieser bitteren Augenblicke hat seine Spur hinterlassen und ist in uns noch lebendig, aber diese Spuren haben sich unauflöslich vermischt mit der festeren Beschaffenheit der Zeit unserer Jugend und unseres Erwachsenseins, und so kommt es, daß wir auf die Nöte unserer Kinder mit lächelnder Ungläubigkeit in der Wirklichkeit ihres Schmerzes sehen können. Gibt es jemanden, der die Erfahrung seiner Kindheit wiedergewinnen kann, nicht nur als Erinnerung an das, was er tat und was mit ihm geschah, was er mochte und was er nicht mochte, als er noch ein Kittelchen und kurze Hosen trug, sondern mit innerer Durchdringung, als ein wiedererstandenes Bewußtsein dessen, was er damals fühlte –, damals, als es noch so lang von einem Mittsommer zum nächsten war? Was er fühlte, wenn seine Schulkameraden ihn von ihrem Spiel ausschlossen, weil er aus reinem Mutwillen den Ball verkehrt warf; oder an einem Regentag in den Ferien, wenn er nicht wußte, womit er sich beschäftigen sollte und von Müßiggang in Unfug verfiel, von Unfug in Trotz und von Trotz in Schmollen; oder wenn seine Mutter sich strikt weigerte, ihn in dem Halbjahr einen Anzug tragen zu lassen, obwohl jeder andere Junge seines Alters bereits im Anzug steckte. Sicherlich würden wir, wenn wir uns in jene frühe Bitternis und die unklaren Vermutungen, die merkwürdig perspektivelose Vorstellung vom Leben, die der Bitternis ihre Schärfe gab, noch hineinversetzen könnten, den Kummer unserer Kinder nicht geringschätzig abtun.

»Miss Maggie, du sollst jetzt sofort herunterkommen«, sagte Kezia, die eilig ins Zimmer trat. »Herrgott! Was hast du gemacht? So was Schreckliches hab ich ja noch nie gesehn!«

»Hör auf, Kezia«, sagte Maggie böse. »Geh weg!«

»Aber ich sag dir, du sollst herunterkommen, Miss, jetzt sofort. Deine Mutter hat's gesagt«, sagte Kezia, ging auf Maggie zu und nahm sie bei der Hand, um sie vom Boden aufstehen zu lassen.

»Geh weg, Kezia, ich will kein Essen«, sagte Maggie und sträubte sich gegen Kezias Arm. »Ich komme nicht!«

»Nun, ich kann nicht hierbleiben, ich muß beim Essen bedienen«, sagte Kezia und ging wieder hinaus.

»Maggie, du Dummchen«, sagte Tom, als er zehn Minuten später in das Zimmer spähte, »warum kommst du nicht zum Essen? Es gibt so viele gute Sachen, und

Mutter sagt, du sollst kommen. Warum weinst du denn, du Dusselchen?«

Oh, es war schrecklich. Tom war so hart und teilnahmslos. Wenn *er* weinend auf dem Fußboden gesessen hätte, hätte Maggie mitgeweint. Und es gab Essen, das so lecker war, und sie war *so* hungrig. Es war sehr bitter.

Aber Tom war nicht ganz so hart. Er war zwar nicht geneigt zu weinen und verspürte durch Maggies Kummer auch keine Minderung der Aussicht auf die süßen Sachen, aber er ging zu Maggie, legte seinen Kopf an ihren und sagte mit leiser, tröstender Stimme:

»Willst du denn nicht kommen, Magsie? Soll ich dir ein bißchen Pudding bringen, wenn ich meinen aufgegessen habe? Und Vanillesoße und all das?«

»Ja-a-a«, sagte Maggie und fing an, das Leben ein wenig erträglicher zu finden.

»Gut«, sagte Tom und ging wieder. Aber an der Tür wandte er sich noch einmal um und sagte: »Du solltest aber lieber kommen, weißt du. Es gibt noch einen Nachtisch – Nüsse nämlich – und Primelwein.«

Maggies Tränen waren versiegt, und sie sah nachdenklich drein, als Tom gegangen war. Seine Gutherzigkeit hatte ihrem Leid die größte Schärfe genommen, und die Nüsse mit Primelwein fingen an, ihren rechtmäßigen Einfluß zu behaupten.

Langsam erhob sie sich von ihren verstreuten Haarbüscheln, und langsam ging sie nach unten. Dann stand sie, eine Schulter gegen den Rahmen der Eßzimmertür gedrückt, und spähte hinein, da sie nur angelehnt war. Sie sah Tom und Lucy mit einem leeren Stuhl zwischen sich, und da war die Vanillesoße auf einem Beistelltisch – das war zuviel. Sie schlüpfte hinein und ging auf den leeren Stuhl zu. Aber kaum hatte sie sich hingesetzt, da bereute sie es auch schon und wünschte sich wieder fort.

Mrs. Tulliver stieß einen kurzen Schrei aus, als sie sie sah, und war so erschreckt, daß sie die große Soßenkelle in die Schüssel fallen ließ, was äußerst schwerwiegende Konsequenzen für das Tischtuch hatte. Denn Kezia hatte den Grund für Maggies Weigerung herunterzukommen nicht verraten, weil sie ihrer Herrin keinen Schock zufügen wollte, als diese gerade den Braten anschnitt, und Mrs. Tulliver dachte, es sei nichts Schlimmeres als ein Anfall von Widerspenstigkeit, der sich schon dadurch seine eigene Strafe auferlegte, daß er Maggie um ihr halbes Essen brachte.

Durch Mrs. Tullivers Schrei richteten sich alle Augen auf denselben Punkt, auf den sie starrte, und Maggies Wangen und Ohren begannen zu glühen, während Onkel Glegg, ein freundlich aussehender, weißhaariger alter Herr, sagte:

»Holla! Was für ein kleines Mädchen ist denn das? Ich kenne sie ja gar nicht. Ist es ein kleines Mädchen, das du von der Straße aufgelesen hast, Kezia?«

»Da ist sie doch hingegangen und hat ihre Haare selbst abgeschnitten«, sagte Mr. Tulliver mit gedämpfter Stimme zu Mr. Deane und lachte vor Vergnügen. »Hast du schon einmal so eine kleine Range gesehen?«

»Nun, kleines Fräulein, du hast dich aber sehr spaßig zugerichtet«, sagte Onkel Pullet und hatte vielleicht nie in seinem Leben eine Bemerkung gemacht, die als so peinigend empfunden wurde.

»Pfui, schäme dich!« sagte Tante Glegg in ihrem lautesten, ernstesten Ton des Tadels. »Kleine Mädchen, die sich selbst das Haar abschneiden, sollten Prügel bekommen und Wasser und Brot essen und nicht mit ihren Tanten und Onkeln bei Tisch sitzen.«

»Ja«, sagte Onkel Glegg, der dieser drohenden Ankündigung eine scherzhafte Wendung geben wollte, »sie muß ins Gefängnis gesteckt werden, glaube ich, und man wird ihr dort den Rest der Haare abschneiden, so daß es ganz gleichmäßig ist.«

»Jetzt sieht sie noch mehr wie eine Zigeunerin aus als sonst«, sagte Tante Pullet mitleidig. »Es ist sehr schade,

Schwester, daß das Mädchen so braun ist – der Junge ist doch auch hell. Ich glaube, es wird ihr im Leben noch Schwierigkeiten machen, daß sie so braun ist.«
»Sie ist ein ungezogenes Kind, das seiner Mutter noch das Herz brechen wird«, sagte Mrs. Tulliver mit Tränen in den Augen.
Maggie schien einem Chor von Vorwurf und Spott zuzuhören. Zuerst errötete sie aus Wut, die ihr vorübergehend eine trotzige Kraft verlieh, und Tom dachte, sie würde es tapfer durchstehen, unterstützt durch Pudding und Vanillesoße, die gerade aufgetragen worden waren. Unter diesem Eindruck flüsterte er: »O je, Maggie, ich hab dir ja gesagt, daß du was abkriegst.« Es war freundlich gemeint, aber Maggie war überzeugt, daß Tom sich an ihrer Schmach ergötzte. Ihre schwache, trotzige Kraft verließ sie sofort, ihr Herz schwoll, und sie sprang von ihrem Stuhl auf, um zu ihrem Vater zu laufen, barg ihr Gesicht an seiner Schulter und brach in lautes Schluchzen aus.
»Na komm, mein Mädel«, sagte ihr Vater begütigend und legte seinen Arm um sie, »mach dir nichts draus; du konntest es ruhig abschneiden, wenn es dich ärgerte. Hör auf zu weinen, Vater hält zu dir.«
Köstliche Worte der Zärtlichkeit! Maggie vergaß nie auch nur einen dieser Augenblicke, wenn ihr Vater zu ihr hielt; sie bewahrte sie in ihrem Herzen und dachte lange Jahre später noch daran, als alle anderen sagten, ihr Vater hätte schlecht an seinen Kindern gehandelt.
»Wie dein Mann das Kind verwöhnt, Bessy!« sagte Mrs. Glegg in einem lauten Beiseite zu Mrs. Tulliver. »Es wird noch ihr Unglück sein, wenn du nicht aufpaßt. *Mein* Vater hat seine Kinder nicht so erzogen, sonst wären wir wohl nicht die Familie geworden, die wir sind.«
Mrs. Tullivers häuslicher Kummer schien in diesem Augenblick den Punkt erreicht zu haben, an dem Empfindungslosigkeit anfängt. Sie schenkte der Bemerkung ihrer Schwester keine Beachtung, sondern warf die Bän-

der ihres Häubchens zurück und teilte in stummer Resignation den Pudding aus.
Mit dem Nachtisch kam dann gänzlich Rettung für Maggie, denn man sagte den Kindern, sie könnten Nüsse und Wein mit ins Sommerhaus nehmen, da es so ein milder Tag sei, und sie eilten in den Garten mit seinen knospenden Büschen hinaus mit der Schnelligkeit kleiner Tierchen, die einem Brennglas entschlüpfen.
Mrs. Tulliver hatte ihren besonderen Grund für diese Erlaubnis; nun, da das Essen beendet war und jedermanns Sinn unbeschäftigt, war es der rechte Augenblick, um Mr. Tullivers Absicht hinsichtlich Tom mitzuteilen, und für Tom selbst wäre es ebenso gut, wenn er nicht dabei wäre. Die Kinder waren es zwar gewohnt zu hören, daß man über sie so frei sprach, als wären sie Vögel und könnten nichts verstehen, so sehr sie auch ihre Hälse reckten und lauschten, aber in dieser Angelegenheit zeigte Mrs. Tulliver eine ungewöhnliche Umsicht, da ihr erst kürzlich aufgefallen war, daß es für Tom ein wunder Punkt war, bei einem Geistlichen in die Schule zu gehen, denn er betrachtete es als dasselbe, als wenn man bei einem Wachtmeister zur Schule ginge. Mrs. Tulliver fühlte bekümmert, daß ihr Mann tun würde, was er wollte, was immer Schwester Glegg auch sagte, oder auch Schwester Pullet, aber wenigstens würden sie nicht sagen können, wenn die Sache ungünstig ausginge, daß Bessy sich der Torheit ihres Mannes angeschlossen hätte, ohne ihre eigenen Angehörigen nur eine Silbe davon wissen zu lassen.
»Mr. Tulliver«, sagte sie und unterbrach ihren Mann in seinem Gespräch mit Mr. Deane, »es ist jetzt an der Zeit, den Tanten und Onkeln der Kinder zu sagen, was du mit Tom vorhast, nicht wahr?«
»Nun gut«, sagte Mr. Tulliver recht scharf, »ich habe nichts dagegen, es irgend jemandem zu sagen, was ich mit ihm zu tun gedenke. – Ich habe vereinbart«, setzte er hinzu und sah Mr. Glegg und Mr. Deane an, »ich habe

vereinbart, ihn zu einem Mr. Stelling zu schicken, einem Pastor, drüben in King's Lorton, einem ungewöhnlich klugen Menschen, soweit ich gehört hab, der ihm die meisten Dinge beibringen kann.«
Ein Knistern der Überraschung ging durch die Gesellschaft, wie man es in einem Dorfgottesdienst wahrnehmen kann, wenn die Versammelten von der Kanzel eine Anspielung auf Begebenheiten ihres Alltags hören. Ebenso erstaunlich war es für die Tanten und Onkel, daß ein Pastor in Mr. Tullivers familiäre Angelegenheiten Eingang gefunden hatte. Was Onkel Pullet betraf, so hätte er kaum gründlicher verwirrt sein können, wenn Mr. Tulliver gesagt hätte, er würde Tom zum Lordkanzler schicken, denn Onkel Pullet gehörte zu jener erloschenen Klasse freier britischer Grundbesitzer, die, in gutes schwarzes Tuch gekleidet, hohe Zinsen und Abgaben zahlten, zur Kirche gingen und sonntags ein besonders gutes Essen aßen, und es sich dabei nicht träumen ließen, daß die britische Verfassung in Kirche und Staat einen nachweisbaren Ursprung hatte ebenso wie das Sonnensystem und die Fixsterne. Es ist betrüblich, aber wahr, daß Mr. Pullet eine äußerst wirre Vorstellung von einem Bischof als einer Art Baron hatte, der ein Geistlicher sein mochte oder auch nicht; und da der Pfarrer seiner eigenen Gemeinde ein Mann aus einer Familie von hohem Rang und Vermögen war, lag die Vorstellung, daß ein Geistlicher ein Schulmeister sein könnte, Mr. Pullets Erfahrung zu fern, um leicht faßbar zu sein. Ich weiß, daß es für Leute in unserer gebildeten Zeit schwierig ist, Onkel Pullets Unwissenheit zu glauben, aber man möge sich einmal auf die bemerkenswerten Ergebnisse einer großen natürlichen Begabung unter günstigen Umständen besinnen. Und Onkel Pullet hatte eine große natürliche Begabung zur Unwissenheit. Er war der erste, der seinem Erstaunen Ausdruck verlieh.
»Nanu, wozu willst du ihn denn zu einem Pastor schikken?« sagte er mit einem verwunderten Blinzeln in den

Augen und sah Mr. Glegg und Mr. Deane an, um zu sehen, ob sie irgendwelche Zeichen von Verstehen zeigten.

»Nun, weil die Pastoren die besten Schulmeister sind, soweit ich feststellen kann«, sagte der arme Mr. Tulliver, der im Irrgarten dieser verwirrenden Welt jedes Stichwort mit großer Bereitschaft und Zähigkeit ergriff. »Jacobs in der Lehranstalt ist kein Pastor, und er hat den Jungen sehr schlecht behandelt, und ich hab beschlossen, daß, wenn ich ihn wieder zur Schule schicke, es jemand sein muß, der anders ist als Jacobs. Und dieser Mr. Stelling ist, soviel ich weiß, genau der Mann, den ich suche. Und ich will, daß der Junge zu Mittsommer zu ihm gehen soll«, schloß er in entschiedenem Ton, klopfte auf seine Schnupftabaksdose und nahm eine Prise.

»Dann wirst du aber alle halbe Jahr eine gehörige Rechnung zu zahlen haben, was, Tulliver? Die Geistlichen setzen ihre Vorstellungen im allgemeinen ziemlich hoch an«, sagte Mr. Deane und nahm eine kräftige Prise Schnupftabak wie immer, wenn er sich eine neutrale Position bewahren wollte.

»Was denn, glaubst du, ein Pfarrer könnte ihn lehren, eine gute Sorte Weizen zu erkennen, wenn er sie sieht, Schwager Tulliver?« sagte Mr. Glegg, der gern scherzte, und, da er sich vom Geschäft zurückgezogen hatte, glaubte, daß es nicht nur erlaubt sei, sondern ihm sogar gut anstünde, die Dinge von der scherzhaften Seite zu betrachten.

»Nun, ihr seht, ich habe für Tom ’nen Plan im Kopf«, sagte Mr. Tulliver. Nach dieser Erklärung machte er eine Pause und erhob sein Glas.

»Nun, wenn man mir erlaubt zu sprechen, und das tut man selten«, sagte Mrs. Glegg bitter, »dann würde ich gern wissen, was es für einen Zweck haben soll, den Jungen über seine Verhältnisse zu erziehen.«

»Tja«, sagte Mr. Tulliver und sah dabei nicht Mrs. Glegg, sondern den männlichen Teil seiner Zuhörer-

schaft an, »seht ihr, ich habe mich entschlossen, Tom nicht für meinen eigenen Beruf auszubilden. Ich habe mir schon immer darüber Gedanken gemacht, und ich habe mich dann so entschlossen durch das, was ich bei Garnett und *seinem* Sohn sah. Ich habe vor, ihn in ein Geschäft zu geben, in das er ohne Kapital eintreten kann, und ich will ihm 'ne Ausbildung geben, daß er es mit Advokaten und solchen Leuten aufnehmen und mir hin und wieder 'nen Rat geben kann.«
Mrs. Glegg gab einen längeren Kehllaut von sich, mit geschlossenen Lippen, die mitleidig und verächtlich zugleich lächelten.
»Für manche Leute wäre es erheblich besser«, sagte sie nach dieser Ankündigung, »wenn sie die Advokaten in Frieden ließen.«
»Steht er denn einer höheren Schule vor, dieser Geistliche – so wie der in Market Bewley?« sagte Mr. Deane.
»Nein, nichts dergleichen«, sagte Mr. Tulliver. »Er nimmt nicht mehr als zwei oder drei Schüler – so hat er nämlich um so mehr Zeit, sich ihnen zu widmen.«
»Aha, und dann wird er mit der Ausbildung schneller fertig; man kann ja nicht viel auf einmal lernen, wenn zu viele da sind«, sagte Onkel Pullet, der meinte, daß er allmählich Einblick in diese schwierige Angelegenheit bekäme.
»Aber er wird desto mehr Schulgeld fordern, fürchte ich«, sagte Mr. Glegg.
»Naja, einen glatten Hunderter im Jahr, das ist alles«, sagte Mr. Tulliver mit einigem Stolz über seinen mutigen Kurs. »Aber 's ist doch auch 'ne Investition; Toms Ausbildung wird für ihn 'n großes Kapital sein.«
»Ja, da ist was dran«, sagte Mr. Glegg. »Tja, Schwager Tulliver, du könntest recht haben, du könntest recht haben:

Wenn Geld und Gut sind ausgegeben,
bleibt nur Gelehrsamkeit fürs Leben.[17]

Ich erinnere mich, diese beiden Zeilen an einem Fenster in Buxton gesehen zu haben. Aber wir, die wir keine Gelehrsamkeit haben, sollten wohl besser unser Geld hüten, was, Schwager Pullet?« Mr. Glegg rieb sich die Knie und sah vergnügt drein.

»Mr. Glegg, ich wundere mich über dich«, sagte seine Frau. »Das paßt sich doch nicht für einen Mann von deinem Alter und deinen Verhältnissen.«

»Was paßt nicht, Mrs. G.?« sagte Mr. Glegg und blinzelte vergnügt in die Runde. »Mein neuer blauer Rock, den ich anhabe?«

»Ich bedauere deine Schwäche, Mr. Glegg. Ich meine, es paßt sich nicht, einen Witz zu machen, wenn man sieht, daß die eigenen Verwandten sich kopfüber ins Unglück stürzen.«

»Wenn du mich damit meinst«, sagte Mr. Tulliver reichlich gereizt, »so brauchst du dir nicht die Mühe zu machen, dich um mich zu sorgen. Ich kann mit meinen eigenen Angelegenheiten fertig werden, ohne andere Leute zu behelligen.«

»Ach, herrje«, sagte Mr. Deane, indem er geschickt einen neuen Gedanken vorbrachte, »jetzt, wo ich darüber nachdenke, fällt mir ein, daß jemand sagte, daß Wakem *seinen* Sohn – den verwachsenen Jungen – zu einem Geistlichen schicken wollte, nicht wahr, Susan?« wandte er sich an seine Frau.

»Darüber weiß ich nichts«, sagte Mrs. Deane und preßte wieder die Lippen aufeinander. Mrs. Deane war keine Frau, die Partei ergriff, wenn die Geschosse flogen.

»Nun«, sagte Mr. Tulliver, der nur noch lebhafter sprach, um Mrs. Glegg zu zeigen, daß er sich um sie nicht kümmerte, »wenn Wakem seinen Sohn zu einem Geistlichen schicken will, dann könnt ihr glauben, daß auch ich keinen Fehler mache, wenn ich Tom zu einem schicke. Wakem ist der größte Schurke, den der Leibhaftige je gemacht hat, aber er kennt die Schuhgröße von jedem, mit dem er zu tun hat. Ja, ja, sagt mir, wer

Wakems Schlachter ist, und ich sage euch, wo ihr Fleisch kaufen sollt.«

»Aber Anwalt Wakems Sohn hat 'nen Buckel«, sagte Mrs. Pullet, die das Gefühl hatte, daß die ganze Angelegenheit etwas von einer Beerdigung an sich hatte, »so ist's viel natürlicher, *ihn* zu einem Geistlichen zu schicken.«

»Ja«, sagte Mr. Glegg und deutete Mrs. Pullets Bemerkung mit irrtümlicher Plausibilität, »du mußt folgendes bedenken, Schwager Tulliver: Wakems Sohn wird wahrscheinlich keinen Beruf ergreifen. Wakem will einen Gentleman aus ihm machen, dem Armen.«

»Mr. Glegg«, sagte Mrs. Glegg in einem Ton, der verriet, daß ihre Empörung ein wenig sprudeln und zischen würde, obwohl sie entschlossen war, sie verkorkt zu lassen, »du solltest lieber den Mund halten. Mr. Tulliver möchte weder deine Meinung hören noch die meine. Es gibt Leute auf der Welt, die immer alles besser wissen als alle andern.«

»Man sollte allerdings meinen, daß du das bist, wenn man dich reden hört«, sagte Mr. Tulliver, der wieder zu schäumen begann.

»Oh, *ich* sage gar nichts«, sagte Mrs. Glegg sarkastisch. »Mein Rat wurde nicht erbeten, und ich gebe ihn auch nicht.«

»Das ist dann das erste Mal«, sagte Mr. Tulliver. »Es ist das einzige, das zu geben du nur zu bereit bist.«

»Vielleicht war ich allzu bereit zu leihen, wenn ich nicht bereit zu geben war«, sagte Mrs. Glegg. »Es gibt Leute, denen ich Geld geliehen habe, und vielleicht werde ich es deshalb nochmal bereuen, daß ich mein Geld an Verwandte verliehen habe.«

»Na, na, na«, sagte Mr. Glegg begütigend. Aber Mr. Tulliver ließ sich an seiner Erwiderung nicht hindern.

»Ich denke, du hast eine Sicherheit dafür erhalten«, sagte er, »und du hast deine fünf Prozent bekommen, Verwandtschaft hin, Verwandtschaft her.«

»Schwester«, sagte Mrs. Tulliver flehend, »trink deinen Wein und laß mich dir ein paar Mandeln und Rosinen geben.«
»Bessy, du tust mir leid«, sagte Mrs. Glegg, ganz mit dem Instinkt eines Hundes, der die Gelegenheit ergreift, sein Bellen gegen den Mann zu richten, der keinen Stock bei sich hat. »Es ist erbärmlich, jetzt von Mandeln und Rosinen zu reden.«
»Herrje, Schwester Glegg, sei nicht so zänkisch«, sagte Mrs. Pullet und fing ein wenig an zu weinen. »Du könntest 'nen Schlaganfall bekommen, wenn du dich direkt nach dem Essen so erhitzt, und wir haben allesamt grade die Trauer abgelegt – und alle in Kleidern mit dem gleichen Flor, die wir gerade weggepackt haben – das ist sehr schlimm unter Schwestern.«
»Ich will meinen, daß es sehr schlimm ist«, sagte Mrs. Glegg. »Es ist weit gekommen, wenn eine Schwester die andere in ihr Haus einlädt mit der Absicht, mit ihr zu streiten und sie zu beleidigen.«
»Sachte, sachte, Jane, sei vernünftig, sei vernünftig«, sagte Mr. Glegg.
Aber während er noch sprach, brauste Mr. Tulliver, der keineswegs genug gesagt hatte, um seinen Zorn zu befriedigen, von neuem auf.
»Wer will mit dir streiten?« sagte er. »Du bist es doch, die niemanden in Ruhe lassen kann, sondern an allen herumnörgeln muß. Ich würde nie mit einer Frau streiten wollen, die weiß, was sich gehört.«
»Was sich gehört!« sagte Mrs. Glegg mit noch schrillerer Stimme. »Höherstehende als du, Mr. Tulliver, die jetzt tot und im Grabe sind, behandelten mich mit ganz anderem Respekt als du – obwohl ich einen Ehemann habe, der danebensitzt und sieht, wie ich beleidigt werde von solchen, die nie so weit gekommen wären, wenn es nicht welche in unserer Familie gegeben hätte, die sich schlechter verheirateten, als sie es nötig hatten.«
»Was das angeht«, sagte Mr. Tulliver, »so ist meine

Familie so gut wie deine – und besser, denn es gibt keine so verdammt übellaunige Frau darin.«

»So!« sagte Mrs. Glegg und erhob sich von ihrem Stuhl. »Ich weiß nicht, ob du es schön findest, dabeizusitzen und zuzuhören, wie ich beschimpft werde, Mr. Glegg, aber ich beabsichtige nicht, auch nur eine Minute länger in diesem Haus zu verweilen. Du kannst zurückbleiben und mit dem Einspänner heimkommen – ich werde zu Fuß nach Hause gehen.«

»Du liebe Zeit, du liebe Zeit«, sagte Mr. Glegg betrübt, als er seiner Frau aus dem Zimmer folgte.

»Mr. Tulliver, wie konntest du nur so reden?« sagte Mrs. Tulliver mit Tränen in den Augen.

»Laß sie gehen«, sagte Mr. Tulliver, zu hitzig, um durch irgendeine Tränenmenge gedämpft werden zu können. »Laß sie gehen, je eher, desto besser; sie wird so schnell nicht wieder versuchen, mich in die Schranken zu weisen.«

»Schwester Pullet«, sagte Mrs. Tulliver hilflos, »glaubst du, daß es nützen würde, wenn du ihr nachgingest und versuchtest, sie zu besänftigen?«

»Lieber nicht, lieber nicht«, sagte Mr. Deane. »Du kannst es an einem anderen Tag in Ordnung bringen.«

»Wollen wir dann hinausgehen, Schwestern, und nach den Kindern sehen?« sagte Mrs. Tulliver und trocknete ihre Augen.

Kein Vorschlag hätte angebrachter sein können. Mr. Tulliver hatte das Gefühl, als ob die Luft von lästigen Fliegen befreit sei, nun da die Frauen aus dem Zimmer waren. Es gab nur weniges, das er mehr schätzte als einen Schwatz mit Mr. Deane, dessen angestrengte geschäftliche Tätigkeit dieses Vergnügen nur selten erlaubte. Mr. Deane war, wie er meinte, der gebildetste Mensch in seiner Bekanntschaft, und darüber hinaus verfügte er über eine scharfe Zunge, die Mr. Tullivers eigenen Hang in der Richtung ergänzte, der auf einem weitgehend unartikulierten Stand stehengeblieben war. Und nun, da die Frauen gegangen waren, konnten sie ihr ernsthaftes Gespräch ohne läppische Unterbrechung weiterführen. Sie konnten ihre Ansichten über den Herzog von Wellington austauschen, dessen Verhalten in der Katholischen Frage ein so völlig neues Licht auf seinen Charakter geworfen hatte, und mit Geringschätzung von seinem Verhalten bei der Schlacht von Waterloo sprechen, die er nie gewonnen hätte, wenn er nicht so viele Engländer im Rücken gehabt hätte, gar nicht zu reden von Blücher und den Preußen, die, wie Mr. Tulliver von jemandem wußte, der über besonderes Wissen in der Angelegenheit verfügte, gerade zur rechten Zeit gekommen waren, obwohl es hier eine kleine Meinungsverschiedenheit gab, denn Mr. Deane merkte an, daß er nicht geneigt sei, den Preußen allzu viel zugute zu halten – der Bau ihrer Schiffe zusammen mit den unbefriedigenden geschäftlichen Unternehmungen in bezug auf Danziger Bier bewogen ihn, eine recht niedrige Meinung vom preußischen Schneid im allgemeinen zu hegen. Da Mr. Tulliver hier aus dem Felde geschlagen war, ging er dazu über, seine Sorge darüber zum Ausdruck zu bringen, daß das Land nie mehr das sein könne, was es einmal gewesen war, aber Mr. Deane, der zu einem Unternehmen gehörte, dessen Umsatz im Steigen begriffen war, hatte natürlicherweise eine sorglosere Ansicht von der Gegenwart und konnte einige Einzelheiten zum Stand der Importe, insbesondere von Häuten und Zink, nennen, die Mr. Tullivers Gemüt beruhigten, indem sie die Zeit, wenn das Land endgültig zur Beute von Papisten und Radikalen geworden sein würde und es keine Chance mehr für ehrliche Menschen gäbe, in weitere Ferne rückten.

Onkel Pullet saß dabei und hörte sich diese hohen Angelegenheiten mit zwinkernden Augen an. Er selbst verstand nichts von Politik – er hielt sie für eine natürliche Begabung – aber soweit er sehen konnte, war dieser Herzog von Wellington doch ein wenig zweifelhaft.

Kapitel 8

Mr. Tulliver zeigt eine schwache Seite

»Angenommen, Schwester Glegg verlangt ihr Geld zurück – es wäre sehr unangenehm für dich, wenn du jetzt fünfhundert Pfund aufbringen müßtest«, sagte Mrs. Tulliver am Abend zu ihrem Mann, als sie eine jammernde Rückschau auf den Tag hielt.

Mrs. Tulliver war nun schon dreizehn[18] Jahre verheiratet, doch hatte sie sich eine Fähigkeit in der ganzen Frische ihrer ersten Ehejahre bewahrt, nämlich ihrem Mann Dinge zu sagen, die ihn in eine Richtung lenkten, die der von ihr gewünschten entgegengesetzt war. Es ist wunderbar, wie mancher Geist sich auf diese Weise seine Blütezeit erhält, so wie ein altehrwürdiger Goldfisch sich bis zuletzt die jugendliche Illusion bewahrt, daß er geradewegs durch das ihn umgebende Glas hinausschwimmen könne. Mrs. Tulliver war ein liebenswerter Fisch dieser Art, und nachdem sie dreizehn Jahre lang mit dem Kopf gegen dieselbe unnachgiebige Materie gerannt war, tat sie es auch heute wieder mit ungetrübtem Eifer.

Ihre Bemerkung führte geradewegs dahin, Mr. Tulliver zu überzeugen, daß es keineswegs unangenehm für ihn wäre, fünfhundert Pfund aufzubringen, und als Mrs. Tulliver ihn drängte, sie wissen zu lassen, *wie* er sie aufbringen würde, ohne die Mühle und das Haus zu verpfänden, die er, wie er gesagt hatte, doch niemals verpfänden würde, da die Leute heutzutage keineswegs bereitwillig Geld ohne Sicherheit verliehen, da erklärte Mr. Tulliver, der langsam hitzig wurde, daß Mrs. Glegg ihr Geld zurückverlangen könne oder nicht – er würde es sowieso zurückzahlen. Er wolle den Schwestern seiner Frau nicht verpflichtet sein. Wenn ein Mann in eine Familie eingeheiratet hätte, wo es eine ganze Brut von Frauen gab, dann könnte er sich viel gefallen lassen, wenn er wollte. Aber Mr. Tulliver wollte *nicht*.

Mrs. Tulliver weinte ein wenig vor sich hin, als sie ihre Nachtmütze aufsetzte, aber kurz darauf sank sie in einen tröstlichen Schlaf, eingelullt durch den Gedanken, daß sie morgen alles mit ihrer Schwester Pullet besprechen würde, wenn sie mit den Kindern nach Garum Firs zum Tee ginge. Nicht, daß sie sich irgendein bestimmtes Resultat von dem Gespräch erhoffte, aber es schien unmöglich, daß vergangene Ereignisse so hartnäckig sein sollten, daß sie unverändert blieben, wenn man über sie jammerte. Ihr Ehemann lag noch länger wach, denn auch er dachte an einen Besuch, den er am nächsten Tag abstatten wollte, und seine diesbezüglichen Gedanken waren nicht so vage und beruhigend wie jene seiner liebenswerten Ehegefährtin.

Unter dem Einfluß eines heftigen Gefühls handelte Mr. Tulliver mit einer unvermittelten Eile, die vielleicht nicht vereinbar erscheint mit dem quälenden Gefühl der Kompliziertheit und Verworrenheit menschlicher Angelegenheiten, das seine leidenschaftsloseren Überlegungen bestimmte; aber in Wirklichkeit ist es nicht unwahrscheinlich, daß eine Beziehung zwischen diesen offensichtlich widersprüchlichen Phänomenen bestand, denn ich habe beobachtet, daß man, wenn man den Eindruck erhalten will, daß ein Knäuel verwickelt ist, nur hastig an einem einzigen Faden zu ziehen braucht. Dieser Eile zufolge war Mr. Tulliver am nächsten Tag kurz nach dem Essen (er hatte einen gesunden Magen) zu Pferde und auf dem Weg nach Basset, um seine Schwester Moss und ihren Mann zu besuchen. Denn da er sich unwiderruflich dazu entschlossen hatte, Mrs. Glegg ihr Darlehen von fünfhundert Pfund zurückzuzahlen, kam es ihm natürlicherweise in den Sinn, daß er einen Schuldschein über dreihundert Pfund besaß, die er seinem Schwager Moss geliehen hatte, und wenn der besagte Schwager innerhalb einer gesetzten Zeit das Geld zurückzahlen könnte, dann würde das sehr dazu beitragen, das fälschliche Ansehen von Unannehmlichkeit zu mildern, das Mr.

Tullivers energischem Schritt in den Augen schwacher Menschen anhaften könnte, die genau zu wissen verlangen, *wie* eine Sache getan wird, bevor sie fest davon überzeugt sind, daß es einfach ist.

Denn Mr. Tulliver war weder in einer neuen noch in einer besonderen Lage, sondern eher in einer, die wie andere alltägliche Dinge mit Sicherheit einen kumulativen Effekt hat, der sich auf die Dauer bemerkbar macht; er wurde für einen wesentlich wohlhabenderen Mann gehalten, als er in Wirklichkeit war. Und da wir alle geneigt sind zu glauben, was die Welt von uns glaubt, war es seine Gewohnheit, an Fehlschläge und Ruin mit derselben Art entfernten Mitleids zu denken, mit der ein dürrer, langhalsiger Mann hört, daß sein übergewichtiger, kurzhalsiger Nachbar einen Schlaganfall erlitten hat. Er war es schon immer gewohnt gewesen, angenehme Scherze über seine vorteilhafte Stellung als ein Mann, der seine eigene Mühle betrieb und ein schönes Stück Land besaß, zu hören, und diese Scherze bewahrten ihm das Gefühl, daß er ein Mann von beträchtlichem Reichtum sei. Sie gaben dem Gläschen am Markttag einen angenehmen Beigeschmack, und wenn nicht die halbjährlich wiederkehrenden Zahlungen gewesen wären, hätte Mr. Tulliver ganz vergessen, daß eine Hypothek von zweitausend Pfund auf diesem so begehrenswerten Grundbesitz lag. Dies war nicht allein sein eigener Fehler, denn eintausend Pfund waren das Erbe seiner Schwester, das er ihr bei ihrer Heirat auszahlen mußte, und ein Mann, der Nachbarn hat, die meinen, sie müßten dauernd mit ihm vor Gericht gehen, wird seine Hypotheken wohl nicht abbezahlen, vor allem wenn er die gute Meinung seiner Bekannten genießt, die schon mal hundert Pfund borgen wollen gegen Sicherheit, die über die Niederlegung auf Pergament erhaben ist. Unser Freund Mr. Tulliver hatte eine gutmütige Ader und konnte nicht einmal seiner Schwester etwas abschlagen, die nicht nur als so überflüssig auf die Welt gekommen war, wie es

Schwestern nun einmal sind, die nur Hypotheken notwendig machen, sondern die sich durch ihre Heirat auch noch selbst erniedrigt und ihre Fehler dadurch gekrönt hatte, daß sie ein achtes Kind bekam. In diesem Punkte war sich Mr. Tulliver einer kleinen Schwäche bewußt, aber er entschuldigte sie vor sich selbst damit, daß er sagte, daß die arme Gritty ein gutaussehendes Mädel gewesen war, bevor sie Moss heiratete – manchmal sagte er dies sogar mit einem leichten Beben in der Stimme.

Aber an diesem Morgen war er in einer Stimmung, die einem Geschäftsmann eher anstand, und während seines Rittes über die Feldwege von Basset mit ihren tiefen Furchen, die so weit von einem Marktort entfernt lagen, daß die Mühe, Lebensmittel und Dünger zu holen, ausreichte, um den größten Teil des Ertrags von solch kargem Land wie dem dieses Kirchspiels aufzuzehren – da steigerte er sich in einen beträchtlichen Zorn gegen Moss als einen Mann ohne Kapital, der, wenn Viehseuche und Pflanzenbrand umgingen, mit Sicherheit betroffen war, und der, je mehr man versuchte, ihm aus dem Dreck zu helfen, nur desto tiefer einsank. Es würde ihm jetzt mehr nützen als schaden, wenn er gezwungen wäre, die dreihundert Pfund aufzubringen, es würde ihn dazu bringen, besser aufzupassen und sich diesmal nicht so dumm mit seiner Wolle anzustellen wie im letzten Jahr; tatsächlich war Mr. Tulliver zu nachsichtig gegen seinen Schwager gewesen, und weil er die Zinsen zwei Jahre lang hatte weiterlaufen lassen, dachte Moss höchstwahrscheinlich, daß er nie wieder wegen der Summe bemüht werden sollte. Aber Mr. Tulliver war entschlossen, solch pflichtvergessene Leute nicht länger zu fördern, und ein Ritt über die Feldwege von Basset konnte den Beschluß eines Mannes kaum durch Besänftigung entkräften. Die tiefen Abdrücke von Hufen, die von den morastigsten Tagen des Winters herrührten, schüttelten ihn von Zeit zu Zeit und veranlaßten ihn zu einem unbesonnenen, aber befreienden Knurren gegen den Vater aller Advokaten, der, ob nun mittels seines Pferdefußes oder auf andere Weise, zweifelsohne etwas mit dem Zustand dieser Wege zu tun hatte; weite Flächen wüsten Landes und verkommene Zäune, die er erblickte, trugen sehr zu seinem Unwillen gegenüber Schwager Moss bei, obwohl sie gar nicht zum Hof jenes unglücklichen Landwirtes gehörten. Wenn es nicht Moss' Brachland war, so hätte es das doch sein können; Basset war überall gleich, es war ein bettelarmes Kirchspiel nach Mr. Tullivers Ansicht, und seine Ansicht war sicherlich nicht unbegründet. Basset hatte armseligen Boden, armselige Wege, einen armen Gutsherrn, der nicht dort wohnte, einen armen Vikar, der auch nicht dort wohnte, und nur gelegentlich einen Hilfspfarrer, ebenfalls arm. Falls jemand, beeindruckt von der Macht des menschlichen Geistes, über die Umstände zu triumphieren, behaupten will, daß die Gemeinde von Basset trotzdem eine überlegene Klasse von Menschen hätte sein können, so habe ich nichts gegen diese abstrakte Behauptung vorzubringen, ich weiß nur, daß in Wirklichkeit der Geist von Basset mit den Umständen völlig in Einklang stand. Die morastigen Wege, grün oder lehmig, die für ein ungeübtes Auge nirgendwohin als ineinander zu führen schienen, führten in Wirklichkeit bei einiger Geduld auf eine entfernte Landstraße, aber noch häufiger führten sie viele Füße in Basset zu einem Mittelpunkt der Zerstreuung, der offiziell »Zum Marquis von Granby« hieß, unter Eingeweihten jedoch nur »Dickinson«. Ein großer niedriger Raum mit sandbestreutem Fußboden, Geruch von kaltem Tabak, vermischt mit dem von vergessenen Bierresten, Mr. Dickinson, der mit einem melancholischen, pickligen Gesicht am Türpfosten lehnte und im Tageslicht so unbedeutend aussah wie eine heruntergetropfte Kerze vom Vorabend – all dies mag nicht als eine sehr verführerische Art von Verlockung erscheinen; aber die Mehrzahl der Männer von Basset fand es unwiderstehlich anziehend, wenn sie gegen vier Uhr an einem Winternachmittag auf ihrem Wege daran vorbeikamen, und wenn eine Frau in Basset betonen wollte, daß ihr Ehemann kein vergnügungssüchtiger Mensch sei, dann konnte sie das nicht mehr unterstreichen, als wenn sie sagte, daß er von einem Pfingstfest zum nächsten keinen Schilling bei Dickinson ausgab. Mrs. Moss hatte das von *ihrem* Mann mehr als einmal gesagt, wenn ihr Bruder dazu aufgelegt war, ihn zu bekritteln, so wie er es mit Sicherheit heute war. Auch konnte nichts weniger besänftigend für Mr. Tulliver sein als das Benehmen des Hoftores, das, sobald er versuchte, es mit seiner Reitgerte aufzustoßen, sich so verhielt, wie es Tore ohne die obere Angel bekanntlich tun, als eine Gefahr für Schienbeine, sowohl von Pferden als auch von Menschen. Er wollte eben absteigen und sein Pferd durch den feuchten Schmutz des leeren Hofes, auf den große Fachwerkgebäude einen düsteren Schatten warfen, bis zu dem langgestreckten, baufälligen Wohnhaus führen, das auf einer Erhöhung stand, als gerade zur rechten Zeit ein Hütejunge erschien, der verhinderte, daß er aufgeben mußte, was er sich vorgenommen hatte, nämlich während dieses Besuches nicht von seinem Pferd zu steigen. Wenn ein Mann hart sein will, dann bleibe er im Sattel und spreche von der Höhe über bittende Augen hinweg, den weiten Horizont beherrschend. Mrs. Moss hörte das Geräusch der Hufe und war, als ihr Bruder heranritt, schon vor der Küchentür, mit einem matten Lächeln auf dem Gesicht und einem dunkeläugigen Säugling im Arm. Mrs. Moss' Gesicht zeigte kaum noch Ähnlichkeit mit dem ihres Bruders. Die kleine runde Hand des Säuglings, die sich gegen ihre Wange preßte, schien noch auffälliger zu zeigen, daß die Wange fahl geworden war.

»Bruder, ich freue mich, dich zu sehen«, sagte sie liebevoll, »ich hatte dich heute nicht erwartet. Wie geht es dir?«

»Oh, recht gut, Mrs. Moss, recht gut«, antwortete der

Bruder mit kühler Zurückhaltung, als ob es ein wenig zu dreist von ihr sei, diese Frage zu stellen. Sie wußte sofort, daß ihr Bruder nicht in guter Stimmung war. Er nannte sie nie Mrs. Moss, außer wenn er ärgerlich war oder wenn sie sich in Gesellschaft befanden, aber sie dachte, es läge wohl in der Ordnung der Natur, daß Leute, die sich nicht gut standen, von oben herab behandelt würden. Mrs. Moss gründete ihren Standpunkt nicht auf die Gleichheit der menschlichen Rasse, sie war eine geduldige, kinderreiche Frau mit einem liebenden Herzen.

»Dein Mann ist wohl nicht im Haus?« setzte Mr. Tulliver nach einer bedenklichen Pause hinzu, während der vier Kinder herausgelaufen kamen wie Küken, deren Mutter plötzlich hinter dem Hühnerstall verschwunden ist.

»Nein«, sagte Mrs. Moss, »aber er ist nur auf dem Kartoffelfeld dort drüben. Georgy, lauf schnell aufs Feld und sag Vater, daß dein Onkel gekommen ist; möchtest du nicht absteigen, Bruder, und eine Kleinigkeit essen?«

»Nein, nein, ich kann nicht absteigen. Ich muß sofort wieder nach Hause reiten«, sagte Mr. Tulliver und sah in die Ferne.

»Und wie geht es Mrs. Tulliver und den Kindern?« sagte Mrs. Moss demütig und wagte nicht, ihre Einladung noch einmal zu bekräftigen.

»Oh, recht gut. Tom geht zum Mittsommer auf eine neue Schule – eine Menge Ausgaben für mich. Es ist schlimm für mich, wo ich mein Geld entbehren muß.«

»Ich wünschte, du wärest so gut und ließest die Kinder einmal kommen, um ihre Vettern und Kusinen zu besuchen. Meine Kleinen wollen ja so gerne ihre Kusine Maggie sehen, und wo ich doch ihre Patin bin und sie so gern habe. Sie soll es auch so gut bei mir haben wie sonst bei kaum jemand, entsprechend dem, was man hat. Und ich weiß, sie kommt gern, sie ist ein liebevolles Kind, und wie aufgeweckt und gescheit sie ist, ganz bestimmt.«

Wenn Mrs. Moss eine der gewitztesten Frauen der Welt gewesen wäre, statt eine der schlichtesten zu sein, hätte ihr nichts einfallen können, das mit so großer Wahrscheinlichkeit ihren Bruder versöhnlich stimmen würde, als dieses Lob auf Maggie. Er fand selten jemand, der von sich aus das kleine Mädel lobte. Für gewöhnlich blieb es völlig ihm selbst überlassen, auf ihren Vorzügen zu beharren. Aber Maggie erschien bei ihrer Tante Moss immer im liebenswürdigsten Licht: Es war ihr Elsaß[19], wo sie außer Reichweite des Gesetzes war – wenn sie etwas umwarf, ihre Schuhe schmutzig machte oder ihr Kleid zerriß, dann waren dies bei ihrer Tante Moss ganz natürliche Dinge. Gegen seinen Willen wurden Mr. Tullivers Augen milder, und er sah nicht mehr an seiner Schwester vorbei, als er sagte:

»Ja, sie hat dich lieber als all die anderen Tanten, glaube ich, sie schlägt nach unserer Familie. Sie hat nicht ein bißchen von der ihrer Mutter.«

»Moss sagt, sie ist genau, wie ich früher war«, sagte Mrs. Moss, »obwohl ich nie so aufgeweckt und so versessen auf Bücher war, aber ich glaube, meine Lizzy ist wie sie – die ist pfiffig. Komm her, Lizzy, mein Kind, damit dein Onkel dich sehen kann. Er kennt dich ja kaum, so schnell wächst du.«

Lizzy, ein dunkeläugiges Kind von sieben Jahren, sah sehr schüchtern drein, als ihre Mutter sie vorschob, denn die kleinen Moss' hatten mächtigen Respekt vor ihrem Onkel von der Dorlcoter Mühle. Sie war Maggie an Temperament und Ausdruck weit unterlegen, so daß die Ähnlichkeit zwischen den beiden für Mr. Tullivers väterliche Liebe ganz und gar schmeichelhaft war.

»Ja, sie sind ein wenig ähnlich«, sagte er und sah die kleine Gestalt in der schmutzigen Schürze freundlich an. »Sie schlagen beide nach unserer Mutter. Du hast Mäd-

chen genug, Gritty«, fügte er halb mitleidig, halb vorwurfsvoll hinzu.
»Vier – Gott behüte sie«, sagte Mrs. Moss mit einem Seufzer und strich Lizzys Haar zu beiden Seiten der Stirn glatt. »Soviel wie Jungen. Sie haben jede einen Bruder für sich.«
»Ja, aber sie müssen auf eignen Füßen stehen und für sich selbst sorgen«, sagte Mr. Tulliver, der fühlte, daß seine Strenge nachließ, und versuchte, sie aufrechtzuerhalten, indem er einen zweckmäßigen Fingerzeig gab. »Sie dürfen nicht erwarten, daß sie sich an ihre Brüder klammern können.«
»Nein, aber ich hoffe, daß ihre Brüder die armen Kleinen immer lieben werden und dran denken, daß sie von einem Vater und einer Mutter kamen. Die Jungen werden dafür nicht ärmer sein«, sagte Mrs. Moss und flammte auf – hastig und furchtsam – wie ein halbersticktes Feuer.
Mr. Tulliver gab seinem Pferd einen leichten Schlag gegen die Flanke, zügelte es und sagte ärgerlich: »Nun steh doch still!«, sehr zum Erstaunen des unschuldigen Tieres.
»Und je mehr es sind, desto mehr müssen sie einander lieben«, fuhr Mrs. Moss fort und sah ihre Kinder in erzieherischer Absicht an. Aber sie wandte sich wieder ihrem Bruder zu, als sie sagte: »Freilich hoffe ich, daß dein Junge immer gut zu seiner Schwester sein wird, obwohl sie nur zu zweit sind, wie du und ich, Bruder.«
Dieser Pfeil fuhr Mr. Tulliver direkt ins Herz. Er hatte kein lebhaftes Vorstellungsvermögen, aber der Gedanke an Maggie lag ihm sehr nah, und schon sah er sein Verhältnis zu seiner Schwester übertragen auf Toms Verhältnis zu Maggie. Würde es dem kleinen Mädel jemals schlecht gehen, und würde Tom dann unbarmherzig gegen sie sein?
»Ja, Gritty«, sagte der Müller jetzt in einem viel sanfteren Ton, »aber ich habe immer für dich getan, was ich

konnte«, fügte er hinzu, als ob er sich gegen einen Vorwurf verteidigte.

»Das bestreite ich nicht, Bruder, und ich bin nicht undankbar«, sagte die arme Mrs. Moss, die von Arbeit und Kindern zu zermürbt war, um noch Kraft für Stolz übrig zu haben. »Aber hier kommt der Vater; wie lang du nur ausgeblieben bist, Moss!«

»Lang, sagst du?« sagte Mr. Moss, verletzt und außer Atem. »Ich bin den ganzen Weg gelaufen. – Willst du nicht absitzen, Mr. Tulliver?«

»Nun, dann will ich absteigen und mich kurz im Garten mit dir unterhalten«, sagte Mr. Tulliver, weil er dachte, daß er wahrscheinlich eher die notwendige Entschlossenheit zeigen würde, wenn seine Schwester nicht zugegen wäre.

Er stieg ab und ging mit Mr. Moss in den Garten und auf eine alte Eibenlaube zu, während seine Schwester ihrem Säugling den Rücken tätschelte und ihnen besorgt nachblickte.

Ihr Eintritt in die Eibenlaube überraschte mehrere Hühner, die sich darin ergingen, tiefe Löcher in den staubigen Grund zu scharren, und sofort mit viel Spektakel und Gegacker die Flucht ergriffen. Mr. Tulliver ließ sich auf der Bank nieder und klopfte neugierig hier und da mit seinem Stock auf den Boden, als ob er hohle Stellen vermutete, und er eröffnete die Unterredung, indem er mit einem Knurren in der Stimme bemerkte:

»Du hast also wieder Weizen auf'm Grenzacker und kein bißchen Dünger drauf. Das wird in diesem Jahr nicht gutgehen.«

Mr. Moss, der, als er Miss Tulliver heiratete, als der Stutzer von Basset gegolten hatte, trug jetzt einen fast einwöchigen Bart und hatte den niedergeschlagenen, erwartungslosen Ausdruck eines Zugpferdes. Er antwortete geduldig, aber brummend: »Nun, arme Bauern wie ich müssen es machen, wie sie es eben können; sie müssen es denen, die Geld zum Vertun haben, überlassen, halb soviel in den Boden hineinzustecken, als sie herausholen wollen.«

»Ich weiß nicht, wer wohl Geld zum Vertun hat, wenn nicht diejenigen, die Geld borgen können, ohne Zinsen zu zahlen«, sagte Mr. Tulliver, der einen kleinen Streit anfangen wollte. Es war dies die natürlichste und einfachste Einleitung, um Schulden einzutreiben.

»Ich weiß, daß ich mit den Zinsen im Rückstand bin«, sagte Mr. Moss, »aber ich hatte so viel Pech mit der Wolle letztes Jahr, und jetzt, wo die Frau so viel zu Bett lag, gehn die Dinge noch schlechter als sonst.«

»Tja«, knurrte Mr. Tulliver, »'s gibt Leute, bei denen gehn die Dinge immer schlecht; leere Säcke können nun mal nicht aufrechtstehen.«

»Nun, ich weiß nicht, was du an mir auszusetzen hast, Mr. Tulliver«, sagte Mr. Moss abweisend, »ich weiß nur, daß kein Tagelöhner schwerer arbeitet.«

»Was nützt das schon«, sagte Mr. Tulliver scharf, »wenn 'n Mann heiratet und kein Kapital hat, sein' Hof zu führen, als das bißchen Vermögen seiner Frau. Ich war von Anfang an dagegen, aber ihr wolltet ja beide nicht auf mich hören, und ich kann mein Geld nicht länger entbehren, denn ich muß fünfhundert an Mrs. Glegg zurückzahlen, und Tom wird mir auch noch Kosten machen – es würde mir sogar knapp, wenn ich sagen könnte, ich hätte all das, was mir gehört, zurück. Du mußt dich umschaun und sehn, wie du mir die dreihundert Pfund zurückzahlen kannst.«

»Nun, wenn's das ist, was du willst«, sagte Mr. Moss und sah ausdruckslos vor sich hin, »dann sollten wir besser ganz verkaufen und nichts mehr mit dem Hof zu schaffen haben; ich muß mich von jedem Stück Vieh, das ich hab, trennen, um dich *und* den Gutsherrn zu bezahlen.«

Arme Verwandte sind unleugbar ein Ärgernis; ihre Existenz ist unsererseits so völlig unerbeten, und fast immer sind es sehr unvollkommene Menschen. Es war Mr.

Tulliver gelungen, sich so sehr über Mr. Moss zu erzürnen, wie er sich gewünscht hatte, und er war nun fähig, böse zu sagen, während er sich erhob:

»Nun, du mußt es tun, wie du's kannst. *Ich* kann nicht für jedermann sonst und mich noch dazu Geld beschaffen. Ich muß mich um meine eigenen Geschäfte und meine eigene Familie kümmern. Ich kann das Geld nicht länger entbehren. Du mußt es aufbringen, so schnell du kannst.«

Mit dem letzten Satz schritt Mr. Tulliver unvermittelt aus der Laube, und ohne sich nach Mr. Moss umzusehen, ging er zur Küchentür, wo der älteste Junge sein Pferd hielt und seine Schwester in einem Zustand von besorgter Verwunderung wartete, die jedoch nicht ohne Aufmunterung war, denn der Säugling gab freundliche, gurgelnde Laute von sich und übte seine Finger ausgiebig an dem abgehärmten Gesicht. Mrs. Moss hatte acht Kinder, aber es tat ihr immer noch leid, daß die Zwillinge nicht am Leben geblieben waren. Mr. Moss meinte, daß ihr Hinscheiden nicht ohne seine tröstlichen Seiten sei.

»Willst du nicht hereinkommen, Bruder?« sagte sie und sah besorgt auf ihren Mann, der langsam herankam, während Mr. Tulliver seinen Fuß schon im Steigbügel hatte.

»Nein, nein; leb wohl«, sagte er, wandte sein Pferd und ritt fort.

Keiner hätte sich standhafter fühlen können als er, bis er aus dem Hoftor und eine kleine Strecke des tiefzerfurchten Weges geritten war; aber bevor er die nächste Biegung erreichte, die ihn außer Sichtweite der verfallenen Hofgebäude bringen würde, schien er von einem plötzlichen Gedanken betroffen zu sein. Er zügelte sein Pferd und ließ es zwei oder drei Minuten auf derselben Stelle stehen, während derer er seinen Kopf betrübt von einer Seite zur anderen wandte, als ob er einen schmerzlichen Gegenstand von mehreren Seiten betrachte. Offensichtlich verfiel Mr. Tulliver nach seinem Anfall von eiligem

Vorgehen wieder in das Gefühl, daß dies eine verwirrende Welt sei. Er wandte sein Pferd um und ritt langsam zurück und verlieh dabei dem Gefühl, das schließlich diese Bewegungsrichtung bestimmt hatte, Ausdruck, indem er, sein Pferd antreibend, laut sagte: »Armes kleines Mädel! Sie wird vielleicht niemanden als Tom haben, wenn ich nicht mehr da bin.«

Mr. Tullivers Rückkehr auf den Hof wurde von mehreren der jungen Moss' wahrgenommen, die sofort mit der aufregenden Neuigkeit zu ihrer Mutter hineinliefen, so daß Mrs. Moss wieder auf der Türschwelle stand, als ihr Bruder heranritt. Sie hatte geweint, aber wiegte nun den Säugling auf ihrem Arm in den Schlaf und ließ sich ihren Kummer nicht anmerken, als ihr Bruder sie ansah, sondern sagte nur:

»Der Vater ist wieder aufs Feld gegangen, wenn du zu ihm möchtest, Bruder.«

»Nein, Gritty, nein«, sagte Mr. Tulliver sanft. »Gräm dich nicht – das ist schon alles – ich behelfe mich noch eine Weile ohne das Geld – nur mußt du so klug und einfallsreich sein, wie du kannst.«

Bei dieser unerwarteten Freundlichkeit kamen Mrs. Moss wieder die Tränen, und sie konnte nichts sagen.

»Na, na! Das kleine Mädel soll dich besuchen kommen; ich werde sie und Tom für einen Tag bringen, bevor er zur Schule geht. Du darfst dich nicht grämen ... Ich will dir immer ein guter Bruder sein.«

»Ich dank dir für dieses Wort, Bruder«, sagte Mrs. Moss und trocknete ihre Tränen. Dann wandte sie sich zu Lizzy um und sagte: »Lauf nun und hol das bunte Ei für Kusine Maggie.« Lizzy lief hinein und kam gleich darauf mit einem kleinen Päckchen wieder. »Es ist hartgekocht, Bruder, und mit bunten Fransen verziert. Ganz hübsch, und es wurde eigens für Maggie gemacht. Bist du so gut und steckst es in deine Tasche?«

»Ja«, sagte Mr. Tulliver und legte es sorgsam in seine Seitentasche. »Leb wohl.«

Und so kehrte der ehrbare Müller auf den Wegen von Basset zurück, ratloser als zuvor, was Mittel und Wege anging, aber dennoch mit dem Gefühl, einer Gefahr entronnen zu sein. Es war ihm in den Sinn gekommen, daß, wenn er unbarmherzig gegen seine Schwester wäre, dies irgendwie Tom dazu bringen könnte, an einem Tag in ferner Zukunft, wenn ihr Vater nicht mehr da wäre, um zu ihr zu stehen, unbarmherzig gegen Maggie zu sein; denn schlichte Leute wie unser Freund Mr. Tulliver sind geneigt, untadelige Gefühle in irrige Ideen zu kleiden, und dies war seine verworrene Art, sich selbst zu erklären, daß seine Liebe und Sorge für das kleine Mädel ihn zu einem mitfühlenden Verständnis für seine Schwester hatten gelangen lassen.

Kapitel 9

Nach Garum Firs

Während die möglichen Nöte in Maggies Zukunft ihren Vater beschäftigten, kostete sie selbst nur die Bitternis der gegenwärtigen. Die Kindheit kennt keine bösen Ahnungen, aber sie wird dafür auch nicht durch die Erinnerung an überstandenen Kummer beruhigt.

Es war nämlich so, daß der Tag für Maggie schlecht angefangen hatte. Das Vergnügen, Lucy dazuhaben und anschauen zu können, und die Aussicht auf den nachmittäglichen Besuch auf Garum Firs, wo sie Onkel Pullets Spieluhr hören würde, waren schon um elf Uhr durch die Ankunft des Friseurs von St. Ogg's getrübt worden, der mit äußerst strengen Worten über den Zustand, in dem er ihr Haar vorfand, gesprochen hatte, wobei er eine ausgezackte Strähne nach der anderen hochgehoben und in einem aus Abscheu und Mitleid gemischten Ton gesagt hatte: »Nun sieh dir das an, tz tz tz«, was in Maggies

Vorstellung dem stärksten Ausdruck der öffentlichen Meinung gleichkam. Mr. Rappit, der Friseur, mit seinem wohlgeölten Lockenkranz, der in Wellen aufwärts gerichtet war wie die nachgemachte Flammenpyramide auf einer Grabsteinurne, erschien ihr in dem Moment als der furchtbarste ihrer Zeitgenossen, dessen Straße in St. Ogg's sie für den Rest ihres Lebens peinlich meiden würde.

Da die Vorbereitung für einen Besuch in der Familie Dodson immer eine ernsthafte Angelegenheit war, wurde überdies Martha eingeschärft, Mrs. Tullivers Zimmer eine Stunde eher als gewöhnlich fertig zu haben, so daß das Herauslegen der besten Kleider nicht bis zum letzten Augenblick aufgeschoben zu werden brauchte, wie es manchmal in Familien mit weniger festen Ansichten der Fall war, wo die Bänder nie aufgerollt wurden, wo nur wenig oder gar nichts in Silberpapier eingeschlagen war und wo die Vorstellung, daß man die Sonntagskleider einfach so herausnehmen könnte, nicht schockierend wirkte. Um zwölf Uhr schon hatte Mrs. Tulliver ihr Besuchsgewand an mit einem Schutzüberzug aus brauner Leinwand, als wäre sie ein atlasbespanntes Möbelstück, das durch Fliegen gefährdet ist. Maggie verzog das Gesicht und verrenkte sich die Schultern, um, falls möglich, dem so kratzigen Spitzenkragen entweichen zu können, während ihre Mutter sie ermahnte: »Nicht doch, Maggie, Liebes – mach dich nicht so häßlich!«, und Toms Wangen glänzten um die Wette mit seinem besten blauen Anzug, den er mit geziemender Gelassenheit trug, nachdem er nach einer kleinen Kontroverse erreicht hatte, was für ihn immer der einzige Punkt des Interesses hinsichtlich seiner Bekleidung war: er hatte den gesamten Inhalt der Taschen seiner Alltagshose in die, die er augenblicklich trug, umgeladen.

Was Lucy betrifft, so war sie so hübsch und niedlich wie am Vortag. Ihren Kleidern passierte nie etwas, und sie fühlte sich niemals unbehaglich darin, und so sah sie mit verwundertem Mitleid auf Maggie, die sich mißvergnügt unter dem störenden Spitzenkragen wand. Maggie hätte ihn sicherlich heruntergerissen, wenn die Erinnerung an ihre kürzliche Demütigung wegen ihres Haares sie nicht zurückgehalten hätte. So aber beschränkte sie sich darauf, sich zu ärgern und zu verrenken und sich nur unwirsch mit den Kartenhäusern zu beschäftigen, die sie bis zum Essen bauen durften, als eine angemessene Belustigung für Jungen und Mädchen in ihren besten Kleidern. Tom konnte meisterhafte Pyramiden von Häusern bauen, aber Maggies vertrugen niemals das Auflegen des Daches – so war es immer mit den Sachen, die Maggie machte, und Tom hatte daraus den Schluß gezogen, daß Mädchen überhaupt nichts machen konnten. Lucy jedoch erwies sich als wunderbar geschickt im Bauen; sie stellte die Karten mit solcher Leichtigkeit auf und bewegte sich dabei so behutsam, daß Tom sich herabließ, ihre Häuser ebenso zu bewundern wie seine eigenen, und zwar um so bereitwilliger, als sie ihn gebeten hatte, es sie zu lehren. Maggie hätte ebenfalls Lucys Häuser bewundert und hätte ihr eigenes erfolgloses Gebäude aufgegeben, um sie zu betrachten, wäre sie nicht in schlechter Laune gewesen, hätte ihr Spitzenkragen sie nicht unwirsch gemacht und hätte Tom nicht so rücksichtslos gelacht, als ihre Häuser umfielen, und zu ihr gesagt, sie sei ein Dummkopf.

»Lach mich nicht aus, Tom!« schrie sie zornig. »Ich bin kein Dummkopf. Ich weiß eine Menge Dinge, die du nicht weißt.«

»Oh, natürlich, Fräulein Hitzkopf! Ich wäre nie so ein verqueres Ding wie du; solche Gesichter zu ziehen! Lucy tut das nicht. Ich mag Lucy lieber als dich; ich wünschte, Lucy wäre meine Schwester.«

»Das ist aber sehr böse und grausam von dir, das zu wünschen«, sagte Maggie, schnellte von ihrem Platz auf dem Fußboden hoch und warf Toms wundervolle Pagode um. Sie wollte das gar nicht wirklich, aber der

Augenschein sprach gegen sie, und Tom wurde weiß vor Wut, sagte aber nichts. Er hätte sie geschlagen, nur wußte er, daß es feige war, ein Mädchen zu schlagen, und Tom Tulliver war fest entschlossen, daß er nie etwas Feiges tun wollte.
Maggie stand mit Bestürzung und Schrecken da, während Tom vom Boden aufstand und sich von den verstreuten Überresten seiner Pagode abwandte. Lucy sah stumm zu wie ein Kätzchen, das zu schlecken aufgehört hat.
»Oh, Tom«, sagte Maggie schließlich und ging halb auf ihn zu, »ich wollte es nicht umwerfen – wirklich, ganz wirklich nicht.«
Tom schenkte ihr keine Beachtung, sondern nahm statt dessen zwei oder drei harte Erbsen aus seiner Tasche und schoß sie mit dem Daumennagel gegen das Fenster, erst wahllos, aber dann auf einmal mit dem bestimmten Ziel, eine Fliege vom Vorjahr zu treffen, die ihre Altersschwäche dem Frühjahrssonnenschein aussetzte, eindeutig gegen die Absichten der Natur, die Tom und die Erbsen für die geschwinde Beseitigung dieses schwachen Geschöpfes vorgesehen hatte.
Auf diese Weise war Maggie der Morgen schwergemacht worden, und Toms fortdauernde Kälte ihr gegenüber während des ganzen Weges verdarb die frische Luft und den Sonnenschein für sie. Er rief Lucy, sich ein halbfertiges Vogelnest anzuschauen, ohne sich die Mühe zu machen, es Maggie auch zu zeigen, und er schälte eine Weidengerte für sie und sich selbst, ohne Maggie eine anzubieten. Lucy hatte gesagt: »Maggie, möchtest du denn keine?«, aber Tom war taub.
Dennoch genügte der Anblick des Pfaus, der gerade passend, als sie auf Garum Firs anlangten, auf der Mauer des Schoberhofes seine Schwanzfedern spreizte, um vorübergehend von persönlichem Kummer abzulenken, und das war erst der Anfang der prächtigen Dinge, die es auf Garum Firs zu sehen gab. Alles Leben auf dem Hof war

dort wunderbar – Zwerghühner, gefleckt und mit Federhauben; Frieslandhennen, bei denen die Federn sich in entgegengesetzter Richtung sträubten; Perlhühner, die aufflogen und kreischten und ihre hübsch gefleckten Federn verloren; Kropftauben und eine zahme Elster, sogar eine Ziege und ein wunderbarer scheckiger Hund, halb Mastiff, halb Bulldogge, so groß wie ein Löwe. Und dann gab es dort überall weiße Gitter und weiße Tore und glitzernde Wetterhähne in den verschiedensten Formen und Gartenwege, die mit Kieselsteinen in schönen Mustern ausgelegt waren – nichts war ganz gewöhnlich auf Garum Firs, und Tom dachte, daß die ungewöhnliche Größe der Kröten einfach mit der allgemeinen Ungewöhnlichkeit zusammenhing, die Onkel Pullets Besitz als den eines Gutsherrn auszeichnete. Kröten, die Pacht zahlten, waren natürlich magerer. Das Haus selbst war nicht weniger bemerkenswert, es hatte einen zurückliegenden Mittelteil und zwei Flügel mit Türmchen und Zinnen und war schimmernd weiß verputzt.
Onkel Pullet hatte die erwartete Gesellschaft vom Fenster aus ankommen sehen und eilte, um Riegel und Kette von der Haustür loszumachen, die immer derart festungsmäßig verschlossen wurde aus Furcht vor Vagabunden, die von der Glasvitrine mit ausgestopften Vögeln in der Diele wissen mochten und vielleicht überlegten, ob sie hereinstürzen und sie auf dem Kopf wegschleppen sollten. Tante Pullet erschien ebenfalls am Eingang, und sobald ihre Schwester in Hörweite war, sagte sie: »Halt um Gottes willen die Kinder zurück, Bessy – laß sie nicht die Stufen heraufkommen; Sally bringt die alte Matte und das Tuch, um ihre Schuhe abzuputzen.«
Mrs. Pullets Haustürmatten waren keineswegs zum Abtreten der Schuhe gedacht, sogar der Abstreifer hatte noch einen Stellvertreter, der seine schmutzige Arbeit übernahm. Tom empörte sich besonders gegen dieses Schuhabputzen, das er immer als des männlichen Ge-

schlechtes unwürdig empfand. Er sah darin den Beginn der Unannehmlichkeiten, die mit einem Besuch bei Tante Pullet verbunden waren, wo man ihn einmal genötigt hatte, mit handtuchumwickelten Stiefeln dazusitzen – eine Tatsache, die dazu dienen mag, den vorschnellen Schluß zu berichtigen, daß ein Besuch auf Garum Firs ein Fest für einen jungen Herrn sein mußte, der Tiere gern hatte, beziehungsweise, der gern mit Steinen nach ihnen warf.

Die nächste Unannehmlichkeit beschränkte sich auf seine weiblichen Gefährten. Es war das Hinaufsteigen der polierten Eichenstufen, für die es sehr schöne Teppiche gab, die aufgerollt in einem ungenutzten Schlafzimmer lagen. So hätte der Aufstieg auf diesen blanken Stufen in barbarischen Zeiten als eine Schicksalsprobe dienen können, aus der niemand als die makelloseste Tugend mit ungebrochenen Gliedern hervorgegangen sein könnte. Sophys Schwäche wegen dieser polierten Treppe war stets ein Gegenstand des bitteren Vorwurfs von seiten Mrs. Gleggs, aber Mrs. Tulliver wagte keinen Kommentar und dachte nur bei sich, daß es ein Segen wäre, wenn sie und die Kinder erst sicher den Treppenabsatz erreicht hätten.

»Mrs. Gray hat mir meine neue Haube ins Haus geschickt, Bessy«, sagte Mrs. Pullet in einem pathetischen Ton, als Mrs. Tulliver ihr Häubchen zurechtrückte.

»Ach ja, Schwester?« sagte Mrs. Tulliver voller Interesse. »Und wie gefällt sie dir?«

»Man verdirbt leicht seine Kleider, wenn man sie ständig herausnimmt und wieder weglegt«, sagte Mrs. Pullet, zog einen Schlüsselbund aus der Tasche und betrachtete ihn ernsthaft, »aber es wäre schade für dich, wenn du fortgingest, ohne sie gesehen zu haben. Man weiß ja nie, was passieren kann.«

Mrs. Pullet schüttelte langsam den Kopf bei dieser letz-

ten, ernstlichen Überlegung, die sie bewog, einen bestimmten Schlüssel hervorzuziehen.
»Es tut mir leid, daß es dir Mühe macht, sie herauszunehmen«, sagte Mrs. Tulliver, »aber ich würde wirklich gern sehen, was für einen Oberkopf sie dir gemacht hat.«
Mrs. Pullet erhob sich mit melancholischem Blick und schloß einen der Flügel eines prächtigen Schrankes auf, wo sie, wie man vorschnell annehmen könnte, die neue Haube finden würde. Aber weit gefehlt! Eine solche Vermutung könnte nur von einer allzu oberflächlichen Bekanntschaft mit den Gewohnheiten der Familie Dodson herrühren. In diesem Schrank suchte Mrs. Pullet etwas, das klein genug war, um zwischen Schichten von Leinentüchern verborgen zu werden. Es war ein Schlüssel.
»Du mußt mit mir in mein bestes Zimmer kommen«, sagte Mrs. Pullet.
»Dürfen die Kinder mitkommen, Schwester?« erkundigte sich Mrs. Tulliver, die sah, daß Maggie und Lucy ganz eifrig zuschauten.
»Nun«, sagte Tante Pullet nachdenklich, »es wird vielleicht sicherer sein, wenn sie mitkommen; sie könnten etwas anrühren, wenn wir sie zurücklassen.«
So gingen sie in einer Prozession den spiegelglatten Korridor entlang, der von den halbmondförmigen Oberfenstern über den geschlossenen Fensterläden schwach beleuchtet wurde; es war wirklich ganz feierlich. Tante Pullet blieb stehen und schloß eine Tür auf, die in etwas noch Feierlicheres als den Gang führte: einen verdunkelten Raum, in dem das schwache Licht, das von außen hereindrang, Möbel sehen ließ, oder eher Leichname von Möbeln in weißen Leichentüchern. Alles, was nicht in Tüchern war, stand mit den Beinen nach oben. Lucy klammerte sich an Maggies Kleid, und Maggies Herz klopfte ordentlich.
Tante Pullet öffnete einen Fensterladen halb und schloß

dann mit einer melancholischen Bedächtigkeit, die der begräbnishaften Feierlichkeit der Szene entsprach, den Schrank auf. Der köstlichste Duft von Rosenblättern, der dem Schrank entströmte, machte es angenehm, dem Vorgang beizuwohnen, wie ein Blatt Silberpapier nach dem anderen herausgenommen wurde, obgleich der Anblick der Haube schließlich eine Enttäuschung für Maggie war, die etwas noch deutlicher Übernatürliches vorgezogen hätte. Aber Mrs. Tulliver hätte kaum etwas mehr beeindrucken können. Sie sah sie eine Zeitlang schweigend von allen Seiten an und sagte dann mit Nachdruck: »Ja, Schwester, ich werde nie wieder etwas gegen volle Oberköpfe sagen.«

Das war ein großes Zugeständnis, und Mrs. Pullet fühlte es. Sie fühlte, daß sie dem verpflichtet war.

»Möchtest du sie aufgesetzt sehen, Schwester?« sagte sie wehmütig. »Ich werde den Fensterladen noch etwas weiter öffnen.«

»Ja, wenn es dir nichts ausmacht, dein Häubchen abzunehmen, Schwester«, sagte Mrs. Tulliver.

Mrs. Pullet setzte ihr Häubchen ab und ließ ihren braunen seidenen Scheitel sehen, von dem die Lockenbüschel abstanden, wie es üblich war bei den reiferen und verständigen Frauen jener Zeiten. Sie setzte die Haube auf ihren Kopf und drehte sich langsam wie die Gliederpuppe eines Tuchhändlers, damit Mrs. Tulliver die Ansicht von keiner Seite entginge.

»Ich hab schon überlegt, ob hier auf der linken Seite nicht 'ne Bänderschleife zuviel ist, Schwester, was meinst du?« sagte Mrs. Pullet.

Mrs. Tulliver blickte ernsthaft auf den angezeigten Punkt und legte den Kopf auf die Seite. »Ach, ich glaube, 's ist am besten, so wie's ist; wenn du dran rummachst, könntest du's später bereuen.«

»Das ist wahr«, sagte Tante Pullet, nahm die Haube ab und betrachtete sie nachdenklich.

»Wieviel hat sie wohl für die Haube verlangt, Schwester?« sagte Mrs. Tulliver, deren Sinn ganz von der Möglichkeit eingenommen war, sich selbst eine schlichtere Nachahmung dieses Meisterwerkes aus einem Stück Seide, das sie noch zu Hause hatte, machen zu lassen.

Mrs. Pullet kniff den Mund zusammen und schüttelte den Kopf. Dann flüsterte sie: »Pullet bezahlt sie. Er sagte, ich sollte die schönste Haube in der Kirche von Garum haben, möge die zweitschönste gehören, wem immer sie wolle.«

Sie begann langsam als Vorbereitung für die Rückkehr an den Platz im Schrank die Bänder zurechtzulegen, und ihre Gedanken schienen eine melancholische Wendung genommen zu haben, denn sie schüttelte den Kopf.

»Ach«, sagte sie schließlich, »vielleicht werde ich sie keine zwei Mal tragen, Schwester, wer weiß!«

»Sag nicht so etwas, Schwester«, antwortete Mrs. Tulliver, »ich hoffe, daß du den Sommer über gesund sein wirst.«

»Ach! Aber es könnte ein Todesfall in der Familie eintreten, so wie damals, kurz nachdem ich meine grüne Satinhaube bekommen hatte. Vetter Abbott könnte dahinscheiden, und wir müßten mindestens ein halbes Jahr lang seinetwegen Trauer tragen.«

»Das wäre wirklich unglücklich«, sagte Mrs. Tulliver und dachte gründlich über die Möglichkeit eines ungelegenen Todesfalles nach. »Es ist auch längst nicht mehr so schön, eine Haube im zweiten Jahr zu tragen, vor allem wo die Oberköpfe sich so schnell ändern – niemals zwei Sommer lang dieselben.«

»Ja, so ist das in der Welt«, sagte Mrs. Pullet, legte die Haube in den Schrank zurück und verschloß ihn. Sie behielt ihr Schweigen und Kopfschütteln bei, bis alle aus dem feierlichen Raum hinausgetreten und wieder in ihrem eigenen Zimmer waren. Dann begann sie zu weinen und sagte: »Schwester, wenn du diese Haube niemals wiedersehen solltest, bis ich unter der Erde bin, dann

wirst du dich erinnern, daß ich sie dir am heutigen Tage zeigte.«
Mrs. Tulliver fühlte, daß sie bewegt sein sollte, aber sie war eine Frau, die selten Tränen vergoß, kräftig und gesund. Sie konnte nicht so viel weinen wie ihre Schwester Pullet und hatte diesen Mangel oft bei Begräbnissen gespürt. Die Anstrengung, Tränen in ihre Augen zu bringen, führte dazu, daß sie ihr Gesicht merkwürdig verzog. Maggie sah sie aufmerksam an und spürte, daß ein schmerzliches Geheimnis die Haube ihrer Tante umgab, welches zu verstehen man sie als zu jung erachtete, und sie dachte dabei voller Entrüstung, daß sie es so gut wie alles andere verstanden haben könnte, wenn man sie nur ins Vertrauen gezogen hätte.
Als sie herunterkamen, bemerkte Onkel Pullet mit einigem Scharfsinn, er glaube, seine Gattin habe wohl ihre Haube gezeigt, deshalb seien sie so lange oben geblieben. Tom war die Zwischenzeit noch länger vorgekommen, denn er hatte steif und verlegen auf einer Sofakante seinem Onkel Pullet unmittelbar gegenüber gesessen, der ihn mit blinzelnden grauen Augen ansah und gelegentlich mit »junger Herr« ansprach.
»Nun, junger Herr, was lernst du denn in der Schule?« war eine stehende Frage bei Onkel Pullet, worauf Tom immer betreten dreinsah, sich mit den Händen durchs Gesicht fuhr und antwortete: »Ich weiß nicht.« Dieses Tête-à-tête mit Onkel Pullet war überhaupt so beklemmend, daß Tom nicht einmal die Bilder an der Wand, die Fliegenfänger oder die wundervollen Blumentöpfe ansehen konnte. Er sah nichts als seines Onkels Gamaschen. Nicht, daß Tom solchen Respekt vor der geistigen Überlegenheit seines Onkels gehabt hätte; nein, er hatte beschlossen, daß er kein Gutsbesitzer werden wollte, weil er nicht so ein dünnbeiniger, alberner Mensch wie sein Onkel Pullet sein mochte – eine richtige Memme. Die Verlegenheit eines Jungen ist keineswegs ein Zeichen von übergroßer Ehrerbietung, und wenn wir ermutigend

auf ihn zugehen wollen, weil wir denken, daß er von unserem Alter und unserer Weisheit überwältigt ist, dann steht es zehn zu eins, daß er uns für äußerst merkwürdig hält. Der einzige Trost, den ich anbieten kann, ist, daß die griechischen Jungen wahrscheinlich von Aristoteles dasselbe dachten. Nur wenn man ein bockiges Pferd gebändigt, einen Fuhrmann verprügelt oder ein Gewehr in der Hand hat, dann meinen diese schüchternen Knaben, daß man ein wahrhaft bewunderns- und beneidenswerter Mensch sei. Wenigstens bin ich mir über Tom Tullivers Empfindungen in diesem Punkt ganz sicher. In zarten Jugendjahren, als er noch ein Spitzenkäppchen unter seiner Mütze trug, sah man ihn oft zwischen den Balken eines Tores hindurchlugen und drohende Gesten mit seinem kleinen Zeigefinger machen, während er die Schafe mit einem unartikulierten Brabbeln beschimpfte, womit er den erstaunten Tieren Schrecken einflößen wollte. So zeigte sich in ihm schon früh das Streben nach Herrschaft über die niederen Tiere – wild oder zahm, einschließlich der Maikäfer, Nachbarshunde und der kleinen Schwester –, was zu allen Zeiten ein für die Geschicke unserer Rasse so vielversprechendes Wesensmerkmal gewesen ist. Nun ritt Onkel Pullet niemals ein größeres Tier als ein niedriges Pony und war nichts weniger als räuberisch, und Feuerwaffen betrachtete er als gefährlich, weil sie leicht von selbst losgingen, ohne daß es jemand besonders wünschte. So bewogen Tom recht starke Gründe, als er in vertraulichem Gespräch mit einem Kameraden Onkel Pullet als einen Einfaltspinsel beschrieben hatte, wobei er aber gleichzeitig auf die Bemerkung Wert legte, daß er ein sehr reicher Mensch sei.

Der einzige mildernde Umstand bei einem Tête-à-tête mit Onkel Pullet war, daß er eine Vielfalt von Pastillen und Pfefferminzbonbons bei sich trug und, wenn die Unterhaltung stockte, die Pause damit füllte, daß er beiderseitige Erquickung dieser Art anbot.

»Magst du Pfefferminz, junger Herr?« erforderte nur eine stumme Antwort, sofern von der Darbietung des in Frage Stehenden begleitet.
Das Erscheinen der kleinen Mädchen bewegte Onkel Pullet zu einer weiteren Erquickung mittels kleiner Zukkerplätzchen, von denen er ebenfalls einen Vorrat für seinen privaten Gebrauch an Regentagen unter Verschluß hielt; aber die drei Kinder hatten kaum die verlokkende Köstlichkeit in Händen, als Tante Pullet sie aufforderte, mit dem Essen zu warten, bis das Tablett und die Teller kämen, da sie mit diesen knusprigen Plätzchen den Fußboden ganz vollkrümeln würden. Lucy machte das nicht viel aus, denn das Plätzchen war so hübsch, daß sie es fast zu schade fand, es zu essen; aber Tom wartete eine günstige Gelegenheit ab, während die Erwachsenen sich unterhielten, und stopfte es schnell mit zwei Bissen in den Mund und kaute verstohlen. Maggie hingegen wurde wie stets von einer Abbildung des Odysseus und der Nausikaa gefesselt, die Onkel Pullet als ein »hübsches Stück aus der Bibel« gekauft hatte, und schon ließ sie ihr Plätzchen fallen, und in einem unglücklichen Augenblick zertrat sie es versehentlich. Dies bewirkte eine solche Aufregung bei Tante Pullet und machte Maggie so deutlich, daß sie in Ungnade gefallen war, daß sie schon die Hoffnung aufgeben wollte, heute die klingende Schnupftabaksdose zu hören, bis ihr nach einigem Nachdenken einfiel, daß Lucy in solcher Gunst stand, daß sie es wagen konnte, um eine Melodie zu bitten. Sie flüsterte es also Lucy zu, und Lucy, die immer tat, was man von ihr wünschte, ging leise zu ihres Onkels Knie und sagte, wobei sie bis zum Hals errötete und an ihrem Halsband herumfingerte: »Spielst du bitte eine Melodie für uns, Onkel?«
Lucy dachte, es sei aufgrund irgendeines außergewöhnlichen Talents von Onkel Pullet, daß die Schnupftabaksdose solch wunderschöne Melodien spielte, und in der Tat wurde die Sache von der Mehrheit seiner Nachbarn

in Garum in diesem Licht gesehen. Zunächst einmal hatte Mr. Pullet die Dose *gekauft*, und er verstand sie aufzuziehen und wußte schon im voraus, welche Melodie sie spielen würde, alles in allem war der Besitz dieses einzigartigen »Musikstückes« ein Beweis dafür, daß Mr. Pullets Charakter nicht von so völliger Nichtigkeit war, wie man sonst hätte meinen können. Niemals jedoch minderte Onkel Pullet den Wert dieser Befähigung, wenn er gebeten wurde, sie vorzuführen, durch eine allzu schnelle Zustimmung. »Wir wollen mal sehen«, war die Antwort, die er stets gab, und er vermied es sorgsam, ein Zeichen von Einwilligung zu geben, bevor nicht eine angemessene Anzahl von Minuten verstrichen war. Onkel Pullet hatte ein festes Konzept für alle großen gesellschaftlichen Anlässe, und auf diese Weise umgab er sich selbst mit einem Schutz gegen unangenehme Verwirrung und irritierende Willensfreiheit.

Vielleicht erhöhte die Spannung Maggies Freude, als das feenhafte Lied einsetzte. Zum ersten Mal vergaß sie ganz, was auf ihrer Seele lastete – daß Tom böse mit ihr war; und als »Still, du lust'ger Vögelchor«[20] gespielt worden war, trug ihr Gesicht, während sie unbeweglich mit gefalteten Händen saß, jenen strahlenden Ausdruck von Glück, der ihrer Mutter manchmal das tröstende Gefühl gab, daß Maggie bisweilen recht hübsch aussehen konnte, trotz ihrer braunen Haut. Aber als die magische Musik aufhörte, sprang sie auf, lief zu Tom, schlang ihren Arm um seinen Hals und sagte: »Oh, Tom, ist das nicht hübsch?«

Damit man nicht denken möge, es zeige eine abstoßende Fühllosigkeit in Tom, daß er von neuem Zorn auf Maggie verspürte aufgrund dieser unerbetenen und für ihn unverständlichen Zärtlichkeit, muß ich hinzufügen, daß er sein Glas Primelwein in der Hand hielt und daß sie ihn derart anstieß, daß er die Hälfte davon verschüttete. Er hätte ein fürchterlicher Weichling sein müssen, wenn er jetzt nicht böse gesagt hätte: »Nun sieh dir das an«, vor

allem wenn seine Empörung, wie in diesem Fall, durch ein allgemeines Mißfallen an Maggies Benehmen gutgeheißen wurde.
»Warum sitzt du denn nicht still, Maggie?« sagte ihre Mutter unwillig.
»Kleine Mädchen dürfen mich nicht besuchen kommen, wenn sie sich so benehmen«, sagte Tante Pullet.
»Du bist aber auch zu stürmisch, kleines Fräulein«, sagte Onkel Pullet.
Die arme Maggie setzte sich wieder – die Musik war ganz aus ihrer Seele verscheucht, und die sieben kleinen Teufel[21] waren alle wieder darin.
Mrs. Tulliver, die nichts als schlechtes Betragen voraussah, solange die Kinder im Hause blieben, ergriff eine baldige Gelegenheit um vorzuschlagen, daß sie, nun da sie sich nach ihrem Weg ausgeruht hätten, zum Spielen nach draußen gehen könnten; Tante Pullet gab ihre Erlaubnis und bat sie nur, die gepflasterten Wege nicht zu verlassen und, falls sie beim Hühnerfüttern zusehen wollten, dies nur von weitem, vom Aufsitzblock aus, zu tun. Dies war eine Einschränkung, die man verhängt hatte, seitdem Tom dabei ertappt worden war, daß er hinter dem Pfau herlief in der fälschlichen Annahme, daß dieser vor Schreck eine seiner Federn fallen lassen würde.
Mrs. Tullivers Gedanken waren zwischenzeitlich durch Putzmacherei und mütterliche Sorgen von dem Streit mit Mrs. Glegg abgelenkt worden, aber nun war das bedeutende Thema der Haube ferngerückt und die Kinder aus dem Weg, und so kehrten die Nöte vom Vortag zurück.
»Es lastet auf meiner Seele wie noch nie«, sagte sie, um das Gespräch zu diesem Thema zu eröffnen, »daß Schwester Glegg das Haus so verlassen hat. Ich wollte ganz bestimmt keine Schwester kränken.«
»Ach«, sagte Tante Pullet, »es ist immer unberechenbar, was Jane tun wird. Außerhalb der Familie würde

ich darüber nicht sprechen – es sei denn zu Dr. Turnbull; aber es ist meine Ansicht, daß Jane zu primitiv lebt. Ich habe das schon so oft zu Pullet gesagt, und er weiß es.«

»Freilich, du hast das am Montag vor einer Woche gesagt, als wir vom Tee bei ihnen zurückkamen«, sagte Mr. Pullet und begann sein Knie zu reiben und ein Taschentuch darüber zu legen, wie er es immer tat, wenn die Unterhaltung eine interessante Wende nahm.

»Das ist sehr wohl möglich«, sagte Mrs. Pullet, »denn du behältst es besser, wenn ich etwas sage, als ich selbst. Er hat ein so wundervolles Gedächtnis«, fuhr sie fort und sah dabei ihre Schwester gefühlsselig an. »Ich wäre arm dran, wenn ihn der Schlag träfe, denn er behält immer, wann ich meine Arznei nehmen muß, und ich nehme doch jetzt drei Sorten.«

»Da sind die ›Pillen wie gehabt‹, jeden zweiten Abend, und die neuen Tropfen, um elf und um vier, und die schäumende Mixtur ›nach Bedarf‹«, zählte Mr. Pullet in stockender Sprechweise auf, die durch eine Pastille auf seiner Zunge bestimmt wurde.

»Ach, vielleicht wär's besser für Schwester Glegg, wenn sie manchmal zum Doktor ging', anstatt türkischen Rhabarber zu kaun, wenn ihr was fehlt«, sagte Mrs. Tulliver, die natürlich das weite Feld der Medizin vor allem in Beziehung zu Mrs. Glegg sah.

»Es ist schrecklich, wenn man es sich überlegt«, sagte Tante Pullet, hob die Hände und ließ sie wieder sinken, »daß Leute so mit ihrem eigenen Inneren spielen. Und 's ist 'ne Herausforderung der Vorsehung, denn wozu gibt's Ärzte, wenn nicht, daß wir sie rufen. Und wenn Leute das Geld haben, einen Doktor zu bezahlen, dann ist es nicht schicklich, wie ich Jane schon so oft gesagt habe. Ich schäme mich, wenn Bekannte darum wissen.«

»Nun, *wir* brauchen uns nicht zu schämen«, sagte Mr. Pullet, »denn Dr. Turnbull hat sonst keinen Patienten wie dich im Kirchspiel, nun da die alte Mrs. Sutton dahin ist.«

»Pullet bewahrt all meine Arzneiflaschen auf, wußtest du das, Bessy?« sagte Mrs. Pullet. »Er will nicht, daß auch nur eine verkauft wird. Er sagt, es sei nicht mehr wie recht, daß die Leute sie sehen sollen, wenn ich dahin bin. Sie füllen schon zwei lange Regale in der Vorratskammer, aber«, fügte sie hinzu und begann ein wenig zu weinen, »wenn sie nur je drei füllen. Vielleicht bin ich schon tot, bevor das Dutzend dieser letzten Sorte voll ist. Die Pillendosen sind im Schrank in meinem Zimmer, vergiß es nicht, Schwester, aber von den großen Pastillen kann man nichts zeigen, es sei denn, die Rechnungen.«

»Sprich doch nicht vom Sterben, Schwester«, sagte Mrs. Tulliver. »Ich hätt' niemanden, der zwischen mir und Schwester Glegg stünde, wenn du nicht mehr da wärst. Und niemand als du kann sie dazu bewegen, sich mit Mr. Tulliver zu versöhnen, denn Schwester Deane ist niemals auf meiner Seite, und wenn sie's wäre, so kann man sich doch nicht darauf verlassen, weil sie sprechen kann wie die, die ein gesichertes Vermögen haben.«

»Ja, dein Mann ist wirklich unleidlich, Bessy«, sagte Mrs. Pullet, die gutmütigerweise dazu bereit war, ihre tiefe Depression auch auf die Angelegenheit ihrer Schwester auszudehnen. »Er hat sich nie so hübsch gegenüber unserer Familie betragen, wie er sollte, und die Kinder schlagen nach ihm – der Junge stellt dauernd was an und läuft vor seinen Tanten und Onkeln fort, und das Mädchen ist ungebärdig und braun. Es ist dein Unglück, Bessy, und es tut mir leid für dich, denn du warst immer meine Lieblingsschwester, und wir mochten immer dieselben Muster.«

»Ich weiß, daß Tulliver zu unüberlegt ist und verkehrte Dinge sagt«, sagte Mrs. Tulliver und wischte eine kleine Träne aus dem Augenwinkel. »Aber gewiß war er nie der Mann, seit er mich heiratete, der etwas dagegen hätte,

daß ich die Angehörigen von meiner Seite in unserem Haus willkommen heiße.«
»Ich will dir gar keine Vorwürfe machen, Bessy«, sagte Mrs. Pullet mitleidig, »denn ich glaube, daß du so schon genug Ärger hast; und dein Mann hat noch diese arme Schwester und ihre Kinder am Hals, und er prozessiert so viel, so sagt man. Ich fürchte, er wird dir nicht viel hinterlassen, wenn er stirbt. Aber nicht, daß ich das außerhalb der Familie sagen würde.«
Diese Betrachtung ihrer Lage war natürlich weit davon entfernt, Mrs. Tulliver aufzuheitern. Ihre Vorstellungskraft war nicht leicht in Bewegung zu setzen, aber sie konnte nicht umhin zu denken, daß ihr Fall ein schwerer sei, da es schien, daß andere Leute ihn dafür hielten.
»Gewiß kann ich nichts dafür, Schwester«, sagte sie, gedrängt durch die Furcht, daß ihr vorhergesehenes Unglück als Vergeltung angesehen und eine umfassende Rückschau auf ihren bisherigen Lebenswandel vorgenommen werden könnte. »Keine Frau sorgt mehr für ihre Kinder, und ganz gewiß hab ich beim Hausputz zu Mariä Verkündigung so viel getan wie die beiden Hausmädchen zusammen, als ich all die Bettvorhänge abgenommen hab, und dann ist da der Holunderblütenwein, den ich gemacht hab – herrlich! Ich biete ihn immer mit dem Sherry an, obwohl Schwester Glegg meint, daß ich verschwenderisch sei; und wenn ich nun mal gern meine Kleider in Ordnung hab und nicht wie ein Schreckgespenst durchs Haus lauf, so kann doch niemand im Kirchspiel von mir sagen, daß ich verleumde und Unfrieden stifte, denn ich will doch niemandem etwas Böses; und niemand verliert dadurch, daß er mir eine Schweinspastete schickt, denn meine Pasteten können sich mit den besten meiner Nachbarn sehn lassen; und das Leinen ist so in Ordnung, und wenn ich morgen sterben sollt', müßt' ich mich nicht dafür schämen. 'ne Frau kann nicht mehr tun, als sie kann.«
»Aber es hat doch alles keinen Zweck, Bessy«, sagte

Mrs. Pullet, legte den Kopf auf die Seite und richtete ihre Augen gefühlvoll auf ihre Schwester, »wenn dein Mann sein ganzes Geld vertut. Obwohl es, wenn ihr versteigern müßtet und andere Leute eure Möbel kauften, ein Trost wäre zu wissen, daß du sie immer gut poliert hast. Und da ist das Leinen mit dem Monogramm von deinem Mädchennamen, das würde vielleicht übers ganze Land verstreut. Das wär' doch sehr traurig für unsere Familie.« Mrs. Pullet schüttelte langsam den Kopf.
»Aber was kann ich tun, Schwester?« sagte Mrs. Tulliver. »Mr. Tulliver ist nicht der Mann, dem man was vorschreiben kann, nicht mal, wenn ich zum Pfarrer ging' und auswendig lernte, was ich meinem Mann zu seinem Besten sagen sollte. Und ich will auch gar nicht vorgeben, daß ich irgendwas von Geldverleih und all dem verstünde. Ich konnt' nie Männergeschäfte durchschauen wie Schwester Glegg.«
»Ja, darin bist du so wie ich, Bessy«, sagte Mrs. Pullet; »und ich glaub, es wär' passender für Jane, wenn sie den Trumeauspiegel öfter polieren ließe – letzte Woche waren so viele Flecken drauf –, anstatt Leuten, die mehr Einkünfte haben, als sie je hatte, vorzuschreiben, was sie mit ihrem Geld tun sollen. Aber Jane und ich waren immer verschiedener Ansicht: sie wollt' immer gestreifte Sachen haben, und ich mag Punkte. Du magst auch Punkte, Bessy; darin haben wir immer zusammengehalten.«
»Ja, Sophy«, sagte Mrs. Tulliver, »ich erinnere mich, daß wir beide mal denselben blauen Stoff mit weißen Punkten hatten – ich habe noch ein Stückchen davon in einer Bettspreite, und wenn du nur zu Schwester Glegg gehen würdest und sie überreden könntest, sich mit Tulliver zu versöhnen, dann würd' ich dir das hoch anrechnen. Du warst mir immer 'ne gute Schwester.«
»Aber das richtigste wäre, wenn Tulliver selbst ginge und sich selbst mit ihr versöhnte und sagte, es täte ihm leid, daß er so unüberlegt geredet hat. Wenn er von ihr Geld

geliehen hat, sollte er sich dafür nicht zu gut sein«, sagte Mrs. Pullet, deren Parteilichkeit sie nicht blind für Prinzipien machte; sie vergaß nicht, was Leuten mit einem gesicherten Vermögen zustand.

»Es hat keinen Zweck, davon zu reden«, sagte die arme Mrs. Tulliver beinahe unwirsch. »Wenn ich auf bloßen Knien über den Kies zu Tulliver gehen würde, würd' er sich nicht demütigen.«

»Nun, du kannst nicht von mir erwarten, daß ich Jane überrede, um Verzeihung zu bitten«, sagte Mrs. Pullet. »Ihre Laune übersteigt alles; es ist schon gut, wenn sie sie nicht von Sinnen macht, obwohl es noch nie jemanden in unserer Familie gegeben hat, der ins Irrenhaus kam.«

»Ich meine ja nicht, daß sie um Verzeihung bitten sollte«, sagte Mrs. Tulliver. »Aber wenn sie nur darüber hinwegsähe und ihr Geld nicht zurückforderte, das ist doch nicht zuviel von einer Schwester verlangt. Die Zeit würd' die Sache schon schlichten, und Tulliver würd' es vergessen, und sie wärn wieder Freunde.«

Mrs. Tulliver war sich, wie man sieht, der unwiderruflichen Entscheidung ihres Mannes, die fünfhundert Pfund zurückzuzahlen, nicht bewußt; zumindest überstieg eine solche Entscheidung ihr Vorstellungsvermögen.

»Nun, Bessy«, sagte Mrs. Pullet mit Trauermiene, »ich will dir nicht zu deinem Ruin verhelfen. Ich will nicht zurückstehen, dir 'nen Gefallen zu tun, wenn es denn getan werden muß. Und ich möcht' nicht, daß in der Bekanntschaft geredet wird, wir hätten Streit in der Familie. Das werde ich Jane sagen, und ich hab nichts dagegen, morgen zu Jane zu fahren, wenn Pullet nichts dagegen hat. Was sagst du, Mr. Pullet?«

»Ich habe keine Einwände«, sagte Mr. Pullet, der mit jedem Verlauf, den der Streit nehmen konnte, völlig zufrieden war, solange Mr. Tulliver sich nicht an *ihn* um Geld wandte. Mr. Pullet war ängstlich wegen seiner Investitionen und verstand nicht, wie ein Mann Sicher-

heit für sein Geld haben konnte, solange er es nicht zu Land gemacht hatte.
Nach einem kurzen weiteren Gespräch darüber, ob es nicht besser sei, wenn Mrs. Tulliver sie bei dem Besuch bei Schwester Glegg begleiten würde, bemerkte Mrs. Pullet, daß es Zeit zum Teetrinken sei, und nahm aus einer Schublade hinter sich eine zarte Damastserviette, die sie sich nach Art einer Schürze ansteckte. Tatsächlich öffnete sich die Tür bald darauf, aber statt des Teetabletts brachte Sally ein Objekt herein, das so erschreckend war, daß sowohl Mrs. Pullet als auch Mrs. Tulliver einen Schrei ausstießen, worauf Onkel Pullet seine Pastille verschluckte – zum fünften Mal in seinem Leben, wie er hinterher feststellte.

Kapitel 10

Maggie beträgt sich schlimmer, als sie erwartete

Das erschreckende Objekt, das für Onkel Pullet derart epochemachend wirkte, war nichts anderes als die kleine Lucy, die auf einer Seite ihrer Person von ihrem kleinen Fuß bis zu ihrer Haube naß und mit Schmutz beschmiert war, zwei winzige schwärzliche Hände ausstreckte und ein ganz jämmerliches Gesicht machte. Um diese in Tante Pullets Salon noch nie dagewesene Erscheinung zu erklären, müssen wir zu dem Zeitpunkt zurückkehren, als die drei Kinder zum Spielen nach draußen gingen und die kleinen Teufel, die schon früher an diesem Tag von Maggies Seele Besitz ergriffen hatten, mit um so größerer Macht nach einer zeitweiligen Abwesenheit zurückgekehrt waren. All die unangenehmen Erinnerungen an den Morgen lasteten auf ihr, als Tom, dessen Ärger über sie wegen ihrer Ungeschicklichkeit, durch die er seinen Primelwein verschüttet hatte, beträchtlich erneuert war, sagte: »Hier, Lucy, komm doch mit mir«, und mit ihr zu den Kröten weggegangen war, als ob es keine Maggie gäbe. Als Maggie dies sah, blieb sie unschlüssig in einiger Entfernung stehen und sah aus wie eine kleine Medusa mit abgeschnittenen Schlangen[22]. Es gefiel Lucy natürlich, daß Vetter Tom so nett zu ihr war, und es machte Spaß zuzusehen, wie er eine fette Kröte mit einem Stück Bindfaden kitzelte, wenn die Kröte in sicherer Entfernung unten im Loch saß mit einem Eisenrost darüber. Dennoch wünschte Lucy, daß auch Maggie dieses Schauspiel miterleben sollte, vor allem da sie zweifellos einen Namen für die Kröte erfinden und deren Geschichte erzählen würde; denn vor Entzücken glaubte Lucy halb an Maggies Geschichten über die Lebewesen, die ihnen über den Weg liefen – wie etwa Frau Ohrwurm zu Hause Wäsche hatte und eines ihrer Kinder in den heißen Kupferkessel gefallen war, weshalb sie so schnell rannte, um den Doktor zu holen. Tom hegte eine gründliche Verachtung für diesen Unsinn von Maggie und zertrat den Ohrwurm sofort, als ein überflüssiges, aber einfaches Mittel, die völlige Unwirklichkeit einer solchen Geschichte zu beweisen; aber Lucy konnte für ihr Leben nicht davon lassen, sich vorzustellen, daß sie doch ein wenig Wahrheit enthielte, auf jeden Fall aber fand sie, daß es eine sehr hübsche Erfindung sei. Deshalb ließ sie außer der ihr eigenen Warmherzigkeit auch der Wunsch, die Geschichte einer sehr stattlichen Kröte zu erfahren, jetzt zu Maggie zurücklaufen und sagen: »Oh, da ist so eine große lustige Kröte, Maggie! Komm doch und schau mal!«

Maggie sagte nichts, sondern wandte sich mit noch düstererem Gesicht ab. Solange Tom Lucy vorzuziehen schien, war Lucy ein Teil seiner Unfreundlichkeit. Vor kurzem noch hätte Maggie gedacht, daß sie der hübschen kleinen Lucy niemals böse sein könnte, ebensowenig, wie sie zu einer kleinen weißen Maus grausam sein könnte; aber Tom war ja auch sonst immer ganz gleichgültig gegenüber Lucy gewesen und hatte es Maggie überlassen, sie zu liebkosen und viel Aufhebens um sie zu machen. So wie es jetzt war, fing sie tatsächlich an zu überlegen, daß sie Lucy gern durch Schlagen oder Kneifen zum Weinen bringen würde, nur um Tom zu ärgern, den zu schlagen, selbst wenn sie es gewagt hätte, gar keinen Zweck hatte, weil es ihm nichts ausmachte. Und wenn Lucy nicht dagewesen wäre, so dachte Maggie, hätte er sich bestimmt schneller wieder mit ihr vertragen.

Eine fette Kröte zu kitzeln, die nicht allzu empfindlich ist, ist ein Vergnügen, das nicht unerschöpflich ist, und so begann Tom allmählich, sich nach einem anderen Zeitvertreib umzusehen. Aber in einem so gepflegten Garten, wo man die gepflasterten Wege nicht verlassen durfte, gab es nicht viel Auswahl an Zerstreuungen. Das einzige große Vergnügen, das eine solche Beschränkung nahelegt, ist das Vergnügen, sie zu übertreten, und Tom begann einen rebellischen Besuch beim Teich, der etwa eine Feldlänge hinter dem Garten lag, in Erwägung zu ziehen.

»Übrigens, Lucy«, begann er und nickte mit großer Bedeutsamkeit mit dem Kopf, als er seinen Bindfaden wieder aufwickelte, »was meinst du, was ich jetzt vorhabe?«

»Was denn, Tom?« sagte Lucy neugierig.

»Ich will zum Teich gehen und nach dem Hecht sehen. Du kannst mit mir gehen, wenn du möchtest«, sagte der junge Pascha.

»Oh Tom, *wagst* du das?« sagte Lucy. »Die Tante hat gesagt, wir dürften den Garten nicht verlassen.«

»Ach, ich geh auf der andern Seite vom Garten hinaus«, sagte Tom, »dann sieht uns niemand. Übrigens würd' es mir nichts ausmachen – ich lauf dann einfach nach Haus.«

»Aber *ich* könnte nicht weglaufen«, sagte Lucy, die noch

nie zuvor einer solch ernstlichen Versuchung ausgesetzt gewesen war.
»Oh, das macht nichts – sie werden mit *dir* nicht böse sein«, sagte Tom. »Sag nur, daß ich dich mitgenommen habe.«
Tom ging los, und Lucy trottete neben ihm her und genoß furchtsam das seltene Vergnügen, etwas Unartiges zu tun; zudem war sie aufgeregt wegen der Erwähnung jener Berühmtheit, des Hechtes – von dem sie nicht ganz genau wußte, ob er ein Fisch oder ein Vogel sei. Maggie sah, wie sie den Garten verließen, und konnte dem Impuls, ihnen zu folgen, nicht widerstehen. Zorn und Eifersucht ertragen es ebensowenig, ihr Objekt aus den Augen zu verlieren, wie Liebe, und daß Tom und Lucy etwas tun oder sehen sollten, von dem sie nichts wüßte, wäre für Maggie ein unerträglicher Gedanke gewesen. Sie hielt sich also einige Schritte hinter ihnen, unbemerkt von Tom, der nun ganz davon eingenommen war, nach dem Hecht Ausschau zu halten, der ein hochinteressantes Ungeheuer war; man sagte, er sei sehr, sehr alt, sehr, sehr groß und hätte einen ganz bemerkenswerten Appetit. Wie andere Berühmtheiten zeigte sich der Hecht nicht, als man nach ihm Ausschau hielt, aber Tom erblickte etwas, das sich blitzschnell im Wasser bewegte und ihn zu einer anderen Stelle des Ufers hinzog.
»Hier, Lucy!« sagte er in lautem Flüsterton. »Komm hierher! Paß auf! Bleib auf dem Gras – tritt nicht dahin, wo die Kühe waren!« setzte er hinzu und deutete auf eine Halbinsel trockenen Grases mit zertrampeltem Morast an beiden Seiten, denn Toms verächtliche Vorstellung von einem Mädchen schloß die Eigenschaft der Unfähigkeit, sich an schmutzigen Orten zu bewegen, ein.
Lucy kam vorsichtig, wie ihr geboten wurde, heran und beugte sich nieder, um sich anzusehen, was da wie eine goldene Pfeilspitze durchs Wasser schoß. Es war eine Wasserschlange, erzählte Tom ihr, und schließlich konnte Lucy die Schlangenlinie ihres Körpers sehen und

war sehr erstaunt darüber, daß eine Schlange schwimmen konnte. Maggie war immer näher gekommen – sie *mußte* das auch sehen, obwohl es bitter für sie war, wie alles andere, da es Tom nicht interessierte, ob sie es sah oder nicht. Schließlich stand sie dicht bei Lucy, und Tom, der ihr Näherkommen bemerkt hatte, ihm aber keine Beachtung schenken wollte, bis es unumgänglich war, wandte sich um und sagte:

»Geh doch weg, Maggie. Für dich ist hier auf dem Gras kein Platz. Niemand hat *dich* aufgefordert zu kommen.«

Leidenschaften kämpften in diesem Augenblick in Maggie, aus denen man hätte eine Tragödie machen können, wenn Tragödien nur aus Leidenschaft gemacht würden, aber das wesentliche τι μέγεθος[23], das in der Leidenschaft war, fehlte in der Handlung. Das Äußerste, das Maggie tun konnte, war, mit einem wilden Stoß ihres kleinen braunen Armes die arme kleine rosaweiße Lucy in den von Kühen zertrampelten Morast zu schubsen.

Da konnte sich Tom nicht beherrschen und gab Maggie zwei ordentliche Schläge auf den Arm, als er hinlief, um Lucy aufzuheben, die weinend und hilflos dalag. Maggie zog sich zu den Wurzeln eines Baumes, der etwas abseits stand, zurück und sah verstockt vor sich hin. Gewöhnlich kam ihre Reue sofort nach einer unüberlegten Tat, aber diesmal hatten Tom und Lucy sie so unglücklich gemacht, daß sie froh war, ihr Vergnügen zu zerstören, und froh, allen Scherereien zu machen. Warum sollte es ihr leid tun? Tom wollte *ihr* ja doch nicht so schnell verzeihen, so leid es ihr auch tun mochte.

»Das sag ich aber Mutter, Miss Mag«, sagte Tom laut und nachdrücklich, sobald Lucy wieder stand und zurückgehen konnte. Es war eigentlich nicht Toms Art zu petzen, aber hier erforderte die Gerechtigkeit eindeutig, daß Maggie die schlimmste Strafe erhalten sollte; nicht daß Tom es gelernt hätte, seine Ansichten in dieser abstrakten Form wiederzugeben, er sprach nie von Gerechtigkeit und hatte keine Ahnung, daß sein Wunsch zu strafen mit diesem schönen Namen belegt werden könnte. Lucy war zu sehr von dem Übel, das über sie gekommen war, betroffen – ihr hübsches Sonntagskleid verdorben und sie selbst unbehaglich naß und schmutzig –, um viel über dessen Ursache nachzudenken, die völlig rätselhaft für sie war. Sie hätte nie erraten können, was sie getan hatte, um Maggies Zorn auf sich zu ziehen, aber sie fühlte, daß Maggie sehr unfreundlich und garstig war, und so wandte sie sich nicht mit großherzigen Bitten an Tom, daß er nicht petzen sollte, sondern lief nur neben ihm her und weinte jämmerlich, während Maggie auf den Baumwurzeln saß und ihnen mit ihrem kleinen Medusengesicht nachblickte.

»Sally«, sagte Tom, als sie an der Küchentür anlangten und Sally sie in sprachlosem Erstaunen mit einem Stück Butterbrot im Mund und einer Toastgabel in der Hand ansah, »Sally, sag Mutter, daß es Maggie war, die Lucy in den Morast gestoßen hat.«

»O grundgütiger Himmel, wie seid ihr denn nur an so 'nen Morast gekommen?« sagte Sally und verzog das Gesicht, als sie sich hinunterbeugte, um das Corpus delicti zu untersuchen. Toms Vorstellungskraft war nicht schnell und weitreichend genug gewesen, um diese Frage in die vorhergesehenen Folgen einzubeziehen, aber kaum war sie gestellt, da sah er, in welche Richtung sie wies und daß Maggie nicht als die einzig Schuldige in diesem Fall betrachtet werden würde. Er zog sich leise von der Küchentür zurück und überließ Sally dem Vergnügen des Erratens, das ein aktiver Geist bekanntlich einer fertigen Mitteilung vorzieht.

Sally verlor, wie man weiß, keine Zeit, um Lucy an der Salontür vorzustellen, denn ein solch schmutziges Objekt im Hause von Garum Firs zu haben, war eine zu große Last, als daß sie von einem einzigen getragen werden könnte.

»Du lieber Himmel!« rief Tante Pullet nach dem Vorspiel des unartikulierten Schreies aus. »Halt sie an der Tür, Sally! Laß sie auf gar keinen Fall vom Wachstuch herunter!«

»Da ist sie aber in einen gräßlichen Morast gefallen!« sagte Mrs. Tulliver und ging zu Lucy, um das Ausmaß des Schadens an ihren Kleidern zu begutachten, für die sie sich selbst gegenüber ihrer Schwester Deane verantwortlich fühlte.

»Es war Miss Maggie, bittschön, Madam, die sie hineinstieß«, sagte Sally. »Master Tom war hier und hat es gesagt, und sie müssen am Teich gewesen sein, weil man nur da in solchen Schmutz fallen kann.«

»Da haben wir es, Bessy. Das ist es, was ich dir gesagt habe«, sagte Mrs. Pullet in einem Ton prophetischer Wehmut. »Es sind deine Kinder – was soll nur aus ihnen noch werden?«

Mrs. Tulliver schwieg und fühlte sich selbst als eine wahrhaft unglückselige Mutter. Wie gewöhnlich bedrückte sie der Gedanke, daß die Leute denken würden, sie hätte etwas Böses getan, um ihre mütterlichen Nöte zu verdienen, und Mrs. Pullet gab Sally derweil ausführliche Anweisungen, wie sie das Haus vor ernstem Schaden bewahren sollte, wenn sie den Schmutz entfernte. Inzwischen sollte die Köchin den Tee hereinbringen, und die beiden ungezogenen Kinder sollten schimpflich in der Küche Tee trinken. Mrs. Tulliver ging hinaus, um mit diesen ungezogenen Kindern zu sprechen, weil sie dachte, sie wären in der Nähe, aber erst nach einigem Suchen fand sie Tom, der mit einem verstockten und unbeteiligten Gesicht am weißen Gitter des Hühnerhofes lehnte und sein Stück Bindfaden an der anderen Seite hinabließ, um den Truthahn zu reizen.

»Tom, du Tunichtgut, wo ist deine Schwester?« sagte Mrs. Tulliver grämlich.

»Ich weiß es nicht«, sagte Tom. Sein Eifer, an Maggie Gerechtigkeit walten zu lassen, hatte sich verringert, seit er eingesehen hatte, daß das kaum geschehen konnte,

ohne daß er selbst der Ungerechtigkeit eines Tadels wegen seines Verhaltens ausgesetzt wäre.
»Wo hast du sie denn zurückgelassen?« sagte seine Mutter und sah sich um.
»Sie saß unter dem Baum am Teich«, sagte Tom, scheinbar gleichgültig gegenüber allem außer dem Bindfaden und dem Truthahn.
»Dann geh und hol sie jetzt sofort, du Taugenichts! Und wie konntest du einfach zum Teich gehen und deine Schwester mitnehmen, wenn es dort so schmutzig ist? Du weißt doch, daß sie Unheil anrichtet, wenn Unheil angerichtet werden kann.«
Es war Mrs. Tullivers Art, Toms Vergehen, wenn sie ihn tadelte, immer auf irgendeine Weise auf Maggie zu beziehen.
Die Vorstellung, daß Maggie allein am Teich saß, erweckte eine ständige Furcht in Mrs. Tulliver, und sie stieg auf den Aufsitzblock, um sich selbst durch den Anblick dieses unseligen Kindes zu beruhigen, während Tom sich – allerdings nicht sehr schnell – auf den Weg machte.
»Sie haben einen solchen Hang zum Wasser, meine Kinder«, sagte sie laut, ohne zu überlegen, daß niemand da war, der sie hören konnte, »sie werden eines Tages noch ertrunken heimgebracht werden. Ich wünschte, der Fluß wäre weit entfernt.«
Aber als es ihr nicht nur mißlang, Maggie auszumachen, sondern sie auch kurz darauf Tom allein zurückkehren sah, da wurde sie vollends von dieser über ihr schwebenden Furcht ergriffen, und sie eilte auf ihn zu.
»Maggie ist nirgends am Teich, Mutter«, sagte Tom. »Sie ist fortgegangen.«
Man kann sich die angstvolle Suche nach Maggie vorstellen und die Schwierigkeit, ihre Mutter zu überzeugen, daß sie nicht im Teich sei. Mrs. Pullet bemerkte, daß das Kind noch zu einem schlimmeren Ende kommen könnte, wenn es lebte – man konnte ja nie wissen. Und Mr.

Pullet, der verwirrt und überwältigt durch den umstürzlerischen Aspekt der Dinge war – der Tee aufgeschoben und die Hühner erschreckt durch das ungewöhnliche Hin- und Herlaufen –, nahm seinen Spaten als Suchinstrument und langte nach einem Schlüssel, um den Gänsestall aufzuschließen, weil es ja wahrscheinlich war, daß Maggie darin liegen würde.

Nach einer Weile brachte Tom alle auf den Gedanken, daß Maggie nach Hause gegangen sein könnte (ohne es für notwendig zu erachten festzustellen, daß er das unter diesen Umständen getan hätte), und die Vermutung wurde von seiner Mutter als Trost aufgenommen.

»Schwester, laß um Gottes Willen das Pferd vor die Kutsche spannen und mich nach Haus bringen, vielleicht finden wir sie auf dem Weg. Lucy kann in ihren schmutzigen Kleidern nicht zu Fuß gehen«, sagte sie und blickte auf das unschuldige Opfer, das in ein Wolltuch eingewickelt mit bloßen Füßen auf dem Sofa saß.

Tante Pullet war bereit, das schnellste Mittel zu ergreifen, um wieder Ruhe und Ordnung in ihr Haus einkehren zu lassen, und so dauerte es nicht lange, bis Mrs. Tulliver in der Kutsche saß und besorgt vor sich in die Ferne sah. Was der Vater sagen würde, wenn Maggie sich verirrt hätte, war ein Problem, das alle anderen noch übertraf.

Kapitel 11

Maggie versucht, ihrem Schatten davonzulaufen

Maggies Absichten waren, wie gewöhnlich, weitreichender, als Tom sich gedacht hatte. Der Entschluß, der in ihr aufkam, nachdem Tom und Lucy weggegangen waren, war nicht einfach, nach Hause zu gehen. Nein! Sie würde fortlaufen und zu den Zigeunern gehen, und Tom sollte sie niemals wiedersehen. Dies war keineswegs eine neue Idee von Maggie; man hatte ihr so oft gesagt, daß sie eine Zigeunerin und »halbwild« sei, daß ihr dies, wenn ihr jämmerlich zumute war, der einzige Weg schien, Vorwürfen zu entgehen, und es wäre wohl am passendsten, wenn sie in einem kleinen braunen Zelt auf dem Anger leben würde. Die Zigeuner, so dachte sie, würden sie freudig empfangen und ihr hohe Achtung wegen ihres überlegenen Wissens zollen. Sie hatte einmal Tom gegenüber ihre diesbezüglichen Ansichten erwähnt und vorgeschlagen, daß er sein Gesicht braun färben und daß sie zusammen fortlaufen sollten; aber Tom wies den Plan mit Verachtung zurück und bemerkte, daß Zigeuner Diebe seien und kaum etwas zu essen bekämen und zum Fahren nichts als einen Esel hätten. Heute jedoch dachte Maggie, daß ihr Elend einen solchen Tiefpunkt erreicht hätte, daß das Zigeunertum ihre einzige Zuflucht sei, und sie erhob sich von ihrem Sitz auf den Baumwurzeln mit dem Gefühl, daß dies ein bedeutender Wendepunkt in ihrem Leben sei. Sie würde immer nur geradeaus laufen, bis sie zum Dunlower Anger käme, wo sicherlich Zigeuner sein würden, und der grausame Tom und die übrigen Verwandten, die etwas an ihr auszusetzen hatten, sollten sie nie wiedersehen. Sie dachte an ihren Vater, als sie so dahinrannte, aber sie versöhnte sich mit dem Gedanken, sich von ihm zu trennen, indem sie sich entschloß, ihm insgeheim einen Brief durch einen kleinen Zigeuner zukommen zu lassen, der davonlaufen würde, ohne zu sagen, wo sie sei, und ihn nur wissen ließe, daß es ihr gut ginge, daß sie glücklich sei und ihn immer liebhaben würde.

Maggie war bald außer Atem vom Laufen, aber zu dem Zeitpunkt, als Tom zum Teich zurückging, war sie drei lange Felder weit entfernt an dem Feldweg angelangt, der auf die Landstraße führte. Sie hielt ein, um ein wenig zu verschnaufen, und dachte, daß Weglaufen gar nicht so schön sei, bis man zum Anger käme, wo die Zigeuner waren, aber ihr Entschluß stand noch immer fest. Schon passierte sie das Tor und war auf dem Feldweg, ohne zu wissen, wohin er sie führen würde, denn auf diesem Weg kamen sie nicht von der Dorlcoter Mühle nach Garum Firs, und sie fühlte sich deswegen nur um so sicherer, denn so bestand keine Gefahr, daß sie eingeholt werden würde. Aber bald darauf gewahrte sie, nicht ohne Erbeben, daß zwei Männer vor ihr den Weg entlangkamen; sie hatte nicht bedacht, daß sie Fremden begegnen könnte – sie war zu sehr mit dem Gedanken beschäftigt gewesen, daß ihre Angehörigen hinter ihr herkommen würden. Die furchtbaren Fremden war zwei schäbig aussehende Männer mit geröteten Gesichtern, von denen der eine ein Bündel an einem Stock über der Schulter trug; aber während sie noch deren Mißbilligung fürchtete, weil sie fortgelaufen war, blieb der Mann mit dem Bündel zu ihrer Überraschung stehen und fragte halb jammernd, halb schmeichelnd, ob sie nicht ein kleines Geldstück für einen armen Mann habe. Maggie hatte ein Sixpencestück in der Tasche – das Geschenk von Onkel Glegg – und zog es sofort hervor und gab es diesem armen Mann mit einem höflichen Lächeln und hoffte, daß er erfreut über sie sein würde, weil sie so großzügig war. »Das ist alles, was ich habe«, sagte sie entschuldigend. »Danke, kleines Fräulein«, sagte der Mann, weit weniger respektvoll und dankbar, als Maggie erwartet hatte, und sie bemerkte sogar, daß er lächelte und seinem Gefährten zublinzelte. Sie ging eilig weiter, spürte aber doch, daß die beiden Männer noch stehenblieben und ihr wahrscheinlich nachsahen, und kurz darauf hörte sie sie laut lachen. Plötzlich fiel ihr ein, daß sie denken könnten, sie sei ein Idiot; Tom hatte gesagt, daß sie mit ihrem abgeschnittenen Haar wie ein Idiot aussähe, und der Gedanke war zu schmerzlich, als daß sie ihn schnell vergessen konnte. Außerdem hatte sie keine Ärmel an, nur einen Umhang und eine Haube. Es war klar, daß sie wahrscheinlich keinen günstigen Eindruck auf Vorübergehende machte, und sie dachte sich, daß sie besser wieder durch die Felder gehen sollte, aber nicht auf derselben Seite des Feldweges wie vorher, für den Fall, daß es noch immer Onkel Pullets Felder waren.

Sie ging durch das erste Tor, das nicht verschlossen war, und hatte, als sie an den Heckenzäunen entlangschlich, ein köstliches Gefühl des Alleinseins nach dieser demütigenden Begegnung. Sie war es gewohnt, allein durch die Felder zu streifen, und war dort weniger furchtsam als auf der Landstraße. Manchmal mußte sie über hohe Tore klettern, aber das war nur ein geringes Übel, sie kam schnell außer Reichweite und würde wahrscheinlich schon bald den Dunlower Anger sehen oder wenigstens irgendeinen anderen Anger, denn sie hatte ihren Vater sagen hören, daß man nicht sehr weit gehen könnte, ohne auf einen Anger zu stoßen. Sie hoffte das sehr, denn sie wurde schon recht müde und hungrig, und bevor sie nicht zu den Zigeunern gelangte, bestand keine sichere Aussicht auf ein Butterbrot. Es war noch heller Tag, denn Tante Pullet hielt an den zeitigen Gewohnheiten der Dodsons fest und trank dem Sonnenstand nach um halb fünf, der Küchenuhr nach um fünf Tee. Deshalb lag, obwohl es schon beinahe eine Stunde her war, daß Maggie sich aufgemacht hatte, noch kein Schatten beginnender Dämmerung auf den Feldern, der sie daran erinnert hätte, daß die Nacht kommen würde. Dennoch erschien es ihr, als sei sie schon eine sehr weite Strecke gewandert, und es war wirklich überraschend, daß der Anger nicht in Sicht kam. Sie war bis jetzt in dem reichen Kirchspiel Garum gewesen, wo es viel Weideland gab, und sie hatte nur einen Feldarbeiter in der Ferne gesehen. Das war günstig in gewisser Hinsicht, da die Arbeiter zu unwissend sein könnten, um einzusehen, wie richtig es war, daß sie nach dem Dunlower Anger gehen wollte; dennoch wäre sie besser jemandem begegnet, der ihr den Weg gezeigt hätte, ohne etwas über ihre Privatangelegenheiten wissen zu wollen. Schließlich jedoch hörten die grünen Felder auf, und Maggie fand sich an einem

Tor wieder, durch dessen Balken sie einen Weg mit einem breiten Grasrand an beiden Seiten sehen konnte. Einen so breiten Feldweg hatte sie nie zuvor gesehen, und ohne zu wissen warum, vermittelte er ihr den Eindruck, daß der Anger nicht mehr weit sein konnte; vielleicht war es, weil sie einen Esel mit einem Klotz am Fuß auf dem Grasrand weiden sah, denn sie hatte einen Esel mit solch einem elenden Hindernis auf dem Dunlower Anger gesehen, als sie in ihres Vaters Einspänner vorüberfuhr. Sie kroch durch die Balken des Tores und wanderte mit frischem Mut weiter, gleichwohl nicht ohne quälende Bilder von Apollyon[24] und einem Wegelagerer mit einer Pistole und einem zwinkernden Zwerg in Gelb mit einem Mund von einem Ohr zum andern und dergleichen mannigfaltigen Gefahren. Denn die arme kleine Maggie hatte sowohl die Furchtsamkeit einer lebhaften Einbildungskraft wie auch den Wagemut, der einem plötzlich mitreißenden Impuls entspringt. Sie hatte sich in das Abenteuer gestürzt, ihre unbekannten Artgenossen, die Zigeuner, zu suchen; und jetzt, da sie auf diesem fremden Feldweg war, wagte sie kaum, zur Seite zu blicken, weil der teuflische Schmied in seiner Lederschürze mit den in die Seiten gestemmten Armen sie vielleicht angrinsen könnte. Und das Herz stockte ihr, als sie ein Paar bloßer kleiner Beine erblickte, die mit den Füßen nach oben neben einem kleinen Hügel hervorragten. Sie schienen etwas grauslich Übernatürliches zu sein, eine teuflische Art von Pilzen, denn sie war zu erregt, um auf den ersten Blick die zerlumpten Kleider und den dunklen zottigen Kopf zu sehen, die daran hingen. Es war ein schlafender Junge, und Maggie ging schneller und leichtfüßiger vorbei, damit sie ihn nicht aufweckte. Es kam ihr nicht in den Sinn, daß er einer ihrer Freunde, der Zigeuner, sei, die aller Wahrscheinlichkeit nach sehr liebenswerte Manieren haben würden. Aber so war es, denn an der nächsten Biegung des Weges sah Maggie tatsächlich hinter aufsteigendem blauen

Rauch das kleine halbrunde schwarze Zelt, das nun ihre Zuflucht sein sollte vor all der verletzenden Schmach, die sie im zivilisierten Leben verfolgt hatte. Sie erblickte sogar eine große weibliche Gestalt neben der Rauchsäule – zweifellos die Zigeunermutter, die für den Tee und andere Eßwaren sorgte; sie selbst fand es erstaunlich, daß sie nicht mehr Freude empfand. Aber es war schließlich verwunderlich, die Zigeuner auf einem Feldweg zu finden und nicht auf einem Anger; wirklich, das war ziemlich enttäuschend, denn ein geheimnisvoller, unbegrenzter Anger, wo es Sandgruben gab, in denen man sich verstecken konnte und außerhalb jedermanns Reichweite war, hatte für Maggie immer einen Teil ihres Bildes vom Zigeunerleben ausgemacht. Sie ging jedoch weiter und dachte zu ihrem Trost daran, daß Zigeuner höchstwahrscheinlich nichts von Idioten wüßten, so daß keine Gefahr bestünde, daß sie in den Fehler verfallen würden, sie gleich beim ersten Ansehen für eine Idiotin zu halten. Es war deutlich, daß sie Aufmerksamkeit erregt hatte, denn die große Gestalt, die sich als eine junge Frau mit einem Säugling auf dem Arm herausstellte, ging langsam auf sie zu. Maggie blickte ein wenig bebend zu diesem neuen Gesicht auf, als es herankam, und war beruhigt durch den Gedanken, daß ihre Tante Pullet und der Rest Recht hätten, wenn sie sie eine Zigeunerin nannten, denn dieses Gesicht mit den leuchtenden dunklen Augen und dem langen Haar ähnelte wirklich ein wenig dem, was sie immer im Spiegel gesehen hatte, bevor sie ihr Haar abschnitt.

»Meine kleine Dame, wohin gehst du?« sagte die Zigeunerin in einem Ton schmeichelnder Ehrerbietung.

Es war herrlich und genau, wie Maggie es erwartet hatte; die Zigeuner sahen sofort, daß sie eine kleine Dame war, und waren bereit, sie entsprechend zu behandeln.

»Nicht mehr weiter«, sagte Maggie, mit dem Gefühl aufzusagen, was sie im Traum geprobt hatte. »Ich bin gekommen, um bei euch zu bleiben, bitte schön.«

»Das ist hübsch; dann komm. Was für eine nette kleine Dame du doch bist«, sagte die Zigeunerin und nahm sie bei der Hand. Maggie fand sie sehr liebenswürdig, aber wünschte, sie wäre nicht so schmutzig gewesen.

Eine ganze Gruppe saß um das Feuer, als sie hinzutraten. Eine alte Zigeunerin hockte mit übereinandergeschlagenen Knien auf dem Boden und stocherte ab und zu mit einem Holzspieß in dem runden Kessel, der einen wohlriechenden Dampf ausströmte. Zwei kleine strubbelige Kinder lagen mit aufgestützten Ellenbogen auf dem Bauch wie kleine Sphinxe, und ein friedlicher Esel beugte seinen Kopf über ein großes Mädchen, das, auf dem Rücken liegend, seine Nase rieb und ihn mit einem Bissen ausgezeichnetem, gestohlenem Heu verwöhnte. Die tiefstehende Sonne warf ein freundliches Licht auf sie, und die Szene war wirklich sehr hübsch und behaglich, fand Maggie, nur hoffte sie, man möchte bald die Teetassen aufdecken. Alles würde ganz bezaubernd sein, wenn sie den Zigeunern erst beigebracht hätte, eine Waschschüssel zu benutzen und sich für Bücher zu interessieren. Es war jedoch ein wenig verwirrend, daß die junge Frau mit der alten in einer Sprache zu sprechen begann, die Maggie nicht verstand, während das große Mädchen, das den Esel fütterte, sich aufsetzte und sie ohne eine Begrüßung anstarrte. Schließlich sagte die alte Frau:

»Was, meine hübsche Dame, du bist gekommen, um bei uns zu bleiben? Setz dich nieder und erzähl uns, von wo du kommst.«

Es war wie in einer Geschichte; Maggie gefiel es, »hübsche Dame« genannt und auf diese Weise behandelt zu werden. Sie setzte sich und sagte:

»Ich bin von zu Hause gekommen, weil ich unglücklich bin, und ich möchte eine Zigeunerin sein. Ich will bei euch leben, wenn es euch recht ist, und ich kann euch eine ganze Menge Dinge lehren.«

»Was für eine kluge kleine Dame«, sagte die Frau mit

dem Säugling, setzte sich zu Maggie und ließ den Säugling krabbeln. »Und so eine hübsche Haube und ein hübsches Kleidchen«, fügte sie hinzu, nahm Maggies Haube ab und betrachtete sie, während sie eine Bemerkung in der unbekannten Sprache zu der alten Frau machte. Das große Mädchen griff nach der Haube und setzte sie mit einem Grinsen verkehrt herum auf ihren eigenen Kopf, aber Maggie war entschlossen, deswegen keine Schwäche zu zeigen, so als ob sie empfindlich wegen ihrer Haube wäre.

»Ich möchte keine Haube tragen«, sagte sie. »Ich möchte lieber so ein rotes Tuch tragen wie deines« (dabei sah sie ihre Freundin neben sich an), »bis gestern war mein Haar ganz lang, und dann habe ich es abgeschnitten, aber ich meine, daß es schnell wieder wachsen wird«, fügte sie entschuldigend hinzu, weil sie es wahrscheinlich fand, daß die Zigeuner von langem Haar sehr viel mehr hielten. Und in diesem Moment hatte Maggie sogar ihren Hunger vergessen über dem Wunsch, die gute Meinung der Zigeuner zu gewinnen.

»Oh, was für eine nette kleine Dame! Und gewiß reich«, sagte die alte Frau. »Wohntest du nicht daheim in einem wunderschönen Haus?«

»Ja, mein Zuhause ist hübsch, und ich mag den Fluß sehr gern, wo wir angeln gehen – aber ich bin oft sehr unglücklich. Ich hätte gerne meine Bücher mitgebracht, aber ich ging in Eile weg, wißt ihr. Aber ich kann euch fast alles, was in meinen Büchern steht, erzählen. Ich habe sie so oft gelesen – und das wird euch gefallen. Und ich kann euch auch etwas über Geographie erzählen – das ist über die Welt, auf der wir leben; sehr nützlich und interessant. Habt ihr schon jemals etwas von Kolumbus gehört?«

Maggies Augen hatten zu blitzen begonnen, und ihre Wangen glühten; sie fing wirklich an, die Zigeuner zu belehren und einen großen Einfluß auf sie zu gewinnen. Die Zigeuner selbst hörten diesen Reden nicht ohne

Erstaunen zu, obwohl ihre Aufmerksamkeit durch den Inhalt von Maggies Tasche abgelenkt war, die die Freundin zu ihrer Rechten schon geleert hatte, ohne daß sie es bemerkte.

»Ist das da, wo du lebst, meine kleine Dame?« sagte die alte Frau bei der Erwähnung von Kolumbus.

»O nein«, sagte Maggie etwas mitleidig, »Kolumbus war ein ganz wunderbarer Mann, der die halbe Welt entdeckt hat, und er wurde in Ketten gelegt und ganz schlecht behandelt, wißt ihr – das steht in meinem Geographiekatechismus – aber vielleicht ist das etwas zu lang, um es vor dem Tee zu erzählen. Ich will jetzt aber meinen Tee haben.«

Die letzten Worte entfuhren Maggie ohne ihren Willen, mit einem plötzlichen Umschwung von huldvoller Belehrung zu schlichter Verdrießlichkeit.

»Sie ist freilich hungrig, die arme kleine Dame«, sagte die jüngere Frau. »Gebt ihr ein wenig vom kalten Essen. Du bist wohl einen weiten Weg gegangen, nehme ich an, meine Liebe. Wo ist dein Zuhause?«

»Es ist die Dorlcoter Mühle, eine gute Strecke entfernt«, sagte Maggie. »Mein Vater ist Mr. Tulliver, aber wir dürfen ihn nicht wissen lassen, wo ich bin, sonst holt er mich wieder nach Hause. Wo lebt die Zigeunerkönigin?«

»Was denn! Willst du zu ihr gehen, meine kleine Dame?« sagte die jüngere Frau. Das große Mädchen starrte Maggie derweil unausgesetzt an und grinste. Ihre Manieren waren jedenfalls nicht angenehm.

»Nein«, sagte Maggie, »ich meine nur, daß ihr, falls sie keine sehr gute Königin ist, vielleicht froh wäret, wenn sie stürbe und ihr eine andere wählen könntet. Wenn ich Königin wäre, wäre ich eine sehr gute Königin und freundlich zu jedermann.«

»Hier ist ein bißchen gutes Essen«, sagte die alte Frau und reichte Maggie ein Stück trockenes Brot, das sie aus einem Beutel mit Resten genommen hatte, und eine Scheibe kalten Speck.

»Danke«, sagte Maggie und sah auf die Speisen, ohne sie zu nehmen. »Aber würdet ihr mir bitte lieber ein Butterbrot mit Tee geben? Ich mag keinen Speck.«
»Wir haben weder Butter noch Tee«, sagte die alte Frau mit einem eher finsteren Blick, als ob sie des Schmeichelns müde würde.
»Oh, ein bißchen Brot mit Sirup wäre mir auch recht«, sagte Maggie.
»Wir haben kein' Sirup«, sagte die alte Frau ungehalten, worauf ein scharfer Dialog zwischen den beiden Frauen in ihrer unbekannten Sprache folgte, und eine der beiden kleinen Sphinxe schnappte sich Brot und Speck und begann zu essen. In diesem Augenblick kam das große Mädchen, das ein paar Schritt weit fortgegangen war, zurück und sagte etwas, das eine starke Wirkung hervorrief. Die alte Frau schien Maggies Hunger zu vergessen und stocherte mit erneutem Eifer mit dem Spieß im Topf herum, und die jüngere kroch unter das Zelt und langte nach Holztellern und Löffeln. Maggie zitterte ein wenig und fürchtete, daß ihr die Tränen in die Augen kommen würden. Unterdessen stieß das große Mädchen einen schrillen Schrei aus, und schon kam der Junge herbeigelaufen, an dem Maggie vorbeigekommen war, als er schlief – ein rauher Bursche, ungefähr in Toms Alter. Er starrte Maggie an, und es folgte ein langes unverständliches Geplauder. Sie fühlte sich sehr einsam und war ganz sicher, daß sie über kurz oder lang zu weinen beginnen würde; die Zigeuner schienen sich gar nichts aus ihr zu machen, und sie fühlte sich so schwach unter ihnen. Aber die aufkommenden Tränen wurden durch neuen Schrecken zurückgehalten, als zwei Männer hinzutraten, deren Herankommen die Ursache für die plötzliche Bewegung gewesen war. Der ältere der beiden trug eine Tasche, die er niederwarf, und begann, laut auf die Frauen einzuschimpfen, worauf diese mit einem Schwall schriller Frechheiten antworteten. Ein schwarzer Köter rannte bellend auf Maggie zu und jagte

ihr einen großen Schrecken ein, der nur noch durch die Flüche verschlimmert wurde, mit denen der jüngere Mann den Hund zurückrief und ihm einen Schlag mit dem großen Stock, den er in der Hand hielt, versetzte.
Maggie fühlte, daß es unmöglich war, daß sie jemals die Königin dieser Leute sein sollte oder ihnen gar unterhaltsames und nützliches Wissen vermitteln könnte.
Die beiden Männer schienen sich Maggies wegen zu erkundigen, denn sie sahen sie an, und der Ton der Unterhaltung wurde friedlicher, wie immer, wenn Neugier einerseits und die Macht, sie zu befriedigen, andererseits ihn bestimmen. Schließlich sagte die jüngere Frau in ihrem vorherigen, ehrerbietigen und schmeichelnden Ton:
»Diese nette kleine Dame ist gekommen, um bei uns zu leben; freut ihr euch nicht?«
»Doch, wir freuen uns sehr«, sagte der jüngere Mann und blickte auf Maggies silbernen Fingerhut und andere kleine Dinge, die aus ihrer Tasche genommen worden waren. Er gab der jüngeren Frau alles außer dem Fingerhut mit einer Bemerkung zurück, und sie steckte sie sogleich wieder in Maggies Tasche, während die Männer sich setzten und über den Inhalt des Kessels – ein Gericht aus Fleisch und Kartoffeln – herzufallen begannen, nachdem er vom Feuer genommen und in eine gelbe Schüssel entleert worden war.
Maggie fing an zu glauben, daß Tom wohl recht haben müßte wegen der Zigeuner; sie waren wirklich Diebe, es sei denn, der Mann hätte vor, ihr den Fingerhut später zurückzugeben. Sie hätte ihn ihm gern gegeben, denn sie hing keineswegs an ihrem Fingerhut, aber der Gedanke, daß sie sich unter Dieben befand, ließ sie keinen Trost in der erneuten Ehrerbietung und Aufmerksamkeit finden – alle Diebe, außer Robin Hood, waren böse Menschen. Die Frauen sahen, daß sie Angst hatte.
»Wir haben ja für eine Dame gar nichts Schönes zu

essen«, sagte die alte Frau schmeichelnd, »und sie ist so hungrig, die süße kleine Dame.«

»Hier, meine Liebe, versuch mal, wenn du kannst, ein wenig hiervon zu essen«, sagte die jüngere Frau und reichte Maggie etwas von dem Fleischgericht auf einem braunen Teller mit einem eisernen Löffel. Maggie erinnerte sich, daß die alte Frau anscheinend böse auf sie gewesen war, weil sie Brot und Speck nicht mochte, und so wagte sie nicht, das Essen zurückzuweisen, obwohl ihr aus Furcht der Appetit vergangen war. Wenn doch nur ihr Vater in seinem Einspänner vorbeikäme und sie mitnähme. Oder wenn doch wenigstens Jack, der Riesentöter, oder Mr. Greatheart[25] oder St. Georg, der den Drachen auf den Halfpennystücken erschlug, zufällig des Weges kämen. Aber mit sinkendem Herzen dachte Maggie daran, daß diese Helden noch niemals in der Nachbarschaft von St. Ogg's gesehen worden waren – nichts Wunderbares kam je hierher.

Maggie Tulliver war, wie man sieht, keineswegs die wohlunterrichtete, wohlgebildete junge Person, die ein kleines weibliches Wesen von acht oder neun heutzutage notwendigerweise ist; sie war nur ein Jahr in St. Ogg's in der Schule gewesen und hatte so wenige Bücher, daß sie manchmal im Wörterbuch las, und so würde man, wenn man ihren kleinen Verstand durchwandern könnte, auf höchst unerwartetes Unwissen ebenso wie auf unerwartetes Wissen stoßen. Sie hätte jedermann darüber in Kenntnis setzen können, daß es so ein Wort wie »Monogamie« gab, und da sie auch »monoton« kannte, hatte sie daraus den Schluß gezogen, daß »Mono« »eins« bedeutete, aber sie hatte nicht die geringste Vorstellung davon, daß Zigeuner nicht allzu reichlich mit Lebensmitteln versorgt waren, und ihre Gedanken waren im allgemeinen eine höchst merkwürdige Mischung aus hellsichtigem Scharfsinn und blinden Träumen.

Ihre Vorstellungen von Zigeunern hatten in den letzten fünf Minuten einen raschen Wandel durchgemacht.

Nachdem sie sie für achtbare Gefährten gehalten hatte, die für Unterweisung zugänglich waren, dachte sie nun allmählich, daß sie vielleicht vorhätten, sie zu töten, sobald es dunkel war, und ihren Leib zu zerteilen, um ihn nach und nach zu kochen. Der Verdacht ging ihr durch den Kopf, daß der wildblickende alte Mann in Wirklichkeit der Teufel sei, der seine durchscheinende Verkleidung jeden Moment fallen lassen könnte und sich entweder in den grinsenden Schmied oder auch in ein feueräugiges Ungeheuer mit Drachenflügeln verwandeln würde. Es war zwecklos zu versuchen, von dem Gericht zu essen, und doch fürchtete sie gerade am meisten, die Zigeuner durch das Preisgeben ihrer äußerst ungünstigen Meinung von ihnen zu beleidigen, und sie fragte sich mit einem so eifrigen Interesse, daß kein Theologe es hätte übertreffen können, ob der Teufel, wenn er wirklich anwesend wäre, ihre Gedanken kennen würde.

»Was denn! Du magst den Geruch davon nicht, meine Liebe«, sagte die junge Frau, als sie bemerkte, daß Maggie nicht einmal einen Löffel voll von dem Gericht aß. »Versuch ein wenig – komm.«

»Nein, danke«, sagte Maggie, nahm all ihre Kraft für eine verzweifelte Anstrengung zusammen und versuchte, freundlich zu lächeln. »Ich habe keine Zeit, glaube ich – es scheint dunkler zu werden. Ich glaube, ich muß jetzt nach Hause gehen und an einem anderen Tag wiederkommen, und dann kann ich euch einen Korb voll Marmeladentörtchen und dergleichen mitbringen.«

Maggie erhob sich von ihrem Platz, als sie diese trügerische Ankündigung machte, und hoffte inbrünstig, daß Apollyon leicht zu täuschen sei, aber ihre Hoffnung sank, als die alte Zigeunerin sagte: »Bleib ein wenig, bleib ein wenig, kleine Dame – wir werden dich sicher nach Hause bringen, wenn wir mit dem Abendessen fertig sind; du sollst wie eine Dame nach Hause reiten.«

Maggie setzte sich wieder; sie glaubte nicht recht an

dieses Versprechen, obwohl sie gleich darauf sah, daß das große Mädchen dem Esel einen Zügel anlegte und ein paar Säcke auf seinen Rücken warf.
»Nun denn, kleines Fräulein«, sagte der jüngere Mann, erhob sich und führte den Esel heran, »sag uns, wo du wohnst, wie heißt der Ort?«
»Die Dorlcoter Mühle ist mein Zuhause«, sagte Maggie eifrig. »Mein Vater ist Mr. Tulliver – er wohnt dort.«
»Was! Eine große Mühle ein Stück weiter auf dieser Seite von St. Ogg's?«
»Ja«, sagte Maggie. »Ist es weit weg? Ich glaube, ich würde gern zu Fuß gehen, bitte schön.«
»Nein, nein, es wird gleich dunkel, wir müssen uns beeilen. Und der Esel trägt dich so sanft, wie es nur geht – du wirst schon sehen.«
Er hob Maggie hoch, während er sprach, und setzte sie auf den Esel. Sie war erleichtert, daß es nicht der alte Mann war, der mit ihr zu gehen schien, aber sie hatte nur eine zitternde Hoffnung, daß sie wirklich nach Hause kommen würde.
»Hier ist deine hübsche Haube«, sagte die jüngere Frau und setzte das kürzlich noch verachtete, jetzt aber willkommene Kleidungsstück auf Maggies Kopf, »und dann wirst du sagen, daß wir sehr gut zu dir gewesen sind, nicht wahr? Und daß wir gesagt haben, was du für eine nette kleine Dame bist.«
»Oh, ja, danke schön«, sagte Maggie. »Ich bin euch sehr verbunden. Aber ich wünschte, du würdest auch mit mir gehen.« Sie dachte, daß nichts so schlimm wäre, als mit einem dieser schrecklichen Männer allein zu gehen, es wäre vergnüglicher, von einer größeren Gruppe ermordet zu werden.
»Ach, du hast mich wohl am liebsten, nicht wahr?« sagte die Frau. »Aber ich kann nicht mitgehen – du wirst zu schnell für mich sein.«
Es zeigte sich nun, daß der Mann auch auf dem Esel sitzen und Maggie vor sich festhalten sollte. Sie war so

unfähig, etwas gegen diese Anordnung vorzubringen, wie der Esel selbst, obwohl kein Alptraum ihr je schrecklicher erschienen war. Nachdem die Frau ihr auf den Rücken geklopft und »Auf Wiedersehen« gesagt hatte, lief der Esel auf einen kräftigen Hinweis vom Stock des Mannes hin in schnellem Trab los und den Feldweg entlang in die Richtung, aus der Maggie vor einer Stunde gekommen war, während das große Mädchen und der rauhe Bursche, die ebenfalls mit Stöcken ausgerüstet waren, sie die ersten hundert Schritt höflicherweise unter lautem Schreien und Schlagen begleiteten.
Lenore in jener übernatürlichen Mitternachtsfahrt mit ihrem Geisterliebhaber[26] war nicht verängstigter als die arme Maggie bei diesem völlig natürlichen Ritt auf einem trabenden Esel mit einem Zigeuner hinter sich, der sich ausrechnete, daß er eine halbe Krone verdienen würde. Der rote Schimmer der sinkenden Sonne schien eine unheilvolle Bedeutung zu haben, mit der das beunruhigende Geschrei des zweiten Esels mit dem Klotz am Huf gewiß irgendwie in Beziehung stehen mußte. Zwei niedrige, strohgedeckte Hütten, die einzigen Häuser, an denen sie auf diesem Weg vorbeikamen, schienen die Düsterkeit noch zu mehren; sie hatten keine richtigen Fenster, und die Türen waren verschlossen; es war wahrscheinlich, daß Hexen darin wohnten, und es war eine Erleichterung, daß der Esel dort nicht stehenblieb.
Schließlich – welch freudiger Anblick – endete dieser Feldweg, der längste der Welt, und mündete in eine breite Landstraße, auf der tatsächlich eine Kutsche vorüberfuhr! Und an der Ecke stand ein Wegweiser – ganz sicher hatte sie diesen Wegweiser schon einmal gesehen – »Nach St. Ogg's 2 Meilen«. Der Zigeuner wollte sie also wirklich nach Hause bringen, er war wahrscheinlich doch ein guter Mann und könnte vielleicht beleidigt sein, weil sie nicht mit ihm allein hatte gehen wollen. Dieser Gedanke verstärkte sich, je sicherer sie wurde, daß sie diese Straße recht gut kannte, und sie überlegte, wie sie

mit dem gekränkten Zigeuner ein Gespräch anfangen könnte, nicht nur, um ihn wieder freundlich zu stimmen, sondern auch, um den Eindruck ihrer Feigheit zu verwischen, als sie an der Kreuzung jemanden erblickte, der auf einem scheckigen Pferd herankam.

»Oh, halt, halt!« rief sie aus. »Da ist mein Vater! O Vater, Vater!«

Die plötzliche Freude war fast schmerzhaft, und bevor ihr Vater sie erreichte, begann sie zu schluchzen. Groß war Mr. Tullivers Erstaunen, denn er war erst auf dem Rückweg von Basset und noch nicht wieder zu Hause gewesen.

»Nanu! Was hat denn das zu bedeuten?« sagte er und zügelte sein Pferd, während Maggie vom Esel glitt und zu ihres Vaters Steigbügel lief.

»Das kleine Fräulein hat sich verirrt, nehme ich an«, sagte der Zigeuner. »Sie kam zu unserem Zelt am anderen Ende vom Dunlower Weg, und ich brachte sie hin, wo sie sagte, daß sie zu Hause wär'. Es ist 'ne recht lange Strecke, wenn man den ganzen Tag unterwegs war.«

»Oh, ja, Vater, es war sehr gut von ihm, mich heimzubringen«, sagte Maggie. »Ein sehr netter, guter Mann!«

»Hier, mein Freund«, sagte Mr. Tulliver und nahm fünf Schillinge aus der Tasche. »Das war das beste Tagewerk, das Sie je getan haben. Ich könnte es nicht verwinden, das kleine Mädel zu verlieren; hier, heben Sie sie zu mir herauf.«

»Nun, Maggie, wie ging das zu?« sagte er, als sie weiterritten, während sie ihren Kopf an ihren Vater lehnte und schluchzte. »Wie kam es, daß du herumgelaufen bist und dich verirrt hast?«

»O Vater«, schluchzte Maggie. »Ich bin fortgelaufen, weil ich so unglücklich war – Tom war so böse auf mich. Ich konnte es nicht ertragen.«

»Nun, nun«, sagte Mr. Tulliver begütigend, »du darfst doch nicht dran denken, von deinem Vater fortzulau-

fen. Was würde Vater denn ohne sein kleines Mädel tun?«
»O nein, ich will es nie wieder tun, Vater – nie.«
Mr. Tulliver tat seine Meinung sehr heftig kund, als er an jenem Abend heimkam, und das Ergebnis war in der bemerkenswerten Tatsache zu sehen, daß Maggie nicht einen Vorwurf von ihrer Mutter, noch eine Stichelei von Tom über ihre Torheit, zu den Zigeunern zu laufen, hörte. Maggie war ganz beklommen zumute über diese ungewöhnliche Behandlung, und manchmal dachte sie, daß ihr Betragen zu schlimm gewesen sei, als daß man darüber sprechen könnte.

Kapitel 12

Mr. und Mrs. Glegg daheim

Um Mr. und Mrs. Glegg daheim zu sehen, müssen wir nach St. Ogg's hineinfahren – in diese ehrwürdige Stadt mit den roten, gefurchten Dächern und den breiten Speichergiebeln, wo die schwarzen Schiffe sich ihrer Last aus dem hohen Norden entledigen und dafür die kostbaren Produkte des Binnenlandes davontragen – wohlgepreßten Käse und weiche Schaffelle –, mit denen meine gebildeten Leser zweifellos vermittels der besten klassischen Pastoraldichtung bekannt wurden.
Es ist eine dieser uralten Städte, die den Eindruck hervorrufen, Fortsetzung und Produkt der Natur zu sein, ebenso wie die Nester der Laubenvögel oder die verschlungenen Gänge der weißen Ameisen: eine Stadt, die Spuren ihres Wachstums und ihrer langen Geschichte an sich trägt wie ein tausendjähriger Baum und die einmal entstand und sich am selben Fleck zwischen dem Fluß und dem niedrigen Hügel entwickelte seit der Zeit, als die römischen Legionen ihr von ihrem Lager auf der

Hügelseite den Rücken kehrten und die langhaarigen Seekönige den Fluß hinaufkamen und mit wilden, begierigen Augen auf das fruchtbare Land blickten. Es ist eine Stadt, die »mit vergessenen Jahren vertraut«[27] ist. Der Schatten des sächsischen Heldenkönigs geht dort noch gelegentlich um und besucht die Stätten seiner Jugend und seiner Liebe, und ihm begegnet der noch düsterere Schatten des schrecklichen heidnischen Dänen, der inmitten seiner Krieger vom Schwert eines unsichtbaren Rächers durchbohrt wurde und der an Herbstabenden wie ein weißer Dunst von seiner Grabstätte auf dem Hügel aufsteigt und über dem Hof des alten Saalgebäudes am Fluß schwebt, dem Ort, wo er so wunderlich getötet wurde in den Tagen, bevor der Saal gebaut wurde. Es waren die Normannen, die anfingen, diesen schönen alten Saal zu bauen, der wie die Stadt von Gedanken und Händen weit auseinanderliegender Generationen kündet; aber es ist alles so alt, daß wir mit liebender Nachsicht auf seine Stilbrüche schauen und es wohl zufrieden sind, daß jene, die den steinernen Erker bauten, und jene, die die gotische Fassade und Türme von schönster Steinmetzarbeit mit dem Kleeblattornament und die steinumgrenzten Fenster und Zinnen schufen, nicht frevlerisch den alten Fachwerkbau des Bankettsaals mit seinen eichenen Dachbalken abrissen.

Noch älter als dieser alte Saal aber ist vielleicht das Stück Mauer, das jetzt in den Turm der Pfarrkirche eingebaut ist und das ein Überrest der ursprünglichen Kapelle sein soll, die dem heiligen Ogg geweiht war, dem Schutzpatron dieser alten Stadt, von dessen Geschichte ich mehrere Manuskriptfassungen besitze. Ich neige der kürzesten zu, da sie, wenn sie nicht völlig wahr sein sollte, doch wohl am wenigsten Unwahres enthält. »Ogg, der Sohn des Beorl«, so sagt mein privater Hagiograph, »war ein Bootsmann, der seinen kärglichen Lebensunterhalt dadurch verdiente, daß er Reisende in einer Fähre über den Floss setzte. Und es begab sich eines Abends, als die

Winde kräftig wehten, daß am Ufer des Flusses eine Frau mit ihrem Kind im Arm saß und wehklagte. Und sie war in Lumpen gekleidet und sah abgehärmt und müde aus, und sie bat flehentlich, über den Fluß gerudert zu werden. Die Männer, die dort waren, befragten sie und sagten: ›Wozu wünschest du, den Fluß zu überqueren? Verweile bis zum Morgen und suche Unterkunft für die Nacht, so wirst du weise sein und nicht töricht.‹ Doch sie fuhr fort, zu klagen und zu flehen. Aber Ogg, der Sohn des Beorl, trat hinzu und sagte: ›Ich will dich übersetzen; es ist genug, daß dein Herz danach verlangt.‹ Und er setzte sie über. Und es begab sich, als sie das Ufer betraten, daß ihre Lumpen in fließende weiße Gewänder verwandelt wurden und ihr Antlitz strahlte von außerordentlicher Schönheit, und ein Schein umgab es, so daß sie Licht auf das Wasser warf, wie der Mond in seinem Glanz. Und sie sagte: ›Ogg, Sohn des Beorl, gepriesen bist du, da du dem Verlangen des Herzens nicht zuwiderredetest, sondern von Mitleid gerührt warst und ihm ohne Umschweife Linderung gabst. Und von nun an soll, wer immer dein Boot besteigt, in keiner Gefahr vor dem Sturm sein; und wann immer es ausfährt, um Hilfe zu gewähren, so soll es das Leben retten sowohl von Mensch als auch Tier.‹ Und als die Flut kam, wurden viele gerettet wegen des Segens, der so über das Boot gesprochen ward. Doch als Ogg, der Sohn des Beorl, starb, siehe, da löste sich, als seine Seele auffuhr, das Boot von seiner Vertäuung und wurde mit der Ebbe in großer Schnelligkeit zum Ozean getragen und ward nicht mehr gesehen. Doch in den Überschwemmungen der späteren Zeiten wurde es bezeugt, daß, wenn am Abend die Flut herankam, Ogg, der Sohn des Beorl, stets mit seinem Boot auf den sich weit ausbreitenden Wassern gesehen wurde, und die Heilige Jungfrau saß am Bug und verbreitete ein Licht wie vom Mond in seinem Glanz, so daß die Ruderer in der aufziehenden Dunkelheit Mut faßten und aufs neue zupackten.«

Diese Legende spiegelt, wie man sieht, aus weit zurückliegender Zeit die Heimsuchung durch die Flut, die, selbst wenn sie menschliches Leben unberührt ließ, für das hilflose Vieh im weiten Umkreis verderbenbringend war und die als ein plötzlicher Tod über all die kleinen Lebewesen hinwegging. Aber die Stadt kannte Schlimmeres sogar als die Flut – die Wirren der Bürgerkriege, als sie ein ständiger Kampfplatz war, wo erst die Puritaner Gott für das Blut der Royalisten und dann die Royalisten Gott für das Blut der Puritaner dankten. Manch ein ehrbarer Bürger verlor all seinen Besitz um seines Gewissens willen in jenen Zeiten und zog als Bettler aus seinem Heimatort fort. Zweifellos stehen noch heute viele der Häuser, denen jene ehrbaren Bürger im Gram den Rücken kehrten, am Fluß gelegene Häuser mit altmodischen Giebeln, die nun eingezwängt zwischen neuen Speichern stehen und durch die überraschende Durchgänge führen, die sich immer wieder verwinkeln, bis sie hinausführen auf das morastige Ufer, das ständig von den strömenden Gezeiten überflutet wird. Überall haben die Backsteinhäuser ein würdiges Aussehen, und zu Mrs. Gleggs Zeiten gab es noch keine unpassende neumodische Eleganz, keine großen Schaufensterscheiben in den Geschäften, keinen frischen Verputz oder andere trügerische Versuche, das schöne, alte, rote St. Ogg's wie eine Stadt aussehen zu lassen, die erst gestern entstanden ist. Die Schaufenster waren klein und bescheiden, denn die Bauersfrauen und -töchter, die an Markttagen zum Einkaufen kamen, ließen sich nicht von ihren gewohnten, wohlbekannten Geschäften abbringen, und die Händler hatten keine Waren für Kunden, die vorüberkämen und nie wieder gesehen würden. Ach! Sogar Mrs. Gleggs Zeiten scheinen jetzt weit zurück in der Vergangenheit zu liegen, von uns getrennt durch den häufigen Wechsel, der die Jahre dehnt. Krieg und Kriegsgerede waren damals in den Köpfen der Männer erloschen, und falls die Bauern in bräunlichen Überziehern jemals daran dachten, wenn sie das Korn aus ihren Mustersäcken schütteten und der volle Marktplatz von ihren Reden schwirrte, dann als an einen Zustand, der zu einem vergangenen goldenen Zeitalter gehörte, als die Preise noch hoch waren. Gewiß war die Zeit für immer vorüber, als der breite Fluß noch unwillkommene Schiffe heranbringen konnte; Rußland war lediglich der Ort, von wo Leinsamen kam – je mehr, desto besser –, der Mahlkorn für die großen senkrechten Mühlsteine mit ihren sensenartigen Armen lieferte, die dröhnten und mahlten und sich sorgsam drehten, als ob eine belebende Seele in ihnen sei. Die Katholiken, schlechte Ernten und die geheimnisvollen Schwankungen des Handels waren die drei großen Übel, welche die Menschheit zu fürchten hatte; sogar die Überschwemmungen waren in den letzten Jahren nicht von Bedeutung gewesen. St. Ogg's blickte nicht weit voraus oder zurück. Es hatte eine lange Vergangenheit ererbt, ohne darüber nachzudenken, und hatte keine Augen für die Geister, die in den Straßen wandelten. Seit den Jahrhunderten, als St. Ogg mit seinem Boot und der Heiligen Jungfrau am Bug auf den weiten Wassern gesehen worden war, waren so viele Erinnerungen zurückgelassen worden und allmählich geschwunden wie die Kuppen der sich abflachenden Hügel. Und die augenblickliche Zeit war wie die Ebene, wo die Menschen ihren Glauben an Vulkane und Erdbeben verlieren und denken, daß Morgen so sein wird wie Gestern und daß sich die Riesengewalten, die die Erde zu erschüttern pflegten, für immer schlafengelegt haben. Die Tage waren vorüber, in denen Leute ihres Glaubens wegen verfolgt wurden oder ihn gar wechselten; die Katholiken waren verhaßt, weil sie Regierung und Besitztum zu übernehmen und Menschen bei lebendigem Leib zu verbrennen pflegten, nicht weil irgendein vernünftiger und ehrbarer Bewohner von St. Ogg's dazu gebracht werden könnte, an den Papst zu glauben. Ein uralter Mensch erinnerte sich, wie eine ungebildete

Menge zur Umkehr bewegt worden war, als John Wesley[28] auf dem Rindermarkt predigte, aber schon seit langem erwartete niemand mehr von Predigern, daß sie die Seelen der Menschen erschütterten. Ein gelegentlicher Ausbruch der Leidenschaft von den Kanzeln der Dissenters[29] zum Thema der Kindertaufe war das einzige Anzeichen für einen Eifer, der zu nüchternen Zeiten nicht mehr paßte, in denen die Menschen den Wechsel hinter sich gelassen hatten. Der Protestantismus fühlte sich behaglich, unbeschwert von Schismen, sorglos gegenüber dem Proselytismus; der Dissent war ein Erbe, mit dem ein Vorrang im Kirchenstuhl und eine Geschäftsverbindung einhergingen, und die Geistlichkeit sah nur mit verächtlichem Staunen auf den Dissent als eine törichte Gewohnheit, die im allgemeinen Familien im Kolonialwaren- und Krämerbereich anhaftete, gleichwohl sie mit aufstrebendem Großhandel nicht unvereinbar war. Aber mit der Katholischen Frage[30] war ein leichter Wind der Kontroverse aufgekommen, um die Ruhe zu stören; der schon ältliche Pfarrer war gelegentlich ins Historische verfallen und war streitbar geworden, und Mr. Spray, der Geistliche der Unabhängigen, hatte angefangen, politische Predigten zu halten, in denen er mit großer Spitzfindigkeit zwischen seinem glühenden Glauben an den Anspruch der Katholiken auf Wahlrecht und seinem glühenden Glauben an deren ewige Verdammnis unterschied. Die meisten der Zuhörer Mr. Sprays jedoch waren unfähig, seinen Spitzfindigkeiten zu folgen, und viele der altmodischen Dissenters schmerzte es, daß er sich mit den Katholiken einließ, während andere dachten, er solle sich lieber aus der Politik heraushalten. Gemeindlicher Geist stand in St. Ogg's in keinem hohen Ansehen, und Männer, die sich mit politischen Fragen beschäftigten, wurden wie gefährliche Subjekte mit einigem Mißtrauen betrachtet, es waren für gewöhnlich Leute, die nur ein kleines oder gar kein eigenes Geschäft zu führen hatten, und wenn sie eins hatten, höchstwahrscheinlich bald Bankrott machen würden.

So lagen die Dinge in St. Ogg's zu Mrs. Gleggs Zeiten und zu jener besonderen Periode in ihrer Familiengeschichte, als sie ihren Streit mit Mr. Tulliver hatte. Es war eine Zeit, in der die Unwissenheit noch viel behaglicher war als jetzt und mit allen Ehren in der besten Gesellschaft empfangen wurde, ohne daß man verpflichtet war, sie in ein sorgsam angefertigtes Gewand des Wissens zu hüllen; eine Zeit, in der es noch keine billigen Monatsblätter gab und die Landärzte nicht einmal daran dachten, ihre Patientinnen zu fragen, ob sie gerne läsen, sondern es geradezu für selbstverständlich hielten, daß sie das Schwatzen vorzögen; eine Zeit, in der Damen in kostbaren Seidenkleidern große Taschen hatten, in denen sie einen Hammelknochen trugen, der sie gegen Krämpfe schützen sollte. Mrs. Glegg trug einen solchen Knochen bei sich, den sie von ihrer Großmutter zusammen mit einem Brokatkleid geerbt hatte, das von selbst aufrecht stand wie eine Rüstung, und einem Spazierstock mit einem silbernen Knauf, denn die Familie Dodson war seit Generationen eine sehr ehrenwerte gewesen.

Mrs. Glegg hatte sowohl einen Vorder- als auch einen Hintersalon in ihrem vortrefflichen Haus in St. Ogg's, so daß sie zwei Blickwinkel hatte, aus denen sie die Schwäche ihrer Mitmenschen beobachten und ihre Dankbarkeit für ihre eigene außergewöhnliche innere Stärke bekräftigen konnte. Von ihren vorderen Fenstern aus konnte sie die Tofton Road hinuntersehen, die aus St. Ogg's hinausführte, und bei Frauen, deren Männer sich noch nicht vom Geschäftsleben zurückgezogen hatten, die zunehmende Neigung, sich herumzutreiben, bemerken sowie den Brauch, gewebte Baumwollstrümpfe zu tragen, der eine düstere Aussicht auf die kommende Generation eröffnete; und von ihren hinteren Fenstern aus konnte sie über den hübschen Zier- und Obstgarten hinsehen, der sich bis zum Fluß erstreckte, und die Narrheit von Mr.

Glegg beobachten, seine Zeit unter Blumen und Gemüse zu verbringen. Denn Mr. Glegg, der sich von der aktiven Tätigkeit eines Wollgroßhändlers zurückgezogen hatte mit der Absicht, den Rest seines Lebens zu genießen, hatte herausgefunden, daß eben diese Beschäftigung viel ernsthafter war als sein Beruf, und war zu seiner Zerstreuung der harten Arbeit des Amateurs verfallen und erholte sich ständig, indem er die übliche Arbeit zweier Gärtner verrichtete. Das Einsparen eines Gärtnerlohnes hätte Mrs. Glegg wohl veranlassen mögen, wegen dieser Narrheit ein Auge zuzudrücken, wenn es für einen gesunden weiblichen Verstand überhaupt möglich war, Respekt für ein Hobby des Ehemanns auch nur vorzugeben. Aber es ist wohlbekannt, daß diese eheliche Anteilnahme nur dem schwächeren Teil des Geschlechtes zugehört, der sich kaum der einer Ehefrau auferlegten Verantwortung als einer Kontrolle über die Vergnügungen ihres Mannes, die kaum jemals vernünftiger oder empfehlenswerter Natur sind, bewußt ist.

Mr. Glegg seinerseits hatte ebenfalls eine zweifache Quelle der geistigen Beschäftigung, die unerschöpflich zu sein versprach. Zum einen machte er zu seiner eigenen Überraschung Entdeckungen in Naturkunde und fand heraus, daß sein Stück Gartenland wunderbare Raupen, Wegschnecken und Insekten enthielt, die, soweit er gehört hatte, noch nie zuvor die menschliche Beobachtung angeregt hatten, und er stellte bemerkenswerte Zusammenhänge zwischen diesen zoologischen Phänomenen und den großen Ereignissen jener Zeit fest – wie zum Beispiel, daß vor dem Brand des Yorker Münsters[31] geheimnisvolle Schlangenlinien auf den Blättern der Rosenstöcke gewesen und zugleich eine ungewöhnliche Häufigkeit von Wegschnecken eingetreten war, über deren Bedeutung er lange gerätselt hatte, bis sie ihm plötzlich mit jener traurigen Feuersbrunst klar wurde. (Mr. Glegg hatte einen ungewöhnlich regen Geist, der sich, als er nicht mehr mit dem Wollhandel beschäftigt war, ganz natürlich einen Weg in andere Richtungen bahnte.) Und das zweite Thema seines Nachsinnens war die Widersprüchlichkeit des weiblichen Geistes, wie sie sich so typisch in Mrs. Glegg darbot. Daß ein Geschöpf, das – in entwicklungsgeschichtlichem Sinn – aus der Rippe eines Mannes gemacht war und in diesem speziellen Fall ohne irgendwelche Mühe ihrerseits in höchster Achtbarkeit ernährt und unterhalten wurde, sich normalerweise in einem Zustand des Widerspruchs zu den freundlichsten Vorschlägen und sogar zu dem gefälligsten Entgegenkommen befinden sollte, war ein Geheimnis im allgemeinen Plan der Dinge, zu dem er oft vergebens einen Schlüssel in den Anfangskapiteln der Genesis gesucht hatte. Mr. Glegg hatte die älteste Miss Dodson erwählt als eine ansehnliche Verkörperung von weiblicher Klugheit und Sparsamkeit, und da er selbst ein einnehmendes Wesen hatte und sein Geld auch gern behielt, hatte er auf große eheliche Harmonie gerechnet. Aber in jener sonderbaren Zusammensetzung, dem weiblichen Charakter, kann es leicht vorkommen, daß der Geschmack unangenehm ist trotz vortrefflicher Zutaten, und ein hübscher, planvoller Geiz kann von einer Würze begleitet sein, die seinen Wohlgeschmack ganz verdirbt. Nun, der gute Mr. Glegg selbst war geizig auf die reizendste Art; seine Nachbarn nannten ihn »knauserig«, was immer bedeutet, daß die fragliche Person ein liebenswerter Knicker ist. Äußerte jemand eine Vorliebe für Käserinde, so würde Mr. Glegg mit einer gutherzigen Freude darüber, daß er den Gaumen desjenigen zufriedenstellen konnte, daran denken, sie für ihn aufzubewahren, und besonders gern hegte er alle Tiere, die keines nennenswerten Unterhalts bedurften. Schwindel und Heuchelei lagen Mr. Glegg fern; seine Augen füllten sich mit echten Tränen beim Verkauf der Möbel einer Witwe, den eine Fünfpfundnote aus seiner Westentasche verhindert haben könnte; aber eine Spende von fünf Pfund für einen Menschen in einfachen Verhältnissen wäre ihm eher als eine verrückte Verschwendung erschienen denn als Wohltätigkeit, weil diese sich ihm immer als ein Beitrag an geringfügigen Hilfen und nicht als eine Aufhebung des Unglücks dargestellt hatte. Und Mr. Glegg sparte ebenso gern anderer Leute Geld wie sein eigenes, er wäre, um eine Zollschranke zu umgehen, ebenso weit geritten, wenn ihm das Geld erstattet worden wäre, als wenn er es aus seiner eigenen Tasche zahlen müßte, und er versuchte eifrig, entfernte Bekannte dazu zu bringen, einen billigen Ersatz für Schuhwichse zu verwenden. Diese unveräußerliche Gewohnheit des Sparens als eines Selbstzwecks kennzeichnete die fleißigen Geschäftsleute einer früheren Generation, die ihr Glück langsam machte, beinahe ebenso wie das Aufspüren des Fuchses den Jagdhund; es machte sie zu einer eigenen Klasse, die fast untergegangen ist in unseren Tagen des schnellen Geldscheffelns, wo die Verschwendung der Not auf dem Fuße folgt. In altmodischen Zeiten wurde finanzielle Unabhängigkeit kaum jemals ohne ein wenig Geiz als Voraussetzung erreicht, und man konnte diese Eigenschaft in jeder Gegend finden, in Verbindung mit Charakteren, die so verschieden waren wie die Früchte, aus denen wir Säure gewinnen können. Die wahren Harpagons[32] waren immer markante und außergewöhnliche Charaktere; nicht so die ehrenwerten Steuerzahler, die, weil sie sich einmal wirklich hatten einschränken müssen, noch mitten in ihrem behaglichen Pensionärsleben samt Spalierobst und Weinregalen die Gewohnheit bewahrten, das Leben als einen erfindungsreichen Vorgang zu betrachten, wie man seinen Lebensunterhalt herausknabbert, ohne irgendeinen sichtbaren Fehlbetrag zu hinterlassen, und die man ebenso schnell dazu bewegen konnte, einen neuerdings besteuerten Luxus aufzugeben, wenn sie ihre baren Fünfhundert im Jahr hatten, als wenn sie nur über ein Gesamtkapital von fünfhundert verfügten. Mr. Glegg war einer dieser Männer, die Finanzminister so unbequem fanden; und wenn man dies weiß, wird man um so eher in der Lage sein zu verstehen, warum er nicht von der Überzeugung abgewichen war, eine erstrebenswerte Ehe eingegangen zu sein, trotz der allzu scharfen Würze, die die Natur den Tugenden der ältesten Miss Dodson mitgegeben hatte. Ein Mann von zärtlicher Neigung, der eine Ehefrau findet, die mit seinen grundlegenden Lebensvorstellungen übereinstimmt, redet sich allmählich selbst ein, daß keine andere Frau so gut zu ihm gepaßt hätte, und zankt und streitet jeden Tag ein wenig ohne ein Gefühl von Entfremdung. Mr. Glegg, der von nachdenklicher Art war und nicht mehr mit Wolle beschäftigt, stellte manch staunende Überlegung über die eigenartige Verfassung des weiblichen Geistes an, die sich ihm im häuslichen Leben darbot, und dennoch hielt er Mrs. Gleggs Haushalt für ein Beispiel für ihr ganzes Geschlecht, es fiel ihm als eine bedauerliche Unregelmäßigkeit bei anderen Frauen auf, wenn sie ihre Servietten nicht ebenso eng und mit Nachdruck aufrollten, wie Mrs. Glegg es tat, wenn ihr Gebäck von weniger ledriger Beschaffenheit war und ihr Pflaumenmus eine weniger ehrwürdige Härte hatte als ihres – ja, sogar die eigentümliche Mischung aus Lebens- und Arzneimittelgerüchen in Mrs. Gleggs eigenem Schrank machte auf ihn den Eindruck des einzig richtigen aller Schrankgerüche. Ich bin nicht sicher, ob er sich nicht auch nach dem Streit gesehnt hätte, wenn er einmal eine ganze Woche ausgeblieben wäre, und es ist gewiß, daß eine fügsame, sanfte Ehefrau seine Gedankengänge vergleichsweise öde und bar allen Geheimnisses gelassen haben würde.

Mr. Gleggs unverwechselbare Gutherzigkeit zeigte sich darin, daß es ihn mehr schmerzte, seine Frau in Uneinigkeit mit anderen – sogar mit Dolly, dem Hausmädchen – zu sehen, als sich selbst im Zustand der Zwistigkeit mit ihr zu befinden, und der Streit zwischen ihr und Mr. Tulliver ärgerte ihn derart, daß er das Vergnügen gänzlich auslöschte, das er sonst am Zustand seines frühen

Kohls gehabt hätte, als er am nächsten Morgen vor dem Frühstück in seinem Garten spazierenging. Dennoch ging er mit der schwachen Hoffnung zum Frühstück hinein, daß Mrs. Gleggs Zorn nun, da sie darüber geschlafen hatte, sich genügend gelegt haben mochte, um ihrem normalen ausgeprägten Sinn für das Schickliche in der Familie Raum zu geben. Sie hatte stets gerühmt, daß es niemals solch tödliche Streitigkeiten unter den Dodsons gegeben hatte, die andere Familien entehrt hatten, und daß kein Dodson je enterbt, daß kein Vetter der Dodsons je verleugnet worden war – warum sollten sie auch, sie hatten ja gar keine Vettern, die nicht Geld vorteilhaft verliehen hatten oder wenigstens ein paar eigene Häuser besaßen.

Eine Abendwolke zumindest war immer von Mrs. Gleggs Stirn geschwunden, wenn sie sich an den Frühstückstisch setzte, nämlich ihre struppigen Stirnlocken; da sie sich am Morgen mit Haushaltsdingen beschäftigte, wäre es reine Extravaganz gewesen, etwas so Überflüssiges wie Stirnlocken anzulegen, um ledriges Gebäck zu machen. Gegen halb elf verlangte dann die Schicklichkeit die Locken, bis dahin konnte Mrs. Glegg sie aufsparen, und die Gesellschaft würde um nichts klüger werden. Aber das Fehlen dieser Wolke machte es nur um so deutlicher, daß die Wolke der Strenge blieb; und Mr. Glegg, der dies sah, als er sich zu seinem Porridge niedersetzte, mit dem er nach alter genügsamer Gewohnheit seinen Morgenhunger stillte, beschloß vorsichtigerweise, die erste Äußerung Mrs. Glegg zu überlassen, damit etwas so Zartem wie der Laune einer Dame nicht durch die leichteste Berührung Schaden zugefügt werde. Leute, die ihre schlechte Laune zu genießen scheinen, haben eine Art, sie in guter Verfassung zu erhalten, indem sie sich Entbehrungen auferlegen. Dies war Mrs. Gleggs Art. Sie machte sich dünneren Tee an diesem Morgen und verzichtete auf Butter. Es war hart, daß diese mächtige Streitlust, die in so hohem Maße fähig war, jede Gelegenheit auszunutzen, nicht auf eine einzige Bemerkung von Mr. Glegg stoßen sollte, um sich daran zu üben. Aber bald zeigte sich, daß auch sein Schweigen den Zweck erfüllen würde, denn er hörte, wie er schließlich in dem Ton angesprochen wurde, der der Dame seines Herzens eigen war.

»Ach so, Mr. Glegg! Das ist ja eine armselige Vergeltung, die ich dafür bekomme, daß ich dir all diese Jahre die Frau war, die ich dir war. Wenn das die Art ist, in der ich behandelt werden soll, dann hätte ich das nur wissen müssen, bevor mein armer Vater starb, dann wäre ich, wenn ich ein Heim hätte haben wollen, woandershin gegangen – ich hatte ja die Wahl.«

Mr. Glegg hielt inne mit seinem Porridge und sah auf – nicht mit neuem Erstaunen, sondern einfach mit der ruhigen, gewohnten Verwunderung, mit der wir fortdauernde Geheimnisse betrachten.

»Aber, Mrs. Glegg, was habe ich denn jetzt getan?«

»Jetzt getan, Mr. Glegg! *Jetzt getan* ... du tust mir leid.«

Da er keine Möglichkeit einer treffenden Antwort sah, wandte sich Mr. Glegg wieder seinem Porridge zu.

»Es gibt Ehemänner auf der Welt«, fuhr Mrs. Glegg nach einer Pause fort, »die es verstanden hätten, etwas andres zu tun, als sich mit jedermann sonst gegen die eigene Frau zu verschwören. Vielleicht hab ich Unrecht, und du kannst mich eines Besseren belehren. Aber soviel ich immer gehört hab, ist es Sache des Mannes, seiner Frau beizustehen, anstatt sich zu freuen und zu triumphieren, wenn Leute sie beleidigen.«

»Was fällt dir denn ein, so etwas zu sagen?« sagte Mr. Glegg recht hitzig, denn obwohl er ein freundlicher Mann war, war er doch nicht so demütig wie Moses.[33]

»Wann habe ich mich gefreut oder über dich triumphiert?«

»Es gibt 'ne Weise, Dinge zu tun, die noch schlimmer ist, als sie offen auszusprechen, Mr. Glegg. Mir wär' es lieber, du würdest mir ins Gesicht sagen, daß ich für dich gleichgültig bin, als daß du mir zu verstehn gibst, daß jeder andre außer mir recht hat, und zum Frühstück kommst am Morgen, nachdem ich kaum 'ne Stunde diese Nacht geschlafen habe, und so brummig zu mir bist, als wär' ich der Schmutz unter deinem Fuß.«

»Brummig zu dir?« sagte Mr. Glegg mit zornigem Lachen. »Du bist wie ein Betrunkener, der denkt, daß alle außer ihm selbst zu viel getrunken haben.«

»Erniedrige dich nicht, indem du unflätig mit mir sprichst, Mr. Glegg! Das macht dich ganz gewöhnlich, obwohl du das selbst nicht sehen kannst«, sagte Mrs. Glegg in einem Ton nachdrücklichen Mitgefühls. »Ein Mann in deiner Position sollte ein Beispiel geben und vernünftiger reden.«

»Ja, aber hörst du denn der Vernunft zu?« gab Mr. Glegg scharf zurück. »Das Vernünftigste, das ich dir sagen kann, ist, was ich dir gestern abend sagte – nämlich, daß es falsch von dir ist, jetzt dein Geld zurückfordern zu wollen, wo es doch am sichersten ist, wenn man's beläßt, wie's ist, und das alles nur wegen eines kleinen Zankes, und ich hatte gehofft, daß du heut morgen deine Meinung geändert hättest. Aber wenn du's zurückfordern willst, dann tu's jetzt nicht übereilt und schaff noch mehr Feindschaft in der Familie, sondern warte, bis du ohne Mühe 'ne hübsche kleine Hypothek bekommen kannst. Du müßtest jetzt 'nen Anwalt beauftragen, 'ne Anlagemöglichkeit zu finden, und das würde endlose Ausgaben verursachen.«

Mrs. Glegg spürte, daß wirklich etwas daran war, aber sie warf den Kopf zurück und stieß einen Kehllaut aus, um anzuzeigen, daß ihr Schweigen nur ein Waffenstillstand sei, kein Friede. Und in der Tat brach die Feindseligkeit sogleich wieder aus.

»Ich wär' dir jetzt für meine Tasse Tee dankbar, Mrs. G.«, sagte Mr. Glegg, als er sah, daß sie keine Anstalten machte, sie ihm zu geben wie sonst, wenn er mit seinem Porridge fertig war.

Sie hob die Teekanne mit einem leichten Zurückwerfen des Kopfes und sagte: »Ich bin froh zu hören, daß du mir *dank*bar wärest, Mr. Glegg. Ich bekomme nur wenig Dank für das, was ich für die Leute auf dieser Welt tue. Gleichwohl gab es nie 'ne Frau in *deiner* Familie, Mr. Glegg, die mir gleichkäme, und das würd' ich auch noch behaupten, wenn ich auf dem Totenbett läge. Nicht, daß ich mich nicht immer höflich deiner Verwandtschaft gegenüber verhalten hätte, und es ist keiner, der das Gegenteil sagen könnte, obwohl sie nicht meinesgleichen sind, und niemand wird mich dazu bringen, das zu sagen.«

»Du solltest lieber meine Familie solange in Frieden lassen, bis du aufgehört hast, mit deiner eignen zu streiten, Mrs. G.«, sagte Mr. Glegg mit bösem Sarkasmus. »Darf ich dich um die Milch bemühen?«

»Das ist das falscheste Wort, daß du je gesprochen hast, Mr. Glegg«, sagte seine Gattin und goß die Milch ungewöhnlich verschwenderisch ein, was so viel sagen mochte, als daß, wenn er Milch wollte, sie ihm verleidet werden sollte. »Und du weißt, daß es falsch ist. Ich bin nicht die Frau, die mit ihrer eigenen Familie streitet. *Du* kannst das ja tun, denn ich weiß, daß du es schon getan hast.«

»Ach, und wie bezeichnest du dann das von gestern, wo du das Haus deiner Schwester im Zorn verlassen hast?«

»Ich hatte kein' Streit mit meiner Schwester, Mr. Glegg, und es ist falsch, das zu behaupten. Mr. Tulliver ist nicht von meinem Blut, und er war's, der mit mir stritt und mich aus dem Hause trieb. Aber vielleicht hättest du's lieber gesehen, ich wäre dageblieben und hätt' mich beschimpfen lassen, Mr. Glegg; vielleicht warst du verärgert, daß du nicht hören konntest, wie noch mehr Schimpf und böse Worte über deine eigene Frau ausgeschüttet wurden. Aber, das laß dir gesagt sein, 's ist *deine* Schande.«

»Hat man je so was in diesem Kirchspiel gehört?« sagte Mr. Glegg hitzig. »Eine Frau, die mit allem versorgt ist und die über ihr Geld selbst verfügen kann, als ob es ihr überschrieben wäre, und mit einem unter unendlichen Ausgaben neu gepolsterten und bezognen Einspänner und, wenn ich sterbe, weit über das hinaus versorgt, was sie erwarten könnte ... und die führt sich so auf und beißt und schnappt wie 'n verrückter Hund. 's übersteigt alles, daß der allmächtige Gott die Frauen *so* machen mußte.« (Diese letzten Worte brachte Mr. Glegg mit leidvoller Gemütsbewegung hervor. Er schob seinen Tee von sich und schlug mit beiden Händen auf den Tisch.)

»Nun, Mr. Glegg! Wenn das deine Gefühle sind, dann ist es gut, sie zu kennen«, sagte Mrs. Glegg, nahm ihre Serviette und faltete sie wütend zusammen. »Aber wenn du davon sprichst, daß ich über das hinaus versorgt bin, was ich erwarten könnte, dann gestatte mir zu sagen, daß ich ebenso zu Recht eine Menge Dinge erwartete, die ich nicht finde. Und was den Vergleich mit dem verrückten Hund angeht, so hast du Glück, wenn du nicht von der ganzen Gegend dafür verachtet wirst, wie du mich behandelst, denn das kann ich nicht ertragen, und ich werde es nicht ertragen ...«

Hier ließ Mrs. Gleggs Stimme erkennen, daß sie zu weinen anfangen würde, und sie hörte auf zu sprechen und zog heftig die Klingel.

»Sally«[34], sagte sie mit erstickter Stimme und stand vom Stuhl auf, »mach oben Feuer und laß die Rouleaus herunter. Mr. Glegg, du kannst dir zum Mittagessen kommen lassen, was du willst. Ich werde Haferschleim essen.« Mrs. Glegg schritt durch das Zimmer zu dem kleinen Bücherschrank, nahm Baxters *Die immerwährende Ruhe der Heiligen*[35] heraus und stieg damit nach oben. Es war das Buch, das sie zu besonderen Anlässen aufgeschlagen vor sich hinzulegen pflegte: an regnerischen Sonntagvormittagen, oder wenn sie von einem

Todesfall in der Familie gehört hatte, oder wenn, wie in diesem Fall, ihr Streit mit Mr. Glegg eine Oktave höher als gewöhnlich gewesen war.
Aber Mrs. Glegg nahm noch etwas anderes mit hinauf, das zusammen mit der *Ruhe der Heiligen* und dem Haferschleim einen Einfluß darauf gehabt haben mag, daß sie sich allmählich beruhigte und daß es ihr möglich wurde, das Leben in der unteren Etage kurz vor dem Tee wieder auszuhalten. Dies war zum einen Mr. Gleggs Bemerkung, daß sie gut daran täte, ihre fünfhundert Pfund ruhen zu lassen, bis sich eine gute Anlagemöglichkeit ergäbe, und zum anderen der Hinweis, den er hinsichtlich ihrer stattlichen Versorgung im Falle seines Todes hatte einfließen lassen. Mr. Glegg war, wie alle Männer von seinem Schlag, außerordentlich verschwiegen über sein Testament, und Mrs. Glegg hatte in ihren düstereren Augenblicken Vorahnungen, daß er, wie andere Ehemänner, von denen sie gehört hatte, den niederträchtigen Plan hegen könnte, ihre Trauer über seinen Tod noch dadurch zu erhöhen, daß er sie bedürftig zurückließe, für welchen Fall sie fest entschlossen war, kaum einen Trauerschleier an ihrer Haube zu tragen und nicht mehr zu weinen, als wenn er nur ihr zweiter Ehemann gewesen wäre. Aber wenn er ihr wirklich testamentarische Zärtlichkeit erwiesen hatte, dann würde es bewegend sein, an ihn zu denken, den armen Mann, wenn er verschieden war, und sogar sein unsinniges Getue um Blumen und Gartenzeug und sein ständiges Reden über Schnecken würde rührend sein, wenn es erst einmal gänzlich vorüber wäre. Mr. Glegg zu überleben und lobend von ihm zu sprechen als von einem Mann, der seine Schwächen haben mochte, aber der recht an ihr gehandelt hatte trotz all seiner zahlreichen armen Verwandten, und häufig Zinssummen zu erhalten und sie in verschiedenen Winkeln zu verbergen zur Verwirrung der geschicktesten Diebe (denn Mrs. Gleggs Meinung nach hätten Banken und Geldkassetten das Vergnügen an

Besitztum zunichte gemacht – ebensogut hätte sie ihr Essen in Kapseln zu sich nehmen können), und schließlich von ihrer eigenen Familie und der Nachbarschaft hoch angesehen zu werden, wie es sich keine Frau je erhoffen kann, die nicht die vergangene und gegenwärtige Würde besitzt, die sich in »eine wohlversorgte Witwe« zusammenfassen läßt –, all dies ergab ein schmeichelndes und versöhnliches Bild der Zukunft. Und so kam es, daß, als der gute Mr. Glegg, dessen gute Laune nach vielem Hacken wiederhergestellt war, vom leeren Sessel seiner Frau und ihrem in der Ecke zusammengerollten Strickzeug gerührt, zu ihr hinaufging und bemerkte, daß die Totenglocke für den armen Mr. Morton geläutet habe, Mrs. Glegg mit Großmut antwortete, ganz als wäre sie nie beleidigt worden: »Ach, dann wird jemand ein gutes Geschäft übernehmen können.«

Baxter war inzwischen schon seit wenigstens acht Stunden aufgeschlagen, denn es war fast fünf Uhr, und wenn Leute oft streiten, dann folgt daraus ganz natürlich, daß ihr Streit nicht über bestimmte Grenzen hinaus in die Länge gezogen werden kann.

Mr. und Mrs. Glegg unterhielten sich an jenem Abend ganz freundschaftlich über die Tullivers. Mr. Glegg ging so weit zuzugeben, daß Tulliver ein beklagenswerter Mann sei, weil er in die Klemme geriet und wahrscheinlich sein Eigentum durchbringen würde, und Mrs. Glegg kam diesem Zugeständnis halbwegs entgegen, indem sie erklärte, daß es unter ihrer Würde sei, vom Verhalten eines solchen Mannes Notiz zu nehmen, und daß sie ihn um ihrer Schwester willen die fünfhundert Pfund noch eine Weile behalten lassen würde, denn wenn sie sie in einer Hypothek anlegen würde, bekäme sie nur vier Prozent.

Kapitel 13

Mr. Tulliver verwirrt das Lebensknäuel noch weiter

Aufgrund dieser neuen Ausrichtung von Mrs. Gleggs Gedanken fand Mrs. Pullet ihre Vermittlungsaufgabe am nächsten Tag überraschend einfach. Tatsächlich wies Mrs. Glegg sie ziemlich scharf dafür zurecht, daß sie dachte, es sei nötig, ihrer ältesten Schwester zu sagen, welches die rechte Verhaltensweise in Familienangelegenheiten sei. Mrs. Pullets Argument, daß es in der Nachbarschaft nicht gut aussehen würde, wenn die Leute sagen könnten, daß in der Familie Streit herrsche, war besonders ungebührlich. Wenn der Name der Familie keinen anderen Schaden erlitte als durch Mrs. Glegg, dann möge Mrs. Pullet ihren Kopf doch völlig beruhigt auf ihr Kissen betten.

»Man wird ja wohl nicht annehmen«, bemerkte Mrs. Glegg, um das Thema zu einem Abschluß zu bringen, »daß ich eher wieder zur Mühle fahre, bis Bessy zu mir kommt, oder daß ich hingehe und vor Mr. Tulliver auf die Knie falle und dafür um Vergebung bitte, daß ich ihm gefällig bin; aber ich trage nichts nach, und wenn Mr. Tulliver gesittet mit mir spricht, werde ich gesittet mit ihm sprechen. Niemand hat Veranlassung, mir zu sagen, was sich schickt.«

Da sie es unnötig fand, für die Tullivers Fürsprache einzulegen, war es natürlich, daß Mrs. Pullets Besorgnis um diese ein wenig nachließ und ihr statt dessen die Unbill wieder einfiel, die sie gestern durch die Abkömmlinge jenes offensichtlich wenig begünstigten Hauses erfahren hatte. Mrs. Glegg hörte einen ausführlichen Bericht, den Mr. Pullets bemerkenswertes Gedächtnis noch mit einigen Einzelheiten bereicherte; und während Tante Pullet das Pech der armen Bessy mit ihren Kindern bedauerte und einen halbfertigen Plan vorbrachte, Maggie auf ihre Kosten in ein entferntes Pensionat zu schikken, das sie zwar nicht davon abbringen würde, so braun zu sein, das aber dazu beitragen würde, manch anderes Laster in ihr zu unterdrücken, so schalt Tante Glegg Bessy wegen ihrer Schwachheit und rief alle Zeugen an, die noch am Leben sein würden, wenn die Tulliverkinder auf die schiefe Bahn geraten wären, daß sie, Mrs. Glegg, von Anfang an gesagt hätte, wie es kommen würde, und sie bemerkte, daß sie es selbst wunderlich fände, wie alle ihre Worte in Erfüllung gingen.

»Dann kann ich zu Bessy gehen und ihr sagen, daß du keinen Groll mehr hegst und alles so sein soll wie vorher?« sagte Mrs. Pullet, als sie aufbrach.

»Ja, das kannst du, Sophy«, sagte Mrs. Glegg; »du kannst Mr. Tulliver sagen, und auch Bessy, daß ich mich nicht schlecht benehme, weil andere Leute sich mir gegenüber schlecht benehmen; ich weiß, daß es mir als der Ältesten zukommt, in jeder Hinsicht ein Beispiel zu geben, und das tue ich auch. Niemand kann etwas anderes sagen, wenn er bei der Wahrheit bleiben will.«

Da Mrs. Glegg nun in diesem Zustand der Befriedigung über ihre eigene erhabene Großherzigkeit war, überlasse ich es dem Leser zu beurteilen, welche Wirkung der Empfang eines kurzen Briefes von Mr. Tulliver an jenem Abend nach Mrs. Pullets Weggang in ihr hervorrief, der sie davon in Kenntnis setzte, daß sie sich wegen ihrer fünfhundert Pfund nicht beunruhigen solle, denn sie sollten ihr spätestens im Laufe des nächsten Monats zurückgezahlt werden, zusammen mit den Zinsen, die bis zum Zeitpunkt der Rückzahlung fällig wären. Und weiterhin, daß Mr. Tulliver sich keineswegs unhöflich gegenüber Mrs. Glegg zu verhalten beabsichtige und daß sie in seinem Hause willkommen sei, wann immer sie kommen wolle, aber daß er keine Gefälligkeiten von ihr wünsche, weder für sich selbst noch für seine Kinder.

Es war die arme Mrs. Tulliver, die diese Katastrophe beschleunigt hatte, und zwar ganz aufgrund ihres nicht

zu unterdrückenden Optimismus, der sie zu der Annahme brachte, ähnliche Ursachen könnten jederzeit verschiedene Wirkungen hervorrufen. Sie hatte schon oft die Erfahrung gemacht, daß Mr. Tulliver etwas tat, weil andere Leute gesagt hatten, er sei dazu nicht fähig, oder ihn wegen seiner angenommenen Unfähigkeit bemitleidet oder in irgendeiner anderen Weise seinen Stolz aufgestachelt hatten. Dennoch dachte sie heute, daß, wenn er zum Tee hereinkäme und sie ihm erzählte, Schwester Pullet sei hingegangen, um zu versuchen, alles mit Schwester Glegg ins Lot zu bringen, so daß er nicht mehr an das Zurückzahlen der fünfhundert Pfund zu denken brauche, dies der Mahlzeit Fröhlichkeit verleihen würde. Mr. Tullivers Entschlossenheit, das Geld aufzubringen, hatte nicht nachgelassen, aber jetzt beschloß er sofort, einen Brief an Mrs. Glegg zu schreiben, der jegliche Möglichkeit des Mißverständnisses ausschließen sollte. Mrs. Pullet und für ihn bitten und betteln gehen! Mr. Tulliver schrieb nicht gern Briefe und hielt das Verhältnis zwischen gesprochener und geschriebener Sprache, gemeinhin als Rechtschreibung bekannt, für eines der verwirrendsten Dinge auf der Welt. Dennoch war die Aufgabe, wie alles feurige Schreiben, in kürzerer Zeit als gewöhnlich erledigt, und wenn auch die Rechtschreibung von der Mrs. Gleggs abwich – nun, sie gehörte wie er einer Generation an, für die Rechtschreibung eine Angelegenheit privaten Gutdünkens war.
Mrs. Glegg änderte ihr Testament aufgrund dieses Briefes nicht und entzog den Tulliverkindern nicht den sechsten und siebten Anteil an ihren tausend Pfund, denn sie hatte ihre Prinzipien. Niemand sollte von ihr, wenn sie tot war, sagen dürfen, daß sie ihr Geld nicht mit vollkommener Gerechtigkeit unter ihrer Verwandtschaft aufgeteilt hätte; wenn es um Testamente ging, waren persönliche Eigenarten dem großen, grundlegenden Faktum des Blutes untergeordnet; und in der Verteilung seines Eigentums von Launen gelenkt zu sein und die

Erbteile kein direktes Verhältnis zu den Verwandtschaftsgraden aufweisen zu lassen, bedeutete eine zukünftige Schande, die ihr Leben bitter gemacht hätte. Es war dies immer ein Prinzip der Familie Dodson gewesen, es war eine Form jenes Verständnisses von Ehre und Rechtschaffenheit, das eine stolze Tradition in solchen Familien war – eine Tradition, die immer das Salz unserer Provinzgesellschaft gewesen ist.

Aber obwohl der Brief Mrs. Gleggs Prinzipien nicht zu erschüttern vermochte, machte er es doch schwerer, die Kluft in der Familie wieder zu schließen; und was die Wirkung angeht, die er auf Mrs. Gleggs Meinung von Mr. Tulliver hatte, so bat sie, von nun an dahin gehend verstanden zu werden, daß sie nichts, aber auch gar nichts mehr über ihn zu sagen hatte. Sein geistiger Zustand war ihr offensichtlich zu verderbt, um noch einen Moment des Nachdenkens darauf zu verwenden.

Erst an dem Abend, bevor Tom auf die Schule ging, Anfang August, besuchte Mrs. Glegg ihre Schwester Tulliver wieder, saß während der ganzen Zeit in ihrem Einspänner und zeigte dadurch ihr Mißvergnügen, daß sie sich merklich jeden Rates und jeder Kritik enthielt, denn, wie sie gegenüber ihrer Schwester Deane bemerkte, »Bessy muß die Folgen davon tragen, daß sie einen solchen Ehemann hat, obwohl sie mir leid tut«, und Mrs. Deane stimmte zu, daß Bessy bemitleidenswert sei.

An jenem Abend bemerkte Tom zu Maggie: »Oh, Mensch, Maggie! Tante Glegg fängt wieder an zu kommen; ich bin froh, daß ich jetzt zur Schule gehe. Jetzt kriegst *du* es alles ab!«

Maggie war schon so voller Kummer bei dem Gedanken, daß Tom von ihr wegging, daß sein ausgelassenes Frohlocken sehr unfreundlich erschien, und sie weinte sich an diesem Abend in den Schlaf.

Mr. Tullivers rasches Vorgehen zog es nach sich, daß er ebenso rasch eine geeignete Person finden mußte, die wünschte, ihm fünfhundert Pfund auf Pfand zu leihen. »Es darf kein Klient von Wakem sein«, sagte er zu sich, und doch ergab sich nach vierzehn Tagen das Gegenteil; nicht weil Mr. Tullivers Wille schwach war, sondern weil die äußeren Gegebenheiten stärker waren. Wakems Klient war die einzige geeignete Person, die er finden konnte. Mr. Tulliver hatte ein Schicksal so wie Ödipus, und in diesem Fall könnte er wie Ödipus für sich in Anspruch nehmen, daß seine Tat über ihn verhängt, nicht von ihm begangen sei.

Zweites Buch

Schulzeit

Kapitel 1

Toms erstes Halbjahr

Tom Tullivers Leiden während des ersten Vierteljahres in King's Lorton, unter der hervorragenden Obhut von Rev. Walter Stelling, waren recht hart. In Mr. Jacobs Lehranstalt hatte sich ihm das Leben nicht als schwieriges Problem dargestellt; es gab da viele Kameraden, mit denen er spielen konnte, und da Tom in allen aktiven Sportarten gut war – besonders im Prügeln –, hatte er jenen Vorrang unter ihnen, der ihm von der Persönlichkeit des Tom Tulliver untrennbar zu sein schien. Mr. Jacobs selbst, allgemein als »Old Goggles«[1] bekannt, weil er eine Brille zu tragen pflegte, rief keine schmerzliche Ehrfurcht hervor, und wenn es die Eigenart solch tabakschnupfender alter Heuchler wie diesem war, wie gestochen zu schreiben und ihre Unterschrift mit Schnörkeln zu umgeben, ohne zu überlegen zu buchstabieren und »Mein Name ist Norval«[2] zu deklamieren, ohne dabei zu patzen, dann war Tom für sein Teil recht froh, daß er nicht in Gefahr war, sich diese niedrigen Talente anzueignen. Er hatte nicht vor, ein tabakschnupfender Schulmeister zu werden, er nicht – lieber ein richtiger Mann wie sein Vater, der auf die Jagd zu gehen pflegte, als er jünger war, und eine herrliche schwarze Stute ritt – ein Pferdchen, wie man es sich nur denken kann, Tom hatte wohl hundertmal gehört, welches ihre Rassezeichen waren. *Er* hatte auch vor, auf die Jagd zu gehen und allgemein geachtet zu werden. Wenn Leute erwachsen waren, so sagte er sich, dann fragte niemand danach, wie sie schreiben und buchstabieren konnten; wenn er erst ein Mann wäre, dann würde er Herr von allem sein und tun, was ihm gefiele. Es war ihm sehr schwergefallen, sich mit dem Gedanken zu versöhnen, daß seine Schulzeit verlängert und er nicht für den Beruf seines Vaters ausgebildet werden sollte, den er immer für äußerst angenehm gehalten hatte, denn es war nichts als herumreiten, Anweisungen geben und zum Markt fahren; und er dachte, daß ein Geistlicher ihm eine Menge Bibelstunden erteilen und ihn am Sonntag sowohl das Evangelium als auch die Epistel und noch das Tagesgebet auswendig lernen lassen würde. Aber in Ermangelung genauerer Informationen war es unmöglich für ihn, sich vorzustellen, daß Schule und ein Schulmeister völlig verschieden von der Lehranstalt des Mr. Jacobs sein würden. So hatte er, damit ihm nichts fehle für den Fall, daß er freundliche Gefährten finden würde, dafür gesorgt, daß er eine kleine Schachtel Zündhütchen mitnahm; nicht, daß man etwas Besonderes damit anfangen konnte, aber sie würden dazu dienen, fremden Jungen das beeindruckende Gefühl zu geben, daß er mit Gewehren vertraut war. So war also der arme Tom, obwohl er Maggies Illusionen sehr klar durchschaute, nicht ohne eigene Illusionen, die durch seine längere Erfahrung in King's Lorton grausam zerstört werden sollten.

Er war noch keine vierzehn Tage dort, als ihm klar wurde, daß das Leben, das nicht nur durch lateinische Grammatik, sondern auch durch eine neue Norm der englischen Aussprache kompliziert worden war, ein äußerst schwieriges Geschäft war, das durch den dichten Nebel der Schüchternheit noch verdunkelt wurde. Tom war, wie man wohl bemerkt hat, unter Jungen keineswegs eine Ausnahme, was die Ungezwungenheit des Redens angeht; aber die Schwierigkeit, Mr. oder Mrs. Stelling auch nur eine Silbe zur Antwort zu geben, war so groß, daß er sogar fürchtete, bei Tisch gefragt zu werden, ob er noch Pudding haben wollte. Was die Zündhütchen betraf, so hatte er in der Bitterkeit seines Herzens schon fast beschlossen, sie in den benachbarten Teich zu werfen, denn er war nicht nur der einzige Schüler, sondern er begann sogar eine gewisse Skepsis gegenüber Gewehren zu hegen und fühlte ganz allgemein, daß seine Lebenstheorie unterwandert wurde.

Denn Mr. Stelling hielt offensichtlich nichts von Gewehren und auch nichts von Pferden, und doch war es Tom unmöglich, Mr. Stelling zu verachten, wie er Old Goggles verachtet hatte. Wenn es etwas an Mr. Stelling gab, das nicht völlig lauter war, dann lag es nicht in Toms Macht, es zu entdecken; nur durch einen breiten Vergleich von Tatsachen nämlich kann ein sehr weiser, erwachsener Mann ein gut gerolltes Faß von mehr himmlischem Donnern unterscheiden.

Mr. Stelling war ein stattlicher, breitschultriger Mann von noch nicht ganz dreißig, mit flachsblondem hochstehenden Haar und großen Augen von einem hellen Grau, die immer ganz weit offen waren; er hatte eine volltönende Baßstimme und machte den Eindruck herausfordernden Selbstvertrauens bis hin zur Unverfrorenheit. Er hatte seine Laufbahn mit großem Eifer begonnen und beabsichtigte, einen beträchtlichen Eindruck auf seine Mitmenschen zu machen. Rev. Walter Stelling war kein Mann, der sein Leben lang im niederen Klerus bleiben würde. Er besaß die echte britische Entschlossenheit, sich seinen Weg durch die Welt zu bahnen. Zunächst einmal als Schulmeister, denn es gab hervorragende Lehrstellen an höheren Schulen, und Mr. Stelling hatte vor, eine davon zu bekommen. Aber auch als Prediger, denn er hatte vor, immer so mitreißend zu predigen, daß seine Gemeinde durch Bewunderer aus benachbarten Pfarreien anschwellen würde und er großes Aufsehen erregte, wenn er gelegentlich einen weniger begabten Mitbruder verträte. Der Predigtstil, den er gewählt hatte, war, aus dem Stegreif zu sprechen, was in ländlichen Gemeinden wie King's Lorton als ans Wunderbare grenzend betrachtet wurde. Einige Passagen aus Massillon und Bourdaloue,[3] die er auswendig wußte, waren wahrhaftig sehr wirkungsvoll, wenn sie in Mr. Stellings tiefsten Tönen hervorgeschmettert wurden, doch da seine vergleichsweise schwachen eigenen Appelle ebenso laut und eindrucksvoll vorgetragen wurden, hielten seine

Zuhörer sie oft für genauso mitreißend. Mr. Stellings Lehre war nicht die einer bestimmten Schule, wenn überhaupt, dann hatte sie einen leichten Anstrich von Evangelikalismus, denn das war zu der Zeit in der Diözese, der King's Lorton angehörte, gerade im Schwange. Kurzum, Mr. Stelling war ein Mann, der gedachte, in seinem Beruf aufzusteigen, und natürlich aufgrund von Verdiensten aufzusteigen, denn er hatte ja keine Vorteile außer dem, den er sich durch eine fragliche Beziehung zu einem großen Anwalt versprechen konnte, der noch nicht Lordkanzler geworden war.

Ein Geistlicher, der solch lebhafte Absichten hat, gerät natürlich zu Anfang ein wenig in Schulden; man kann nicht erwarten, daß er ein so bescheidenes Leben führt wie einer, der sein Leben lang ein armer Hilfsgeistlicher bleiben will, und wenn die paar Hunderter, die Mr. Timpson auf das Erbe seiner Tochter vorstreckte, nicht ausreichten für den Ankauf von hübschen Möbeln, einen Vorrat an Wein und einen Flügel sowie die Anlage eines imposanten Blumengartens, dann folgte daraus ganz entschieden, daß diese Dinge entweder durch andere Mittel beschafft werden mußten oder aber, daß Rev. Mr. Stelling ohne sie auskommen müßte – welch letztere Alternative eine absurde Verzögerung der Früchte des Erfolges darstellen würde, wo der Erfolg doch gewiß war. Mr. Stelling war so breitschultrig und entschlossen, daß er meinte, es mit allem aufnehmen zu können; er würde gefeiert werden, weil er das Gewissen seiner Zuhörer aufrüttelte, und er würde im Laufe der Zeit ein griechisches Drama herausgeben und einige neue Lesarten erfinden. Er hatte das Drama noch nicht ausgewählt, denn da er erst seit gut zwei Jahren verheiratet war, war seine Freizeit weitgehend mit Aufmerksamkeiten gegenüber Mrs. Stelling ausgefüllt gewesen, aber er hatte dieser vortrefflichen Frau gesagt, was er eines Tages zu tun gedachte, und sie fühlte ein großes Vertrauen in ihren Gatten als einen Mann, der all dies zu tun verstand.

Aber der nächstliegende Schritt zu weiterem Erfolg war, während dieses ersten Halbjahres etwas aus Tom Tulliver zu machen; denn durch einen einzigartigen Zufall hatte er Verhandlungen wegen eines anderen Schülers aus derselben Gegend geführt, und es könnte eine Entscheidung zu Mr. Stellings Gunsten beschleunigen, wenn es deutlich würde, daß der junge Tulliver, der, wie Mr. Stelling in ehelicher Vertraulichkeit bemerkte, ein recht ungeschliffener Bengel war, in kurzer Zeit gewaltige Fortschritte gemacht hätte. Aus diesem Beweggrund war er unerbittlich mit Tom hinsichtlich seiner Lektionen; offensichtlich war er ein Junge, dessen Fähigkeiten niemals ohne Strenge vermittels der lateinischen Grammatik entwickelt werden konnten. Nicht, daß Mr. Stelling ein barscher oder unfreundlicher Mann gewesen wäre – ganz im Gegenteil, er scherzte mit Tom bei Tisch und korrigierte seine bäuerische Sprache und seine Haltung auf äußerst scherzhafte Weise; aber der arme Tom war über dieses doppelt Neue nur um so mehr eingeschüchtert und verwirrt, denn er war an Witze wie die von Mr. Stelling nicht gewöhnt, und zum ersten Mal in seinem Leben hatte er das schmerzliche Gefühl, daß er irgendwie ganz verkehrt sei. Als Mr. Stelling sagte, während die Roastbeefschüssel aufgedeckt wurde: »Nun, Tulliver, wollen wir heute mal das Roastbeef abschreiben oder ein paar lateinische Sätze?«, da stürzte er Tom, für den ein Wortspiel auch in seinen kühlsten Momenten eine harte Nuß war, in einen Zustand von Verwirrung und Unruhe, der in ihm alles verschwimmen ließ außer dem Gefühl, daß er mit Latein lieber nichts zu tun haben wollte. Natürlich antwortete er »Roastbeef«, worauf viel Gelächter folgte und man ihm aus Spaß den Teller wegnahm, woraus Tom entnahm, daß er auf irgendeine rätselhafte Weise das Roastbeef abgelehnt und sich als Dummkopf erwiesen hatte. Hätte er einen Mitschüler gehabt, der auch diesen Quälereien ausgesetzt wäre und der sie in froher Laune überstanden hätte, dann hätte er sie vielleicht eher als selbstverständlich hingenommen. Aber es gibt zwei teure Arten der Erziehung, und jede von beiden kann ein Vater seinem Sohn verschaffen, wenn er ihn als einzigen Schüler zu einem Geistlichen schickt: die eine ist der Genuß der ungeteilten Vernachlässigung durch den hochwürdigen Herrn, die andere ist das Ertragen von dessen ungeteilter Zuwendung. Letzterer Vorzug war es, für den Mr. Tulliver während Toms erster Monate in King's Lorton einen hohen Preis bezahlte.

Dieser rechtschaffene Müller und Mälzer hatte Tom zurückgelassen und war in einem Zustand großer innerer Zufriedenheit nach Haus gefahren. Er meinte, daß es ein glücklicher Moment für ihn gewesen sei, als es ihm einfiel, Riley um Rat wegen eines Lehrers für Tom zu fragen. Mr. Stellings Augen waren so weit offen, und er sprach auch so ungezwungen und sachlich und antwortete auf jede schwierige, langsame Bemerkung von Mr. Tulliver mit »Ich verstehe, mein guter Herr, ich verstehe«, »aber gewiß doch, aber gewiß doch«, »Sie wollen, daß aus Ihrem Sohn ein Mann wird, der sich in der Welt zurechtfindet«, daß Mr. Tulliver entzückt war, in ihm einen Geistlichen gefunden zu haben, dessen Wissen auf die Alltagsdinge dieses Lebens anwendbar war. Mit Ausnahme von Rechtsanwalt Wylde, den er während der letzten Gerichtssitzungen gehört hatte, hielt Mr. Tulliver Rev. Mr. Stelling für den gewieftesten Mann, dem er je begegnet war; in der Tat war er Wylde nicht unähnlich, er steckte auf dieselbe Weise die Daumen in die Armlöcher seiner Weste. Mr. Tulliver war keineswegs eine Ausnahme darin, daß er Unverfrorenheit für Schlauheit hielt. Die meisten Laien hielten Stelling für gewieft und ganz allgemein für einen Mann von bemerkenswerten Fähigkeiten; hauptsächlich bei seinen geistlichen Mitbrüdern galt er als ein recht langweiliger Bursche. Aber er erzählte Mr. Tulliver auf eine so durch und durch weltliche und verständige Art und mit so viel glatter Zungenfertigkeit mehrere Geschichten über Captain Swing[4] und Brandstiftung und fragte ihn um Rat wegen Schweinefutter, daß der Müller dachte, hier sei genau das, was er für Tom gesucht hatte. Er hatte keinen Zweifel daran, daß dieser erstklassige Mann mit jedem Wissenszweig vertraut war und genau wußte, was Tom lernen müßte, um es mit den Advokaten aufnehmen zu können – was der arme Mr. Tulliver selbst nicht wußte, so daß er sich bei dieser weitreichenden Schlußfolgerung zwangsläufig nicht auf sein eigenes Urteil stützen konnte. Es ist wohl nicht recht, über ihn zu lachen, denn ich kannte viel gebildetere Leute als ihn, die ebenso weitreichende und keineswegs weisere Schlußfolgerungen zogen.

Was Mrs. Tulliver anging, so fand sie, daß Mrs. Stellings Ansichten hinsichtlich des Lüftens von Leinen und der häufigen Wiederkehr des Hungers in einem heranwachsenden Jungen ganz mit ihren eigenen übereinstimmten, und mehr noch, daß Mrs. Stelling, obwohl sie eine so junge Frau war und ihre zweite Niederkunft erst erwartete, doch fast genau dieselben Erfahrungen wie sie hinsichtlich des Benehmens und der grundsätzlichen Eigenart der Wochenschwester gemacht hatte, und so brachte sie bei der Heimfahrt ihrem Ehemann gegenüber die größte Befriedigung darüber zum Ausdruck, daß sie Tom bei einer Frau ließ, die trotz ihrer Jugend recht vernünftig und mütterlich zu sein schien und so reizend um Rat gefragt hatte, wie man es nur konnte.

»Sie müssen aber doch sehr wohlhabend sein«, sagte Mrs. Tulliver, »denn alles im Haus ist so nett, und diese Moiréseide, die sie trug, kostet ein schönes Stück Geld. Schwester Pullet hat auch so ein Kleid.«

»Tja«, sagte Mr. Tulliver, »ich denke, daß er außer der Pfarrstelle noch Einkünfte hat. Vielleicht bekommen sie was von ihrem Vater. Und dann kriegt er durch Tom nochmal hundert ohne viel Mühe, wie er selbst sagt; er meint, er könne von Natur aus unterrichten. Das ist freilich wunderbar«, setzte Mr. Tulliver hinzu, wandte seinen Kopf zur Seite und kitzelte sein Pferd gedankenverloren an der Flanke.

Vielleicht war es, weil Mr. Stelling von Natur aus unterrichten konnte, daß er mit eben jener Gleichförmigkeit der Methode und jener Unabhängigkeit von den Gegebenheiten daranging, welche Tiere auszeichnet, die ja wohl unter der unmittelbaren Belehrung durch die Natur stehen. Mr. Broderips[5] liebenswerter Biber beschäftigte sich, wie jener freundliche Naturkundler uns berichtet, so ernstlich damit, einen Damm in einem Zimmer im dritten Stockwerk in London zu errichten, als ob er sein Fundament in einem Strom oder See in Nordkanada gelegt hätte. Es war »Binnys« Bestimmung zu bauen, das Fehlen von Wasser oder möglicher Nachkommenschaft war ein Zufall, für den er nicht verantwortlich war. Mit demselben unbeirrbaren Instinkt machte sich Mr. Stelling daran, dem Verstand des Tom Tulliver nach dieser natürlichen Methode die Eton-Grammatik und Euklid einzuflößen. Dies, so meinte er, sei die einzige Basis eines soliden Unterrichts, alle anderen Mittel der Ausbildung waren Scharlatanerie und konnten nichts Besseres als Stümper hervorbringen. Von dieser festen Basis aus mochte ein Mann wohl die verschiedenartigen und speziellen Kenntnisse, die unsystematisch ausgebildete Menschen vorweisen, mit einem mitleidigen Lächeln betrachten. Das alles war ja gut und schön, aber es war unmöglich, daß diese Leute je zu einer vernünftigen Meinung gelangen konnten. In dieser festen Überzeugung war Mr. Stelling nicht, wie so manche Lehrer, durch die außergewöhnliche Genauigkeit und das Ausmaß seiner eigenen Gelehrsamkeit voreingenommen; und was seine Ansicht über Euklid anging, so konnte kein Mensch freier von persönlicher Vorliebe sein. Mr. Stelling war weit davon entfernt, sich entweder von religiöser oder intellektueller Begeisterung in die Irre führen zu lassen, andererseits hegte er nicht den geheimen Glauben, daß alles Unsinn sei. Er meinte, daß die Religion eine ausgezeichnete Sache sei und Aristoteles eine große Autorität, daß Dechaneien und Pfründen nützliche Einrichtungen seien, Großbritannien das von der Vorsehung eingesetzte Bollwerk des Protestantismus und der Glaube an das Unsichtbare eine große Stütze für den bedrängten Geist; er glaubte an all dies, wie ein Schweizer Hotelbesitzer an die Schönheit der Landschaft um ihn herum glaubt und an das Wohlgefallen, das sie künstlerischen Besuchern vermittelt. Und gleicherweise glaubte Mr. Stelling an seine Lehrmethode; er hatte keinen Zweifel daran, daß er das Allerbeste für Mr. Tullivers Jungen tat. Natürlich hatte Mr. Stelling, als der Müller unbestimmt und scheu vom Kartenzeichnen und Rechnen gesprochen hatte, ihn durch die Versicherung beruhigt, daß er verstehe, was gemeint sei; denn wie war es möglich, daß der gute Mann sich ein vernünftiges Urteil über die Sache bilden konnte? Mr. Stellings Pflicht war es, den Jungen auf die einzig richtige Art zu lehren – fürwahr, er wußte keine andere; er hatte seine Zeit nicht damit verschwendet, sich irgend etwas Anormales anzueignen.

Sehr bald hatte er Tom als einen ganz und gar dummen Burschen eingestuft, denn obwohl er durch harte Arbeit bestimmte Deklinationen in seinen Kopf bekommen konnte, so konnte doch etwas so Abstraktes wie die Beziehung zwischen Kasus und Endung keineswegs dort untergebracht werden und ihn so befähigen, einen Genitiv oder Dativ zu erkennen. Dies kam Mr. Stelling als mehr denn natürliche Dummheit vor; er vermutete Starrsinn oder zumindest Gleichgültigkeit und wies Tom streng wegen seines Mangels an gründlichem Eifer zurecht. »Du hast kein Interesse an dem, was du tust«, pflegte Mr. Stelling zu sagen, und der Vorwurf entsprach leider ganz der Wahrheit. Tom hatte nie die geringste Schwierigkeit gehabt, einen Vorstehhund von einem Setter zu unterscheiden, wenn man ihm einmal die Unterscheidungsmerkmale genannt hatte, und seine Wahrnehmungsfähigkeit war keineswegs beeinträchtigt. Ich nehme an, sie war ebenso stark wie die des Rev. Mr. Stelling, denn Tom konnte mit Genauigkeit angeben, welche Anzahl von Pferden hinter ihm galoppierte, er konnte einen Stein genau in das Zentrum einer angegebenen kreisförmigen Welle werfen, er konnte bis auf einen Bruchteil erraten, wieviele Längen seines Stockes erforderlich wären, um einmal damit den Sportplatz zu durchmessen, und er konnte beinahe perfekte Quadrate auf seine Tafel zeichnen, ohne sie abzumessen. Aber Mr. Stelling bemerkte nichts von all dem; er sah nur, daß Toms Fähigkeiten ihn vor den Abstraktionen, die ihm so gräßlich auf den Seiten der Eton-Grammatik symbolisiert waren, verließen und daß er sich hinsichtlich des Beweises, daß zwei gegebene Dreiecke gleich sein mußten, in einem an Idiotie grenzenden Zustand befand, obwohl er mit großer Schnelligkeit und Sicherheit die Tatsache, *daß* sie gleich waren, feststellen konnte. Von daher schloß Mr. Stelling, daß Toms Gehirn besonders unzugänglich für Morphologie und Beweise war und mit diesen großartigen Werkzeugen besonders gepflügt und geeggt werden mußte; es war seine Lieblingsmetapher, daß die klassischen Sprachen und Geometrie jene Kultivierung des Geistes darstellten, die ihn für die Aufnahme jedweder folgenden Aussaat vorbereitete. Ich sage nichts gegen Mr. Stellings Theorie; wenn wir nur eine Regel für jeden Geist haben sollen, dann erscheint mir seine so gut wie jede andere. Ich weiß nur, daß sie sich auf Tom Tulliver so ungünstig auswirkte, als wenn er mit Käse überhäuft worden wäre, um eine Störung des Magens zu heilen, die ihn daran hinderte, Käse zu verdauen. Es ist erstaunlich, zu welch unterschiedlichem Ergebnis man gelangt, wenn man die Metapher ändert! Nennt man einmal das Gehirn einen intellektuellen Magen, dann scheint die geistreiche Vorstellung von den klassischen Sprachen und der Geometrie als Pflug und Egge nichts mehr auszurichten. Aber dann steht es ja jemand anderem offen, großen Autoritäten zu folgen und den Geist ein unbeschriebenes Blatt zu nennen oder einen Spiegel, in welchem Fall die Kenntnis des Verdauungsvorgangs völlig irrelevant wird. Es war zweifellos ein geistreicher Einfall, das Kamel das Schiff der Wüste zu nennen, aber es würde einen bei der Abrichtung dieses nützlichen Tieres kaum weiterführen. O Aristoteles, wenn du den Vorzug gehabt hättest, der »Frischeste der Modernen« zu sein anstatt der Größte der Alten, hättest du nicht dein Lob der metaphorischen Sprache als eines Zeichens hoher Begabung[6] vermischt mit der Klage, daß Begabung sich so selten in der Sprache ohne Metapher zeigt, so daß wir oft nicht erklären können, was ein Ding ist, es sei denn, wir sagen, daß es etwas anderes ist?

Tom Tulliver, dem keine Form des Sprechens reichlich gegeben war, gebrauchte keine Metapher, um seine Ansichten über die lateinische Sprache zu erklären; er nannte sie niemals ein Folterinstrument, und erst als er schon im nächsten Halbjahr und im *Delectus*[7] fortgeschritten war, war er weit genug, sie »langweilig« und »abscheuliches Zeug« zu nennen. Gegenwärtig befand sich Tom gegenüber der Forderung, lateinische Deklinationen und Konjugationen zu lernen, in einem Zustand völliger Vorstellungslosigkeit hinsichtlich der Ursache und des Zweckes dieser Leiden so wie eine unschuldige Spitzmaus, die im geborstenen Stamm einer Eiche eingesperrt ist, um Lähmung beim Vieh zu heilen. Zweifellos ist es heutzutage fast unglaublich für den Gebildeten, daß ein Junge von zwölf[8], der nicht im engeren Sinn zur »Masse« gehört, der man jetzt das Monopol an geistiger Finsternis zuschreibt, keine genaue Vorstellung davon haben sollte, wie so eine Sache wie Latein überhaupt auf diese Erde kam, und dennoch verhielt es sich so bei Tom. Es hätte lange gedauert, ihm begreiflich zu machen, daß jemals ein Volk existierte, das vermittels dieser Sprache Schafe und Ochsen kaufte und verkaufte und die alltäglichen Dinge des Lebens verrichtete, und noch länger, ihn einsehen zu lassen, warum er dazu aufgefordert sein sollte, diese Sprache zu erlernen, wo doch ihre Beziehung zu solchen Alltagsdingen inzwischen völlig verborgen war. So weit Tom in Mr. Jacobs Lehranstalt Bekanntschaft mit den Römern gemacht hatte, waren seine Kenntnisse völlig korrekt, aber sie gingen nicht weiter als zu der Tatsache, daß sie »im Neuen Testament vorkamen«; und Mr. Stelling war nicht der Mann, der den Geist seines Schülers durch Vereinfachungen und Erklärungen schwächte und verweichlichte oder der den stärkenden Effekt der Sprachlehre dadurch minderte, daß er sie mit oberflächlichen und nicht zur Sache gehörenden Informationen vermengte, wie man sie Mädchen gibt.

Dennoch, so seltsam es auch sein mag, Tom wurde unter dieser rigorosen Behandlung mädchenhafter, als er jemals zuvor in seinem Leben gewesen war. Er hatte ein gut Teil Stolz, dem es bis jetzt in der Welt sehr wohl ergangen war, indem er Old Goggles verachtete und sich auf das Gespür für unbestrittene Rechte verließ, aber nun erhielt dieser selbe Stolz nichts als Beulen und Blessuren. Tom war scharfsinnig genug, um zu merken, daß Mr. Stellings Standard der Dinge ganz anders und in den Augen der Welt sicherlich höher war als der der Leute, unter denen er sonst gelebt hatte, und daß er, Tom Tulliver, dadurch, daß er damit in Berührung gebracht worden war, unbeholfen und dumm erschien; dies war ihm keineswegs gleichgültig, und sein Stolz geriet in einen Zustand der Unbehaglichkeit, die seine jungenhafte Selbstsicherheit fast zunichte machte und ihm etwas von der Verletzlichkeit eines Mädchens verlieh. Er war von sehr fester, um nicht zu sagen hartnäckiger Veranlagung, aber rohe Auflehnung und Rücksichtslosigkeit lagen nicht in seiner Natur; menschliche Empfindsamkeit war vorherrschend, und wenn es ihm in den Sinn gekommen wäre, daß er dadurch in den Unterrichtsstunden eine größere Behendigkeit zeigen und so Mr. Stellings Zustimmung erreichen könnte, daß er für eine unbequeme Zeitspanne auf einem Bein stand oder mit dem Kopf leicht gegen die Wand schlug oder eine andere freiwillige Handlung dieser Art ausführte, so hätte er es sicherlich damit versucht. Aber nein. Tom hatte nie gehört, daß diese Maßnahmen den Verstand erhellten oder das Gedächtnis für Wörter stärkten, und er war Hypothesen und Experimenten nicht zugetan. Es kam ihm wohl in den Sinn, daß er vielleicht Hilfe bekommen könnte, wenn er darum betete, aber da die Gebete, die er jeden Abend hersagte, auswendig gelernte Formeln waren, scheute er sich vor der Neuheit und Regelwidrigkeit, eine Stegreifpassage über einen Gegenstand der Bitte einzuflechten, der seines Wissens noch nicht seinesgleichen gehabt hatte. Aber eines Tages, als er zum fünften Mal in den Supina der dritten Konjugation steckengeblieben war und Mr. Stelling – überzeugt, daß dies Nachlässigkeit sein mußte, da es die Grenzen der möglichen Dummheit überstieg – ihn sehr ernstlich getadelt und darauf hingewiesen hatte, daß er, wenn er die augenblickliche goldene Gelegenheit, die Supina zu lernen, versäumte, es zu bereuen haben würde, wenn er ein Mann wäre, da beschloß Tom, der sich elender als sonst fühlte, sein einziges Hilfsmittel auszuprobieren; und an jenem Abend fügte er seinem üblichen Gebet für seine Eltern und sein »Schwesterchen« (er hatte angefangen, für Maggie zu beten, als sie ein Säugling war) und darum, daß er immer Gottes Gebote halten können möge, in demselben leisen Flüsterton hinzu: »Und bitte mach, daß ich mein Latein immer behalte.« Er machte eine kleine Pause, um nachzudenken, wie er wegen Euklid beten könnte – ob er bitten sollte, daß er verstünde, was es bedeutete, oder ob es einen anderen Geisteszustand gäbe, der für diesen Fall noch angebrachter wäre. Aber schließlich setzte er hinzu: »Und mach, daß Mr. Stelling sagt, daß ich Euklid nicht mehr zu lernen brauche. Amen.«

Die Tatsache, daß er am nächsten Tag ohne Fehler durch seine Supina kam, ermutigte ihn, in diesem Anhang an seine Gebete fortzufahren, und neutralisierte alle Skepsis, die aus Mr. Stellings fortdauernder Behandlung des Euklid hätte entstehen können. Aber sein Glaube brach unter dem offensichtlichen Ausbleiben jeglicher Hilfe zusammen, als er zu den unregelmäßigen Verben kam. Es erschien deutlich, daß Toms Verzweiflung unter den Launen des Präsens kein Problem darstellte, das des Einschreitens wert gewesen wäre, und da dies der Höhepunkt seiner Schwierigkeiten war – was hatte es also für einen Zweck, noch länger um Hilfe zu beten? Er kam zu dieser Schlußfolgerung an einem seiner öden, einsamen Abende, die er im Studierzimmer verbrachte, um die Unterrichtsstunden für den nächsten Tag vorzubereiten. Die Seite wollte ihm vor seinen Augen verschwimmen, aber obwohl er es haßte zu weinen und sich dessen schämte, konnte er nicht umhin, mit einiger Zuneigung sogar an Spouncer zu denken, mit dem er sich immer geprügelt und gestritten hatte; mit Spouncer würde er sich wohler fühlen und in einer überlegeneren Position. Und dann die Mühle und der Fluß und Yap, der seine Ohren spitzte, bereit, dem geringsten Zeichen, wenn Tom »Hoi« sagte, zu gehorchen – das alles stand wie in einem Fiebertraum vor ihm, wenn seine Finger gedankenverloren in seiner Tasche mit seinem großen Messer und seiner Rolle Peitschenschnur und anderen Überresten der Vergangenheit spielten. Tom war, wie gesagt, nie zuvor in seinem Leben so sehr wie ein Mädchen gewesen, und während der Zeit der unregelmäßigen Verben war er durch ein neues Mittel der geistigen Entwicklung, das man sich für seine unterrichtsfreien Stunden ausgedacht hatte, noch niedergeschlagener. Mrs. Stelling hatte vor kurzem ihr zweites Kind bekommen, und da einem Jungen nichts willkommener sein konnte, als sich nützlich zu fühlen, dachte Mrs. Stelling, Tom einen Gefallen zu tun, wenn sie ihn auf den kleinen Engel Laura aufpassen ließ, während die Amme mit dem kränklichen Säugling beschäftigt war. Es war eine recht nette Beschäftigung für Tom, die kleine Laura in der sonnigsten Stunde des Herbsttages mit nach draußen zu nehmen; es würde ihm helfen zu fühlen, daß das Pfarrhaus von Lorton ein Zuhause für ihn war und daß er zur Familie gehörte. Der kleine Engel Laura, der noch nicht gut laufen konnte, bekam ein Band um den Bauch gebunden, an dem Tom sie wie einen kleinen Hund während der Minuten, in denen sie gerade laufen wollte, hielt; doch da diese selten waren, trug er auf Anweisung das reizende Kind die meiste Zeit im Garten umher, immer in Sichtweite von Mrs. Stellings Fenster. Wenn einem dies als unfair oder gar tyrannisch gegenüber Tom vorkommt, so bitte ich zu bedenken, daß es weibliche Tugenden gibt, die sich nur unter Schwierigkeiten verbinden lassen, wenn sie nicht überhaupt unvereinbar sind. Wenn die Frau eines armen Hilfsgeistlichen in ihrer schwierigen Lage danach strebt, sich besonders gut zu kleiden und eine Haartracht zu tragen, die es erforderlich macht, daß ihre Kinderfrau gelegentlich als Zofe fungiert, und wenn überdies ihre Abendgesellschaften und ihr Salon jenes Bemühen um Eleganz und äußerliche Vollkommenheit zeigen, für das gewöhnliche Frauen ein großes Einkommen für unerläßlich halten, dann wäre es unvernünftig, von ihr zu erwarten, daß sie noch eine zweite Kinderfrau einstellen oder gar selbst Kinderfrau spielen sollte. Mr. Stelling wußte es besser: er sah, daß seine Frau schon Wunder tat, und war stolz auf sie; sicherlich war es für die Haltung des jungen Tulliver nicht gerade das Beste auf der Welt, ein schweres Kind zu tragen, aber er hatte ja viel sportliche Betätigung auf langen Spaziergängen mit ihm, und im nächsten Halbjahr wollte Mr. Stelling vielleicht einen Exerziermeister kommen lassen. Unter den vielen Mitteln, durch die Mr. Stelling beabsichtigte, ein besseres Geschick zu erreichen als die Masse seiner Mitmenschen, hatte er eines völlig aufgegeben, nämlich, in seinem eigenen Haus den Ton anzugeben. Warum auch nicht? Er hatte nach Mr. Riley »die netteste kleine Seele auf der Welt« geheiratet, und der kannte Mrs. Stellings blonde Ringellocken und ihr lächelndes Betragen schon seit ihrer Mädchenzeit und wäre aufgrund dieser gesicherten Kenntnis jederzeit bereit gewesen zu verkünden, daß jegliche häusliche Uneinigkeit, die in ihrem Eheleben auftreten möchte, gänzlich zu Lasten von Mr. Stelling gehen mußte.

Wäre Tom schlimmer geartet gewesen, hätte er sicherlich den kleinen Engel Laura gehaßt, aber dafür war er ein zu gutherziger Junge; es war in ihm zu viel von der Veranlagung, aus der echte Männlichkeit wird und beschützendes Mitleid für die Schwachen. Ich fürchte, er haßte Mrs. Stelling und entwickelte eine fortdauernde Abneigung gegen hellblonde Ringellocken und breite Flechten, da er sie in direkte Verbindung brachte mit hochmütigem Benehmen und dem häufigen Hinweis auf anderer Leute »Pflicht«. Aber er konnte nicht umhin, mit der kleinen Laura zu spielen und daran Gefallen zu finden, sie zu belustigen. Um ihretwillen opferte er sogar seine Zündhütchen, da er die Hoffnung aufgegeben hatte, daß sie jemals einem größeren Zweck dienen würden, und da er dachte, daß der kleine Blitz und Knall sie entzücken würden. Und so zog er sich einen Verweis von Mrs. Stelling zu, weil er ihr Kind lehrte, mit Feuer zu spielen. Laura war eine Art Spielgefährte, und ach! wie sehr verlangte Tom doch nach Spielgefährten. Im Inneren seines Herzens sehnte er sich danach, Maggie bei sich zu haben, und war schon fast bereit, für ihre ärgerliche Vergeßlichkeit zu schwärmen, obwohl er es, wenn er zu Hause war, immer als großes Entgegenkommen seinerseits hinstellte, daß er Maggie bei seinen vergnüglichen Ausflügen an seiner Seite trotten ließ.

Und bevor dieses düstere Halbjahr beendet war, kam Maggie tatsächlich. Mrs. Stelling hatte das kleine Mädchen von vornherein eingeladen, ihren Bruder einmal besuchen zu kommen, und so kam Maggie, als Mr. Tulliver Ende Oktober nach King's Lorton hinüberfuhr, in dem Gefühl mit, daß sie eine große Reise machte und anfing, die Welt zu sehen. Es war Mr. Tullivers erster Besuch bei Tom, denn der Junge mußte lernen, nicht zu viel an zu Hause zu denken.

»Nun, mein Junge«, sagte er zu Tom, als Mr. Stelling das Zimmer verlassen hatte, um seiner Frau die Ankunft mitzuteilen, und als Maggie angefangen hatte, Tom mit Küssen zu überhäufen, »du siehst prächtig aus; die Schule bekommt dir.«

Tom wünschte, er sähe recht krank aus.

»Ich glaube nicht, daß es mir gut geht, Vater«, sagte Tom. »Ich wünschte, du würdest Mr. Stelling bitten, daß ich nicht mehr Euklid lernen muß – ich bekomme davon Zahnschmerzen, glaube ich.«

(Zahnschmerzen waren die einzige Krankheit, unter der Tom je gelitten hatte.)

»Euklid, mein Junge – was ist das denn nun?« sagte Mr. Tulliver.

»Oh, ich weiß es nicht, Definitionen und Axiome und Dreiecke und solche Sachen. Es ist ein Buch, aus dem ich lernen muß – da steckt kein Sinn drin.«

»Aber, aber!« sagte Mr. Tulliver vorwurfsvoll. »Das darfst du nicht sagen. Du mußt lernen, was dein Lehrer dir sagt. Er weiß, was das Richtige für dich zu lernen ist.«

»*Ich* werde dir jetzt helfen, Tom«, sagte Maggie etwas gönnerhaft zum Trost. »Ich bin gekommen, um ganz lange zu bleiben, wenn Mrs. Stelling das haben will. Ich habe meinen Koffer und meine Schürzen mitgebracht, nicht wahr, Vater?«

»*Du* und mir helfen, du dummes kleines Ding!« sagte Tom so vergnügt über diese Ankündigung, daß er richtig Spaß hatte bei der Vorstellung, wie er Maggie verwirren würde, wenn er ihr eine Seite aus dem Euklid zeigte. »Das möchte ich gern sehen, wie du eine *meiner* Lektionen lernst. Ich lerne ja auch Latein! Mädchen lernen niemals solche Sachen. Sie sind zu dumm.«

»Ich weiß sehr gut, was Latein ist«, sagte Maggie zuversichtlich. »Latein ist eine Sprache. Im Wörterbuch stehen lateinische Wörter, so wie *bonus*, ein Geschenk.«

»Ha, das ist genau falsch, Miss Maggie!« sagte Tom, insgeheim verwundert. »Du denkst wohl, daß du sehr weise bist. Aber *bonus* heißt ›gut‹, zufällig – *bonus, bona, bonum.*«

»Nun, das ist kein Grund, warum es nicht ›Geschenk‹ heißen sollte«, sagte Maggie unbeirrt. »Es kann Verschiedenes heißen – das tut beinahe jedes Wort. Zum Beispiel ›Atlas‹ – das ist sowohl ein Buch über Länder als auch das Zeug, aus dem feine Kleider gemacht werden.«

»Gut gemacht, Kleines«, sagte Mr. Tulliver lachend, während Tom Maggies Schlauheit ziemlich widerwärtig fand, obwohl er über alle Maßen erfreut war bei dem Gedanken, daß sie bei ihm bleiben würde. Ihre Einbildung würde schon bald bei der tatsächlichen Betrachtung seiner Bücher eingeschüchtert werden.

Mrs. Stelling erwähnte in ihrer drängenden Einladung keinen längeren Zeitraum als eine Woche für Maggies Aufenthalt, aber Mr. Stelling, der sie zwischen seine Knie nahm und sie fragte, wo sie denn ihre dunklen Augen gestohlen hätte, bestand darauf, daß sie vierzehn Tage bleiben müßte. Maggie fand, daß Mr. Stelling ein sehr netter Mann sei, und Mr. Tulliver war ganz stolz darauf, daß er sein kleines Mädel dort lassen konnte, wo sie Gelegenheit haben würde, ihre Klugheit vor Fremden, die sie zu würdigen wußten, zu zeigen. So kam man also überein, daß sie nicht vor Ablauf von zwei Wochen heimgeholt werden sollte.

»Nun, dann komm mit mir ins Studierzimmer, Maggie«, sagte Tom, als ihr Vater fortfuhr. »Warum schüttelst und wirfst du deinen Kopf noch so, du Dumme?« fuhr er fort, denn obwohl ihr Haar jetzt neu geordnet und glatt

hinter die Ohren gebürstet war, schien sie sich immer noch vorzustellen, es aus den Augen schütteln zu müssen. »Das sieht ja aus, als ob du verrückt wärst.«
»Oh, ich kann nichts dafür«, sagte Maggie ungeduldig. »Ärgere mich nicht, Tom. Oh, was für Bücher!« rief sie aus, als sie die Bücherschränke im Studierzimmer sah. »Wie gern hätte ich so viele Bücher!«
»Ach, du könntest ja nicht eines davon lesen«, sagte Tom triumphierend. »Sie sind alle lateinisch.«
»Nein, gar nicht«, sagte Maggie. »Ich kann den Rücken von diesem hier lesen ... *Geschichte des Verfalls und Untergangs des Römischen Reiches.*«[9]
»Nun, und was bedeutet das? Das weißt *du* nicht«, sagte Tom und schüttelte mit dem Kopf.
»Aber ich könnte es herausfinden«, sagte Maggie verächtlich.
»Ja und wie?«
»Ich könnte hineinsehen und gucken, wovon es handelt.«
»Das tust du lieber nicht, Miss Maggie«, sagte Tom, als er sah, daß Maggie schon die Hand nach dem Band ausstreckte. »Mr. Stelling läßt niemanden ohne Erlaubnis seine Bücher anrühren, und *ich* kriege Schimpfe, wenn du sie herausnimmst.«
»Na gut! Laß mich dann all *deine* Bücher sehen«, sagte Maggie und wandte sich um, ihre Arme um Toms Hals zu schlingen und ihre kleine runde Nase an seiner Wange zu reiben.
In der Freude seines Herzens, daß er die gute alte Maggie da hatte, um wieder mit ihr zu streiten und über sie zu triumphieren, faßte Tom sie um die Taille und begann, mit ihr um den großen Bibliothekstisch zu springen. Immer lebhafter sprangen sie weiter und weiter, bis Maggies Haar sich hinter den Ohren löste und um sie herumwirbelte wie ein lebendiger Mop. Aber die Kreise um den Tisch wurden bei ihrem Schwung immer ungleichmäßiger, bis sie schließlich Mr. Stellings Lese-

pult erreichten und es mit einem Donnerschlag zu Boden warfen mitsamt den schweren Lexika. Glücklicherweise war es im Erdgeschoß, und das Studierzimmer war in einem eingeschossigen Flügel des Hauses, so daß der Fall keinen erschreckenden Widerhall verursachte; dennoch stand Tom ein paar Minuten lang schwindlig und bestürzt da und fürchtete das Erscheinen von Mr. oder Mrs. Stelling.

»Oh, wirklich, Maggie«, sagte Tom schließlich und hob das Pult auf, »wir müssen hier leise sein, weißt du. Wenn wir etwas zerbrechen, läßt Mrs. Stelling uns *peccavi* schreien.«

»Was ist das?« sagte Maggie.

»Och, das ist lateinisch für tüchtige Schelte«, sagte Tom, nicht ohne Stolz auf seine Kenntnis.

»Ist sie eine zänkische Frau?« sagte Maggie.

»Das kann ich dir sagen«, sagte Tom mit nachdrücklichem Kopfnicken.

»Ich glaube, alle Frauen sind zänkischer als Männer«, sagte Maggie. »Tante Glegg ist eine Menge zänkischer als Onkel Glegg, und Mutter schimpft viel öfter mit mir als Vater.«

»Nun, du wirst auch eines Tages eine Frau sein«, sagte Tom, »*du* brauchst also gar nichts zu sagen.«

»Aber ich werde eine *kluge* Frau sein«, sagte Maggie und warf den Kopf zurück.

»O ja, natürlich, und ein eklig eingebildetes Ding. Jeder wird dich hassen.«

»Aber du solltest mich nicht hassen, Tom; das wäre sehr böse von dir, denn ich werde immer noch deine Schwester sein.«

»Ja, aber wenn du ein eklig widerwärtiges Ding bist, dann *werde* ich dich hassen.«

»Oh, Tom, das wirst du doch nicht! Ich werde nicht widerwärtig sein. Ich werde sehr gut zu dir sein – und ich werde gut zu jedermann sein. Du wirst mich nicht wirklich hassen, nicht wahr, Tom?«

»Ach hör auf, ist doch egal! Komm, es ist Zeit für mich, meine Lektionen zu lernen. Sieh hier, was ich tun muß«, sagte Tom und zog Maggie näher zu sich heran und zeigte ihr seinen Lehrsatz, während sie ihr Haar hinter die Ohren schob und sich bereitmachte, ihre Fähigkeit, ihm beim Euklid zu helfen, zu beweisen. Sie begann voller Vertrauen in ihre eigene Tüchtigkeit zu lesen, aber schon bald rötete sich ihr Gesicht vor Zorn, weil sie völlig verwirrt war. Es war unvermeidlich, sie mußte ihre Unfähigkeit eingestehen, und sie liebte Demütigungen nicht gerade.

»Es ist Unsinn!« sagte sie. »Und ganz häßliches Zeug. Niemand braucht das herauskriegen zu wollen.«

»Aha, da hast du es, Miss Maggie!« sagte Tom, zog sein Buch fort und schüttelte mit dem Kopf. »Du siehst, du bist nicht so schlau, wie du dachtest.«

»Oh«, sagte Maggie schmollend. »Ich kann wohl sagen, daß ich es herausfinden würde, wenn ich gelernt hätte, was vorher kommt, so wie du.«

»Aber das ist es gerade, was du nicht könntest, Fräulein Weisheit«, sagte Tom. »Denn es ist nur um so schwerer, wenn man weiß, was vorher kommt, weil man dann sagen muß, was Definition drei ist und was Axiom fünf ist. Aber jetzt sei still; ich muß hiermit weitermachen. Hier ist die lateinische Grammatik. Sieh zu, was du damit anfangen kannst.«

Maggie fand die lateinische Grammatik recht wohltuend nach ihrer mathematischen Demütigung, denn sie hatte Freude an neuen Wörtern und fand schnell heraus, daß am Ende ein englischer Schlüssel war, der sie mit nur geringem Aufwand sehr gelehrt im Lateinischen machen würde. Sie beschloß sogleich, die Regeln der Syntax zu übergehen, die Beispiele waren so fesselnd. Diese geheimnisvollen Sätze, aus einem unbekannten Kontext gerissen – wie seltsame Hörner von Tieren und Blätter von unbekannten Pflanzen, die aus weit entfernten Gegenden kamen –, gaben ihrer Vorstellungskraft einen

grenzenlosen Spielraum und waren um so faszinierender, als sie in ihrer eigenen sonderbaren Sprache waren, die sie zu übersetzen erlernen konnte. Sie war wirklich sehr interessant, die lateinische Grammatik, von der Tom gesagt hatte, daß Mädchen sie nicht lernen konnten – und sie war stolz darauf, daß sie sie interessant fand.
Die bruchstückhaftesten Beispiele waren ihr die liebsten. *Mors omnibus est communis*[10] wäre fade gewesen, wenn es ihr nicht um das Latein gegangen wäre; aber der glückliche Herr, dem ein jeder gratulierte, weil er einen Sohn hatte, »der mit *solch* einer Gabe gesegnet war«, gestattete ihr eine Fülle hübscher Vermutungen, und sie war ganz in den »dichten Hain, in den kein Stern eindringt« vertieft, als Tom ausrief:
»Komm, Magsie, gib mir die Grammatik!«
»Oh, Tom, es ist so ein schönes Buch!« sagte sie, als sie aus dem großen Lehnsessel aufsprang, um es ihm zu geben. »Es ist viel schöner als das Wörterbuch. Ich könnte ganz bald Latein lernen. Ich glaube, daß es überhaupt nicht schwierig ist.«
»Oh, ich weiß, was du getan hast«, sagte Tom, »du hast das Englische am Ende gelesen. Jeder Esel kann das.«
Tom nahm das Buch und öffnete es mit entschlossener und geschäftiger Miene, die soviel besagte, wie daß er eine Lektion zu lernen hatte, zu der kein Esel in der Lage wäre. Maggie, die recht gekränkt war, wandte sich den Bücherschränken zu und beschäftigte sich damit, die Titel zu enträtseln.
Kurz darauf rief Tom sie: »Hier, Magsie, komm und hör, ob ich dies hersagen kann. Stell dich an das Ende des Tisches, wo Mr. Stelling sitzt, wenn er mich abhört.«
Maggie gehorchte und nahm das offene Buch. »Wo fängst du an, Tom?«
»Oh, ich fange bei ›*Appellativa arborum*‹ an, weil ich alles nochmal aufsage, was ich diese Woche gelernt habe.«
Tom kam in den ersten drei Zeilen recht gut voran, und

Maggie fing schon an, ihre Rolle als Souffleur zu vergessen und darüber zu spekulieren, was *mas* heißen konnte, das zweimal vorkam, als er bei *sunt etiam volucrum* steckenblieb.

»Nicht sagen, Maggie, ›*sunt etiam volucrum ... sunt etiam volucrum ... ut ostrea, cetus ...*‹«

»Nein«, sagte Maggie, machte den Mund auf und schüttelte mit dem Kopf. »›*Sunt etiam volucrum*‹«, sagte Tom ganz langsam, als ob er meinte, die nächsten Worte kämen schneller, wenn er ihnen diesen deutlichen Hinweis darauf gäbe, daß sie erwartet wurden.

»C, e, u«, sagte Maggie, die ungeduldig wurde.

»Oh, ich weiß – halt den Mund«, sagte Tom. »›*Ceu passer hirundo; ferarum ... ferarum ...*‹« Tom nahm seinen Bleistift und machte damit ein paar kräftige Punkte auf seine Buchhülle. »›*Ferarum ...*‹«

»Oje oje, Tom«, sagte Maggie, »was brauchst du lange! ›*Ut ...*‹«

»›*Ut, ostrea ...*‹«

»Nein, nein«, sagte Maggie, »›*ut, tigris ...*‹«

»O ja, jetzt kann ich es«, sagte Tom; »es war ›*tigris, vulpes*‹, was ich vergessen hatte. ›*Ut tigris, vulpes; et Piscium.*‹«

Mit einigem Stottern und Wiederholungen kam Tom durch die nächsten paar Zeilen.

»Jetzt«, sagte er, »kommt der Text, den ich gerade für morgen gelernt habe. Laß mich das Buch nochmal eine Minute haben.«

Nach einigen gemurmelten Sätzen, die durch das Schlagen seiner Faust auf den Tisch unterstützt wurden, gab Tom das Buch zurück.

»›*Mascula nomina in a*‹«, fing er an.

»Nein, Tom«, sagte Maggie, »das kommt nicht als nächstes. Es heißt: ›*Nomen non creskens genittivo ...*‹«

»›*Creskens genittivo*‹«, rief Tom mit einem spöttischen Lachen aus, denn Tom hatte die ausgelassene Passage für seine gestrige Stunde gelernt, und ein junger Mann

braucht keine eingehende oder weitreichende Bekanntschaft mit dem Lateinischen, um die jämmerliche Absurdität einer falschen Länge zu fühlen. »›*Creskens genittivo*!‹ was für ein kleines Dummchen du bist, Maggie!«
»Ach, du brauchst nicht zu lachen, Tom, denn du hast es überhaupt nicht gewußt. Man schreibt es doch auch so, wie sollte ich das wissen?«
»Phh! Ich hab dir gesagt, daß Mädchen kein Latein lernen können. Es heißt ›*Nomen non crescens genitivo*‹.«
»Na schön«, sagte Maggie schmollend. »Ich kann das genauso gut wie du sagen. Und du achtest nicht auf die Pausen. Denn du solltest zweimal solange bei einem Semikolon einhalten wie bei einem Komma, und du machst die längsten Pausen, wo überhaupt keine sein sollten.«
»Ach, schwätz nicht. Laß mich weitermachen.«
Kurz darauf wurden sie geholt, um den Rest des Abends in der Wohnstube zu verbringen, und Maggie war so munter mit Mr. Stelling, der – dessen war sie sicher – ihre Klugheit bewunderte, daß Tom ganz erstaunt und beunruhigt über ihre Kühnheit war. Aber sie wurde plötzlich gedämpft durch Mr. Stellings Anspielung auf ein kleines Mädchen, von dem er gehört hatte, daß es einmal zu den Zigeunern fortgelaufen sei.
»Was muß das doch für ein sonderbares kleines Mädchen sein!« sagte Mrs. Stelling und meinte es scherzhaft, aber eine Scherzhaftigkeit, die sich gegen ihre vermeintliche Sonderbarkeit wandte, war ganz und gar nicht nach Maggies Geschmack. Sie fürchtete, daß Mr. Stelling am Ende doch nicht so viel von ihr hielt, und ging recht niedergeschlagen zu Bett. Mrs. Stelling, so fühlte sie, sah sie an, als ob sie dächte, daß ihr Haar ganz häßlich sei, weil es so glatt nach hinten herunterfiel.
Trotzdem waren es glückliche vierzehn Tage für Maggie, dieser Besuch bei Tom. Sie durfte im Studierzimmer sein, während er seine Stunden hatte, und durch ihr

vielfaches Lesen kam sie recht weit mit den Beispielen der lateinischen Grammatik. Der Astronom, der die Frauen haßte, verursachte ihr so viel Kopfzerbrechen, daß sie eines Tages Mr. Stelling fragte, ob alle Astronomen Frauen haßten oder ob es nur dieser bestimmte Astronom sei. Aber sie kam seiner Antwort zuvor und sagte:

»Ich glaube, es sind alle Astronomen, weil sie in hohen Türmen leben, wissen Sie, und wenn die Frauen dahin kämen, dann würden sie wohl reden und sie daran hindern, die Sterne zu begucken.«

Mr. Stelling hatte ihr Geplapper sehr gern, und sie kamen hervorragend miteinander aus. Sie sagte Tom, daß sie gern bei Mr. Stelling zur Schule gehen würde, so wie er, und genau dasselbe lernen. Sie wußte, daß sie Euklid lernen könnte, denn sie hatte ihn sich noch einmal angeschaut und gesehen, was A B C bedeutete, es waren die Namen der Linien.

»Ich bin aber sicher, daß du es nicht könntest«, sagte Tom, »und ich frage Mr. Stelling, ob es stimmt.«

»Ich habe nichts dagegen«, sagte das eingebildete kleine Ding. »Ich werde ihn selbst fragen.«

»Mr. Stelling«, sagte sie an demselben Abend, als sie in der Wohnstube waren, »könnte ich nicht Euklid lernen und Toms andere Lektionen, wenn Sie mich statt seiner lehren würden?«

»Nein, das könntest du nicht«, sagte Tom ungehalten. »Mädchen können Euklid nicht lernen, nicht wahr, Sir?«

»Sie können wohl ein bißchen von allem aufnehmen, meine ich«, sagte Mr. Stelling. »Sie haben ein gut Teil oberflächlicher Klugheit, aber sie könnten nicht in die Tiefe vordringen. Ihr Verstand ist flink, aber seicht.«

Tom war begeistert über dieses Urteil und signalisierte Maggie seinen Triumph, indem er hinter Mr. Stellings Stuhl mit dem Kopf schüttelte. Was Maggie anging, so war sie kaum je zuvor so gedemütigt gewesen. Sie war ihr ganzes kleines Leben lang stolz darauf gewesen, daß man sie »flink« nannte, und jetzt schien es, daß gerade diese Flinkheit das Merkmal der Minderwertigkeit war. Es wäre besser gewesen, langsam zu sein wie Tom.

»Ha, ha! Miss Maggie!« sagte Tom, als sie allein waren. »Da siehst du, daß es gar nicht so fein ist, flink zu sein. Du wirst nämlich nie in die Tiefe vordringen.«

Und Maggie war so bedrückt über dieses schreckliche Schicksal, daß sie keine Antwort geben mochte.

Aber als dieses kleine Exemplar seichter Flinkheit von Luke im Einspänner abgeholt wurde und das Studierzimmer wieder ganz einsam für Tom war, da vermißte er sie schmerzlich. Er war wirklich aufgeweckter gewesen und war besser durch seine Lektionen gekommen, als sie da war; und sie hatte Mr. Stelling so viele Fragen über das Römische Reich gestellt, und ob es wirklich je einen Mann gegeben hätte, der auf Latein gesagt hatte: »Ich würde es nicht für einen Heller oder eine taube Nuß kaufen«, oder ob man es bloß ins Lateinische übertragen hätte, daß Tom tatsächlich eine schwache Vorstellung von der Tatsache bekommen hatte, daß es einmal Leute auf der Erde gegeben hatte, die so glücklich waren, Latein zu können, ohne es vermittels der Eton-Grammatik zu lernen. Diese leuchtende Einsicht war eine große Bereicherung seiner historischen Kenntnisse aus diesem Halbjahr, die sich sonst auf einen Abriß der Geschichte der Juden beschränkt hätten.

Aber das düstere Halbjahr ging dann doch zu Ende. Wie froh war Tom, als er die letzten gelben Blätter im kalten Wind flattern sah. Die dunklen Nachmittage und der erste Dezemberschnee erschienen ihm weit lebendiger als der Sonnenschein des August, und um sich über das Vergehen der Tage, die ihn der Heimfahrt näherbrachten, zu vergewissern, schlug er einundzwanzig Stöcke tief in eine Ecke des Gartens, als es noch drei Wochen bis zu den Ferien war, und jeden Tag zog er einen mit einem heftigen Ruck heraus und schleuderte ihn mit einer Willenskraft fort, die ihn ins Jenseits gebracht haben würde, wenn es in der Natur der Stöcke läge, so weit zu fliegen.

Aber es lohnte sich – sogar zu dem hohen Preis der lateinischen Grammatik –, das Glück zu erkaufen, das helle Licht in der Wohnstube daheim zu sehen, als der Einspänner geräuschlos über die schneebedeckte Brücke fuhr, das Glück, aus der kalten Luft in die Wärme zu den Küssen und dem Lächeln an jenem vertrauten Herdfeuer zu kommen, wo das Muster des Vorlegers und des Gitterrostes »erste Ideen«[11] waren, die man ebensowenig kritisieren konnte wie die Dichte und Ausdehnung der Materie. Es gibt kein Gefühl des Behagens wie jenes Behagen, das wir in der Umgebung verspürten, in der wir geboren wurden, wo die Gegenstände uns lieb wurden, bevor wir um die Mühe der Auswahl wußten, und wo die äußere Welt nur eine Ausdehnung unserer eigenen Persönlichkeit zu sein schien. Wir nahmen sie an und liebten sie, wie wir unser eigenes Gefühl von Existenz und unsere eigenen Glieder annahmen. Ganz gewöhnlich, sogar häßlich möchten die Möbel unseres frühen Zuhause aussehen, wenn sie auf eine Auktion kämen; ein verbesserter Geschmack in Polsterwaren verachtet sie; und ist nicht das Streben nach immer Besserem in unserer Umgebung das große Merkmal, das den Menschen vom Tier unterscheidet, oder – um einer peinlichen Genauigkeit in der Definition Genüge zu tun – das einen Briten von einem fremden Tier unterscheidet? Aber der Himmel weiß, wohin dieses Streben uns führen würde, wenn nicht unsere Neigungen die Eigenart hätten, sich um diese alten minderwertigen Dinge zu schlingen, wenn nicht das, was uns im Leben lieb und heilig ist, seine tiefen, unverrückbaren Wurzeln im Gedächtnis hätte. Das tiefere Entzücken über den Anblick eines Holunderbusches, der über das dichte Blattwerk eines Heckenzaunes hängt, als über den der schönsten Zistrose oder Fuchsie, die sich über dem weichen, welligen Rasen ausbreitet, ist eine völlig ungerechtfertigte Vorliebe für einen Gärtnermeister oder einen dieser regeltreuen Geister, die frei von der Schwäche einer Zuneigung sind, welche nicht auf einer nachweislichen Überlegenheit der Eigenschaften beruht. Und es gibt keinen besseren Grund dafür, den Holunderbusch vorzuziehen, als den, daß er eine frühe Erinnerung anrührt und keine Neuheit in meinem Leben ist, die zu mir nur durch mein gegenwärtiges Empfinden von Form und Farbe spräche, sondern der langjährige Gefährte meines Daseins, der sich in meine Freuden hineinverwob, als Freuden noch lebhaft waren.

Kapitel 2

Die Weihnachtsferien

Der gute alte Weihnachtsmann mit seinem schneeweißen Haar und gerötetem Gesicht hatte in jenem Jahr seine Pflicht auf das vorzüglichste getan und seine reichen Gaben an Wärme und Farbe durch den verstärkenden Gegensatz von Frost und Schnee noch hervorgehoben.
Schnee lag auf dem Anwesen und dem Flußufer in Wellen, die weicher waren als Kinderärmchen; er lag mit sorgfältig gezogener Kante auf jedem abfallenden Dach und ließ die dunkelroten Giebel in einer neuen Farbtiefe hervortreten; er lastete schwer auf den Lorbeer- und Tannenbäumen, bis er mit einem leisen Erschauern herabfiel; er kleidete das unebene Rübenfeld in Weiß und ließ die Schafe wie dunkle Kleckse aussehen; die Tore waren alle durch Schneewehen versperrt, und hier und da stand ein vergessener Vierbeiner, als ob er in »aufrechter Traurigkeit«[12] erstarrt sei; es gab keinen Schein und keinen Schatten, denn der Himmel selbst war eine einzige stille, blasse Wolke – keinen Laut und keine Bewegung, außer dem dunklen Fluß, der dahinfloß und

stöhnte wie unaufhörlicher Kummer. Aber der alte Weihnachtsmann lächelte, als er diesen scheinbar grausamen Bann auf die Außenwelt legte, denn er wollte das Daheim mit neuem Glanz erhellen, all den Reichtum der Farben drinnen vertiefen und dem warmen Duft der Speisen eine noch stärkere Verlockung verleihen; er wollte eine süße Gefangenschaft bereiten, die die primitive Gemeinschaft der Familie stärken und den Sonnenschein der vertrauten menschlichen Gesichter ebenso willkommen machen sollte wie den verborgenen Tagesstern. Seine Freundlichkeit traf die Heimatlosen hart, traf hart das Heim, wo der Herd nicht sehr warm war und wo das Essen nur wenig Duft ausströmte, wo die menschlichen Gesichter keinen Sonnenschein in sich trugen, sondern nur den bleiernen, ausdruckslosen Blick des erwartungslosen Mangels. Aber der freundliche Alte meinte es gut, und wenn er das Geheimnis nicht erlernt hat, wie man allen Menschen ohne Unterschied Segen bringen kann, so ist es, weil Vater Zeit mit unerbittlicher Absicht jenes Geheimnis noch in seinem mächtigen, langsam schlagenden Herzen verbirgt.

Und doch war dieser Weihnachtstag, so meinte Tom, trotz seiner neuerlichen Freude an seinem Zuhause, irgendwie nicht ganz so glücklich, wie er sonst immer gewesen war. Die roten Beeren auf den Stechpalmen waren genauso zahlreich, und er und Maggie hatten alle Fenster und Kaminsimse und Bilderrahmen am Heiligen Abend ebenso geschmackvoll wie immer geziert, wobei sie die dichten scharlachroten Büschel mit Zweigen des schwarzbeerigen Efeus zusammenbanden. Es hatte nach Mitternacht ein Singen unter den Fenstern gegeben – übernatürliches Singen, wie Maggie jedes Mal fühlte, obwohl Tom verächtlich darauf bestand, daß die Sänger der alte Gemeindediener Patch und der Rest des Kirchenchores seien; sie bebte vor Ehrfurcht, wenn der Gesang in ihre Träume drang, und das Bild von Männern in Barchentkleidung wurde stets verscheucht von der

Vision von Engeln, die auf einer geöffneten Wolke saßen. Der mitternächtliche Gesang hatte wie üblich dazu beigetragen, den Morgen über gewöhnliche Tage hinauszuheben, und dann kam zur Frühstückszeit der Duft von heißem Toast und Ale aus der Küche; der Lieblingschoral, die grünen Zweige und die kurze Predigt gaben dem Kirchgang den angemessenen Festcharakter, und Tante und Onkel Moss mit all ihren sieben[13] Kindern sahen wie ebenso viele Spiegel des hellen Wohnzimmerfeuers aus, als die Kirchgänger zurückkamen und sich den Schnee von den Schuhen klopften. Der Plumpudding war ebenso schön und rund wie immer und wurde mit den symbolischen blauen Flammen hereingetragen, als ob man ihn heldenhaft aus den Feuern drunten geholt hätte, in die er von magenkranken Puritanern geworfen worden war; der Nachtisch war so herrlich wie immer, mit goldenen Orangen, braunen Nüssen und dem kristallenen Hell und Dunkel von Apfelgelee und Pflaumenmus. In all diesem war Weihnachten, wie es immer gewesen war, solange Tom sich erinnern konnte; es unterschied sich nur, wenn überhaupt, durch noch besseres Schlittern und Schneeballwerfen.

Weihnachten war heiter, nicht aber Mr. Tulliver. Er war erzürnt und aufsässig, und Tom war, obwohl er sich seines Vaters Streitereien zu eigen machte und seines Vaters Sinn für Unrecht teilte, nicht ganz ohne das Gefühl, das Maggie bedrückte, als Mr. Tulliver in Erzählung und Behauptung seines Anspruchs mit der zunehmenden Zwanglosigkeit beim Nachtisch lauter und zorniger wurde. Die Aufmerksamkeit, die Tom sonst wohl auf Wein und Nüsse gerichtet hätte, wurde abgelenkt durch ein Empfinden, daß es schurkische Feinde auf der Welt gab und daß die Geschäfte der Erwachsenenwelt kaum ohne ein gut Teil an Streitigkeiten geführt werden konnten. Nun stritt Tom aber nicht gerne, es sei denn, der Streit könnte schnell durch einen fairen, geregelten Kampf mit einem Gegner beigelegt werden, den er auf jeden Fall verdreschen konnte, und durch das zornige Reden seines Vaters wurde es ihm unbehaglich, obwohl er sich niemals über dieses Gefühl Rechenschaft ablegte oder die Vorstellung hegte, daß sein Vater in dieser Hinsicht fehlbar sei.

Die spezielle Verkörperung des bösen Prinzips, das Mr. Tullivers entschlossenen Widerstand herausforderte, war jetzt Mr. Pivart, der, da er Ländereien den Ripple weiter aufwärts hatte, Maßnahmen zu ihrer Bewässerung traf, die ein Übergriff auf Mr. Tullivers rechtmäßigen Anteil an der Wasserkraft entweder schon waren oder sein würden oder sein müßten (aufgrund des Prinzips, daß Wasser Wasser war). Dix, der eine Mühle am Fluß hatte, war ein schwacher Gehilfe des Gottseibeiuns verglichen mit Pivart. Dix war durch Schlichtung zu Verstand gebracht worden, und Wakems Rat hatte ihn nicht weit gebracht. Nein, Dix war, so überlegte Mr. Tulliver, was das Gerichtliche anging, so gut wie aus dem Feld geschlagen gewesen; und mit der Heftigkeit seines Unwillens gegen Pivart begann seine Verachtung für einen bezwungenen Gegner wie Dix die Züge freundlicher Zuneigung zu tragen. Er hatte heute keine männliche Zuhörerschaft außer Mr. Moss, der, wie er sagte, nichts davon verstand, »was 's mit Mühlen auf sich hat«, und Mr. Tullivers Argumenten nur auf der apriorischen Grundlage der Familienzugehörigkeit und der finanziellen Verpflichtung zustimmen konnte; aber Mr. Tulliver sprach nicht in der müßigen Absicht, seine Zuhörerschaft zu überzeugen, er sprach, um sich selbst zu erleichtern, während der gute Mr. Moss große Anstrengungen unternahm, seine Augen weit offenzuhalten, trotz der Schläfrigkeit, die ein ungewöhnlich gutes Mahl bei seiner abgearbeiteten Verfassung in ihm hervorrief. Mrs. Moss, die dem Thema gegenüber aufgeschlossener war und die alles interessierte, was ihren Bruder betraf, hörte zu und warf ein Wort ein, sooft es ihre mütterlichen Obliegenheiten erlaubten.

»Pivart ist doch ein neuer Name hier in der Gegend, nicht wahr, Bruder?« sagte sie. »Er besaß das Land weder zu Vaters Zeiten noch zu deinen, bevor ich heiratete.«

»Neuer Name? Das will ich wohl meinen, daß es ein neuer Name ist«, sagte Mr. Tulliver mit ärgerlichem Nachdruck. »Die Dorlcoter Mühle ist seit hundert Jahren oder mehr in unserer Familie, und niemand hat je etwas von einem Pivart gehört, der sich in die Flußangelegenheiten einmischte, bis dieser Kerl kam und sofort Bincomes Hof kaufte, bevor irgend jemand auch nur ›Schnapp‹ sagen konnte. Aber ich werd's ihn lehren, hier Pivart zu heißen«, setzte Mr. Tulliver hinzu und hob sein Glas in dem Gefühl, daß er seinen Entschluß auf unmißverständliche Weise zum Ausdruck gebracht hatte.

»Man wird dich doch nicht zwingen, mit ihm vor Gericht zu gehen, hoffe ich, Bruder?« sagte Mrs. Moss mit einiger Besorgnis.

»Ich weiß nicht, wozu man mich zwingen wird, aber ich weiß, wozu ich *ihn* zwingen werde, mit seinen Gräben und Bewässerungen, wenn's 'n Gericht gibt, das man dazu bringen kann, auf der rechten Seite zu wirken. Ich weiß sehr gut, wer dahintersteckt; er hat Wakem, der ihm Rückendeckung gibt und ihn antreibt. Ich weiß, daß Wakem ihm sagt, daß das Gesetz ihn dafür nicht belangen kann, aber 's gibt noch Leute außer Wakem, die mit dem Gesetz umgehn können. Man braucht 'n großen Schurken, um ihn zu schlagen, aber 's gibt noch größere, die noch mehr über die Ecken und Winkel des Gesetzes wissen, wie konnte Wakem sonst Brumleys Prozeß verlieren?«

Mr. Tulliver war ein durchaus ehrlicher Mann und stolz darauf, ehrlich zu sein; aber er dachte, daß bei Gericht die Zwecke der Gerechtigkeit nur dann erreicht werden könnten, wenn ein stärkerer Schuft angestellt würde, um einen schwächeren aus dem Feld zu schlagen. Das

Gericht war eine Art Hahnenkampf für ihn, wo es für die verletzte Ehrlichkeit darauf ankam, den Vogel mit der größten Angriffslust und den kräftigsten Sporen zu bekommen.

»Gore ist kein Dummkopf, das brauchst du mir nicht zu sagen«, bemerkte er sodann in einem streitsüchtigen Ton, als ob die arme Gritty die Fähigkeiten jenes Advokaten hervorgehoben hätte; »aber, siehst du, er wird mit dem Gesetz nicht so fertig wie Wakem. Und Wasser ist so 'ne besondere Sache, man kann's nicht mit der Mistgabel aufheben. Und deshalb gefällt's dem Gottseibeiuns und den Advokaten so gut. Es ist klar genug, was Recht und was Unrecht ist beim Wasser, wenn man's gradewegs betrachtet; denn ein Fluß ist ein Fluß, und wenn man 'ne Mühle hat, braucht man Wasser, um sie zu drehen; und es hat kein' Zweck, mir zu sagen, daß Pivarts Bewässerung und dieser Unsinn mein Rad nicht anhalten würden; ich weiß besser, wie's mit'm Wasser ist. Mir zu sagen, was die Ingenieure meinen! Ich mein, es ist völlig klar, daß Pivarts Dämme mir Unrecht tun müssen. Aber wenn das das Ingenieurwesen ist, dann will ich Tom nach und nach dazu bringen, und er soll sehn, ob er nicht 'n bißchen mehr Sinn ins Ingenieurgeschäft bringen kann als den, der jetzt dabei rauskommt.«

Tom, der sich bei der Ankündigung dieser seiner Aussicht mit einiger Besorgnis umwandte, zog in Gedanken eine kleine Rassel zurück, mit der er die kleinste Moss belustigte, und da es ein Kindchen war, das mit bemerkenswerter Schärfe seinen eigenen Willen kannte, drückte es sogleich seine Gefühle in einem durchdringenden Schrei aus und konnte nicht einmal durch die Rückgabe der Rassel beruhigt werden, weil es offensichtlich fühlte, daß die ursprüngliche Untat, sie ihm wegzunehmen, in voller Schwere bestehen blieb. Mrs. Moss brachte es eilig in einen anderen Raum und verlieh gegenüber Mrs. Tulliver, die sie begleitete, ihrer Über-

zeugung Ausdruck, daß das arme Kind mit gutem Grund schrie, womit sie andeutete, daß, wenn man annähme, daß es die Rassel sei, nach der das Kleine jammerte, man es mißverstehen würde. Nachdem das durchaus gerechtfertigte Geschrei beschwichtigt war, sah Mrs. Moss ihre Schwägerin an und sagte:
»'s tut mir leid zu sehn, wie mein Bruder sich so wegen dieser Wassersache ereifert.«
»Es ist deines Bruders Art, Mrs. Moss, ich kannte dergleichen nicht, bevor ich heiratete«, sagte Mrs. Tulliver mit einem halb angedeuteten Vorwurf. Sie sprach gegenüber Mrs. Moss von ihrem Mann immer als »dein Bruder«, vor allem, wenn sein Verhalten keine Angelegenheit reinster Bewunderung darstellte. Die liebenswerte Mrs. Tulliver, die nie in ihrem Leben zornig war, hatte doch ihren sanften Anteil an jenem Geist, ohne den sie kaum zugleich eine Dodson und eine Frau gewesen sein könnte. Da sie sich ihren eigenen Schwestern gegenüber immer in der Defensive befand, war es natürlich, daß sie sich, sogar als die schwächste Dodson, ihrer Überlegenheit gegenüber einer Schwester ihres Mannes deutlich bewußt war, die nicht nur ärmlich war und geneigt, sich an ihren Bruder zu klammern, sondern auch die gutmütige Unterwürfigkeit einer großen, gelassenen, unordentlichen und fruchtbaren Frau besaß, die voller Zuneigung war, nicht nur für ihren Mann und ihre zahlreichen Kinder, sondern auch für beliebig viele entferntere Verwandte.
»Ich hoffe und bete, daß er nicht vor Gericht geht«, sagte Mrs. Moss, »denn man kann nie wissen, wo das endet. Und was Recht ist, gewinnt nicht immer. Dieser Mr. Pivart ist ein reicher Mann, soviel ich seh, und die Reichen bekommen's meistens, wie sie's wollen.«
»Was das angeht«, sagte Mrs. Tulliver und strich ihr Kleid glatt, »so hab ich gesehen, was für Reichtümer in meiner eignen Familie sind, denn meine Schwestern haben Ehemänner, die es sich leisten können zu tun, was

sie möchten. Aber ich glaub manchmal, daß mich das Gerede von diesem Gesetz und dieser Bewässerung noch um den Verstand bringt, und meine Schwestern geben mir alle Schuld, denn sie wissen nicht, was es heißt, einen Mann wie deinen Bruder zu heiraten – wie sollten sie auch? Bei Schwester Pullet richtet sich von morgens bis abends alles nach ihr.«

»Nun«, sagte Mrs. Moss, »ich glaub nicht, daß ich's schön fände, wenn mein Mann nicht seinen eignen Verstand hätt' und ich mir für ihn den Kopf zerbrechen müßte. Es ist viel einfacher zu tun, was dem Ehemann gefällt, als zu rätseln, was man statt dessen tun sollte.«

»Wenn man schon davon spricht zu tun, was dem Ehemann gefällt«, sagte Mrs. Tulliver unter leichter Nachahmung ihrer Schwester Glegg, »so bin ich sicher, daß dein Bruder lang hätt' warten können, bevor er 'ne Frau gefunden hätte, die ihm in allem das Sagen überläßt wie ich. Zur Zeit gibt's nichts als Gesetz und Bewässerung, vom Aufstehen am Morgen bis zum Zubettgehn am Abend, und ich widersprech ihm nie. Ich sag nur: ›Gut, Mr. Tulliver, tu, was du willst; aber was immer du tust, geh nicht vor Gericht.‹«

Mrs. Tulliver war, wie wir gesehen haben, nicht ohne Einfluß auf ihren Mann. Keine Frau ist es, sie kann ihn immer dazu bewegen, entweder das zu tun, was sie wünscht, oder das Gegenteil; und in der Zusammensetzung der Kräfte, die drohten, Mr. Tulliver vor Gericht zu treiben, hatte Mrs. Tullivers monotones Bitten zweifellos seinen Anteil an Wirkung; man könnte es sogar mit der sprichwörtlichen Feder vergleichen, die in dem Ruf oder Verruf steht, dem Kamel den Rücken zu brechen, obwohl bei streng unvoreingenommener Betrachtungsweise der Tadel eher auf dem schon vorhandenen Gewicht an Federn liegen sollte, das den Rücken bereits in so unmittelbare Gefahr gebracht hatte, daß eine ansonsten unschuldige Feder sich nicht ohne Unheil darauf niederlassen konnte. Nicht, daß Mrs. Tullivers schwaches Zureden das Gewicht dieser Feder aufgrund ihrer bloßen Persönlichkeit haben konnte, aber wann immer sie von völliger Übereinstimmung mit ihrem Ehemann abwich, dann sah er in ihr die Repräsentantin der Familie Dodson, und es war eines der leitenden Prinzipien Mr. Tullivers, die Dodsons wissen zu lassen, daß sie *ihn* nicht tyrannisieren konnten, oder noch genauer, daß ein männlicher Tulliver vier weibliche Dodsons bei weitem aufwog, sogar wenn eine von ihnen Mrs. Glegg war.

Aber nicht einmal ein direkter Einwand jener typischen Dodson selbst gegen einen Prozeß hätte seine Einstellung dafür so verstärken können wie der bloße Gedanke an Wakem, der beständig durch den Anblick dieses allzu fähigen Anwalts an Markttagen aufgefrischt wurde. Wakem, so wußte er ganz sicher, stand (bildlich gesprochen) hinter Pivarts Bewässerungsanlage; Wakem hatte versucht, Dix dazu zu bewegen, nicht nachzugeben und wegen des Wehrs vor Gericht zu gehen; es war ohne Frage Wakem, der veranlaßt hatte, daß Mr. Tulliver den Prozeß um das Recht an der Straße und Brücke verlöre, die einen Durchgang durch sein Land für jeden Vagabunden darstellten, der eine Gelegenheit, Privateigentum zu beschädigen, dem Benutzen der Hauptstraße, auf der ein ehrlicher Mann daherging, vorzog. Alle Advokaten waren mehr oder weniger Schurken, aber Wakems Schurkerei war von der besonders gravierenden Art, die sich in Opposition zu der Form des Rechts stellte, die in Mr. Tullivers Interessen und Ansichten verkörpert war. Und als zusätzliche Bitternis hatte der gekränkte Müller kürzlich, als er die fünfhundert Pfund borgte, Wakems Büro selbst ein kleines Geschäft zutragen müssen. Ein zungenfertiger Kerl mit einer Hakennase und kalt wie ein Eisblock, der seiner Sache immer sehr sicher schien! Und es war ärgerlich, daß Anwalt Gore nicht mehr wie er war, sondern ein kahlköpfiger, rundlicher Mann mit faden Manieren und dicken Händen, ein Kampfhahn, auf den man nur voreilig gegen Wakem setzen würde. Gore war ein verschlagener Mensch, seine Schwäche lag nicht bei gewissenhafter Bedenklichkeit, aber das häufigste Augenzwinkern, wie bedeutungsvoll auch immer, heißt noch nicht, daß man durch eine Steinwand sehen kann; und so sehr Mr. Tulliver auch auf seinen Grundsatz vertraute, daß Wasser Wasser sei, und auf die direkte Folgerung, daß Pivart kein Bein hatte, auf dem er in dieser Sache der Bewässerung stehen konnte, so hatte er doch einen unbehaglichen Verdacht, daß Wakem mehr Rechtliches gegen diese der Vernunft nach unumstößliche Folgerung vorbringen konnte, als Gore dafür. Aber dann bestand, wenn sie vor Gericht gingen, die Chance für Mr. Tulliver, den Barrister Wylde für seine Sache einzusetzen, anstatt diesen bewundernswerten Bangemacher gegen sich zu haben, und die Aussicht, einen von Wakems Zeugen ins Schwitzen gebracht und in Verwirrung gestürzt zu sehen, wie es Mr. Tullivers Zeugen einst geschehen war, erschien der Liebe für vergeltendes Recht verlockend.

Vieles ging Mr. Tulliver hinsichtlich dieser verwirrenden Dinge während seiner Ausritte auf dem grauen Pferd durch den Sinn – häufig legte er den Kopf von einer Seite auf die andere, je nachdem, wie die Waagschalen standen; aber das wahrscheinliche Ergebnis war noch außer Sicht und konnte nur durch viel hitziges Argumentieren und Wiederholen im häuslichen und gesellschaftlichen Leben erreicht werden. Die Ausgangsstufe der Auseinandersetzung, die darin bestand, daß Mr. Tulliver den Fall erzählte und seine diesbezüglichen Ansichten im gesamten Kreis seiner Bekanntschaft geltend machte, beanspruchte notwendigerweise seine Zeit, und Anfang Februar, als Tom wieder zur Schule ging, gab es kaum neue Punkte, die man in seines Vaters Darlegung der Sache gegen Pivart entdecken konnte, oder irgendwelche genaueren Angaben von Maßnahmen, die er zu ergreifen entschlossen war gegen denjenigen, der da voreilig dem

Prinzip, daß Wasser Wasser sei, zuwiderhandelte. Wiederholung, wie Reibung, produziert eher Wärme als Fortschritt, und Mr. Tullivers Erhitzung wurde immer fühlbarer. Wenn es auch keine neuen Beweise für irgendeinen anderen Punkt gab, so gab es doch neuen Beweis dafür, daß Pivart und Wakem die dicksten Freunde waren.

»Vater«, sagte Tom eines Abends gegen Ende der Ferien, »Onkel Glegg sagt, daß Anwalt Wakem seinen Sohn doch zu Mr. Stelling schickt. Es ist nicht wahr, daß er nach Frankreich geschickt werden soll. Du wirst doch nicht wollen, daß ich mit Wakems Sohn zur Schule gehe, oder?«

»Das tut nichts zur Sache, mein Junge«, sagte Mr. Tulliver; »lern du nur nichts Schlechtes von ihm, das ist alles. Der Junge ist 'n armes verwachsenes Geschöpf und schlägt nach seiner Mutter im Aussehn; ich glaub nicht, daß viel von seinem Vater in ihm steckt. 's ist 'n Zeichen, daß Wakem viel von Mr. Stelling hält, wenn er seinen Sohn zu ihm schickt, und Wakem kann wohl Mehl von Kleie unterscheiden.«

Im Grunde seines Herzens war Mr. Tulliver recht stolz darauf, daß sein Sohn dieselben Vorzüge haben sollte wie Wakems, aber Tom war nicht ganz wohl dabei, es wäre ihm lieber gewesen, wenn des Anwalts Sohn nicht verwachsen gewesen wäre, denn dann hätte die Aussicht bestanden, tüchtig über ihn herfallen zu können mit all der Freiheit, die sich aus moralischer Sanktion ableitet.

Kapitel 3

Der neue Schulkamerad

Es war ein kalter, nasser Januartag, an dem Tom wieder zur Schule ging, ein Tag, der recht wohl in Einklang stand mit dieser ernsten Phase seines Geschickes. Hätte er in seiner Tasche nicht ein Päckchen mit Zuckerwerk und ein holländisches Püppchen für die kleine Laura gehabt, dann hätte es keinen Strahl zu erwartender Freude gegeben, um die vorherrschende Düsternis zu erhellen. Aber es machte ihm Spaß, daran zu denken, wie die kleine Laura ihr Mündchen und ihre winzigen Händchen nach dem Zuckerwerk ausstrecken würde, und um das Vergnügen dieser Vorstellung noch zu verstärken, nahm er das Päckchen heraus, machte ein kleines Loch ins Papier und biß ein kristallenes Bröckchen oder auch zwei ab, was eine so tröstliche Wirkung unter der beschränkten Aussicht und dem feuchten Geruch des Kutschenverdeckes hatte, daß er den Vorgang noch mehr als einmal auf dem Weg wiederholte.

»Nun, Tulliver, wir freuen uns, dich wiederzusehen«, sagte Mr. Stelling herzlich. »Leg deine warmen Sachen ab und komm bis zum Essen ins Studierzimmer. Du wirst dort ein ordentliches Feuer finden und einen neuen Gefährten.«

Tom fühlte ein nervöses Unbehagen, als er seinen wollenen Schal und die anderen warmen Hüllen ablegte. Er hatte Philip Wakem in St. Ogg's gesehen, aber immer so schnell wie möglich die Augen von ihm abgewandt. Er hätte nicht gern einen verwachsenen Jungen zum Gefährten gehabt, auch wenn Philip nicht der Sohn eines schlechten Mannes gewesen wäre. Und Tom sah nicht ein, wie der Sohn eines schlechten Mannes sehr gut sein konnte. Sein eigener Vater war ein guter Mann, und er hätte sich bereitwillig mit jedem geprügelt, der das Gegenteil behauptet hätte. Trotz mischte sich in seine

Verlegenheit, als er Mr. Stelling ins Studierzimmer folgte.

»Hier ist ein neuer Gefährte, dem du die Hand geben kannst, Tulliver«, sagte jener, als sie das Studierzimmer betraten, »Master Philip Wakem. Ich lasse euch allein, damit ihr Bekanntschaft schließen könnt. Ihr wißt wohl schon etwas voneinander, nehme ich an, da ihr daheim Nachbarn seid.«

Tom sah verwirrt und betreten drein, während Philip aufstand und ihn furchtsam ansah. Tom wollte nicht auf ihn zugehen und die Hand ausstrecken, und er war auch wegen der plötzlichen Ankündigung nicht darauf vorbereitet, »Guten Tag« zu sagen.

Mr. Stelling wandte sich weise ab und schloß die Tür hinter sich; die Schüchternheit von Jungen verfliegt nur in Abwesenheit der Älteren.

Philip war zu stolz und gleichzeitig zu furchtsam, um auf Tom zuzugehen. Er dachte, oder fühlte vielmehr, daß Tom eine Abneigung dagegen hätte, ihn anzusehen; fast niemand sah ihn gern an, und sein Gebrechen war noch auffälliger, wenn er ging. So gaben sie sich weder die Hand, noch sprachen sie miteinander, während Tom zum Feuer ging und sich aufwärmte und dann und wann ein paar verstohlene Blicke auf Philip warf, der geistesabwesend erst einen Gegenstand und dann einen anderen auf ein Stück Papier zu zeichnen schien, das vor ihm lag. Er hatte sich wieder hingesetzt und dachte darüber nach, während er zeichnete, was er zu Tom sagen könnte, und versuchte, seinen Widerwillen dagegen zu überwinden, die erste Annäherung zu wagen.

Tom fing an, Philips Gesicht öfter und länger zu betrachten, denn er konnte es sehen, ohne den Buckel wahrzunehmen, und es war wirklich kein unangenehmes Gesicht – es sah sehr alt aus, dachte Tom. Er fragte sich, wieviel älter als er selbst Philip wohl sei. Ein Anatom, sogar ein bloßer Physiognom, hätte gesehen, daß die Verformung von Philips Wirbelsäule kein angeborener

Buckel war, sondern die Folge eines Unfalls in der Kindheit, aber man kann von Tom nicht die Kenntnis solcher Unterscheidungen erwarten. Für ihn war Philip einfach ein Buckliger. Er hatte eine vage Vorstellung, daß die Buckligkeit von Wakems Sohn in irgendeiner Beziehung zu der schurkischen Art des Anwalts stand, von der er seinen Vater so oft im Zorn hatte sprechen hören, und überdies fühlte er eine halb eingestandene Furcht vor ihm als einem wahrscheinlich boshaften Burschen, der, weil er sich nicht prügeln konnte, listig genug war, einem auf hinterhältige Weise Böses zu tun.
In der Nachbarschaft von Mr. Jacobs Lehranstalt hatte es einen buckligen Schneider gegeben, den man für einen sehr unliebenswürdigen Charakter hielt und dem die gemeinsinnigen Knaben allein wegen seiner unbefriedigenden moralischen Qualitäten oft hinterhergerufen hatten, so daß Tom nicht ohne eine grundlegende Tatsache war, auf die er sich beziehen konnte. Dennoch konnte kein Gesicht dem des häßlichen Schneiders unähnlicher sein als das Gesicht dieses melancholischen Jungen: das braune Haar, das es umgab, wellte und lockte sich an den Enden wie das eines Mädchens, Tom fand das wahrlich bemitleidenswert. Dieser Wakem war ein blasser, mickriger Knabe, und es war ganz klar, daß er nichts zu spielen imstande sein würde, das der Rede wert war, aber er ging beneidenswert mit seinem Bleistift um und zeichnete offensichtlich ohne Mühe ein Ding nach dem anderen. Was zeichnete er da eigentlich? Tom war jetzt aufgewärmt und wollte, daß etwas Neues geschähe. Es war sicherlich erfreulicher, einen boshaften Buckligen zum Gefährten zu haben als dazustehen und aus dem Fenster des Studierzimmers in den Regen zu schauen und einsam mit dem Fuß gegen die Wandleiste zu treten; irgend etwas würde jeden Tag geschehen – »ein Streit oder so«, und Tom dachte, daß es ihm wohl gefallen würde, Philip zu zeigen, daß er seine boshaften Tricks besser nicht an *ihm* versuchen sollte. Mit einem

Mal ging er am Kamin vorbei und sah auf Philips Papier.
»Oh, das ist ja ein Esel mit Körben – und ein Spaniel, und Rebhühner im Korn!« rief er aus, wobei Überraschung und Bewunderung seine Zunge völlig lösten. »Menschenskind! Ich wünschte, ich könnte so zeichnen. Ich soll in diesem Halbjahr zeichnen lernen – ich möchte wissen, ob ich lernen werde, Hunde und Esel zu machen!«
»Oh, das kannst du, ohne es zu lernen«, sagte Philip. »Ich habe nie zeichnen gelernt.«
»Nie gelernt?« sagte Tom in Verwunderung. »Na, wenn ich Hunde und Pferde zeichne und so etwas, dann werden die Köpfe und Beine nie richtig, obwohl ich ganz genau sehen kann, wie sie eigentlich werden sollten. Ich kann Häuser zeichnen und alle Arten von Schornsteinen, Schornsteine, die ganz an der Wand heruntergehen, und Fenster im Dach und all das; aber ich glaube, ich könnte auch Hunde und Pferde machen, wenn ich noch mehr übte«, fügte er hinzu, weil ihm einfiel, daß Philip fälschlich annehmen könnte, daß er »in die Knie gehen« würde, wenn er so offen mit den Unvollkommenheiten seiner Fertigkeiten war.
»O ja«, sagte Philip, »es ist ganz leicht. Man muß sich nur die Dinge gut ansehen und sie immer wieder zeichnen. Was man einmal falsch gemacht hat, kann man beim nächsten Mal ändern.«
»Aber hast du denn gar nichts gelernt?« sagte Tom, der anfing, einen verwirrten Verdacht zu hegen, daß Philips verkrümmter Rücken die Ursache von bemerkenswerten Fähigkeiten sein mochte. »Ich dachte, du wärst schon seit langem in der Schule.«
»Ja«, sagte Philip lächelnd, »ich bin Latein und Griechisch gelehrt worden, und Mathematik und Schreiben und dergleichen.«
»Oh, du magst Latein aber doch nicht, oder?« sagte Tom und senkte seine Stimme vertraulich.

»Doch, es geht, ich mache mir nicht sehr viel daraus«, sagte Philip.
»Ach, vielleicht bist du noch nicht zu den *Propria quae maribus* gekommen«, sagte Tom und nickte mit zur Seite gewandtem Kopf, als ob er sagen wollte: »Das war das Entscheidende, alles war noch recht einfach, bis man dahin kam.«
Philip fühlte eine bittere Selbstgefälligkeit angesichts der vielversprechenden Dummheit dieses gutgewachsenen, lebendig aussehenden Jungen, aber da er durch seine eigene extreme Empfindlichkeit ebenso wie durch sein Verlangen, vermittelnd zu wirken, höflich geworden war, beherrschte er seinen Drang zu lachen und sagte ruhig:
»Ich bin mit der Grammatik fertig, ich lerne das nicht mehr.«
»Dann wirst du nicht dieselben Stunden haben wie ich?« sagte Tom etwas enttäuscht.
»Nein, aber ich meine, daß ich dir helfen kann. Ich will dir sehr gern helfen, wenn ich kann.«
Tom sagte nicht danke, denn er war ganz von dem Gedanken eingenommen, daß Wakems Sohn gar nicht so ein boshafter Kerl zu sein schien, wie man hätte erwarten können.
»Übrigens«, sagte er darauf, »liebst du deinen Vater?«
»Ja«, sagte Philip und errötete tief, »liebst du deinen nicht?«
»Oh, doch ... ich wollte es nur wissen«, sagte Tom und schämte sich über sich selbst, nun da er sah, daß Philip errötete und verlegen dreinblickte. Er hatte große Schwierigkeiten, eine richtige Einstellung gegenüber dem Sohn des Anwalts Wakem zu finden, und es war ihm eingefallen, daß, wenn Philip seinen Vater nicht möchte, dies dazu beitragen würde, seine Verwirrung zu lösen.
»Wirst du jetzt zeichnen lernen?« sagte er, um das Thema zu wechseln.

»Nein«, sagte Philip. »Mein Vater wünscht, daß ich meine ganze Zeit jetzt auf andere Dinge verwende.«
»Was! Latein und Euklid und solche Sachen?« sagte Tom.
»Ja«, sagte Philip, der seinen Bleistift ruhen ließ und seinen Kopf auf eine Hand gestützt hatte, während Tom sich auf beiden Ellenbogen nach vorn lehnte und mit zunehmender Bewunderung auf den Hund und den Esel sah.
»Und du hast nichts dagegen?« sagte Tom mit großer Neugier.
»Nein, ich möchte wissen, was alle anderen auch wissen. Ich kann dann immer noch lernen, was mir Spaß macht.«
»Ich kann mir nicht vorstellen, warum man überhaupt Latein lernen sollte«, sagte Tom. »Es hat keinen Sinn.«
»Es ist Teil der Erziehung eines Gentleman«, sagte Philip. »Alle Gentlemen lernen dasselbe.«
»Was! Glaubst du, daß Sir John Crake, der Meister der Plünderer, Latein kann?« sagte Tom, der oft gedacht hatte, daß er gerne Sir John Crake ähnlich sein würde.
»Er lernte es natürlich, als er ein Junge war«, sagte Philip. »Aber er wird es wohl vergessen haben.«
»Oh, gut, das kann ich dann auch machen«, sagte Tom, nicht mit epigrammatischer Absicht, sondern mit ernster Befriedigung über den Gedanken, daß, was Latein anbetraf, kein Hindernis für seine Ähnlichkeit mit Sir John Crake bestand. »Man muß es nur können, während man auf der Schule ist, sonst muß man *so* viele Zeilen aus dem *Speaker*[14] lernen. Mr. Stelling ist darin sehr eigen, wußtest du das schon? Du bist zehnmal dran, wenn du ›nam‹ statt ›iam‹ sagst. Er läßt dich nicht einen falschen Buchstaben machen, sag ich dir.«
»Oh, das macht mir nichts«, sagte Philip, unfähig, sein Lachen zu ersticken. »Ich kann Dinge leicht behalten. Und es gibt Unterrichtsstunden, die ich sehr gern habe. Ich mag sehr gern griechische Geschichte und alles über

die Griechen. Ich wäre gern ein Grieche gewesen und hätte gegen die Perser gekämpft, und dann wäre ich heimgekehrt und hätte Tragödien geschrieben, oder jeder hätte mir wegen meiner Weisheit zugehört, wie dem Sokrates, und ich wäre einen erhabenen Tod gestorben.« (Philip war, wie man bemerkt, nicht frei von dem Wunsch, diesem wohlgewachsenen Barbaren mit einem Eindruck von seiner geistigen Überlegenheit zu imponieren.)

»Ach, waren die Griechen große Kämpfer?« sagte Tom, dem sich in dieser Richtung eine Aussicht eröffnete. »Gibt es so etwas wie David und Goliath und Samson in der griechischen Geschichte? Das sind die einzigen Stellen aus der Geschichte der Juden, die ich mag.«

»Oh, es gibt eine Menge schöner Geschichten von der Art über die Griechen – über die Helden der frühen Zeiten, die wilde Tiere töteten, wie Samson. Und in der Odyssee – das ist ein herrliches Gedicht – da kommt ein noch wundervollerer Riese vor als Goliath – Polyphem, der nur ein Auge mitten auf der Stirn hatte; und Odysseus, ein kleiner Mann, aber sehr weise und listig, nahm einen glühendheißen Tannenstamm und bohrte ihn ihm in dieses eine Auge und machte ihn brüllen wie tausend Bullen.«

»Oh, wie spaßig!« sagte Tom und sprang vom Tisch auf und stampfte erst mit dem einen Bein und dann mit dem anderen. »Hör mal, kannst du mir nicht alles über diese Geschichten erzählen? Weil ich nämlich nicht Griechisch lernen werde . . . oder vielleicht doch?« setzte er hinzu und hörte mit plötzlichem Erschrecken darüber, daß das Gegenteil möglich sein könnte, zu stampfen auf. »Lernt jeder Gentleman Griechisch? Meinst du, daß Mr. Stelling mich damit anfangen läßt?«

»Nein, ich glaube nicht – sehr wahrscheinlich nicht«, sagte Philip. »Aber du kannst diese Geschichten lesen, ohne Griechisch zu können. Ich habe sie auf englisch.«

»Oh, aber ich mag nicht lesen, ich möchte lieber, daß du

sie mir erzählst. Aber nur die Kampfgeschichten, weißt du. Meine Schwester Maggie will mir immer Geschichten erzählen, aber die sind so dumm. Mädchengeschichten sind das immer. Kannst du mir viele Kampfgeschichten erzählen?«

»O ja«, sagte Philip, »eine ganze Menge außer den griechischen Geschichten. Ich kann dir von Richard Löwenherz erzählen und Saladin und von William Wallace und Robert Bruce und James Douglas – ich kenne unzählige.«

»Du bist älter als ich, nicht wahr?« sagte Tom.

»Nun, wie alt bist du? Ich bin fünfzehn.«

»Ich werde erst vierzehn«, sagte Tom. »Aber ich habe bei Jacobs alle Jungen verprügelt – da war ich, bevor ich hierher kam. Und ich habe sie alle in Hockey und Klettern geschlagen. Und ich wünschte, Mr. Stelling würde uns angeln gehen lassen. *Ich* könnte dir zeigen, wie man angelt. Du könntest doch angeln, oder? Man braucht nur zu stehen und still zu sitzen, weißt du.«

Tom seinerseits wollte das Gleichgewicht zu seinen Gunsten verschieben. Dieser Bucklige sollte nicht denken, daß seine Kenntnis von Kampfgeschichten ihn einem wirklichen Kampfeshelden wie Tom Tulliver ebenbürtig machte. Philip zuckte unter der Anspielung auf seine Untauglichkeit für aktiven Sport zusammen und antwortete fast unleidlich:

»Ich kann Angeln nicht ertragen. Ich finde, daß Leute wie Dummköpfe aussehen, wenn sie dasitzen und eine Schnur Stunde um Stunde betrachten – oder sie immer wieder auswerfen und nichts fangen.«

»Ja, aber du würdest nicht sagen, sie sähen wie Dummköpfe aus, wenn sie einen großen Hecht an Land brächten, das kann ich dir sagen«, sagte Tom, der nie in seinem Leben etwas Größeres gefangen hatte, aber seine Vorstellungskraft in zornigem Eifer für die Ehre des Sportes anstrengte. Wakems Sohn, soviel war klar, hatte seine unangenehmen Seiten und mußte entsprechend in

Schranken gehalten werden. Zum Glück für die Harmonie dieses ersten Gespräches wurden sie nun zum Essen gerufen, und es war Philip nicht möglich, seine mißliebigen Ansichten über das Angeln weiter zu entwickeln. Aber Tom sagte sich, daß dies genau das war, was er von einem Buckligen hätte erwarten sollen.

Kapitel 4

Neues Lernen

Die Gefühlsumschwünge in diesem ersten Gespräch zwischen Tom und Philip kennzeichneten weiterhin ihren Umgang, sogar noch nach vielen Wochen der Schuljungenvertrautheit. Tom wurde nie ganz das Gefühl los, daß Philip, als der Sohn eines »Schurken«, sein natürlicher Feind war, und er überwand niemals gänzlich seinen Widerwillen gegen Philips Mißbildung; er war ein Junge, der Eindrücken, die er einmal empfangen hatte, hartnäkkig anhing; wie bei allen, in denen bloße Wahrnehmung über Gedanken und Gefühl herrscht, blieb für ihn das Äußere unverändert, was es im ersten Moment gewesen war. Aber doch war es unmöglich, Philips Gesellschaft nicht zu schätzen, wenn er guter Stimmung war; er konnte einem so gut bei den lateinischen Übungen helfen, die Tom als eine Art Rätsel betrachtete, das man nur durch einen glücklichen Zufall lösen konnte; und er konnte so wunderbare Kampfgeschichten erzählen, zum Beispiel über Hal von Wynd[15] und andere Helden, die Toms besondere Lieblinge waren, weil sie mit mächtigen Hieben um sich schlugen. Er hielt nur wenig von Saladin, dessen Krummsäbel im Nu ein Kissen entzweischneiden konnte,[16] denn wer wollte schon Kissen zerschneiden? Das war eine dumme Geschichte, und es lag ihm nichts daran, sie noch einmal zu hören. Aber wenn

Robert Bruce sich auf dem schwarzen Pony in den Steigbügeln aufrichtete und seine gute Streitaxt hob und sofort den Helm und Schädel des allzu voreiligen Ritters bei Bannockburn zerschmetterte,[17] dann empfand Tom die ganze Seligkeit des Miterlebens, und wenn er eine Kokosnuß zur Hand gehabt hätte, dann hätte er sie sofort mit dem Schürhaken zerschmettert. Wenn Philip in etwas glücklicherer Stimmung war, ließ er Tom nach Herzenslust schwelgen und erhöhte das Krachen und Knallen und die Wut eines jeden Kampfes mit der ganzen Artillerie von Beiworten und Vergleichen, die ihm zu Gebote stand. Aber er war nicht immer guter Laune oder in glücklicher Stimmung. Der leichte Ausbruch verdrießlicher Empfindlichkeit, der sich bei ihrem ersten Gespräch gezeigt hatte, war ein Symptom eines ständig wiederkehrenden seelischen Leidens – halb nervöse Reizbarkeit, halb Bitterkeit des Herzens, verursacht durch das Bewußtsein seiner Mißbildung. Während dieser Anfälle von Empfindlichkeit schien ihm jeder Blick befrachtet entweder mit beleidigendem Mitleid oder mit schlecht unterdrücktem Ekel, zumindest aber war es ein gleichgültiger Blick, und Philip empfand Gleichgültigkeit, wie ein Kind des Südens die kalte Luft des nördlichen Frühlings empfindet. Toms ungeschickte Bevormundung, wenn sie zusammen draußen waren, ließ ihn den wohlmeinenden Knaben bisweilen recht wütend anherrschen, und seine Augen, die gewöhnlich ruhig und traurig waren, sprühten alles andere als übermütige Blitze. Kein Wunder, daß Tom bei seinem Mißtrauen gegen den Buckligen blieb.

Aber Philips selbsterworbene Fähigkeit zu zeichnen war eine weitere Verbindung zwischen ihnen, denn Tom fand zu seinem Abscheu, daß sein neuer Zeichenlehrer ihm nicht Hunde und Esel zu zeichnen aufgab, sondern Bäche und ländliche Brücken und Ruinen, alles mit einer allgemeinen Weichheit der Graphitoberfläche, um anzuzeigen, daß die Natur eher lieblich war; und da

Toms Empfinden für das Malerische der Landschaft gegenwärtig schlummerte, überrascht es nicht, daß Mrs. Goodrichs Erzeugnisse für ihn eine uninteressante Form der Kunst darstellten. Mr. Tulliver, der die vage Absicht hatte, daß Tom in ein Geschäft gesteckt werden sollte, das das Zeichnen von Plänen und Karten einschloß, hatte sich Mr. Riley gegenüber beklagt, als er ihn in Mudport sah, daß Tom nichts dergleichen zu lernen schien, woraufhin jener verbindliche Ratgeber vorgeschlagen hatte, daß Tom Zeichenstunden bekommen sollte. Mr. Tulliver dürfe nichts gegen die Extraausgaben für das Zeichnen einwenden: man solle Tom nur zu einem guten Zeichner werden lassen, dann werde er seinen Bleistift schon für jeden Zweck richtig gebrauchen können. So wurde angeordnet, daß Tom Zeichenstunden bekommen sollte, und wen hätte Mr. Stelling als Lehrer wählen sollen, wenn nicht Mr. Goodrich, den man zwölf Meilen im Umkreis von King's Lorton als führend in seinem Beruf betrachtete? Wodurch Tom lernte, seinen Bleistift außerordentlich fein anzuspitzen und eine Landschaft in »umfassender Breite« darzustellen, was er – zweifellos wegen seiner beschränkten Neigung zu Einzelheiten – für außerordentlich langweilig hielt.
Man erinnere sich, daß all dies zu jenen dunklen Zeiten geschah, als es noch keine Zeichenschulen gab – bevor Schulmeister ausnahmslos Männer von gewissenhaftester Integrität waren und bevor die Geistlichkeit aus Männern von gehobenem Geist und vielseitiger Kultur bestand. In jenen weniger begünstigten Tagen war es keine Erfindung, daß es neben Mr. Stelling andere Geistliche gab, die einen beschränkten Intellekt und weitreichende Wünsche hatten und deren Einkommen – durch eine logische Verwirrung, zu der Fortuna, da sie sowohl ein Weib als auch blind ist, besonders neigt – nicht ihren Wünschen, sondern ihrem Intellekt entsprach, zu welchem das Einkommen ganz offensichtlich keine innere Beziehung hat. Das Problem, das diese Herren zu lösen

hatten, war, das Verhältnis zwischen ihren Wünschen und ihrem Einkommen zurechtzurücken, und da Wünsche nicht leicht auszuhungern sind, schien es die einfachere Methode zu sein, ihr Einkommen anzuheben. Es gab nur einen Weg, dies zu tun; alle jene niederen Tätigkeiten, in denen Männer genötigt sind, für wenig Geld gute Arbeit zu leisten, waren den Geistlichen verboten; war es also ihr Fehler, daß ihr einziger Ausweg darin bestand, erbärmliche Arbeit für viel Geld zu leisten? Zudem, wie sollte man von Mr. Stelling das Wissen erwarten, daß Erziehung eine heikle und schwierige Angelegenheit ist, da man doch auch von einem Tier, das mit der Fähigkeit begabt ist, ein Loch in einen Felsen zu bohren, keine umfassenden Ansichten über Höhlenbau erwartet? Mr. Stellings Fähigkeiten waren früh darin geübt worden, geradeaus zu bohren, und darüber hinaus hatte er keine Fähigkeit. Aber unter Toms Zeitgenossen, deren Väter ihre Söhne geistlicher Erziehung unterwarfen, um sie Jahre später unwissend zu finden, gab es viele, die noch weit weniger glücklich daran waren als Tom Tulliver. Erziehung war fast ausschließlich eine Sache des Glücks – gewöhnlich des Unglücks – in jenen fernen Tagen. Die geistige Verfassung, mit der man einen Billardstock oder einen Würfelbecher in die Hand nimmt, ist nüchterne Gewißheit verglichen mit der jener altmodischen Väter, wie Mr. Tulliver, wenn sie eine Schule oder einen Lehrer für ihre Söhne auswählten. Vortreffliche Männer, die ihr ganzes Leben lang gezwungen gewesen waren, mit einer Stegreiforthographie nach dem Gehör zu schreiben, und die trotz dieses Nachteils erfolgreich ihrem Beruf nachgingen, hatten Geld genug erworben, um ihren Söhnen einen besseren Start im Leben zu ermöglichen, als sie ihn selbst gehabt hatten, und mußten es nun notwendigerweise auf die Gewissenhaftigkeit und Kompetenz des Schulmeisters ankommen lassen, dessen Angebot ihnen gerade in die Hände fiel und so viel mehr zu versprechen schien, als sie je zu fordern gedacht hätten, einschließlich der Rückgabe von Bettzeug, Gabel und Löffel. Sie waren glücklich daran, wenn kein ehrgeiziger Tuchhändler in ihrer Bekanntschaft seinen Sohn für den Dienst in der Kirche ausgebildet hatte und wenn dieser junge Herr im Alter von vierundzwanzig seine universitären Zerstreuungen nicht durch eine unbedachte Heirat abgeschlossen hatte; sonst konnten diese unschuldigen Väter, die nur das Beste für ihren Nachwuchs zu tun wünschten, dem Sohn des Tuchhändlers nur dadurch entgehen, daß sie zufällig durch Stiftung einer höheren Schule angehörten, die noch nicht von einem Revisor besucht worden war und wo zwei oder drei Jungen die Vorzüge eines großen und stattlichen Gebäudes für sich allein genießen konnten, sowie eines Direktors, zahnlos, kurzsichtig und taub, dessen Mangel an Wahrnehmung und dessen gelehrte Zerstreutheit von ihnen für eine Summe von dreihundert Pfund pro Kopf in Anspruch genommen wurden – eines reifen Gelehrten zweifelsohne, als er zuerst angestellt wurde; aber alle Reife unter der Sonne hat noch eine weitergehende Stufe, die auf dem Markt weniger geschätzt wird.

Tom Tulliver also war, verglichen mit vielen anderen jungen Briten seiner Zeit, die sich seither mit einigen Fragmenten mehr oder weniger relevanten Wissens und einem großen Anteil an besonders relevantem Unwissen durchs Leben schlagen mußten, gar nicht so schlecht daran. Mr. Stelling war ein breitschultriger, gesunder Mann mit dem Auftreten eines Gentleman und der Überzeugung, daß ein heranwachsender Junge eine ausreichende Menge an Fleisch braucht, und einer gewissen freundlichen Herzlichkeit, die es ihn gern sehen ließ, wenn Tom wohl aussah und ihm das Essen schmeckte; nicht aber ein Mann von zartem Gewissen oder mit einem tieferen Sinn für die unendlichen Konsequenzen, die sich aus den täglichen Pflichten ergeben, nicht ganz kompetent für sein hohes Amt; aber auch inkompetente Herren

müssen leben, und es ist schwer vorstellbar, wie sie alle ohne privates Vermögen vornehm leben könnten, wenn sie nichts mit Erziehung oder Regierung zu tun hätten. Zudem war Toms geistige Verfassung schuld daran, daß seine Fähigkeiten nicht durch die Art von Wissen genährt werden konnten, die Mr. Stelling zu vermitteln hatte. Ein Knabe, der mit mangelnder Begabung, Zeichen und Abstraktionen zu erfassen, geboren ist, muß die Strafe für diesen angeborenen Mangel ebenso erleiden, als wenn er mit einem Bein, das kürzer ist als das andere, geboren wäre. Eine Erziehungsmethode, durch lange Praxis unserer ehrwürdigen Vorfahren sanktioniert, bestand darin, dem außergewöhnlichen Stumpfsinn eines Knaben nicht nachzugeben, der bloß gerade zur jeweiligen Zeit lebte. Und Mr. Stelling war überzeugt, daß ein Knabe, der so dumm bei Zeichen und Abstraktionen war, auch bei allem anderen dumm sein mußte, selbst wenn der geistliche Herr ihn alles andere hätte lehren können. Es war bei unseren erhabenen Vorfahren Usus, jenes geniale Instrument, die Daumenschrauben, anzuwenden und sie fester und fester anzuziehen, um nicht vorhandene Tatsachen hervorzulocken; sie waren von Anfang an der vollen Überzeugung, daß diese Tatsachen vorhanden waren, was hatten sie anderes zu tun, als die Daumenschrauben anzuziehen? In gleicher Weise war Mr. Stelling der festen Überzeugung, daß alle Knaben mit einer gewissen Auffassungsgabe das lernen konnten, was das einzig Richtige war, sie zu lehren; wenn sie langsam waren, mußten die Daumenschrauben eben fester angezogen werden, man mußte mit größerer Strenge auf den Übungen bestehen und eine Seite aus dem Vergil als Strafe anordnen, um eine allzu schleppende Neigung zu den lateinischen Versen zu ermutigen und anzuregen.
Die Daumenschrauben wurden jedoch während dieses zweiten Halbjahres ein wenig gelockert. Philip war in seinen Studien so weit fortgeschritten und so begabt, daß Mr. Stelling sich durch seine Gewandtheit, die wenig

Hilfe erforderte, viel leichter Anerkennung erwerben konnte als durch den mühevollen Vorgang, Toms Schwerfälligkeit zu überwinden. Breitschultrige Herren mit ehrgeizigen Zielen enttäuschen ihre Freunde manchmal dadurch, daß sie nicht die Welt vor sich hertragen. Vielleicht ist es, weil hohe Leistungen noch weitere ungewöhnliche Befähigungen verlangen als nur einen ungewöhnlichen Wunsch nach hohem Lorbeer; vielleicht ist es, weil diese unentwegten Herren recht träge sind und ihr *divinae particulum aurae*[18] durch einen zu herzhaften Appetit am Emporsteigen gehindert wird. So gab es Grund genug, warum Mr. Stelling die Ausführung manch eines hochfliegenden Plans aufschob, warum er nicht in seinen Mußestunden anfing, sein griechisches Schauspiel oder irgendein anderes gelehrtes Werk herauszugeben, sondern, nachdem er den Schlüssel zu seinem privaten Studierzimmer entschlossen umgedreht hatte, sich mit einem von Theodore Hooks[19] Romanen niederließ. Tom durfte allmählich mit weniger Strenge durch seine Lektionen schlurfen, und da er Philip hatte, der ihm half, war er in der Lage, verwirrt und fehlerhaft zu zeigen, daß er sich damit beschäftigt hatte, ohne daß er durch ein Kreuzverhör hätte verraten müssen, daß sein Geist der Angelegenheit völlig unberührt gegenüberstand. Er fand die Schule unter diesen veränderten Umständen viel erträglicher, und so fuhr er recht zufrieden fort, sich eine buntgemischte Ausbildung zusammenzusuchen, hauptsächlich aus Dingen, die gar nicht für seine Ausbildung bestimmt waren. Was man als seine Ausbildung ansehen konnte, war lediglich die Übung des Lesens, Schreibens und Buchstabierens, die durch einen komplizierten Einsatz unverständlichen Gedankengutes betrieben wurde und durch viel vergebliches Bemühen, etwas auswendig zu lernen.

Trotzdem machte Tom bei dieser Schulung sichtbare Fortschritte, vielleicht, weil er kein Abstraktum von Knabe war, das nur existierte, um die Übel einer ver-

fehlten Ausbildung zu illustrieren, sondern ein Knabe aus Fleisch und Blut, dessen Anlagen nicht völlig den Umständen ausgeliefert waren.
Zum Beispiel zeigte sich eine deutliche Besserung seiner Haltung, und einige Anerkennung in dieser Hinsicht gebührte Mr. Poulter, dem Dorfschulmeister, der, weil er ein alter Soldat aus dem Koalitionskrieg[20] war, dazu angestellt wurde, Tom zu drillen – eine Quelle großen beiderseitigen Vergnügens. Mr. Poulter, der nach Meinung der Gesellschaft im »Schwarzen Schwan« einmal den Herzen der Franzosen Schrecken eingejagt hatte, war persönlich nicht mehr furchterregend. Er hatte ein eher verschrumpeltes Äußeres und war am Morgen zittrig, nicht wegen des Alters, sondern wegen der außerordentlichen Verderbtheit der Jungen von King's Lorton, die mit einiger Festigkeit zu ertragen ihm allein der Gin ermöglichte. Dennoch hielt er sich aufrecht wie ein Soldat, trug äußerst gewissenhaft gebürstete Kleidung und strammsitzende Hosen, und an Mittwoch- und Samstagnachmittagen, wenn er zu Tom kam, war er immer von Gin und alten Erinnerungen beflügelt, die ihm ein außergewöhnlich lebhaftes Aussehen verliehen, wie das eines ausgedienten Schlachtpferdes, das die Trommeln hört. Die Exerzierstunden wurden immer durch die Erzählung kriegerischer Episoden in die Länge gezogen, die Tom noch viel interessanter fand als Philips Geschichten aus der *Ilias*, weil es in der *Ilias* keine Kanonen gab, und außerdem hatte Tom ziemlichen Abscheu empfunden, als er erfuhr, daß Hektor und Achilles wahrscheinlich nie gelebt hatten. Aber der Herzog von Wellington lebte wirklich, und Bony[21] war noch nicht lange tot – deshalb waren Mr. Poulters Erinnerungen an den Koalitionskrieg jeglichen Verdachtes, Mythen zu sein, enthoben. Mr. Poulter, so schien es, war bei Talavera[22] eine aufsehenerregende Gestalt gewesen und hatte nicht wenig zu dem besonderen Schrecken beigetragen, mit dem sein Infanterieregiment vom Feind betrachtet

worden war. An Nachmittagen, an denen sein Gedächtnis mehr als gewöhnlich angeregt war, erinnerte er sich, daß der Herzog von Wellington (streng vertraulich natürlich, damit keine Eifersucht geweckt würde) seine Hochschätzung für diesen feinen Kerl Poulter zum Ausdruck gebracht hatte. Sogar der Arzt, der ihn im Lazarett behandelte, nachdem er seine Schußwunde erhalten hatte, war von der überragenden Beschaffenheit von Mr. Poulters Fleisch tief beeindruckt gewesen, kein anderes Fleisch wäre in nur annähernd derselben Zeit verheilt. In weniger persönlichen Angelegenheiten, die mit dem wichtigen Kriegsgeschäft, mit dem er zu tun gehabt hatte, zusammenhingen, war Mr. Poulter verschwiegener und nur darauf bedacht, daß er nicht das Gewicht seiner Autorität auf irgendwelche ungenauen Vorstellungen die Militärgeschichte betreffend legte. Ein jeder, der etwas zu wissen vorgab, was sich bei der Belagerung von Badajos ereignet hatte, war insbesondere ein Objekt stummen Mitleids für Mr. Poulter; er wünschte, jener geschwätzige Patron wäre beim ersten Losschlagen niedergerannt und zertrampelt worden, bis er keine Luft mehr kriegte, so wie es ihm geschehen war – dann könnte er über die Belagerung von Badajos reden! Tom konnte es gelegentlich nicht verhindern, daß er seinen Exerziermeister durch seine Neugier hinsichtlich anderer militärischer Angelegenheiten als Mr. Poulters persönlicher Erfahrungen erzürnte.

»Und General Wolfe[23], Mr. Poulter? War er nicht ein wunderbarer Kämpfer?« sagte Tom, der der Ansicht war, daß alle Kriegshelden, deren man auf Wirtshauszeichen gedachte, im Krieg mit Bony gewesen waren.

»Keineswegs!« sagte Mr. Poulter verächtlich. »Nichts dergleichen! ... Kopf hoch!« setzte er in scharfem Befehlston hinzu, der Tom entzückte, weil es ihm so vorkam, als wäre er ein Regiment in eigener Person.

»Nein, nein«, pflegte Mr. Poulter dann fortzufahren, wenn er bei seinem Drill eine Pause einlegte. »Man sollte

lieber nicht mit mir über General Wolfe sprechen. Er tat nichts, als an seiner Wunde zu sterben, und das ist ein armselig Tun, meine ich. Jeder andere wäre an den Wunden gestorben, die ich hatte. Einer meiner Schwerthiebe hätte einen Kerl wie General Wolfe umgebracht.«
»Mr. Poulter«, sagte Tom dann wie bei jeder Anspielung auf das Schwert, »ich wünschte, Sie würden Ihr Schwert mitbringen und die Schwertübung machen!«
Lange Zeit schüttelte Mr. Poulter bei dieser Bitte nur bedeutungsvoll seinen Kopf und lächelte überlegen, wie Jupiter es getan haben mag, als Semele auf die Erfüllung ihrer allzu ehrgeizigen Bitte[24] drang. Aber eines Nachmittags, als ein plötzlicher, heftiger Regenschauer Mr. Poulter zwanzig Minuten länger als sonst im »Schwarzen Schwan« festgehalten hatte, wurde das Schwert mitgebracht – nur zum Anschauen für Tom.
»Und das ist das richtige Schwert, mit dem Sie in all den Schlachten gekämpft haben, Mr. Poulter?« sagte Tom und befühlte das Heft. »Hat es je den Kopf eines Franzosen abgeschlagen?«
»Den Kopf ab? Oh, das hätte es, auch wenn er drei Köpfe gehabt hätte.«
»Aber Sie hatten auch noch ein Gewehr und Bajonett?« sagte Tom. »*Ich* hätte das Gewehr und Bajonett am liebsten, weil man sie damit erst erschießen und dann aufspießen könnte. Bäng! Ps-s-s-s.« Tom führte das doppelte Vergnügen, den Abzug zu lösen und die Lanze zu stoßen, zur Verdeutlichung pantomimisch vor.
»Ja, aber das Schwert ist das Richtige, wenn es zum Nahkampf kommt«, sagte Mr. Poulter, der unfreiwillig von Toms Begeisterung angesteckt wurde und so plötzlich das Schwert zog, daß Tom behende zurücksprang.
»Oh, aber Mr. Poulter, wenn Sie die Schwertübung machen«, sagte Tom, der ein wenig beschämt war, daß er nicht seinen Mann gestanden hatte, wie es sich für einen Engländer gehörte, »dann lassen Sie mich gehen

und Philip holen, er würde es auch gern sehen, wissen Sie.«

»Was! Der bucklige Knabe?« sagte Mr. Poulter verächtlich. »Was hat das denn für einen Zweck, wenn *er* zusieht?«

»Oh, er weiß aber eine ganze Menge vom Kämpfen«, sagte Tom, »und wie man früher mit Pfeil und Bogen und Streitäxten kämpfte.«

»Dann laß ihn kommen. Ich werd ihm was anderes als Pfeil und Bogen zeigen«, sagte Mr. Poulter, hüstelte und reckte sich stolz empor, während er zur Vorbereitung sein Handgelenk schon ein wenig spielen ließ.

Tom lief zu Philip hinein, der seine nachmittägliche Freizeit am Klavier in der Wohnstube zubrachte, wo er sich Melodien aussuchte und sie sang. Er war überaus glücklich, wie er so gleich einem gestaltlosen Bündel auf dem hohen Schemel saß, mit zurückgeworfenem Kopf, seine Augen auf die gegenüberliegende Deckenleiste gerichtet und mit weit geöffneten Lippen, die mit all seiner Kraft improvisierte Silben zu einer Melodie von Arne[25] hervorbrachten, die es ihm angetan hatte.

»Komm, Philip«, platzte Tom herein; »bleib nicht hier und brüll ›la la‹, komm und sieh, wie der alte Poulter seine Schwertübung im Kutschenhaus macht.«

Das Schrille dieser Unterbrechung, der Mißklang von Toms Tönen, die die Klänge, welche Philips Leib und Seele in Schwingungen versetzt hatten, durchkreuzten, hätten ausgereicht, um sein Gemüt aus der Fassung zu bringen, auch wenn es nicht um Poulter, den Exerziermeister, gegangen wäre; und Tom war, in seiner Eile, etwas sagen zu müssen, das Mr. Poulter von dem Gedanken abhalten sollte, er habe Angst vor dem Schwert, weil er davor zurücksprang, auf den Vorschlag verfallen, Philip zu holen, obwohl er genau wußte, daß Philip es haßte, wenn er seine Exerzierstunden nur erwähnte. Tom hätte nie etwas so Unbedachtes getan, wenn er nicht unter dem ernstlichen Druck seines persönlichen Stolzes gestanden hätte.

Philip schauderte sichtlich, als er in seiner Musik innehielt. Dann lief er rot an und sagte in leidenschaftlichem Zorn:

»Geh weg, du polternder Idiot! Brüll mich nicht an; du bist ja nicht fähig, mit etwas anderem als einem Zugpferd zu sprechen!«

Es war nicht das erste Mal, daß Tom Philip zornig gemacht hatte, aber er war nie zuvor mit verbalen Geschützen angegriffen worden, die er so gut verstand.

»Ich bin fähig, mit was Besserem als dir zu sprechen, du jämmerlicher Wicht!« sagte Tom, der sich sofort an Philips Feuer entzündete. »Du weißt, daß ich dich nicht schlagen würde, weil du nicht besser als ein Mädchen bist. Aber ich bin der Sohn eines ehrlichen Mannes, und *dein* Vater ist ein Schuft – das sagt jeder!«

Tom rannte aus dem Zimmer und schlug die Tür hinter sich zu, kopflos vor lauter Wut, denn Türenschlagen in Hörweite von Mrs. Stelling, die wahrscheinlich in der Nähe war, war ein Vergehen, das nur durch zwanzig Zeilen Vergil ausgelöscht werden konnte. Tatsächlich kam jene Dame sogleich aus ihrem Zimmer herunter, in doppelter Verwunderung über den Lärm und das anschließende Verstummen von Philips Musik. Sie fand ihn zusammengekauert auf dem Fußkissen sitzend und bitterlich weinend.

»Was ist los, Wakem? Was war das für ein Lärm? Wer hat die Tür zugeschlagen?«

Philip sah auf und trocknete hastig seine Tränen. »Es war Tulliver, der hereinkam ... um mich zu bitten, mit ihm nach draußen zu gehen.«

»Und was hast du für Kummer?« sagte Mrs. Stelling.

Philip war von den beiden Schülern nicht ihr Liebling, er war weniger zuvorkommend als Tom, den man sich in vielem nützlich machen konnte. Dennoch – sein Vater zahlte mehr als Mr. Tulliver, und sie wollte ihn fühlen lassen, daß sie sich ihm gegenüber ganz untadelig verhielt. Philip begegnete ihren Vorstößen hinsichtlich eines guten Einvernehmens jedoch ganz, wie eine Molluske der streichelnden Einladung, aus ihrer Schale herauszukommen, begegnet. Mrs. Stelling war keine liebevolle, warmherzige Frau, sie war eine Frau, deren Rock gut saß, die ihr Mieder zurechtrückte und mit geistesabwesender Miene über ihre Locken strich, wenn sie sich nach jemandes Wohlergehen erkundigte. Diese Dinge stellen zweifelsohne eine große gesellschaftliche Macht dar, aber es ist nicht die Macht der Liebe – und keine andere Macht vermochte Philip aus der ihm eigenen Zurückhaltung zu locken.

Als Antwort auf ihre Frage sagte er: »Mein Zahnweh kam wieder und machte mich hysterisch.«

Dies war einmal der Fall gewesen, und Philip war froh, daß er sich daran erinnerte, es war wie eine Inspiration, die es ihm möglich machte, sein Weinen zu entschuldigen. Er mußte infolgedessen Eau de Cologne hinnehmen und Kreosot[26] zurückweisen, aber das war leicht.

Inzwischen war Tom, der zum ersten Mal einen giftigen Pfeil in Philips Herz gesandt hatte, zum Kutschenhaus zurückgekehrt, wo er Mr. Poulter antraf, wie er mit starrem, ernstem Blick die Perfektion seiner Schwertübung auf wahrscheinlich zusehende, aber verständnislose Ratten verschwendete. Aber Mr. Poulter war sein eigener Gast, das heißt, er bewunderte sich selbst mehr, als eine ganze Armee von Zuschauern ihn hätte bewundern können. Er nahm von Toms Rückkehr keine Notiz, weil er gänzlich eingenommen war von Hieb und Stoß, dem feierlichen Eins, Zwei, Drei, Vier; und Tom bewunderte, nicht ohne ein leichtes Gefühl der Beunruhigung wegen des gebannten Blickes von Mr. Poulter und des hungrig aussehenden Schwertes, das begierig zu sein schien, etwas anderes als nur Luft zu durchschneiden, die Vorstellung aus einer so großen Entfernung wie nur möglich. Erst als Mr. Poulter innehielt und sich den

Schweiß von der Stirn wischte, fühlte Tom den ganzen Zauber der Schwertübung und wünschte, daß sie wiederholt würde.

»Mr. Poulter«, sagte Tom, als das Schwert letztendlich wieder in der Scheide steckte, »ich wünschte, Sie würden mir das Schwert für eine kleine Weile zum Aufbewahren leihen.«

»Nein, nein, junger Mann«, sagte Mr. Poulter und schüttelte entschieden den Kopf, »du könntest dir selbst damit Unheil zufügen.«

»Nein, das würde ich ganz bestimmt nicht – ich würde ganz bestimmt aufpassen und mich nicht verletzen. Ich würde es gar nicht oft aus der Scheide nehmen, aber ich könnte damit die Waffen strecken und all das.«

»Nein, nein, es geht nicht, ich sage dir, es geht nicht«, sagte Mr. Poulter und wollte schon gehen. »Was würde Mr. Stelling zu mir sagen?«

»Oh, bitte, tun Sie es doch, Mr. Poulter! Ich gäbe Ihnen mein Fünfschillingstück, wenn Sie mich das Schwert eine Woche lang behalten ließen. Sehen Sie, hier«, sagte Tom und zog das verlockend große, runde Silberstück hervor. Der junge Dachs berechnete die Wirkung so gut, als wenn er ein Philosoph gewesen wäre.

»Nun«, sagte Mr. Poulter mit noch ernsterer Miene; »du mußt es aber außer Sichtweite aufbewahren, hörst du?«

»O ja, ich werde es unter dem Bett aufbewahren«, sagte Tom eifrig, »oder sonst ganz unten in meinem großen Koffer.«

»Und jetzt laß mich mal sehen, ob du es aus der Scheide ziehen kannst, ohne dich zu verletzen.«

Nachdem diese Übung mehrfach durchgeführt worden war, fand Mr. Poulter, daß er mit peinlicher Gewissenhaftigkeit gehandelt hatte und sagte: »Nun gut, Master Tulliver, wenn ich das Kronenstück nehme, dann ist es, um sicherzugehen, daß du kein Unheil mit dem Schwert anrichten wirst.«

»O nein, bestimmt nicht, Mr. Poulter«, sagte Tom, gab ihm begeistert das Kronenstück und ergriff das Schwert, das, wie er dachte, ruhig hätte leichter sein können.
»Aber wenn Mr. Stelling dich erwischt, während du es hineinträgst?« sagte Mr. Poulter und steckte vorsorglich das Kronenstück schon ein, während er diesen neuen Zweifel erhob.
»Oh, er bleibt Samstag nachmittags immer oben in seinem Studierzimmer«, sagte Tom, der keine Heimlichkeiten mochte, aber in einer Sache, die deren würdig war, nichts gegen eine kleine List hatte. So trug er das Schwert im Triumph, vermischt mit Furcht – Furcht, daß er Mr. oder Mrs. Stelling treffen könnte – in sein Schlafzimmer, wo er es nach einiger Überlegung in der Kleiderkammer hinter einigen hängenden Kleidungsstücken verbarg. An jenem Abend schlief er ein mit dem Gedanken, daß er Maggie damit zum Staunen bringen würde, wenn sie käme – er würde es mit seinem roten Wollschal um seine Hüfte binden und sie glauben machen, daß das Schwert sein eigenes sei und daß er Soldat werden würde. Niemand als Maggie würde dumm genug sein, ihm zu glauben, niemanden sonst wagte er wissen zu lassen, daß er ein Schwert hatte, und Maggie sollte wirklich nächste Woche kommen, um Tom zu besuchen, bevor sie mit Lucy in ein Pensionat ging.
Wenn jemand denkt, daß ein Knabe von dreizehn[27] nicht so kindisch gewesen wäre, dann muß er ein außergewöhnlich weiser Mann sein, der sich, obwohl er einem zivilen Beruf nachgeht, der es erforderlich macht, eher nichtssagend als furchterregend auszusehen, niemals, seit er einen Bart hat, in eine kriegerische Pose geworfen und vor dem Spiegel grimmig dreingeblickt hat. Es ist zweifelhaft, ob es noch unsere Soldaten gäbe, wenn nicht friedliebende Leute sich selbst gern zu Hause als Soldaten vorstellen würden. Der Krieg, wie manch anderes dramatische Spektakel, würde vielleicht aus Mangel an Publikum aufhören.

Kapitel 5

Maggies zweiter Besuch

Dieser letzte Bruch zwischen den beiden Knaben war nicht leicht wieder zu beheben; eine Zeitlang sprachen sie miteinander nicht mehr, als nötig war. Ihr von Natur aus gegensätzliches Temperament eröffnete der Verstimmung einen leichten Übergang zum Haß, und in Philip schien der Wandel begonnen zu haben; er neigte nicht zu Feindseligkeit, aber seine Empfindlichkeit machte ihn besonders empfänglich für ein starkes Gefühl des Widerwillens. Dem Ochsen – so mögen wir auf die Autorität eines großen Klassikers[28] hin festzustellen wagen – ist es nicht gegeben, seine Zähne als Angriffsmittel zu benutzen; und Tom war ein vortreffliches junges Öchslein, das auf fragwürdige Objekte in wahrhaft genialer Ochsenart zurannte, aber er hatte zufällig Philips empfindlichsten Punkt getroffen und ihm einen so heftigen Schmerz verursacht, als ob er sich die Mittel mit der ausgeklügeltsten Genauigkeit und der vergiftetsten Bosheit überlegt hätte. Tom sah keinen Grund, warum sie diesen Streit nicht so schlichten sollten wie schon viele andere, nämlich indem sie so taten, als ob nichts geschehen sei; denn obwohl er nie zuvor zu Philip gesagt hatte, daß sein Vater ein Schuft sei, so war dieser Gedanke doch aus reiner Gewohnheit ein Teil seiner Auffassung des Verhältnisses zwischen ihm und diesem zweifelhaften Schulkameraden geworden, den er weder mögen noch nicht mögen konnte, so daß das bloße Aussprechen für ihn keinen solchen Einschnitt bedeutete wie für Philip. Und er hatte ein Recht, das zu sagen, wenn Philip ihn heruntermachte und beschimpfte. Aber als er gewahrte, daß seine ersten Annäherungen in Richtung Freundschaft nicht erwidert wurden, verfiel er wieder in sein unfreundlichstes Verhalten gegenüber Philip und beschloß, ihn nie wieder um Zeichnen oder Übungen anzugehen.

Sie waren nur so weit höflich zueinander, als nötig war, um ihren Fehdezustand vor Mr. Stelling zu verbergen, der einem solchen Unsinn sehr energisch ein Ende gesetzt hätte.
Als Maggie kam, konnte sie jedoch nicht umhin, den neuen Schulkameraden mit wachsendem Interesse zu betrachten, obwohl es der Sohn von diesem bösen Anwalt Wakem war, der ihren Vater so zornig machte. Sie war mitten während der Schulstunden angekommen und hatte dabeigesessen, als Philip mit Mr. Stelling seine Lektionen durchging. Tom hatte ihr vor einigen Wochen mitgeteilt, daß Philip zahllose Geschichten wüßte – keine dummen Geschichten wie ihre –, und sie war nun aufgrund ihrer eigenen Beobachtung überzeugt, daß er sehr klug sein müsse; sie hoffte, daß er auch *sie* für recht klug halten würde, wenn sie erst mit ihm spräche. Darüber hinaus hatte Maggie eine rechte Zärtlichkeit für Verwachsenes, sie hatte die Lämmer mit schiefen Hälsen lieber, weil es ihr schien, daß die Lämmer, die ganz stark und gut gewachsen waren, sich nicht so viel aus Streicheln machten, und sie streichelte ganz besonders gern alles, was es wunderbar fand, von ihr gestreichelt zu werden. Sie liebte Tom von Herzen, aber sie wünschte oft, daß er sich mehr aus ihrer Liebe machen würde.
»Ich glaube, Philip Wakem scheint ein netter Junge zu sein, Tom«, sagte sie, als sie zusammen aus dem Studierzimmer in den Garten gingen, um die Zeit bis zum Essen dort zu verbringen. »Er konnte sich doch seinen Vater nicht aussuchen, und ich habe von sehr bösen Männern gelesen, die gute Söhne hatten, ebenso wie von guten Eltern, die böse Kinder hatten. Und wenn Philip gut ist, meine ich, sollte er uns noch mehr leid tun, weil sein Vater kein guter Mann ist. *Du* magst ihn doch, oder?«
»Oh, er ist ein sonderbarer Junge«, sagte Tom kurz angebunden, »und er ist so sehr miesepetrig zu mir, weil ich gesagt habe, daß sein Vater ein Schuft ist. Und ich hatte ein Recht, ihm das zu sagen, weil es wahr ist – und

er hat angefangen und mich beschimpft. Aber bleib du ein wenig hier, Magsie, ja? Ich habe oben noch was zu tun.«

»Kann ich nicht mitgehen?« sagte Maggie, die am ersten Tag ihres Wiedersehens Toms Schatten liebte.

»Nein, es ist was, das ich dir erst später erzählen will, jetzt noch nicht«, sagte Tom und schlüpfte davon.

Am Nachmittag saßen die Knaben im Studierzimmer über ihren Büchern und bereiteten die Stunden für den nächsten Tag vor, so daß sie den Abend zu Ehren von Maggies Ankunft frei hätten. Tom hing über seiner lateinischen Grammatik und bewegte seine Lippen unhörbar wie ein strenger, aber ungeduldiger Katholik, der seine Vaterunser aufsagt; und Philip war am anderen Ende des Raumes mit zwei Bänden beschäftigt und sah dabei so zufrieden und emsig aus, daß es Maggies Neugier hervorrief; er machte gar nicht den Eindruck, als ob er eine Lektion lerne.

Sie saß auf einem niedrigen Schemel fast genau im rechten Winkel zu den beiden Knaben und beobachtete erst den einen und dann den andern, und Philip, der einmal von seinem Buch auf und zum Kamin herübersah, fing den Blick des fragenden dunklen Augenpaares auf, das auf ihn gerichtet war. Er fand, daß diese Schwester von Tulliver anscheinend ein nettes kleines Ding war, ihrem Bruder ganz unähnlich. Er wünschte, er hätte eine kleine Schwester. Was war es nur, so fragte er sich, das Maggies dunkle Augen ihn an Geschichten über Prinzessinnen, die in Tiere verwandelt worden waren, erinnern ließ? ... Ich glaube, es kam daher, daß ihre Augen voll unbefriedigter Intelligenz und unbefriedigter, verlangender Zuneigung waren.

»So, Magsie«, sagte Tom endlich, klappte seine Bücher zu und legte sie mit der Energie und Entschlossenheit eines vollkommenen Meisters in der Kunst des Aufhörens beiseite. »Ich bin mit meinen Lektionen fertig. Komm jetzt mit mir nach oben.«

»Was ist es?« sagte Maggie, als sie zur Tür hinaus waren und ein leichter Verdacht sie überkam, als sie an Toms vorbereitenden Gang nach oben dachte. »'s ist doch kein Streich, den du mir spielen willst?«
»Nein, nein, Maggie«, sagte Tom in seinem einschmeichelndsten Ton, »'s ist was, das du ganz furchtbar gern mögen wirst.« Er legte seinen Arm um ihren Hals, und sie legte den ihren um seine Taille, und so verbunden gingen sie zusammen nach oben.
»Aber ich sag dir, Magsie, du darfst es niemandem erzählen, hörst du«, sagte Tom, »sonst kriege ich fünfzig Zeilen.«
»Ist es lebendig?« sagte Maggie, deren Vorstellung für einen Moment bei der Idee stehengeblieben war, daß Tom heimlich ein Frettchen hielt.
»Oh, das sag ich dir nicht«, sagte er. »Jetzt geh in diese Ecke da und halt die Augen zu, während ich es hole«, fügte er hinzu, als er die Schlafzimmertür hinter sich abschloß. »Ich sag dir, wann du dich umdrehen sollst. Du darfst aber nicht kreischen, hörst du?«
»Oh, wenn du mir Angst machst, tu ich es aber doch«, sagte Maggie, die allmählich recht ernst dreinschaute.
»Du brauchst keine Angst zu haben, du dummes Ding«, sagte Tom. »Geh, und halt die Augen zu und paß auf, daß du nicht blinzelst.«
»Natürlich werd ich nicht blinzeln«, sagte Maggie verächtlich, und sie barg ihr Gesicht im Kopfkissen wie eine Person von strikter Ehre.
Aber Tom sah sich behutsam um, als er zur Kleiderkammer ging, dann trat er in den engen Raum und schloß fast noch die Tür. Maggie hielt ihr Gesicht ohne Hilfe von Prinzipien vergraben, denn in dieser träumerischen Haltung hatte sie schnell vergessen, wo sie war, und ihre Gedanken beschäftigten sich mit dem armen, verwachsenen Jungen, der so klug war, als Tom ausrief: »Jetzt, Maggie!«
Nur lange Überlegung und eine gute Vorbereitung des

Zusammenwirkens der Effekte konnten Tom befähigt haben, für Maggie eine so eindrucksvolle Gestalt darzustellen wie eben jetzt, als sie aufsah. Unzufrieden mit dem friedfertigen Ausdruck eines Gesichtes, das nur schwache Andeutungen von blonden Augenbrauen hatte und ein Paar liebenswerte blaugraue Augen und runde rosa Wangen, die sich weigerten, furchterregend auszusehen, mochte er auch vor dem Spiegel die Stirn runzeln, so sehr er konnte (Philip hatte ihm einmal von einem Mann erzählt, der die Stirn wie ein Hufeisen runzelte, und Tom hatte mit all seiner Runzelmacht versucht, ein Hufeisen auf seine Stirn zu bekommen), hatte er Zuflucht zu der unfehlbaren Quelle des Schrecklichen genommen – zu angebranntem Kork – und hatte sich selbst ein Paar schwarze Augenbrauen gemacht, die sich in befriedigender Weise über seiner Nase trafen und zu einer weniger sorgsam aufgetragenen Schwärze um sein Kinn paßten. Er hatte ein rotes Tuch um seine Mütze geschlungen, um ihr das Aussehen eines Turbans zu geben, und seinen roten Schal als Schärpe über der Brust gekreuzt – eine Menge Rot, die zusammen mit dem schrecklichen Runzeln seiner Stirn und der Entschlossenheit, mit der er das Schwert umfaßte, als er es mit der Spitze auf den Boden hielt, schon ausreichen würde, eine annähernde Vorstellung seiner wilden und blutdürstigen Neigung zu vermitteln.

Maggie sah für einen Augenblick ganz entsetzt drein, und Tom genoß diesen Augenblick aufs höchste; aber im nächsten lachte sie, klatschte in die Hände und sagte: »Oh, Tom, du hast dich ja wie Blaubart in der Schaubude zurechtgemacht.«

Es war klar, ihr war das Schwert noch nicht aufgefallen – es steckte noch in der Scheide. Ihr leichtfertiger Geist erforderte einen noch direkteren Appell an sein Gefühl für das Schreckliche, und so bereitete Tom sein Meisterstück vor. Er runzelte die Stirn mit doppelter Anstrengung, wenn auch nicht mit doppelt tiefen Falten, zog

(vorsichtig) das Schwert aus der Scheide und richtete es auf Maggie.
»Oh, Tom, bitte nicht«, rief Maggie in einem Ton unterdrückten Entsetzens und wich vor ihm zurück in die gegenüberliegende Ecke. »Ich *werde* schrein – ganz bestimmt. Oh, nicht doch! Ich wünschte, ich wär' nie nach oben gekommen!«
Toms Mundwinkel zeigten eine Neigung, selbstgefällig zu lächeln, die aber sofort als unpassend für die Ernsthaftigkeit eines großen Kriegers gezügelt wurde. Langsam legte er die Scheide auf den Fußboden, damit sie nicht zuviel Lärm machte, und sagte grimmig:
»Ich bin der Herzog von Wellington! Marsch!« stampfte vorwärts, wobei er das rechte Bein ein wenig einknickte, und hielt das Schwert noch immer auf Maggie gerichtet, die zitternd und mit tränenerfüllten Augen auf das Bett kletterte als einziger Möglichkeit, den Abstand zwischen ihm und sich zu vergrößern. Tom, glücklich, diesen Zuschauer bei seinen militärischen Vorführungen zu haben, wenngleich der Zuschauer auch nur Maggie war, ging mit größter Kraftanstrengung zu einer solchen Darbietung von Hieb und Stoß über, wie man sie zwangsläufig vom Herzog von Wellington erwarten würde.
»Tom, ich ertrag es nicht, ich schreie«, sagte Maggie bei der ersten Bewegung des Schwertes. »Du wirst dich verletzen, du wirst dir den Kopf abschlagen!«
»Eins – zwei«, sagte Tom resolut, obwohl bei »zwei« sein Handgelenk ein wenig zitterte. »Drei« kam noch langsamer, und dabei sank das Schwert vornüber, und Maggie kreischte laut auf. Das Schwert war mit der Spitze auf Toms Fuß gefallen, und einen Moment später war auch er hingefallen. Maggie sprang vom Bett, immer noch schreiend, und zugleich hörte man hastig eilende Fußtritte auf das Zimmer zukommen. Mr. Stelling, der aus seinem oben gelegenen Studierzimmer kam, war der erste, der eintrat. Er fand beide Kinder auf dem Fußboden. Tom war ohnmächtig, und Maggie schüttelte ihn

am Kragen seiner Jacke und schrie mit verstörtem Blick. Sie dachte, er sei tot, das arme Kind! Und doch schüttelte sie ihn, als ob sie ihn zum Leben zurückbringen wollte. Im nächsten Augenblick schluchzte sie vor Freude, weil Tom seine Augen aufgeschlagen hatte, sie konnte es jetzt noch nicht beklagen, daß er seinen Fuß verletzt hatte – es schien, als ob alles Glück in seinem Lebendigsein läge.

Kapitel 6

Eine Liebesszene

Der arme Tom ertrug seine heftigen Schmerzen heldenhaft und war entschlossen, Mr. Poulter nicht mehr zu verpetzen als unvermeidlich: das Fünfschillingstück blieb sogar vor Maggie ein Geheimnis. Aber eine schreckliche Furcht lastete auf seiner Seele – so schrecklich, daß er nicht einmal die Frage zu stellen wagte, die das verhängnisvolle »Ja« bringen könnte – er wagte nicht, den Arzt oder Mr. Stelling zu fragen: »Werde ich lahm sein, Sir?« Er beherrschte sich, nicht vor Schmerzen laut aufzuschreien, aber wenn sein Fuß verbunden war und er mit Maggie, die an seinem Bett saß, allein gelassen wurde, dann schluchzten die Kinder zusammen, beide Köpfe auf demselben Kopfkissen. Tom stellte sich vor, wie er an Krücken daherkommen würde wie der Sohn des Stellmachers, und Maggie, die nicht erriet, was in ihm vorging, schluchzte zur Gesellschaft. Es war weder dem Arzt noch Mr. Stelling in den Sinn gekommen, diese Furcht in Toms Seele vorherzusehen und ihn mit hoffnungsvollen Worten zu beruhigen. Aber Philip beobachtete, wie der Arzt aus dem Haus ging, und lauerte Mr. Stelling auf, um eben die Frage zu stellen, die Tom selbst nicht zu stellen wagte. »Ich bitte um Verzeihung, Sir, aber sagt Mr. Askern, daß Tulliver lahm sein wird?«

»O nein, o nein«, sagte Mr. Stelling, »nicht auf Dauer, nur für eine kurze Zeit.«
»Meinen Sie, Sir, daß er es Tulliver gesagt hat?«
»Nein, zu dem Punkt wurde ihm gar nichts gesagt.«
»Darf ich dann gehen und es ihm sagen, Sir?«
»Ja freilich, nun da du es sagst, meine ich, daß er sich wohl darum sorgen möchte. Geh in sein Zimmer, aber sei dort ganz ruhig.«
Es war Philips erster Gedanke gewesen, als er von dem Unfall hörte: »Wird Tulliver lahm sein? Das wäre sehr hart für ihn.« Und Toms bis dahin unvergebene Vergehen wurden von diesem Mitleid fortgespült. Philip fühlte, daß sie sich nicht länger in einem Zustand der Abneigung befanden, sondern in eine gemeinsame Woge des Leidens und der traurigen Entbehrung gezogen worden waren. Seine Vorstellung verharrte nicht auf dem äußeren Unglück und seiner weiteren Auswirkung auf Toms Leben, sondern führte ihm lebhaft Toms wahrscheinlichen Gefühlszustand vor Augen. Philip hatte erst vierzehn[29] Jahre gelebt, aber diese Jahre waren zum größten Teil durch das Empfinden eines unabänderlich harten Loses geprägt gewesen.
»Mr. Askern sagt, daß du bald wieder ganz hergestellt sein wirst, Tulliver, wußtest du das?« sagte er ziemlich scheu, als er behutsam an Toms Bett trat. »Ich habe gerade Mr. Stelling gefragt, und er sagt, du wirst mit der Zeit wieder so gut wie immer gehen können.«
Mit dem momentanen Aussetzen des Atems, das von plötzlicher Freude herrührt, schaute Tom auf, dann seufzte er tief und sah Philip mit seinen blaugrauen Augen so geradezu ins Gesicht, wie er es seit zwei oder mehr Wochen nicht getan hatte. Was Maggie anging, so bewegte sie die Andeutung einer Möglichkeit, an die sie vorher noch nicht gedacht hatte, als eine neue Sorge; der bloße Gedanke, daß Tom für immer lahm sein könnte, übertraf die Versicherung, daß ein solches Unglück ihn

aller Wahrscheinlichkeit nach nicht treffen würde, und sie umschlang ihn und weinte von neuem.
»Sei kein kleines Dummchen, Magsie«, sagte Tom zärtlich, der sich jetzt sehr tapfer vorkam. »Mir geht's bald wieder besser.«
»Auf Wiedersehen, Tulliver«, sagte Philip und streckte seine kleine, zarte Hand aus, die Tom sofort mit seinen kräftigeren Fingern umfaßte.
»Und dann bitte doch Mr. Stelling«, sagte Tom, »dich manchmal herkommen zu lassen, um bei mir zu sitzen, bis ich wieder aufstehe, Wakem – und erzähl mir von Robert Bruce, ja?«
Danach verbrachte Philip seine ganze Zeit außer den Schulstunden mit Tom und Maggie. Tom hörte immer noch so gern Kampfgeschichten wie früher, aber er bestand fest darauf, daß jene großen Kämpfer, die so viele wunderbare Taten vollbrachten und unverletzt davonkamen, eine ausgezeichnete Rüstung von Kopf bis Fuß trugen, die das Kämpfen leicht machte, wie er sich dachte. Er hätte sich nicht den Fuß verletzt, wenn er einen eisernen Schuh getragen hätte. Mit großem Interesse lauschte er einer neuen Geschichte von Philip über einen Mann[30], der eine schlimme Wunde am Fuß hatte und vor Schmerzen so entsetzlich schrie, daß seine Freunde es nicht länger aushalten konnten und ihn an das Ufer einer einsamen Insel brachten mit nichts weiter als ein paar wundersamen giftigen Pfeilen, mit denen er Tiere zur Nahrung töten konnte.
»Ich habe aber kein bißchen gebrüllt«, sagte Tom, »und ich kann wohl sagen, mein Fuß war so schlimm wie seiner. Es ist feige zu brüllen.«
Aber Maggie bestand darauf, daß, wenn irgend etwas sehr weh täte, es wohl erlaubt sei aufzuschreien, und es sei grausam von den Leuten, dies nicht zu ertragen. Sie wollte wissen, ob Philoktetes eine Schwester hatte und warum *sie* nicht mit ihm auf die einsame Insel ging und für ihn sorgte.

Eines Tages, kurz nachdem Philip diese Geschichte erzählt hatte, waren er und Maggie allein zusammen im Studierzimmer, während Toms Fuß verbunden wurde. Philip war bei seinen Büchern, und Maggie, die erst müßig im Zimmer umhergewandert war, weil sie nichts Bestimmtes anfangen und bald wieder zu Tom gehen wollte, ging und lehnte sich dicht bei Philip auf den Tisch, um zu sehen, was er täte, denn sie waren jetzt ganz alte Freunde und völlig vertraut miteinander.

»Worüber liest du da auf griechisch?« sagte sie. »Es ist ein Gedicht – ich kann das sehen, weil die Zeilen so kurz sind.«

»Es ist über Philoktetes, den lahmen Mann, von dem ich euch gestern erzählt habe«, antwortete er, stützte seinen Kopf auf die Hand und sah sie an, als täte es ihm überhaupt nicht leid, unterbrochen worden zu sein. Maggie lehnte sich in ihrer abwesenden Art immer noch vor, auf die Arme gestützt und mit sich bewegenden Füßen, während ihre dunklen Augen immer starrer und leerer wurden, als ob sie Philip und sein Buch ganz vergessen hätte.

»Maggie«, sagte Philip nach ein oder zwei Minuten, immer noch auf den Ellbogen gelehnt und sie betrachtend, »wenn du einen Bruder wie mich gehabt hättest, meinst du, daß du ihn ebenso liebgehabt hättest wie Tom?«

Maggie fuhr ein wenig zusammen, als sie aus ihren Träumereien geweckt wurde, und sagte: »Was?« Philip wiederholte seine Frage.

»O ja, noch mehr«, antwortete sie sofort. »Nein, nicht mehr, weil ich nicht glaube, daß ich dich lieber haben *könnte* als Tom. Aber du würdest mir so leid tun – so sehr leid tun.«

Philip errötete; er hatte gemeint, ob sie ihn liebhaben würde trotz seiner Mißbildung, und dennoch, als sie so deutlich darauf anspielte, zuckte er unter ihrem Mitleid zusammen. Maggie, jung wie sie war, fühlte ihren Fehler. Bis jetzt hatte sie sich instinktiv so verhalten, als ob ihr Philips Mißbildung gar nicht bewußt sei, ihre eigene ausgeprägte Empfindlichkeit und ihre Erfahrung mit Kritik aus der Familie reichten aus, sie dies ebenso gut zu lehren, als wäre sie durch die vollkommenste Erziehung dazu angeleitet worden.

»Aber du bist so sehr klug, Philip, und du kannst spielen und singen«, fügte sie schnell hinzu. »Ich wünschte, du *wärest* mein Bruder. Ich hab dich sehr gern. Und du würdest mit mir daheim bleiben, wenn Tom ausginge, und du würdest mich alles lehren – nicht wahr? Griechisch und alles?«

»Aber du gehst bald fort und gehst zur Schule, Maggie«, sagte Philip, »und dann wirst du mich ganz vergessen und dir nichts mehr aus mir machen. Und dann werde ich dich wiedersehen, wenn du erwachsen bist, und du wirst mich kaum beachten.«

»O nein, ich werde dich nicht vergessen, ganz bestimmt«, sagte Maggie und schüttelte sehr ernsthaft den Kopf. »Ich vergesse nie etwas und denke an jeden, wenn ich von ihm fort bin. Ich denke an den armen Yap – er hat eine Schwellung in der Kehle, und Luke sagt, er wird sterben. Sag es nur nicht Tom, es würde ihn so aufregen. Du hast Yap nie gesehen, er ist ein komischer kleiner Hund – niemand mag ihn besonders, außer Tom und mir.«

»Magst du mich so sehr wie Yap, Maggie?« sagte Philip und lächelte recht traurig.

»O ja, ich glaub schon«, sagte Maggie lachend.

»Ich habe *dich* sehr gern, Maggie; ich werde *dich* nie vergessen«, sagte Philip, »und wenn ich sehr unglücklich bin, dann werde ich immer an dich denken und wünschen, ich hätte eine Schwester mit dunklen Augen so wie du.«

»Warum magst du meine Augen?« sagte Maggie sehr erfreut. Sie hatte noch nie jemanden außer ihrem Vater

von ihren Augen so sprechen hören, als käme ihnen ein besonderes Verdienst zu.
»Ich weiß nicht«, sagte Philip. »Sie sind nicht wie andere Augen. Sie scheinen sprechen zu wollen, freundlich sprechen zu wollen. Ich mag es nicht sehr, wenn andere Leute mich ansehen, aber ich mag es, wenn du mich ansiehst, Maggie.«
»Ach, ich glaube, du hast mich lieber als mein Bruder«, sagte Maggie ziemlich bekümmert. Dann überlegte sie, wie sie Philip überzeugen könnte, daß sie ihn ebenso gern hätte, obwohl er schief gewachsen war, und sagte: »Möchtest du, daß ich dich so küsse wie Tom? Ich tue es, wenn du möchtest.«
»Ja, sehr gern. Niemand küßt mich.«
Maggie legte ihren Arm um seinen Hals und küßte ihn ganz ernsthaft.
»So«, sagte sie, »ich werde immer an dich denken und dich küssen, wenn ich dich wiedersehe, auch wenn es noch so lange hin ist. Aber jetzt gehe ich, weil ich glaube, daß Mr. Askern mit Toms Fuß fertig ist.«
Als ihr Vater das zweite Mal kam, sagte Maggie zu ihm: »O Vater, Philip Wakem ist so gut zu Tom – er ist so ein kluger Junge, und ich habe ihn wirklich lieb. Und du liebst ihn auch, nicht wahr, Tom? *Sag*, daß du ihn liebst«, fügte sie bittend hinzu.
Tom errötete ein wenig, als er seinen Vater ansah und sagte: »Ich werde nicht sein Freund sein, wenn ich die Schule verlasse, Vater, aber wir vertragen uns jetzt, seit mein Fuß so schlimm war, und er hat mir gezeigt, wie man Dame spielt, und ich kann ihn dabei schlagen.«
»Nun gut«, sagte Mr. Tulliver, »wenn er gut zu dir ist, dann versuch, es ihm zu vergelten, und sei gut zu *ihm*. Er ist ein armes verwachsenes Geschöpf und schlägt nach seiner toten Mutter. Aber sei nicht zu vertraut mit ihm, er hat auch seines Vaters Blut in sich. Ja, ja, das graue Fohlen kann ausschlagen wie der schwarze Hengst.«
Die gegensätzlichen Naturen der beiden Knaben bewirk-

ten, was Mr. Tullivers Ermahnung allein vielleicht nicht hätte bewirken können; trotz Philips neuer Freundlichkeit und Toms erwidernder Achtung in dieser seiner schweren Zeit wurden sie niemals enge Freunde. Als Maggie fort war und Tom allmählich wieder wie sonst umherlief, erlosch die freundliche Wärme nach und nach, die durch Mitleid und Dankbarkeit entfacht worden war, und beließ sie in ihrem alten Verhältnis zueinander. Philip war oft mürrisch und verächtlich, und Toms genauere, freundliche Eindrücke verschmolzen allmählich mit dem alten Hintergrund des Mißtrauens und der Abneigung gegen ihn als einen seltsamen Burschen, einen Buckligen und den Sohn eines Schuftes. Wenn Knaben und Männer in der Glut der vergänglichen Empfindung zusammengeschmiedet werden sollen, dann müssen sie aus verbindungsfähigem Metall gemacht sein, sonst fallen sie unausweichlich wieder auseinander, sobald die Hitze erlischt.

Kapitel 7

Die goldenen Pforten werden durchschritten

So erging es Tom weiterhin bis zu seinem fünften Halbjahr in King's Lorton – bis er sechzehn geworden war –, während Maggie in Miss Firniss' Pensionat in der alten Stadt Laceham am Floss mit Kusine Lucy als Gefährtin mit einer Schnelligkeit wuchs, die ihre Tanten für höchst tadelnswert hielten. In ihren ersten Briefen an Tom hatte sie immer Grüße an Philip gesandt und viele Fragen über ihn gestellt, die in kurzen Sätzen über sein Zahnweh und ein Torfhaus, das er im Garten zu bauen half, und andere Einzelheiten dieser Art beantwortet wurden. Es tat ihr weh, Tom in den Ferien sagen zu hören, daß Philip wieder so sonderbar wie immer sei und oft unleidlich; sie waren keine sehr guten Freunde mehr, merkte sie, und wenn sie Tom erinnerte, daß er Philip immer liebhaben sollte, weil er so gut zu ihm gewesen war, als er den schlimmen Fuß hatte, dann antwortete er: »Nun, es ist nicht meine Schuld, ich tu ihm nichts.« Sie sah Philip kaum für den Rest ihres Schullebens, in den Sommerferien war er immer fort an der See, und zu Weihnachten konnte sie ihn nur dann und wann in den Straßen von St. Ogg's treffen. Wenn sie sich trafen, erinnerte sie sich immer an ihr Versprechen, ihn zu küssen, aber als eine junge Dame, die auf einem Pensionat gewesen war, wußte sie nun, daß eine solche Begrüßung außer Frage stand und Philip sie nicht erwarten würde. Das Versprechen war nichtig wie so viele andere süße, wirklichkeitsferne Versprechen unserer Kinderzeit, nichtig wie Versprechen, die im Garten Eden gegeben wurden vor der Aufteilung der Jahreszeiten, als Blütensterne noch Seite an Seite mit reifenden Pfirsichen wuchsen – unmöglich erfüllt zu werden, wenn die goldenen Pforten durchschritten waren.

Aber als ihr Vater tatsächlich in den lange drohenden Prozeß verwickelt wurde und Wakem, als der Vertreter Pivarts sowie des Gottseibeiuns, auf der Gegenseite agierte, da fühlte selbst Maggie mit einiger Traurigkeit, daß sie wahrscheinlich kein vertrautes Verhältnis zu Philip mehr haben würde; allein der Name Wakem machte ihren Vater zornig, und sie hatte ihn einst sagen hören, daß, wenn dieser krummbucklige Sohn es erleben sollte, seines Vaters zu Unrecht erworbene Gewinne zu erben, ein Fluch auf ihm lasten würde. »Hab so wenig in der Schule mit ihm zu tun wie möglich, mein Junge«, sagte er zu Tom, und die Anordnung wurde um so leichter befolgt, als Mr. Stelling inzwischen noch zwei weitere Schüler hatte; denn obwohl der Aufstieg dieses Herrn in der Welt nicht von der meteorhaften Schnelligkeit war, die die Bewunderer seiner Stegreifberedsamkeit von einem Prediger, dessen Stimme einen so weiten Raum verlangte, erwarteten, so erging es ihm doch wohl genug, um seine Ausgaben in fortgesetztem Mißverhältnis zu seinem Einkommen erhöhen zu können.

Was den Fortgang von Toms Unterricht betrifft, so verlief er weiterhin mit mühlengleicher Monotonie, und sein Geist bewegte sich noch immer mit einem langsamen, halberstickten Rhythmus in einem Medium uninteressanter oder unbegreiflicher Vorstellungen. Aber jede Ferien brachte er immer größere Zeichnungen von lieblich gestalteten Landschaften mit und Aquarelle in leuchtenden Grüntönen, zusammen mit Schreibheften voller Übungen und Aufgaben, in denen die Handschrift nur desto schöner war, da er sich gänzlich darauf konzentrierte. Jede Ferien brachte er ein neues Buch oder zwei mit nach Hause, die seinen Fortschritt in den verschiedenen Stufen der Geschichte, der christlichen Lehre und der lateinischen Literatur anzeigten, und dieser Durchgang war nicht gänzlich ohne Ergebnis, abgesehen vom Besitz der Bücher. Toms Ohr und Zunge hatten sich an eine Vielzahl von Wörtern und Wendungen gewöhnt, die als Zeichen von Bildung angesehen werden, und obwohl sich sein Geist niemals richtig mit einer seiner Lektionen beschäftigt hatte, so hatten diese Lektionen doch einen Niederschlag von vagen, fragmentarischen, wirkungslosen Vorstellungen zurückgelassen. Mr. Tulliver, der Anzeichen von Kenntnissen sah, die jenseits seines Beurteilungsvermögens lagen, dachte, daß wohl alles so recht wäre mit Toms Erziehung; er bemerkte zwar, daß es keine Karten gab und nicht genug Rechnerei, aber er machte darüber keine förmliche Beschwerde bei Mr. Stelling. Es war ein verwirrendes Geschäft, diese Schulangelegenheit, und wenn er Tom dort fortnähme, wohin sonst konnte er ihn mit besserer Wirkung schicken?

Inzwischen hatte Tom sein letztes Vierteljahr in King's Lorton erreicht, und die Jahre hatten eine auffallende Veränderung in ihm bewirkt seit dem Tag, an dem wir ihn von Mr. Jacobs Lehranstalt zurückkehren sahen. Er war jetzt ein hochgewachsener junger Mann, der ohne die geringste Befangenheit auftrat und mit nicht mehr Schüchternheit sprach als jener, die ein geziemendes Merkmal vorsichtiger Zurückhaltung gepaart mit Stolz war; er trug einen Schoßrock und steife Kragen und beobachtete den Flaum auf seiner Lippe mit eifriger Ungeduld; jeden Tag besah er sein noch jungfräuliches Rasiermesser, mit dem er sich in den letzten Ferien versehen hatte. Philip hatte die Schule schon im Herbstvierteljahr verlassen, damit er den Winter über seiner Gesundheit wegen in den Süden fahren könne, und dieser Wechsel trug dazu bei, Tom das unstete, frohlokkende Gefühl zu geben, das üblicherweise zu den letzten Monaten vor Schulende gehört. In diesem Vierteljahr bestand auch Hoffnung, daß der Prozeß seines Vaters entschieden würde, und das machte die Aussicht auf die Heimkehr vollends erfreulich. Denn für Tom, der seine Ansicht über den Fall aus den Gesprächen seines Vaters gewonnen hatte, bestand kein Zweifel daran, daß Pivart geschlagen werden würde.

Tom hatte seit einigen Wochen nichts von daheim gehört – eine Tatsache, die ihn nicht überraschte, denn sein Vater und seine Mutter neigten nicht dazu, ihre Zuneigung in überflüssigen Briefen zu manifestieren –, als ihm zu seiner großen Überraschung am Morgen eines dunklen, kalten Tages gegen Ende November, kurz nachdem er um neun Uhr das Studierzimmer betreten hatte, gesagt wurde, seine Schwester sei in der Wohnstube. Es war Mrs. Stelling, die ins Studierzimmer gekommen war, um es ihm mitzuteilen, und sie ging und ließ ihn die Wohnstube allein betreten.

Auch Maggie war groß geworden und trug geflochtenes, aufgestecktes Haar; sie war fast so groß wie Tom, obwohl sie erst dreizehn war, und sah im Augenblick wirklich älter aus als er. Sie hatte ihre Haube abgelegt, und ihre schweren Flechten waren aus der Stirn nach hinten geschoben, als ob sie die zusätzliche Last nicht tragen könnte, und ihr junges Gesicht sah seltsam verhärmt aus, als ihre Augen sich besorgt zur Tür wandten. Als Tom eintrat, sprach sie nicht, sondern ging nur auf ihn zu, legte ihre Arme um seinen Hals und küßte ihn ernst. Er war an wechselnde Launen bei ihr gewöhnt und verspürte keine Beunruhigung bei der unüblichen Ernsthaftigkeit ihrer Begrüßung.

»Nanu, wie kommt's, daß du so früh hier bist an diesem kalten Morgen, Maggie? Bist du im Einspänner gekommen?« sagte Tom, als sie rückwärts zum Sofa ging und ihn an ihre Seite zog.

»Nein, ich bin mit der Postkutsche gekommen, ich bin von der Hauptstraße aus zu Fuß gegangen.«

»Aber wie kommt's, daß du nicht in der Schule bist? Die Ferien haben doch noch nicht begonnen?«

»Vater brauchte mich daheim«, sagte Maggie mit leicht bebenden Lippen. »Ich bin vor drei oder vier Tagen heimgekommen.«

»Geht's Vater nicht gut?« sagte Tom besorgt.

»Nicht besonders«, sagte Maggie. »Er ist sehr unglücklich, Tom. Der Prozeß ist zu Ende, und ich kam, um es dir zu sagen, weil ich dachte, es wäre besser für dich, es zu wissen, bevor du nach Hause kämst, und ich wollte dir nicht nur einen Brief schicken.«

»Mein Vater hat doch nicht verloren?« sagte Tom, sprang hastig vom Sofa auf, stand vor Maggie und ballte plötzlich seine Fäuste in den Taschen.

»Doch, lieber Tom«, sagte Maggie und sah bebend zu ihm auf.

Tom war für eine Minute oder zwei still und starrte zu Boden. Dann sagte er:

»Vater wird dann eine Menge Geld zahlen müssen?«

»Ja«, sagte Maggie ziemlich schwach.

»Nun, da ist nichts zu machen«, sagte Tom tapfer, weil er den Verlust einer großen Summe Geldes nicht auf irgendwelche greifbaren Ergebnisse übertrug. »Aber

Vater hat sich wohl sehr aufgeregt, denke ich?« fügte er hinzu, sah Maggie an und dachte, daß ihr erregtes Gesicht nur Teil ihrer mädchenhaften Art, Dinge hinzunehmen, sei.

»Ja«, sagte Maggie wiederum schwach. Dann sagte sie, weil sie durch Toms Verständnislosigkeit zu ausführlicherem Sprechen genötigt war, laut und schnell, als ob die Worte aus ihr hervorbrechen wollten: »O Tom, er wird die Mühle verlieren und das Land und alles, ihm wird nichts mehr bleiben.«

Toms Augen flammten in einem einzigen Blick der Überraschung auf, dann wurde er blaß und bebte sichtlich. Er sagte nichts, sondern setzte sich wieder auf das Sofa und sah mit verlorenem Blick aus dem gegenüberliegenden Fenster.

Sorge um die Zukunft war Tom nie in den Sinn gekommen. Sein Vater hatte immer ein gutes Pferd geritten, ein gutes Haus gehabt und das fröhliche, vertrauensvolle Auftreten eines Mannes gezeigt, der Besitz genug hat, um darauf zurückzugreifen. Tom war es nicht im Traum eingefallen, daß sein Vater scheitern würde, das war eine Form des Unglücks, von der er immer als einer tiefen Schmach hatte reden hören, und Schmach war eine Vorstellung, die er mit keinem seiner Verwandten in Beziehung bringen konnte, am wenigsten mit seinem Vater. Stolz auf die Achtbarkeit der Familie war geradezu Teil der Luft, in der Tom geboren und aufgewachsen war. Er wußte, daß es Leute in St. Ogg's gab, die viel Aufwand betrieben, ohne daß sie Geld dafür hatten, und er hatte seine Angehörigen über solche Leute immer mit Verachtung und Vorwurf sprechen hören. Er war sein Leben lang der festen Überzeugung gewesen, die keines Beweises bedurfte, um sich darauf zu beziehen, daß sein Vater eine Menge Geld ausgeben konnte, wenn er wollte, und seit seine Erziehung bei Mr. Stelling ihm eine noch aufwendigere Vorstellung vom Leben vermittelt hatte, dachte er oft, daß er, wenn er älter wäre, mit seinem

Pferd und den Hunden und dem Sattel und der übrigen Ausstaffierung eines feinen jungen Mannes in der Welt etwas darstellen und sich jedem beliebigen Altersgenossen in St. Ogg's ebenbürtig zeigen würde, die sich selbst gesellschaftlich für eine Stufe höher halten mochten, weil ihre Väter gelehrte Berufe oder große Ölmühlen hatten.

Was die Voraussagen und das Kopfschütteln seiner Tanten und Onkel anging, so hatten sie nie die geringste Wirkung auf ihn gehabt, außer daß sie ihn denken ließen, Tanten und Onkel seien eine unangenehme Gesellschaft; solange er sich erinnern konnte, hatte er nur gehört, daß sie stets in gleicher Weise etwas auszusetzen hatten. Sein Vater wußte es besser als sie.

Der Flaum war auf Toms Lippe gesprossen, doch seine Gedanken und Erwartungen waren bis jetzt in abgewandelter Form nur die Wiederholung seiner jungenhaften Träume gewesen, in denen er schon vor drei Jahren gelebt hatte. Nun war er mit einem gewaltsamen Schock erwacht.

Maggie war erschreckt über Toms bleiches, bebendes Schweigen. Es gab noch etwas, das sie ihm sagen mußte – etwas noch Schlimmeres. Sie schlang schließlich ihre Arme um ihn und sagte mit einem halben Schluchzen:

»O Tom, lieber, lieber Tom, gräm dich nicht zu sehr, versuch, es wohl zu ertragen.«

Tom wandte ihr teilnahmslos seine Wange zu, als sie ihn flehentlich küßte, und in seine Augen trat eine Feuchtigkeit, die er mit der Hand wegwischte. Die Handlung schien ihn aufzurütteln, denn er schüttelte sich und sagte: »Ich komme mit dir nach Hause, Maggie. Sagte mein Vater nicht, daß ich das sollte?«

»Nein, Tom, Vater wünschte es nicht«, sagte Maggie, und ihre Besorgnis um seine Gefühle half ihr, die eigene Erregung zu meistern. Was würde er tun, wenn sie ihm alles sagte? »Aber Mutter möchte, daß du kommst, die

arme Mutter, sie weint so sehr! Oh, Tom, es ist ganz schrecklich daheim.«
Maggies Lippen wurde noch weißer, und sie begann, beinahe so zu beben, wie Tom es getan hatte. Die beiden Ärmsten umschlangen sich noch enger, beide zitterten – der eine in gestaltloser Furcht, die andere bei der Vorstellung einer schrecklichen Gewißheit. Als Maggie sprach, war es kaum mehr als ein Flüstern.
»Und ... und ... der arme Vater ...«
Maggie konnte es nicht aussprechen. Aber die Spannung war unerträglich für Tom. Eine vage Vorstellung, daß man infolge von Schulden ins Gefängnis kam, war die Gestalt, die seine Furcht allmählich anzunehmen begann.
»Wo ist mein Vater?« sagte er ungeduldig. »*Sag* es mir, Maggie.«
»Er ist daheim«, sagte Maggie, weil sie es leichter fand, diese Frage zu beantworten. »Aber«, fügte sie nach einer Pause hinzu, »nicht er selbst ... Er fiel von seinem Pferd ... Er hat seitdem niemanden als mich erkannt ... Er scheint den Verstand verloren zu haben ... Oh, Vater, Vater ...«
Bei diesen letzten Worten brachen Maggies Schluchzer mit um so größerer Gewalt hervor nach der vorhergegangenen Anstrengung, sie zu unterdrücken. Tom fühlte jenen Druck auf dem Herzen, der Tränen verbietet, er hatte keine genaue Vorstellung von den Sorgen daheim so wie Maggie, die dort gewesen war, er fühlte nur das zerschmetternde Gewicht eines, wie es schien, durch nichts gemilderten Unglücks. Er preßte seinen Arm krampfhaft um Maggie, die da so schluchzte, aber sein Gesicht war starr und tränenlos, seine Augen leer, als ob eine schwarze Wolke plötzlich wie ein Vorhang auf seinen Weg gefallen wäre.
Aber schon hielt Maggie jäh inne, ein einziger Gedanke hatte auf sie die Wirkung eines aufschreckenden Geräusches.

»Wir müssen fort, Tom, wir dürfen nicht bleiben – Vater wird mich vermissen – wir müssen um zehn an der Hauptstraße sein, um die Kutsche zu erreichen.« Sie sagte dies mit hastigem Entschluß, rieb sich die Augen und erhob sich, um nach ihrer Haube zu greifen.

Tom verspürte sogleich denselben Antrieb und erhob sich ebenfalls. »Warte eine Minute, Maggie«, sagte er. »Ich muß mit Mr. Stelling sprechen, und dann gehen wir.«

Er dachte, er müßte ins Studierzimmer gehen, wo die Schüler waren, aber auf dem Weg dorthin traf er Mr. Stelling, der von seiner Frau gehört hatte, daß Maggie Kummer zu haben schien, als sie nach ihrem Bruder fragte; und nun dachte er, daß Bruder und Schwester lange genug allein gewesen seien, und kam, um sich zu erkundigen und ihnen sein Mitgefühl anzubieten.

»Mr. Stelling, bitte, ich muß nach Hause fahren«, sagte Tom abrupt, als er Mr. Stelling auf dem Flur traf. »Ich muß sofort mit meiner Schwester zurückkehren. Mein Vater hat seinen Prozeß verloren, er hat sein ganzes Vermögen verloren, und er ist sehr krank.«

Mr. Stelling fühlte als ein gutherziger Mann, er sah für sich selbst einen wahrscheinlichen Geldverlust voraus, aber das hatte keinen nennenswerten Anteil an seinem Empfinden, als er mit ernstem Mitleid Bruder und Schwester ansah, für die Jugendzeit und Leid gemeinsam angefangen hatten. Als er erfuhr, wie Maggie gekommen war und wie wichtig es ihr war, wieder nach Hause zu gelangen, drängte er sie zur Abreise und flüsterte nur Mrs. Stelling, die ihm gefolgt war, noch etwas zu, worauf sie sofort den Raum verließ.

Tom und Maggie standen an der Schwelle, bereit zu gehen, als Mrs. Stelling mit einem kleinen Korb kam, den sie an Maggies Arm hängte, und sagte: »Denk daran, auf dem Weg ein wenig zu essen, meine Liebe.« Maggies Herz wandte sich dieser Frau zu, die sie nie gemocht hatte, und sie küßte sie schweigend. Es war in diesem armen Kind das erste Anzeichen des neuen Empfindens, das eine Gabe des Kummers ist, jener Empfänglichkeit für die reinen Dienste der Menschlichkeit, die sie zu einem Unterpfand liebender Gemeinschaft erhebt, wie für abgehärmte Männer in den Eisbergen die bloße Gegenwart eines Kameraden tiefe Quellen der Zuneigung anrührt.

Mr. Stelling legte seine Hand auf Toms Schulter und sagte: »Gott segne dich, mein Junge, laß mich wissen, wie es dir ergeht.« Dann drückte er Maggies Hand, aber sie sagten nichts zum Abschied. Tom hatte so oft gedacht, wie sehr er sich an dem Tag freuen würde, an dem er die Schule für immer verließe. Und jetzt erschienen seine Schuljahre wie Ferien, die zu Ende gegangen waren.

Die beiden schlanken jungen Gestalten wurden auf der entfernten Straße bald undeutlich und verschwanden dann ganz hinter vorspringenden Heckenzäunen.

Sie waren zusammen in ihr neues Leben des Kummers hinausgegangen, und sie würden den Sonnenschein nie wieder ungetrübt von Erinnerungen und Sorgen sehen. Sie waren in die dornige Wildnis eingetreten, und die goldenen Pforten ihrer Kindheit hatten sich für immer hinter ihnen geschlossen.

Drittes Buch

Der Niedergang

Kapitel 1

Was daheim geschehen war

Als Mr. Tulliver zuerst von der Tatsache erfuhr, daß der Prozeß gegen ihn entschieden war und daß Pivart und Wakem triumphierten, da dachte jeder, der ihn zu dem Zeitpunkt zufällig beobachtete, daß er für einen so zuversichtlichen und heißblütigen Mann den Schlag bemerkenswert gut ertrug. Er dachte dies selbst: er dachte, er würde beweisen, daß, falls Wakem oder sonst jemand ihn für zerschmettert hielten, sie sich getäuscht sehen würden. Er konnte sich nicht davor verschließen, daß die Kosten dieses lang andauernden Prozesses mehr verschlingen würden, als er besaß, um sie zu bezahlen; aber er sah eine Fülle von Auswegen vor sich, durch die er alle Folgen außer denen, die erträglich schienen, abwehren und den Anschein des Zusammenbruchs in der Welt verhindern konnte. Die ganze Hartnäckigkeit und der Trotz seiner Natur, die aus ihren alten Kanälen vertrieben worden waren, fanden ein Ventil in der sofortigen Erstellung von Plänen, durch die er seinen Schwierigkeiten begegnen und diesen zum Trotz Mr. Tulliver von der Dorlcoter Mühle bleiben würde. Eine solche Flut von Vorhaben war in seinem Gehirn, daß die Röte seines Gesichts kein Wunder war, als er von einem Gespräch mit seinem Anwalt, Mr. Gore, kam und sein Pferd bestieg, um von Lindum nach Hause zu reiten. Da gab es Furley, der die Hypothek auf das Land besaß, ein vernünftiger Kerl, der seinen eigenen Vorteil sehen würde, so war Mr. Tulliver überzeugt, und der nicht nur froh sein würde, den ganzen Besitz einschließlich der Mühle und der Gebäude zu kaufen, sondern Mr. Tulliver auch als Pächter nehmen und gewillt sein würde, Geld vorzustrecken, das mit hohem Zins aus dem Gewinn des Unternehmens, das ihm übertragen würde, zurückzuzahlen wäre, und Mr. Tulliver würde nur gerade so viel davon nehmen, wie genügte, um sich und seine Familie zu ernähren. Wer würde sich solch eine gewinnbringende Investition entgehen lassen? Bestimmt nicht Furley, denn Mr. Tulliver hatte beschlossen, daß Furley seinen Plänen mit größter Aufgeschlossenheit begegnen sollte; und es gibt Menschen, deren Gehirn noch nicht einmal durch einen verlorenen Prozeß gefährlich erhitzt ist, die dazu neigen, in ihren eigenen Interessen oder Wünschen ein Motiv für das Handeln anderer zu sehen. Es gab keinen Zweifel (dem Müller zufolge), daß Furley genau das tun würde, was wünschenswert war; und wenn er es täte, nun, dann würden sich die Dinge nicht allzu sehr verschlechtern. Mr. Tulliver und seine Familie müßten zwar kärglicher und bescheidener leben, aber dies nur, bis der Profit des Unternehmens das von Furley Vorgestreckte abbezahlt hätte, und das könnte schon sein, wenn der Müller immer noch eine beträchtliche Anzahl von Lebensjahren vor sich hätte. Es war klar, daß die Kosten des Prozesses bezahlt werden konnten, ohne daß er seinen alten Platz verlassen müßte und als ruinierter Mann dastände. Bestimmt war es ein mißlicher Moment für seine Angelegenheiten. Da war noch die Sicherheit für den armen Riley, der im letzten April plötzlich gestorben war und seinen Freund mit Schulden von zweihundertfünfzig Pfund befrachtet zurückgelassen hatte, eine Tatsache, die dazu beigetragen hatte, daß Mr. Tullivers Bankbuch sich weniger erfreulich las, als man es sich auf Weihnachten zu wünschte. Nun denn! Er war nie einer von diesen kleinmütigen Pfennigfuchsern gewesen, die einem Weggefährten in dieser verwirrenden Welt eine helfende Hand verweigerten. Wirklich ärgerlich war jedoch die Tatsache, daß vor einigen Monaten der Gläubiger, der ihm die fünfhundert Pfund zur Rückzahlung an Mrs. Glegg geliehen hatte, wegen seines Geldes unruhig geworden war (auf Wakems Betreiben, natürlich) und Mr. Tulliver, der damals noch zuversichtlich war, den Prozeß zu gewinnen, und es außerordentlich lästig fand, die besagte Summe aufzutreiben, bis das erwünschte Ergebnis endlich feststand, vorschnell der Forderung zugestimmt hatte, anstelle des Pfandes eine Pfandverschreibung seines Hausrates und einiger anderer beweglicher Habe als Sicherheit zu geben. Es war einerlei, so hatte er zu sich gesagt, er würde bald das Geld zurückzahlen, und es konnte nicht mehr schaden, diese Sicherheit zu geben als irgendeine andere. Aber nun erschienen ihm die Folgen dieser Pfandverschreibung in einem neuen Licht, und es fiel ihm ein, daß der Zeitpunkt kurz bevorstand, wo sie geltend gemacht werden sollte, wenn das Geld bis dahin nicht zurückgezahlt wäre. Zwei Monate zuvor hätte er noch stur behauptet, daß er niemals den Angehörigen seiner Frau verpflichtet sein wolle, aber nun sagte er ebenso stur, daß es nur richtig und natürlich sei, daß Bessy zu den Pullets gehen und ihnen die Sache erklären solle; sie würden kaum zulassen, daß Bessys Hausrat verkauft würde, und er könnte eine Sicherheit für Pullet sein, wenn er das Geld vorstreckte – schließlich würden weder Geschenk noch Bevorzugung bei der Sache mitspielen. Mr. Tulliver hätte nie etwas von einem so kleinmütigen Menschen für sich selbst erbeten, aber Bessy konnte das doch tun, wenn sie wollte.

Es sind gerade die stolzesten und hartnäckigsten Männer, die am ehesten geneigt sind, ihre Position zu verrücken und sich selbst auf eine so plötzliche Art zu widersprechen; alles ist für sie leichter zu ertragen als die einfache Tatsache, daß sie eine gründliche Niederlage erlitten haben und das Leben neu beginnen müssen. Und Mr. Tulliver war, wie man sieht, obgleich nichts anderes als ein hervorragender Müller und Mälzer, ebenso stolz und hartnäckig, als ob er eine erhabene Persönlichkeit gewesen wäre, in der eine solche Veranlagung die Quelle zu jener bemerkenswerten und weithallenden Tragödie sein könnte, die im königlichen Gewande die Bühne beherrscht und dem langweiligsten Chronisten Größe verleiht. Stolz und Hartnäckigkeit von Müllern und anderen unbedeutenden Leuten, an denen man Tag für Tag unbemerkt vorübergeht, haben auch ihre Tragödie, aber sie ist von der unbeweinten, verborgenen Art, die sich von Generation zu Generation fortsetzt und keine Niederschrift hinterläßt – eine solche Tragödie vielleicht, wie sie in den Konflikten junger Seelen liegt, die nach Freude hungern, unter einem Los, das ihnen plötzlich zu einem harten geworden ist, unter der Öde eines Zuhause, wo der Morgen kein Versprechen mit sich bringt und wo die erwartungslose Unzufriedenheit verhärmter und enttäuschter Eltern auf den Kindern lastet wie feuchte, drückende Luft, in der alle Funktionen des Lebens erstickt werden; oder eine solche Tragödie, wie sie in dem langsamen oder plötzlichen Tod liegt, der auf eine verletzte Leidenschaft folgt, obwohl es ein Tod sein mag, der nur ein Gemeindebegräbnis bekommt. Es gibt bestimmte Tiere, denen das Bewahren ihrer Körperhaltung ein Lebensgesetz ist – nach einer einzigen Verrenkung können sie nur noch dahinsiechen. Und es gibt bestimmte Menschen, denen Überlegenheit ein Lebensgesetz ist, sie können Demütigung nur so lange ertragen, wie sie sich weigern können, daran zu glauben, und ihrer eigenen Ansicht nach noch immer überlegen sind.

Mr. Tulliver war seiner eigenen Vorstellung nach noch immer überlegen, als er nach St. Ogg's kam, durch das er auf seinem Heimweg reiten mußte. Aber was war es, das ihm eingab, als er die Kutsche von Laceham in die Stadt einfahren sah, ihr zur Poststation zu folgen und den Bürodiener dort einen Brief schreiben zu lassen, in dem er Maggie bat, schon am nächsten Tag nach Hause zu kommen? Mr. Tullivers eigene Hand zitterte in seiner Erregung zu sehr, um selbst zu schreiben, und er wollte, daß der Brief dem Kutscher gegeben würde, der ihn am nächsten Morgen in Miss Firniss' Schule abgeben sollte. Er hatte, ohne sich selbst darüber Rechenschaft geben zu wollen, ein heftiges Verlangen, Maggie bei sich zu haben – ohne Verzögerung –, sie mußte morgen mit der Postkutsche zurückkehren.

Mrs. Tulliver gegenüber wollte er, als er heimkehrte, keine Schwierigkeiten zugeben und wies ihren kummervollen Ausbruch, als sie hörte, daß der Prozeß verloren sei, durch Schimpfen und die zornige Feststellung zurück, daß es nichts gäbe, das man bejammern müßte. Er sagte ihr an diesem Abend nichts von der Pfandverschreibung und dem Ersuchen an Mrs. Pullet, denn er hatte sie in Unkenntnis über die Art der Transaktion gelassen und die Notwendigkeit, ein Verzeichnis des Inventars zu erstellen, als eine Angelegenheit im Zusammenhang mit seinem Testament erklärt. Wenn man eine Ehefrau besitzt, die einem an Verstandesgaben deutlich nachsteht, so ist dies, wie viele andere hohe Privilegien, von ein paar Unannehmlichkeiten begleitet, unter anderem von der gelegentlichen Notwendigkeit, eine kleine Täuschung anzuwenden.

Am nächsten Tag war Mr. Tulliver des Nachmittags wieder zu Pferde und auf dem Weg zu Mr. Gores Büro in St. Ogg's. Gore sollte Furley am Morgen getroffen und bezüglich Mr. Tullivers Angelegenheiten Erkundigungen angestellt haben. Aber er war noch nicht die Hälfte des Weges geritten, als er einen Bediensteten aus Mr. Gores Büro traf, der einen Brief für Mr. Tulliver brachte. Mr. Gore war durch eine plötzliche geschäftliche Angelegenheit fortgerufen und daran gehindert worden, gemäß ihrer Verabredung in seinem Büro auf Mr. Tulliver zu warten, aber er würde morgen um elf Uhr dort sein und schickte inzwischen eine wichtige Mitteilung per Brief.

»Oh«, sagte Mr. Tulliver, nahm den Brief, aber öffnete ihn nicht. »Dann sag Gore, daß ich morgen um elf bei ihm sein werde«, und er wendete sein Pferd.

Der Bedienstete, dem Mr. Tullivers aufgeregt funkelnder Blick auffiel, sah ihm noch einige Augenblicke nach und ritt dann davon. Das Lesen eines Briefes war nicht Sache eines Augenblicks für Mr. Tulliver, er nahm den Sinn einer Äußerung durch das Medium geschriebener oder sogar gedruckter Buchstaben nur sehr langsam auf; so hatte er den Brief in die Tasche gesteckt und gedachte, ihn daheim in seinem Lehnstuhl zu öffnen. Doch nach und nach fiel ihm ein, daß etwas in dem Brief stehen möchte, das Mrs. Tulliver nicht wissen dürfte, und in dem Fall wäre es besser, ihn ihrem Blick ganz vorzuenthalten. Er hielt sein Pferd an, nahm den Brief heraus und las ihn. Es war nur ein kurzer Brief und besagte im wesentlichen, daß Mr. Gore mit Gewißheit erfahren hatte – aus geheimer, aber sicherer Quelle –, daß Furley in letzter Zeit in Geldschwierigkeiten geraten sei und sich von seinen Sicherheiten, darunter der Hypothek auf Mr. Tullivers Besitz getrennt habe. Letztere sei überschrieben worden auf – Wakem.

Eine halbe Stunde danach fand Mr. Tullivers eigener Fuhrmann ihn besinnungslos am Straßenrand liegend, mit einem geöffneten Brief neben sich und seinem grauen Pferd, das unruhig umherschnaubte.

Als Maggie, dem Ruf ihres Vaters gehorchend, an jenem Abend zu Hause ankam, war er nicht mehr bewußtlos. Ungefähr eine Stunde zuvor war er wieder zu sich gekommen und hatte sich mit vagen, leeren Blicken umgesehen, dann hatte er etwas von einem Brief gemurmelt, was er sogleich ungeduldig wiederholte. Auf Veranlassung von Mr. Turnbull, dem Arzt, wurde Gores Brief gebracht und auf das Bett gelegt, und die vorherige Ungeduld schien beschwichtigt. Der schwer getroffene Mann lag eine Weile lang da, die Augen auf den Brief gerichtet, als versuche er mit dessen Hilfe seine Gedanken zusammenzuknüpfen. Aber schon schien eine neue Welle der Erinnerung über ihn gekommen zu sein, die die andere davonspülte; er wandte seine Augen vom Brief ab zur Tür, und nachdem er unruhig dorthin geblickt hatte, als ob er sich bemühe, etwas zu sehen, wofür seine Augen zu trüb waren, sagte er: »Das kleine Mädel.«

Er wiederholte die Worte ungeduldig von Zeit zu Zeit, offensichtlich alles anderen als dieses dringenden Wunsches völlig unbewußt, und er gab kein Zeichen, daß er seine Frau oder sonst jemanden erkannte, und die arme Mrs. Tulliver, deren schwache Kräfte durch diese plötzliche Anhäufung von Nöten schon fast gelähmt waren, ging immer wieder zum Tor hinaus, um zu sehen, ob die Kutsche von Laceham schon käme, obwohl es noch nicht an der Zeit war.

Aber schließlich kam sie und setzte das arme, besorgte Mädchen ab, das nicht länger ein »kleines Mädel« war, außer in ihres Vaters zärtlicher Erinnerung.

»O Mutter, was ist geschehen?« sagte Maggie mit bleichen Lippen, als ihre Mutter weinend auf sie zukam. Sie dachte nicht daran, daß ihr Vater krank sei, weil der Brief nach seinem Diktat aus der Station in St. Ogg's gekommen war.

Aber nun kam Mr. Turnbull, um sie zu begrüßen; ein Arzt ist der gute Engel eines Hauses in Nöten, und Maggie lief auf den gütigen alten Freund, an den sie sich erinnerte, solange sie sich überhaupt an etwas erinnern konnte, mit einem bebenden, fragenden Blick zu.

»Beunruhige dich nicht zu sehr, meine Liebe«, sagte er und nahm ihre Hand. »Dein Vater hatte einen plötzlichen Anfall und hat sein Gedächtnis noch nicht ganz wiedererlangt. Aber er hat nach dir gefragt, und es wird ihm guttun, dich zu sehen. Verhalte dich so ruhig, wie du kannst; leg deine Sachen ab und komm mit mir nach oben.«

Maggie gehorchte mit jenem schrecklichen Herzklopfen, das das Sein schlechthin zu einem schmerzlichen Pulsieren werden läßt. Allein die leise Stimme, mit der Mr. Turnbull sprach, hatte ihre empfängliche Vorstellungskraft erschreckt. Ihres Vaters Augen waren noch unruhig nach der Tür gewandt, als sie eintrat und dem seltsamen, verlangenden, hilflosen Blick begegnete, der vergeblich nach ihr gesucht hatte. Aufflammend richtete er sich mit einer plötzlichen Bewegung im Bett auf – sie stürzte auf ihn zu und umfing ihn mit qualvollen Küssen.

Das arme Kind! Es war sehr früh für sie, einen dieser höchsten Augenblicke im Leben zu erfahren, wo alles, was wir erhofften oder was uns erfreute, alles, was wir fürchten oder ertragen können, als unbedeutend von uns abfällt – verloren ist wie eine belanglose Erinnerung in der einfachen, primitiven Liebe, die uns mit den Menschen, die uns immer am nächsten standen, zu Zeiten ihrer Hilflosigkeit oder Qual verbindet.

Aber dieses Aufflammen des Erkennens war eine zu große Anstrengung für des Vaters angegriffene, geschwächte Kräfte gewesen. Er sank in neuerliche Bewußtlosigkeit und Erstarrung, die viele Stunden andauerte und nur durch ein gelegentliches Aufflackern des Bewußtseins unterbrochen wurde, wo er willenlos alles nahm, was man ihm reichte und eine Art kindlicher Befriedigung in Maggies naher Gegenwart zu empfinden schien – eine solche Befriedigung, wie sie ein Säugling zeigt, wenn er auf den Schoß der Amme zurückgebracht wird.

Mrs. Tulliver schickte nach ihren Schwestern, und es gab ein großes Wehklagen und Händeringen im unteren Geschoß. Sowohl Onkel als Tanten sahen, daß der Ruin Bessys und ihrer Familie so vollständig war, wie sie ihn schon immer vorhergesagt hatten, und es bestand Übereinstimmung in der Familie darüber, daß ein Gericht über Mr. Tulliver gekommen sei, dem durch allzu große Freundlichkeit zuwiderzuhandeln ein Frevel wäre. Aber Maggie hörte von all dem wenig, da sie kaum einmal von ihres Vaters Seite wich, wo sie ihm gegenübersaß, ihre Hand auf der seinen. Mrs. Tulliver wollte, daß Tom nach Hause geholt würde, und schien sogar mehr an ihren Jungen zu denken als an ihren Ehemann, aber die Tanten und Onkel widersprachen dem. Tom sei besser in der

Schule aufgehoben, zumal Mr. Turnbull sagte, er glaube, daß keine unmittelbare Gefahr bestehe. Aber am Ende des zweiten Tages, als Maggie sich mehr an ihres Vaters Anfälle von Bewußtlosigkeit und die Erwartung, daß er aus ihnen erwachen würde, gewöhnt hatte, wurde auch in ihr der Gedanke an Tom immer drängender, und als ihre Mutter am Abend weinend dasaß und sagte: »Mein armer Junge ... es ist nicht mehr als recht, daß er heimkommen sollte«, da sagte Maggie: »Laß mich zu ihm gehen und es ihm sagen, Mutter. Ich werde morgen früh fahren, sofern Vater mich nicht erkennt und mich nicht braucht. Es wäre so hart für Tom, heimzukommen und noch nichts von allem zu wissen.«

Und am nächsten Morgen ging Maggie, wie wir gesehen haben. Als sie auf dem Heimweg in der Kutsche saßen, sprachen Bruder und Schwester miteinander in traurigem, stockendem Flüstern.

»Sie sagen, daß Mr. Wakem eine Hypothek oder so etwas auf das Land hat, Tom«, sagte Maggie. »Es war der Brief mit dieser Nachricht, der Vater so krank machte, meinen sie.«

»Ich glaube, daß der Schurke die ganze Zeit geplant hat, meinen Vater zu ruinieren«, sagte Tom und ging unvermittelt von verschwommensten Eindrücken zu einer festumrissenen Schlußfolgerung über. »Ich werde es ihn fühlen lassen, wenn ich ein Mann bin. Und gib acht, daß du nie wieder mit Philip sprichst.«

»Oh, Tom!« sagte Maggie in einem Ton traurigen Vorwurfs, aber es war ihr nicht danach zumute, sich über irgend etwas auseinanderzusetzen, noch weniger, Tom zu verärgern, indem sie ihm widersprach.

Kapitel 2

Mrs. Tullivers Teraphim[1] *oder Haushaltsgötter*

Als die Kutsche Tom und Maggie absetzte, war es fünf Stunden her, seit sie von zu Hause fortgegangen war, und sie dachte mit einigem Beben daran, daß ihr Vater sie vielleicht vermißt und vergeblich nach seinem »kleinen Mädel« gefragt hätte. Sie dachte an keine andere Veränderung, die sich inzwischen ergeben haben könnte.

Sie eilte den Kiesweg entlang und betrat das Haus vor Tom, aber im Eingang ließ ein starker Tabakgeruch sie zurückfahren. Die Wohnzimmertür stand angelehnt – von dort kam der Geruch. Das war sehr seltsam: konnte irgendein Besucher zu einer Zeit wie dieser rauchen? War ihre Mutter da? Wenn ja, mußte ihr schon mitgeteilt worden sein, daß Tom gekommen war. Maggie war nach dieser Pause der Überraschung gerade im Begriff, die Tür zu öffnen, als Tom hinzutrat, und beide sahen sie gemeinsam ins Wohnzimmer. Da war ein grobschlächtiger, ungepflegter Mann, an dessen Gesicht Tom sich dunkel erinnerte, und saß rauchend in ihres Vaters Lehnstuhl mit einem Krug und Glas neben sich.

Im Augenblick blitzte in Tom die Wahrheit auf. »Den Gerichtsvollzieher im Haus haben« und »unter den Hammer kommen« waren Wendungen, an die er gewöhnt war, sogar schon als kleiner Junge: sie waren Teil der Schmach und des Elends des Scheiterns, wenn man sein ganzes Geld verlor und ruiniert war, wenn man auf die Stufe der armen Arbeiter herabsank. Es schien nur natürlich, daß dies passieren sollte, da sein Vater seinen ganzen Besitz verloren hatte, und er dachte an keine andere Ursache für diese bestimmte Form des Unglücks als den verlorenen Prozeß. Aber die unmittelbare Gegenwart dieser Schmach war eine noch schneidendere Erfahrung für Tom als die schlimmste Form der Befürchtung, so daß er in diesem Moment empfand, sein

wahres Unglück habe erst gerade begonnen, es war eine Berührung des gereizten Nervs, verglichen mit seinem unwillkürlichen, dumpfen Schmerz.
»Guten Tag, Sir«, sagte der Mann und nahm die Pfeife mit rauher, verwirrter Höflichkeit aus dem Mund. Die beiden jungen, erschrockenen Gesichter ließen ihn sich ein wenig unbehaglich fühlen.
Aber Tom wandte sich hastig ab, ohne zu sprechen: der Anblick war ihm zu verhaßt. Maggie hatte das Auftauchen dieses Fremden nicht wie Tom verstanden. Sie folgte ihm und flüsterte: »Wer kann das sein, Tom? Was ist los?« Dann eilte sie mit einer plötzlichen, unbestimmten Furcht, der Fremde könnte etwas mit einer Veränderung im Zustand ihres Vaters zu tun haben, nach oben, sammelte sich aber an der Schlafzimmertür soweit, daß sie ihre Haube absetzen und auf Zehenspitzen eintreten konnte. Alles war dort ruhig, ihr Vater lag mit geschlossenen Augen, ohne irgend etwas um sich herum wahrzunehmen, so wie sie ihn verlassen hatte. Ein Dienstmädchen war da, nicht aber ihre Mutter.
»Wo ist meine Mutter?« flüsterte sie. Das Dienstmädchen wußte es nicht.
Maggie hastete wieder hinaus und sagte zu Tom: »Vater liegt ruhig, laß uns gehen und meine Mutter suchen. Wo sie wohl ist?«
Mrs. Tulliver war nicht unten, nicht in einem der Schlafzimmer. Es war nur noch ein Raum unter dem Speicher, in dem Maggie sie noch nicht gesucht hatte, das war die Bodenkammer, wo ihre Mutter ihr Leinen und all die wertvollen »besten Sachen« aufbewahrte, die nur zu besonderen Anlässen ausgewickelt und hervorgeholt wurden. Tom, der Maggie voranging, als sie durch den Gang zurückkehrten, öffnete die Tür zu diesem Raum und sagte sogleich: »Mutter!«
Mrs. Tulliver saß da mit all ihren verwahrten Schätzen. Eine der Leinentruhen war offen, die silberne Teekanne war aus ihren vielen Papierschichten ausgewickelt und

das beste Porzellan auf der geschlossenen Leinentruhe aufgestellt; Löffel, Fleischspieße und Kellen waren in Reihen auf den Borden ausgebreitet; und die arme Frau schüttelte den Kopf und weinte mit einem bitteren Zug um den Mund über dem Zeichen »Elizabeth Dodson« in der Ecke einiger Tischtücher, die sie in ihrem Schoß hielt.

Sie ließ sie fallen und fuhr auf, als Tom sprach.

»O mein Junge, mein Junge!« sagte sie und umschlang seinen Hals. »Daß ich diesen Tag noch erleben mußte! Wir sind ruiniert – alles wird versteigert – wenn man denkt, daß euer Vater mich geheiratet hat, um mich dahin zu bringen! Wir haben nichts ... wir werden Bettler sein ... wir müssen ins Armenhaus ...«

Sie küßte ihn und setzte sich dann wieder, nahm ein anderes Tischtuch auf den Schoß und faltete es ein wenig auf, um das Muster anzusehen, während die Kinder in stummem Elend dabeistanden, im Augenblick ganz erfüllt von den Worten »Bettler« und »Armenhaus«.

»Zu denken, daß ich dieses Tuch selbst gesponnen habe«, fuhr sie fort, wobei sie die Sachen hochhob und herumdrehte mit einer Erregung, die um so seltsamer und mitleiderregender schien, als die rundliche blonde Frau gewöhnlich so passiv war. Wenn sie sonst aufgeregt gewesen war, dann nur an der Oberfläche. »Und Job Haxey hat sie gewebt und brachte das Stück auf dem Rücken nach Hause, ich erinnere mich noch, wie ich an der Tür stand und ihn kommen sah, bevor ich überhaupt daran dachte, euren Vater zu heiraten! Und das Muster, das ich selbst ausgesucht hatte – und so schön gebleicht, und ich habe die Monogramme so gestickt, so was hat man noch nie gesehen, man muß das Tuch zerschneiden, um sie herauszubekommen, denn es ist ein besonderer Stich. Und sie sollen alle versteigert werden und zu fremden Leuten ins Haus kommen und vielleicht mit dem Messer zerschnitten werden und verschlissen sein, bevor ich tot bin. Du wirst nie eines davon haben, mein

Junge«, sagte sie und sah mit tränenerfüllten Augen zu Tom auf, »und sie sollten doch für dich sein. Ich wollte, daß du alle von diesem Muster haben solltest. Maggie könnte die mit dem großen Karo bekommen haben, die sehen nie so gut aus, wenn der Tisch gedeckt ist.« Tom war bis ins Innerste getroffen, aber sogleich reagierte er auch zornig. Sein Gesicht lief rot an, als er sagte: »Aber werden meine Tanten zulassen, daß sie verkauft werden, Mutter? Wissen sie davon? Sie werden doch niemals dein Leinen dahingehen lassen, oder? Hast du nicht nach ihnen geschickt?«

»Doch, ich habe Luke sofort hingeschickt, als die Gerichtsvollzieher kamen, und deine Tante Pullet war da – und, oje, oje, sie weint so und sagt, daß dein Vater Schande über meine Familie gebracht hat und daß er sie zum Gespräch der ganzen Gegend gemacht hat, und sie wird die gepunkteten Tücher für sich selbst kaufen, weil sie von dem Muster nie so viele gehabt hat, wie sie wollte, und die werden nicht zu Fremden kommen, aber sie hat schon mehr Karos, als sie brauchen kann.« (Hier fing Mrs. Tulliver an, die Tischtücher wieder in die Truhe zu legen, wobei sie sie automatisch faltete und glattstrich.) »Und euer Onkel Glegg war auch hier, und er sagt, daß was für uns gekauft werden muß, worauf wir uns betten können, aber er muß mit eurer Tante sprechen, und sie kommen alle, um zu beraten. Aber ich weiß, daß keiner von ihnen mein Porzellan nimmt«, fügte sie hinzu und wandte sich den Tassen und Untertassen zu, »denn sie hatten alle was dran auszusetzen, als ich es gekauft hab, wegen der kleinen goldenen Zweige, die da überall zwischen den Blumen sind. Aber keiner von ihnen hat besseres Porzellan, nicht mal eure Tante Pullet selbst, und ich hab es von meinem eignen Geld gekauft, das ich gespart hatte, seit ich fünfzehn wurde, und die silberne Teekanne auch – euer Vater hat nichts davon bezahlt. Und nun zu denken, daß er mich hat heiraten sollen und mich dahin gebracht hat.«

Mrs. Tulliver brach von neuem in Weinen aus, und sie schluchzte einige Augenblicke mit dem Taschentuch vor den Augen, aber dann nahm sie es fort und sagte vorwurfsvoll und immer noch halb schluchzend, als ob sie zum Sprechen aufgefordert worden wäre, bevor sie ihre Stimme in der Gewalt hatte:

»Und ich hab ihm doch immer wieder gesagt: ›Was du auch tust, geh nicht vor Gericht‹, – und was konnte ich sonst tun? Ich mußte mit ansehen, wie mein eignes Vermögen vertan wurde, und was auch das meiner Kinder hätte sein sollen. Du wirst nicht einen Penny bekommen, mein Junge..., aber es ist nicht die Schuld deiner armen Mutter.«

Sie streckte Tom einen Arm entgegen und sah jämmerlich zu ihm auf mit ihren hilflosen, kindlichen blauen Augen. Der arme Junge ging zu ihr und küßte sie, und sie klammerte sich an ihn. Zum ersten Mal dachte Tom mit einigem Vorwurf an seinen Vater. Seiner natürlichen Neigung zur Kritik, die bis jetzt in bezug auf seinen Vater geschlummert hatte, weil er ihn immer für im Recht gehalten hatte, ganz einfach aus dem Grunde, weil er Tom Tullivers Vater war, wurde durch seiner Mutter Klagen neue Wege gewiesen, und in seine Empörung gegen Wakem begann sich Empörung noch anderer Art zu mischen. Vielleicht hatte sein Vater dazu beigetragen, sie vor aller Welt zu erniedrigen und die Leute verächtlich von ihnen reden zu lassen, aber niemand sollte lange verächtlich von Tom Tulliver reden. Die natürliche Stärke und Festigkeit seiner Natur begann sich durchzusetzen, doppelt angestachelt durch die Verärgerung über seine Tanten und das Gefühl, daß er sich wie ein Mann benehmen und für seine Mutter sorgen mußte.

»Gräm dich nicht, Mutter«, sagte er zärtlich. »Ich werde bald Geld verdienen können, ich werde irgendeine Art Stellung bekommen.«

»Gott segne dich, mein Junge«, sagte Mrs. Tulliver ein wenig beruhigt. Dann sah sie sich traurig um und sagte:

»Aber 's wär' alles nicht so schlimm für mich, wenn wir nur die Sachen mit meinem Namen drauf hätten behalten können.«

Maggie hatte diese Szene mit zunehmendem Zorn beobachtet. Die darin liegenden Vorwürfe gegen ihren Vater – ihren Vater, der in einer Art lebendigen Todes dalag – wogen all ihr Mitleid über Kummer um Tischtücher und Porzellan auf, und ihr Zorn um ihres Vaters willen wurde noch durch die eigene Verärgerung darüber vergrößert, daß Tom stillschweigend mit seiner Mutter darin übereinstimmte, sie vom allgemeinen Elend auszuschließen. Daß ihre Mutter sie gewohnheitsmäßig herabsetzte, war ihr schon fast gleichgültig geworden, aber sie war hellwach für eine Billigung – wie passiv auch immer –, die sie von Toms Seite vermuten konnte. Die arme Maggie bestand keineswegs aus schierer Ergebenheit, sondern erhob weitreichende Ansprüche für sich selbst, wo sie innig liebte. Schließlich rief sie in einem erregten, fast heftigen Ton aus: »Mutter, wie kannst du so reden, als ob du dich nur um die Sachen mit *deinem* Namen darauf sorgtest und nicht um das, was auch meines Vaters Namen trägt. Und sich überhaupt um etwas anderes zu sorgen als um den lieben Vater selbst, wenn er daliegt und vielleicht nie wieder zu uns spricht! Tom, du solltest das auch sagen, du solltest niemanden meinen Vater beschuldigen lassen.«

Maggie verließ den Raum, halb erstickt von Kummer und Wut, und nahm ihren alten Platz an ihres Vaters Bett wieder ein. Ihr Herz wandte sich ihm mit noch stärkerer Bewegung zu als zuvor bei dem Gedanken, daß die Leute ihn tadeln würden. Maggie haßte Tadel, sie war ihr ganzes Leben lang getadelt worden, und nichts war daraus entstanden als Wut und Zorn. Ihr Vater hatte sie immer verteidigt und entschuldigt, und die liebende Erinnerung seiner Zärtlichkeit war eine Kraft in ihr, die sie befähigen würde, um seinetwillen alles zu tun oder zu ertragen.

Tom war ein wenig entsetzt über Maggies Ausbruch – *ihm* sowie seiner Mutter zu sagen, was zu tun recht wäre! Sie sollte es inzwischen besser wissen, als ein solch kommandierendes, anmaßendes Gehabe zu zeigen. Aber dann ging er in seines Vaters Zimmer, und der Anblick dort rührte ihn auf eine Weise, die die geringfügigeren Eindrücke der vorangegangenen Stunde auslöschte. Als Maggie sah, wie bewegt er war, ging sie auf ihn zu und legte ihren Arm um seinen Hals, als er am Bett saß, und die beiden Kinder vergaßen alles andere in dem Gefühl, daß sie einen Vater hatten und ein Leid.

Kapitel 3

Der Familienrat

Es war elf Uhr am nächsten Morgen, als die Tanten und Onkel kamen, um ihre Beratung abzuhalten. Im großen Wohnzimmer war der Kamin angemacht worden, und die arme Mrs. Tulliver nahm unter dem verwirrten Eindruck, daß dies eine bedeutende Angelegenheit sei wie ein Begräbnis, die Quasten der Klingelzüge aus ihrer Umhüllung, steckte die Vorhänge los, legte sie in ordentliche Falten und sah sich dabei um und schüttelte traurig den Kopf über die polierten Platten und Beine der Tische, die selbst Schwester Pullet nicht ungenügenden Glanzes bezichtigen konnte.
Mr. Deane kam nicht – er war in Geschäften unterwegs –, aber Mrs. Deane erschien pünktlich in dem hübschen neuen Einspänner, der ein Verdeck hatte und einen Bediensteten in Livree und der für einige ihrer Freundinnen in St. Ogg's ein so deutliches Licht auf mehrere ihrer Charakterzüge geworfen hatte. Mr. Deane war in der Welt so schnell vorangekommen, wie es mit Mr. Tulliver abwärtsgegangen war, und in Mrs. Deanes Haus fingen

das Dodsonleinen und -geschirr an, einen untergeordneten Platz einzunehmen, als bloße Ergänzung zu den noch schöneren Artikeln derselben Art, die in den letzten Jahren angeschafft worden waren, ein Wechsel, der eine gelegentliche Kühle im schwesterlichen Umgang zwischen ihr und Mrs. Glegg hervorgerufen hatte, die fühlte, daß Susan »wie der Rest« wurde und daß bald nur noch wenig vom wahren Dodsongeist überleben würde, außer in ihr selbst und, wie zu hoffen war, in jenen Neffen, die den Namen Dodson auf dem Land der Familie aufrecht hielten, weit entfernt in den Wolds. Leute, die in einiger Entfernung leben, sind naturgemäß weniger fehlerhaft als solche, die unmittelbar unter unseren Augen sind; und wenn wir die entfernte geographische Lage der Äthiopier bedenken, und wie sehr wenig die Griechen mit ihnen zu tun hatten, scheint es überflüssig, weiter danach zu fragen, warum Homer sie »untadelig«[2] nennt.

Mrs. Deane traf als erste ein, und als sie im großen Wohnzimmer Platz genommen hatte, kam Mrs. Tulliver zu ihr herunter, ihr hübsches Gesicht ein wenig verzerrt, beinahe so, als wenn sie geweint hätte; sie war keine Frau, die reichlich Tränen vergießen konnte, außer in Augenblicken, wenn die Aussicht, ihren Hausrat zu verlieren, ungewöhnlich lebhaft wurde; aber sie fühlte, wie unpassend es wäre, unter den gegenwärtigen Umständen ruhig zu sein.

»O Schwester, was für eine Welt ist dies!« rief sie aus, als sie eintrat. »Welch ein Unglück, oje!«

Mrs. Deane war eine dünnlippige Frau, die zu besonderen Anlässen kurze, wohlüberlegte Reden hielt und sie hinterher bei ihrem Ehemann wiederholte und ihn fragte, ob sie nicht sehr passend gesprochen hätte.

»Ja, Schwester«, sagte sie mit Bedacht, »dies ist eine wechselvolle Welt, und wir wissen heute nicht, was morgen geschehen mag. Aber es ist recht, auf alles vorbereitet zu sein und uns, wenn Unglück geschickt wird, daran zu erinnern, daß es nicht ohne Grund geschickt wird. Du tust mir als Schwester leid, und wenn der Doktor Gelee für Mr. Tulliver verordnet, dann hoffe ich, daß du es mich wissen läßt, ich will es gern schicken. Denn es ist nur recht, daß er angemessene Pflege haben soll, während er krank ist.«

»Danke, Susan«, sagte Mrs. Tulliver recht schwach und entzog ihre dicke Hand der dünnen ihrer Schwester. »Aber über Gelee wurde noch nicht geredet.« Nach einem Augenblick setzte sie hinzu: »Es sind noch ein Dutzend geschliffner Geleegläser oben ... ich werd' niemals wieder Gelee reintun.«

Ihre Stimme war ziemlich erregt, als sie die letzten Worte aussprach, aber das Geräusch von Wagenrädern lenkte ihre Gedanken ab. Mr. und Mrs. Glegg waren gekommen, fast unmittelbar gefolgt von Mr. und Mrs. Pullet.

Mrs. Pullet trat weinend ein, eine umfassende Art, jederzeit auszudrücken, welches ihre Ansicht über das Leben im allgemeinen und welches kurz und knapp die Meinung war, die sie hinsichtlich des anstehenden besonderen Falles vertrat.

Mrs. Glegg trug ihre struppigsten Stirnlocken und Kleider, die erst eine kürzliche Auferstehung aus einem recht knittrigen Grab gehabt zu haben schienen, ein Aufzug, den sie zu dem hohen moralischen Zweck gewählt hatte, Bessy und ihren Kindern vollkommene Demut einzuflößen.

»Mrs. G., willst du nicht näher ans Feuer kommen?« sagte ihr Mann, der nicht den bequemeren Platz einnehmen wollte, ohne ihn ihr angeboten zu haben.

»Du siehst, daß ich mich hierher gesetzt habe«, gab jene vortreffliche Frau zurück. »*Du* kannst dich ja rösten, wenn du möchtest.«

»Nun gut«, sagte Mr. Glegg und setzte sich wohlgelaunt nieder, »und wie geht es dem armen Mann oben?«

»Dr. Turnbull meinte, es ginge ihm heute morgen viel besser«, sagte Mrs. Tulliver. »Er nahm mehr wahr und

sprach mit mir, aber er hat Tom bis jetzt noch nicht erkannt – sieht den armen Jungen an, als ob er ein Fremder wäre, obwohl er einmal etwas über Tom und das Pony gesagt hat. Der Doktor sagt, daß sein Gedächtnis weit zurückgewandert ist, und daß er Tom nicht erkennt, weil er an ihn denkt, wie er klein war. Ach je, ach je!«
»Ich fürchte fast, daß ihm das Wasser ins Gehirn gekommen ist«, sagte Tante Pullet und wandte sich um, nachdem sie ihr Häubchen melancholisch vor dem Trumeauspiegel zurechtgerückt hatte. »Es ist schon viel, wenn er je wieder aufstehen kann, und wenn, dann wird er höchstwahrscheinlich kindisch sein, wie Mr. Carr es war, der arme Mann. Sie mußten ihn drei Jahre lang mit einem Löffel füttern, als ob er ein Säugling wäre. Er konnte seine Glieder gar nicht mehr brauchen, aber dann hatte er einen Rollstuhl und jemanden, der ihn schob, und das wirst du nicht haben, fürchte ich, Bessy.«
»Schwester Pullet«, sagte Mrs. Glegg streng, »wenn ich es recht verstehe, sind wir an diesem Morgen zusammengekommen, um Rat zu geben und zu besprechen, was zu tun ist in dieser Schande, die auf die Familie gefallen ist, und nicht über Leute zu reden, die nicht zu uns gehören. Mr. Carr war nicht von unserem Blut, noch sonst mit uns verbunden, soweit ich je gehört habe.«
»Schwester Glegg«, sagte Mrs. Pullet flehend und zog sich die Handschuhe wieder an, wobei sie die Finger erregt glattstrich, »wenn du irgend etwas Despektierliches über Mr. Carr zu sagen hast, dann bitte ich dich, es nicht mir zu sagen. *Ich* weiß, was er war«, fügte sie mit einem Seufzer hinzu, »er war in einem Maße kurzatmig, daß man ihn zwei Zimmer weit hören konnte.«
»Sophy!« sagte Mrs. Glegg mit entrüstetem Widerwillen, »du sprichst aber über andrer Leute Beschwerden, bis es ganz unschicklich ist. Aber ich sag noch mal, was ich schon vorher gesagt hab, ich bin nicht von zu Hause hierhergekommen, um über Bekannte zu sprechen,

mochten sie nun kurzen oder langen Atem haben. Wenn wir nicht zusammengekommen sind, damit der eine hören kann, was der andre tun wird, um eine Schwester und ihre Kinder vor der Gemeindefürsorge zu bewahren, dann werde ich wieder gehen. Der eine kann nicht ohne den andren handeln, meine ich; man soll nicht annehmen, daß *ich* alles tue.«

»Nun, Jane«, sagte Mrs. Pullet, »ich sehe nicht, wo du sehr eilig damit gewesen wärest, etwas zu tun. Soweit ich weiß, ist dies das erste Mal, daß du hier bist, seit man weiß, daß der Gerichtsvollzieher im Haus ist, und ich war gestern hier und hab mir Bessys ganzes Leinen und alles angesehen, und ich hab ihr gesagt, daß ich die gepunkteten Tischtücher zurückkaufen würde. Was hätte ich Billigeres sagen können, denn was die Teekanne angeht, von der sie nicht möchte, daß sie aus der Familie kommt, so sieht man doch wohl ein, daß ich keine zwei silbernen Teekannen gebrauchen kann, nicht einmal, wenn sie nicht diese gerade Tülle hätte – aber den gepunkteten Damast hab ich immer gern gehabt.«

»Ich wünschte, es könnte so eingerichtet werden, daß meine Teekanne und mein Porzellan und die beste Menage nicht zur Versteigerung kommen müßten«, sagte die arme Mrs. Tulliver flehentlich, »und die Zuckerzangen, die ersten Dinge, die ich überhaupt gekauft hab.«

»Aber daran ist doch nichts zu ändern«, sagte Mr. Glegg. »Wenn einer aus der Familie sie zurückkaufen will, kann er das, aber man muß für das eine so gut wie für das andere bieten.«

»Und man kann nicht erwarten«, sagte Onkel Pullet mit ungewöhnlicher geistiger Unabhängigkeit, »daß deine eigene Familie mehr für die Sachen bezahlen sollte, als sie einbringen werden. Sie werden vielleicht bei der Auktion für ein Butterbrot weggehen.«

»Oje, oje«, sagte Mrs. Tulliver, »zu denken, daß mein Porzellan auf diese Weise verkauft wird – und ich kaufte es, als ich heiratete, genau wie ihr das eure, Jane und

Sophy, und ich weiß, daß ihr meins nicht mochtet, wegen des Zweiges, aber ich hatte es gern; und nie ist ein Stück zerbrochen, denn ich hab's immer selbst abgewaschen – und 's sind Tulpen auf den Tassen und Rosen, wie sie sich jeder mit Vergnügen ansehen möcht'. Du würdest nicht wollen, daß dein Porzellan für 'n Butterbrot wegginge und in Scherben zerbrochen würde, obwohl deins gar keine Farben hat, Jane, es ist ganz weiß und kanneliert und kostete nicht so viel wie meins. Und dann ist da die Menage – Schwester Deane, ich kann mir nicht vorstellen, daß du nicht gern die Menage haben würdest, denn ich hab dich sagen hören, sie sei hübsch.«

»Nun, ich habe keine Einwände dagegen, einige der besten Sachen zu kaufen«, sagte Mrs. Deane recht hochmütig. »Wir können wohl noch ein paar zusätzliche Dinge im Haus gebrauchen.«

»Beste Sachen!« rief Mrs. Glegg mit Strenge aus, die nach ihrem langen Schweigen noch an Schärfe zugenommen hatte. »Es läßt mich die Geduld verlieren, euch alle von den besten Sachen reden zu hören und davon, dieses oder jenes oder anderes zurückzukaufen, so wie Silber und Porzellan. Du mußt dich auf deine Umstände einstellen, Bessy, und nicht an Silber und Porzellan denken, sondern ob du so viel bekommen wirst wie eine Wollmatratze, um drauf zu liegen, eine Decke, um dich zuzudecken und einen Schemel, um drauf zu sitzen. Und du mußt dran denken, daß, wenn du's bekommst, es nur sein wird, weil's deine Angehörigen für dich gekauft haben, denn du bist in allem von *ihnen* abhängig; denn dein Mann liegt hilflos da und hat keinen Penny auf der Welt, den er sein eigen nennen könnte. Und 's ist zu deinem eignen Besten, daß ich dies sage, denn 's ist nur recht, daß du fühlst, wie deine Lage ist und welche Schande dein Mann über deine eigne Familie gebracht hat, auf die du nun in allem zu rechnen hast – und daß du in deinem Sinn demütig bist.«

Mrs. Glegg machte eine Pause, denn mit viel Energie zum Besten anderer zu sprechen, ist natürlich anstrengend. Mrs. Tulliver, die immer von Schwester Janes Vorherrschaft in der Familie unterdrückt worden war, die sie schon in sehr jungen Jahren das Joch einer jüngeren Schwester hatte tragen lassen, sagte flehend:

»Ganz bestimmt, Schwester, hab ich nie jemanden gebeten, etwas zu tun, außer Dinge zu kaufen, die zu besitzen jedem eine Freude wäre, damit sie nicht wegkommen und in fremden Häusern verderben. Ich habe nie jemanden gebeten, die Sachen für mich und meine Kinder zurückzukaufen, obwohl da das Leinen ist, das ich gesponnen habe, und ich dachte, als Tom geboren wurde – es war fast das erste, was ich dachte, als er in der Wiege lag, daß all die Dinge, die ich von meinem eignen Geld gekauft hatte und mit denen ich so sorgsam war, an ihn übergehen würden. Aber ich habe nichts davon gesagt, daß ich wollte, meine Schwestern sollten ihr Geld für mich ausgeben. Was mein Mann für *seine* Schwester getan hat, weiß keiner, und es würde uns am heutigen Tag besser gehen, wenn es nicht so gewesen wäre, daß er ihr Geld geliehen und es nie zurückgefordert hat.«

»Na komm«, sagte Mr. Glegg freundlich, »laß uns die Dinge nicht zu schwarz sehen. Was geschehen ist, kann nicht ungeschehen gemacht werden. Wir teilen es unter uns ein, das zu kaufen, was für dich erforderlich ist, obwohl es, wie Mrs. G. sagt, nützliche, einfache Dinge sein müssen. Wir dürfen an nichts denken, was unnötig ist. Ein Tisch und ein Stuhl, oder zwei, und Küchengerät und ein gutes Bett und dergleichen. Nun, ich habe Tage gesehen, wo ich selbst nicht hätte sagen können, ob ich auf Sackleinen lag anstatt auf dem Fußboden. Wir häufen unnütze Dinge um uns auf, nur weil wir das Geld haben, um es auszugeben.«

»Mr. Glegg«, sagte Mrs. G., »wenn du so freundlich wärst, mich sprechen zu lassen, statt mir das Wort aus'm Mund zu nehmen, so wollt' ich sagen, Bessy, daß du gut sagen kannst, du hättest uns nie gebeten, was für dich zu kaufen; laß mich dir sagen, du hättest uns bitten *sollen*. Wie willst du denn, bitte schön, versorgt werden, wenn deine eigne Familie dir nicht hilft? Du müßtest zur Gemeindefürsorge gehen, wenn sie's nicht täte. Und du solltest das wissen und es gut behalten und uns demütig bitten, für dich zu tun, was wir können, statt dich damit zu rühmen, daß du uns nie um was gebeten hast.«

»Du sprachst von den Moss' und was Mr. Tulliver für sie getan hat«, sagte Onkel Pullet, der ungewöhnlich einfallsreich wurde, wo es um Darlehen ging. »Stehen sie dir nicht auch nah? Sie sollen was tun, so gut wie andre Leute, und wenn er ihnen Geld geliehen hat, dann sollten sie dazu gebracht werden, es zurückzuzahlen.«

»Ja, ganz recht«, sagte Mrs. Deane, »das habe ich auch gedacht. Wie kommt es, daß Mr. und Mrs. Moss nicht hier sind, um uns zu treffen? Es ist nicht mehr wie recht, daß sie ihr Teil tun sollten.«

»Oje!« sagte Mrs. Tulliver, »ich hab sie noch gar nicht wegen Mr. Tulliver verständigt, und sie wohnen so weit fort, draußen in den Feldwegen von Basset, sie hören nie was, außer wenn Mr. Moss zum Markt kommt. Aber ich hab überhaupt nicht an sie gedacht. Ich wundre mich, daß Maggie es nicht getan hat, sie hatte ihre Tante Moss doch immer so gern.«

»Warum kommen deine Kinder nicht herein, Bessy?« sagte Mrs. Pullet bei der Erwähnung von Maggie. »Sie sollten hören, was ihre Tanten und Onkel zu sagen haben, und Maggie sollte – wo ich es doch bin, die die Hälfte ihres Schulgeldes bezahlt hat – mehr von ihrer Tante Pullet halten als von Moss-Tanten. Ich könnte plötzlich wegsterben, wenn ich heute nach Hause komme – man kann nie wissen.«

»Wenn's nach *mir* ginge«, sagte Mrs. Glegg, »dann wär'n die Kinder von Anfang an im Zimmer gewesen. 's wird Zeit, daß sie wissen, auf wen sie zu rechnen haben, und 's ist nur recht, daß jemand mit ihnen spricht und sie ihre Stellung im Leben wissen läßt und wie weit es mit ihnen gekommen ist, und sie fühlen macht, daß sie für ihres Vaters Fehler zu leiden haben.«

»Gut, ich geh und hol sie, Schwester«, sagte Mrs. Tulliver ergeben. Sie war jetzt völlig am Boden zerstört und dachte an ihre Schätze in der Bodenkammer mit keiner anderen Empfindung mehr als schierer Verzweiflung.

Sie ging nach oben, um Tom und Maggie zu holen, die beide in ihres Vaters Zimmer waren, und sie war wieder auf dem Weg nach unten, als der Anblick der Tür zur Bodenkammer ihr einen neuen Gedanken eingab. Sie ging darauf zu und ließ die Kinder allein hinuntergehen.

Die Tanten und Onkel schienen in hitziger Diskussion gewesen zu sein, als Bruder und Schwester eintraten – beide mit Zögern und Widerwillen, denn obwohl Tom mit einer praktischen Klugheit, die durch den starken Antrieb der neuen Empfindungen, die er seit gestern erfahren hatte, in Bewegung gesetzt worden war, sich einen Plan hatte im Kopf herumgehen lassen, den er einem seiner Onkel oder Tanten vorschlagen wollte, so hegte er doch keineswegs freundschaftliche Gefühle für sie und fürchtete sich davor, ihnen allen auf einmal zu begegnen, wie er sich vor einer großen Dosis eines Arzneimittels gefürchtet hätte, das in kleinen Mengen gerade noch erträglich war. Was Maggie anging, so war sie an diesem Morgen besonders niedergeschlagen; sie war nach kurzer Ruhe um drei Uhr geweckt worden und hatte jene sonderbare träumerische Müdigkeit, die vom Wachen in einem Krankenzimmer während der fröstelnden Stunden der frühen Dämmerung und des anbrechenden Tages kommt, in denen das Leben draußen im Tageslicht keine Wichtigkeit zu haben und eine bloße Verlängerung der Stunden in der verdunkelten Kammer zu sein scheint. Ihr Eintreten unterbrach die Unterhaltung. Das Händeschütteln war eine melancholische und

schweigende Zeremonie, bis Onkel Pullet, als Tom auf ihn zukam, bemerkte:
»Nun, junger Mann, wir haben darüber gesprochen, daß wir deine Feder und Tinte brauchen könnten; du kannst doch jetzt wohl sehr schön schreiben nach all der Schulzeit, denke ich.«
»Jaja«, sagte Onkel Glegg ermahnend, was er freundlich meinte, »wir müssen nach dem Nutzen all dieser Schuljahre sehen, nachdem dein Vater so viel Geld hineingesteckt hat, denn:

Wenn Geld und Gut sind ausgegeben,
bleibt nur Gelehrsamkeit fürs Leben.

Jetzt ist's an der Zeit, Tom, uns den Nutzen deines Lernens sehen zu lassen. Laß uns sehen, ob du mehr kannst als ich, der ich mein Glück ohne das gemacht habe. Aber siehst du, ich fing damit an, mit wenig auszukommen, ich konnte von einer Schüssel Porridge und einer Brotkruste mit Käse leben. Aber ich fürchte, ein besseres Leben und eine bessere Ausbildung werden es für dich schwerer machen, junger Mann, als es für mich war.«
»Aber er muß es tun«, warf Tante Glegg energisch ein, »ob es schwer ist oder nicht. Er hat nicht erst zu bedenken, was schwer ist. Er muß bedenken, daß er nicht darauf vertrauen soll, daß seine Angehörigen ihn in Müßiggang und Luxus belassen; er muß die Früchte des Mißverhaltens seines Vaters tragen und sich zu hartem Leben und harter Arbeit entschließen. Und er muß demütig und dankbar gegenüber seinen Tanten und Onkeln sein für das, was sie für seine Mutter und seinen Vater tun, die auf der Straße stehen und ins Armenhaus gehen müßten, wenn sie ihnen nicht helfen würden. Und seine Schwester auch«, fuhr Mrs. Glegg fort und sah Maggie streng an, die sich neben ihre Tante Deane aufs Sofa gesetzt hatte, da sie sich zu ihr hingezogen fühlte, weil sie Lucys Mutter war. »Sie muß sich entschließen,

demütig zu sein und zu arbeiten, denn es wird keine Mägde mehr geben, sie zu bedienen – das soll sie nicht vergessen. Sie muß die Arbeit im Haus verrichten und ihre Tanten ehren und lieben, die so viel für sie getan haben und Geld sparten, um es ihren Neffen und Nichten zu hinterlassen.«

Tom stand noch vor dem Tisch in der Mitte der Gruppe. Die Farbe in seinem Gesicht hatte sich vertieft, und er war weit davon entfernt, gedemütigt auszusehen, sondern bereitete sich darauf vor, in respektvollem Ton etwas zu sagen, das er sich vorher überlegt hatte, als sich die Tür öffnete und seine Mutter wieder eintrat.

Die arme Mrs. Tulliver hatte ein kleines Tablett in der Hand, auf das sie ihre silberne Teekanne gestellt hatte, ein Exemplar von Tasse und Untertasse, die Menage und Zuckerzange.

»Sieh hier, Schwester«, sagte sie und sah Mrs. Deane an, als sie das Tablett auf den Tisch setzte, »ich dachte, vielleicht, wenn du dir die Teekanne noch einmal ansähest – es ist eine gute Weile her, daß du sie gesehen hast –, dann möchtest du das Muster vielleicht lieber leiden; sie macht herrlichen Tee, und da ist ein Untersatz dazu und alles, du könntest sie für jeden Tag nehmen oder auch für Lucy zurücklegen, wenn sie ihren Haushalt hat. Es wär' mir so zuwider, wenn sie sie im ›Goldenen Löwen‹ kauften«, sagte die arme Frau, und ihr Herz schwoll und die Tränen kamen, »meine Teekanne, die ich gekauft habe, als ich heiratete, und mir vorzustellen, daß sie zerkratzt wird und vor die Reisenden und all die Leute hingestellt wird und meine Anfangsbuchstaben drauf – sieh hier, E. D. – und jedermann kann sie sehen.«

»Oje, oje«, sagte Tante Pullet und schüttelte tieftraurig den Kopf, »es ist sehr schlimm – sich vorzustellen, wo die Familieninitialen überall hinkommen – so ist es nie zuvor gewesen, du bist eine unglückliche Schwester, Bessy. Aber was nützt es, die Teekanne zu kaufen, wenn

da noch das Leinen ist und die Löffel und all das, was fortkommt, und einiges davon mit deinem vollen Namen drauf – und wo sie doch auch die gerade Tülle hat.«
»Was die Schande der Familie angeht«, sagte Mrs. Glegg, »so kann sie nicht dadurch aufgehoben werden, daß man Teekannen kauft. Die Schande ist, daß eine aus der Familie einen Mann heiratete, der sie an den Bettelstab gebracht hat. Die Schande ist, daß sie unter den Hammer kommen. Wir können nicht verhindern, daß die ganze Gegend das weiß.«
Maggie war bei der Anspielung auf ihren Vater vom Sofa aufgefahren, aber Tom sah ihr Unterfangen und ihr gerötetes Gesicht rechtzeitig, um sie vom Sprechen abzuhalten. »Sei still, Maggie«, sagte er befehlend und schob sie zur Seite. Es war eine bemerkenswerte Darstellung von Selbstbeherrschung und praktischem Urteil in einem Knaben von fünfzehn[3], daß er, als seine Tante Glegg endete, auf eine ruhige, respektvolle Art zu sprechen begann, gleichwohl mit starkem Beben in der Stimme, denn die Worte seiner Mutter hatten ihn bis ins Mark getroffen.
»Aber, Tante«, sagte er und sah Mrs. Glegg geradewegs an, »wenn du meinst, es sei eine Schande für die Familie, daß wir unter den Hammer kommen, wäre es dann nicht besser, es von vornherein zu verhindern? Und wenn du und meine Tante Pullet daran denkt«, fuhr er fort und blickte auf letztere, »mir und Maggie Geld zu hinterlassen, wäre es nicht besser, es jetzt zu geben und die Schulden zu bezahlen, deretwegen wir unter den Hammer kommen, und meine Mutter davor zu bewahren, sich von ihrem Hausrat zu trennen?«
Einige Augenblicke lang herrschte Schweigen, denn alle, einschließlich Maggie, waren erstaunt über die plötzliche Männlichkeit, mit der Tom sprach. Onkel Glegg war der erste, der etwas sagte.
»Ja, ja, junger Mann, sieh mal an! Du zeigst etwas Ahnung von der Sache, aber da sind die Zinsen, mußt du

bedenken, deine Tanten bekommen fünf Prozent auf ihr Geld, und sie würden sie verlieren, wenn sie es vorstreckten – daran hast du nicht gedacht.«

»Ich könnte arbeiten und das jedes Jahr zahlen«, sagte Tom prompt. »Ich werde alles tun, um meine Mutter davor zu bewahren, sich von ihren Sachen zu trennen.«

»Gut gemacht!« sagte Onkel Glegg bewundernd. Er hatte eher Tom zum Reden bringen wollen, als die Brauchbarkeit seines Vorschlages bedacht. Aber er hatte das unglückliche Ergebnis hervorgerufen, seine Ehefrau zu erzürnen.

»Ja, Mr. Glegg!« sagte jene Dame mit bösem Sarkasmus. »Das macht dir Spaß, mein Geld fortzugeben, das du vorgabst, mir zur eignen Verfügung zu überlassen. Und mein Geld, das das Geschenk meines eignen Vaters war, und nicht das deine, Mr. Glegg, und ich habe es gespart und selbst vermehrt und hatte beinahe in jedem Jahr mehr anzulegen, und das soll nun dahingehen und in andrer Leute Hausrat gesteckt werden und sie in Luxus und Extravaganz unterstützen, die aufrechtzuerhalten sie gar keine Mittel haben, und ich soll mein Testament ändern oder einen Zusatz machen lassen und zwei- oder dreihundert Pfund weniger hinterlassen, wenn ich sterbe – ich, die ich immer richtig und vorsorglich gehandelt habe und die Älteste in der Familie bin, und mein Geld soll dahingehen und für die vergeudet werden, die dieselbe Chance hatten wie ich, nur daß sie sündhaft und verschwenderisch waren. Schwester Pullet, *du* magst tun, was du willst, und du magst deinen Mann das Geld zurückrauben lassen, das er dir gegeben hat, aber *meine* Gesinnung ist das nicht.«

»Aber, Jane, wie wütend du bist!« sagte Mrs. Pullet. »Gewiß wird dir das Blut zu Kopf steigen, und du mußt geschröpft werden. Bessy und ihre Kinder tun mir leid, und bestimmt denke ich des Nachts ganz schrecklich an sie, denn ich schlafe sehr schlecht mit dieser neuen Medizin, aber es hat keinen Zweck, daß ich dran denke,

was zu tun, wenn du mir nicht auf halbem Wege entgegenkommen willst.«
»Nun, da ist noch dies zu bedenken«, sagte Mr. Glegg. »Es hat keinen Sinn, diese Schuld zu bezahlen und den Hausrat zu retten, wenn noch all die Prozeßschulden ausstehen, die jeden Schilling und noch mehr von dem wegnehmen würden, was man für Land und Gerätschaften bekommen könnte, denn so hab ich von Anwalt Gore gehört. Wir sollten lieber unser Geld behalten, um damit den armen Mann zu unterstützen, als es auf Hausrat zu verwenden, den er weder essen noch trinken kann. Du mußt immer so voreilig sein, Jane, als ob ich nicht wüßte, was vernünftig ist.«
»Dann sprich demgemäß, Mr. Glegg«, sagte seine Frau mit langsamer und lauter Betonung und neigte ihm bedeutungsvoll den Kopf zu.
Toms Miene hatte sich während dieses Gesprächs verdüstert, und seine Lippen bebten, aber er war entschlossen, nicht nachzugeben. Er würde sich wie ein Mann verhalten. Maggie war im Gegensatz dazu nach ihrem vorübergehenden Entzücken über Toms Rede wieder in den Zustand zitternder Empörung verfallen. Ihre Mutter stand noch an Toms Seite und hing an seinem Arm, seit er zuletzt gesprochen hatte. Plötzlich fuhr Maggie auf und stellte sich vor alle hin, und ihre Augen blitzten wie die einer jungen Löwin.
»Warum kommt ihr dann«, rief sie wütend aus, »und redet und mischt euch ein und beschimpft uns, wenn ihr gar nicht vorhabt, irgend etwas zu tun, um meiner armen Mutter zu helfen – eurer eigenen Schwester –, wenn ihr kein Mitgefühl habt, wenn sie in Not ist, und euch von nichts trennen wollt, obwohl ihr es nie vermissen würdet, um sie von ihrer Qual zu befreien? Bleibt doch von uns fern und tadelt meinen Vater nicht – er war besser als jeder von euch – er war gütig – er hätte euch geholfen, wenn ihr in Not gewesen wärt. Tom und ich wollen niemals etwas von eurem Geld haben, wenn ihr unserer

Mutter nicht helfen wollt. Wir wollen es nicht! Wir werden ohne euch auskommen!«

Maggie stand, nachdem sie so ihren Tanten und Onkeln ihre Herausforderung entgegengeschleudert hatte, still und blickte sie aus ihren dunklen Augen scharf an, als sei sie bereit, alle Folgen abzuwarten.

Mrs. Tulliver war erschrocken, es war etwas Unheilvolles in diesem wahnsinnigen Ausbruch, sie sah nicht, wie das Leben danach noch weitergehen konnte. Tom war verärgert; es hatte keinen Zweck, so zu sprechen. Die Tanten schwiegen einige Augenblicke vor Überraschung. Endlich stellte sich ein Kommentar in einem Fall der Verirrung wie diesem als zweckdienlicher dar als jede Antwort.

»Du hast noch nicht das Ende deiner Sorgen mit diesem Kind erlebt, Bessy«, sagte Mrs. Pullet, »sie übertrifft alles an Dreistigkeit und Undankbarkeit. 's ist fürchterlich. Ich hätt' besser nicht ihr Schulgeld bezahlen sollen, denn sie ist jetzt schlimmer als vorher.«

»Es ist nicht mehr, als was ich immer sagte«, schloß sich Mrs. Glegg an. »Andere Leute mögen überrascht sein, aber ich bin es nicht. Ich habe es immer wieder gesagt, vor Jahren habe ich schon gesagt: ›Gebt acht auf meine Worte, aus dem Kind wird nichts Gutes, in ihr ist kein bißchen von unserer Familie.‹ Und daß sie so viel zur Schule gehen sollte, da hab ich nie viel von gehalten. Ich hatte meine Gründe, als ich sagte, daß *ich* nichts dafür bezahlen würde.«

»Komm, komm«, sagte Mr. Glegg, »laßt uns keine Zeit mehr mit Reden verschwenden – laßt uns zum Geschäft kommen. Tom, hol Feder und Tinte . . .«

Während Mr. Glegg sprach, sah man eine große dunkle Gestalt am Fenster vorbeieilen.

»Ach, da ist Mrs. Moss«, sagte Mrs. Tulliver. »Die schlechten Nachrichten müssen sie also erreicht haben«, und sie ging hinaus, um die Tür zu öffnen, und Maggie folgte ihr eifrig.

»Das ist günstig«, sagte Mrs. Glegg. »Sie kann die Liste der Dinge, die zurückgekauft werden sollen, mit vereinbaren. Es ist nur recht, daß sie ihr Teil tun soll, wo es ihr eigener Bruder ist.«

Mrs. Moss war in zu großer Erregung, um sich Mrs. Tullivers Bewegung zu widersetzen, als diese sie automatisch in das Wohnzimmer zog, ohne darüber nachzudenken, daß es wohl kaum freundlich ihr gegenüber war, sie im ersten schmerzlichen Augenblick der Ankunft unter so viele Personen zu bringen. Die große, verhärmte, dunkelhaarige Frau bildete einen scharfen Kontrast zu den Dodsonschwestern, als sie in ihrem schäbigen Kleid eintrat, mit Tuch und Haube, die aussahen, als seien sie nur hastig umgeschlungen, und mit jener völligen Selbstvergessenheit, die tief empfundene Sorge begleitet. Maggie hing an ihrem Arm, und Mrs. Moss schien niemanden außer Tom wahrzunehmen; sie ging geradewegs auf ihn zu und nahm ihn bei der Hand.

»Oh, meine lieben Kinder«, rief sie aus, »ihr habt keine Veranlassung, gut von mir zu denken, ich bin euch eine erbärmliche Tante, denn ich bin eine von denen, die alles nehmen und nichts geben. Wie geht es meinem armen Bruder?«

»Mr. Turnbull meint, daß es mit ihm wieder besser wird«, sagte Maggie. »Setz dich, Tante Gritty. Gräm dich nicht.«

»Oh, mein süßes Kind, ich fühle mich entzweigerissen«, sagte Mrs. Moss und ließ sich von Maggie zum Sofa ziehen, schien aber die Gegenwart der übrigen immer noch nicht wahrzunehmen. »Wir haben dreihundert Pfund vom Geld meines Bruders, und nun braucht er es, und ihr alle braucht es, ihr Ärmsten! Und doch müßte bei uns alles verkauft werden, um es zu bezahlen, und da sind meine armen Kinder, acht an der Zahl, und das Kleinste kann noch nicht richtig sprechen. Und ich fühle mich, als ob ich ein Räuber wäre. Aber ganz gewiß hatte ich keine Ahnung davon, daß mein Bruder ...« Die arme

Frau wurde von einem aufsteigenden Schluchzer unterbrochen.

»Dreihundert Pfund! Oje, oje«, sagte Mrs. Tulliver, die, als sie gesagt hatte, ihr Mann habe ungenannte Dinge für seine Schwester getan, keine bestimmte Summe im Sinn gehabt hatte, und nun die Erbitterung einer Ehefrau fühlte, die im dunkeln belassen worden war.

»Was für ein Wahnwitz, meiner Treu!« sagte Mrs. Glegg. »Ein Mann mit Familie! Er hatte kein Recht, sein Geld so zu verleihen, und ohne Sicherheit, kann ich mir denken, wenn die Wahrheit herauskommt.«

Mrs. Gleggs Stimme hatte Mrs. Moss' Aufmerksamkeit auf sich gezogen, und sie sah auf und sagte: »Doch, es gab eine Sicherheit, mein Mann gab einen Schuldschein dafür. Wir gehören nicht zu den Leuten, keiner von uns, die meines Bruders Kinder berauben würden, und wir rechneten darauf, das Geld zurückzuzahlen, wenn die Zeiten ein wenig besser würden.«

»Nun gut, aber«, sagte Mr. Glegg sanft, »hat Ihr Mann keine Möglichkeit, dieses Geld aufzubringen? Denn es wäre wohl ein kleines Glück für diese Leute hier, wenn es abginge, ohne daß Tulliver bankrott wäre. Ihr Mann hat doch Vieh; es ist nur recht, daß er das Geld aufbringen sollte, scheint mir – nicht daß Sie mir nicht leid täten, Mrs. Moss.«

»Oh, Sir, Sie wissen nicht, welches Pech mein Mann mit seinem Vieh hatte. Der Hof leidet wie noch nie, weil's an Vieh fehlt, und wir haben den ganzen Weizen verkauft, und wir sind mit der Pacht im Rückstand ... Nicht, daß wir nicht gern tun würden, was recht ist, und ich würde die ganze Nacht aufsitzen und arbeiten, wenn es nur nützte ... aber da sind die armen Kinder ... vier von ihnen sind noch so klein.«

»Weine nicht so, Tante, gräm dich nicht«, flüsterte Maggie, die Mrs. Moss' Hand ergriffen hatte.

»Ließ Mr. Tulliver euch das Geld alles auf einmal haben?« sagte Mrs. Tulliver, die immer noch mit dem

Gedanken beschäftigt war, daß Dinge ohne ihr Wissen vorgegangen waren.

»Nein, auf zwei Mal«, sagte Mrs. Moss, rieb sich die Augen und gab sich Mühe, die Tränen zurückzuhalten. »Das letzte Mal war nach meiner schweren Krankheit vor vier Jahren, als alles schiefging, und damals wurde ein neuer Schuldschein gemacht. Durch Krankheit wie durch Unglück bin ich mein Leben lang nur eine Last gewesen.«

»Ja, Mrs. Moss«, sagte Mrs. Glegg entschieden. »Ihre Familie ist eine sehr unglückliche, um so größer ist das Mitleid mit *meiner* Schwester.«

»Ich machte mich mit dem Karren auf, sobald ich gehört hatte, was geschehen war«, sagte Mrs. Moss und sah Mrs. Tulliver an. »Ich wäre nicht die ganze Zeit fortgeblieben, wenn du so gut gewesen wärest, es mich wissen zu lassen. Und es ist nicht so, daß ich nur an uns denke und nicht an meinen Bruder – nur lag mir das Geld so auf der Seele, ich konnte nicht anders, als davon zu sprechen. Und mein Mann und ich wünschen, das Rechte zu tun, Sir«, fügte sie hinzu und sah Mr. Glegg an, »und wir behelfen uns und zahlen das Geld, komme was wolle, wenn das alles ist, auf was mein Bruder noch vertrauen kann. Wir sind an Not gewöhnt und erwarten nichts anderes. Es ist nur der Gedanke an meine armen Kinder, der mich entzweireißt.«

»Nun, da ist noch dies, was bedacht werden muß, Mrs. Moss«, sagte Mr. Glegg, »und es ist recht, Sie zu warnen – wenn Tulliver bankrott ist und er einen Schuldschein Ihres Mannes über dreihundert Pfund hat, dann werden Sie verpflichtet sein, zu zahlen, die Bevollmächtigten werden deshalb bei Ihnen vorstellig werden.«

»Oje, oje!« sagte Mrs. Tulliver, die an den Bankrott dachte und nicht daran, wie Mrs. Moss davon betroffen war. Die arme Mrs. Moss selbst hörte mit zitternder Ergebenheit zu, während Maggie voll Kummer und Bestürzung auf Tom sah, um zu sehen, ob er Anzeichen zeigte, daß er diese Not verstand und sich um die arme Tante Moss sorgte. Tom blickte nur nachdenklich drein, die Augen auf das Tischtuch gerichtet.

»Und wenn er nicht bankrott ist«, fuhr Mr. Glegg fort, »dann würden, wie ich schon sagte, dreihundert Pfund ein kleines Glück für ihn sein, den armen Mann. Wir wissen es nicht, aber er könnte teilweise hilflos sein, wenn er überhaupt wieder aufsteht. 's tut mir sehr leid, wenn's Sie hart ankommt, Mrs. Moss, aber meine Meinung ist: Von der einen Seite betrachtet, wäre es recht von Ihnen, das Geld aufzubringen, und von der anderen Seite betrachtet, werden Sie verpflichtet sein, es zu bezahlen. Sie werden nicht schlecht von mir denken, dafür, daß ich die Wahrheit sage.«

»Onkel«, sagte Tom und sah plötzlich von seiner grübelnden Betrachtung des Tischtuches auf, »ich glaube nicht, daß es recht wäre, daß meine Tante Moss das Geld zurückzahlte, wenn es gegen meines Vaters Willen wäre, daß sie es zahlt, nicht wahr?«

Mr. Glegg sah einen oder zwei Augenblicke überrascht drein, bevor er sagte: »Nun, nein, vielleicht nicht, Tom, aber dann hätte er doch den Schuldschein vernichtet. Wir müssen nach dem Schuldschein suchen. Was läßt dich denken, daß es gegen seinen Willen wäre?«

»Nun«, sagte Tom und errötete, versuchte aber, trotz eines knabenhaften Bebens mit fester Stimme zu sprechen, »ich erinnere mich noch recht gut, bevor ich zu Mr. Stelling in die Schule ging, sagte mein Vater eines Abends zu mir, als wir zusammen beim Feuer saßen und sonst niemand im Zimmer war ...«

Tom zögerte ein wenig und fuhr dann fort.

»Er sagte etwas über Maggie und dann sagte er: ›Ich bin immer gut zu meiner Schwester gewesen, obwohl sie gegen meinen Willen heiratete, und ich habe Moss Geld geliehen, und ich werde nie daran denken, ihm Kummer zu bereiten wegen der Rückzahlung. Eher möchte ich es verlieren. Es darf meine Kinder nicht anfechten, deswegen ärmer zu sein.‹ Und nun, da mein Vater krank ist und nicht fähig, für sich selbst zu sprechen, möchte ich nicht, daß etwas entgegen dem getan wird, was er zu mir sagte.«

»Nun gut, aber dann, mein Junge«, sagte Onkel Glegg, dessen Feingefühl ihn Toms Wunsch zustimmen ließ, aber der nicht auf einmal seine gewohnheitsmäßige Abscheu gegen einen solchen Leichtsinn wie das Vernichten von Sicherheiten oder die Veräußerung von etwas, das bedeutend genug war, einen beträchtlichen Unterschied im Besitz eines Mannes zu machen, abschütteln konnte, »dann sollten wir den Schuldschein verschwinden lassen, weißt du, wenn wir auf der Hut sein wollen vor dem, was geschehen mag, für den Fall, daß dein Vater bankrott ist.«

»Mr. Glegg«, unterbrach seine Frau streng, »gib acht auf das, was du sagst. Du drängst dich da sehr eilig in anderer Leute Angelegenheiten. Wenn du übereilt sprichst, dann sag nicht, es sei meine Schuld gewesen.«

»Das ist eine Sache, wie ich's noch nie zuvor gehört habe«, sagte Onkel Pullet, der sich mit seiner Pastille beeilt hatte, damit er sein Erstaunen zum Ausdruck bringen konnte, »einen Schuldschein verschwinden lassen! Ich würde meinen, daß jeder dafür den Wachtmeister auf dich hetzen könnte.«

»Ja, aber«, sagte Mrs. Tulliver, »wenn der Schuldschein so viel wert ist wie das Geld, warum können wir denn nicht damit bezahlen und meine Sachen davor bewahren, wegzukommen? Wir sind nicht berechtigt, Onkel und Tante Moss hereinzuziehen, wenn du meinst, Tom, daß dein Vater böse wäre, wenn es ihm wieder besser geht.«

Mrs. Tulliver hatte sich nicht mit der Frage von Wechseln befaßt und quälte ihren Verstand um originelle Gedanken zu dem Thema.

»Pah, pah, pah! Ihr Frauen versteht diese Dinge nicht«, sagte Onkel Glegg. »Es gibt keinen Weg, es für Mr. und

Mrs. Moss abzusichern, als den Schuldschein zu vernichten.«

»Dann hoffe ich, daß du mir helfen wirst, es zu tun, Onkel«, sagte Tom ernsthaft. »Wenn es meinem Vater nicht wieder besser gehen sollte, wäre ich sehr unglücklich bei dem Gedanken, daß etwas gegen seinen Willen geschehen wäre, das ich hätte verhindern können. Und ich bin sicher, er wollte, daß ich mich an das erinnerte, was er mir an jenem Abend sagte. Ich sollte meines Vaters Wunsch sein Eigentum betreffend gehorchen.«

Sogar Mrs. Glegg konnte ihre Zustimmung über Toms Worte nicht zurückhalten, sie fühlte, daß gewiß das Dodsonblut in ihm sprach, obwohl, wenn sein Vater ein Dodson gewesen wäre, es diese sündhafte Veräußerung von Geld erst gar nicht gegeben hätte. Maggie hätte sich kaum zurückgehalten, Tom um den Hals zu fallen, wenn ihre Tante Moss sie nicht daran gehindert hätte, indem sie selbst aufstand und Toms Hand nahm, während sie mit erstickter Stimme sagte:

»Du sollst dafür nie ärmer sein, mein lieber Junge, wenn ein Gott droben ist; und wenn das Geld für deinen Vater gebraucht wird, werden Moss und ich es bezahlen, genauso, als wäre da noch so viel Sicherheit. Wir werden tun, wie an uns getan wurde, denn wenn meine Kinder auch kein anderes Glück haben, so haben sie doch einen ehrlichen Vater und eine ehrliche Mutter.«

»Nun«, sagte Mr. Glegg, der nach Toms Worten gegrübelt hatte, »wir sollten den Gläubigern kein Unrecht tun, angenommen, dein Vater *wäre* bankrott. Ich habe darüber nachgedacht, denn ich war selbst mal ein Gläubiger und habe Betrug ohne Ende gesehen. Wenn er deiner Tante das Geld schenken wollte, bevor er in diese traurige Prozeßgeschichte hineinkam, dann ist es dasselbe, als wenn er den Schuldschein selbst vernichtet hätte, denn dann entschloß er sich, um so viel ärmer zu sein. Aber es gibt eine Menge Dinge zu überlegen, junger Mann«, setzte Mr. Glegg hinzu, und sah Tom ermah-

nend an, »wenn du an Geldgeschäfte kommst, und du kannst leicht eines Mannes Mittagsmahl wegnehmen, um eines anderen Mannes Frühstück daraus zu machen. Aber das verstehst du wohl nicht, glaube ich?«
»Doch«, sagte Tom bestimmt. »Ich weiß, daß, wenn ich einem Mann Geld schulde, ich kein Recht habe, es einem anderen zu geben. Aber wenn mein Vater beschlossen hatte, meiner Tante das Geld zu schenken, bevor er Schulden hatte, dann hatte er ein Recht dazu.«
»Gut gemacht, junger Mann. Ich wußte gar nicht, daß du so schlau bist«, sagte Onkel Glegg mit großer Offenheit. »Aber vielleicht *hat* dein Vater ja den Schuldschein beseitigt. Laß uns gehen und sehen, ob wir ihn in der Truhe finden.«
»Sie ist im Zimmer meines Vaters. Laß uns mitgehen, Tante Gritty«, flüsterte Maggie.

Kapitel 4

Ein flüchtiger Schimmer

Mr. Tulliver war auch zwischen seinen Anfällen von krampfhafter Starre, die in Abständen immer wiedergekehrt waren, seit man ihn neben seinem Pferd aufgefunden hatte, gewöhnlich in einem so apathischen Zustand, daß es nicht von großer Bedeutung erschien, ob jemand sein Zimmer betrat oder hinausging. Er hatte den ganzen Morgen über mit geschlossenen Augen so still gelegen, daß Maggie ihrer Tante Moss sagte, sie dürfe nicht erwarten, daß ihr Vater sie überhaupt wahrnähme.
Sie traten sehr leise ein, und Mrs. Moss setzte sich am Kopf des Bettes nieder, während Maggie auf ihrem alten Platz am Bett saß und ihre Hand auf die ihres Vaters legte, ohne eine Veränderung auf seinem Gesicht hervorzurufen.

Mr. Glegg und Tom waren auch sachte eingetreten und suchten den Schlüssel zu der alten Eichentruhe aus dem Schlüsselbund, den Tom aus seines Vaters Schreibpult mitgebracht hatte. Es gelang ihnen, die Truhe zu öffnen, die gegenüber dem Fußende von Mr. Tullivers Bett stand, und den Deckel ohne großen Lärm mit der eisernen Strebe aufzustellen.

»Da ist ein Blechkasten«, flüsterte Mr. Glegg, »wahrscheinlich würd' er kleinere Sachen wie 'nen Schuldschein dort hineinlegen. Heb ihn raus, Tom, und ich will eben diese Urkunden herausnehmen – es sind Urkunden über das Haus und die Mühle, nehm ich an – und nachsehen, was dabei ist.«

Mr. Glegg hatte die Pergamente herausgehoben und sich glücklicherweise ein wenig zurückgezogen, als die eiserne Strebe nachgab und der schwere Deckel mit einem lauten Dröhnen herunterfiel, von dem das ganze Haus hallte.

Vielleicht lag in diesem Geräusch noch etwas außer der bloßen Tatsache einer starken Schwingung, was eine sofortige Wirkung auf den Körper des hingestreckt liegenden Mannes hervorrief und eine Zeitlang die behindernde Lähmung vollständig abschüttelte. Die Truhe hatte seinem Vater gehört und seines Vaters Vater, und es war immer eine recht feierliche Begebenheit gewesen, daranzugehen. Alle altbekannten Gegenstände, sogar ein bloßer Fensterhaken oder eine bestimmte Türklinke, haben Geräusche, die eine Art vertrauter Stimme für uns sind – eine Stimme, die erschüttert und aufrüttelt, wenn sie gebraucht wird, um tiefliegende Fasern zu berühren. Im selben Moment, als alle Augen im Raum auf ihn gerichtet waren, fuhr er auf und sah auf die Truhe, die Pergamente in Mr. Gleggs Hand und auf Tom, der den Blechkasten hielt, mit einem Blick vollständigen Bewußtseins und Erkennens.

»Was hast du mit den Urkunden vor?« sagte er in seinem üblichen scharfbohrenden Frageton, wie immer, wenn er erzürnt war. »Komm her, Tom. Was fällt dir ein, an meine Truhe zu gehen?«

Tom gehorchte mit einigem Beben; es war das erste Mal, daß sein Vater ihn erkannt hatte. Aber anstatt noch mehr zu ihm zu sagen, blickte sein Vater mit deutlich zunehmendem Mißtrauen weiterhin auf Mr. Glegg und die Urkunden.

»Was geht denn vor?« sagte er scharf. »Was wühlst du in meinen Urkunden? Reißt Wakem alles an sich? Warum sagst du mir nicht, was du da tust?« setzte er ungeduldig hinzu, als Mr. Glegg erst an das Fußende des Bettes trat, bevor er sprach.

»Nein, nein, Freund Tulliver«, sagte Mr. Glegg begütigend. »Bis jetzt reißt noch niemand etwas an sich. Wir kamen nur, um zu sehen, was in der Truhe ist. Du warst nämlich krank, und wir mußten uns ein wenig um die Dinge kümmern. Aber wir wollen hoffen, daß es dir bald wieder so gut geht, daß du dich selbst mit allem befassen kannst.«

Mr. Tulliver blickte nachdenklich um sich – auf Tom, auf Mr. Glegg und auf Maggie; dann schien ihm plötzlich bewußt zu werden, daß noch jemand neben ihm am Kopf des Bettes saß, und er wandte sich scharf um und sah seine Schwester.

»Ach, Gritty!« sagte er in dem halb traurigen, zärtlichen Ton, in dem er immer mit ihr sprach. »Was denn! Du bist da? Wie konntest du es fertigbringen, die Kinder allein zu lassen?«

»Oh, Bruder!« sagte die gute Mrs. Moss, zu impulsiv, um vorsichtig zu sein. »Ich bin dankbar, daß ich jetzt gekommen bin und sehe, daß du wieder bei dir bist – ich dachte, du würdest uns nie wieder erkennen.«

»Was! Habe ich einen Schlaganfall gehabt?« sagte Mr. Tulliver unruhig und sah Mr. Glegg an.

»Ein Sturz von deinem Pferd – eine kleine Erschütterung – das ist alles, denk ich«, sagte Mr. Glegg. »Aber du hast es bald überwunden, wollen wir hoffen.«

Mr. Tulliver richtete seinen Blick starr auf die Bettdecke und schwieg zwei oder drei Minuten. Ein neuer Schatten ging über sein Gesicht. Dann sah er zuerst zu Maggie auf und sagte leiser: »Dann hast du den Brief bekommen, mein Mädel?«

»Ja, Vater«, sagte sie und küßte ihn von ganzem Herzen. Es schien ihr, als sei ihr Vater von den Toten zu ihr zurückgekehrt, und ihr Verlangen, ihm zu zeigen, wie sehr sie ihn immer geliebt hatte, könnte sich erfüllen.

»Wo ist deine Mutter?« sagte er, so in Gedanken, daß er den Kuß teilnahmslos hinnahm, wie ein friedliches Tier es wohl getan hätte.

»Sie ist unten mit meinen Tanten, Vater, soll ich sie holen?«

»Ja, ja; arme Bessy!« und seine Augen wandten sich zu Tom, als Maggie das Zimmer verließ.

»Du wirst für die beiden sorgen müssen, wenn ich sterbe, weißt du, Tom. Es wird euch schlecht gehen, fürchte ich. Aber du mußt sehen, daß du alle bezahlst. Und gib acht, da sind noch fünfzig Pfund von Luke, die ich in den Betrieb gesteckt habe – er gab mir immer mal ein wenig und hat nichts, es nachzuweisen. Du mußt ihn zuallererst bezahlen.«

Onkel Glegg schüttelte unwillkürlich mit dem Kopf und sah besorgter drein als zuvor, aber Tom sagte fest:

»Ja, Vater. Und hast du nicht einen Schuldschein von meinem Onkel Moss über dreihundert Pfund? Wir kamen, um danach zu suchen. Was wünschst du, sollen wir damit tun, Vater?«

»Ah, ich bin froh, daß du dran gedacht hast, mein Junge«, sagte Mr. Tulliver. »Ich wollte immer nachsichtig wegen dieses Geldes sein, um deiner Tante willen. Es darf dich nicht anfechten, das Geld zu verlieren, wenn sie es nicht bezahlen können – und wahrscheinlich können sie's nicht. Der Schuldschein ist im Kasten, gib acht. Ich wollte immer gut zu dir sein, Gritty«, sagte Mr. Tulliver

und wandte sich seiner Schwester zu, »aber du weißt, du hast mich erbittert, als du unbedingt Moss nehmen mußtest.«
In diesem Augenblick kehrte Maggie mit ihrer Mutter zurück, die sehr erregt über die Nachricht, daß ihr Mann wieder bei sich sei, eintrat.
»Nun, Bessy«, sagte er, als sie ihn küßte, »du mußt mir vergeben, wenn's dir jetzt schlechter geht, als du's je erwartet hast. Aber 's ist die Schuld des Gerichts, nicht meine«, fügte er zornig hinzu. »'s ist die Schuld der Schurken! Tom, merk dir dieses: Wenn du je die Gelegenheit dazu bekommst, dann läßt du's Wakem büßen. Wenn du's nicht tust, bist du ein Taugenichts von einem Sohn. Du könntest ihn auspeitschen, aber er würde das Gericht auf dich hetzen; das Gericht ist dazu gemacht, für die Schurken zu sorgen.«
Mr. Tulliver wurde immer aufgeregter, und eine besorgniserregende Röte stieg in sein Gesicht. Mr. Glegg wollte etwas Begütigendes sagen, aber er wurde daran gehindert, weil Mr. Tulliver erneut zu seiner Frau sprach: »Sie werden sich bemühen, alles zu bezahlen, Bessy«, sagte er, »und dir dennoch deinen Hausrat lassen, und deine Schwester wird etwas für dich tun ... und Tom wird erwachsen ... obwohl ich noch nicht weiß, was aus ihm werden wird ... ich habe getan, was ich konnte ... ich habe ihm eine Ausbildung gegeben ... und da ist das kleine Mädel, sie wird heiraten ... aber es ist eine traurige Geschichte ...«
Die heilende Wirkung der starken Schwingung war erschöpft, und mit den letzten Worten fiel der arme Mann wieder zurück, starr und besinnungslos. Obwohl dies nur eine Wiederkehr dessen war, was sich zuvor ereignet hatte, erschien es allen, die dabei waren, als sei es der Tod, nicht nur wegen des Gegensatzes zu seinem völligen Wiederaufleben, sondern weil seine Worte alle auf die Möglichkeit verwiesen hatten, daß sein Tod nahe sei. Aber für den armen Tulliver sollte der Tod kein

Sprung sein, sondern ein langer Abstieg unter sich verdichtenden Schatten.
Man schickte nach Mr. Turnbull, aber als er hörte, was geschehen war, sagte er, daß diese völlige Wiederherstellung, gleichwohl nur vorübergehend, doch ein hoffnungsvolles Zeichen sei, weil sie bewies, daß keine dauernde Schädigung bestehe, die eine endgültige Genesung verhindern würde.
Unter den Fäden der Vergangenheit, die der heimgesuchte Mann aufgenommen hatte, hatte er die Verkaufsverschreibung ausgelassen; der Gedächtnisblitz hatte nur die hervorstechendsten Gedanken erleuchtet, und er sank wieder in Vergessen, ohne das ganze Ausmaß seiner Demütigung erfahren zu haben.
Aber Tom war sich über zwei Dinge im klaren – daß der Schuldschein seines Onkels Moss vernichtet und daß Lukes Geld bezahlt werden mußte, wenn nicht anders, dann von seinem eigenen und Maggies Geld aus der Sparkasse. Es gab Dinge, wie man sieht, in denen Tom viel behender war als in den Feinheiten des klassischen Sprachbaues oder den Verhältnissen eines mathematischen Beweises.

Kapitel 5

Tom setzt sein Messer an die Auster

Am nächsten Tag war Tom um zehn Uhr auf dem Weg nach St. Ogg's, um seinen Onkel Deane zu treffen, der letzte Nacht heimkommen sollte, wie seine Tante gesagt hatte. Tom hatte beschlossen, daß sein Onkel Deane der Rechte wäre, ihn zu beraten, wie er eine Beschäftigung finden könnte. Er ging einem großartigen Beruf nach, hatte nicht die beschränkten Vorstellungen Onkel Gleggs

und war in der Welt auf einer Erfolgsleiter aufgestiegen, die Toms Ehrgeiz entsprach.
Es war ein dunkler, kalter, nebliger Morgen, der wahrscheinlich in Regen enden würde – einer von jenen Morgen, an denen sogar glückliche Menschen zu ihren Hoffnungen Zuflucht nehmen. Und Tom war sehr unglücklich; er fühlte die Demütigung wie auch die zu erwartende Härte seines Geschickes mit all der Heftigkeit einer stolzen Natur, und in all seine entschlossene Pflichttreue gegenüber seinem Vater mischte sich ein nicht zu unterdrückender Unwille gegen ihn, der dem Unglück den noch weniger erträglichen Aspekt eines Unrechts gab. Da dies die Folgen seines Prozessierens waren, war sein Vater wirklich zu tadeln, wie seine Tanten und Onkel immer gesagt hatten, und es war ein bedeutsames Zeichen von Toms Charakter, daß er, obwohl er dachte, daß seine Tanten etwas mehr für seine Mutter tun sollten, nichts von Maggies heftigem Widerwillen gegen sie verspürte, weil sie keinen zärtlichen Eifer und keine Großzügigkeit zeigten. Nichts brachte Tom dazu, etwas zu erwarten, was sich ihm nicht selbst als ein Recht, das er fordern konnte, darstellte. Warum sollten Leute ihr Geld reichlich an jene fortgeben, die ihr eigenes nicht gehütet hatten? Tom sah Gerechtigkeit in der Strenge, und um so mehr, weil er das Vertrauen zu sich selbst besaß, daß er nie jene strenge Gerechtigkeit verdienen würde. Es war sehr hart für ihn, daß er wegen seines Vaters Mangel an Klugheit diesen Nachteil im Leben hatte, aber er wollte sich nicht beklagen und Leute beschuldigen, weil sie ihm nicht alles leicht machten. Er würde niemanden bitten, ihm mehr zu helfen, als ihm Arbeit zu geben und ihn dafür zu bezahlen. Der arme Tom war nicht ohne seine Hoffnungen, zu denen er Zuflucht nehmen konnte unter der kalten, feuchten Umschließung durch den Dezembernebel, der ihm nur wie ein Teil seiner häuslichen Not erschien. Mit sechzehn kann nicht einmal der Geist, der die stärkste Bezie-

hung zu den Tatsachen hat, sich Illusionen und Selbstschmeichelei entziehen, und Tom konnte, als er sich seine Zukunft ausmalte, seine Tatsachen nur nach Maßgabe seines eigenen tapferen Selbstvertrauens anordnen. Sowohl Mr. Glegg als auch Mr. Deane, so wußte er, waren einmal sehr arm gewesen; er wollte nicht langsam Geld sparen und sich mit einem mäßigen Vermögen zur Ruhe setzen wie sein Onkel Glegg, sondern er wollte sein wie sein Onkel Deane – eine Stellung in einem großen Geschäftshaus bekommen und schnell aufsteigen. Er hatte in den letzten drei Jahren kaum etwas von seinem Onkel Deane gesehen – die beiden Familien hatten sich zunehmend voneinander entfernt –, aber aus eben diesem Grund verband Tom noch mehr Hoffnungen damit, sich an ihn zu wenden. Sein Onkel Glegg, dessen war er sicher, würde nie ein kühnes Unterfangen ermutigen, doch er hatte eine verschwommene, imponierende Vorstellung von den Möglichkeiten, die seinem Onkel Deane zu Gebote standen. Er hatte seinen Vater vor langer Zeit sagen hören, wie Deane sich selbst so verdient um Guest & Co. gemacht hatte, daß sie ihm mit Freuden einen Anteil am Geschäft anboten; das war es, was Tom beschloß, selbst zu tun. Es war unerträglich, sich vorzustellen, sein Leben lang arm und mißachtet zu sein. Er würde für seine Mutter und seine Schwester sorgen und alle sagen lassen, daß er ein Mann von hohem Charakter sei. Auf diese Weise sprang er über die Jahre, und weil ihn Zweck und Wunsch beflügelten, sah er nicht, wie sie aus langsamen Tagen, Stunden und Minuten bestehen würden.

Als er die steinerne Brücke über den Floss überquert hatte und St. Ogg's betrat, da dachte er bereits, daß er, wenn er reich genug wäre, seines Vaters Mühle und Land zurückkaufen, das Haus verschönern und dort leben würde, er würde es jedem feineren, neueren Haus vorziehen, und er konnte so viele Pferde und Hunde halten, wie er wollte.

Als er so mit festem, schnellen Schritt die Straße entlangging, wurde er an diesem Punkt seiner Träumereien von jemandem aufgeschreckt, der ihm, ohne daß er es bemerkt hatte, entgegengekommen war und mit einer rauhen, vertraulichen Stimme zu ihm sagte:
»Nun, Master Tom, wie geht es Ihrem Vater heute morgen?« Es war ein Gastwirt aus St. Ogg's, einer der Kunden seines Vaters.
Tom gefiel es nicht, gerade jetzt angesprochen zu werden, und er sagte nur höflich: »Er ist noch sehr krank, ich danke Ihnen.«
»Tja, es ist wohl ein böses Pech für Sie gewesen, junger Mann, nicht wahr, daß dieser Prozeß gegen ihn ausgegangen ist?« sagte der Gastwirt mit einer konfusen, bierseligen Vorstellung, menschenfreundlich zu sein.
Tom errötete und ging weiter; er hätte es wie die Berührung einer Wunde gespürt, auch wenn es die höflichste und zartfühlendste Anspielung auf seine Lage gewesen wäre.
»Das ist Tullivers Sohn«, sagte der Wirt zu einem Krämer, der auf der nächstgelegenen Türschwelle stand.
»Ah!« sagte der Krämer. »Ich dachte doch, daß mir das Gesicht bekannt vorkäme. Er schlägt nach seiner Mutter Familie, sie war eine Dodson. Er ist ein feiner, aufrechter Jüngling. Was hat er gelernt?«
»Oh! Seine Nase über seines Vaters Kunden zu rümpfen und ein feiner Herr zu sein – sonst wohl nicht viel, meine ich.«
Tom, der aus seinem Traum von der Zukunft zu einem gründlichen Bewußtsein der Gegenwart gebracht worden war, beeilte sich desto mehr, die Lagerhauskontore von Guest & Co. zu erreichen, wo er seinen Onkel Deane vermutete. Aber dies war Mr. Deanes Vormittag in der Bank, wie ihm ein Kontorist mit einiger Verachtung ob seiner Unwissenheit mitteilte; Mr. Deane war an einem Donnerstagmorgen nicht in der River Street anzutreffen.

In der Bank wurde Tom in den privaten Raum, wo sein Onkel Deane war, vorgelassen, sobald er seinen Namen drinnen hatte nennen lassen. Mr. Deane prüfte Abrechnungen, aber er sah auf, als Tom eintrat, reichte ihm die Hand und sagte: »Nun, Tom, nichts Neues zu Hause vorgefallen, hoffe ich? Wie geht's deinem Vater?«

»Unverändert, danke, Onkel«, sagte Tom ein wenig nervös. »Aber ich möchte dich sprechen, bitte, wenn du etwas Zeit hast.«

»Setz dich, setz dich«, sagte Mr. Deane und machte sich wieder an seine Abrechnungen, in die er und der leitende Kontorist für die nächste halbe Stunde so vertieft blieben, daß Tom sich schon zu fragen begann, ob er so dasitzen sollte, bis die Bank schloß – nichts in dem ruhigen, monotonen Vorgehen dieser gewandten Geschäftsmänner schien auf ein Ende hinzudeuten. Würde ihm sein Onkel eine Stelle in der Bank geben? Es würde eine sehr langweilige, trockene Arbeit sein, dachte er, dort immerfort zu schreiben zu dem lauten Ticken einer Wanduhr. Er zog andere Wege, reich zu werden, vor. Aber schließlich änderte sich doch etwas, sein Onkel nahm eine Feder und schrieb etwas mit einem Schnörkel am Ende.

»Sie wollen wohl eben zu Torry hinaufgehen, Mr. Spence«, sagte Mr. Deane, und die Uhr war in Toms Ohren plötzlich weniger laut und bedächtig.

»Nun, Tom«, sagte Mr. Deane, als sie allein waren, rückte seine gewichtige Person ein wenig in seinem Sessel zurecht und nahm seine Schnupftabaksdose hervor, »worum geht es denn, mein Junge, worum geht es?« Mr. Deane, der von seiner Frau gehört hatte, was sich tags zuvor ereignet hatte, dachte, daß Tom gekommen sei, ihn um Mittel zur Abwendung der Versteigerung zu bitten.

»Ich hoffe, du wirst entschuldigen, daß ich dich damit belästige, Onkel«, sagte Tom und errötete, doch er sprach in einem Ton, der, gleichwohl bebend, eine

gewisse stolze Unabhängigkeit besaß, »aber ich dachte, du wärest der Beste, mir zu raten, was ich tun soll.«
»Ah!« sagte Mr. Deane, hielt seine Prise Schnupftabak noch zurück und sah Tom mit neuer Aufmerksamkeit an. »Laß hören.«
»Ich möchte eine Stellung haben, Onkel, so daß ich etwas Geld verdienen kann«, sagte Tom, der niemals Umschweife machte.
»Eine Stellung?« sagte Mr. Deane und nahm dann seine Prise Schnupftabak mit vollendeter Gerechtigkeit für jedes Nasenloch. Tom hielt das Schnupfen für eine unausstehliche Angewohnheit.
»Nun, laß sehen, wie alt bist du?« sagte Mr. Deane, als er sich wieder zurücklehnte.
»Sechzehn – ich meine, ich werde siebzehn«, sagte Tom und hoffte, daß sein Onkel bemerkte, wieviel Bart er schon hatte.
»Laß mal sehen, dein Vater hatte eine Vorstellung, dich Ingenieur werden zu lassen, meine ich?«
»Aber ich glaube, ich könnte dabei eine lange Zeit kein Geld bekommen, nicht wahr?«
»Das ist wahr, aber man bekommt bei nichts viel Geld, mein Junge, wenn man erst sechzehn ist. Du warst jedoch recht lange zur Schule; ich nehme an, daß du ganz gut im Rechnen bist, ja? Du verstehst etwas vom Buchhalten?«
»Nein«, sagte Tom ein wenig stammelnd. »Ich habe Dreisatz gemacht. Aber Mr. Stelling sagt, ich schreibe eine gute Hand, Onkel. Das ist meine Schrift«, fügte Tom hinzu und legte eine Abschrift der Liste, die er gestern gemacht hatte, auf den Tisch.
»Ah, das ist gut, das ist gut. Aber, siehst du, die beste Hand in der Welt wird dir keine bessere Stelle als die eines Schreibers verschaffen, wenn du nichts vom Buchhalten und nichts von Rechnungen verstehst. Und Schreiber sind Billigware. Aber was hast du denn in der Schule gelernt?«

Mr. Deane hatte sich nicht mit Methoden der Erziehung beschäftigt und hatte keine genaue Vorstellung davon, was auf teuren Schulen vor sich ging.

»Wir haben Latein gelernt«, sagte Tom und machte hinter jedem Punkt seiner Aufzählung eine kleine Pause, als ob er die Bücher in seinem Pult umdrehte, um seinem Gedächtnis aufzuhelfen, »eine ganze Menge Latein; und im letzten Jahr habe ich Aufsätze gemacht, eine Woche auf Latein und eine auf englisch; und griechische und römische Geschichte, und Euklid, und ich habe mit Algebra begonnen, aber wieder damit aufgehört, und an einem Tag jeder Woche hatten wir Arithmetik. Dann hatte ich Zeichenstunden, und da gab es noch mehrere andere Bücher, die wir entweder gelesen oder aus denen wir gelernt haben, englische Gedichte und *Horae Paulinae* und Blairs *Rhetorik*[4] im letzten Halbjahr.«

Mr. Deane klopfte wieder auf seine Tabaksdose und verzog den Mund; er fühlte sich in der Lage vieler schätzenswerter Leute, wenn sie den Neuen Zolltarif gelesen hatten und sahen, wie viele Güter eingeführt wurden, von denen sie nichts wußten; als ein vorsichtiger Geschäftsmann wollte er nicht übereilt von einem Rohstoff sprechen, mit dem er keine Erfahrung hatte. Aber es war anzunehmen, daß, wenn es damit irgend etwas auf sich hätte, ein so erfolgreicher Mann wie er selbst kaum in Unkenntnis darüber gewesen wäre. Über Latein hatte er seine eigene Ansicht und dachte, daß es gut wäre, im Falle eines neuen Krieges, da die Leute keinen Haarpuder mehr tragen würden, eine Steuer auf Latein zu erheben als einen Luxus, den die oberen Schichten pflegten und der sich in der Reederbranche überhaupt nicht auswirkte. Aber die *Horae Paulinae* konnten, soweit er wußte, etwas weniger Neutrales sein. Insgesamt rief diese Liste der Kenntnisse eine Art Widerwillen gegen den armen Tom in ihm hervor.

»Nun«, sagte er schließlich recht kalt und höhnisch, »du hast dich drei Jahre lang mit diesen Dingen beschäftigt, du mußt jetzt recht stark darin sein. Wäre es nicht besser, du fingest in einem Berufszweig an, wo sie nützlich sind?«

Tom errötete und rief mit neuer Energie aus: »Ich möchte lieber nicht dergleichen Beschäftigung haben, Onkel. Ich mag Latein nicht und all das. Ich weiß nicht, was ich damit anfangen könnte, außer ich ginge als Hilfslehrer an eine Schule, und dafür kann ich es nicht gut genug, außerdem würde ich ebenso gern ein Paar Packkörbe tragen. Ich möchte nicht so ein Mensch sein. Ich möchte in ein Geschäft eintreten, wo ich weiterkommen kann – ein männliches Geschäft, wo ich mich um Dinge zu kümmern habe und Anerkennung bekomme für das, was ich tue. Und ich will doch meine Mutter und Schwester unterstützen.«

»Ah, junger Herr«, sagte Mr. Deane mit jener Neigung, jugendliche Hoffnungen zu unterdrücken, die gesetzte und erfolgreiche Männer von fünfzig für eine ihrer leichtesten Pflichten halten. »Das ist geschwinder gesagt als getan – geschwinder gesagt als getan.«

»Aber bist *du* nicht auf diese Weise vorwärtsgekommen, Onkel?« sagte Tom ein wenig verärgert darüber, daß Mr. Deane nicht schneller auf seine Ansichten einging. »Ich meine, bist du nicht von einer Position zur nächsten gelangt durch deine Fähigkeiten und gute Führung?«

»Ja, ja, Sir«, sagte Mr. Deane, setzte sich noch ein wenig in seinem Sessel zurecht und begann mit großer Bereitwilligkeit einen Rückblick auf seinen eigenen Werdegang. »Aber ich will dir sagen, wie ich weiterkam. Es war nicht, daß ich mich rittlings auf einen Stock setzte und dachte, daß er zu einem Pferd würde, wenn ich nur lange genug darauf säße. Ich hielt meine Augen und Ohren offen, Sir, und ich nahm nicht zu viel Rücksicht auf meinen eigenen Rücken, und ich machte die Interessen meines Meisters zu den meinen. Tja, nur indem ich mir ansah, was in der Mühle vor sich ging, entdeckte ich, daß da fünfhundert Pfund im Jahr verschwendet wurden, was verhindert werden konnte. Tja, Sir, ich hatte am Anfang nicht mehr Schulbildung als ein Fürsorgezögling, aber ich sah sehr bald, daß ich nicht weit kommen würde, ohne das Rechnen zu beherrschen, und so lernte ich es zwischen den Arbeitsstunden, nachdem ich abgeladen hatte. Sieh hier«, Mr. Deane öffnete ein Buch und wies auf eine Seite, »ich schreibe eine recht gute Hand, und ich kann es mit jedem im Kopfrechnen aufnehmen, und das habe ich alles durch harte Arbeit erworben, und ich zahlte dafür von meinem Lohn – oft von meinem eigenen Mittag- und Abendessen. Und ich habe meine Nase ordentlich in die Dinge hineingesteckt, mit denen wir im Betrieb zu tun hatten, und mir Wissen angeeignet, während ich arbeitete, und habe es mir im Kopf herumgehen lassen. Tja, ich bin kein Mechaniker – habe nie behauptet, einer zu sein – aber mir sind ein oder zwei Dinge eingefallen, an die die Mechaniker noch nie gedacht hatten, und das hat in unseren Erträgen einen ganz schönen Unterschied gemacht. Und es gibt keinen Artikel auf unserem Ladeplatz – ob er nun verschifft wird oder ausgeladen –, von dem ich nicht die Qualität kenne. Wenn ich Positionen bekommen habe, Sir, dann war es, weil ich mich dazu befähigt hatte. Wenn man in ein rundes Loch rutschen will, muß man sich zur Kugel machen – so ist das nun mal.«

Mr. Deane klopfte wieder auf seine Tabaksdose. Die reine Begeisterung hatte ihn in seinem Thema weitergeleitet, und er hatte gänzlich vergessen, welchen Bezug dieser Rückblick auf seinen Zuhörer hatte. Er hatte schon mehr als einmal Gelegenheit gefunden, dasselbe zu erzählen, und es war ihm nicht ganz deutlich bewußt, daß er nicht seinen Portwein vor sich hatte.

»Nun, Onkel«, sagte Tom mit einem leichten Unwillen in der Stimme, »das ist es, was ich gern tun würde. Kann ich denn nicht auf dieselbe Weise vorwärtskommen?«

»Auf dieselbe Weise?« sagte Mr. Deane und musterte Tom mit ruhiger Überlegung. »Da spielen zwei oder drei

Fragen entscheidend mit, Master Tom. Es hängt zunächst einmal davon ab, aus welchem Zeug du bist und ob du in die rechte Mühle gesteckt worden bist. Aber ich will dir sagen, wie es ist. Dein armer Vater ist den falschen Weg gegangen, als er dir eine Ausbildung gab. Es war nicht meine Angelegenheit, und so habe ich mich nicht eingemischt, aber es ist so, wie ich mir das schon gedacht hatte. Du hast Dinge gelernt, die recht schön sind für einen jungen Kerl wie unseren Mr. Stephen Guest, der sein Leben lang nichts anderes zu tun haben wird, als Schecks zu unterschreiben, und der ebenso gut Latein im Kopf haben mag wie jede andere Art von Füllung.«

»Aber, Onkel«, sagte Tom ernsthaft, »ich verstehe nicht, warum das Latein mich daran hindern soll, im Geschäftsleben weiterzukommen. Ich werde es bald alles vergessen, das macht mir nichts aus. Ich mußte in der Schule meine Lektionen lernen, aber ich habe immer gedacht, daß sie mir später nie nützen würden – es hat mich nicht viel gekümmert.«

»Ja, ja, das ist alles sehr schön«, sagte Mr. Deane, »aber es ändert nichts an dem, was ich sagen wollte. Dein Latein und all der Hokuspokus mögen bald in dir vertrocknen, aber dann bist du nur noch ein kahler Zweig. Außerdem hat es deine Hände zart und weiß gemacht und dich der harten Arbeit entfremdet. Und was kannst du? Nun, du verstehst zunächst einmal nichts von Buchhaltung und nicht mal so viel vom Rechnen wie ein gewöhnlicher Kaufmann. Du wirst an einer niedrigen Sprosse der Leiter anfangen müssen, laß dir das gesagt sein, wenn du im Leben vorankommen willst. Es hat keinen Zweck, die Ausbildung zu vergessen, für die dein Vater bezahlt hat, wenn du dir nicht selbst eine neue gibst.«

Tom biß sich hart auf die Lippen; er fühlte Tränen aufsteigen, aber er würde eher sterben als das zulassen.

»Du möchtest, daß ich dir zu einer Stellung verhelfe«,

fuhr Mr. Deane fort, »nun, daran habe ich nichts auszusetzen. Ich bin gewillt, etwas für dich zu tun. Aber ihr jungen Leute heutzutage denkt, daß ihr damit anfangen könnt, gut zu leben und bequem zu arbeiten; ihr habt keinen Begriff davon, was es heißt, zu Fuß zu gehen, bevor ihr aufs Pferd steigt. Du mußt nun aber bedenken, was du bist – du bist ein Junge von sechzehn und hast nichts Besonderes gelernt. Es gibt haufenweise solche wie dich – so viele, wie es Kieselsteine gibt, die zu nichts recht taugen. Nun, du könntest irgendwo Lehrling sein – Apotheker oder Drogist vielleicht, dein Latein könnte da ein wenig nützlich sein.«

Tom wollte etwas sagen, aber Mr. Deane hob die Hand und sagte:

»Halt! Höre, was ich zu sagen habe. Du willst kein Lehrling sein – ich weiß, ich weiß – du willst es schneller machen – und du willst nicht hinter einem Ladentisch stehen. Aber wenn du Schreiber bist, wirst du den ganzen Tag am Pult stehen müssen und auf Tinte und Papier starren, es gibt da nicht viel Aussicht, und am Ende des Jahres wirst du nicht viel klüger sein als am Anfang. Die Welt ist nicht aus Feder, Tinte und Papier gemacht, und wenn du in der Welt vorankommen willst, junger Mann, dann mußt du wissen, woraus die Welt gemacht ist. Es wäre nun die beste Chance für dich, eine Stelle auf einem Ladeplatz oder in einem Lagerhaus zu bekommen, wo du den Geruch der Dinge kennenlerntest – aber das würde dir nicht gefallen, da bin ich sicher –, du würdest Kälte und Nässe aushalten müssen und von rauhen Burschen herumgeschubst werden. Dafür bist du ein zu feiner Herr.«

Mr. Deane machte eine Pause und sah Tom scharf an, der allerdings innerlich mit sich zu kämpfen hatte, bevor er antworten konnte.

»Ich würde am liebsten tun, was für mich am Ende das beste ist, Sir. Ich würde Unangenehmes in Kauf nehmen.«

»Das ist gut, wenn du es durchhalten kannst. Aber du mußt bedenken, es heißt nicht nur das Tau zu ergreifen – du mußt ständig weiterziehen. Das ist der Fehler, den ihr jungen Burschen macht, die ihr entweder nichts im Kopf oder in der Tasche habt, daß ihr denkt, ihr hättet einen besseren Start in der Welt, wenn ihr euch eine Stelle sucht, wo ihr eure Jacketts nicht schmutzig macht und die Ladenmädel euch für feine Herren halten. So habe *ich* nicht angefangen, junger Mann; als ich sechzehn war, roch meine Jacke nach Teer, und ich hatte keine Angst, Käse anzufassen. Das ist der Grund, warum ich jetzt gutes Tuch tragen kann und meine Füße unter einen Tisch mit den Inhabern der besten Firmen in St. Ogg's stelle.«

Onkel Deane klopfte wieder auf seine Tabaksdose und schien sich unter seiner Weste und der goldenen Kette noch ein wenig auszudehnen, als er sich in seinem Sessel in Positur setzte.

»Ist denn irgendeine Stelle, von der du weißt, verfügbar, Onkel, die ich schaffen könnte? Ich würde gern sofort anfangen zu arbeiten«, sagte Tom mit leichtem Zittern in der Stimme.

»Nun wart ein wenig, wart ein wenig! Wir dürfen nicht zu hastig sein. Du mußt bedenken, daß, wenn ich dich an eine Stelle setze, für die du noch ein bißchen zu jung bist, nur weil du zufällig mein Neffe bist, ich für dich verantwortlich sein werde. Und es gibt doch wohl keinen triftigeren Grund als den, daß du mein Neffe bist, weil wir erst abwarten müssen, ob du zu irgend etwas taugst.«

»Ich hoffe, daß ich dir nie Schande machen werde, Onkel«, sagte Tom verletzt, wie alle Jungen bei der Feststellung der unangenehmen Wahrheit, daß Leute keinen Grund sehen, ihnen zu vertrauen. »Dafür ist mir mein eigenes Ansehen zu wichtig.«

»Gut gemacht, Tom, gut gemacht! Das ist der rechte Geist, und ich will niemandem Hilfe verweigern, wenn er die Absicht hat, seinen Fähigkeiten gerecht zu werden. Da ist ein junger Mann von zweiundzwanzig, auf den ich gerade mein Auge geworfen habe. Für den jungen Mann werde ich tun, was ich kann, in ihm steckt etwas. Aber siehst du, er hat auch seine Zeit gut genutzt – ein erstklassiger Rechner – kann dir den Kubikinhalt von etwas im Handumdrehen nennen und machte mich neulich auf einen neuen Markt für Gerbrinde aufmerksam, er weiß ungewöhnlich viel über Manufakturwaren, der junge Bursche.«

»Ich sollte wohl lieber anfangen, Buchhaltung zu lernen, nicht wahr, Onkel?« sagte Tom, eifrig bemüht, seine Bereitschaft, sich anzustrengen, zu beweisen.

»Ja, ja, damit kannst du nichts falsch machen. Aber ... ah, Spence, da sind Sie wieder. Nun, Tom, im Moment ist wohl nichts mehr zu sagen, und ich muß wieder an die Arbeit gehen. Auf Wiedersehen. Grüße bitte deine Mutter von mir.«

Mr. Deane reichte ihm mit dem Ausdruck freundlicher Entlassung die Hand, und Tom hatte nicht den Mut, noch eine weitere Frage zu stellen, besonders in Gegenwart von Mr. Spence. So ging er wieder in die kalte, feuchte Luft hinaus. Er mußte noch bei seinem Onkel Glegg vorbeigehen wegen des Geldes in der Sparkasse, und als er wieder aufbrach, hatte sich inzwischen der Nebel verdichtet, und er konnte nicht weit sehen; doch als er wieder die River Street entlangging, wurde er, als er zwei Meter von der vorspringenden Seite eines Schaufensters entfernt war, von den Worten »Dorlcoter Mühle« aufgeschreckt, die dort in großen Buchstaben auf einem Druckblatt standen, so als sollten sie ihm mit Absicht ins Gesicht starren. Es war das Verzeichnis der Versteigerung, die in der nächsten Woche stattfinden sollte – Grund genug, noch schneller aus der Stadt zu eilen.

Der arme Tom stellte sich keine Bilder der fernen Zukunft vor, als er so nach Hause ging, er fühlte nur, daß die Gegenwart sehr hart sei. Es schien ein Unrecht gegen ihn zu sein, daß sein Onkel Deane kein Vertrauen zu ihm hatte, nicht sofort sah, daß er sich gut anstellen würde, was für Tom selbst so sicher wie das Tageslicht war. Offensichtlich würde man ihm, Tom Tulliver, in der Welt nicht viel zutrauen, und zum ersten Mal fühlte er, daß sein Herz sank in dem Empfinden, daß er wirklich sehr unwissend sei und nicht viel anfangen könne. Wer war dieser beneidenswerte junge Mann, der im Handumdrehen den Kubikinhalt von Dingen nennen konnte und Vorschläge für Gerbrinde machte? Gerbrinde! Tom war es gewohnt gewesen, so völlig zufrieden mit sich zu sein, trotz seines Versagens bei einem Beweis und der Übersetzung »Jetzt versprechen diese Männer« für »nunc illas promite vires«,[5] aber nun fühlte er sich plötzlich im Nachteil, weil er weniger wußte als jemand anders. Es mußte eine Welt von Dingen geben, die in Verbindung mit dieser Gerbrinde standen, die, wenn er sie nur kennen würde, ihm weitergeholfen haben möchten. Es wäre viel leichter gewesen, mit einem lebhaften Pferd und einem neuen Sattel eine gute Figur zu machen.

Zwei Stunden zuvor, als Tom nach St. Ogg's ging, hatte er die ferne Zukunft vor sich gesehen, wie er vielleicht einen verlockenden Streifen gelben, sandigen Strandes hinter einem Gürtel von grobem Kies gesehen hätte; er war noch auf dem grasbewachsenen Ufer und dachte, der Kies sei schnell überwunden. Aber jetzt waren seine Füße auf den scharfen Steinen, der Kiesgürtel hatte sich verbreitert, und der Sandstreifen war zusammengeschrumpft und ganz schmal geworden.

»Was sagte Onkel Deane, Tom?« sagte Maggie und zog ihren Arm durch Toms, als er sich trübsinnig am Küchenfeuer aufwärmte. »Sagte er, er würde dir eine Stellung geben?«

»Nein, das sagte er nicht. Er hat mir so recht gar nichts versprochen; er schien zu denken, ich könnte keine sehr gute Stellung bekommen. Ich bin zu jung.«

»Aber hat er nicht freundlich mit dir gesprochen, Tom?«
»Freundlich? Pah! Was für einen Zweck hat es, darüber zu reden? Mir würde nichts an seinem freundlichen Sprechen liegen, wenn ich nur eine Stellung bekommen könnte. Aber es ist zu dumm und ärgerlich – jetzt bin ich die ganze Zeit auf der Schule gewesen und habe Latein und so gelernt – nützt mir kein bißchen –, und jetzt sagt mein Onkel, ich muß anfangen, Buchhaltung und Rechnen und solche Sachen zu lernen. Er scheint zu finden, daß ich zu nichts tauge.«
Toms Mund zuckte bitter, als er ins Feuer sah.
»Oh, wie schade, daß wir nicht Dominie Sampson[6] hier haben«, sagte Maggie, die nicht umhin konnte, etwas Fröhlichkeit unter ihre Traurigkeit zu mischen. »Wenn er mich Buchhaltung, doppelte und nach der italienischen Methode, gelehrt hätte, so wie Lucy Bertram, dann könnte ich's dich lehren, Tom.«
»*Du* und lehren! Ja, natürlich! Das ist der Ton, den du immer anschlägst«, sagte Tom.
»Lieber Tom! Ich habe nur Spaß gemacht«, sagte Maggie und legte ihre Wange an seinen Jackenärmel.
»Aber es ist immer dasselbe, Maggie«, sagte Tom mit dem leichten Stirnrunzeln, das er aufsetzte, wenn er sich anschickte, zu Recht streng zu sein. »Du stellst dich immer über mich und jeden sonst, und das wollte ich dir schon mehrmals sagen. Du hättest nicht so zu meinen Onkeln und Tanten sprechen sollen, wie du es getan hast, du solltest es mir überlassen, für meine Mutter und dich zu sorgen, und dich nicht vordrängen. Du meinst immer, du wüßtest es besser als alle anderen, aber du hast fast immer Unrecht. Ich kann viel besser urteilen als du!«
Der arme Tom! Gerade hatte er eine Lektion erhalten und seine Unterlegenheit fühlen müssen; die Reaktion seiner starken, selbstsicheren Natur mußte irgendwie erfolgen, und hier war ein Fall, in dem er sich mit Recht

überlegen zeigen konnte. Maggies Wangen röteten sich, und ihre Lippen bebten im Widerstreit von Empörung und Zuneigung und einer gewissen Ehrfurcht wie auch Bewunderung für Toms festeren und wirkungsvolleren Charakter. Sie antwortete nicht sofort; sehr böse Worte kamen ihr auf die Lippen, aber sie wurden zurückgedrängt, und sie sagte schließlich: »Du denkst oft, ich sei eingebildet, Tom, wenn ich das, was ich sage, überhaupt nicht so meine. Ich will mich nicht über dich stellen, ich weiß, daß du dich gestern besser als ich verhalten hast. Aber du bist immer so hart zu mir, Tom.«

Mit den letzten Worten kam die Empörung wieder hoch.

»Nein, ich bin nicht hart«, sagte Tom mit strenger Entschiedenheit. »Ich bin immer freundlich zu dir und werde es immer sein. Ich werde immer für dich sorgen. Aber du mußt auf das hören, was ich sage.«

Ihre Mutter kam nun herein, und Maggie lief davon, damit ihr Tränenausbruch, von dem sie fühlte, daß er kommen mußte, nicht erfolgen würde, bis sie oben in Sicherheit wäre. Es waren sehr bittere Tränen; jeder auf der Welt schien so hart und unfreundlich zu Maggie, es gab keine Nachsicht, keine Zärtlichkeit, so wie sie es sich vorstellte, wenn sie in ihren eigenen Gedanken die Welt neu gestaltete. In Büchern kamen Leute vor, die immer liebenswürdig und zärtlich waren und sich daran freuten, Dinge zu tun, die einen glücklich machten, und die ihre Freundlichkeit nicht dadurch zeigten, daß sie Vorwürfe machten. Die Welt außerhalb der Bücher war keine glückliche, fühlte Maggie, es schien eine Welt zu sein, wo die Leute sich am besten gegenüber denen verhielten, die sie nicht zu lieben vorgaben und die ihnen nicht angehörten. Und wenn das Leben keine Liebe enthielt, was sonst gab es darin für Maggie? Nichts als Armut und die Gesellschaft der engstirnigen Kümmernisse ihrer Mutter – vielleicht noch ihres Vaters herzzerreißende kindische Abhängigkeit. Es gibt keine Hoffnungslosigkeit, die so traurig ist wie die der frühen Jugend, wenn die Seele aus Bedürfnissen besteht und noch keine langen Erinnerungen hat, kein zusätzliches Leben im Leben anderer, obwohl wir, die wir zusehen, gering von solch unreifer Verzweiflung denken, als ob unser Bild von der Zukunft die Gegenwart des blinden Leidenden erhellte.

Maggie in ihrem braunen Kleid, mit geröteten Augen und dem zurückgeschobenen, schweren Haar, die vom Bett, wo ihr Vater lag, auf die öden Wände dieser traurigen Kammer, des Zentrums ihrer Welt, sah – Maggie war ein Geschöpf voll eifriger, leidenschaftlicher Sehnsucht nach all dem, was schön und froh war, durstig nach allem Wissen, mit einem Ohr, das angestrengt nach träumerischer Musik lauschte, die verklang und sich ihr nicht nähern wollte, mit einem blinden, unbewußten Verlangen nach etwas, das die wunderbaren Eindrücke dieses geheimnisvollen Lebens verbinden und ihrer Seele ein Gefühl von Heimat darin geben würde. Es ist nicht verwunderlich, daß, wenn dieser Gegensatz zwischen Äußerem und Innerem herrscht, schmerzliche Zusammenstöße daraus entstehen.

Kapitel 6

Das verbreitete Vorurteil gegen das Geschenk eines Taschenmessers zu widerlegen

In jener dunklen Dezemberzeit dauerte die Versteigerung des Hausrates bis über die Mitte des zweiten Tages hinaus an. Mr. Tulliver, der begonnen hatte, in den Zeiten, während er bei Bewußtsein war, eine Reizbarkeit zu zeigen, die oft unmittelbar die Wiederkehr der krampfhaften Starre und Bewußtlosigkeit bewirkte, hatte in diesem lebendigen Tod während der kritischen Stunden gelegen, als der Lärm der Versteigerung seiner Kammer am nächsten kam. Mr. Turnbull hatte entschieden, daß es ein geringeres Risiko sei, ihn dort zu belassen, wo er war, als ihn zu Lukes Häuschen zu bringen – ein Plan, den der gute Luke Mrs. Tulliver vorgeschlagen hatte, weil er dachte, daß es sehr schlimm wäre, falls sein Herr vom Lärm der Versteigerung »aufwachen« sollte –, und Frau und Kinder hatten in der stillen Kammer eingesperrt gesessen und die große hingestreckte Gestalt auf dem Bett beobachtet und davor gezittert, daß das ausdruckslose Gesicht plötzlich eine Reaktion auf die Geräusche zeigen würde, die ihnen selbst in so hartnäkkiger, schmerzlicher Wiederholung ans Ohr drangen. Aber endlich war sie vorüber, diese Zeit der bedrängenden Gewißheit und der das Auge quälenden Spannung. Der scharfe Klang einer Stimme, die beinahe ebenso metallisch war wie das Klopfen, das ihr folgte, war verstummt, das Stampfen der Schritte auf dem Kies war verklungen. Mrs. Tullivers helles Gesicht schien in den letzten dreißig Stunden um zehn Jahre gealtert, die arme Frau hatte sich im Geist damit beschäftigt zu raten, wann ihre Lieblingssachen durch den schrecklichen Hammer jemandem zugeschlagen wurden; ihr Herz hatte gezittert bei dem Gedanken, daß erst ein Ding, dann ein anderes dahingegangen war, um in der verhaßten Öffentlichkeit des »Goldenen Löwen« als das ihre erkannt zu werden, und die ganze Zeit mußte sie dasitzen und durfte kein Zeichen dieser inneren Erregung von sich geben. Solche Dinge zeichnen Furchen in wohlgerundete Gesichter und verbreitern die Streifen von Weiß in Haaren, die einst aussahen, als seien sie in reinen Sonnenschein getaucht. Schon hatte Kezia, das gutherzige und schlechtgelaunte Hausmädchen, das alle Leute, die zu der Versteigerung kamen, als ihre persönlichen Feinde betrachtete, unter deren Füßen der Schmutz von einer besonders eklen Qualität war, um drei Uhr zu scheuern und zu schrubben begonnen, mit einer Energie, die von einem ständigen leisen Brummen unterstützt wurde gegen »Leute, die kommen, um anderer Leute Sachen wegzukaufen« und denen es nichts ausmachte, die Platten von Mahagonitischen zu verschrammen, über denen bessere Leute als sie selbst mit Mühen und Anhauchen viel Tuch hatten verschwenden müssen. Sie schrubbte nicht blindlings, denn es würde weiteren Schmutz derselben gräßlichen Art geben durch die Leute, die noch ihre Käufe abholen mußten, aber sie war bestrebt, das Wohnzimmer, wo das »pfeiferauchende Schwein«, der Gerichtsvollzieher, gesessen hatte, zu solch einem Anschein spärlichen Komforts zu bringen, wie er ihm durch Reinlichkeit und die paar Möbelstücke, die für die Familie zurückgekauft worden waren, gegeben werden konnte. Ihre Herrin und die jungen Leute sollten hier heute abend Tee trinken, hatte Kezia beschlossen.

Es war zwischen fünf und sechs Uhr, um die übliche Teezeit, als sie heraufkam und sagte, daß Master Tom verlangt würde. Die Person, die nach ihm verlangte, war in der Küche, und in den ersten Augenblicken hatte Tom durch das unzureichende Feuer und Kerzenlicht nicht einmal ein unbestimmtes Gefühl von Bekanntschaft mit der recht untersetzten, aber beweglichen Gestalt, vielleicht zwei Jahre älter als er selbst, die ihn aus einem Paar blauer Augen in einem Rund von Sommersprossen ansah und aus lauter Respekt an ein paar roten Locken zog. Ein flacher Hut aus Ölhaut und eine gewisse blanke Ablagerung von Schmutz auf dem Rest seiner Kleidung wie bei Täfelchen, die zum Schreiben bereitet sind, ließ auf einen Beruf schließen, der mit Booten zu tun hatte, aber dies half Toms Gedächtnis nicht auf.

»Ihr Diener, Mister Tom«, sagte der Rotgelockte mit einem Lächeln, das durch einen selbst auferlegten, melancholischen Gesichtsausdruck hindurchzubrechen schien. »Sie kennen mich wohl nicht mehr«, fuhr er fort, als Tom ihn weiterhin fragend ansah, »aber ich würd' gern ein wenig mit Ihnen allein sprechen, bitte.«

»Im Wohnzimmer is 'n Feuer, Master Tom«, sagte Kezia, die die Küche während der kritischen Augenblicke des Toastens nicht gern verließ.
»Dann kommen Sie hier entlang«, sagte Tom und fragte sich, ob der junge Bursche zum Ladeplatz von Guest & Co. gehörte, denn seine Vorstellung lief beständig auf den einen Punkt hinaus, und Onkel Deane konnte jederzeit nach ihm schicken, um ihm zu sagen, daß eine Stelle zur Verfügung stehe. Das helle Feuer im Wohnzimmer war das einzige Licht, das die wenigen Stühle zeigte, das Schreibpult, den teppichlosen Fußboden und den einen Tisch – nein, nicht den einen Tisch, da war noch ein zweiter in einer Ecke mit einer großen Bibel und einigen anderen Büchern darauf. Es war diese neue seltsame Leere, die Tom zuerst fühlte, bevor es ihm einfiel, das Gesicht wieder anzusehen, das auch vom Feuer erleuchtet war und das ihn halb schüchtern und fragend verstohlen ansah, als die völlig unbekannte Stimme sagte: »Na! Dann erinnern Sie sich nicht mehr an Bob, dem Sie das Taschenmesser gegeben haben, Mr. Tom?«
Das Taschenmesser mit dem rauhen Griff wurde augenblicks herausgenommen und die größte Klinge als unwiderstehlicher Beweis geöffnet.
»Was! Bob Jakin?« sagte Tom, nicht mit herzlicher Freude, denn er schämte sich ein wenig der früheren Vertrautheit, die durch das Taschenmesser symbolisiert wurde, und war sich nicht sicher, ob Bobs Motive dafür, sie in Erinnerung zu rufen, ganz und gar löblich waren.
»Ja, ja, Bob Jakin – wenn's denn Jakin sein muß, weil's so viele Bobs gibt, mit denen Sie auf Eichhörnchenjagd gingen, an dem Tag, als ich gradewegs vom Ast runterfiel und mir die Schienbeine aufgeschlagen hab – aber ich hielt trotzdem das Eichhörnchen fest, und es hat ordentlich gekratzt. Und diese kleine Klinge ist entzwei, sehn Sie, aber ich wollte keine neue reinmachen lassen, weil sie mich betrügen könnten und mir ein andres Messer

dafür geben, denn so ’ne Klinge gibt’s im ganzen Land nich nochmal – ’s ist auch an meine Hand gewöhnt. Und ’s hat mir noch nie jemand was gegeben, außer was ich durch meine eigne Fixigkeit gekriegt hab, nur Sie, Mr. Tom, und vielleicht noch Bill Fawks, der mir den kleinen Terrier gegeben hat, anstatt ihn zu ertränken, und ich mußt’ ihn erst ganz schön beschwatzen, bevor er ’n mir geben wollte.«

Bob sprach mit einer scharfen und recht schrillen Zungenfertigkeit und kam mit überraschender Eile durch seine lange Rede und rieb die Klinge seines Messers zärtlich an seinem Ärmel, als er geendet hatte.

»Nun, Bob«, sagte Tom etwas gönnerhaft, da die vorausgegangenen Erinnerungen ihn bewogen hatten, so freundlich zu sein, wie es sich schickte, obwohl es nichts in seiner Bekanntschaft mit Bob gab, an das er sich besser erinnerte als an die Ursache des Streites, der sie getrennt hatte, »gibt es etwas, das ich für dich tun kann?«

»Ach, nein, Mr. Tom«, antwortete Bob und klappte sein Messer mit einem Klick zu und steckte es in seine Tasche zurück, wo er nach etwas anderem zu fühlen schien. »Ich wär’ nich zu Ihnen gekommen, nun da Sie in Schwierigkeiten sind und die Leute sagen, daß der Herr, für den ich die Vögel verscheucht hab und der mich aus Spaß ein wenig verprügelt hat, als er mich erwischte, wie ich die Rübe gegessen hab – sie sagen, daß er sein’ Kopf nich mehr hochheben würd’ –, ich wär’ nich jetzt gekommen, um Sie zu bitten, mir ein neues Messer zu geben, weil Sie mir früher eins gegeben haben. Wenn ’n Kerl mir ’n blaues Auge verpaßt, dann ist das genug für mich, ich werd’ ihn nich um ’n zweites bitten, bevor ich es ihm nich wiedergegeben hab, und ’n guter Dienst ist doch wohl so viel wert wie ’n schlechter. Ich werd’ nich wieder kleiner wachsen, Mr. Tom, und Sie waren der kleine Kerl, den ich am liebsten mochte, als ich selbst noch ’n kleiner Kerl war, obwohl Sie mich verprügelt haben und mich nich mehr ansehen wollten. Da ist Dick

Brumby, ich konnt' ihn so viel prügeln, wie ich wollte, aber dann hat man keine Lust mehr, 'nen Kerl zu verprügeln, wenn man 'n nich dazu bringen kann zu sehn, wonach er werfen soll. Ich hab Kerle gesehen, die standen vor einem Ast und starrten, bis ihnen die Augen ausfielen, bevor sie sahen, daß der Schwanz von 'nem Vogel kein Blatt war. 's ist ein Jammer, mit so 'nem Laffen loszuziehen – aber Sie warn immer besonders gut im Werfen, Mr. Tom, und ich konnt' mich drauf verlassen, daß Sie genau im rechten Moment Ihren Stock auf 'ne rennende Ratte oder 'n Wiesel oder so werfen würden, wenn ich den Busch abklopfte.«

Bob hatte eine schmutzige Segeltuchtasche hervorgezogen und hätte vielleicht keine Pause gemacht, wenn nicht Maggie gerade das Zimmer betreten und einen Blick der Überraschung und Neugier auf ihn geworfen hätte, worauf er wieder mit gehörigem Respekt an seinen roten Locken zog. Aber im nächsten Augenblick überkam das Empfinden des veränderten Zimmers Maggie mit einer Macht, die noch stärker war als der Gedanke an Bobs Anwesenheit. Ihre Augen hatten von ihm aus unmittelbar auf die Stelle geblickt, an der das Bücherbord gehangen hatte, da war nichts als das unverblichene Rechteck an der Wand und darunter der kleine Tisch mit der Bibel und den paar anderen Büchern.

»O Tom«, rief sie aus und schlug die Hände zusammen, »wo sind die Bücher? Ich dachte, mein Onkel Glegg sagte, er würde sie kaufen. Hat er das nicht getan? Sind das alle, die uns geblieben sind?«

»Ich nehme es an«, sagte Tom mit einer Art verzweifelter Gleichgültigkeit. »Warum sollten sie viele Bücher kaufen, wenn sie nur so wenige Möbel kauften?«

»Oh, aber Tom«, sagte Maggie, und ihre Augen füllten sich mit Tränen, als sie auf den Tisch zustürzte, um zu sehen, welche Bücher gerettet worden waren. »Unsere liebe alte *Pilgerreise*, die du mit deinen kleinen Farbstiften ausgemalt hattest, und das Bild von dem Pilger mit dem Mantel an, auf dem er so aussah wie eine Schildkröte – oje!« fuhr Maggie halb schluchzend fort, als sie die wenigen Bücher durchsah. »Ich dachte, wir würden uns nie von ihnen trennen, solange wir lebten – alles geht von uns fort – am Ende unseres Lebens wird nichts mehr wie am Anfang sein!«

Maggie wandte sich vom Tisch ab und warf sich in einen Stuhl, und große Tränen schickten sich an, ihre Wangen hinunterzulaufen – ganz blind war sie für die Anwesenheit Bobs, der ihr mit dem Blick eines vernünftigen, stummen Tieres folgte, dessen Wahrnehmungsvermögen vollkommener ist als sein Verständnis.

»Nun, Bob«, sagte Tom, der meinte, daß das Thema der Bücher jetzt nicht angebracht sei, »ich glaube, du bist mich eigens besuchen gekommen, weil es uns schlecht geht? Das war sehr freundlich von dir.«

»Ich werd Ihnen sagen, wie's ist, Master Tom«, sagte Bob und begann, seine Segeltuchtasche loszumachen. »Sehn Sie, ich fahr seit zwei Jahren auf 'nem Flußkahn, so verdien ich mir mein' Lebensunterhalt, wenn ich nich grad zwischendurch in Torrys Mühle auf den Heizungskessel achtgeb. Aber vor vierzehn Tagen, da hatt' ich 'n seltnes Glück – ich hab immer gedacht, daß ich 'ne glückliche Hand hab, weil ich nie 'ne Falle setze, ohne was zu fangen, aber dies war keine Falle, es war 'n Feuer in Torrys Mühle, und ich hab Wasser drauf gegossen, sonst hätt's das Öl entzündet, und der Herr hat mir zehn Sovereigns gegeben, er gab sie mir selbst, letzte Woche. Und erst sagt er, ich wär' 'n fixer Kerl – aber das wußt' ich schon vorher –, und dann kam er mit den zehn Sovereigns raus, und das war was Neues. Hier sind sie, alle bis auf einen.« Hier leerte Bob seine Segeltuchtasche auf den Tisch aus. »Und als ich sie hatte, da brodelte mir der Kopf wie 'n Kessel mit Brühe, und ich dacht', was ich jetzt für 'n Leben anfangen sollte – denn 's gab viele Berufe, an die ich dachte, denn den Flußkahn, den hab ich gründlich satt, denn er zieht die Tage in die Länge, bis sie lang wie Schweinsgekröse sind. Und ich dacht' erst, ich wollt' Frettchen und Hunde hab'n und Rattenfänger wer'n, und dann dacht' ich, daß ich 'n beßres Leben führen wollt', das ich noch nich so gut kannte, denn ich kenn Rattenfangen von Grund auf, und ich dachte und dachte, und dann hab ich schließlich beschlossen, Hausierer zu werden, denn das sind gscheite Burschen, die Hausierer, und ich würd' so leichte Dinge wie möglich in meinem Bündel tragen – und da kann man seine Zunge brauchen, die einem weder bei Ratten noch bei Kähnen was nützt. Und ich würd' weit im Land rumkommen und mit meiner Zunge die Frauen übertölpeln und mein warmes Essen im Wirtshaus kriegen – ha, das wär 'n herrliches Leben!« Bob machte eine Pause und sagte dann mit trotziger Bestimmtheit, als ob er entschlossen diesem paradiesischen Bild den Rücken kehrte: »Aber ich mach mir nix draus, nich für 'nen Pfifferling! Und ich hab 'nen Sovereign eingewechselt, um meiner Mutter 'ne Gans zum Essen zu kaufen, und ich hab 'ne blaue Plüschweste gekauft und 'ne Seehundsmütze, denn wenn ich 'n Hausierer sein wollte, dann würd' ich's mit Anstand tun. Aber ich mach mir nix draus, nich für 'nen Pfifferling. Mein Kopf ist keine Rübe, und vielleicht hab ich bald wieder Gelegenheit, Wasser auf 'n Feuer zu gießen. Ich hab immer Glück. Und so wär' ich dankbar, wenn Sie die neun Sovereigns nähmen, Mr. Tom, und sich damit irgendwie 'nen Anfang machten – wenn es wahr ist, daß der Herr pleite ist. Sie mögen nich lang gnug reichen, aber sie werden helfen.«

Tom war so gerührt, daß er seinen Stolz und sein Mißtrauen vergaß.

»Du bist ein sehr netter Bursche, Bob«, sagte er errötend mit dem leichten, schüchternen Beben in der Stimme, das sogar Toms Stolz und Strenge einen gewissen Reiz verlieh, »und ich werde dich nie wieder vergessen, auch wenn ich dich heute abend nicht erkannt habe. Aber ich kann die neun Sovereigns nicht annehmen; ich würde dir dein kleines Vermögen wegnehmen, und mir würden sie auch nicht viel nützen.«

»Nich, Mr. Tom?« sagte Bob bedauernd. »Nun sagen Sie's nich, weil Sie denken, ich brauch sie. Ich bin kein armer Kerl. Meine Mutter kriegt ganz gutes Geld, wenn sie Federn und dergleichen sammelt, und wenn sie nix als Brot und Wasser ißt, dann wird's doch zu Fett. Und ich hab so viel Glück, und ich glaub nich, daß Sie so viel Glück haben, Mr. Tom – der alte Herr hat's jedenfalls nich – und so können Sie 'ne Scheibe von mein' Glück nehmen, und das schadet nich. Ha! Ich hab mal eines Tages 'ne Schweinskeule im Fluß gefunden, bestimmt war sie aus einem der Holländer mit dem runden Heck gefallen. Kommen Sie, überlegen Sie sich's besser, Mr. Tom, um alter Bekanntschaft willen – sonst werd ich denken, daß Sie 'nen Zorn auf mich haben.«

Bob schob die Sovereigns vor, aber bevor Tom noch sprechen konnte, schlug Maggie die Hände zusammen und sah reuig auf Bob und sagte: »Oh, es tut mir so leid, Bob – ich hätte nie gedacht, daß du so gut bist. Ich glaube gar, du bist der freundlichste Mensch auf der Welt!«

Bob war sich der schimpflichen Meinung, für die Maggie einen innerlichen Bußakt ausführte, nicht bewußt gewesen, aber er lächelte vor Vergnügen über diese schöne Lobrede – besonders von einem jungen Mädchen, das, wie er seiner Mutter an jenem Abend berichtete, »solch ungewöhnliche Augen« hatte, »sie blickten irgendwie so, daß man sich nach nichts vorkam«.

»Nein, wirklich, Bob, ich kann sie nicht annehmen«, sagte Tom, »aber denke nicht, daß ich deine Freundlichkeit weniger empfinde, weil ich nein sage. Ich möchte nichts von irgend jemand nehmen, sondern mir selbst meinen Weg bahnen. Und diese Sovereigns würden mir nicht viel helfen – wirklich nicht –, wenn ich sie nehmen würde. Laß mich dir statt dessen die Hand schütteln.«

Tom streckte seine rosige Handfläche aus, und Bob zögerte nicht, seine harte, schmutzige Hand hineinzulegen.

»Laß mich die Sovereigns wieder in die Tasche tun«, sagte Maggie, »und du wirst uns besuchen, wenn du deinen Packen gekauft hast, Bob.«

»'s ist, als ob ich nur zum Schein hergekommen wär', nur um sie Ihnen zu zeigen«, sagte Bob unzufrieden, als Maggie ihm die Tasche wiedergab, »sie so wieder zurückzunehmen. Ich bin zwar 'n Freund von kleinen Schlichen, aber nich auf die Art; nur wenn 'n Kerl 'n großer Schuft ist oder 'n großer Dummkopf, dann leg ich ihn gern 'n bißchen rein.«

»Fang keine krummen Tricks an, Bob«, sagte Tom, »sonst wirst du eines Tages noch deportiert.«

»Nein, nein, ich nich, Mr. Tom«, sagte Bob mit fröhlicher Zuversicht. »'s gibt kein Gesetz gegen Flohbisse. Wenn ich 'nen Dummkopf nich ab und zu reinlegen würd', würd' er nie schlauer werden. Aber, ha! Nehmen Sie 'nen Sovereign und kaufen Sie sich und dem Fräulein was, nur so als Zeichen – nur um das Taschenmesser zu vergelten.«

Während Bob sprach, legte er den Sovereign hin und band entschlossen seine Tasche wieder zusammen. Tom schob das Goldstück zurück und sagte: »Nein, wirklich, Bob. Ich danke dir herzlich, aber ich kann es nicht annehmen.« Und Maggie nahm es zwischen ihre Finger, hielt es zu Bob hoch und sagte noch eindringlicher:

»Jetzt nicht, aber vielleicht ein anderes Mal. Wenn Tom oder mein Vater je Hilfe brauchen, die du geben kannst, dann lassen wir es dich wissen, nicht wahr, Tom? Das willst du doch haben, daß wir uns allezeit auf dich als einen Freund verlassen, zu dem wir gehen können, nicht wahr, Bob?«

»Ja, Miss, und dankschön«, sagte Bob und nahm widerstrebend das Geld, »das möcht ich haben – alles, wie Sie

wollen. Und auf Wiedersehn, Miss, und alles Gute, Mr. Tom, und danke, daß Sie mir die Hand geschüttelt haben, obwohl Sie ja das Geld nich nehmen wollten.«
Das Eintreten Kezias, die kam, um sich mit sehr finsterem Blick zu erkundigen, ob sie jetzt nicht den Tee bringen könne, oder ob der Toast erst hart wie Backstein werden solle, setzte Bobs Wortschwall ein gelegenes Ende und beschleunigte seine Abschiedsverbeugung.

Kapitel 7

Wie eine Henne zu einer Kriegslist greift

Die Tage vergingen, und Mr. Tulliver zeigte, wenigstens für das Auge des Arztes, immer stärkere Anzeichen einer allmählichen Rückkehr zu seinem normalen Zustand; die Lähmung verlor nach und nach ihre Beharrlichkeit, und der Geist kam nach anfallartigen Kämpfen wieder darunter hervor, wie ein Lebewesen sich seinen Weg aus einer großen Schneewehe bahnt, die immer wieder abrutscht und die neu geschaffene Öffnung verschüttet.
Es wäre den am Bett Wachenden vorgekommen, als schliche die Zeit, wenn sie nur nach der zweifelhaften fernen Hoffnung gemessen worden wäre, die in der Kammer die Augenblicke zählte; sie wurde aber für sie nach einem schnell herannahenden Schrecken gemessen, der die Nächte allzu rasch kommen ließ. Während Mr. Tulliver allmählich wieder er selbst wurde, eilte sein Schicksal auf den Augenblick seiner einschneidendsten Veränderung zu. Die Schätzer hatten ihre Arbeit getan, wie jeder ehrbare Büchsenmacher gewissenhaft die Muskete bereitet, die, wenn sie von einem tapferen Arm ordnungsgemäß abgeschossen wird, ein Leben oder auch zwei zerstört. Kostenfestsetzungen, Klageschriften beim Kanzleigericht und Versteigerungsentscheide sind

rechtsgültige Kettenkugeln oder Geschosse, die nie ein einzelnes Ziel treffen können, sondern mit weitreichender Zerstörung niedergehen müssen. So tief ist es in diesem unserem Leben verwurzelt, daß Menschen gegenseitig für ihre Sünden zu leiden haben, so unvermeidlich übergreifend ist das menschliche Leiden, daß sogar die Gerechtigkeit sich ihre Opfer schafft, und wir können uns keine Vergeltung denken, die sich nicht über ihr Ziel hinaus in Schwingungen unverdienten Schmerzes fortsetzt.
Anfang der zweiten Januarwoche waren die Blätter heraus, die unter einem Kanzleigerichtsbescheid die Versteigerung von Mr. Tullivers Hofgerätschaft und übrigem Inventar anzeigten, die gefolgt werden sollte von einer Versteigerung der Mühle und des Landes, zur angemessenen Nachmittagsstunde im »Goldenen Löwen« abzuhalten. Der Müller selbst, unbewußt der verstreichenden Zeit, stellte sich vor, er sei noch auf der ersten Stufe seines Unglücks, auf der noch an Abhilfe gedacht werden konnte, und oft sprach er in den Stunden, in denen er bei sich war, schwach und unzusammenhängend von Plänen, die er ausführen wollte, wenn es ihm besser ginge. Frau und Kinder waren nicht ohne Hoffnung auf einen Ausgang, der Mr. Tulliver wenigstens davor bewahren würde, seinen alten Platz zu verlassen und ein völlig fremdes Leben anzufangen, denn Onkel Deane war veranlaßt worden, sich selbst für dieses Stadium der Angelegenheit zu interessieren. Es wäre, so gab er zu, für Guest & Co. keine schlechte Spekulation, die Dorlcoter Mühle zu kaufen und den Betrieb weiterzuführen, der ein guter war und durch Einführung von Dampfkraft noch vergrößert werden könnte, in welchem Fall Mr. Tulliver vielleicht als Verwalter dort behalten werden könnte. Dennoch wollte Mr. Deane nichts Bestimmtes über die Angelegenheit sagen; die Tatsache, daß Wakem die Hypothek auf das Land hatte, könnte es ihm in den Kopf setzen, für das ganze Anwesen zu bieten und ferner die

vorsichtige Firma Guest & Co. zu überbieten, die einen Betrieb nicht aus sentimentalen Gründen weiterführte. Mr. Deane sah sich verpflichtet, Mrs. Tulliver etwas in dieser Richtung zu sagen, als er zur Mühle hinüberritt, um die Bücher zusammen mit Mr. Glegg zu inspizieren, denn sie hatte die Bemerkung gemacht, »wenn nur Guest & Co. daran denken wollten, daß Mr. Tullivers Vater und Großvater die Dorlcoter Mühle schon betrieben haben, lange bevor an die Ölmühle jener Firma überhaupt zu denken war.« Mr. Deane gab zur Antwort, daß er bezweifele, daß dies eben die Beziehung zwischen den beiden Mühlen sei, die ihren Wert als Investition bestimmte. Was Onkel Glegg anging, so lag die Sache außerhalb seiner Vorstellungskraft; der gutmütige Mann fühlte aufrichtiges Mitleid mit der Familie Tulliver, aber sein ganzes Geld war in ausgezeichneten Hypotheken angelegt, und er durfte kein Risiko eingehen – das wäre unfair gegenüber seinen eigenen Verwandten –, aber er hatte beschlossen, daß Tulliver ein paar neue Flanellwesten haben sollte, auf die er selbst verzichtet hatte zugunsten einer noch elastischeren Ware, und daß er hin und wieder ein Pfund Tee für Mrs. Tulliver kaufen würde; es würde ein Tagewerk sein, an dem sich seine Güte schon im voraus weidete, den Tee hinzutragen und ihr Vergnügen zu sehen bei der Versicherung, daß es der beste schwarze sei.

Immerhin war es klar, daß Mr. Deane den Tullivers freundlich gesonnen war. An einem Tag hatte er Lucy mitgebracht, die für die Weihnachtsferien heimgekommen war, und der kleine blonde Engelskopf hatte sich mit vielen Küssen und einigen Tränen an Maggies dunklere Wange gedrückt. Diese blonden, schlanken Töchter bewahren eine schwache Stelle im Herzen manch eines achtbaren Partners in einer achtbaren Firma, und vielleicht halfen Lucys besorgte, mitleidige Fragen über ihre armen Cousins, daß Onkel Deane noch schneller eine vorübergehende Stellung im Lagerhaus für Tom fand

und ihm die Möglichkeit verschaffte, abends Unterricht in Buchhaltung und Rechnen zu bekommen.
Das hätte den Jungen aufheitern und seine Hoffnungen ein wenig nähren können, wenn da nicht zur selben Zeit der so gefürchtete Schlag gekommen wäre: die Feststellung, daß sein Vater nun doch bankrott sein mußte; wenigstens mußte man die Gläubiger angewiesen haben, weniger zu nehmen, als ihnen zustand, was für Toms Laienverstand dasselbe war wie ein Bankrott. Man mußte von seinem Vater nicht nur sagen, daß er sein Vermögen verloren hatte, sondern daß er gescheitert war – das Wort, das für Tom die schlimmste Schmähung bedeutete. Denn wenn der Anspruch auf Kosten des Beklagten befriedigt worden war, würde da noch die freundliche Rechnung von Mr. Gore sein und der Fehlbetrag in der Bank sowie die anderen Schulden, die die Vermögenswerte in eindeutigem Mißverhältnis schrumpfen lassen würden, »nicht mehr als zehn oder zwölf Schilling pro Pfund«, sagte Mr. Deane in einem bestimmten Ton voraus und preßte die Lippen zusammen, und die Worte fielen auf Tom herab wie eine siedende Flüssigkeit und hinterließen einen dauernden Schmerz.
Er brauchte dringend etwas, das ihn ein wenig ermuntert hätte in der unangenehmen Neuheit seiner Lage – plötzlich von der bequemen gepolsterten Langeweile der Studierstunden bei Mr. Stelling und dem eifrigen Müßiggang des Luftschlösserbauens im letzten Halbjahr in der Schule in die Gesellschaft von Säcken und Häuten und brüllenden Männern versetzt, die schwere Gewichte neben ihm niederdonnerten. Der erste Schritt zum Vorwärtskommen in der Welt war eine kalte, staubige und lärmende Angelegenheit und hieß, ohne Teetrinken auszukommen, um in St. Ogg's zu bleiben und eine Unterrichtsstunde bei einem einarmigen älteren Angestellten zu haben in einem Raum, der nach schlechtem Tabak roch. Toms junges rosiges Gesicht hatte seine Farbe

verloren, wenn er daheim seine Mütze abnahm und sich mit großem Hunger zu seinem Abendessen niedersetzte. Kein Wunder, daß er ein wenig mürrisch war, wenn seine Mutter oder Maggie ihn ansprachen.

Aber während dieser ganzen Zeit brütete Mrs. Tulliver über einem Plan, wie sie, und niemand sonst, das am meisten gefürchtete Ergebnis abwenden und Wakem von der Absicht abbringen würde, für die Mühle zu bieten. Man stelle sich eine wahrlich ehrenwerte und liebenswürdige Henne vor, die durch eine wunderliche Anomalie dazu übergegangen wäre, nachzudenken und Möglichkeiten zu ersinnen, durch die sie den Bauern dazu bewegen könnte, ihr nicht den Hals umzudrehen oder sie und ihre Küken nicht auf den Markt zu bringen; das Ergebnis könnte kaum anders sein als ein kräftiges Gegacker und Geflatter. Mrs. Tulliver hatte, als sie sah, daß alles fehlgegangen war, angefangen, darüber nachzudenken, daß sie zu passiv im Leben gewesen sei und daß, wenn sie sich mit Geschäftlichem beschäftigt und dann und wann eine gewichtige Entscheidung getroffen hätte, es nur desto besser für sie und ihre Familie hätte sein können. Niemand, so schien es, hatte daran gedacht, zu Wakem zu gehen und mit ihm wegen der Mühlensache zu sprechen, und doch, so überlegte Mrs. Tulliver, wäre es der kürzeste Weg gewesen, das rechte Ende zu gewährleisten. Es hätte mit Sicherheit keinen Sinn gehabt, wenn Mr. Tulliver gegangen wäre – sogar wenn er willens und in der Lage gewesen wäre –, denn er war gegen Wakem vor Gericht gegangen und hatte ihn die letzten zehn Jahre lang beschimpft, es war höchst wahrscheinlich, daß Wakem einen Groll gegen ihn hegte. Und nun, da Mrs. Tulliver zu der Folgerung gekommen war, daß ihr Ehemann ganz und gar nicht recht daran getan hatte, sie in all dies Unglück zu bringen, war sie geneigt zu denken, daß auch seine Ansicht über Wakem nicht recht war. Gewiß, Wakem hatte den Gerichtsvollzieher ins Haus geschickt und sie unter den Hammer gebracht,

aber sie nahm an, daß er das dem Mann zu Gefallen getan hatte, der Mr. Tulliver das Geld lieh, denn ein Advokat mußte mehr als einem zu Gefallen handeln, und er würde wohl nicht gerade Mr. Tulliver, der gegen ihn vor Gericht gegangen war, über alle anderen Leute auf der Welt stellen. Der Anwalt mochte ein ganz vernünftiger Mann sein, warum nicht? Er hatte eine Miss Clint geheiratet, und zu der Zeit, da Mrs. Tulliver von der Hochzeit gehört hatte, in dem Sommer, als sie ihr blaues Satinjäckchen trug und noch gar nicht an Mr. Tulliver dachte, da wußte sie nichts Böses über Wakem. Und sicherlich war es jenseits aller Möglichkeit, daß er ihr gegenüber, von der er wußte, daß sie eine Miss Dodson gewesen war, irgend etwas außer Wohlwollen hegen konnte, wenn es ihm erst einmal ins Bewußtsein gerückt worden war, daß sie ihrerseits niemals hatte vor Gericht gehen wollen und in der Tat gegenwärtig geneigt war, in allem eher Mr. Wakems Ansicht anzunehmen als die ihres Ehemannes. Wirklich, wenn jener Anwalt eine ehrenwerte Matrone wie sie sah, geneigt, ihm gute Worte zu geben, warum sollte er dann nicht ihren Vorstellungen zuhören? Denn sie würde ihm die Sache klar vor Augen stellen, was bis jetzt noch nicht getan worden war. Und er würde niemals hingehen und absichtlich für die Mühle bieten, um sie zu kränken, eine unschuldige Frau, die es für sehr wahrscheinlich hielt, daß sie in ihrer Jugend mit ihm bei Squire Darleigh getanzt hatte, denn bei jenen großen Tanzgesellschaften hatte sie oft und oft mit jungen Männern getanzt, deren Namen sie vergessen hatte.
Mrs. Tulliver barg all diese Überlegungen in ihrem Busen, denn als sie eine Andeutung gegenüber Mr. Deane und Mr. Glegg hatte fallen lassen, daß es ihr nichts ausmachen würde, selbst mit Wakem zu sprechen, da hatten sie gesagt: »Nein, nein, nein« und »Ach was« und »Laß Wakem in Ruhe«, in dem Ton von Männern, die wahrscheinlich einer genaueren Darlegung ihres Vorhabens keine ehrliche Aufmerksamkeit schenken wür-

den; noch weniger wagte sie es, den Plan gegenüber Tom und Maggie zu erwähnen, denn »die Kinder waren immer gegen alles, was ihre Mutter sagte«, und Tom war, wie sie bemerkte, beinahe ebenso gegen Wakem eingestellt wie sein Vater.

Aber diese ungewöhnliche Konzentration an Gedanken gab Mrs. Tulliver natürlich eine ungewöhnliche Kraft der Erfindung und Entschlossenheit; und einen Tag oder zwei, bevor die Versteigerung im »Goldenen Löwen« abgehalten werden sollte, und es keine Zeit mehr zu verlieren galt, da führte sie ihren Plan mittels einer Kriegslist aus. Es ging dabei um Eingelegtes, einen großen Vorrat an Eingelegtem und Würztunke, den Mrs. Tulliver besaß und den Mr. Hyndmarsh, der Krämer, sicherlich aufkaufen würde, wenn sie das Geschäft in einem persönlichen Gespräch abwickeln konnte. So wollte sie an jenem Morgen mit Tom nach St. Ogg's gehen, und als Tom sie drängte, daß sie doch das Eingelegte im Augenblick sein lassen sollte (er wollte nicht, daß sie gerade jetzt ausginge), da erschien sie so verletzt über das Verhalten ihres Sohnes, der ihr bezüglich des Eingelegten widersprach, das doch nach den Familienrezepten bereitet war, die sie von seiner eigenen Großmutter geerbt hatte, die starb, als seine Mutter noch ein kleines Mädchen war, daß er nachgab, und so gingen sie zusammen, bis sie in die Danish Street einbog, wo Mr. Hyndmarsh seinen Gemischtwarenhandel betrieb, nicht weit vom Büro des Mr. Wakem.

Jener Herr war noch nicht in sein Büro gekommen; würde Mrs. Tulliver sich bitte ans Feuer in seinem privaten Zimmer setzen und auf ihn warten? Sie brauchte nicht lange zu warten, bis der pünktliche Anwalt eintrat und seine Stirn mit prüfendem Blick auf die rundliche blonde Frau in Falten legte, die aufstand und ehrerbietig knickste – ein recht großer Mann mit einer Adlernase und vollem stahlgrauen Haar. Der Leser, der Mr. Wakem noch nicht gesehen hat, wird sich vielleicht fragen, ob er wirklich ein so ausgemachter Schurke und ein so gerissener und erbitterter Feind der ehrlichen Menschheit im allgemeinen und des Mr. Tulliver im besonderen war, wie auf dem Phantasiebild oder Porträt dargestellt, das, wie wir gesehen haben, im Geist des Müllers existierte.

Es ist klar, daß der reizbare Müller ein Mann war, der jeden Schuß, der ihn rein zufällig streifte, als einen Anschlag auf sein Leben deutete und der leicht in die Verstrickungen dieser verwirrenden Welt geriet, die, bei rechter Erwägung seiner eigenen Unfehlbarkeit, die Hypothese eines sehr aktiven, teuflischen Organs benötigten, um sie zu erklären. Es ist noch möglich zu glauben, daß der Anwalt ihm gegenüber nicht schuldiger war als eine geniale Maschine, die ihre Arbeit mit großer Regelmäßigkeit ausführt, dem voreiligen Mann gegenüber schuldig ist, der, weil er sich zu nah heranwagt, von irgendeinem Schwungrad ergriffen und plötzlich unerwartet in Hackfleisch verwandelt wird.

Aber es ist wirklich unmöglich, diese Frage durch einen Blick auf seine Person zu entscheiden; die Linien und Lichter des menschlichen Antlitzes sind wie andere Symbole – ohne Schlüssel nicht immer leicht zu lesen. Bei einem unvoreingenommenen Blick auf Wakems Adlernase, die Mr. Tulliver beleidigte, gab es da nichts Schurkischeres als in der Form seines steifen Hemdkragens, obwohl auch dieser, genau wie die Nase, mit verdammender Bedeutung befrachtet worden sein mochte, als das Schurkische erst einmal feststand.

»Mrs. Tulliver, nehme ich an?« sagte Mr. Wakem.

»Ja, Sir. Ehemals Miss Elizabeth Dodson.«

»Bitte, nehmen Sie doch Platz. Sie wollten mich sprechen?«

»Nun ja, Sir«, sagte Mrs. Tulliver und fing an, sich über ihren eigenen Mut bestürzt zu fühlen, nun, da sie wirklich in der Gegenwart dieses schrecklichen Mannes war und ihr einfiel, daß sie sich gar nicht zurechtgelegt hatte, wie sie anfangen sollte. Mr. Wakem sah sie schweigend an, die Hände in den Westentaschen.

»Ich hoffe, Sir – «, begann sie endlich, »ich hoffe, Sir, Sie denken nicht, daß *ich* einen Groll gegen Sie hege, weil mein Mann den Prozeß verloren hat und der Gerichtsvollzieher geschickt wurde und das Leinen versteigert ist – oje –, denn ich bin nicht so erzogen worden. Ich bin sicher, Sie erinnern sich noch an meinen Vater, denn er war ein enger Freund von Squire Darleigh, und wir sind dort immer zu den Tanzgesellschaften gegangen – die Miss Dodson – niemand konnte angesehener sein – und mit Recht, denn wir waren vier, und Sie wissen wohl, daß Mrs. Glegg und Mrs. Deane meine Schwestern sind. Und was das Prozessieren angeht und Geld verlieren und Versteigerungen, bevor man tot ist, so habe ich nie dergleichen gesehen, bevor ich heiratete, und auch danach eine lange Weile nicht. Und ich kann nichts für mein Unglück, daß ich aus meiner Familie heraus in eine andere eingeheiratet habe, wo es ganz anders zuging. Und ich habe mich nie verleiten lassen, Sir, Sie zu schmähen, wie andere Leute Sie schmähen, nie – und niemand kann das von mir sagen.«

Mrs. Tulliver schüttelte ein wenig den Kopf und sah auf den Saum ihres Taschentuches.

»Ich habe keinen Zweifel an dem, was Sie sagen, Mrs. Tulliver«, sagte Mr. Wakem mit kalter Höflichkeit. »Aber Sie haben mich etwas zu fragen?«

»Nun ja, Sir. Aber das ist's, was ich mir gesagt hab – ich sagte, Sie wären doch nicht ohne Empfinden, und was meinen Mann angeht, der seit zwei Monaten nicht mehr er selbst ist, so will ich ihn gar nicht dafür verteidigen, daß er so hitzig war wegen der Bewässerung, wenngleich 's doch schlimmere Menschen gibt – denn er hat niemals jemanden um einen Schilling oder einen Penny gebracht, nicht willentlich, und was seine Hitzigkeit angeht und den Prozeß, was konnte ich tun? Und er war getroffen, als wenn's mit dem Tode wär', als er den Brief bekam, der sagte, daß Sie das Land übernommen hätten. Aber ich kann's nicht anders glauben, als daß Sie sich wie ein Gentleman verhalten werden.«

»Was soll das alles, Mrs. Tulliver?« sagte Mr. Wakem ziemlich scharf. »Was wollen Sie mich fragen?«

»Nun, Sir, wenn Sie so gut sein wollen«, sagte Mrs. Tulliver, die ein wenig zusammenfuhr und noch hastiger sprach, »wenn Sie so gut sein wollen und die Mühle und das Land nicht kaufen – das Land wär' nicht so schlimm, nur wird mein Mann wahnsinnig, wenn Sie's bekommen.«

Etwas wie ein neuer Gedanke durchzuckte Mr. Wakems Gesicht, als er erwiderte: »Wer sagte Ihnen, daß ich vorhätte, es zu kaufen?«

»Nun, Sir, ich hab's mir nicht ausgedacht, und ich hätt' nie dran gedacht, denn mein Mann, der über das Recht Bescheid wissen sollte, sagte immer, Advokaten hätten keine Veranlassung, etwas zu kaufen, weder Land noch Häuser – es fiele ihnen schon auf anderen Wegen in die Hände. Und ich möcht' meinen, so wär's auch wohl bei Ihnen, und ich hab nie gesagt, daß Sie der Mann wären, der was andres täte.«

»Ja, nun, wer hat es Ihnen denn aber gesagt?« sagte Wakem, öffnete sein Schreibpult und kramte in seinen Sachen, begleitet von einem fast unhörbaren Pfeifen.

»Nun, Sir, es waren Mr. Glegg und Mr. Deane, die die ganze Verwaltung machen, und Mr. Deane denkt, daß Guest & Co. die Mühle kaufen und Mr. Tulliver für sich arbeiten lassen würden, wenn Sie nicht dafür böten und den Preis anhöben. Und es wär' so wichtig für meinen Mann, dort zu bleiben, wo er ist, wenn er seinen Lebensunterhalt verdienen könnte, denn sie gehörte vorher seinem Vater, die Mühle, und sein Großvater hat sie gebaut, obwohl ich den Lärm nicht mochte, zuerst als ich heiratete, denn in unsrer Familie gab's keine Mühlen – nicht bei den Dodsons –, und wenn ich gewußt hätt', daß Mühlen so viel mit dem Gericht zu tun hätten, dann wär' ich nicht die erste Dodson gewesen, die eine heiratete, aber ich ging blindlings hinein, das tat ich, Bewässerung und all das.«

»Was! Guest & Co. wollen also die Mühle selbst betreiben und Ihrem Mann Lohn zahlen?«

»Oje, Sir, 's ist hart, dran zu denken«, sagte die arme Mrs. Tulliver, und eine kleine Träne bahnte sich ihren Weg, »daß mein Mann Lohn annehmen soll. Aber es würd' mehr so aussehen, wie's immer war, in der Mühle zu bleiben, statt irgendwo anders hinzugehen, und wenn Sie nur bedenken wollen – wenn Sie für die Mühle bieten und sie kaufen sollten, dann möchte mein Mann noch schlimmer getroffen sein als zuvor und nie wieder besser werden, so wie er's jetzt tut.«

»Nun, aber wenn ich nun die Mühle kaufte und Ihrem Mann gleichermaßen erlaubte, als mein Verwalter tätig zu sein, was dann?« sagte Mr. Wakem.

»Oh, Sir, ich glaub nicht, daß man ihn jemals dazu bekommen könnte – nicht mal, wenn die Mühle selbst stillstände, um darum zu bitten und zu betteln. Denn Ihr Name ist wie Gift für ihn, mehr als je, und er sieht es so, daß Sie die ganze Zeit sein Ruin gewesen seien, seit Sie ihn verklagt haben wegen der Straße durch die Wiese – das war vor acht Jahren, und seither hat er immerzu so geredet ... und ich hab ihm immer gesagt, er hätte Unrecht ...«

»Er ist ein dickschädeliger, faselnder Dummkopf!« stieß Mr. Wakem aus, sich selbst vergessend.

»Oje, Sir!« sagte Mrs. Tulliver, erschreckt über ein Ergebnis, das so verschieden war von dem, was sie sich in den Kopf gesetzt hatte. »Ich möcht' Ihnen nicht widersprechen, aber wahrscheinlich hat er seine Meinung geändert während seiner Krankheit – er hat so vieles vergessen, über das er sonst zu sprechen pflegte. Und Sie würden doch nicht gern eine Leiche auf dem Gewissen haben, wenn er sterben sollte, und man sagt, es brächte auf jeden Fall Unglück, wenn die Dorlcoter Mühle den

Besitzer wechselte, und das Wasser könnte ganz wegbleiben und dann ... nicht, daß ich Ihnen Unglück wünsche, Sir, denn ich vergaß, Ihnen zu erzählen, daß ich mich an Ihre Hochzeit erinnere, als ob es gestern gewesen wäre – Mrs. Wakem war eine Miss Clint, ich weiß das –, und mein Junge, 's gibt nirgends 'nen netteren, hübscheren, aufrechteren Jungen, ging zur Schule mit Ihrem Sohn ...«

Mr. Wakem erhob sich, öffnete die Tür und rief nach einem seiner Angestellten.

»Sie müssen entschuldigen, daß ich Sie unterbreche, Mrs. Tulliver, ich habe Geschäfte, die erledigt werden müssen, und ich glaube, daß alles Notwendige gesagt ist.«

»Aber wenn Sie bitte dran denken wollen«, sagte Mrs. Tulliver, als sie aufstand, »und nicht gegen mich und meine Kinder vorgehen wollen, und ich leugne nicht, daß Mr. Tulliver Unrecht hatte, aber er ist bestraft genug, und es gibt schlechtere Menschen, denn sein Fehler war, daß er anderen Leuten gegeben hat. Er hat niemandem Schaden zugefügt als sich und seiner Familie – um so bedauerlicher ist es –, und ich geh hin und seh mir die leeren Fächer jeden Tag an und denk, wo alle meine Sachen standen.«

»Jaja, ich werde es bedenken«, sagte Mr. Wakem hastig und sah auf die offene Tür.

»Und wenn Sie's bitte nicht sagen wollen, daß ich hier war, um mit Ihnen zu sprechen, denn mein Sohn würd' sehr böse mit mir sein, daß ich mich erniedrigt hätte, ich weiß, das würd' er, und ich hab Ärger genug, ohne von meinen Kindern gescholten zu werden.«

Die Stimme der armen Mrs. Tulliver zitterte ein wenig, und sie konnte auf des Anwalts »Guten Morgen« keine Antwort geben, sondern knickste nur und ging schweigend hinaus.

»An welchem Tag soll die Dorlcoter Mühle versteigert werden? Wo ist die Ankündigung?« sagte Mr. Wakem zu seinem Angestellten, als sie allein waren.

»Am nächsten Freitag ist es. Freitag um sechs Uhr.«
»Oh, dann laufen Sie eben zu Winship, dem Auktionator, und sehen Sie, ob er zu Hause ist. Ich habe ein Geschäft für ihn; bitten Sie ihn, herzukommen.«
Obwohl Mr. Wakem, als er an diesem Morgen sein Büro betrat, keine Absicht hatte, die Dorlcoter Mühle zu erwerben, war er jetzt bereits entschlossen: Mrs. Tulliver hatte ihm einige entscheidende Motive nahegelegt, und sein geistiges Auge war rege. Er war einer jener Männer, die schnell sein können, ohne vorschnell zu sein, weil ihre Motive in festen Bahnen laufen und sie nicht einander widersprechende Ziele in Einklang bringen müssen.
Anzunehmen, daß Wakem denselben tiefverwurzelten Haß gegen Tulliver hegte wie Tulliver gegen ihn, wäre wie die Annahme, ein Hecht und ein Karpfen könnten einander aus einer ähnlichen Perspektive betrachten. Der Karpfen verabscheut zwangsläufig die Art, auf die der Hecht zu seinem Lebensunterhalt kommt, und der Hecht denkt wahrscheinlich nichts weiter sogar vom zornigsten Karpfen, als daß er eine außerordentlich lekkere Mahlzeit ist; nur, wenn er am Karpfen erstickte, könnte es sein, daß der Hecht eine starke persönliche Feindseligkeit hegen möchte. Hätte Mr. Tulliver den Anwalt jemals ernstlich beleidigt oder ihm geschadet, dann hätte Wakem ihm nicht die Auszeichnung verweigert, ihn zu einem besonderen Gegenstand seiner Rachsucht zu machen. Aber wenn Mr. Tulliver Wakem an Markttagen am Wirtshaustisch einen Schurken nannte, dann waren die Klienten des Anwalts nicht um einen Deut geneigt, ihm ihre Geschäfte zu entziehen, und wenn, falls Wakem selbst zufällig zugegen war, irgendein spaßiger Viehfütterer, der durch die Gelegenheit und den Brandy angestachelt war, einen Angriff gegen ihn wagte und auf die Testamente alter Damen anspielte, dann behielt er einen kühlen Kopf und wußte sehr wohl, daß die Mehrzahl der gutsituierten Männer, die dabei waren,

völlig zufrieden waren ob der Tatsache, daß »Wakem Wakem war«, das heißt ein Mann, der immer die Trittsteine kannte, die ihn durch sehr morastige Stellen seiner Praktiken tragen würden. Ein Mann, der ein großes Vermögen gemacht hatte, ein schönes Haus unter den Bäumen von Tofton und den entschieden besten Vorrat an Portwein in der Nachbarschaft von St. Ogg's besaß, der konnte sich wohl in Einklang mit der öffentlichen Meinung fühlen. Und ich bin nicht sicher, ob nicht sogar der ehrliche Mr. Tulliver selbst, mit seiner allgemeinen Ansicht vom Gericht als einem Hahnenkampf, unter entgegengesetzten Umständen auch eine schöne Angemessenheit in der Wahrheit gesehen hätte, daß »Wakem Wakem war«, da ich von Leuten, die in der Geschichte bewandert sind, gelernt habe, daß die Menschheit nicht geneigt ist, sich das Verhalten großer Sieger genauer anzusehen, wenn ihr Sieg nur auf der rechten Seite ist. Tulliver also konnte kein Hindernis für Wakem sein, im Gegenteil, er war ein armer Teufel, den der Advokat mehrmals geschlagen hatte – ein hitziger Bursche, der einem immer eine Handhabe gegen sich geben würde. Wakems Gewissen war nicht belastet, weil er ein paar Tricks gegen den Müller gebraucht hatte; warum sollte er diesen erfolglosen Kläger hassen – diesen bemitleidenswerten wilden Stier, der sich in den Maschen eines Netzes verfangen hatte?

Dennoch, unter die verschiedensten Zügellosigkeiten, für die die menschliche Natur anfällig ist, haben die Moralisten nie die einer allzu großen Zuneigung zu Menschen, die uns offen verunglimpfen, gezählt. Der erfolgreiche gelbe[7] Kandidat für die Stadt Old Topping stellt wohl nicht mit brütendem Haß dem blauen Herausgeber nach, der seine Abonnenten mit schmähender Rhetorik gegen die Gelben tröstet, die das Land verkaufen und die Dämonen des Privatlebens sind; aber es würde ihm vielleicht nicht leid tun, wenn Gesetz und Gelegenheit günstig wären, jenen blauen Herausgeber so weit zu bringen, daß er sich auch noch schwarz ärgerte. Männer, denen es gut geht, gönnen sich dann und wann eine kleine Rache, wie sie sich eine Zerstreuung gönnen, wenn es sich gerade anbietet und ihnen geschäftlich nicht hinderlich ist, und solch kleine, leidenschaftslose Racheakte haben eine ungeheure Wirkung im Leben; sie durchlaufen alle Grade hübscher Plagen, sie schließen fähige Männer von Stellungen aus und schwärzen Menschen in unüberlegtem Gerede an. Überdies kann es auch, wenn wir sehen, daß Leute, die uns nur unbedeutend gekränkt haben, ohne besondere Anstrengungen unsererseits im Leben zurückgeworfen und gedemütigt werden, eine wohltuende, schmeichelnde Wirkung haben. Die Vorsehung oder irgendein anderer Fürst dieser Welt hat, so scheint es, die Aufgabe der Vergeltung für uns übernommen, und wirklich geht es aufgrund der erfreulichen Ordnung der Dinge unserem Feinde irgendwie gar nicht gut.

Wakem war nicht ohne diese unterschwellige Rachsucht gegen den ungehobelten Müller, und nun, da Mrs. Tulliver ihn darauf gebracht hatte, stellte es sich ihm als ein Vergnügen dar, genau das zu tun, was Mr. Tulliver die tödlichste Demütigung verursachen würde – und ein Vergnügen einer vielschichtigen Art, nicht nur von roher Boshaftigkeit, sondern gemischt mit der Würze der Zufriedenheit mit sich selbst. Einen Feind gedemütigt zu sehen, ruft eine gewisse Zufriedenheit hervor, aber sie ist nur mager, verglichen mit der vorzüglich abgestimmten Befriedigung, ihn durch das eigene wohlwollende Handeln oder ein ihm gezeigtes Entgegenkommen gedemütigt zu sehen. Das ist eine Art Rache, die in die Waagschale der Tugend fällt, und Wakem war nicht ohne die Absicht, diese Waagschale redlich gefüllt zu halten. Er hatte einst das Vergnügen gehabt, einen seiner alten Feinde in einem der Armenhäuser von St. Ogg's unterzubringen, zu dessen Wiederaufbau er einen großen Beitrag geleistet hatte, und hier bot sich eine Gelegenheit, für einen anderen zu sorgen, indem er ihn zu seinem eigenen Knecht machte. Solche Dinge machen das Wohlergehen erst vollständig und tragen überdies noch zu einem Behagen bei, von dem die kurzsichtige, überhitzte Rachsucht nicht einmal träumt, die ihre Kraft aufbietet, um im direkten Gegenschlag Vergeltung zu üben. Und Tulliver würde, wenn seine rauhe Zunge durch ein Gefühl von Verpflichtung abgeschliffen wäre, einen besseren Knecht abgeben als irgendein hergelaufener Kerl, der mit der Mütze in der Hand um eine Stelle bat. Tulliver war als ein Mann von stolzer Ehrlichkeit bekannt, und Wakem war zu scharfsinnig, um nicht an die Existenz von Ehrlichkeit zu glauben. Er war geneigt, Menschen zu beobachten und sie nicht nach Maximen zu beurteilen, und niemand wußte besser als er, daß nicht alle Menschen so wie er selbst waren. Außerdem wollte er das Ganze, Land und Mühle, selbst recht genau überwachen; er hatte diese praktischen, bäuerlichen Dinge gern. Aber es gab noch mehr gute Gründe, die Dorlcoter Mühle zu kaufen, ganz abgesehen von aller wohlwollenden Rache an dem Müller. Es war wirklich eine hervorragende Investition, und außerdem wollten Guest & Co. dafür bieten. Mr. Guest und Mr. Wakem waren gute Bekannte, die gelegentlich zusammen speisten, und der Anwalt freute sich, einem Reeder und Mühlenbesitzer überlegen zu sein, der in Angelegenheiten der Stadt sowie in seinem Tischgespräch ein wenig zu lautstark war. Denn Wakem lebte nicht nur für seinen Beruf, er war auch in den gehobeneren Kreisen von St. Ogg's als ein angenehmer Zeitgenosse angesehen, plauderte amüsant beim Portwein, betrieb aus Liebhaberei ein wenig Landwirtschaft und war gewiß ein vortrefflicher Ehemann und Vater gewesen; in der Kirche, wenn er hinging, saß er unter dem schönsten der Gedenksteine, der zum Gedächtnis an seine Frau in die Wand eingelassen war. Die meisten Männer hätten unter seinen Umständen wieder geheiratet, aber man hielt ihn für zärtlicher zu seinem verwachsenen Sohn, als die meisten Männer zu ihrem wohlgeformten Nachwuchs waren. Nicht, daß Mr. Wakem nicht noch andere Söhne außer Philip hatte, aber ihnen gegenüber bewies er seine Vaterschaft weit weniger offenkundig und ermöglichte ihnen ein Leben auf einer Stufe, die entsprechend unter seiner eigenen lag. Darin jedoch lag das ausschlaggebende Motiv für den Kauf der Dorlcoter Mühle. Während Mrs. Tulliver sprach, war dem schnelldenkenden Advokaten neben all den anderen Umständen des Falles in den Sinn gekommen, daß dieser Kauf in wenigen Jahren eine höchst passende Position bereitstellen würde für einen gewissen Lieblingsknaben, den er in der Welt voranbringen wollte.

Dies waren die inneren Voraussetzungen, unter denen Mrs. Tulliver es unternommen hatte, überredend zu wirken, und gescheitert war, eine Tatsache, die durch die Bemerkung eines großen Philosophen eine Illustration erhalten mag, daß Anglern die Bereitung eines verlokkenden Köders oft deshalb nicht gelinge, weil sie mit der Eigenart der Fische nicht gehörig vertraut seien.

Kapitel 8

Tageslicht über dem Wrack

Es war ein klarer, frostiger Januartag, an dem Mr. Tulliver zum ersten Mal herunterkam; die leuchtende Sonne auf den Kastanienzweigen und den Dächern seinem Fenster gegenüber hatte ihn ungeduldig erklären lassen, daß er nicht länger eingesperrt sein wolle. Er dachte, daß es bei diesem Sonnenschein überall fröhlicher sein würde als in seinem Schlafzimmer, denn er wußte nichts von der Leere unten, welche die Flut des Sonnenscheins aufdringlich machte – als hätte sie ein fühlloses Vergnügen daran, die leeren Stellen und Flecke zu zeigen, wo einst vertraute Gegenstände gewesen waren. Sein Eindruck, daß es erst gestern gewesen sei, als er den Brief von Mr. Gore erhalten hatte, klang so häufig in seinem Reden an, und die Versuche, ihm den Gedanken nahezubringen, daß viele Wochen vergangen seien und sich seither viel ereignet habe, waren so schnell von einem wiederkehrenden Vergessen hinweggefegt, daß sogar Mr. Turnbull daran zu verzweifeln anfing, ihn auf die Konfrontation mit den Tatsachen durch vorherige Unterrichtung vorzubereiten. Der volle Sinn für die Gegenwart konnte ihm nur allmählich durch neue Erfahrung aufgehen – nicht durch bloße Worte, die schwächer bleiben mußten als die Eindrücke, die alte Erfahrung hinterlassen hatte. Der Entschluß hinunterzukommen wurde von Frau und Kindern mit Zittern vernommen. Mrs. Tulliver sagte, Tom dürfe nicht zur gewohnten Stunde nach St. Ogg's gehen, er müsse warten und seinen Vater nach unten begleiten, und Tom willigte ein, gleichwohl ihm innerlich vor der schmerzlichen Szene angst und bange war. Die Herzen der drei waren in den letzten paar Tagen tiefer betrübt worden als je zuvor. Denn Guest & Co. hatten die Mühle nicht gekauft; sowohl Mühle als auch Land waren Wakem zugeschlagen worden, der sich das Anwesen angesehen und Mr. Deane und Mr. Glegg in Mrs. Tullivers Anwesenheit seine Bereitschaft, Mr. Tulliver im Falle seiner Gesundung als Verwalter des Betriebes einzustellen, unterbreitet hatte. Dieser Vorschlag hatte rege Diskussionen in der Familie hervorgerufen. Onkel und Tanten waren beinahe einmütig der Ansicht, daß ein solches Angebot nicht ausgeschlagen werden sollte, wenn dem nichts im Wege stünde als ein Gefühl bei Mr. Tulliver, das, da weder Tanten noch Onkel es teilten, als völlig unvernünftig und kindisch angesehen wurde – ja sogar als eine Übertragung der Entrüstung und des Hasses auf Wakem, die Mr. Tulliver eigentlich gegen sich selbst gerichtet haben sollte wegen seiner Streitbarkeit im allgemeinen und deren Nachweis, der darin lag, daß er vor Gericht gegangen war, im besonderen. Hier war eine Gelegenheit für Mr. Tulliver, seine Frau und Tochter ohne Hilfe seitens der Verwandten seiner Frau zu versorgen und ohne den allzu offensichtlichen Abstieg in die Verarmung, die es für ehrbare Leute ärgerlich macht, das erniedrigte Mitglied der Familie am Wege zu treffen. Man mußte Mr. Tulliver, so meinte Mrs. Glegg, wenn er wieder ganz bei Verstand wäre, fühlen lassen, daß er sich selbst nie genug demütigen könnte, denn es war das eingetreten, was sie schon immer von seiner Unverschämtheit vergangener Zeiten »gegenüber denen, die die besten Freunde waren, auf die er rechnen konnte« hatte kommen sehen. Mr. Glegg und Mr. Deane waren weniger unnachsichtig in ihren Ansichten, aber sie dachten beide, daß Tulliver genug Schaden angerichtet habe mit seinen hitzigen Grillen und sie jetzt außer acht lassen sollte, wenn ihm eine Existenz angeboten wurde; Wakem zeige eine richtige Einstellung zur Sache – *er* hege keinen Groll gegen Tulliver. Tom hatte dagegen protestiert, den Vorschlag anzunehmen; er wollte nicht, daß sein Vater Wakem unterstehe, er meinte, es würde erbärmlich aussehen; seiner Mutter größter Kummer war jedoch die absolute Unmöglichkeit, Mr. Tulliver jemals wegen Wakem umzustimmen oder ihn dazu zu bringen, auf Vernunft zu hören – nein, sie würden alle hingehen und in einem Schweinestall leben müssen zu dem Zweck, Wakem zu ärgern, der so sprach »wie man es anständiger nicht konnte«. Tatsächlich war Mrs. Tullivers Sinn dadurch in eine solche Verwirrung geraten, daß sie in dieser seltsamen Sphäre unerklärlicher Bedrängnis lebte, gegen die sie fortgesetzt aufbegehrte und fragte: »Oje, was habe ich nur getan, um Schlimmeres als andere Frauen zu verdienen?«, daß Maggie anfing zu denken, ihre arme Mutter verliere wohl schon den Verstand.

»Tom«, sagte sie, als sie beide nicht im Zimmer ihres Vaters waren, »wir müssen versuchen, Vater ein wenig von dem verstehen zu lassen, was geschehen ist, bevor er hinuntergeht. Aber wir *müssen* sehen, daß Mutter nicht dabei ist. Sie wird etwas sagen, das Schaden anrichtet. Bitte Kezia, sie herunterzuholen und sie mit etwas in der Küche beschäftigt zu halten.«

Das war die richtige Aufgabe für Kezia. Nachdem sie ihre Absicht erklärt hatte zu bleiben, bis der Herr wieder auf den Beinen sei, »Lohn oder kein Lohn«, hatte sie eine gewisse Entschädigung darin gefunden, eine starke Hand über ihre Herrin zu halten und sie zu schelten, weil sie lamentierte und den ganzen Tag herumging, ohne ihr Häubchen zu wechseln, und aussah, als sei sie »nicht ganz bei Trost«. Im ganzen gesehen war diese Zeit der Not eine recht saturnalische Zeit für Kezia, sie konnte frei und ohne Tadel ihre Herrschaft schelten. Jetzt gerade war trocknende Wäsche hereinzuholen; sie wollte wissen, ob *ein* Paar Hände denn alles drinnen und draußen tun könne, und bemerkte, daß es *ihrer* Meinung nach Mrs. Tulliver gut täte, ihre Haube aufzusetzen und etwas frische Luft zu schnappen, indem sie diese nützliche Arbeit erledigte. Die arme Mrs. Tulliver ging fügsam nach unten; von einem Dienstmädchen herumkommandiert zu werden war das letzte Überbleibsel ihrer Haushaltwürden – sie würde bald kein Dienstmädchen mehr haben, sie zu schelten.

Mr. Tulliver ruhte nach der Anstrengung des Ankleidens ein wenig in seinem Stuhl aus, und Maggie und Tom saßen bei ihm, als Luke eintrat und fragte, ob er dem Herrn hinunterhelfen sollte.

»Jaja, Luke, wart ein wenig, setz dich«, sagte Mr. Tulliver und deutete mit seinem Stock auf einen Stuhl und folgte ihm mit dem Blick, den genesende Menschen oft für jene haben, die sie pflegten, und der an ein kleines Kind erinnert, das seiner Amme nachschaut. Denn Luke hatte beständig nachts am Bett seines Herrn gewacht.

»Wie ist das Wasser jetzt, Luke?« sagte Mr. Tulliver. »Dix hat euch doch nicht wieder abgewürgt, was?«

»Nein, es ist in Ordnung.«
»Ja, das dachte ich mir; er wird es nicht so eilig haben, das wieder zu tun, jetzt wo Riley geschlichtet hat. Das war es, was ich gestern zu Riley sagte ... ich sagte ...«
Mr. Tulliver beugte sich vor, stützte seine Ellbogen auf die Armlehnen und sah auf den Boden, als suche er etwas – um entschwindende Bilder ringend wie ein Mann, der gegen den Schlummer ankämpft. Maggie sah Tom in stummer Pein an – der Verstand ihres Vaters war so weit von der Gegenwart entfernt, die sich allmählich seinem schweifenden Bewußtsein aufdrängen würde! Tom war nahe daran fortzulaufen mit jener Ungeduld des schmerzlichen Empfindens, die einen der Unterschiede ausmacht zwischen Jüngling und Mädchen, zwischen Mann und Frau.
»Vater«, sagte Maggie und legte ihre Hand auf die seine, »erinnerst du dich nicht, daß Riley tot ist?«
»Tot?« sagte Mr. Tulliver scharf und blickte ihr mit einem seltsamen, prüfenden Blick ins Gesicht.
»Ja, er starb an einem Schlaganfall vor beinahe einem Jahr; ich erinnere mich, dich sagen zu hören, daß du Geld für ihn zahlen mußtest, und er hinterließ seine Töchter schlecht versorgt – eine von ihnen ist Hilfslehrerin bei Miss Firniss, wo ich zur Schule gegangen bin, weißt du ...«
»Ja?« sagte ihr Vater zweifelnd und blickte ihr immer noch ins Gesicht. Aber sobald Tom zu sprechen begann, wandte er sich um, um ihn mit denselben forschenden Blicken zu mustern, als wäre er recht erstaunt über die Anwesenheit dieser beiden jungen Leute. Wenn sein Geist in die ferne Vergangenheit wanderte, dann verfiel er immer in dieses Vergessen ihrer wirklichen Gesichter; es waren nicht die des Knaben und des kleinen Mädels, die zu jener Vergangenheit gehörten.
»Es ist lange her, daß du den Streit mit Dix hattest, Vater«, sagte Tom. »Ich erinnere mich, daß du vor drei Jahren davon sprachst, bevor ich bei Mr. Stelling zur

Schule ging. Ich war dort drei Jahre zur Schule, erinnerst du dich nicht?«
Mr. Tulliver warf sich wieder zurück und verlor den kindlichen Blick unter einem Strom neuer Gedanken, die ihn von äußeren Eindrücken ablenkten.
»Ja, ja«, sagte er nach einer Minute oder zwei, »ich habe eine Menge Geld bezahlt... Ich war entschlossen, daß mein Sohn eine gute Ausbildung haben sollte; ich selbst hatte keine, und ich habe ihr Fehlen gespürt. Und er wird kein andres Vermögen brauchen; das ist es, was ich sage ... wenn Wakem wieder die Oberhand gewinnen sollte...«
Der Gedanke an Wakem regte neue Schwingungen an, und nach einer kleinen Pause begann er, den Rock anzusehen, den er anhatte, und in den Seitentaschen zu fühlen. Dann wandte er sich zu Tom und sagte auf die alte scharfe Weise: »Wo haben sie Gores Brief hingesteckt?«
Er war gleich zur Hand in einer Schublade, denn er hatte oft zuvor danach gefragt.
»Du weißt, was in dem Brief steht, Vater?« sagte Tom, als er ihn ihm gab.
»Gewiß weiß ich das«, sagte Mr. Tulliver recht böse. »Was soll das? Wenn Furley sich nicht um den Besitz kümmern kann, dann kann es jemand anders, es gibt noch mehr Leute auf der Welt als Furley. Aber es ist hinderlich, daß es mir nicht gut geht – geh und sag ihnen, sie sollen das Pferd vor die Kutsche spannen, Luke, ich kann ganz gut nach St. Ogg's fahren – Gore erwartet mich.«
»Nein, lieber Vater!« rief Maggie flehend aus. »Es ist eine lange Zeit vergangen seit all dem; du warst viele Wochen krank – mehr als zwei Monate – alles hat sich verändert.«
Mr. Tulliver sah sie alle drei abwechselnd mit einem bestürzten Blick an; der Gedanke, daß viel geschehen sei, von dem er nichts wußte, hatte ihn oft zuvor vorüberge-

hend beschäftigt, kam aber jetzt mit völliger Neuheit über ihn.

»Ja, Vater«, sagte Tom als Antwort auf den Blick. »Du brauchst dich nicht wegen der Geldgeschäfte zu beunruhigen, bis es dir wieder besser geht, alles ist für den Augenblick geordnet – mit der Mühle, dem Land und den Schulden.«

»Was ist denn geordnet?« sagte sein Vater böse.

»Nehmen Sie es sich nicht zu sehr zu Herzen, Sir«, sagte Luke. »Sie hätten alle bezahlt, wenn Sie's gekonnt hätten, das hab ich auch zu Master Tom gesagt – ich sagte, Sie hätten alle bezahlt, wenn Sie's gekonnt hätten.«

Der gute Luke empfand nach Art zufriedener, hart arbeitender Männer, die ihr Leben im Dienst bei anderen verbracht haben, Standesunterschiede als von Natur aus angemessen, was seines Herrn Niedergang zu einer Tragödie für ihn machte. Es drängte ihn, auf seine langsame Art etwas zu sagen, das ausdrücken sollte, daß er teilhatte an dem Unglück der Familie; und diese Worte, die er immer wieder Tom gegenüber gebraucht hatte, wenn er die volle Auszahlung der fünfzig Pfund von dem Geld der Kinder zurückweisen wollte, kamen ihm am leichtesten über die Lippen. Es waren gerade die Worte, die den verstörten Sinn seines Herrn aufs schmerzlichste ergriffen.

»Jeden bezahlt?« sagte er mit heftiger Erregung, wobei sich sein Gesicht rötete und seine Augen aufblitzten. »Warum ... was ... haben sie mich *bankrott* gemacht?«

»O Vater, lieber Vater!« sagte Maggie, die meinte, daß das schreckliche Wort die Tatsache wirklich darstellte. »Ertrag es wohl – weil wir dich lieben – deine Kinder werden dich immer lieben. Tom wird sie alle bezahlen, er sagt, er wird es tun, wenn er ein Mann ist.«

Sie fühlte, daß ihr Vater zu zittern begann, auch seine Stimme zitterte, als er nach einigen Augenblicken sagte:

»Ja, mein kleines Mädel, aber ich lebe nicht noch ein zweites Mal.«
»Aber vielleicht wirst du es erleben, wie ich alle bezahle, Vater«, sagte Tom mit großer Anstrengung.
»Ach, mein Junge«, sagte Mr. Tulliver und schüttelte langsam den Kopf, »was zerbrochen ist, kann nicht wieder ganz werden; du würdest es tun, nicht ich.« Dann blickte er auf und sah ihn an: »Du bist erst sechzehn – es ist ein mühseliger Kampf für dich – aber du darfst es deinem Vater nicht vorwerfen; die Schurken waren ihm über. Ich habe dir eine gute Ausbildung gegeben – das wird dir auf die Sprünge helfen.«
Etwas in seiner Kehle erstickte beinahe die letzten Worte, die Röte, die seine Kinder beunruhigt hatte, weil sie so oft der wiederkehrenden Lähmung vorausgegangen war, war gewichen, und sein Gesicht sah bleich und furchtsam aus. Tom sagte nichts, er kämpfte immer noch mit der Neigung fortzulaufen. Sein Vater blieb für ein paar Minuten ruhig, aber sein Geist schien nicht wieder abzuschweifen.
»Dann haben sie zwangsversteigert?« sagte er ruhiger, als sei er einfach von dem Wunsch besessen zu erfahren, was sich ereignet hatte.
»Alles ist verkauft, Vater, aber wir wissen noch nicht alles über die Mühle und das Land«, sagte Tom, darum bemüht, eine jegliche Frage, die zu der Tatsache führte, daß Wakem der Käufer war, abzuwehren.
»Du darfst nicht überrascht sein, wenn du siehst, daß die Zimmer unten sehr kahl aussehen, Vater«, sagte Maggie, »aber dein Sessel ist noch da und dein Schreibpult – *sie* sind nicht fort.«
»Laßt uns gehen – hilf mir hinunter, Luke – ich will gehen und alles sehen«, sagte Mr. Tulliver, stützte sich auf seinen Stock und streckte die andere Hand nach Luke aus.
»Ja, Sir«, sagte Luke, als er seinem Herrn den Arm gab. »Sie werden sich ein wenig leichter damit abfinden, wenn

Sie alles gesehen haben; Sie werden sich daran gewöhnen. Das sagte meine Mutter auch über ihre Atemnot; sie sagt, sie hat sich jetzt damit angefreundet, obwohl sie dagegen angekämpft hat, als es zuerst anfing.«

Maggie lief voraus um nachzusehen, ob alles in Ordnung war in dem öden Wohnzimmer, wo das Feuer, das durch den frostigen Sonnenschein nur trüb aussah, ein Teil der allgemeinen Schäbigkeit zu sein schien. Sie rückte den Sessel ihres Vaters zurecht und schob den Tisch zur Seite, um ihm den Weg zu bahnen, und stand dann mit klopfendem Herzen da, um zu sehen, wie er einträte und sich zum ersten Mal umsähe. Tom ging ihm voraus und trug den Fußschemel, er stellte sich neben Maggie an den Kamin. Von diesen beiden jungen Herzen litt Tom die unvermindertere Qual, denn Maggie, bei all ihrem lebhaften Einfühlungsvermögen, empfand es doch, als schaffe der Schmerz in ihrem Herzen mehr Raum, um ihre Liebe hineinfließen zu lassen, und als gebe er ihrer leidenschaftlichen Natur Platz zum Atmen. Kein echter Knabe fühlt das, er würde lieber hingehen und den Nemeischen Löwen[8] erschlagen oder eine beliebige Serie von Heldentaten auf sich nehmen, als die ständigen Appelle an sein Mitleid zu ertragen für Übel, die er nicht überwinden kann.

Mr. Tulliver blieb, auf Luke gestützt, in der Tür stehen und sah um sich auf all die kahlen Stellen, die für ihn mit den Schatten der dahingegangenen Gegenstände angefüllt waren – den täglichen Gefährten seines Lebens. Seine Geisteskraft schien neue Stärke zu gewinnen, indem sie durch diesen sinnfälligen Beweis eine Stütze bekam.

»Ach!« sagte er und bewegte sich langsam auf seinen Stuhl zu, »sie haben mir alles versteigert ... sie haben mir alles versteigert.«

Dann setzte er sich und legte seinen Stock nieder, während Luke das Zimmer verließ, und er sah sich von neuem um. »Sie haben die große Bibel dagelassen«, sagte

er. »Da steht alles drin – wann ich geboren wurde und heiratete –, bring sie mir, Tom.«
Der Quartband der Bibel wurde vor ihn hingelegt und beim Vorsatzblatt geöffnet, und während er mit langsam wandernden Augen las, betrat Mrs. Tulliver das Zimmer, blieb jedoch in stummer Überraschung darüber stehen, daß sie ihren Mann schon unten und mit der großen Bibel vor sich fand.
»Ach«, sagte er und sah auf eine Stelle, wo sein Finger stehengeblieben war, »meine Mutter war Margaret Beaton – sie starb, als sie siebenundvierzig war, ihre Familie war nicht langlebig – wir sind unserer Mutter Kinder, Gritty und ich, wir werden bald zur letzten Ruhe gehen.«
Er schien über dem Eintrag von Geburt und Eheschließung seiner Schwester innezuhalten, als ob sich ihm neue Gedanken dabei aufdrängten, dann sah er plötzlich zu Tom auf und sagte in seinem scharfen Ton der Beunruhigung:
»Sie sind doch nicht über Moss hergefallen wegen des Geldes, das ich ihm geliehen habe, oder?«
»Nein, Vater«, sagte Tom, »der Schuldschein war verbrannt.«
Mr. Tulliver wandte seine Augen wieder der Seite zu und sagte darauf: »Ah ... Elizabeth Dodson ... 's ist achtzehn Jahre her, daß ich sie heiratete.«
»Ja, kommende Mariä Verkündigung«, sagte Mrs. Tulliver, stellte sich ihm zur Seite und sah auf das Blatt. Ihr Mann richtete seine Augen ernsthaft auf ihr Gesicht.
»Arme Bessy«, sagte er, »du warst ein hübsches Mädchen damals – jedermann sagte das –, und ich meinte immer, du hättest dir dein gutes Aussehen vortrefflich bewahrt. Aber jetzt bist du arg gealtert... Trag es mir nicht nach... Ich wollte gut an dir handeln... Wir versprachen einander, in guten und in schlechten Tagen...«
»Aber ich dachte nie, daß es so schlechte Tage werden

würden«, sagte die arme Mrs. Tulliver mit dem seltsamen, verschreckten Blick, den sie in letzter Zeit angenommen hatte, »und mein armer Vater führte mich zum Altar ... und daß sie nun so auf einmal hereinbrechen.«

»O Mutter«, sagte Maggie, »sprich nicht so.«

»Nein, ich weiß, du willst deine arme Mutter nicht sprechen lassen ... So ist's mein ganzes Leben lang gewesen ... Dein Vater kümmerte sich nie um das, was ich sagte ... 's hätt' keinen Sinn gehabt, zu bitten und zu betteln ... und 's hätt' auch jetzt keinen Sinn, nicht, wenn ich auf Händ' und Knie niederfiele ...«

»Sag das nicht, Bessy«, sagte Mr. Tulliver, dessen Stolz in diesen ersten Augenblicken der Demütigung hinter dem Empfinden zurückstand, daß einige Berechtigung im Vorwurf seiner Frau lag. »Wenn es noch irgend etwas gibt, das ich tun könnte, um es wiedergutzumachen, dann würd' ich dir nicht nein sagen.«

»Dann könnten wir hierbleiben und unser Auskommen haben, und ich könnte weiterhin mit meinen Schwestern verkehren ... und ich war dir eine so gute Frau und hab dich nie verärgert von einem Wochenende zum nächsten ... und das sagen sie alle ... sie sagen, 's wär' nicht mehr wie recht ... nur bist du ja so sehr gegen Wakem.«

»Mutter«, sagte Tom streng, »dies ist nicht die Zeit, darüber zu reden.«

»Laß sie«, sagte Mr. Tulliver. »Sag, was du meinst, Bessy.«

»Nun, jetzt wo die Mühle und das Land Wakem gehören und er alles in der Hand hat, was hat es da noch für einen Zweck, sich gegen ihn aufzulehnen, wenn er sagt, du könntest hierbleiben, und so anständig spricht, wie man nur kann, und sagt, du könntest den Betrieb verwalten und dreißig Schillinge in der Woche bekommen und ein Pferd, um zum Markt zu reiten. Und wohin können wir unser Haupt betten? Wir müssen in eine der Hütten im Dorf ziehen ... soweit ist es mit mir und meinen Kindern gekommen ... alles nur, weil du dich so gegen Leute auflehnen mußt, bis man dich nicht mehr umstimmen kann.«

Mr. Tulliver war zitternd in seinem Sessel zurückgesunken. »Du kannst mit mir tun, was du willst, Bessy«, sagte er leise, »ich bin es, der dich in Armut gebracht hat ... diese Welt ist mir über ... ich bin nur noch bankrott ... es hat keinen Zweck mehr, für irgend etwas einzutreten.«

»Vater«, sagte Tom, »ich stimme nicht mit meiner Mutter oder mit meinen Onkeln überein, und ich meine nicht, daß du dich fügen solltest und unter Wakem dienen. Ich bekomme jetzt ein Pfund in der Woche, und du kannst etwas anderes zu tun finden, wenn es dir wieder besser geht.«

»Sag nicht mehr, Tom, sag nicht mehr. Ich habe genug für diesen Tag. Gib mir einen Kuß, Bessy, und laß uns einander nichts nachtragen, wir werden nie wieder jung sein... Diese Welt war mir über.«

Kapitel 9

Dem Familienregister wird ein Punkt hinzugefügt

Jenem ersten Augenblick der Entsagung und Unterwerfung folgten Tage des heftigen innerlichen Kampfes für den Müller, da die allmähliche Zunahme körperlicher Stärke eine wachsende Fähigkeit mit sich brachte, all die einander widerstreitenden Bedingungen, unter denen er sich fand, mit einem Blick zu umfassen. Kraftlose Glieder schicken sich leicht darein, gebunden zu werden, und wenn wir durch Krankheit gefügig geworden sind, dann scheint es uns möglich, Versprechen zu erfüllen, die die alte Kraft beim Zurückkehren bricht. Es gab Zeiten, in denen der arme Tulliver dachte, daß die Erfüllung des

Versprechens, das er Bessy gegeben hatte, zu hart für die menschliche Natur sei; er hatte es ihr versprochen, ohne zu wissen, was sie sagen würde – sie hätte ihn ebensogut bitten können, ein Gewicht von einer Tonne auf dem Rücken zu schleppen. Aber dann wiederum gab es viele Gefühle, die ihre Seite vertraten, außer dem Empfinden, daß ihr das Leben schwergemacht worden war, indem sie ihn geheiratet hatte. Er sah eine Möglichkeit, wenn sie sich sehr einschränkten, Geld von seinem Gehalt zu sparen, mit dem er seinen Gläubigern eine zweite Rate zahlen könnte, und es würde nicht einfach sein, anderswo eine Stellung zu bekommen, die er ausfüllen könnte. Er hatte ein bequemes Leben geführt, viel befohlen und wenig gearbeitet, und kein Talent zu einem anderen Geschäft. Er müßte sich vielleicht als Tagelöhner verdingen, und seine Frau müßte Hilfe von ihren Schwestern haben – eine Aussicht, die ihm doppelt bitter war, nun da sie zugelassen hatten, daß Bessys wertvolle Dinge alle versteigert wurden, wahrscheinlich weil sie sie gegen ihn aufbringen wollten, indem sie sie fühlen ließen, daß er sie in diese hoffnungslose Lage gebracht hatte. Er hörte ihren ermahnenden Reden zu, wenn sie kamen, um ihn zu dem zu drängen, was er um der armen Bessy willen zu tun verpflichtet war – mit abgewandten Augen, die nur dann und wann verstohlen gegen sie aufblitzten, wenn sie ihm den Rücken zukehrten. Nichts als die Furcht davor, ihre Hilfe zu brauchen, hätte ihm die Entscheidung erleichtern können, ihren Rat anzunehmen.

Aber der stärkste Einfluß von allen war die Liebe zu dem alten Ort, wo er herumgelaufen war, als er ein Junge war, genau wie Tom es nach ihm getan hatte. Die Tullivers hatten seit Generationen auf diesem Flecken gelebt, und er hatte an Winterabenden auf einem niedrigen Schemel dagesessen und gelauscht, wenn sein Vater von der alten, halb aus Holz gebauten Mühle erzählte, die dort vor der letzten großen Flut gewesen war, welche sie so beschädigte, daß sein Großvater sie abriß und die neue baute. Es geschah, als er wieder herumgehen und die alten Gegenstände ansehen konnte, daß er die Anspannung durch diese anhängliche Zuneigung zu der alten Heimat als Teil seines Lebens, als Teil seiner selbst fühlte. Er konnte es nicht ertragen, sich vorzustellen, daß er auf einem anderen Flecken als diesem leben würde, wo er das Geräusch jeden Tores und jeder Tür kannte und fühlte, daß Form und Farbe jeden Daches und Wetterflecks und jeder Bodenerhebung gut waren, weil sich seine heranwachsenden Sinne daran genährt hatten. Unsere gebildete Reiselust, die kaum Zeit hat, bei den Heckenzäunen zu verweilen, sondern früh forteilt zu den Tropen und sich unter Palmen und Feigenbäumen zu Hause fühlt, die gespeist ist von Reisebüchern und die den Schauplatz ihrer Einbildungskraft bis zum Sambesi ausdehnt, kann sich kaum einen schwachen Begriff davon machen, was ein altmodischer Mann wie Tulliver für diesen Flecken empfand, wo all seine Erinnerungen zusammenliefen und wo das Leben wie ein vertrautes, griffiges Werkzeug erschien, das die Finger mit liebender Leichtigkeit umfassen. Und gerade jetzt lebte er in jener erwachenden Erinnerung an weit entfernte Zeiten, die uns in den untätigen Stunden der Genesung von einer Krankheit überkommt.

»Ja, Luke«, sagte er eines Nachmittags, als er dastand und über das Tor zum Obstgarten blickte, »ich erinnere mich an den Tag, an dem sie diese Apfelbäume dort pflanzten. Mein Vater hatte 'ne große Vorliebe fürs Pflanzen – es war wie ein fröhliches Fest für ihn, 'ne Karre voll junger Bäume zu bekommen –, und ich stand dann immer mit ihm in der Kälte und lief ihm nach wie ein Hund.«

Dann wandte er sich um und betrachtete, gegen den Torpfosten gelehnt, die gegenüberliegenden Gebäude.

»Die alte Mühle würde mich vermissen, glaub ich, Luke. Es gibt eine Geschichte, daß, wenn die Mühle in andre

Hände kommt, der Fluß böse wird; ich hab es meinen Vater manches Mal sagen hören. Man kann nie wissen, ob nicht was dran ist an der Geschichte, denn dies ist 'ne verwirrende Welt, und der Gottseibeiuns hat seine Hand drin – sie war mir eben über.«

»Ja, Sir«, sagte Luke mit begütigendem Mitgefühl, »so wie mit dem Rost auf dem Weizen und dem Brand im Schober und all dem, was ich schon oft gesehn hab – die Dinge sehn oft komisch aus; und das Schinkenfett von unsrem letzten Schwein läuft weg wie Butter – 's hinterläßt nichts als 'ne Schwarte.«

»'s ist so, als wär's erst gestern gewesen«, fuhr Mr. Tulliver fort, »daß mein Vater mit dem Mälzen anfing. Ich erinnre mich, daß ich an dem Tag, an dem sie das Malzhaus fertigstellten, dachte, daß was Großartiges draus werden würde, denn wir aßen Plumpudding an dem Tag und feierten ein kleines Fest, und ich sagte zu meiner Mutter – sie war eine schöne dunkeläugige Frau, meine Mutter; das kleine Mädel wird ihr gleichen wie ein Ei dem anderen –«, hier klemmte Mr. Tulliver sich seinen Stock zwischen die Beine, nahm seine Schnupftabaksdose heraus zu noch größerem Genuß dieser Anekdote, die in Bruchstücken aus ihm hervorkam, als ob er sich jeden Augenblick übers Erzählen ins Sehen verlöre. »Ich war ein kleiner Kerl, nicht viel größer als bis zu meiner Mutter Knie – sie hatte uns Kinder schrecklich gern, Gritty und mich –, und so sagte ich zu ihr: ›Mutter‹, sagte ich, ›werden wir jetzt *jeden* Tag Plumpudding essen wegen des Malzhauses?‹ Sie hat mir das bis zu ihrem Tod noch immer erzählt. Sie war noch 'ne junge Frau, als sie starb, meine Mutter. Aber 's ist gut vierzig Jahr' her, seit sie das Malzhaus fertigstellten, und es sind nicht viele Tage, an denen ich nicht eben dort im Hof vorbeigegangen bin, zuallererst am Morgen – bei jedem Wetter, jahrein, jahraus. Ich würde den Verstand verlieren in einer neuen Stelle. Es wär', als wenn ich mich vom Weg verirrt hätte. 's ist alles hart, von welcher Seite ich es auch betrachte – das Geschirr wird mich quälen – aber 's ist schon was, die alte Straße lang zu ziehen statt einer neuen.«

»Ja«, sagte Luke, »hier haben Sie's doch viel besser als an 'nem neuen Ort. Ich selbst kann neue Orte auch nich ertragen, 's ist immer alles lästig – Wagen mit engen Rädern und so, und 'ne ganze andre Art von Zauntritten, und Haferkuchen an manchen Orten zur Flossquelle hin, da oben. 's ist erbärmlich, seine Umgebung zu wechseln.«

»Aber ich fürchte, Luke, sie werden dafür sein, daß Ben geht, und lassen dich mit einem jungen Burschen auskommen, und ich muß ein wenig in der Mühle helfen. Du wirst's schlechter haben.«

»Macht nichts«, sagte Luke, »ich werd mich nich ärgern. Ich war zwanzig Jahr bei Ihnen, und man kriegt keine zwanzig Jahr, wenn man danach pfeift, nich mehr als man die Bäume wachsen lassen kann: Man muß warten, bis der Allmächtige sie schickt. Ich kann neues Essen und neue Gesichter nich ertragen – ich kann's nich – man weiß nie, wie sie einen zwacken werden.«

Der Weg wurde danach schweigend beendet, denn Luke hatte sich seiner Gedanken in einem Ausmaß entledigt, das seinen Stoff für eine Konversation aufgezehrt hatte, und Mr. Tulliver war von seinen Erinnerungen in ein schmerzliches Grübeln über all die vor ihm liegenden Nöte verfallen. Maggie bemerkte, daß er an jenem Abend beim Tee ungewöhnlich abwesend war, und hinterher saß er vorgebeugt in seinem Sessel, sah zu Boden, bewegte die Lippen und schüttelte von Zeit zu Zeit den Kopf. Dann blickte er Mrs. Tulliver scharf an, die ihm strickend gegenübersaß, dann Maggie, die, während sie sich über ihre Näharbeit beugte, deutlich spürte, daß sich in ihres Vaters Geist ein Drama abspielte. Plötzlich nahm er den Schürhaken und zerschlug wütend die dicke Kohle.

»Du lieber Himmel, Mr. Tulliver, was denkst du dir

denn nur?« sagte seine Frau und sah bestürzt auf, »'s ist 'ne Verschwendung, die Kohle zu zerschlagen, und wir haben kaum noch dicke Kohle übrig, und ich weiß nicht, wo der Rest herkommen soll.«

»Ich glaube, es geht dir heute abend nicht so gut, Vater?« sagte Maggie. »Es scheint dir nicht wohl zu sein.«

»Wie kommt es nur, daß Tom noch nicht da ist?« sagte Mr. Tulliver ungeduldig.

»Du lieber Himmel! Ist es Zeit? Ich muß gehen und sein Abendessen richten«, sagte Mrs. Tulliver, legte ihr Strickzeug nieder und verließ das Zimmer.

»Es geht auf halb neun«, sagte Mr. Tulliver. »Er wird bald hier sein. Geh, geh und hol die große Bibel und öffne sie am Anfang, wo alles niedergeschrieben ist. Und hol Feder und Tinte.«

Maggie gehorchte verwundert, aber ihr Vater gab keine weiteren Befehle und saß nur da und lauschte auf Toms Schritt auf dem Kies, offensichtlich gereizt durch den Wind, der aufgekommen war und so dröhnte, daß er alle anderen Geräusche übertönte. In seinen Augen war ein seltsames Leuchten, das Maggie ängstigte; auch sie begann zu wünschen, daß Tom käme.

»Da ist er ja«, sagte Mr. Tulliver erregt, als das Klopfen endlich kam. Maggie ging, um die Tür zu öffnen, aber ihre Mutter kam eilig aus der Küche und sagte: »Warte, Maggie, ich werde öffnen.«

Mrs. Tulliver hatte angefangen, ein wenig Angst vor ihrem Jungen zu haben, aber sie war eifersüchtig auf jeden Dienst, den andere ihm taten.

»Dein Abendessen steht am Küchenfeuer bereit, mein Junge«, sagte sie, als sie ihm Mütze und Mantel abnahm. »Du sollst es ganz allein essen, genau wie du es möchtest, und ich werde nicht reden.«

»Ich glaube, mein Vater verlangt nach Tom, Mutter«, sagte Maggie, »er muß zuerst ins Wohnzimmer kommen.«

Tom trat mit seinem üblichen bedrückten Abendgesicht

ein, aber sein Auge fiel sofort auf die offene Bibel und das Tintenfaß, und er blickte mit besorgter Überraschung auf seinen Vater, der sagte: »Komm, komm, du bist spät dran. Ich brauche dich.«

»Ist irgend etwas los, Vater?« sagte Tom.

»Setz dich – setzt euch alle«, sagte Mr. Tulliver gebieterisch. »Und Tom, setz dich hierher. Ich habe was für dich in die Bibel zu schreiben.«

Sie setzten sich nieder, alle drei, und sahen ihn an. Er begann langsam zu sprechen und blickte zunächst auf seine Frau:

»Ich habe mich entschlossen, Bessy, und ich werde dir mein Wort halten. Wir werden dasselbe Grab haben, um uns darin niederzulegen, und wir dürfen einander nichts nachtragen. Ich werde am alten Ort bleiben, und ich werde unter Wakem dienen, und ich werde ihm als ein ehrlicher Mann dienen, es gibt keinen Tulliver, der nicht ehrlich wäre, merk es dir, Tom« – hier hob sich seine Stimme –, »sie werden es mir vorhalten, daß ich nur eine Rate zahlte, aber es war nicht meine Schuld, es war, weil es Schurken auf der Welt gibt. Sie waren mir über, und ich muß nachgeben. Ich lege meinen Nacken ins Geschirr – denn du hast ein Recht zu bestimmen, weil ich dich in Not gebracht habe, Bessy –, und ich werde ihm so ehrlich dienen, als ob er kein Schurke wäre, ich bin ein ehrlicher Mann, obwohl ich nie wieder den Kopf hochhalten werde – ich bin ein Baum, der zerborsten ist, ein Baum, der zerborsten ist.«

Er machte eine Pause und sah zu Boden. Dann hob er plötzlich den Kopf und sagte mit lauterer, doch tieferer Stimme: »Aber ich werde ihm nicht vergeben! Ich weiß, was sie sagen, er wollte mir kein Unrecht tun, das ist es, wie der Gottseibeiuns die Schurken stützt. Er steckte hinter allem, aber er ist ein feiner Herr, ich weiß, ich weiß. Ich hätte nicht vor Gericht gehen sollen, sagen sie. Aber wer macht's so, daß keine Schlichtung und keine Gerechtigkeit zu bekommen war? Es bedeutet ihm nichts, ich weiß das; er ist einer von den feinen Herren, die Geld bekommen, indem sie Geschäfte mit ärmeren Leuten machen, und wenn er Bettler aus ihnen gemacht hat, dann gibt er ihnen milde Gaben. Ich werde ihm nicht vergeben. Ich wünschte, er möchte mit Schande bestraft werden, bis sein eigner Sohn ihn lieber vergäße. Ich wünschte, er möchte was tun, daß sie ihn in der Tretmühle arbeiten lassen würden. Aber das wird er nicht. Er ist ein zu großer Schurke, als daß er sich vom Gesetz fangen lassen würde. Und merk dir dies, Tom – auch du vergibst ihm nie, wenn du mein Sohn sein willst. Es wird vielleicht eine Zeit kommen, wo du es ihm vergelten kannst – sie wird für mich nie kommen – ich habe meinen Kopf unter dem Joch. Jetzt schreib, schreib es in die Bibel.«

»O Vater, was?« sagte Maggie und sank an seinem Knie nieder, bleich und zitternd. »Es ist sündhaft, zu verfluchen und übelzuwollen.«

»Es ist nicht sündhaft, das sag ich dir«, sagte ihr Vater grimmig. »Es ist sündhaft, daß es den Schurken gut geht – es ist das Werk des Teufels. Tu, wie ich dir sage, Tom. Schreib!«

»Was soll ich schreiben, Vater?« sagte Tom mit düsterer Ergebenheit.

»Schreib, daß dein Vater, Edward Tulliver, unter John Wakem in Dienst trat, dem Mann, der half, ihn zu ruinieren, weil ich meiner Frau versprochen hatte, ihr wiedergutzumachen für ihre Not, was ich konnte, und weil ich am alten Ort sterben wollte, wo ich geboren wurde und wo mein Vater geboren wurde. Faß das in die richtigen Worte – du weißt, wie – und dann schreib, daß ich Wakem trotz allem nicht vergebe und daß ich, obgleich ich ihm ehrlich dienen werde, wünsche, daß Übel ihn überkomme. Schreib das.«

Es herrschte Totenstille, als Toms Feder sich über das Papier bewegte; Mrs. Tulliver sah verschreckt drein, und Maggie zitterte am ganzen Leibe.

»Jetzt laß mich hören, was du geschrieben hast«, sagte Mr. Tulliver. Tom las, laut und langsam.
»Nun schreib, schreib, daß du daran denken wirst, was Wakem deinem Vater antat, und daß du es ihm und den Seinen vergelten wirst, wenn der Tag je kommt. Und unterschreibe mit deinem Namen, Thomas Tulliver.«
»O nein, Vater, lieber Vater!« sagte Maggie, fast erstickt vor Angst. »Du solltest Tom das nicht schreiben lassen.«
»Sei still, Maggie!« sagte Tom. »Ich *werde* es schreiben.«

Viertes Buch

Das Tal der Demütigung[1]

Kapitel 1

Eine Variante des Protestantismus, die Bossuet[2] unbekannt war

Wer schon einmal an einem Sommertag die Rhône abwärts gereist ist, der hat vielleicht gefühlt, daß der Sonnenschein düster wurde durch jene zerstörten Dörfer, die die Ufer an bestimmten Stellen ihres Verlaufs säumen und davon erzählen, wie der schnelle Fluß einst anstieg wie ein zorniger, zerstörender Gott und die schwachen Generationen hinwegfegte, die Lebensatem in sich hatten, und ihre Wohnungen zur Wüste machte.[3] Ein seltsamer Kontrast, mag man gedacht haben, zwischen der Wirkung, die diese trostlosen Überreste von gewöhnlichen Häusern auf uns haben, die in ihren besten Tagen nur das Zeichen eines verkommenen Lebens waren, das in allen Einzelheiten zu unserem eigenen gemeinen Zeitalter gehört, und der Wirkung, die hervorgerufen wird durch jene Ruinen der Burgen am Rhein, die zu solcher Harmonie mit den grünen und felsigen Hängen zerbröckelt und gereift sind, daß sie eine natürliche Gemäßheit zu haben scheinen wie die Bergkiefer – nein, sogar in den Tagen, da sie gebaut wurden, müssen sie diese Gemäßheit gehabt haben, als seien sie von einer erdgeborenen Rasse errichtet, die von ihrem mächtigen Urvater einen erhabenen Instinkt für Form ererbt hatte. Und das waren Tage voller Romantik! Wenn jene Räuberbarone auch wüste und trunkene Ungeheuer waren, so hatten sie doch eine gewisse Größe des wilden Tieres an sich; sie waren ungezähmte Eber mit Hauern, die rissen und zerstörten, nicht der gemeine Hausgrunzer; sie stellten die dämonischen Kräfte dar, für immer im Konflikt mit Schönheit, Tugend und den sanften Bräuchen des Lebens; sie bildeten einen schönen Kontrast auf dem Bild mit dem fahrenden Sänger, der zartlippigen Prinzessin, dem frommen Einsiedler und dem furcht-

samen Israeliten. Es war eine Zeit der Farbe, als das Sonnenlicht auf blitzenden Stahl und flatternde Banner fiel; eine Zeit des Abenteuers und wilden Kampfes – nein, des Lebens, der religiösen Kunst und der religiösen Begeisterung, denn wurden nicht Kathedralen gebaut in jenen Tagen und verließen nicht große Kaiser ihre Paläste im Westen, um vor den Bollwerken der Heiden im heiligen Osten zu sterben? Daher kommt es, daß diese Burgen am Rhein mich mit einem Gefühl von Poesie durchschauern, sie gehören zum großen und historischen Leben der Menschheit und lassen vor mir das Bild einer Epoche erstehen. Aber diese leichenfarbenen, hohläugigen, eckigen Skelette von Dörfern an der Rhône bedrükken mich mit dem Gefühl, daß das menschliche Leben – jedenfalls zum großen Teil – eine enge, häßliche, kriechende Existenz ist, welche sogar das Unglück nicht erhebt, sondern oft eher zur Schau stellt in der ganzen bloßen Gemeinheit seiner Anlage; und ich habe eine grausame Überzeugung, daß das Leben, von dem diese Ruinen Spuren sind, Teil einer Gesamtmasse obskurer Lebendigkeit war, die in dieselbe Vergessenheit versinken wird wie Generationen von Ameisen und Bibern.
Vielleicht mag etwas Ähnliches wie dieses bedrückende Gefühl den Leser belastet haben, der dieses altmodische Familienleben an den Ufern des Floss beobachtet hat, für welches sogar das Leid kaum ausreicht, um es über die Stufe des Tragikomischen hinauszuheben. Es ist ein verkommenes Leben, sagt er, das Leben der Tullivers und Dodsons – von keinen erhabenen Prinzipien, keinen romantischen Visionen, keinem tätigen, aufopfernden Glauben durchstrahlt, durch keine jener wilden, unbezwingbaren Leidenschaften bewegt, die die dunklen Schatten von Elend und Verbrechen schaffen; ohne jene primitive, rauhe Einfachheit der Bedürfnisse, jene harte, ergebene, schlechtbezahlte Arbeit, das kindliche Buchstabieren dessen, was die Natur geschrieben hat, was dem bäuerlichen Leben seine Poesie verleiht. Hier hat

man konventionelle, weltliche Vorstellungen und Gewohnheiten ohne Bildung und ohne Verfeinerung – sicherlich die prosaischste Form des menschlichen Lebens: stolze Achtbarkeit in einem Einspänner unmoderner Bauart, Weltlichkeit ohne Beilagen. Beobachtet man diese Leute genau, so sieht man, selbst wenn die eiserne Hand des Unglücks sie in ihrem fraglosen Festhalten an der Welt erschüttert hat, kaum eine Spur von Religion, noch weniger von einem deutlich christlichen Glauben. Ihr Glaube an das Unsichtbare, sofern er sich überhaupt zeigt, scheint eher von einer heidnischen Art zu sein; ihre Moralvorstellungen, gleichwohl mit strenger Zähigkeit bewahrt, scheinen keinen über ererbte Sitten hinausreichenden Maßstab zu besitzen. Man könnte nicht unter solchen Menschen leben, man erstickt an mangelnder Öffnung hin zu etwas Schönem, Großem oder Edlem; man ist ungehalten über diese langweiligen Männer und Frauen als eine Menschenart, die sich nicht in Übereinstimmung befindet mit der Erde, auf der sie lebt, mit dieser reichen Ebene, wo der große Fluß immerfort weiterfließt und den kleinen Puls der alten englischen Stadt mit dem Schlagen des mächtigen Herzens der Welt verbindet. Ein kraftvoller Aberglaube, der seine Götter geißelt, oder der seinen eigenen Rücken geißelt, scheint dem Geheimnis des menschlichen Geschickes mehr zu entsprechen als die geistige Verfassung dieser ameisengleichen Dodsons und Tullivers.

Ich teile dieses Gefühl bedrückender Enge, aber es ist notwendig, daß wir es spüren, wenn wir verstehen möchten, wie es auf das Leben von Tom und Maggie wirkte, wie es wirkt auf junge Naturen vieler Generationen, die sich nach der fortschreitenden Tendenz menschlicher Dinge über die geistige Stufe der Generationen vor ihnen erheben, mit der sie dennoch durch die stärksten Fasern ihres Herzens verbunden sind. Das Leiden – das des Märtyrers wie des Opfers –, das zu jedem historischen Voranschreiten der Menschheit gehört, ist auf diese Weise in jeder Stadt, in so manchem unbedeutenden Heim hundertfältig vertreten, und wir brauchen nicht vor diesem Vergleich der kleinen Dinge mit den großen zurückzuschrecken, denn lehrt uns nicht die Wissenschaft, daß ihr höchstes Streben auf die Feststellung einer Einheit gerichtet ist, die die kleinsten Dinge mit den größten verbinden soll? In der Naturwissenschaft gibt es, soviel ich verstanden habe, nichts Geringes für den Geist, der eine umfassende Vorstellung von Verbindungen hat und für den jedes einzelne Objekt auf eine riesige Summe von Bedingungen verweist. Es ist mit Sicherheit dasselbe bei der Beobachtung des menschlichen Lebens.

Sicherlich waren die religiösen und moralischen Ideen der Dodsons und Tullivers von einer zu speziellen Art, als daß man sie einfach aus der Feststellung ableiten könnte, daß sie Teil der protestantischen Bevölkerung Großbritanniens waren. Ihre Lebenstheorie hatte ihren Kern von Gediegenheit, den alle Theorien haben müssen, nach denen anständige und wohlhabende Familien seit langem aufgezogen worden sind und blühten, aber sie hatte nur einen ganz schwachen Hauch von Theologie. Wenn sich in den Mädchentagen der Dodsonschwestern ihre Bibeln an einigen Stellen leichter öffneten als an anderen, dann war es wegen getrockneter Tulpenblüten, die ganz beliebig verteilt worden waren, ohne Vorliebe für das Historische, Andächtige oder Dogmatische. Ihre Religion war von einer einfachen, halb heidnischen Art, aber es war keine Häresie darin – wenn Häresie im wahren Wortsinn Wahl[4] bedeutet –, denn sie wußten nicht, daß es noch andere Religionen gab, außer der der Kapellengänger[5], die in manchen Familien vorzukommen schien wie Asthma. Wie sollten sie auch? Der Vikar ihres hübschen ländlichen Kirchspiels war kein Polemiker, sondern ein guter Whistspieler, und einer, der für ein blühendes weibliches Gemeindemitglied immer einen Scherz parat hatte. Die Religion der Dodsons bestand darin, zu verehren, was immer überkommen und ehrbar war; es war notwendig, daß man getauft wurde, sonst konnte man nicht auf dem Kirchhof beerdigt werden, und daß man das Sakrament vor dem Tod empfing als Schutz gegen weniger genau bekannte Gefahren, aber es war von gleicher Notwendigkeit, die richtigen Sargträger und gutgeräucherten Schinken bei seinem Begräbnis zu haben und ein unanfechtbares Testament zu hinterlassen. Ein Dodson ließ sich nicht Unterlassung von etwas vorwerfen, das schicklich war oder das zu jener ewigen Gemäßheit der Dinge gehörte, die offenkundig durch das Vorgehen der wohlhabendsten Gemeindemitglieder und in den Familientraditionen angezeigt war – wie etwa Gehorsam gegenüber den Eltern, Treue zu Verwandten, Fleiß, strikte Ehrlichkeit, Sparsamkeit, das gründliche Scheuern von Holz- und Kupfergeschirr, das Aufbewahren von Münzen, die wahrscheinlich aus der Währung verschwinden würden, die Erzeugung erstklassiger Produkte für den Markt und die allgemeine Vorliebe für alles, was hausgemacht war. Die Dodsons waren eine sehr stolze Rasse, ihr Stolz lag im Zunichtemachen jeglichen Wunsches, ihnen einen Bruch mit überkommener Pflicht oder Schicklichkeit vorzuwerfen – ein zuträglicher Stolz in vieler Hinsicht, da er Ehre mit vollkommener Integrität gleichsetzte, mit Gründlichkeit in der Arbeit und Treue zu anerkannten Regeln. Und die Gesellschaft verdankt einige werte Eigenschaften in vielen ihrer Mitglieder Müttern der Dodson-Klasse, die ihre Butter und ihre Weizengrütze gut machten und es als Schande empfunden hätten, es anders zu machen. Ehrlich und arm zu sein war nie ein Motto der Dodsons, noch weniger, reich zu scheinen und trotzdem arm zu sein; das Familienabzeichen war eher, ehrlich und reich zu sein, und nicht nur reich, sondern reicher, als angenommen wurde. Angesehen zu leben und die richtigen Träger beim Begräbnis zu haben hieß die Zwecke der Existenz zu erfüllen, und dies würde gänzlich aufgehoben werden, wenn man beim Lesen des Testaments in der Meinung seiner Mitmenschen sank, entweder weil man sich als ärmer erwies, als sie erwartet hatten, oder weil man sein Geld auf eine launenhafte Weise hinterließ ohne strenge Beachtung der Verwandtschaftsgrade. Gegenüber Verwandten mußte man immer das Rechte tun. Das Rechte war, sie streng zurechtzuweisen, wenn sie nicht zum Ansehen der Familie gereichten, aber ihnen dennoch nicht den geringsten rechtmäßigen Anteil an Familienschuhschnallen und anderem Besitz vorzuenthalten. Was am Dodson-Charakter auffiel, war seine Echtheit; seine Laster und Tugenden gleichermaßen waren Erscheinungsweisen eines stolzen, ehrlichen Egoismus, der eine herzliche Abneigung gegen alles hatte, was gegen sein eigenes Ansehen und Interesse war, und der eine offene und harte Sprache gegen unbequeme Verwandtschaft führte. Er würde diese niemals aufgeben oder ignorieren, sie nicht Mangel an Brot leiden lassen, sondern würde nur von ihnen verlangen, es mit bitteren Kräutern zu essen.

Dieselbe Art traditionellen Glaubens rann in den Adern der Tullivers, aber er wurde in reicherem Blut mitgeführt, das Elemente großzügiger Unbesonnenheit, warmer Zuneigung und heißblütiger Übereilung enthielt. Mr. Tullivers Großvater hatte man sagen hören, er sei Abkömmling eines Ralph Tulliver, eines wunderbar klugen Menschen, der sich ruiniert hatte. Es ist recht wahrscheinlich, daß der kluge Ralph ein lebenslustiger Bursche war, der temperamentvolle Pferde ritt und ganz entschieden seine eigene Meinung hatte. Andrerseits hatte niemand je von einem Dodson gehört, der sich ruiniert hatte; es war nicht die Art jener Familie.

Wenn solchermaßen die Ansichten vom Leben waren, nach denen die Dodsons und Tullivers in der löblichen Vergangenheit des Pitt[6] und der hohen Preise aufgezogen worden waren, so wird man aus dem, was man schon über den Zustand der Gesellschaft in St. Ogg's weiß, folgern, daß es keinen tiefgreifend verändernden Einfluß gegeben hatte, der in ihrem reiferen Leben auf sie gewirkt hätte. Sogar in jener späteren Zeit des Antikatholizismus war es noch möglich, daß Menschen mancherlei heidnische Vorstellungen hatten und sich gleichwohl für gutes Kirchenvolk hielten; so braucht uns die Tatsache kaum zu überraschen, daß Mr. Tulliver, obgleich ein regelmäßiger Kirchgänger, seine Rachsucht auf dem Vorsatzblatt seiner Bibel aufzeichnete. Nicht, daß irgend etwas Nachteiliges den Vikar jenes reizenden ländlichen Kirchspiels betreffend gesagt werden konnte, zu dem die Dorlcoter Mühle gehörte; er war ein Mann aus einer vortrefflichen Familie, ein untadeliger Junggeselle mit eleganten Liebhabereien, hatte akademische Grade erworben und gehörte der Universität an. Mr. Tulliver betrachtete ihn mit pflichtschuldigem Respekt wie alles andere, das zum Kirchendienst gehörte, aber er meinte, daß die Kirche eine Sache sei und gesunder Menschenverstand eine andere, und *ihm* sollte doch keiner erzählen, was gesunder Menschenverstand sei. Gewisse Samenkörner, die unter ungünstigen Umständen einen Ort zum Keimen finden müssen, sind von der Natur mit einer Hakenvorrichtung ausgestattet, so daß sie auch an abweisenden Oberflächen einen Halt finden. Die geistige Saat, die über Mr. Tulliver ausgestreut worden war, hatte offenbar einer entsprechenden Vorsorge entbehrt und war wieder in alle Winde entglitten, weil die Haken gänzlich fehlten.

Kapitel 2

Das zerrissene Nest wird von Dornen durchbohrt

In der Erschütterung selbst, die den ersten Schock des Leides begleitet, ist etwas Stützendes, ebenso wie ein heftiger Schmerz oft ein Stimulus ist und eine Erregung hervorruft, die vorübergehende Stärke ist. Erst in dem langsamen, veränderten Leben, das folgt – in der Zeit, wenn das Leid schal geworden ist und nicht länger eine Gefühlsintensität besitzt, die seinem Schmerz zuwiderläuft, in der Zeit, wenn ein Tag auf den vorigen folgt in öder, erwartungsloser Gleichheit und die Heimsuchung trostlose Gewohnheit ist, dann kommt es, daß Verzweiflung droht, dann kommt es, daß der gebieterische Hunger der Seele empfunden wird und Auge und Ohr nach einem noch unbekannten Geheimnis unserer Existenz suchen, das dem Erdulden den Charakter der Befriedigung geben soll.

Diese Zeit äußersten Verlangens war für Maggie mit ihrer kurzen Spanne von dreizehn Jahren gekommen. Dem ohnehin frühreifen Mädchen gab sie zudem noch jene frühe Erfahrung des Kampfes, des Konfliktes zwischen dem inneren Antrieb und der äußeren Gegebenheit, der das Los jeder phantasiebegabten und leidenschaftlichen Natur ist; und die Jahre, seit sie zwischen den wurmstichigen Balken des Speichers die Nägel in den hölzernen Fetisch hämmerte, waren von einem so eifrigen Leben in der dreifachen Welt aus Wirklichkeit, Büchern und Tagträumen erfüllt gewesen, daß Maggie seltsam alt für ihre Jahre war in allem außer ihrem völligen Mangel an jener Klugheit und Selbstbeherrschung, jener Eigenschaften, die Tom männlich machten inmitten seiner verstandesmäßigen Knabenhaftigkeit. Und nun begann ihr Schicksal eine ruhige, traurige Monotonie anzunehmen, die sie mehr denn je auf ihr inneres Selbst zurückwarf. Ihr Vater konnte wieder seinem Geschäft nachgehen, seine Angelegenheiten waren geordnet, und er arbeitete als Wakems Verwalter am alten Platz. Tom ging und kam jeden Morgen und Abend und wurde immer stiller in den kurzen Aufenthalten zu Hause: was gab es da zu sagen? Ein Tag war wie der andere, und Toms Interesse am Leben, das in jeder anderen Hinsicht zurückgedrängt und zerschmettert war, konzentrierte sich auf den einzigen Ausweg des ehrgeizigen Widerstandes gegen das Unglück. Die Eigenarten seines Vaters und seiner Mutter waren ihm sehr lästig, nun, da sie aller mildernden Begleiterscheinungen eines bequemen, wohlhabenden Heims entblößt waren, denn Tom hatte sehr klare, prosaische Augen, die nicht leicht durch den Nebel des Gefühls oder der Einbildungskraft getrübt wurden. Die arme Mrs. Tulliver, so schien es, würde nie zu ihrem alten Selbst zurückfinden, ihrer friedlichen Haushaltsgeschäftigkeit; wie konnte sie auch? Die Dinge, unter denen sich ihr Geist selbstgefällig bewegt hatte, waren alle dahin; all die kleinen Hoffnungen und Pläne und Spekulationen, all die angenehmen kleinen Sorgen um ihre Schätze, die ihr die Welt ganz begreifbar gemacht hatten für ein Vierteljahrhundert, seit sie zuerst die Zukkerzange gekauft hatte, waren ihr plötzlich entrissen, und sie blieb verstört in diesem leeren Leben zurück. Warum ihr das geschehen mußte, was anderen Frauen nicht geschah, blieb ihr eine unlösbare Frage, durch die sie den ihr ständig im Kopf herumgehenden Vergleich von Vergangenheit und Gegenwart ausdrückte. Es war mitleiderregend mitanzusehen, wie diese anmutige Frau immer dünner und verhärmter wurde unter einer körperlichen und geistigen Ruhelosigkeit, die sie oft im leeren Haus herumwandern ließ, wenn ihre Arbeit getan war, bis Maggie, die über sie beunruhigt war, sie suchte und hinunterbrachte, indem sie ihr sagte, wie ärgerlich es Tom mache, daß sie, da sie sich nie hinsetze und ausruhe, ihrer Gesundheit schade. Doch in all dieser wirren Hilflosigkeit war ein rührender Zug demütiger, aufopfernder

Mütterlichkeit, der Maggie mit Zärtlichkeit gegen ihre arme Mutter erfüllte inmitten all der kleinen zermürbenden Kümmernisse, die durch ihre Geistesschwäche verursacht wurden. Sie wollte Maggie keine der schwersten und schmutzigsten Arbeiten verrichten lassen und war ganz mürrisch, wenn Maggie versuchte, ihr das Bürsten des Kaminrostes und das Scheuern abzunehmen. »Laß es sein, meine Liebe, deine Hände werden nur hart davon«, sagte sie dann, »es ist deiner Mutter Aufgabe, das zu tun. Ich kann die Näharbeiten nicht machen – meine Augen lassen nach.« Und noch immer bürstete und frisierte sie sorgsam Maggies Haar, mit dem sie sich, obwohl es sich nicht locken wollte, inzwischen ausgesöhnt hatte, nun da es so lang und dicht war. Maggie war nicht ihr Lieblingskind und wäre im allgemeinen viel besser gewesen, wenn sie ganz anders gewesen wäre, doch das weibliche Herz, das in all seinen kleinen persönlichen Wünschen so verwundet worden war, fand eine Zukunft, um darin auszuruhen, in dem Leben dieses jungen Dinges, und es machte der Mutter Freude, ihre Hände abzuarbeiten, um jene zu schonen, die noch so viel mehr Leben in sich hatten.

Doch die beständige Gegenwart der klagereichen Verstörung ihrer Mutter war Maggie weniger schmerzlich als die der düsteren, schweigsamen Schwermut ihres Vaters. Solange die Lähmung ihn befallen hatte und es schien, als würde er für immer in einem Zustand kindlicher Abhängigkeit sein, solange ihm seine Not erst halb bewußt geworden war, hatte Maggie die starke Flut der mitleidigen Liebe beinahe wie eine Eingebung gespürt, wie eine neue Kraft, die das schwierigste Leben leicht machen würde um seinetwillen; aber jetzt war statt kindlicher Abhängigkeit eine schweigende, harte Versenkung in sein Ziel gekommen, in seltsamem Gegensatz zu seiner alten lebhaften Mitteilsamkeit und frohen Laune; und dies dauerte an, von Tag zu Tag, von Woche zu Woche; das trübe Auge leuchtete nie auf vor Eifer oder vor

Freude. Für jugendliche Naturen ist sie etwas grausam Unbegreifliches, diese düstere Gleichförmigkeit in älteren Menschen, deren Leben zu Enttäuschung und Unzufriedenheit geführt hat, für deren Gesichter ein Lächeln so fremd wird, daß die traurigen Linien um Mund und Stirn es nicht zu beachten scheinen und es, da nicht willkommen, sogleich wieder davonhuscht. »Warum wollen sie nicht einmal aufleuchten und froh sein?« denkt das jugendliche Temperament. »Es wäre so leicht, wenn sie es nur wollten.« Und diese bleiernen Wolken, die sich niemals teilen, können sogar in der töchterlichen Zuneigung Ungeduld hervorrufen, die zu Zeiten der offensichtlicheren Bedrängnis in nichts als Zärtlichkeit und Mitleid ausströmt.

Mr. Tulliver hielt sich außerhalb nirgendwo lange auf; er eilte vom Markt zurück, er lehnte in den Häusern, die er geschäftlich aufsuchte, alle Einladungen, dazubleiben und zu plaudern wie in alten Zeiten, ab. Er konnte sich mit seinem Geschick nicht aussöhnen; es gab keine Haltung, in der sein Stolz nicht seine Wunden fühlte, und in jedem Benehmen ihm gegenüber, ob freundlich oder kalt, entdeckte er eine Anspielung auf die Veränderung in seinen Umständen. Sogar die Tage, an denen Wakem kam, um das Land abzureiten und sich nach dem Betrieb zu erkundigen, waren nicht so schwarz für ihn wie jene Markttage, an denen er mehreren seiner Gläubiger begegnet war, die eine Abfindungssumme von ihm angenommen hatten. Etwas zu sparen für die Rückzahlungen an jene Gläubiger war es, auf das er jetzt all seine Gedanken und Bemühungen richtete, und unter dem Einfluß dieser alles erdrückenden Forderung seiner Natur wurde der eher gebefreudige Mann, der es haßte, knauserig behandelt zu werden oder selbst in seinem eigenen Hause anderen gegenüber zu knausern, nun zu einem, der mit scharfem Auge über die Bröckchen wachte. Mrs. Tulliver konnte nicht sparsam genug mit Nahrung und Feuerung wirtschaften, um ihn zufriedenzustellen, und er wollte selbst nichts essen, das nicht von einfachster Art war. Tom teilte, obwohl er niedergeschlagen war und durch seines Vaters Verdrossenheit und die Öde des Zuhauses abgestoßen wurde, das Empfinden seines Vaters über das Auszahlen der Gläubiger völlig, und der arme Knabe brachte das Geld seines ersten Vierteljahres mit einem köstlichen Empfinden, etwas geschafft zu haben, und gab es seinem Vater, um es in den Blechkasten zu tun, der die Ersparnisse enthielt. Der kleine Vorrat von Sovereigns in dem Blechkasten schien der einzige Anblick zu sein, der einen schwachen Strahl der Freude in die Augen des Müllers brachte – schwach und flüchtig, denn er wurde bald vertrieben von dem Gedanken, daß es eine lange Zeit dauern würde, länger vielleicht als sein Leben, bis die knappen Ersparnisse die verhaßte Last der Schulden aufheben konnten. Ein Fehlbetrag von mehr als fünfhundert Pfund zuzüglich der Zinsen schien ein sehr tiefes Loch, um es mit den Ersparnissen von dreißig Schilling in der Woche zu füllen, auch wenn das von Tom wahrscheinlich Gesparte noch hinzugefügt wurde. In diesem einen Punkt herrschte völlige Übereinstimmung in den vier so verschiedenen Wesen, die um das erlöschende Feuer aus Stöcken saßen, das kurz vor dem Zubettgehen eine billige Wärme für sie lieferte. Mrs. Tulliver hatte die stolze Integrität der Dodsons im Blut und war erzogen worden zu denken, daß es eine Art moralischer Schandpfahl sei, andere Leute um ihr Geld zu bringen, was ein anderer Ausdruck für Schulden war; es wäre ihrer Meinung nach verwerflich gewesen, wenn sie sich dem Wunsch ihres Mannes, das Rechte zu tun und seinen Namen wiederherzustellen, entgegengestellt hätte. Sie hegte eine verworrene und verträumte Vorstellung, daß, wenn die Gläubiger alle bezahlt wären, auch ihr Geschirr und Leinen zurückkehren müßten, doch war ihr die Erkenntnis angeboren, daß, wenn Leute Geld schuldig waren, das sie nicht bezahlen konnten, sie auch nichts anderes mit Recht ihr eigen nennen konnten. Sie murrte ein wenig, daß Mr. Tulliver sich so entschieden weigerte, irgend etwas als Rückzahlung von Mr. und Mrs. Moss anzunehmen, aber all seinen Forderungen nach Sparsamkeit im Haushalt fügte sie sich soweit, daß sie sich die billigsten Geschmackszutaten versagte; ihre einzige Rebellion bestand darin, etwas in die Küche zu schmuggeln, das Toms Abendessen ein wenig besser als gewöhnlich machen würde.

Diese engen Ansichten über Schulden, die die altmodischen Tullivers hegten, mögen vielleicht ein Lächeln auf den Gesichtern mancher Leser hervorrufen in diesen Tagen weiter kommerzieller Anschauungen und weiter Philosophie, denen zufolge sich alles von selbst zurechtrückt ohne Mühe unsererseits; die Tatsache, daß mein Händler durch mich Geld verloren hat, ist mit der heiteren Gewißheit zu betrachten, daß der Händler eines anderen durch einen anderen Geld gewonnen hat, und da es schlimme Schulden auf der Welt geben muß, nun, so ist es reiner Egoismus, nicht zu wollen, daß gerade wir sie machen anstatt unserer Mitbürger. Ich erzähle die Geschichte sehr einfacher Leute, die niemals erhellende Zweifel an persönlicher Integrität und Ehre hegten.

Unter all dieser grimmigen Melancholie und der verengenden Versenkung in sein Wünschen erhielt sich Mr. Tulliver das Gefühl für sein »kleines Mädel«, das ihre Gegenwart zu einem Bedürfnis für ihn machte, obwohl es nicht ausreichte, ihn aufzuheitern. Sie war noch immer das Verlangen seiner Augen, aber der süße Quell väterlicher Liebe war jetzt mit Bitterkeit gemischt wie alles andere. Wenn Maggie abends ihre Arbeit niederlegte, dann war es ihre Gewohnheit, einen niedrigen Schemel zu holen und an ihres Vaters Knie zu sitzen, gegen das sie ihre Wange lehnte. Wie wünschte sie, daß er ihren Kopf streicheln oder irgendein Zeichen geben würde, daß er beruhigt war durch das Empfinden, eine Tochter zu haben, die ihn liebte! Aber jetzt bekam sie keine Erwiderung auf ihre kleinen Liebkosungen, weder von ihrem Vater noch von Tom, den beiden Idolen ihres Lebens. Tom war müde und geistesabwesend in den kurzen Zeitspannen, in denen er daheim war, und ihren Vater quälte der bittere Gedanke, daß das Mädchen heranwachsen und schon sehr bald eine Frau sein würde, und wie sollte sie es im Leben zu etwas bringen? Ihre Aussichten auf eine Heirat waren gering, da sie nun in der Welt so tief gesunken waren. Und er haßte den Gedanken, daß sie sich so armselig verheiraten könnte, wie es ihre Tante Gritty getan hatte; das wäre etwas, das ihn sich im Grab umdrehen lassen würde: das kleine Mädel so heruntergekommen durch Kinder und schwere Arbeit, wie ihre Tante Moss es war. Wenn ein ungebildeter Geist, der auf einen engen Raum persönlicher Erfahrung beschränkt ist, unter dem Druck fortgesetzten Unglücks steht, dann neigt sein inneres Leben dazu, eine sich ständig wiederholende Kreisbewegung trauriger und bitterer Gedanken zu sein; dieselben Worte, dieselben Szenen rollen wieder und wieder ab, dieselbe Stimmung begleitet sie, das Ende des Jahres sieht sie noch so, wie sie am Anfang waren, als wären sie Maschinen, die auf eine wiederkehrende Folge von Bewegungen eingestellt sind.

Die Gleichförmigkeit der Tage wurde nur durch wenige Besucher unterbrochen. Onkel und Tanten machten jetzt nur kurze Besuche; natürlich konnten sie nicht zu den Mahlzeiten bleiben, und die Anspannung, die durch Mr. Tullivers finsteres Schweigen hervorgerufen wurde, das die hohle Resonanz des kahlen, teppichlosen Raumes noch zu vergrößern schien, wenn die Tanten sprachen, erhöhte die Unerfreulichkeit dieser Familienbesuche und führte dazu, sie selten werden zu lassen. Was andere Bekannte anging, so umgibt die, die in der Welt tief gesunken sind, eine kalte Luft, und die Leute sind froh, von ihnen fortzukommen wie von einem kalten Zimmer; Menschen, nichts als Männer und Frauen, ohne Möbel, ohne etwas, das sie anbieten könnten, die aufgehört haben, als jemand zu zählen, machen die Gründe, warum man sie zu besuchen wünschte, oder die Themen, über die man sich mit ihnen unterhalten könnte, auf eine peinliche Weise zunichte. Zu jener fernen Zeit bestand in der zivilisierten christlichen Gesellschaft dieser Breiten eine düstere Isolierung für Familien, die unter ihre ursprüngliche Stufe zurückgefallen waren, es sei denn, sie gehörten zu einer Sekte, die etwas Wärme der Brüderlichkeit dadurch erlangt, daß sie das heilige Feuer mit einer Mauer umgibt.

Kapitel 3

Eine Stimme aus der Vergangenheit

Eines Nachmittags, als die Kastanien zu blühen begannen, hatte Maggie ihren Stuhl vor die Tür hinausgetragen und saß dort mit einem Buch auf den Knien. Ihre dunklen Augen waren vom Buch abgeschweift, aber sie schienen den Sonnenschein nicht zu genießen, der den Vorhang aus Jasmin an dem vorspringenden Hauseingang zu ihrer Rechten durchbrach und blattförmige Schatten auf ihre bleichen runden Wangen warf; sie schienen eher nach etwas zu suchen, das nicht durch den Sonnenschein enthüllt wurde. Es war ein elenderer Tag als gewöhnlich gewesen; ihr Vater hatte nach einem Besuch Wakems einen Wutanfall gehabt, in dem er den Jungen, der in der Mühle diente, wegen eines geringfügigen Fehlers geschlagen hatte. Er hatte seit seiner Krankheit schon einmal einen ähnlichen Anfall gehabt, in dem er sein Pferd geschlagen hatte, und die Szene hatte einen bleibenden Schrecken in Maggie hinterlassen. Der Gedanke war ihr gekommen, daß er vielleicht eines Tages ihre Mutter schlagen würde, falls sie zufällig in ihrer Schwachheit im falschen Moment spräche. Ihre schlimmste Befürchtung war, daß ihr Vater sein gegenwärtiges Unglück noch durch das Elend vergrößern würde, etwas nicht wiedergutzumachend Schändliches zu tun. Das zerfledderte Schulbuch von Tom, das sie auf den Knien hielt, konnte ihr keine Kraft unter dem Druck dieser Furcht geben, und wieder und wieder hatten sich ihre Augen mit Tränen gefüllt, als sie ziellos schweiften und weder den Kastanienbaum noch den entfernten Horizont sahen, sondern nur zukünftige Szenen häuslichen Leides.

Plötzlich ließ das Geräusch des sich öffnenden Tores und von Fußtritten auf dem Kies sie auffahren. Es war nicht Tom, der eintrat, sondern ein Mann mit einer Seehundsmütze und einer blauen Plüschweste, der ein Bündel auf dem Rücken trug und dem ein Bullterrier von scheckigem Fell und herausforderndem Blick dicht folgte.

»Oh, Bob, du bist es!« sagte Maggie und sprang mit einem Lächeln erfreuten Erkennens auf, denn es hatte nicht Freundlichkeiten im Überfluß gegeben, um die Erinnerung an Bobs Großzügigkeit auszulöschen. »Ich freue mich so, dich zu sehen!«

»Danke schön, Miss«, sagte Bob, lüftete seine Mütze und zeigte ein beglücktes Gesicht, befreite sich aber sofort aus einer gleichzeitigen Verlegenheit, indem er zu seinem Hund hinunterblickte und in einem Ton des Abscheus sagte: »Weg mit dir, du Riesentölpel!«

»Mein Bruder ist noch nicht daheim, Bob«, sagte Maggie, »er ist tagsüber immer in St. Ogg's.«

»Nun, Miss«, sagte Bob, »ich hätt' Mr. Tom gern gesehen, aber deshalb bin ich eigentlich nich hergekommen. Sehn Sie, hier!«

Bob stellte sein Bündel auf der Türschwelle ab und mit ihm eine Reihe kleiner Bücher, die mit Bindfaden zusammengebunden waren. Anscheinend waren sie jedoch nicht der Gegenstand, auf den er Maggies Aufmerksamkeit lenken wollte, sondern etwas, das er unter dem Arm getragen hatte, eingewickelt in ein rotes Tuch.

»Sehn Sie, hier!« sagte er wieder und legte das rote Paket auf die anderen und entfaltete es. »Sie werden nich denken, daß ich mir Freiheiten rausnehm, Miss, hoff ich, aber ich bin zufällig an diese Bücher geraten, und ich dachte, sie würden Sie 'n bißchen für die entschädigen, die Sie verloren haben, denn ich hab gehört, wie Sie von Bildern sprachen – und was Bilder angeht – *sehn* Sie hier!«

Das Öffnen des roten Tuches hatte einen veralteten Almanach hervorgebracht und sechs oder sieben Nummern einer *Porträtgalerie*[7] im Royaloktavformat, und die betonte Aufforderung, es sich anzusehen, bezog sich auf ein Porträt Georgs IV. in all der Majestät seines gesenkten Schädels und voluminösen Halstuches.

»Es sind alle Arten von Herrn drin«, fuhr Bob fort und blätterte die Seiten ganz aufgeregt um, »mit allen Arten von Nasen, und 'n paar Kahle und 'n paar mit Perücken, Parlamentsherren, nehm ich an. Und hier«, setzte er hinzu und öffnete den Almanach, »hier sind Damen für Sie, welche mit Locken und welche mit glattem Haar, und 'n paar lächeln mit dem Kopf auf der Seite und 'n paar so, als ob sie anfangen wollten zu weinen – sehn Sie hier – sie sitzen draußen auf'm Boden und sind angezogen wie die Damen, die ich aus den Kutschen hab steigen sehn bei den Bällen im alten Saal drüben. Meiner Treu, ich möcht wissen, was die Burschen tragen, die ihnen den Hof machen! Ich saß auf, bis die Uhr nach zwölf war letzte Nacht, und hab sie mir angesehn – wirklich –, bis sie mich aus den Bildern raus anstarrten, als ob sie's wüßten, wenn ich mit ihnen sprech. Aber ach! Ich wüßt' nich, was ich zu ihnen sagen sollt'. Sie werden 'ne passendere Gesellschaft für sie sein, Miss, und der Mann am Bücherstand, der sagte, sie würden alles schlagen, was Bilder angeht, er sagte, sie wären erstklassige Ware.«

»Und du hast sie für mich gekauft, Bob?« sagte Maggie, von dieser schlichten Freundlichkeit tief gerührt. »Wie gut, wie gut von dir! Aber ich fürchte, du hast eine Menge Geld dafür gegeben.«

»Aber nein!« sagte Bob. »Ich hätt' dreimal das Geld gegeben, wenn sie Sie 'n bißchen dafür entschädigen, was Ihnen wegverkauft wurde, Miss. Denn ich werd nie nich vergessen, wie Sie ausschauten, als Sie sich grämten, weil die Bücher weg waren; 's ist in mir hängengeblieben, als wär's 'n Bild, das vor mir steht. Und als ich die Bücher offen auf'm Stand sah, mit der Dame, die raussah mit Augen so 'n bißchen wie Ihre, als Sie sich grämten – Sie werden entschuldigen, daß ich mir die Freiheit nehm, Miss –, da dacht' ich, ich nehm's mir raus und kauf's für Sie, und dann hab ich die Bücher voll Herrn gekauft, damit sie dazu passen. Und dann« – hier nahm Bob das kleine zusammengebundene Bücherpaket auf – »ich dacht', Sie möchten vielleicht auch ganz gern 'n bißchen mehr Schrift, grad so wie die Bilder, und ich hab die für so gut wie nix gekriegt – sie sind vollgestopft mit Schrift, und ich dacht', sie würden nich schaden, wenn sie zusammen mit diesen allerbesten Büchern kämen. Und ich hoff, Sie wer'n nich nein sagen und mir erzählen, Sie wollten sie nich haben, so wie Mr. Tom mit den Sovereigns.«

»Nein, bestimmt nicht, Bob«, sagte Maggie, »ich bin dir sehr dankbar, daß du an mich gedacht hast und so gut zu mir und Tom bist. Ich glaube nicht, daß je einer so etwas Nettes für mich getan hat. Ich habe nicht viele Freunde, die sich um mich kümmern.«

»Nehmen Sie sich 'n Hund, Miss. Die sind beß're Freunde als jeder Christ«, sagte Bob und legte sein Bündel wieder hin, das er aufgenommen hatte in der Absicht davonzueilen, denn er fühlte beträchtliche Schüchternheit, wenn er mit einem jungen Mädchen wie Maggie sprach, obwohl, wie er von sich selbst zu sagen pflegte, »seine Zunge mit ihm davonlief«, wenn er zu sprechen anfing. »Ich kann Ihnen Mumps nich geben, weil's ihm das Herz brechen würd', von mir fortzugehn

– eh, Mumps, was sagst du, du Strolch?« (Mumps lehnte es ab, sich eingehender zu äußern als mit einer einzigen bejahenden Schwanzbewegung.) »Aber ich besorg Ihnen gern 'n Hündchen.«
»Nein, danke, Bob. Wir haben einen Hofhund, und ich darf keinen eignen Hund halten.«
»Ach, das is schad; sonst is da 'n Hündchen – wenn 's Ihnen nix ausmachen würd', daß es nich reinrassig is; seine Mutter tritt im Kasperltheater auf – 'ne ungewöhnlich vernünftige Hündin, sie bellt mit mehr Verstand, als die Hälfte der Burschen vom Frühstück bis Sonnenuntergang in ihr'n Reden unterbringen können. Da is 'n Kerl, der Töpfe trägt, 'n armseliger, niedriger Handel, wie sonst kaum einer auf der Straße, der sagt: ›Na, Toby is nix als 'n Mischling, da gibt's nix zum Anschaun an ihr.‹ Aber ich sag zu ihm: ›Nun, was bist du selbst als 'n Mischling? Dein' Vater und deine Mutter hat man doch auch wohl nich ausgesucht, wenn man dich so ansieht.‹ Nich, daß ich nich 'n bißchen Zucht selbst ganz gern hab, aber ich kann's nich ertragen, wenn ein Köter den andren angrinst. Ich wünsch Ihnen guten Abend, Miss«, setzte Bob hinzu und nahm unvermittelt sein Bündel auf unter dem Eindruck, daß seine Zunge zügellos wurde.
»Willst du nicht mal am Abend kommen und meinen Bruder besuchen, Bob?« sagte Maggie.
»Ja, Miss, danke – 'n andres Mal. Meine Empfehlung an ihn, bitt' schön. Hm, er is 'n gutgewachsener Bursche, Mr. Tom, bei ihm sind die Beine noch gewachsen, bei mir nich.«
Das Bündel war wieder unten, die Krümmung des Stokkes hatte sich irgendwie verfangen.
»Du nennst Mumps doch keinen Köter?« sagte Maggie, die erriet, daß jedes Interesse, das sie an Mumps zeigte, seinem Herrn Genugtuung geben würde.
»Nein, Miss, so weit kommt's nich«, sagte Bob mit mitleidigem Lächeln, »Mumps is 'ne so feine Kreuzung, wie man sie am Floss entlang nur finden kann, und ich

bin ihn oft genug mit dem Lastkahn hinaufgewesen. Tja, die feinen Leute bleiben stehn, um ihn sich anzuschaun, aber man ertappt Mumps nich dabei, daß er sich die feinen Leute ansieht, er kümmert sich um seine eignen Geschäfte.«

Der Ausdruck von Mumps' Gesicht, der die überflüssige Existenz von Dingen im allgemeinen zu dulden schien, bestätigte dieses hohe Lob deutlich.

»Er sieht schrecklich grimmig aus«, sagte Maggie. »Würde er sich von mir streicheln lassen?«

»Ja, das würd' er, und dank' auch. Er kennt seine Gesellschaft, das tut er. 's ist kein Hund, den man mit Pfefferkuchen fangen kann, er würd' 'nen Dieb noch mehr riechen als den Pfefferkuchen, bestimmt. Ach, ich red stundenlang mit ihm, wenn ich an einsamen Orten geh, und wenn ich 'n bißchen was Unrechtes getan hab, dann erzähl ich ihm das immer. Ich hab kein Geheimnis, das Mumps nich kennt. Er weiß auch über mein' breiten Daumen Bescheid.«

»Deinen breiten Daumen – was ist das, Bob?« sagte Maggie.

»Das isses, Miss«, sagte Bob schnell und stellte ein einzigartig breites Exemplar jenes Unterschieds zwischen Mensch und Affen[8] zur Schau. »'s kommt auf ihn an, wenn ich Flanell ausmeß. Ich verkauf Flanell, weil er leicht für mein Bündel is, und 's is teures Zeug, sehn Sie, deshalb kommt's da auf den breiten Daumen an. Ich halt am Ende der Elle mit dem Daumen fest und schneid vor dem Daumen ab, und die alten Fraun merken's nich.«

»Aber, Bob«, sagte Maggie und sah ernst drein, »das ist Betrug. Ich höre es nicht gern, daß du das sagst.«

»Nich, Miss?« sagte Bob bedauernd. »Dann tut's mir leid, daß ich's gesagt hab. Aber ich bin's so gewohnt, mit Mumps zu reden, und ihm macht 'n bißchen Betrügen nix aus, wenn's diese knickrigen Fraun sind, die feilschen und feilschen und ihren Flanell am liebsten umsonst hätten und sich nie fragen würden, wie ich davon mein

Essen bezahlen soll. Ich betrüg nie jemanden, der mich nich auch betrügen will, Miss, ach, ich bin 'n ehrlicher Kerl, wirklich, nur man muß auch 'n bißchen Kurzweil haben, und jetzt, wo ich nich mit Frettchen losgeh, hab ich mit keinem Ungeziefer fertig zu werden als mit diesen knickrigen Frauen. Ich wünsch Ihnen guten Abend, Miss.«

»Auf Wiedersehen, Bob. Ich danke dir sehr, daß du mir die Bücher gebracht hast. Und komm wieder, um Tom zu besuchen.«

»Ja, Miss«, sagte Bob und bewegte sich einige Schritte weiter, dann wandte er sich halb um und sagte: »Ich laß den Trick mit mein' breiten Daumen, wenn Sie deshalb nich gut von mir denken, Miss – aber 's wär' schad, wirklich; ich könnt' nich noch so 'n schönen Trick finden, und was hätt's für 'nen Zweck, so 'n breiten Daumen zu haben? Er hätt' ebensogut schmal sein können.«

Maggie, die so zu Bobs leitender Madonna erhoben war, lachte gegen ihren Willen, worauf auch des Verehrers blaue Augen zwinkerten, und unter diesen günstigen Vorzeichen tippte er an seine Mütze und ging davon.

Die Tage des Rittertums sind noch nicht vorüber, Burkes großem Grabgesang[9] auf sie zum Trotz; sie leben noch in jener Verehrung, die manch ein Jüngling oder Mann der Frau von ferne zollt, von der er niemals träumt, daß er auch nur ihren kleinen Finger oder den Saum ihres Gewandes berühren würde. Bob, mit seinem Bündel auf dem Rücken, verehrte dieses dunkeläugige Mädchen mit einer solchen Hochachtung, als wäre er ein Ritter in einer Rüstung gewesen, der ihren Namen laut ausrief, wenn er in den Kampf sprengte.

Der Schein der Fröhlichkeit erlosch bald auf Maggies Gesicht und machte vielleicht die zurückkehrende Schwermut durch den Kontrast noch tiefer. Sie war zu verzagt, um auch nur Fragen über Bobs Büchergeschenk beantworten zu wollen, und sie trug sie fort in ihr

Schlafzimmer, legte sie nieder und setzte sich auf ihren einzigen Schemel, ohne sie sich jetzt überhaupt ansehen zu wollen. Sie lehnte ihre Wange an den Fensterrahmen und dachte, daß der frohgemute Bob ein Los hätte, das viel glücklicher war als das ihre.

Maggies Empfinden von Einsamkeit und äußerster Entbehrung der Freude hatte sich mit der Helle des nahenden Frühlings vertieft. All ihre Lieblingswinkel draußen, die im Verein mit ihren Eltern ihr Teil getan zu haben schienen, sie zu hegen und aufzuziehen, waren nun von der häuslichen Traurigkeit durchsetzt und erhaschten kein Lächeln vom Sonnenschein. Jede Neigung, jedes Entzücken, die das arme Kind gehabt hatte, waren ihr wie ein schmerzender Nerv. Es gab für sie keine Musik mehr – kein Klavier, keine zusammenklingenden Stimmen, keine zarten Saiteninstrumente, die mit dem leidenschaftlichen Aufschrei gefangener Geister sie in ein seltsames Vibrieren versetzten. Und von ihrem ganzen Schulleben war ihr nichts geblieben als ihre kleine Sammlung von Schulbüchern, die sie durchblätterte mit dem Gefühl des Überdrusses, daß sie sie schon alle kannte und daß sie bar jeden Trostes seien. Schon in der Schule hatte sie sich oft Bücher gewünscht, die *mehr* enthielten; alles, was sie dort lernte, schien wie die Enden langer Fäden zu sein, die sogleich abrissen. Und jetzt – ohne den indirekten Reiz des schulischen Wetteifers – war *Télémaque*[10] wie bloße Kleie, ebenso die harten, trocknen Fragen des Katechismus, es war kein Geschmack darin und keine Kraft. Manchmal dachte Maggie, daß sie mit fesselnden Phantasien wohl zufrieden hätte sein können; hätte sie nur alle Romane von Scott oder alle Gedichte von Byron haben können, dann möchte sie vielleicht Glück genug gefunden haben, um ihre Empfindlichkeit für das tatsächliche tägliche Leben abzustumpfen. Und doch ... sie waren kaum das, was sie wollte. Sie konnte sich selbst Traumwelten ersinnen, aber keine Traumwelt vermochte sie jetzt zu befriedigen.

Sie wollte eine Erklärung für dieses harte, wirkliche Leben: den unglücklich aussehenden Vater, der am öden Frühstückstisch saß, die kindische, verstörte Mutter, die kleinen niedrigen Aufgaben, die die Stunden füllten, oder die noch bedrückendere Leere der ermatteten, freudlosen Freizeit; das Bedürfnis nach zärtlicher, bekundeter Liebe, das grausame Empfinden, daß es Tom nicht kümmerte, was sie dachte oder fühlte, und daß sie keine Spielgefährten mehr waren; die Entbehrung alles Angenehmen, das *ihr* mehr als anderen zugänglich gewesen war: Sie wollte einen Schlüssel, der es ihr ermöglichen würde, das schwere Gewicht, das auf ihr junges Herz gefallen war, zu verstehen und im Verstehen zu ertragen. Hätte man ihr wirkliche Gelehrsamkeit und Weisheit wie die großer Männer beigebracht, dann, so dachte sie, hätte sie das Geheimnis des Lebens wohl besitzen können; wenn sie nur Bücher hätte, daß sie für sich lernen könnte, was weise Männer wußten! Heilige und Märtyrer hatten Maggie nie so sehr interessiert wie Weise und Dichter. Sie wußte wenig von Heiligen und Märtyrern und hatte verallgemeinernd aus dem, was sie gelehrt worden war, geschlossen, daß sie eine vorübergehende Vorkehrung gegen die Verbreitung des Katholizismus darstellten und alle auf Smithfield[11] gestorben waren.

Bei einer dieser Überlegungen fiel ihr ein, daß sie Toms Schulbücher vergessen hatte, die mit seinem Reisekoffer heimgeschickt worden waren. Aber sie fand, daß der Vorrat unerklärlicherweise bis auf die paar alten, abgegriffenen zusammengeschrumpft war: das lateinische Wörterbuch und die Grammatik, ein Delectus, ein zerrissener Eutropius[12], der abgenutzte Vergil, Aldrichs *Logik*[13] und der ärgerliche Euklid. Dennoch, Latein, Euklid und Logik wären sicherlich ein beträchtlicher Schritt in die männliche Weisheit, in jenes Wissen, das Männer zufrieden, ja sogar froh zu leben machte. Nicht, daß das Verlangen nach wirksamer Weisheit ganz unvermischt war, eine gewisse Fata Morgana pflegte sich dann und wann über der Wüste der Zukunft aufzutun, in der sie sich selbst für ihre überraschenden Kenntnisse geehrt zu sehen schien. Und so begann das arme Kind mit dem Hunger der Seele und den Illusionen der Selbstschmeichelei an der dickschaligen Frucht vom Baum der Erkenntnis zu knabbern und füllte ihre freien Stunden mit Latein, Geometrie und den Formen des Syllogismus und fühlte hin und wieder einen Schimmer von Triumph, daß ihr Verstand diesen besonders männlichen Studien gewachsen war. Ein oder zwei Wochen lang fuhr sie so mit Entschlossenheit fort, wenngleich ihr Herz gelegentlich sank, als habe sie sich allein zum Gelobten Land aufgemacht und sähe nun, daß es eine durstige, pfadlose, ungewisse Reise war. In der Strenge ihres ersten Entschlusses nahm sie Aldrich stets mit auf die Felder hinaus und blickte dann von ihrem Buch auf und in den Himmel, wo die Lerche flatterte, oder auf das Schilf und die Büsche am Fluß, aus denen die Wasservögel raschelnd hervorkamen und ängstlich und unbeholfen davonstoben – mit einem bestürzten Empfinden, daß die Beziehung zwischen Aldrich und dieser lebendigen Welt unendlich fern für sie war. Die Entmutigung vertiefte sich, wie die Tage verstrichen und das begierige Herz immer schneller den geduldigen Verstand bedrängte. Irgendwie wandten sich ihre Augen, wenn sie mit ihrem Buch am Fenster saß, immer wieder ausdruckslos dem Sonnenschein draußen zu, dann füllten sie sich mit Tränen, und manchmal, wenn ihre Mutter nicht im Zimmer war, endete all ihr Studieren in Schluchzen. Sie rebellierte gegen ihr Schicksal, sie verzagte unter seiner Einsamkeit, und Anfälle sogar von Zorn und Haß gegen ihren Vater und ihre Mutter, die so ganz anders waren, als sie sie haben wollte, gegen Tom, der sie tadelte und ihren Gedanken und Gefühlen immer mit zuwiderlaufender Verschiedenheit begegnete, flossen wie ein Lavastrom über ihre Zuneigung und ihr Gewissen hinweg und erschreckten sie mit dem Gefühl, daß es ihr nicht schwer sein würde, zu einem Dämon zu werden. Dann beschäftigte sich ihr Gehirn stets mit wilden Romanzen einer Flucht von daheim auf der Suche nach etwas weniger Niedrigem und Ödem; sie würde zu einem bedeutenden Mann gehen – Walter Scott vielleicht – und ihm erzählen, wie elend und wie schlau sie war, und er würde gewiß etwas für sie tun. Aber inmitten ihrer Phantasiebilder trat dann vielleicht ihr Vater ins Zimmer, um erstaunt darüber, daß sie dasaß, ohne ihn zu bemerken, klagend zu sagen: »Komm, soll ich mir meine Pantoffeln selbst holen?« Die Stimme durchdrang Maggie wie ein Schwert; da war noch eine andere Traurigkeit als ihre eigene, und sie hatte daran gedacht, ihr den Rücken zu kehren und sie im Stich zu lassen.

An diesem Nachmittag hatte der Anblick von Bobs fröhlichem, sommersprossigem Gesicht ihrer Unzufriedenheit eine neue Richtung gegeben. Sie dachte, es sei Teil der Mühsal ihres Lebens, daß ihr die Bürde größerer Bedürfnisse auferlegt sei, als andere sie zu fühlen schienen, daß sie dieses weitgespannte, hoffnungslose Verlangen nach ebendem, was immer es sei, das das Beste und Größte auf dieser Erde war, zu erdulden hatte. Sie wünschte, sie hätte wie Bob sein können, mit seiner leicht zufriedenzustellenden Unwissenheit, oder wie Tom, der etwas zu tun hatte, auf das er seinen Sinn in steter Absicht und unter Mißachtung alles anderen richten konnte. Armes Kind! Wie sie so ihren Kopf gegen den Fensterrahmen lehnte, die Hände immer fester aneinanderpreßte und mit dem Fuß gegen den Boden schlug, da war sie in ihrer Not so einsam, als wäre sie das einzige Mädchen in der zivilisierten Welt jener Zeit gewesen, das aus seiner Schulzeit hervorgegangen war mit einer Seele, die ungeschult war für unvermeidliche Kämpfe; mit keinem anderen Anteil an ihrem Erbe an mühsam gewonnenen Gedankenschätzen, die Generationen in beschwerlicher Arbeit für die menschliche Rasse gesammelt haben, als Fetzen und Flicken von seichter Literatur und falscher Geschichte, mit viel nichtiger Information über sächsische und andere Könige von zweifelhaftem Beispielswert, aber unglücklicherweise ganz ohne jenes Wissen um die unabänderlichen Gesetze in und um sie, das, wenn es die Gewohnheiten regiert, Moral wird, und wenn es das Gefühl von Unterwerfung und Abhängigkeit entwickelt, Religion wird – so einsam in ihrer Not, als ob jedes andere Mädchen außer ihr von Älteren gehegt und gehütet worden wäre, die nicht ihre eigene frühe Zeit vergessen hatten, als das Bedürfnis heftig und der Impuls stark waren.

Schließlich blickten Maggies Augen auf die Bücher nieder, die auf dem Fensterbrett lagen, und sie gab ihre Träumerei halb auf, um die Seiten der *Porträtgalerie* lustlos durchzublättern, aber sie schob sie bald beiseite, um sich die kleine Reihe Bücher anzusehen, die mit Bindfaden zusammengebunden waren. *Die Schönheiten des Zuschauers*, *Rasselas*, *Sparsamkeit des menschlichen Lebens*, Gregorys *Briefe* – sie wußte, welcher Art der Inhalt von all diesem war. *Das Christliche Jahr*,[14] das schien ein Gesangbuch zu sein, und sie legte es wieder zurück, aber Thomas von Kempen – auf den Namen war sie schon einmal beim Lesen gestoßen, und sie fühlte die Befriedigung, die jeder kennt, wenn man Vorstellungen bekommt, die man mit einem einzelnen Namen, der im Gedächtnis herumirrt, verbinden kann. Sie nahm das kleine alte, unhandliche Buch mit einiger Neugier auf, seine Ecken waren an vielen Stellen umgeknickt, und eine Hand, die nun für immer ruhte, hatte an bestimmten Abschnitten kräftige Tintenstriche gemacht, die von der Zeit schon längst braun geworden waren. Maggie blätterte Seite für Seite um und las, worauf die schweigende Hand deutete: »Wisse, daß die Liebe zu dir selbst dich mehr verletzet als alles andere in der Welt ... Wenn du dieses oder jenes suchest und hier oder dort sein wolltest, um deinen eigenen Willen und dein Vergnügen zu genießen, dann wirst du nie ruhig noch frei von Sorge sein, denn in allem wird etwas fehlen, und an jedem Ort wird etwas sein, das dir zuwidersteht. Sowohl droben als auch hienieden, auf welchen Weg du dich auch immer wendest, überall wirst du das Kreuz finden: und wo immer du Not hast, mußt du Geduld haben, wenn du inneren Frieden haben willst und dir eine ewige Krone erwerben ... Wenn du auf diese Höhe zu steigen wünschest, dann mußt du dich mutig aufmachen und die Axt an die Wurzel legen, daß du ausreißen und zerstören mögest die verborgene, zügellose Neigung zu dir selbst und zu allem eigenen und irdischen Gut. Von dieser Sünde, daß ein Mensch zügellos sich selbst liebet, hänget fast alles ab, was immer gründlich überwältigt werden muß; ist jenes Übel einmal überwältigt und unterdrückt, wird sogleich großer Friede und Ruhe folgen ... Es ist nur wenig, was du erleidest im Vergleich mit denen, die so viel gelitten haben, so stark versucht wurden und kummervoll bedrängt, so viele Wege erprobten und übten. Du solltest dir daher die schweren Leiden anderer in den Sinn rufen, daß du deine kleinen Widrigkeiten desto leichter ertragen möchtest. Und wenn sie dir auch nicht klein erscheinen, so lasse doch nicht deine Ungeduld zu ihrer Ursache werden ... Selig sind jene Ohren, die das Flüstern der göttlichen Stimme empfangen und nicht dem Flüstern der Welt lauschen. Selig sind jene Ohren, die nicht hören auf die Stimme, die von außen tönt, sondern auf die Wahrheit, die von innen lehrt ...«

Ein seltsamer Schauer der Ehrfurcht durchfuhr Maggie, während sie las, als wäre sie in der Nacht durch Klänge feierlicher Musik erwacht, die von Wesen sprach, deren Seelen gewacht hatten, während die ihre benommen gewesen war. Sie folgte von einem braunen Zeichen zum nächsten, wohin die schweigende Hand zu weisen schien, sich kaum bewußt, daß sie las, vielmehr schien sie einer Stimme zu lauschen, die leise sagte:

»Warum schauest du dich hier um, da doch dies nicht der

Ort deiner Ruhe ist? Im Himmel sollte deine Wohnung sein, und alle irdischen Dinge sollten also betrachtet werden, wie sie deine Reise dorthin befördern. Alle Dinge vergehen, und du mit ihnen. Gibt acht, daß du ihnen nicht anhangest, damit du dich nicht verstrickst und vergehest ... Wenn ein Mann auch sein ganzes Vermögen hingibt, so ist es doch wie nichts. Und wenn er große Bußwerke verrichtet, so sind sie doch nur wenig. Und wenn er alles Wissen erlangt, so ist er doch noch weit entfernt. Und wenn er von großer Tugend ist und glühender Andacht, so fehlt ihm doch noch viel, nämlich eines, was ihm das Notwendigste ist. Was ist es? Daß er, wenn er alles verlassen hat, sich selbst verlasse und ganz aus sich selbst hinausgehe und nichts an Selbstliebe bewahre ... Ich habe es dir oft gesagt, und ich sage nun dasselbe von neuem: Verleugne dich selbst, gib dich selbst auf, und du sollst viel inneren Frieden erlangen. Dann werden alle eitlen Vorstellungen, üble Beunruhigungen und überflüssige Sorgen davonfliegen, dann wird die unmäßige Furcht dich verlassen, und die zügellose Liebe wird absterben.«

Maggie atmete tief und schob ihr schweres Haar zurück, wie um eine plötzliche Vision deutlicher zu sehen. Hier also war ein Geheimnis des Lebens, das sie befähigen würde, allen anderen Geheimnissen zu entsagen, hier war eine erhabene Höhe zu erreichen ohne die Hilfe äußerlicher Dinge, hier war Einsicht und Stärke und ein Sieg, der gewonnen werden konnte mit Mitteln, die gänzlich in ihrer eigenen Seele lagen, wo ein höchster Lehrer darauf wartete, gehört zu werden. Es durchfuhr sie wie die plötzlich begriffene Lösung einer Aufgabe, daß all die Nöte ihres jungen Lebens daher rührten, daß sie ihr Herz zu sehr auf ihr eigenes Vergnügen gerichtet hatte, als sei dies die zentrale Notwendigkeit des Universums, und zum ersten Mal sah sie die Möglichkeit, die Position, von der aus sie auf die Erfüllung ihrer eigenen Wünsche sah, zu verrücken und einen Standort außerhalb ihrer selbst einzunehmen und ihr eigenes Leben als einen unbedeutenden Teil eines göttlich gelenkten Ganzen zu betrachten. Sie las weiter und weiter in dem alten Buch, verschlang begierig die Dialoge mit dem unsichtbaren Lehrer, dem Urbild des Schmerzes, der Quelle aller Kraft, kehrte zum Buch zurück, nachdem sie fortgerufen worden war, und las, bis die Sonne hinter den Weiden unterging. Mit all der Eile einer Vorstellungskraft, die niemals in der Gegenwart ruhen konnte, saß sie in der zunehmenden Dämmerung und machte Pläne der Selbsterniedrigung und der völligen Ergebenheit, und in der Glut der ersten Entdeckung erschien Entsagung ihr der Zugang zu jener Befriedigung zu sein, nach der sie sich so lange vergebens gesehnt hatte. Sie hatte nicht – wie konnte sie es auch, bevor sie nicht länger gelebt hatte? – die innerste Wahrheit der Ergießungen des alten Mönchs erfaßt: daß Entsagung Leid bleibt, gleichwohl ein Leid, das willig ertragen wird. Maggie lechzte noch nach Glück und war in einem Taumel, weil sie den Schlüssel dazu gefunden hatte. Sie wußte nichts von Lehrmeinungen und Systemen, von Mystik oder Quietismus, aber diese Stimme aus dem weit entfernten Mittelalter war die direkte Mitteilung des Glaubens und der Erfahrung einer menschlichen Seele und kam zu Maggie als eine unbezweifelte Botschaft.

Ich glaube, das ist der Grund, warum das kleine altmodische Buch, für das man nur sechs Pence an einem Bücherstand zu zahlen braucht, bis zum heutigen Tage Wunder bewirkt und bittere Wasser in süße[15] verwandelt, während teure Predigten und Abhandlungen, neu herausgegeben, alles belassen, wie es vorher war. Es wurde von einer Hand niedergeschrieben, die auf die Eingebung des Herzens wartete, es ist die Chronik von einsam und verborgen Erlebtem, von Qual, Kampf, Vertrauen und Triumph, nicht auf Samtkissen geschrieben, um jene das Dulden zu lehren, die mit blutenden Füßen auf Steinen gehen. Und so bleibt es für alle Zeit eine bleibende Aufzeichnung menschlicher Nöte und menschlicher Tröstungen, die Stimme eines Bruders, der vor langer Zeit fühlte und litt und entsagte, im Kreuzgang vielleicht, mit Kutte und Tonsur, mit viel Gesang und langem Fasten und mit einer Redeweise, die von der unseren verschieden ist, aber unter demselben schweigenden, weit entfernten Himmel und mit denselben leidenschaftlichen Wünschen, demselben Streben, denselben Fehlschlägen, derselben Ermattung.

Wenn man die Geschichte altmodischer Familien schreibt, ist man geneigt, in einen Ton der Emphase zu verfallen, der weit davon entfernt ist, der gute Ton der Gesellschaft zu sein, wo Prinzipien und Glaubensüberzeugungen nicht nur von äußerst gemäßigter Art sind, sondern auch immer vorausgesetzt werden; keine Themen, die man wählen möchte, sondern solche, die man mit leichter und anmutiger Ironie berühren kann. Aber dann hat die gute Gesellschaft ja auch ihren Rotwein und ihre Samtteppiche, ihre Dinnereinladungen für die nächsten sechs Wochen, ihre Oper und ihre märchenhaften Ballsäle; sie reitet ihrer Langeweile auf reinrassigen Pferden davon, vertreibt sich die Zeit im Club, geht Krinolinenwirbeln aus dem Weg, läßt sich ihre Wissenschaft von Faraday[16] machen und ihre Religion durch die höhere Geistlichkeit, die man in den besten Häusern antreffen kann – wie sollte sie Verlangen oder Zeit haben für Glauben und Emphase? Aber die gute Gesellschaft, die auf hauchzarten Flügeln leichter Ironie getragen wird, ist von sehr teurer Machart, denn sie erfordert nichts weniger als ein weit verzweigtes und emsiges nationales Leben – zusammengepreßt in ohrenbetäubenden, stinkenden Fabriken, in Bergwerken sich drängend, an Hochöfen schwitzend, mahlend, hämmernd, webend unter mehr oder weniger Druck von Kohlensäure – oder auch über Schaftriften verteilt, auf einsame Häuser und Hütten verstreut in den lehmigen oder kalkigen Ackergebieten, wo die Regentage öde ausschauen. Dieses weit verzweigte nationale Leben gründet sich gänzlich auf Emphase – die Emphase des Mangels, die es in all die Tätigkeiten drängt, die notwendig sind für die Erhaltung der guten Gesellschaft und der leichten Ironie – es verbringt seine schweren Jahre oft auf eine kalte, teppichlose Weise inmitten familiärer Zwietracht, die nicht durch lange Flure gemildert wird. Unter solchen Umständen gibt es viele aus der Unzahl von Seelen, die einen emphatischen Glauben schon immer unbedingt benötigten: das Leben in dieser unerfreulichen Gestalt verlangt sogar für wenig denkerische Geister nach einer Lösung, ebenso wie man die Polsterung eines Sofas erforscht, wenn einen dort etwas peinigt, wohingegen Eiderdaunen und beste französische Sprungfedern keine Frage aufwerfen. Einige haben einen emphatischen Glauben an Alkohol und suchen ihre Ekstase oder ihr Außersichsein im Gin; aber der Rest benötigt etwas, das die gute Gesellschaft »Enthusiasmus« nennt, etwas, das Motive bietet, wo hohe Gewinne völlig fehlen, etwas, das Geduld gibt und menschliche Liebe nährt, wenn die Glieder vor Müdigkeit schmerzen und die Blicke der Menschen streng auf uns schauen, etwas also, das außerhalb persönlicher Wünsche liegt, das Entäußerung unserer selbst einschließt und stetige Liebe für das, was nicht wir selbst sind. Hin und wieder findet jene Art des Enthusiasmus eine aus der Ferne widerhallende Stimme, die aus der Erfahrung kommt, welche der tiefsten Not entspringt. Und weil Maggie in die lange fortdauernden Schwingungen einer solchen Stimme geriet, fand sie mit ihrem Mädchengesicht und ihrem unbeachteten Leid ein Streben und eine Hoffnung, die ihr durch Jahre der Einsamkeit hindurchhalfen, die einen Glauben für sie schufen ohne Hilfe von eingesetzten Autoritäten und bestellten Führern, denn die waren nicht zur Stelle, und ihre Not drängte. Nach dem, was man von ihr weiß, wird man nicht überrascht sein, daß sie einige Übertreibung und Heftigkeit, einigen Stolz und Eigensinn sogar in ihre

Selbstverleugnung warf; ihr eigenes Leben war für sie immer noch ein Drama, in welchem sie von sich forderte, ihre Rolle mit Intensität zu spielen. Und so geschah es, daß sie oft den Geist der Demut verlor, indem sie übermäßig war in dem, was sie tat; sie strebte oft nach zu hohem Flug und fiel, und ihre kleinen halbflüggen Schwingen wurden vom Schmutz bespritzt. Zum Beispiel beschloß sie nicht nur, sich mit Weißnäherei zu beschäftigen, damit sie etwas zu dem Grundstock im Blechkasten beisteuern könnte, sondern ging in ihrem Eifer der Selbsterniedrigung augenblicklich hin, um in einem Wäschegeschäft in St. Ogg's nachzufragen, anstatt es auf stillere und indirektere Weise anzugehen, und konnte nichts als völliges Unrecht und Unfreundlichkeit, nein sogar Drangsal in Toms Vorwurf für diese unnötige Handlungsweise sehen. »Ich will nicht, daß *meine* Schwester so etwas tut«, sagte Tom, »*ich* sorge dafür, daß die Schulden bezahlt werden, ohne daß du dich auf diese Weise gemein machst.« Sicherlich waren Zärtlichkeit und Tapferkeit in die Weltlichkeit und das Selbstbewußtsein dieser kleinen Rede gemischt, aber Maggie betrachtete sie als Schlacke, in der sie die Goldkörner übersah, und nahm Toms Verweis als eines ihrer äußeren Kreuze an. Tom war sehr hart zu ihr, so dachte sie während ihrer langen durchwachten Nächte – zu ihr, die ihn immer so geliebt hatte –, und dann rang sie darum, mit dieser Härte zufrieden zu sein und nichts zu verlangen. Das ist der Pfad, den wir alle gern gehen, wenn wir uns aufmachen, unseren Egoismus aufzugeben – der Pfad des Martyriums und des Duldens (wo die Palmzweige wachsen) und nicht die steile Straße der Toleranz, der gerechten Anerkennung und des Selbsttadels (wo es keine blättrigen Ehren zu sammeln und zu tragen gibt).

Die alten Bücher, Vergil, Euklid und Aldrich – jene runzlige Frucht des Baums der Erkenntnis – waren alle beiseitegelegt, denn Maggie hatte dem eitlen Ehrgeiz, die

Gedanken der Weisen zu teilen, den Rücken gekehrt. In ihrer ersten Glut hatte sie die Bücher hingeschleudert mit einer Art Triumph, sich über das Bedürfnis nach ihnen erhoben zu haben, und wenn es ihre eigenen gewesen wären, hätte sie sie verbrannt in dem Glauben, daß sie es nie bereuen würde. Sie las so eifrig und beständig in ihren drei Büchern, der Bibel, Thomas von Kempen und dem *Christlichen Jahr* (das nicht länger als Gesangbuch abgetan wurde), daß diese ihren Geist mit einem andauernden rhythmischen Strom von Erinnerungen erfüllten, und zu glühend lernte sie, die Natur und das Leben im Licht ihres neuen Glaubens zu sehen, als daß sie anderen Materials bedurft hätte, um ihren Verstand damit zu beschäftigen, wenn sie dasaß und mit ihrer emsigen Nadel Hemden und andere komplizierte Näharbeiten machte, die man fälschlich einfach nannte – keinesfalls einfach für Maggie, denn Manschetten und Ärmel und dergleichen konnten sich durchaus falsch herum annähen lassen in Augenblicken, wenn die Gedanken schweiften.

Wenn sie so geschäftig über ihr Nähzeug gebeugt war, war Maggie ein Anblick, den jedermann mit Freude betrachtet hätte. Ihr neues inneres Leben leuchtete, ungeachtet einiger vulkanischer Aufwallungen eingesperrter Leidenschaften, aus ihrem Gesicht mit einem zarten, sanften Licht, das sich als zusätzliche Lieblichkeit mit der allmählich üppiger werdenden Farbe und Gestalt ihrer blühenden Jugend mischte. Ihre Mutter fühlte den Wandel in ihr mit einer Art verwirrter Verwunderung, daß die heranwachsende Maggie noch so gut werden sollte; es war erstaunlich, daß dieses einst verquere Kind so fügsam geworden war und gar nicht mehr seinen eigenen Willen durchsetzen wollte. Wenn Maggie von ihrer Arbeit aufsah, fand sie die Augen ihrer Mutter auf sich gerichtet, die sie beobachteten und auf den jungen großen Blick warteten, als ob ihre ältere Gestalt etwas notwendige Wärme daraus bezöge. Die Mutter begann, ihr großes braunes Mädchen gern zu haben, das einzige im Haushalt, auf das sie nun Sorge und Stolz verwenden konnte, und Maggie mußte trotz ihrer eigenen asketischen Ablehnung jeder Verschönerung ihrer Person ihrer Mutter wegen ihres Haares nachgeben und es geschehen lassen, daß die schwere schwarze Fülle zu einer Krone auf ihrem Kopf geflochten wurde nach der bejammernswerten Mode jener altmodischen Zeiten.

»Laß deine Mutter das bißchen Vergnügen haben, meine Liebe«, sagte Mrs. Tulliver, »ich hab einst Ärger genug mit deinem Haar gehabt.«

So stimmte Maggie, froh über alles, das ihre Mutter begütigen und ihren langen gemeinsamen Tag aufmuntern würde, dieser eitlen Zierde zu und zeigte einen königlichen Kopf über ihren alten Kleidern, weigerte sich jedoch beständig, sich selbst im Spiegel anzuschauen. Mrs. Tulliver lenkte gern des Vaters Aufmerksamkeit auf Maggies Haar und andere unerwartete Tugenden, aber er hatte nur eine schroffe Antwort zu geben:

»Ich wußte schon vorher sehr gut, wie sie sein würde, es ist nichts Neues für mich. Aber es ist schade, daß sie nicht aus gewöhnlicherem Zeug ist, sie wird weggeworfen werden, fürchte ich, es gibt keinen, der gut genug wäre, sie zu heiraten.«

Und Maggies Anmut an Körper und Geist nährte seinen Trübsinn. Er saß wohl geduldig, wenn sie ihm ein Kapitel vorlas oder scheu etwas von Kummer, der in Segen verwandelt würde, sagte, wenn sie allein waren. Er nahm alles als Teil der Güte seiner Tochter hin, die sein Unglück nur um so trauriger für ihn machte, weil es ihre Chancen im Leben schmälerte. In einem Sinn, der beladen ist mit drängender Absicht und unbefriedigter Rachsucht, gibt es keinen Raum für neue Empfindungen: Mr. Tulliver wollte keinen geistigen Trost, er wollte die Entehrung durch die Schulden von sich abschütteln und Rache nehmen.

Fünftes Buch

Weizen und Unkraut[1]

Kapitel 1

Im Roten Grund

Das Wohnzimmer der Familie war ein langer Raum mit einem Fenster an jedem Ende, das eine sah auf das Ackerland hinaus und am Ripple entlang bis zu den Ufern des Floss, das andere auf den Mühlenhof. Maggie saß mit ihrer Arbeit an letzterem Fenster, als sie Mr. Wakem in den Hof kommen sah, wie gewöhnlich auf seinem schönen schwarzen Pferd, aber nicht allein wie gewöhnlich. Jemand war bei ihm, eine Gestalt im weiten Mantel auf einem hübschen Pony. Maggie hatte kaum Zeit zu fühlen, daß es Philip sei, der zurückgekehrt war, als sie schon vor dem Fenster waren und er seinen Hut vor ihr zog, während sein Vater, der die Bewegung mit einem Seitenblick auffing, sich scharf nach den beiden umsah.

Maggie eilte vom Fenster fort und trug ihre Arbeit nach oben, denn Mr. Wakem kam manchmal herein und prüfte die Bücher, und Maggie fühlte, daß das Zusammentreffen mit Philip in Gegenwart der beiden Väter all seiner Freude beraubt sein würde. Eines Tages sollte sie ihn vielleicht sehen, wenn sie sich nur die Hand geben könnten und sie ihm sagen könnte, daß sie sich seiner Güte zu Tom und der Dinge, die er in jenen Tagen zu ihr gesagt hatte, erinnerte, obgleich sie nie wieder Freunde sein könnten. Es war für Maggie keineswegs erregend, Philip wiederzusehen, sie bewahrte ihm ihre kindliche Dankbarkeit und ihr Mitleid und erinnerte sich an seine Klugheit, und in den ersten Wochen ihrer Einsamkeit hatte sie sich häufig sein Bild unter den Menschen ins Gedächtnis gerufen, die im Leben freundlich zu ihr gewesen waren, und oft gewünscht, sie hätte ihn zum Bruder und zum Lehrer, wie sie es sich vorgestellt hatten, daß es sein könnte, als sie miteinander sprachen. Aber diese Art des Wünschens war mit all den anderen

Träumen verbannt worden, die nach dem Suchen ihres eigenen Willens schmeckten, und sie dachte zudem, daß Philip sich durch sein Leben im Ausland verändert haben möchte, er könnte weltgewandt geworden sein, und es möchte ihn nicht mehr wirklich kümmern, ob sie jetzt noch mit ihm spräche. Und doch war sein Gesicht wunderbar wenig verändert, es war nur ein größeres, männlicheres Abbild des bleichen, feingeschnittenen Jungengesichtes mit den grauen Augen und dem jungenhaften, welligen braunen Haar, da war die alte Mißbildung, um das alte Mitleid hervorzurufen, und nach all ihren Überlegungen spürte Maggie, daß sie wirklich gern ein paar Worte zu ihm sagen würde. Vielleicht war er noch melancholisch, wie er es immer gewesen war, und freute sich, wenn sie ihn freundlich ansähe. Sie fragte sich, ob er sich wohl noch erinnerte, wie er immer ihre Augen so gern gemocht hatte; bei dem Gedanken sah Maggie auf den eckigen Spiegel, der dazu verdammt war, zur Wand umgedreht zu hängen, und sie war schon halb von ihrem Platz aufgestanden, um ihn herunterzunehmen, als sie innehielt und hastig wieder nach ihrer Arbeit griff und versuchte, die aufkommenden Wünsche zu unterdrücken, indem sie ihr Gedächtnis zwang, sich an Bruchstücke von Chorälen zu erinnern, bis sie Philip und seinen Vater die Straße entlang zurückreiten sah und sie wieder hinuntergehen konnte.

Der Juni war schon weit fortgeschritten, und Maggie war geneigt, ihren täglichen Spaziergang, der das einzige war, das sie sich gönnte, auszudehnen, aber an diesem Tag und auch am folgenden war sie so mit einer Arbeit beschäftigt, die fertig werden mußte, daß sie nicht zum Tor hinausging und ihr Bedürfnis nach frischer Luft befriedigte, indem sie draußen saß. Einer ihrer häufigen Spaziergänge, wenn sie nicht nach St. Ogg's gehen mußte, war zu einem Fleck, der hinter dem lag, was man den »Hügel« nannte – eine unbedeutende Erhebung, die von Bäumen gekrönt war und entlang der Straße lag, die an den Toren der Dorlcoter Mühle vorbeiführte. Unbedeutend nenne ich sie, weil sie an Höhe kaum mehr als eine Böschung war, aber es können Augenblicke kommen, in denen die Natur aus einer bloßen Böschung ein Mittel für ein schicksalhaftes Ende macht, und deshalb möchte ich, daß man sich diese hohe, von Bäumen gekrönte Böschung vorstellt, die eine unebene Mauer von vielleicht einer Viertelmeile bildete, an der linken Seite der Dorlcoter Mühle und den freundlichen, vom murmelnden Ripple begrenzten Feldern dahinter entlang. Gerade wo diese Böschung sich wieder auf die Ebene des Bodens senkte, zweigte ein Nebenweg ab und führte zur anderen Seite der Erhebung, wo sie durch die Arbeit in einem stillgelegten Steinbruch zu ganz willkürlichen Mulden und Hügeln zerklüftet war. So lange war er schon stillgelegt, daß Mulden und Hügel jetzt mit Sträuchern und Bäumen bedeckt waren und einem Grasstreifen hier und dort, den ein paar weidende Schafe kurz fraßen. In ihren Kindertagen hatte Maggie vor diesem Ort, der »der Rote Grund« genannt wurde, große Scheu und benötigte all ihr Vertrauen auf Toms Tapferkeit, um sich mit einem Ausflug dorthin zu versöhnen, da Schimären von Räubern und wilden Tieren jede Mulde heimsuchten. Aber jetzt hatte er jenen Zauber für sie, die jeder zerklüftete Grund, jede Felsengestalt und Schlucht für das Auge hat, das sonst auf der Ebene ruht – ganz besonders im Sommer, wenn sie auf einer grasbewachsenen Mulde im Schatten einer ausladenden Esche sitzen konnte, die sich schräg vom Abhang über ihr herabneigte, und dem Summen der Insekten zuhören wie winzigsten Glöckchen am Gewand der Stille, oder sehen, wie das Sonnenlicht durch die entfernten Äste brach, als ob es das ausgerissene himmlische Blau der wilden Hyazinthen jagen und nach Hause treiben wollte. Zu dieser Junizeit waren auch die wilden Rosen in voller Pracht, und das war ein zusätzlicher Anlaß, warum Maggie ihren Spaziergang am ersten Tag, als sie wieder Zeit hatte, nach Herzenslust zu wandern, zum Roten Grund und keinem anderen Ort lenkte. Es war dies ein Vergnügen, das sie so sehr liebte, daß sie manchmal in der Glut der Entsagung dachte, sie sollte sich dessen häufigen Genuß versagen.

Betrachte man sie nun, wie sie dort in ihren Lieblingsweg einbiegt und dann den Roten Grund über einen schmalen Pfad durch eine Gruppe von Kiefern hindurch betritt, ihre große Gestalt und das alte lavendelblaue Kleid sichtbar unter einem geerbten schwarzen Seidentuch aus einem weitmaschigen, netzartigen Material; und nun, da sie sicher ist, daß niemand sie sieht, nimmt sie ihre Haube ab und hängt sie an ihren Arm. Man würde sicherlich annehmen, daß sie bereits älter sei als im siebzehnten Jahr, vielleicht wegen der resignierten, matten Traurigkeit ihres Blickes, aus dem alle Suche und Unruhe geschwunden zu sein scheinen, vielleicht wegen ihrer kräftigen Figur, die in früher Fraulichkeit geformt ist. Jugend und Gesundheit haben der unfreiwilligen und freiwilligen Mühsal ihres Geschickes gut widerstanden, und die Nächte, in denen sie zur Buße auf dem harten Fußboden lag, haben keine offensichtliche Spur hinterlassen, die Augen sind klar, die braune Wange ist fest und gerundet, die vollen Lippen sind rot. Durch ihre dunkle Farbe und den jettschwarzen Kranz, der ihre hohe Gestalt krönt, scheint sie gewissermaßen verwandt zu sein mit den großen Kiefern, zu denen sie aufsieht, als liebe sie sie sehr. Dennoch verspürt man ein Gefühl des Unbehagens, wenn man sie ansieht, ein Gefühl von einander widerstrebenden Elementen, deren wilder Zusammenprall droht; es ist da wohl ein zum Stillsein gebrachter Ausdruck, so wie man ihn oft in älteren Gesichtern mit randlosen Mützen sieht, und der gar nicht paßt zu der widerstehenden Jugend, von der man erwartet, daß sie in einem plötzlichen, leidenschaftlichen Blick hervorblitzt, der all die Ruhe zerstreuen wird, wie

ein ersticktes Feuer, das wieder auflodert, wenn alles sicher zu sein schien.
Aber Maggie selbst war es nicht unbehaglich in diesem Augenblick. Sie genoß in Ruhe die freie Luft, während sie aufblickte zu den alten Kiefernbäumen und dachte, daß die zerborstenen Enden der Äste Zeugnis vergangener Stürme seien, die die roten Stämme nur um so höher hatten emporstreben lassen. Aber während ihre Augen noch aufwärts gewandt waren, gewahrte sie einen sich bewegenden Schatten, den die Abendsonne auf den grasbewachsenen Pfad vor ihr warf, und zusammenfahrend blickte sie nieder, um Philip Wakem zu sehen, der erst seinen Hut lüftete und dann, tief errötend, auf sie zukam und ihr die Hand entgegenstreckte. Maggie wurde ebenfalls rot vor Überraschung, die aber bald in Freude überging. Sie reichte auch ihm die Hand und sah an der verwachsenen Gestalt vor sich nieder mit freimütigen Augen, die in diesem Moment von nichts als der Erinnerung an ihre Kindergefühle erfüllt waren, einer Erinnerung, die in ihr stets lebendig war. Sie war die erste, die sprach.
»Sie haben mich erschreckt«, sagte sie und lächelte schwach. »Ich treffe hier nie jemanden. Wie kommt es, daß Sie hier spazierengehen? Kamen Sie, um *mich* zu treffen?«
Es war unmöglich, nicht zu bemerken, daß Maggie sich wieder ganz als Kind vorkam.
»Ja«, sagte Philip, noch immer verwirrt, »ich wünschte mir sehr, Sie zu sehen. Ich habe gestern lange Zeit auf der Böschung nahe Ihrem Haus gesessen, um zu sehen, ob Sie herauskommen würden, aber Sie sind nicht gekommen. Dann hielt ich heute wieder Ausschau, und als ich sah, welchen Weg Sie nahmen, behielt ich Sie im Auge und kam dort hinten die Böschung herunter. Ich hoffe, Sie sind mir deswegen nicht böse.«
»Nein«, sagte Maggie mit schlichter Ernsthaftigkeit und ging weiter, als ob sie meine, daß Philip sie begleiten

solle, »ich bin sehr froh, daß Sie gekommen sind, denn ich wünschte mir sehr eine Gelegenheit, um mit Ihnen zu sprechen. Ich habe nie vergessen, wie gut Sie damals zu Tom und auch zu mir waren, aber ich war nicht sicher, ob Sie sich noch so gut an uns erinnern würden. Tom und ich hatten sehr viel Kummer seitdem, und ich glaube, das ist es, was einen mehr an das denken läßt, was geschah, bevor der Kummer kam.«
»Ich kann nicht glauben, daß Sie so viel an mich gedacht haben, wie ich an Sie gedacht habe«, sagte Philip scheu. »Wissen Sie, als ich fort war, habe ich ein Bild von Ihnen gemacht, so wie Sie an jenem Morgen im Studierzimmer aussahen, als Sie sagten, Sie würden mich nicht vergessen.«
Philip zog ein großes Miniaturenkästchen aus der Tasche und öffnete es. Maggie sah ihr altes Selbst, auf einen Tisch gestützt, mit ihren schwarzen, hinter den Ohren herabhängenden Haaren, mit seltsamen, verträumten Augen ins Weite blickend. Es war eine Aquarellskizze von wirklicher Qualität als Porträt.
»Oje«, sagte Maggie, lächelte und errötete vor Vergnügen, »was für ein verrücktes kleines Mädchen ich war! Ich erinnere mich noch, wie ich war, mit diesem Haar und in dem rosa Kittelchen. Ich war wirklich wie eine Zigeunerin. Ich glaube, ich bin es noch«, setzte sie nach einer kleinen Pause hinzu. »Bin ich so, wie Sie es erwartet hatten?«
Die Worte hätten die einer Koketten sein können, aber der offene, strahlende Blick, den Maggie Philip zuwandte, war nicht der einer Koketten. Zwar hoffte sie wirklich, daß er ihr Gesicht mögen würde, so wie es jetzt war, aber es war lediglich das Wiederaufkommen ihrer angeborenen Freude an Bewunderung und Liebe. Philip begegnete ihrem Blick und sah sie einen langen Moment schweigend an, bevor er ruhig sagte: »Nein, Maggie.«
Das Licht erlosch ein wenig in Maggies Gesicht, und ihre

Lippen bebten leicht. Ihre Lider senkten sich, aber sie wandte den Kopf nicht ab, und Philip sah sie weiter an. Dann sagte er langsam:
»Sie sind sehr viel schöner, als ich gedacht hatte.«
»Ja?« sagte Maggie, und die Freude kehrte in einem tieferen Rot zurück. Sie wandte ihr Gesicht von ihm ab und machte ein paar Schritte und sah schweigend vor sich hin, als müsse sie ihr Bewußtsein erst diesem neuen Gedanken anpassen. Mädchen sind es so sehr gewohnt, an Kleider als die hauptsächliche Grundlage der Eitelkeit zu denken, daß Maggie, als sie sich den Spiegel versagte, mehr an das Aufgeben aller Sorge um äußere Zierden gedacht hatte als daran, der Betrachtung ihres Gesichtes zu entsagen. Da sie sich mit eleganten, reichen jungen Damen verglich, war es ihr nicht eingefallen, daß sie mit ihrer Person Wirkung ausüben könnte. Philip schien das Schweigen zu gefallen. Er ging an ihrer Seite und beobachtete ihr Gesicht, als ob dieser Anblick für keinen anderen Wunsch mehr Raum ließe. Sie waren nun aus der Kieferngruppe hinausgetreten und zu einer grünen Mulde gekommen, die wie von einem Amphitheater aus blaßrosa Heckenrosen fast ganz umgeben war. Aber wie das Licht um sie herum heller wurde, so hatte Maggies Gesicht seinen Glanz verloren. Sie blieb stehen, als sie bei den Mulden waren, sah Philip wieder an und sagte mit einer ernsthaften, traurigen Stimme:
»Ich wünschte, wir hätten Freunde sein können – ich meine, wenn es gut und recht für uns gewesen wäre. Aber das ist die Prüfung, die ich in allem zu ertragen habe, ich darf nichts behalten, das ich liebte, als ich klein war. Die alten Bücher sind dahin, und Tom ist anders geworden – und mein Vater. Es ist wie Tod. Ich muß mich von allem trennen, das mir etwas bedeutete, als ich ein Kind war. Und ich muß mich von Ihnen trennen, wir dürfen einander keine Beachtung mehr schenken. Das war es, weshalb ich mit Ihnen sprechen wollte. Ich wollte Sie wissen lassen, daß Tom und ich in solchen

Dingen nicht tun können, was wir möchten, und daß, wenn ich mich verhalte, als ob ich Sie ganz vergessen hätte, es nicht aus Neid oder Stolz ist – oder – oder aus irgendeinem bösen Gefühl heraus.«

Maggie sprach mit immer kummervollerer Behutsamkeit, als sie fortfuhr, und ihre Augen begannen sich mit Tränen zu füllen. Der sich vertiefende Ausdruck des Schmerzes in Philips Gesicht gab ihm eine größere Ähnlichkeit mit seinem Aussehen als Knabe und ließ seine Mißbildung noch stärker ihr Mitgefühl ansprechen.

»Ich weiß – ich verstehe alles, was Sie meinen«, sagte er mit einer Stimme, die durch Entmutigung schwächer geworden war. »Ich weiß, was uns auf beiden Seiten auseinanderhält. Aber es ist nicht recht, Maggie – nehmen Sie es mir nicht übel, ich bin es so gewohnt, Sie in meinen Gedanken Maggie zu nennen –, es ist nicht recht, alles für anderer Leute unvernünftige Gefühle zu opfern. Ich würde vieles für *meinen* Vater aufgeben, aber ich würde nicht eine Freundschaft oder – oder eine Zuneigung irgendwelcher Art aufgeben aus Gehorsam gegenüber einem seiner Wünsche, den ich nicht als recht anerkenne.«

»Ich weiß nicht«, sagte Maggie sinnend. »Oft, wenn ich zornig oder unzufrieden war, schien es mir, daß ich nicht verpflichtet wäre, irgend etwas aufzugeben, und ich habe weitergedacht, bis es mir schien, daß ich alle meine Pflichten wegdenken könnte. Aber nichts Gutes ist je daraus entstanden, es war ein böser Geisteszustand. Ich bin ganz sicher, daß, was immer ich auch täte, ich am Ende wünschen würde, lieber nichts für mich gehabt zu haben, als daß ich meinem Vater das Leben noch schwerer gemacht hätte.«

»Aber würde es sein Leben schwerer machen, wenn wir uns gelegentlich sähen?« sagte Philip. Er wollte noch etwas anderes sagen, aber unterdrückte es.

»Oh, ich bin sicher, daß es ihm nicht gefallen würde. Fragen Sie mich nicht, warum, oder sonst irgend etwas

darüber«, sagte Maggie gequält. »Mein Vater ist in einigen Dingen so eigen. Er ist überhaupt nicht glücklich.«
»Auch ich nicht«, sagte Philip heftig, »*ich* bin nicht glücklich.«
»Warum?« sagte Maggie sanft. »Wenigstens – ich sollte nicht fragen – aber es tut mir sehr, sehr leid.«
Philip wandte sich zum Weitergehen, als habe er keine Geduld mehr, noch länger stillzustehen, und sie gingen schweigend aus der Mulde und zwischen Bäumen und Büschen hindurch. Nach diesen letzten Worten Philips konnte Maggie es nicht ertragen, darauf zu bestehen, daß sie sich sofort trennten.
»Ich bin so viel glücklicher«, sagte sie schließlich zaghaft, »seit ich aufgegeben habe, darüber nachzudenken, was leicht und angenehm ist, und unzufrieden zu sein, weil ich nicht meinen eigenen Willen haben konnte. Unser Leben ist für uns bestimmt – und es macht den Geist ganz frei, wenn wir das Wünschen aufgeben und nur daran denken, das zu ertragen, was uns auferlegt ist, und zu tun, was uns zu tun gegeben ist.«
»Aber ich kann das Wünschen nicht aufgeben«, sagte Philip ungeduldig. »Es scheint mir, daß wir das Sehnen und Wünschen niemals aufgeben können, solange wir noch vollständig am Leben sind. Es gibt bestimmte Dinge, von denen wir spüren, daß sie schön und gut sind, und wir *müssen* nach ihnen hungern. Wie können wir je ohne sie zufrieden sein, bevor unsere Gefühle erstorben sind? Ich begeistere mich für schöne Bilder – ich wünsche sehnlichst, solche malen zu können. Ich mühe und mühe mich und kann nicht das hervorbringen, was ich möchte. Das quält mich und wird mich immer quälen, bis meine Fähigkeiten schwächer werden, wie alternde Augen. Dann sind da noch viele andere Dinge, nach denen ich mich sehne« – hier zögerte Philip ein wenig und sagte dann – »Dinge, die andere Männer haben und die mir immer versagt sein werden. Mein

Leben wird nichts Großes oder Schönes in sich haben, ich hätte lieber nie gelebt.«

»O Philip«, sagte Maggie, »ich wünschte, Sie würden nicht so fühlen.«

Aber ihr Herz begann mit etwas von Philips Unzufriedenheit zu schlagen.

»Nun denn«, sagte er, wandte sich schnell um und heftete seine grauen Augen bittend auf ihr Gesicht, »ich wäre zufrieden zu leben, wenn Sie zuließen, daß ich Sie manchmal sähe.« Dann, durch eine Furcht zurückgehalten, die ihr Gesicht ihm eingab, sah er wieder fort und sagte ruhiger: »Ich habe keinen Freund, dem ich alles sagen kann, niemanden, dem ich wichtig genug wäre, und wenn ich Sie nur hin und wieder sehen könnte, und Sie würden mich ein wenig mit Ihnen sprechen lassen und mir zeigen, daß Sie mich mögen und daß wir im Herzen immer Freunde sein können und einander helfen, dann könnte ich vielleicht anfangen, mich am Leben zu freuen.«

»Aber wie kann ich Sie sehen, Philip?« sagte Maggie schwankend. (Konnte sie wirklich gut für ihn sein? Es wäre sehr hart, heute Lebewohl zu sagen und nicht wieder mit ihm zu sprechen. Hier war ein neuer Anreiz, ihre Tage abwechslungsreich zu machen, es war so viel einfacher, einem Anreiz zu entsagen, bevor er kam.)

»Wenn Sie zuließen, daß ich Sie hier manchmal sähe, mit Ihnen hier spazierenginge, wäre ich zufrieden, auch wenn es nur ein- oder zweimal im Monat wäre. *Das* könnte niemandes Glück verletzen, und es würde mein Leben versüßen. Zudem«, fuhr Philip mit all dem erfindungsreichen Scharfsinn der Liebe eines Einundzwanzigjährigen fort, »wenn es Feindschaft gibt zwischen unseren Angehörigen, dann sollten wir um so mehr versuchen, sie durch unsere Freundschaft zu ersticken – ich meine, daß wir durch unseren Einfluß auf beide Seiten ein Heilen der Wunden bewirken könnten, die in der Vergangenheit geschlagen wurden, wenn ich alles über sie wissen könnte. Und ich glaube nicht, daß mein Vater Feindseligkeit hegt, ich meine, er hat das Gegenteil bewiesen.«

Maggie schüttelte langsam mit dem Kopf und schwieg unter widerstreitenden Gedanken. Ihrer Neigung erschien es, daß Philip gelegentlich zu sehen und die Bande der Freundschaft mit ihm aufrechtzuerhalten nicht nur etwas Unschuldiges, sondern etwas Gutes sei, vielleicht könnte sie ihm wirklich helfen, Zufriedenheit zu finden, wie sie sie gefunden hatte. Die Stimme, die dies sagte, war süße Musik für Maggie, aber hindurch kam eine drängende, monotone Warnung von einer anderen Stimme, der zu gehorchen sie gelernt hatte: die Warnung, daß solche Gespräche Heimlichkeit bedeuteten; bedeuteten, daß sie etwas täte, wobei entdeckt zu werden sie fürchten würde, etwas, das – wenn es entdeckt würde – Zorn und Schmerz verursachen mußte, und daß es wie ein geistiges Gift wirken würde, etwas zuzulassen, das so nahe der Falschheit war. Doch dann schwoll die Musik wieder an, wie Glockentöne, die von einem wiederaufkommenden Wind weitergetragen werden, und redete ihr ein, daß das Unrecht nur in den Fehlern und Schwächen anderer liege, und daß es auch so etwas wie ein nichtiges Opfer gäbe, wenn einer um eines anderen willen verletzt würde. Es war sehr grausam für Philip, sich von ihm abzuwenden wegen einer ungerechtfertigten Rachsucht gegen seinen Vater – der arme Philip, von dem andere Leute sich abwandten, nur weil er mißgebildet war. Der Gedanke, daß er ihr Liebhaber werden könnte oder daß ihr Zusammentreffen mit ihm auf Mißbilligung in diesem Licht treffen möchte, war ihr nicht gekommen; Philip sah das Fehlen dieses Gedankens deutlich genug, und es gab ihm einen Stich, obwohl es ihre Zustimmung zu seiner Bitte weniger unwahrscheinlich machte. Bitternis lag für ihn darin, Maggie noch beinahe so offen und unbefangen ihm gegenüber zu sehen, wie sie als Kind gewesen war.

»Ich kann weder ja noch nein sagen«, sagte sie schließlich, wandte sich um und ging wieder auf den Weg zu, den sie gekommen war. »Ich muß warten, damit ich mich nicht falsch entscheide. Ich muß Führung suchen.«

»Darf ich dann wiederkommen – morgen – oder übermorgen – oder nächste Woche?«

»Ich glaube, ich sollte lieber schreiben«, sagte Maggie wieder schwankend. »Ich muß manchmal nach St. Ogg's gehen, und ich kann den Brief auf die Post bringen.«

»O nein«, sagte Philip eifrig, »das wäre nicht so gut. Mein Vater könnte den Brief sehen – und – er hegt keine Feindseligkeit, glaube ich, aber er betrachtet Dinge anders als ich, er hält viel von Reichtum und Stand. Bitte, lassen Sie mich noch einmal hierher kommen. Sagen Sie mir, wann es sein soll, oder wenn Sie es mir nicht sagen können, werde ich so oft kommen, wie ich kann, bis ich Sie sehe.«

»Ich glaube, es muß dann so sein«, sagte Maggie, »denn ich kann nicht sicher sein, daß ich an einem bestimmten Abend hierherkomme.«

Maggie fühlte große Erleichterung über das Vertagen der Entscheidung. Sie war nun frei, die Minuten ihres Zusammenseins zu genießen, beinahe dachte sie, sie könnte ein wenig länger verweilen; wenn sie sich das nächste Mal träfen, würde sie Philip quälen müssen, indem sie ihm ihren Entschluß mitteilte.

»Ich muß immer denken«, sagte sie und sah ihn nach einigen Augenblicken des Schweigens lächelnd an, »wie seltsam es ist, daß wir uns getroffen und miteinander gesprochen haben, gerade so, als wäre es erst gestern gewesen, daß wir uns in Lorton verabschiedeten. Und doch müssen wir uns beide in diesen fünf Jahren – ich glaube, daß es fünf Jahre her ist – sehr verändert haben. Wie kam es, daß Sie das Gefühl zu haben schienen, daß ich noch dieselbe Maggie sei? Ich war nicht ganz so sicher, daß Sie noch derselbe wären, ich weiß, daß Sie so klug sind, und Sie müssen erfüllt von so vielem sein, was Sie gesehen und gelernt haben; ich war mir nicht sicher, ob Sie sich jetzt noch etwas aus mir machen würden.«

»Ich habe nie einen Zweifel daran gehabt, daß Sie dieselbe sein würden, wann immer ich Sie auch sähe«, sagte Philip. »Ich meine, dieselbe in all dem, das mich Sie lieber mögen ließ als irgend jemand sonst. Ich möchte das nicht erklären; ich glaube nicht, daß irgendeiner der stärksten Eindrücke, für die unsere Natur empfänglich ist, jemals erklärt werden kann. Wir können weder den Vorgang ermitteln, durch den sie gebildet werden, noch die Art und Weise, in der sie auf uns wirken. Der größte aller Maler malte nur einmal ein geheimnisvoll göttliches Kind[2], er hätte nicht sagen können, wie er es tat, noch können wir sagen, warum wir es als göttlich empfinden. Ich glaube, daß in unserer menschlichen Natur vieles aufbewahrt ist, von dem sich unser Verstand kein vollständiges Inventarium machen kann. Bestimmte Weisen der Musik berühren mich so sonderbar, ich kann sie niemals hören, ohne daß sie meine gesamte Geisteshaltung für eine Weile verändern, und wenn die Wirkung andauerte, könnte ich zu Heldentaten fähig sein.«

»Ah! Ich weiß, was Sie meinen mit der Musik – ich empfinde es genauso«, sagte Maggie und klatschte mit ihrem alten Ungestüm in die Hände. »Wenigstens fühlte ich es immer so«, setzte sie in traurigerem Ton hinzu, »als ich noch Musik hörte; jetzt höre ich keine mehr außer der Orgel in der Kirche.«

»Und Sie sehnen sich danach, Maggie?« sagte Philip und sah sie mit zärtlichem Mitleid an. »Ach, Sie können in Ihrem Leben nur sehr wenig haben, das schön ist. Haben Sie viele Bücher? Sie hatten sie so gern, als Sie ein kleines Mädchen waren.«

Sie waren zu der Mulde zurückgekommen, die von Heckenrosen umwachsen war, und sie hielten beide unter dem Zauber des zartleuchtenden Abendlichtes inne, das von den blaßrosa Büscheln zurückgestrahlt wurde.

»Nein, ich habe die Bücher aufgegeben«, sagte Maggie ruhig, »außer sehr, sehr wenigen.«
Philip hatte schon einen kleinen Band aus seiner Tasche genommen und besah dessen Rücken, als er sagte:
»Ach, dies ist der zweite Band, sehe ich gerade, sonst hätten Sie ihn vielleicht gern mit nach Hause genommen. Ich steckte ihn in die Tasche, weil ich eine Szene daraus für ein Bild studiere.«
Maggie hatte auch auf den Rücken gesehen und las den Titel; er ließ einen alten Eindruck mit überwältigender Macht aufleben.
»*Der Pirat*«[3], sagte sie und nahm das Buch aus Philips Händen. »Oh, ich habe es einmal angefangen. Ich habe bis zu der Stelle gelesen, wo Minna mit Cleveland spazierengeht, und ich konnte nie dazu kommen, den Rest zu lesen. Im Kopf habe ich es weitergesponnen und mir verschiedene Schlüsse ausgedacht, aber sie waren alle unglücklich. Ich konnte aus diesem Anfang einfach kein glückliches Ende machen. Die arme Minna! Ich wüßte gern, wie das wirkliche Ende ist. Eine lange Zeit hatte ich nur die Shetland-Inseln im Kopf, ich fühlte den Wind, der von der rauhen See zu mir herüberblies.«
Maggie sprach sehr schnell, mit glänzenden Augen.
»Nehmen Sie den Band mit nach Hause, Maggie«, sagte Philip, der sie mit Entzücken beobachtete. »Ich brauche ihn jetzt nicht. Ich werde statt dessen ein Bild von Ihnen malen – Sie, zwischen den Kiefern und den langen Schatten.«
Maggie hatte kein Wort von dem, was er sagte, gehört, sie war ganz in eine Seite vertieft, bei der sie das Buch geöffnet hatte. Aber plötzlich schloß sie es, gab es Philip zurück und schüttelte den Kopf mit einer Bewegung nach rückwärts, wie um zu Visionen, die ihr vorschwebten, »Hinweg!« zu sagen.
»Behalten Sie es doch, Maggie«, sagte Philip bittend, »es wird Ihnen Freude bereiten.«
»Nein, danke«, sagte Maggie, schob es mit der Hand

beiseite und ging weiter. »Es würde mich wieder verliebt in diese Welt machen, so wie ich es war, es würde machen, daß ich mich danach sehne, vieles zu sehen und zu wissen, es würde machen, daß ich mich nach einem vollen Leben sehne.«

»Aber Sie werden nicht immer in Ihr gegenwärtiges Geschick eingeschlossen sein, warum sollten Sie Ihren Geist auf diese Weise hungern lassen? Es ist eine engstirnige Askese; ich mag es nicht sehen, wie Sie darauf beharren, Maggie. Dichtung und Kunst und Wissen sind heilig und rein.«

»Aber nicht für – nicht für mich«, sagte Maggie und ging schneller. »Weil ich zu viel wollen würde. Ich muß warten – dieses Leben wird nicht lange dauern.«

»Eilen Sie nicht von mir fort, ohne auf Wiedersehen zu sagen, Maggie«, sagte Philip, als sie die Kieferngruppe erreichten und sie immer noch weiterging, ohne zu sprechen. »Ich darf nicht weitergehen, glaube ich, nicht wahr?«

»O nein, ich vergaß es; auf Wiedersehen«, sagte Maggie, hielt ein und reichte ihm die Hand. Durch diese Handlung strömte ihr Gefühl wieder Philip zu, und nachdem sie einander Hand in Hand einige Augenblicke schweigend angesehen hatten, sagte sie, indem sie ihre Hand zurückzog:

»Ich bin Ihnen sehr dankbar dafür, daß Sie all diese Jahre an mich gedacht haben. Es ist beglückend, Menschen zu haben, die uns lieben. Wie wunderbar und schön scheint es zu sein, daß Gott Ihr Herz so gemacht hat, daß Ihnen ein verrücktes kleines Mädchen etwas bedeuten kann, das Sie nur für ein paar Wochen kannten. Ich erinnere mich noch, daß ich zu Ihnen sagte, ich dächte, Sie möchten mich lieber als mein Bruder Tom.«

»Ach, Maggie«, sagte Philip, beinahe verdrossen, »Sie würden mich nie so sehr lieben, wie Sie Ihren Bruder lieben.«

»Vielleicht nicht«, sagte Maggie schlicht, »aber, wissen

Sie, das erste, an das ich mich in meinem Leben erinnere, ist auch, wie ich mit Tom am Floss stand und er meine Hand hielt; alles davor ist dunkel für mich. Aber ich werde Sie nie vergessen, obwohl wir getrennt bleiben müssen.«

»Sagen Sie das nicht, Maggie«, sagte Philip. »Wenn ich das kleine Mädchen fünf Jahre lang im Sinn behielt, habe ich dann nicht ein wenig Anteil an ihr verdient? Sie sollte sich nicht ganz von mir zurückziehen.«

»Nicht, wenn ich frei wäre«, sagte Maggie, »aber ich bin es nicht – ich muß mich beugen.« Sie zögerte einen Augenblick und fügte dann hinzu: »Und ich wollte Ihnen noch sagen: Schenken Sie meinem Bruder lieber nicht mehr Beachtung als einen kurzen Gruß. Er sagte mir einmal, ich solle nicht mehr mit Ihnen sprechen, und er ändert seine Meinung nicht ... Oje, die Sonne ist untergegangen. Ich bin schon zu lange fort. Auf Wiedersehen.« Sie gab ihm noch einmal die Hand.

»Ich werde, so oft ich kann, hierherkommen, bis ich Sie wiedersehe, Maggie. Haben Sie auch ein wenig Gefühl für *mich* so wie für andere.«

»Ja, ja, das habe ich«, sagte Maggie, eilte fort und verschwand schnell hinter der letzten Kiefer, obwohl Philips Blick, der ihr folgte, noch minutenlang unbeweglich blieb, als sähe er sie noch.

Maggie ging heim in einem inneren Konflikt, der bereits begonnen hatte; Philip ging heim, um nichts anderes zu tun, als zurückzudenken und zu hoffen. Man kann wohl kaum umhin, ihn ernstlich zu tadeln. Er war vier oder fünf Jahre älter als Maggie und sich seines Gefühls für sie völlig bewußt, was ihm helfen sollte, vorauszusehen, welchen Eindruck die Gespräche mit ihr, die er im Sinn hatte, auf eine dritte Person machen würden. Aber man darf nicht annehmen, daß er eines groben Egoismus fähig war oder daß er zufrieden hätte sein können, ohne sich selbst zu versichern, daß er etwas Glück in Maggies Leben zu bringen suchte und dies sogar mehr suchte als irgendwelche direkten Ziele für sich selbst. Er konnte ihr Mitgefühl, er konnte ihr Hilfe geben. Es war nicht das geringste Versprechen von Liebe ihm gegenüber in ihrem Verhalten, es war nicht mehr als die süße, mädchenhafte Zärtlichkeit, die sie ihm gezeigt hatte, als sie zwölf war; vielleicht würde sie ihn niemals lieben, vielleicht *könnte* keine Frau ihn je lieben, gut, dann würde er das ertragen; er würde wenigstens das Glück haben, sie zu sehen, sich ihr nahe zu fühlen. Und er hielt leidenschaftlich an der Möglichkeit fest, daß sie ihn vielleicht doch lieben würde, vielleicht würde das Gefühl wachsen, wenn sie ihn erst mit der wachsamen Zärtlichkeit in Verbindung bringen könnte, die ihre Natur so lebhaft spüren würde. Wenn ihn überhaupt eine Frau lieben konnte, dann war Maggie diese Frau; in ihr war solch ein Reichtum an Liebe, und niemand war da, ihn ganz zu beanspruchen. Und dann – wie schade war es doch, daß ein Geist wie der ihre noch in der Jugend verdorren sollte, wie ein junger Baum im Wald, dem es an Licht und Raum fehlt, um darin, seiner Anlage gemäß, zu gedeihen. Konnte er das nicht verhindern, indem er ihr dieses System der Entbehrung ausredete? Er wollte ihr Schutzengel sein, er wollte alles tun, alles ertragen um ihretwillen – außer, sie nicht zu sehen.

Kapitel 2

Tante Glegg lernt Bobs breiten Daumen kennen

Während Maggies Lebenskämpfe sich beinahe gänzlich in ihrer Seele abgespielt hatten, wo eine schattenhafte Armee gegen die andere kämpfte und die erschlagenen Schatten immer wieder aufstanden, war Tom in einen staubigeren, lärmenderen Krieg verwickelt, in welchem er mit handgreiflicheren Hindernissen rang und deut-

lichere Siege davontrug. So ist es seit den Tagen Hekubas und Hektors, des Zähmers der Pferde[4] gewesen; innerhalb der Tore beten die Frauen mit wallenden Haaren und erhobenen Händen und beobachten den Kampf der Welt von weitem und füllen ihre langen, leeren Tage mit Erinnerungen und Ängsten; draußen löschen die Männer im wilden Kampf mit Göttlichem und Menschlichem die Erinnerung aus im stärkeren Licht des Zieles und verlieren die Empfindung der Furcht und sogar der Wunden in der schnellen Glut der Handlung.
Nach dem, was man bisher von Tom gesehen hat, meine ich, ist er kein Jüngling, dem man einen Fehlschlag bei irgend etwas, das er wirklich wünschte, prophezeien kann; die Wettenden sind wahrscheinlich auf seiner Seite, ungeachtet seines geringen Erfolges mit den klassischen Sprachen. Denn Tom hatte sich für Unternehmungen auf diesem Gebiet nie Erfolg gewünscht, und wenn man ein hübsches gedeihliches Wachstum der Dummheit erreichen will, dann nützt nichts so gut, als jemanden mit Themen zu überschütten, an denen er kein Interesse hat. Aber jetzt verband Toms starker Wille seine Integrität, seinen Stolz, seinen Kummer der Familie wegen und seinen persönlichen Ehrgeiz und machte aus ihnen eine Kraft, die seine Anstrengungen vereinte und Entmutigungen überwand. Sein Onkel Deane, der ihn genau beobachtete, begann sich bald Hoffnungen für ihn zu machen und recht stolz darauf zu sein, daß er einen Neffen in den Dienst der Firma gebracht hatte, der aus gutem kaufmännischen Zeug gemacht zu sein schien. Die wirkliche Freundlichkeit, ihn zuerst ins Lagerhaus zu schicken, wurde Tom bald in den Hinweisen deutlich, die sein Onkel auszustreuen begann, daß man ihn nach einiger Zeit vielleicht damit betrauen würde, zu bestimmten Jahreszeiten zu reisen und für die Firma verschiedene ordinäre Artikel einzukaufen, mit denen ich zarte Ohren an dieser Stelle nicht zu schockieren brauche; und es war zweifelsohne im Hinblick darauf,

daß Mr. Deane, wenn er erwartete, seinen Wein allein zu trinken, Tom wohl bat, hereinzukommen und eine Stunde bei ihm zu sitzen, und die Stunde dann damit verbrachte, daß er ihn examinierte und lange Vorträge hielt über Ex- und Importartikel mit einem gelegentlichen Exkurs von indirekter Nützlichkeit über den jeweiligen Vorteil für die Händler von St. Ogg's, Güter in ihren eigenen oder fremden Kähnen gebracht zu bekommen – ein Thema, bei dem Mr. Deane als Schiffsbesitzer natürlich ein paar Funken versprühte, wenn Reden und Wein ihn erhitzten. Schon im zweiten Jahr wurde Toms Lohn erhöht, aber alles, außer den Kosten für Essen und Kleidung, kam daheim in den Blechkasten, und er mied Kameradschaft, damit sie ihn nicht gegen seinen Willen zu Ausgaben verleiten sollte. Nicht, daß Tom nach dem einfältigen Typ des emsigen Lehrlings[5] geformt wäre, er hatte einen starken Drang nach Vergnügen, er wäre gern ein »Zähmer der Pferde« gewesen und hätte in den Augen aller Nachbarn eine ausgezeichnete Figur abgegeben, hätte Einladungen und Wohltaten mit wohlüberlegter Freigebigkeit an andere verteilt und wäre zu einem der feinsten jungen Burschen in jener Gegend erklärt worden; nein, er beschloß, all dies früher oder später zu erlangen, aber sein praktischer Scharfsinn sagte ihm, daß die Mittel, um solches zu erreichen, für ihn nur in gegenwärtiger Enthaltsamkeit und Selbstverleugnung liegen konnten: bestimmte Meilensteine mußten erst überschritten sein, und einer der ersten war die Rückzahlung der Schulden seines Vaters. Nachdem er sich in dieser Hinsicht entschlossen hatte, schritt er ohne Abschweifung weiter und nahm dabei eine recht finstere Strenge an, wie es wahrscheinlich ist bei einem jungen Mann, der sich frühzeitig auf sich selbst verlassen muß; Tom fühlte zutiefst jene gemeinsame Sache mit seinem Vater, die aus Familienstolz entspringt, und war entschlossen, als Sohn untadelig zu sein; doch seine wachsende Erfahrung veranlaßte ihn zu viel schweigender Kritik an der Unbesonnenheit und Unvorsichtigkeit im vergangenen Vorgehen seines Vaters, ihre Einstellungen waren nicht im Einklang, und Toms Gesicht zeigte kaum ein Leuchten während seiner wenigen Stunden daheim.

Maggie hatte eine Scheu vor ihm, gegen die sie ankämpfte als etwas Ungerechtes, war sie sich doch der weiteren Gedanken und tieferen Motive bewußt, aber es hatte keinen Zweck zu kämpfen. Ein Charakter, der in sich eins ist, der ausführt, was er beabsichtigt, der jeden zuwiderlaufenden Impuls unterdrückt und keine Vorstellung jenseits des deutlich Möglichen hat, ist stark durch eben das, was er nicht ist.

Man kann sich vorstellen, daß Toms immer offensichtlichere Unähnlichkeit mit seinem Vater wohl geeignet war, die Tanten und Onkel mütterlicherseits zu versöhnen, und Mr. Deanes günstige Berichte und Voraussagen gegenüber Mr. Glegg hinsichtlich Toms Befähigung für Geschäftliches begann bei ihnen mit vielfältiger Billigung diskutiert zu werden. Er würde wohl, so schien es, der Familie Ehre machen, ohne ihr Ausgaben und Ärger zu verursachen. Mrs. Pullet hatte immer schon gedacht, daß es seltsam wäre, wenn Toms hervorragende Gesichtsfarbe, so gänzlich die der Dodsons, nicht eine Gewißheit verrate, daß etwas aus ihm werden würde; seine jugendlichen Verirrungen – das Jagen des Pfaues und die allgemeine Nichtachtung seiner Tanten – zeigten nur eine Spur von Tulliverblut an, aus dem er zweifellos herausgewachsen war. Mr. Glegg, der eine vorsichtige Vorliebe für Tom entwickelt hatte seit seinem beherzten und vernünftigen Betragen, als die Versteigerung ins Haus stand, erwärmte sich nun bis zu dem Entschluß, seine Aussichten aktiv zu fördern – eines Tages, wenn sich eine Gelegenheit böte, dies auf vorsichtige Weise zu tun, ohne letztlichen Verlust; doch Mrs. Glegg bemerkte, daß es ihr nicht läge daherzureden wie einige Leute, daß diejenigen, die am wenigsten sagten, am ehesten fänden, daß ihre Worte erfüllt würden und daß, wenn der rechte

Augenblick käme, man sehen würde, wer Besseres tun könnte als nur reden. Onkel Pullet kam nach einer schweigenden Überlegung für die Dauer von mehreren Pastillen eindeutig zu dem Schluß, daß, wenn ein junger Mann sich wahrscheinlich gut machen würde, es besser wäre, sich nicht einzumischen.

Tom hatte inzwischen keine Neigung gezeigt, sich auf irgend jemanden zu verlassen außer auf sich selbst, obwohl er sich mit einer natürlichen Empfindlichkeit für alle Anzeichen einer günstigen Meinung darüber freute, wenn sein Onkel Glegg gelegentlich während der Arbeitszeit freundlich bei ihm hereinschaute, und auch darüber, daß er eingeladen wurde, in seinem Haus zu speisen, obwohl er es gewöhnlich vorzog, mit der Begründung abzulehnen, daß es nicht sicher sei, ob er pünktlich sein könne. Aber vor einem Jahr hatte sich etwas ereignet, das Tom bewogen hatte, seines Onkels Glegg freundliche Neigung zu erproben.

Bob Jakin, der selten von einer seiner Runden zurückkehrte, ohne Tom und Maggie zu besuchen, erwartete ihn eines Abends, als er von St. Ogg's heimkehrte, auf der Brücke, um eine kleine private Unterredung mit ihm zu haben. Er nahm sich die Freiheit zu fragen, ob Mr. Tom je daran gedacht habe, Geld zu verdienen, indem er ein bißchen auf eigene Rechnung Handel trieb. Handel, wie? wollte Tom wissen. Nun, indem er ein wenig Frachtgut in fremde Häfen sandte; weil ein besonderer Freund von Bob sich erboten hatte, solcherart ein kleines Geschäft mit Lacehamer Gütern für ihn zu machen und erfreut wäre, Tom gleichermaßen dienen zu können. Tom war sofort interessiert und bat um volle Erklärung und fragte sich, warum er nicht schon eher auf diesen Plan gekommen war. Die Aussicht auf eine Spekulation, die den langsamen Vorgang des Addierens in Multiplizieren verwandeln könnte, gefiel ihm so sehr, daß er sofort beschloß, die Angelegenheit seinem Vater gegenüber zu erwähnen und seine Zustimmung einzuholen, ein paar der Ersparnisse im Blechkasten für den Ankauf einer kleinen Fracht zu verwenden. Er hätte seinen Vater lieber nicht gefragt, aber er hatte gerade das Geld für das letzte Vierteljahr in den Blechkasten einbezahlt, und es gab keine andere Quelle. Alle Ersparnisse waren dort, denn Mr. Tulliver wollte nicht einwilligen, das Geld mit Zinsen anzulegen, damit er es nicht verlöre. Seit er mit dem Kauf von Korn spekuliert und dadurch verloren hatte, fand er keine Ruhe, ohne das Geld stets vor seinen Augen zu haben.

Tom ging das Thema vorsichtig an, als er mit seinem Vater an jenem Abend am Kamin saß, und Mr. Tulliver hörte zu, während er vorgebeugt in seinem Lehnstuhl saß und mit einem skeptischen Blick zu Toms Gesicht aufschaute. Sein erster Impuls war eine direkte Ablehnung, aber er hatte eine gewisse Ehrfurcht vor Toms Wünschen, und seit er das Gefühl hatte, ein glückloser Vater zu sein, hatte er etwas von seinem alten gebieterischen Wesen verloren und von der Entschlossenheit, der Herr im Haus zu sein. Er zog den Schlüssel zum Schreibpult aus seiner Tasche, nahm den Schlüssel zur großen Truhe heraus und holte den Blechkasten herunter – langsam, als versuche er, den Augenblick einer schmerzlichen Trennung hinauszuschieben. Dann setzte er sich an den Tisch und öffnete den Kasten mit dem kleinen Schlüssel für das Vorhängeschloß, den er in allen freien Augenblicken in seiner Westentasche befühlte. Da waren sie, die abgegriffenen Banknoten und die glänzenden Sovereigns, und er zählte sie auf den Tisch – nur einhundertsechzehn Pfund in zwei Jahren, nach all den Einschränkungen.

»Wieviel möchtest du denn?« sagte er und sprach, als ob die Worte seine Lippen verbrennten.

»Angenommen, ich fange mit sechsunddreißig Pfund an, Vater?« sagte Tom.

Mr. Tulliver trennte diese Summe vom Rest und sagte, wobei er seine Hand darüberhielt: »Das ist so viel, wie

ich mir in einem Jahr von meinem Lohn absparen kann.«
»Ja, Vater, es geht so langsam, von dem wenigen Geld, das wir bekommen, noch zu sparen. Und auf diese Weise könnten wir unsere Ersparnisse verdoppeln.«
»Ja, mein Junge«, sagte der Vater und hielt seine Hand auf dem Geld, »aber du könntest es verlieren – du könntest ein Jahr meines Lebens verlieren – und ich hab nicht mehr viele.«
Tom schwieg.
»Und du weißt, daß ich keine Rate mit den ersten hundert Pfund zahlen wollte, weil ich alles auf einem Haufen sehen wollte – und wenn ich's sehe, dann bin ich dessen sicher. Und wenn du dem Glück vertraust, dann ist's mit Sicherheit gegen mich. 's ist der Gottseibeiuns, der das Glück in der Hand hat, und wenn ich ein Jahr verlier, werd ich's nie wiedergewinnen – der Tod wird mich einholen.«
Mr. Tullivers Stimme zitterte, und Tom schwieg für ein paar Minuten, bevor er sagte:
»Ich werde es aufgeben, Vater, da du so sehr dagegen bist.«
Aber da er den Plan nicht gern gänzlich fallenlassen wollte, beschloß er, seinen Onkel Glegg zu bitten, zwanzig Pfund zu riskieren zu der Bedingung, daß er fünf Prozent vom Gewinn erhielte. Das war wirklich nicht viel verlangt. Als Bob also am nächsten Tag zum Ladeplatz kam, um sich nach der Entscheidung zu erkundigen, schlug Tom vor, daß sie zusammen zu seinem Onkel Glegg gehen sollten, um das Geschäft zu eröffnen, denn sein zurückhaltender Stolz haftete ihm noch an und ließ ihn ahnen, daß Bobs Zunge ihn von einiger Verlegenheit erlösen würde.
Mr. Glegg zählte zu dieser schönen Nachmittagsstunde an einem heißen Augusttag natürlich gerade seine Spalierfrüchte, um sich zu vergewissern, daß deren Anzahl sich seit gestern nicht verändert hatte. Tom trat bei ihm

ein in der – wie es Mr. Glegg erschien – sehr fragwürdigen Gesellschaft eines Mannes mit einem Bündel auf dem Rücken, denn Bob war für eine neue Tour ausgerüstet, und eines riesigen scheckigen Bullterriers, der mit langsamer, von einer Seite zur anderen wiegender Bewegung daherkam und unter seinen Lidern mit ruppiger Gleichgültigkeit hervorsah, was ja schließlich ganz angriffslustige Absichten verbergen mochte. Mr. Gleggs Brille, die ihm beim Zählen der Früchte Hilfe geleistet hatte, machte ihm diese verdächtigen Einzelheiten beunruhigend deutlich.

»He, he! Haltet doch den Hund zurück!« rief er, ergriff einen Pfahl und hielt ihn wie einen Schild vor sich, als die Besucher bis auf drei Meter herangekommen waren.

»Weg mit dir, Mumps«, sagte Bob mit einem Fußtritt. »Er ist lammfromm, Sir« – eine Bemerkung, die Mumps durch ein leises Knurren erhärtete, als er sich hinter die Beine seines Herrn zurückzog.

»Nun, was hat das denn zu bedeuten, Tom?« sagte Mr. Glegg. »Hast du Nachricht über die Schurken gebracht, die mir meine Bäume gestutzt haben?«

Wenn Bob in der Eigenschaft als »Nachricht« kam, sah Mr. Glegg Gründe, einige Unregelmäßigkeiten zu tolerieren.

»Nein, Sir«, sagte Tom, »ich kam, um mit dir über eine eigene kleine geschäftliche Angelegenheit zu sprechen.«

»Hm – gut; aber was hat dieser Hund damit zu tun?« sagte der alte Herr und wurde wieder sanft.

»'s is mein Hund«, sagte der flinke Bob. »Und ich bin's, der Mr. Tom auf das Geschäft gebracht hat, denn Mr. Tom is 'n Freund von mir, seit ich 'n kleiner Bursche war; das erste, was ich überhaupt tat, war, die Vögel für den alten Herrn zu verscheuchen. Und wenn sich 'ne glückliche Gelegenheit ergibt, denk ich immer, ob ich nich Mr. Tom dran beteiligen kann. Und 's is gradezu 'ne schreiende Schande, wenn er die Chance hat, 'n bißchen

Geld mit Frachtgut zu verdienen – zehn oder zwölf Prozent auf jeden Fall, wenn Fracht und Provision bezahlt sind – und er die Chance nich ergreifen sollte, weil's Geld fehlt. Und wenn's doch die Lacehamer Güter sind – herrjeh! Die sind extra für Leute gemacht, die 'ne kleine Fracht senden wollen: leicht und brauchen nich viel Platz – man kann zwanzig Pfund so verpacken, daß man's Paket nich sehn kann, und es sind Sachen, die Dummköpfen gefallen, deshalb mein ich, wird der Markt dafür nich fehlen. Und ich würd' nach Laceham gehen und die Sachen für Mr. Tom zusammen mit meinen eignen einkaufen. Und der Bursche, der alles deichselt auf dem Schiff, das sie mitnimmt, den kenn ich gut, er is 'n reeller Mann und hat 'ne Familie hier in der Stadt. Salt is sein Name, und er is auch 'n Kerl fürs Meer – und wenn Sie mir's nich glauben, kann ich Sie zu ihm bringen.«

Onkel Glegg stand mit offenem Mund da vor Erstaunen über diese ungehemmte Redseligkeit, mit der sein Verstand kaum Schritt halten konnte. Er sah Bob an, erst über seine Brillengläser, dann hindurch, dann wieder darüber, während Tom, des Eindrucks auf seinen Onkel unsicher, schon wünschte, er hätte diesen einzigartigen Aaron[6] nicht als sein Sprachrohr mitgebracht; Bobs Reden erschien weniger gebührlich, nun, da jemand anders außer ihm noch zuhörte.

»Sie scheinen ein schlauer Bursche zu sein«, sagte Mr. Glegg schließlich.

»Ja, Sir, da haben Sie recht«, gab Bob zurück und nickte mit seitlich gewandtem Kopf, »ich glaub, mein Kopf is von innen ganz lebendig wie 'n alter Käse, denn ich bin so voll von Plänen, daß einer übern andern purzelt. Wenn ich Mumps nich hätt', mit dem ich reden kann, dann würd' ich topplastig und könnt' mich wie wild überschlagen. Ich glaub, 's is, weil ich nie viel zur Schule gegangen bin. Deswegen schimpf ich noch mit meiner alten Mutter. Ich sag: ›Du hättest mich was mehr zur

Schule schicken sollen‹, sag ich, ›und dann hätt' ich kräftig in den Büchern lesen können und hätt' mein' Kopf kühl und leer behalten.‹ Tja, sie is jetzt fein raus, meine alte Mutter, sie ißt ihr gebacknes Fleisch und Kartoffeln, sooft sie mag. Denn ich hab allmählich so 'n Haufen Geld, daß ich 'ne Frau haben muß, ums für mich auszugeben. Aber 'ne Frau is lästig, und Mumps möcht' sie vielleicht nich leiden.«

Onkel Glegg, der sich selbst für einen scherzhaften Mann hielt, seit er sich vom Geschäft zurückgezogen hatte, fing an, Bob amüsant zu finden, aber er mußte noch eine mißbilligende Bemerkung machen, die ihm sein ernstes Gesicht bewahrte.

»Ah«, sagte er, »das glaub ich wohl, daß Sie in Verlegenheit sind, wie Sie Ihr Geld ausgeben sollen, sonst würden Sie nicht den großen Hund halten, der so viel frißt wie zwei Christenmenschen. Es ist schändlich – schändlich!« Aber er sprach mehr im Kummer als im Zorn und setzte schnell hinzu:

»Aber komm jetzt, laß mich mehr von diesem Geschäft hören, Tom. Ich nehme an, du möchtest eine kleine Summe, um damit zu spekulieren. Aber wo ist all dein eigenes Geld? Du gibst doch wohl nicht alles aus – wie?«

»Nein, Sir«, sagte Tom errötend, »aber mein Vater will es nicht aufs Spiel setzen, und ich möchte ihn nicht drängen. Wenn ich für den Anfang zwanzig oder dreißig Pfund bekommen könnte, dann könnte ich fünf Prozent dafür zahlen, und da könnte ich allmählich mein eigenes kleines Kapital machen und ohne Darlehen auskommen.«

»Ja ... ja«, sagte Mr. Glegg beifällig, »das ist kein schlechter Gedanke, und ich will nicht sagen, daß ich nicht dein Mann bin. Aber es wäre ganz gut, wenn ich erst diesen Salt sehen könnte, von dem du sprichst. Und dann ... hier ist dieser Freund von dir und erbietet sich, die Waren für dich zu kaufen. Hätten Sie vielleicht jemanden, der sich für Sie verbürgt, wenn das Geld in Ihre Hände gelegt wird?« fügte der vorsichtige alte Herr hinzu und betrachtete Bob über seine Brillengläser.

»Ich glaube nicht, daß das nötig ist, Onkel«, sagte Tom. »Wenigstens meine ich, es wäre für mich nicht nötig, weil ich Bob gut kenne, aber vielleicht wäre es richtig für dich, eine Sicherheit zu haben.«

»Sie bekommen wohl Ihre Prozente aus dem Verkauf?« sagte Mr. Glegg und sah Bob an.

»Nein«, sagte Bob ziemlich entrüstet, »ich hab nich angeboten, 'nen Apfel für Mr. Tom zu bringen, damit ich reinbeißen kann. Wenn ich Leute reinleg, dann denk ich mir was Lustigeres aus.«

»Nun, es ist nicht mehr wie recht, daß Sie einen kleinen Prozentsatz haben sollten«, sagte Mr. Glegg. »Ich halte nichts von geschäftlichen Unternehmungen, wo Leute was umsonst tun. Das sieht immer schlecht aus.«

»Nun, denn«, sagte Bob, dessen Schlauheit sofort sah, worum es ging. »Ich will Ihnen sagen, was ich davon hab, und am Ende ist's bares Geld für mich; ich steh selbst besser da und seh nach was aus, wenn ich 'n größern Einkauf mache. Das isses, woran ich denk. Tja! Ich bin nun mal 'n schlauer Bursche.«

»Mr. Glegg, Mr. Glegg«, sagte eine strenge Stimme aus dem offenen Wohnzimmerfenster, »kommst du jetzt bitte zum Tee herein, oder willst du draußen stehen und mit Hausierern reden, bis du am hellichten Tag ermordet wirst?«

»Ermordet?« sagte Mr. Glegg. »Wovon redet die Frau eigentlich? Hier ist dein Neffe Tom, der wegen eines kleinen Geschäfts gekommen ist.«

»Ermordet, ja, es ist erst wenige Gerichtstage her, daß ein Hausierer eine junge Frau an einem einsamen Ort ermordet hat, ihren Fingerhut stahl und ihre Leiche in einen Graben warf.«

»Nein, nein«, sagte Mr. Glegg begütigend, »du denkst an den Mann ohne Beine, der einen Einspänner fuhr.«

»Nun, das ist dasselbe, Mr. Glegg. Du widersprichst nur gern dem, was ich sage, und wenn mein Neffe geschäftlich gekommen ist, dann wäre es passender, du brächtest ihn ins Haus und ließest es seine Tante wissen, anstatt auf diese verschwörerische, bedrohliche Art in Ecken zu flüstern.«

»Gut, gut«, sagte Mr. Glegg, »wir kommen jetzt herein.«

»Sie brauchen nicht hierzubleiben«, sagte seine Gattin zu Bob mit lauter Stimme, die der moralischen, nicht der physischen Entfernung zwischen ihnen angemessen war. »Wir brauchen nichts. Ich kaufe nicht von Hausierern. Und sehen Sie zu, daß Sie das Tor hinter sich schließen.«

»Wart einen Moment, nicht so schnell«, sagte Mr. Glegg, »ich bin mit diesem jungen Mann noch nicht fertig. Komm rein, Tom, komm rein«, setzte er hinzu und trat durch die Verandatür ein.

»Mr. Glegg«, sagte Mrs. Glegg in einem schicksalsträchtigen Ton, »wenn du vorhast, diesen Mann und seinen Hund vor meinen Augen auf meinen Teppich zu lassen, dann sei so gut und laß es mich wissen. Eine Ehefrau hat ein Recht zu fragen, hoffe ich.«

»Sei'n Sie unbesorgt, gnä' Frau«, sagte Bob und tippte an seine Mütze. Er sah sogleich, daß Mrs. Glegg ein Stück Wild war, das zu hetzen sich wohl lohnte, und es gelüstete ihn nach einer kleinen Jagd: »Wir bleiben auf'm Kies hier, Mumps und ich. Mumps kennt seine Gesellschaft. Ich könnt' ihn stundenlang anzischen, bevor er sich auf 'ne richtig vornehme Dame wie Sie stürzen würd'. 's is wunderbar, wie er weiß, welches die gutaussehenden Damen sind – und er mag sie besonders gern, wenn sie 'ne gute Figur haben. Tja!« fügte Bob hinzu und setzte sein Bündel auf dem Kies ab, »'s is tausendmal schad, daß 'ne Dame wie Sie nich von 'nem Hausierer kauft, anstatt in diese neumodischen Geschäfte zu gehn, wo 'n halbes Dutzend feiner Herren sind, die ihr Kinn auf steife Halsbinden stützen und aussehn wie Flaschen mit verzierten Stöpseln, und sie alle müssen sich mit 'nem bißchen Kattun ihr Essen verdienen, 's versteht sich, daß man da den dreifachen Preis zahlen muß, den man 'nem Hausierer zahlt, was der natürliche Weg is, Ware zu bekommen – und der zahlt keine Miete und is nich gezwungen, sich zu erwürgen, bis er die Lügen aus sich rausgequetscht hat, ob er nun will oder nich. Aber, tja, gnä' Frau, Sie wissen, was besser is, nich ich, Sie könn' durch die Ladenverkäufer hindurchsehn, möcht ich wetten.«

»Ja, das will ich meinen, daß ich das kann, und durch die Hausierer auch«, bemerkte Mrs. Glegg in der Absicht anzudeuten, daß Bobs Schmeichelei keine Wirkung auf sie gehabt hatte, während ihr Ehemann, der breitbeinig und mit den Händen in der Tasche hinter ihr stand, mit ehelichem Entzücken über die Wahrscheinlichkeit blinzelte und lächelte, daß seine Frau überlistet werden würde.

»Ja, gewiß, gnä' Frau«, sagte Bob. »Nun, Sie müssen ja mit zahllosen Hausierern zu tun gehabt haben, als Sie noch 'n junges Mädchen war'n, bevor der Herr hier das Glück hatte, 'n Auge auf Sie zu werfen. Ich weiß, wo Sie wohnten – hab das Haus oft gesehn – nah bei Squire Darleigh – 'n Steinhaus mit Stufen ...«

»Ach, das stimmt«, sagte Mrs. Glegg und schenkte den Tee ein. »Dann wissen Sie wohl etwas von meiner Familie ... Sind Sie mit dem Hausierer verwandt, der schielte und der uns immer das irische Leinen brachte?«

»Da sehn Sie!« sagte Bob ausweichend. »Wußt' ich nich, daß Sie sich noch erinnern würden, daß die besten Einkäufe, die Sie in Ihr'm Leben gemacht haben, von Hausierern war'n? Nun, wissen Sie, 'n schielender Hausierer is immer noch besser als 'n Ladenverkäufer, der gradaus gucken kann. Tja! Wenn ich das Glück gehabt hätt', mit mein' Bündel, das hier liegt, zu dem Steinhaus zu gehn« – er beugte sich nieder und knuffte das Bündel nachdrücklich mit der Faust – »und die hübschen jungen Mädchen stünden alle draußen auf den Steinstufen, das wär' was g'wesen, dann das Bündel zu öffnen, wirklich. Heute geht 'n Hausierer nur noch zu den armen Häusern, wenn's nich wegen der Dienstmädchen is. 's sind erbärmliche Zeiten. Nun, gnä' Frau, sehn Sie sich jetzt mal diese bedruckten Baumwollstoffe an, und was sie war'n, als Sie sie trugen – na, Sie würden so was jetzt nich anziehn, das kann ich wohl sehn. 's muß erstklassige Qualität sein – der Stoff, den Sie kaufen würden – was, das sich so gut trägt wie Ihr eignes Gesicht.«

»Ja, bessere Qualität als das, was Sie wohl je herumtragen; Sie haben nichts Erstklassiges, außer Ihrer Frechheit, möchte ich annehmen«, sagte Mrs. Glegg mit einem triumphierenden Gefühl ihres unübertrefflichen Scharfsinns. »Mr. Glegg, willst du dich überhaupt noch zum Tee setzen? Tom, da ist eine Tasse für dich.«

»Da sprechen Sie wahr, gnä' Frau«, sagte Bob. »Mein Bündel is nich für Damen wie Sie. Die Zeit dafür is vorbei. Günstige Angebote, spottbillig! 'n kleiner Schaden hier und dort, der rausgeschnitten werden kann oder den man beim Tragen sowieso nich sieht, aber nich geeignet, ums reichen Leuten anzubieten, die für das Aussehn von Sachen zahlen können, die niemand sieht. Ich bin nich der Mann, der vor Ihnen sein Bündel öffnen möcht, gnä' Frau, nee, nee, ich bin 'n dreister Kerl, wie Sie sagen, die Zeiten machen die Leute dreist, aber so weit isses mit mir noch nich.«

»Nun, was für Ware haben Sie denn in Ihrem Bündel?« sagte Mrs. Glegg. »Zartfarbiges Zeug, nehme ich an – Tücher und dergleichen?«

»Aller Art, gnä' Frau, aller Art«, sagte Bob und knuffte sein Bündel, »aber lassen Sie uns nix mehr dazu sagen, wenn's Ihnen genehm is. Ich bin hier wegen Mr. Toms Geschäft, und ich bin nich der Mann, um Zeit für mein eignes zu vertun.«

»Und bitte, was *ist* das für ein Geschäft, das von mir ferngehalten werden soll?« sagte Mrs. Glegg, die, von doppelter Neugier gequält, gezwungen war, die eine Hälfte warten zu lassen.

»Ein kleiner Plan von unsrem Neffen Tom hier«, sagte der gutmütige Mr. Glegg, »und nicht einmal ein schlechter, meine ich. Ein kleiner Plan, um Geld zu verdienen; das sind die rechten Pläne für junge Leute, die ihr Glück zu machen haben, was, Jane?«

»Aber ich hoffe, es ist kein Plan, wo er erwartet, daß alles von seinen Angehörigen für ihn getan wird; das ist es, was die jungen Leute heutzutage meistens denken. Und bitte, was hat dieser Hausierer mit dem zu tun, was in unserer Familie vor sich geht? Kannst du nicht für dich selbst sprechen, Tom, und deine Tante die Sache wissen lassen, wie es sich für einen Neffen gehört?«

»Dies ist Bob Jakin, Tante«, sagte Tom und unterdrückte den Unwillen, den Tante Gleggs Stimme immer hervorrief. »Ich kenne ihn schon, seit wir kleine Jungen waren. Er ist ein sehr guter Kerl und immer bereit, mir einen Gefallen zu tun. Und er hat Erfahrung damit, Waren zu verschicken – einen kleinen Teil einer Fracht als private Spekulation –, und er meint, wenn ich anfangen könnte, auch ein wenig dergleichen zu tun, könnte ich etwas Geld verdienen. Man kommt auf diese Weise zu einem beträchtlichen Gewinn.«

»Beträchtlichen Gewinn?« sagte Tante Glegg mit Eifer. »Und was nennst du einen beträchtlichen Gewinn?«

»Zehn oder zwölf Prozent«, sagte Bob, »nachdem die Ausgaben bezahlt sind.«

»Warum hat man mich dann solche Dinge nicht eher wissen lassen, Mr. Glegg?« sagte Mrs. Glegg und wandte sich ihrem Ehemann mit einem tiefen, schnarrenden Ton des Vorwurfs zu. »Hast du mir nicht immer gesagt, man könnte nirgends mehr als fünf Prozent bekommen?«

»Pah, pah, Unsinn, meine gute Frau«, sagte Mr. Glegg. »Du könntest doch wohl keinen Handel anfangen, oder?

Du kannst nicht mehr als fünf Prozent mit Sicherheiten bekommen.«

»Aber ich kann gern 'n bißchen Geld für Sie anlegen, gnä' Frau«, sagte Bob, »wenn Sie's riskieren möchten – nich, daß man wirklich von 'nem Risiko sprechen könnt'. Aber wenn Sie geneigt sind, Mr. Tom etwas Geld zu leihn, wird er Ihnen sechs oder sieben Prozent zahlen und noch 'ne Kleinigkeit für sich selbst behalten, und 'ne gutherzige Dame wie Sie würd' noch mehr Freude am Geld haben, wenn ihr Neffe dran teilhätte.«

»Was sagst du, Mrs. G.?« sagte Mr. Glegg. »Ich glaube fast, daß ich, wenn ich ein paar mehr Erkundigungen angestellt habe, unserem Tom vielleicht mit einem kleinen Nestei auf die Sprünge helfen werde; er wird mir natürlich Zinsen zahlen, und wenn du noch ein kleines Sümmchen hast, das nur in einen Strumpf geknotet ist und rumliegt, oder das ...«

»Mr. Glegg, das übersteigt alles! Nächstens wirst du noch hingehen und Vagabunden Auskunft geben, daß sie kommen können und mich berauben.«

»Schon gut, schon gut; was ich sagen wollte, wenn du dich mit zwanzig Pfund beteiligen willst, dann kannst du das tun, ich mache fünfzig draus. Das wird ein recht nettes Nestei sein, was Tom?«

»Du rechnest nicht auf mich, Mr. Glegg, hoffe ich«, sagte seine Frau. »Du könntest ja anscheinend feine Dinge mit meinem Geld tun.«

»Also schön«, sagte Mr. Glegg recht bissig, »dann machen wir es ohne dich. Ich werde mit Ihnen gehen, um mit diesem Salt zu sprechen«, fügte er zu Bob gewandt hinzu.

»Und jetzt willst du wohl alles gleich ganz herumdrehen, Mr. Glegg«, sagte Mrs. Glegg, »und mich aus meines eigenen Neffen Geschäft ausschließen. Ich habe nie gesagt, daß ich kein Geld beisteuern wollte; ich sage nicht, daß es zwanzig Pfund sein sollen, obwohl du das so bereitwillig für mich sagst, aber er wird eines Tages sehen, daß seine Tante recht darin tut, das Geld nicht zu riskieren, das sie für ihn gespart hat, bis es erwiesen ist, daß es nicht verloren sein wird.«

»Ja, das ist eine angenehme Art von Risiko«, sagte Mr. Glegg und blinzelte taktlos Tom zu, der nicht umhin konnte zu lächeln. Doch Bob dämmte den Ausbruch der verletzten Dame ein.

»Ja, gnä' Frau«, sagte er bewundernd, »Sie wissen, worum 's geht. Und 's ist nix wie recht. *Sie* gucken sich erst an, wie 'n Geschäft anläuft, und dann zeigen Sie sich nobel. Tja, 's is 'ne feine Sache, gute Verwandte zu haben. Ich hab mein kleines Nestei, wie der Herr 's nennt, allein durch meine Fixigkeit gekriegt – zehn Sovereigns waren's – weil ich das Feuer in Torrys Mühle gelöscht hab, und 's is gewachsen und gewachsen Stück für Stück, bis ich 'ne Sache von dreißig Pfund zum Anlegen hatte und 's außerdem meiner Mutter noch gut gehn ließ. Ich würd' noch mehr kriegen, nur bin ich so 'n Dummerjan bei den Frauen – ich muß sie einfach immer 'nen guten Kauf machen lassen. Da is mein Bündel hier« – er knuffte es tüchtig – »jeder andre Kerl würd' 'n hübsches Stück Geld draus machen. Aber ich! Tja, ich werd's für kaum mehr verkaufen, als was ich dafür bezahlt hab.«

»Haben Sie denn ein Stück guten Tüll?« sagte Mrs. Glegg von oben herab, stand vom Teetisch auf und faltete ihre Serviette zusammen.

»Ach, gnä' Frau, nix, was sich für Sie lohnen würde anzuschaun. Ich mag's Ihnen nich zeigen. 's wär' 'ne Beleidigung für Sie.«

»Aber lassen Sie mal sehen«, sagte Mrs. Glegg immer noch von oben herab. »Wenn es schadhafte Ware ist, ist es höchstwahrscheinlich von einer etwas besseren Qualität.«

»Nein, gnä' Frau. Ich weiß, wo die Grenzen sind«, sagte Bob, hob sein Bündel auf und schulterte es. »Ich will

nich die Niedrigkeit meines Handels vor 'ner Dame wie Ihnen ausbreiten. Hausiererbündel sind runtergekommen in der Welt, 's würd' Ihnen ins Herz schneiden, den Unterschied zu sehn. Ich bin zu Ihren Diensten, Sir, wenn Sie Salt jetzt sprechen möchten.«
»Alles zu seiner Zeit«, sagte Mr. Glegg, der den Dialog nur ungern abkürzen wollte. »Wirst du am Ladeplatz gebraucht, Tom?«
»Nein, Sir. Ich habe Stowe an meinem Platz gelassen.«
»Kommen Sie, setzen Sie Ihr Bündel ab und lassen Sie es mich sehen«, sagte Mrs. Glegg, zog einen Stuhl an die Verandatür und nahm mit viel Würde Platz.
»Bestehn Sie doch nich drauf, gnä' Frau«, sagte Bob bittend.
»Machen Sie keine weiteren Worte«, sagte Mrs. Glegg streng, »sondern tun Sie, was ich Ihnen sage.«
»Hm, gnä' Frau, ich tu's ungern, wirklich«, sagte Bob und setzte sein Bündel langsam auf der Schwelle ab und begann, es mit unwilligen Fingern aufzuschnüren. »Aber was Sie befehlen, soll geschehn.« Die Pausen zwischen den Sätzen wurden durch viel Herumfingern ausgefüllt. »Nich, daß Sie 'n einziges Stück von mir kaufen werden ... 's sollt' mir leid tun, wenn Sie's täten ... Denken Sie nur an die armen Fraun dort oben in den Dörfern, die nie auch nur hundert Meter von zu Hause wegkommen ... 's wär' schade, wenn ihnen jemand die günstigen Angebote wegkaufte. Tja, 's is so gut wie 'n Fest für sie, wenn sie mich mit mein' Bündel sehn ... und ich werd nie wieder solch günstiges Zeug für sie bekommen. Wenigstens hab ich jetzt keine Zeit dazu, denn ich bin auf'm Weg nach Laceham. Sehn Sie nun hier«, jetzt sprach Bob wieder schneller weiter und hielt ein scharlachrotes Wolltuch mit einem gestickten Kranz in einer Ecke hoch, »hier is 'ne Sache, die 'nem Mädchen das Wasser im Munde zusammenlaufen lassen würd', und nur zwei Schillinge – und warum? Nun, weil da 'n ganz kleines Mottenloch an diesem unbestickten Ende ist. Tja, ich

glaub, die Motten und der Schimmel werden von der Vorsehung extra geschickt, damit die Sachen billiger werden für gut aussehende Frauen, die nich viel Geld haben. Wenn die Motten nich gewesen wär'n, nun, dann wär' jedes von den Tüchern an reiche, hübsche Damen wie Sie gegangen, gnä' Frau, für fünf Schilling das Stück und nich ein' Heller weniger, aber was tut die Motte? Nun, sie knabbert im Handumdrehen drei Schilling vom Preis weg, und dann kann 'n Hausierer wie ich sie zu den armen Mädchen tragen, die unterm dunklen Strohdach wohnen, damit's 'n bißchen strahlt bei ihnen. Tja, 's is so gut wie 'n Feuer anzusehen, solch ein Tuch.«

Bob hielt es zur Bewunderung in einiger Entfernung, aber Mrs. Glegg sagte scharf: »Ja, aber niemand braucht ein Feuer um diese Jahreszeit. Legen Sie diese farbigen Sachen weg, lassen Sie mich Ihren Tüll besehen, wenn Sie welchen haben.«

»Ach, gnä' Frau, ich sagte Ihnen ja, wie's werden würd'«, sagte Bob und warf die farbigen Sachen mit dem Ausdruck der Verzweiflung zur Seite. »Ich wußt', daß Sie's verärgern würde, so jämmerliche Ware anzusehn, wie ich sie herumtrag. Hier is nun 'n Stück geblümter Musselin, was hat's für 'n Zweck, daß Sie sich's ansehn? Sie könnten sich ebensogut armer Leute Essen ansehn, gnä' Frau – 's würd' Ihnen nur den Appetit verderben. Da is 'ne Elle in der Mitte, wo's Muster ganz fehlt, tja, nun, 's is 'n Musselin, den die Prinzessin Viktoria hätte tragen können, aber«, fügte Bob hinzu und warf ihn hinter sich auf den Rasen, wie um Mrs. Gleggs Augen zu schonen, »des Hökers Frau in Fibb's End wird ihn kaufen, da wird er wohl hingehn, zehn Schilling für's Ganze, zehn Ellen, die schadhafte mitgezählt, fünfundzwanzig Schilling wär' der Preis gewesen und nich ein' Penny weniger. Aber ich will nix mehr sagen, gnä' Frau, 's is nix für Sie, 'n Stück Musselin wie der hier, sie könnten sich's leisten, das dreifache Geld für 'nen Stoff zu bezahlen, der nich halb so gut ist. Sie sprachen von

Tüll, nun, ich hab 'n Stück, über den Sie sich nur lustig machen werden ...«

»Bringen Sie mir den Musselin«, sagte Mrs. Glegg, »es ist so ein Chamois – ich habe eine Vorliebe für Chamois.«

»Ach, aber schadhaftes Zeug«, sagte Bob in einem Ton abwehrenden Abscheus. »Sie werden nix damit anfangen, gnä' Frau, Sie würden's der Köchin geben, das weiß ich bestimmt, und 's wär' schad – sie säh' viel zu sehr wie 'ne Dame drin aus – 's steht Dienstboten nich an.«

»Holen Sie es und lassen Sie mich sehen, wie Sie es ausmessen«, sagte Mrs. Glegg bestimmend.

Bob gehorchte mit zur Schau gestelltem Widerwillen.

»Sehn Sie, wieviel 's noch übers Maß ist?« sagte er und hielt die zusätzliche halbe Elle hoch, während Mrs. Glegg die schadhafte Stelle eifrig untersuchte, wobei sie ihren Kopf zurückwarf, um zu sehen, wie weit der Fehler verschwand, wenn man ihn von weitem betrachtete.

»Ich werde Ihnen sechs Schilling dafür geben«, sagte sie und warf ihn wieder vor mit dem Ausdruck einer Person, die ein Ultimatum ausspricht.

»Sagt' ich Ihnen nich, gnä' Frau, 's würd' Ihre Gefühle verletzen, sich mein Bündel anzusehen? Das schadhafte Stück hat Ihnen den Magen umgedreht – das kann ich wohl sehn«, sagte Bob und wickelte den Musselin mit äußerster Behendigkeit ein und machte sich anscheinend daran, sein Bündel wieder zuzuschnüren. »Sie waren's gewohnt, andre Ware von Hausierern zu sehn, als Sie noch in dem Steinhaus wohnten. Hausiererbündel sind heruntergekommen in der Welt; ich sagt' Ihnen, daß meine Sachen für einfache Leute sind. Mrs. Pepper wird mir zehn Schilling für den Musselin geben, und 's wird ihr leid tun, daß ich nich mehr verlange. Solche Ware macht sich im Tragen bezahlt – sie behält ihre Farbe, bis die Fäden im Waschfaß auseinanderfallen, und das wird nich sein, solang ich noch jung bin.«

»Nun, sieben Schilling«, sagte Mrs. Glegg.

»Denken Sie nich mehr dran, gnä' Frau«, sagte Bob. »Hier is 'n bißchen Tüll, den Sie sich ansehn können, bevor ich mein Bündel zuschnür, nur damit Sie sehn können, wohin mein Handel gekommen is, gepunktet und mit kleinen Ranken, sehn Sie, wunderschön, aber gelb – er hat lange gelegen und die falsche Farbe gekriegt. Ich hätt' solchen Tüll nie kaufen können, wenn er nich gelb gewesen wär'. Tja, ich habe 'ne Menge lernen müssen, um den Wert all der Sachen zu kennen; als ich anfing, mit 'nem Bündel rumzuziehen, war ich so dumm wie 'n Hornochse – Tüll oder Kattun, das war mir alles dasselbe. Ich dachte, das Zeug, das am dicksten is, wär auch 's teuerste. Ich wurde schrecklich reingelegt, denn ich bin 'n gradliniger Kerl – keine Tricks, gnä' Frau. Ich kann nur sagen, daß meine Nase mir gehört, denn wenn ich weiterging', wüßt' ich bald nich mehr aus noch ein. Und ich gab fünf Schilling und acht Pence für das Stück Tüll – wenn ich was andres sagen würd', würd' ich lügen –, und fünf Schilling acht Pence werd ich dafür verlangen, keinen Penny mehr, denn das is was für Frauen, und ich tu Frauen gern 'n Gefallen. Fünf Schilling acht Pence für sechs Ellen, so billig, als ob nur der Dreck drauf bezahlt würd'.«

»Drei Ellen davon möchte ich wohl haben«, sagte Mrs. Glegg.

»Nun, 's sind aber im ganzen bloß sechs«, sagte Bob. »Nein, gnä' Frau, 's lohnt sich nich für Sie, Sie könnten morgen ins Geschäft gehn und dasselbe Muster schon fertig gebleicht bekommen. Es kostet nur dreimal soviel, was is das für 'ne Dame wie Sie?« Er machte einen nachdrücklichen Knoten in sein Bündel.

»Kommen Sie, legen Sie mir den Musselin heraus«, sagte Mrs. Glegg. »Hier sind acht Schilling dafür.«

»Sie können aber scherzen, gnä' Frau«, sagte Bob und sah mit lachendem Gesicht auf, »ich sah gleich, daß Sie 'ne vergnügte Dame wär'n, als ich erst zum Fenster kam.«

»Nun, legen Sie es mir heraus«, sagte Mrs. Glegg gebieterisch.

»Aber wenn ich's Ihnen für zehn Schilling lasse, dann sei'n Sie so gut, gnä' Frau, es niemand zu erzählen. Ich würd' mich zum Gespött der Leute machen, die ganze Zunft würd' mich auspfeifen, wenn sie's wüßten. Ich muß immer so tun, als nähm' ich mehr für meine Ware, als ich tu, sonst würden sie rauskriegen, daß ich 'n Trottel bin. Ich bin froh, daß Sie nich drauf bestehen, den Tüll zu kaufen, denn dann hätt' ich meine beiden günstigsten Angebote für Mrs. Pepper von Fibb's End verloren – und sie is 'ne prima Kundin.«

»Lassen Sie mich den Tüll noch einmal besehen«, sagte Mrs. Glegg und lechzte nach den billigen Punkten und Ranken, nun, da sie verschwanden.

»Nun, ich kann Ihnen nix abschlagen, gnä' Frau«, sagte Bob und nahm ihn heraus. »Ach, sehn Sie nur, das Muster! Echte Lacehamer Ware. Dies is genau die Art von Ware, die ich Mr. Tom empfehle loszuschicken. Tja, 's is 'ne feine Sache für jemand, der 'n bißchen Geld hat; diese Lacehamer Ware wird's vermehren wie Maden. Wenn ich 'ne Dame mit 'nem bißchen Geld wäre – ich weiß sogar eine, die dreißig Pfund in diese Ware gesteckt hat, 'ne Dame mit 'nem Holzbein, aber ganz schlau – sie würd' sich nich so schnell den Kopf in 'n Sack stecken lassen, sie sieht ihren Weg klar bis zum Ende, bevor sie sich beeilt, was anzufangen. Nun, sie borgte einem jungen Mann aus dem Tuchhändlergewerbe dreißig Pfund, und er legte sie in Lacehamer Waren an, und ein Frachtschiffer, den ich kenn (nicht Salt), nahm sie mit, und sie bekam erst ihre acht Prozent, und jetzt kann man sie nich mehr zurückhalten, sie muß mit jedem Schiff 'ne Fracht mitschicken, bis sie so reich wird, wie 'n Jude. Bucks is ihr Name, sie lebt nich in dieser Stadt. Nun denn, gnä' Frau, wenn Sie mir bitte den Tüll geben wollen ...«

»Hier sind also fünfzehn Schilling, für beides«, sagte Mrs. Glegg. »Aber es ist ein schändlicher Preis.«

»Nein, gnä' Frau, das werden Sie nich mehr sagen, wenn Sie in fünf Jahren in der Kirche knien. Ich schenk Ihnen die Sachen ja – bestimmt. Die acht Pence schneiden mir mein' Gewinn ab wie mit der Rasierklinge. Nun denn, Sir«, fuhr Bob fort und schulterte sein Bündel, »wenn's Ihnen beliebt, ging ich jetzt gern und säh' zu, daß Mr. Tom sein Glück macht. Ach, ich wünscht', ich hätt' noch zwanzig Pfund mehr für mich selbst anzulegen, ich würd' nich erst mein' Katechismus aufsagen, bevor ich wüßt', was damit zu tun wär'.«
»Wart' mal eben, Mr. Glegg«, sagte seine Gattin, als ihr Ehemann seinen Hut nahm, »du gibst mir auch nie die Chance zu reden. Du willst jetzt wohl fortgehen und alles mit diesem Geschäft erledigen und wiederkommen und mir sagen, daß es nun für mich zum Reden zu spät sei. Als ob ich nicht meines Neffen eigne Tante wäre und das Oberhaupt der Familie auf seiner Mutter Seite! Und habe Guineen für ihn zurückgelegt, alles schweres Gold, damit er weiß, wen er zu achten hat, wenn ich in meinem Sarg liege.«
»Nun, Mrs. Glegg, dann sag, was du willst«, sagte Mr. Glegg rasch.
»Nun denn, ich wünsche, daß nichts ohne mein Wissen getan wird. Ich sage nicht, daß ich nicht zwanzig Pfund riskieren will, wenn du herausfindest, daß alles recht und sicher ist. Und wenn ich es tue, Tom«, schloß Mrs. Glegg, sehr eindringlich an ihren Neffen gewandt, »dann hoffe ich, daß du dich immer daran erinnern und dankbar sein wirst für solch eine Tante. Ich möchte aber, daß du mir Zinsen zahlst – ich bin nicht fürs Verschenken, darauf waren wir nie aus in *meiner* Familie.«
»Danke, Tante«, sagte Tom recht stolz. »Ich hab es lieber, wenn mir das Geld nur geliehen wird.«
»Sehr gut, das ist Dodsongeist«, sagte Mrs. Glegg und stand auf, um ihr Strickzeug zu holen, in dem Gefühl, daß jede weitere Bemerkung nach dieser trivial wäre.
Nachdem Salt – jener »Kerl, der so für's Meer war« – in

einer Wolke von Pfeifenrauch im Wirtshaus »Zum Anker« entdeckt worden war, begann Mr. Glegg seine Erkundigungen, die sich als zufriedenstellend genug erwiesen, um das Vorstrecken des »Nesteies« zu gewähren, zu dem Tante Glegg zwanzig Pfund beisteuerte, und in diesem bescheidenen Anfang sieht man die Grundlage einer Tatsache, die sonst überraschen könnte, nämlich Toms Anhäufung von Geld, von der sein Vater nichts wußte und die versprach, sich in nicht allzu langer Zeit mit dem zähen Vorgang des Sparens zu verbinden und den Fehlbetrag ganz zu decken. Nachdem Toms Aufmerksamkeit einmal auf diese Gewinnquelle gelenkt worden war, beschloß er, so viel wie möglich daraus zu machen, und ließ keine Gelegenheit aus, Erkundigungen einzuziehen und seine kleinen Unternehmungen auszudehnen. Daß er es seinem Vater nicht erzählte, lag an jener seltsamen Mischung entgegengesetzter Gefühle, die oft denen, die eine Handlung tadeln, und denen, die sie bewundern, gleichermaßen recht gibt – teilweise war es jene Abneigung gegen Vertraulichkeit, die sich zwischen nahen Verwandten findet, jenes Sichabstoßen in der Familie, das die heiligsten Beziehungen unseres Lebens verdirbt, teilweise war es der Wunsch, seinen Vater mit einer großen Freude zu überraschen. Er erkannte nicht, daß es besser gewesen wäre, die Zwischenzeit mit einer neuen Hoffnung zu mildern und den Taumel eines zu plötzlichen Triumphes zu vermeiden.

Zu der Zeit, als Maggie Philip erstmals traf, hatte Tom schon beinahe einhundertfünfzig Pfund an eigenem Kapital, und während sie im Abendlicht im Roten Grund einhergingen, ritt er im selben Abendlicht nach Laceham, stolz darauf, auf seiner ersten Reise für Guest & Co. zu sein, und überlegte bei sich all die Möglichkeiten, wie er bis Ende des nächsten Jahres seinen Gewinn verdoppelt haben würde, die Schmach der Schulden von seines Vaters Namen getilgt hätte und vielleicht – denn dann war er einundzwanzig – einen neuen Anfang für sich selbst gemacht hätte mit einer Stellung auf einer höheren Stufe. Verdiente er es nicht? Er war ganz sicher, daß er es verdiente.

Kapitel 3

Das schwankende Gleichgewicht

Ich sagte, daß Maggie an jenem Abend vom Roten Grund heimging in einem innerlichen Konflikt, der bereits begonnen hatte. In ihrem Gespräch mit Philip hat man deutlich genug sehen können, worin der Konflikt lag. Hier war plötzlich eine Öffnung in der Felswand, die das enge Tal der Demütigung umschloß, wo all ihre Aussicht der ferne, unergründliche Himmel war; und einige der irdischen Freuden, die noch in ihrem Gedächtnis umgingen, waren nicht mehr außer Reichweite. Sie könnte Bücher haben, Gespräche, Zuneigung, sie könnte Neues aus der Welt hören, von der sie sich immer noch verbannt fühlte; und es wäre auch eine Freundlichkeit für Philip, der bemitleidenswert war und offensichtlich nicht glücklich; und vielleicht war hier eine Gelegenheit gegeben, ihren Geist für seinen höchsten Dienst würdiger zu machen – vielleicht konnte die edelste, vollständigste Frömmigkeit kaum existieren ohne eine gewisse Breite des Wissens: mußte sie denn immer in dieser ergebenen Gefangenschaft leben? Es war so untadelig, so gut, daß Freundschaft zwischen ihr und Philip sein sollte; die Beweggründe, die es verboten, waren so unvernünftig, so unchristlich. Aber die strenge monotone Warnung kam wieder und wieder, daß sie die Einfachheit und Klarheit ihres Lebens verlöre, indem sie eine Quelle der Heimlichkeit zuließe, und daß sie, wenn sie die schlichte Regel der Entsagung aufgäbe, sich selbst der verführerischen Leitung unbegrenzbarer Wünsche unterwerfe. Sie dachte, sie hätte Kraft gewonnen, um der Warnung zu gehorchen, bevor sie sich in der folgenden Woche gestattete, ihre Schritte am Abend wieder zum Roten Grund zu lenken. Sie war entschlossen, Philip von Herzen Lebewohl zu sagen, und doch, wie freute sie sich auf diesen Abendspaziergang in den ruhigen, durchbrochenen Schatten der Mulden, fern allem, was rauh und unschön war, auf die zärtlichen, bewundernden Blicke, die ihr begegnen würden, auf das Gefühl der Kameradschaft, das die kindlichen Erinnerungen dem weiseren, älteren Gespräch geben würden, auf die Gewißheit, daß es Philip etwas bedeutete, alles zu hören, was sie sagte, was niemandem sonst etwas bedeutete. Es war eine halbe Stunde, der den Rücken zu kehren ihr schwer werden würde in dem Gefühl, daß es keine wie diese mehr gäbe. Dennoch sagte sie, was sie sagen wollte, sie sah entschlossen und auch traurig aus.

»Philip, ich habe mich entschieden, es ist recht, daß wir einander aufgeben in allem außer in der Erinnerung. Ich könnte Sie nicht ohne Heimlichkeit sehen; warten Sie, ich weiß, was Sie sagen wollen: es sind die falschen Gefühle anderer Leute, die die Heimlichkeit notwendig machen, aber Heimlichkeit ist schlimm, wie immer sie verursacht werden mag. Ich fühle, daß es schlimm für mich wäre, schlimm für uns beide. Und dann, wenn unser Geheimnis entdeckt würde, wäre da nichts als Elend, schrecklicher Zorn, und dann müßten wir uns schließlich doch trennen, und es wäre noch härter, wenn wir uns daran gewöhnt hätten, einander zu treffen.«

Philips Gesicht hatte sich gerötet und zeigte einen Moment lang einen Eifer des Ausdrucks, als sei er im Begriff, sich diesem Entschluß mit all seiner Macht zu widersetzen. Doch er beherrschte sich und sagte mit erzwungener Ruhe: »Gut, Maggie, wenn wir uns denn trennen müssen, dann lassen Sie es uns für eine halbe

Stunde vergessen, lassen Sie uns eine kleine Weile miteinander sprechen – zum letzten Mal.«
Er nahm ihre Hand, und Maggie sah keinen Grund, sie ihm zu entziehen, seine Ruhe versicherte ihr nur um so mehr, daß sie ihm einen großen Schmerz zugefügt hatte, und sie wollte ihm zeigen, wie ungern sie es getan hatte. Sie gingen Hand in Hand schweigend weiter.
»Setzen wir uns in der Mulde nieder«, sagte Philip, »wo wir beim letzten Mal standen. Sehen Sie, wie die Heckenrosen den Boden bestreut und ihre schillernden Blütenblätter darauf ausgebreitet haben.«
Sie setzten sich an den Wurzeln der gebeugten Esche nieder.
»Ich habe mein Bild von Ihnen zwischen den Kiefern angefangen, Maggie«, sagte Philip, »deshalb müssen Sie mich Ihr Gesicht ein wenig studieren lassen, während Sie hier sind – da ich es nicht wieder sehen soll. Bitte, wenden Sie den Kopf hierher.«
Er sagte dies mit bittender Stimme, und es wäre sehr hart von Maggie gewesen, sich zu weigern. Das volle, strahlende Gesicht mit der glänzenden schwarzen Krone sah wie das einer Göttin, der es wohl gefällt, verehrt zu werden, auf das bleiche, feingeschnittene Gesicht nieder, das zu ihr emporgewandt war.
»Dann soll ich also für mein zweites Porträt sitzen«, sagte sie lächelnd. »Wird es größer als das andere?«
»O ja, viel größer. Es ist ein Ölbild. Sie werden aussehen wie eine große Waldnymphe, dunkel und stark und edel, die gerade einem der Kiefernbäume entstiegen ist, wenn die Stämme ihren Nachmittagsschatten auf das Gras werfen.«
»Sie scheinen jetzt mehr ans Malen als an alles andere zu denken, Philip?«
»Ja, vielleicht«, sagte Philip ziemlich traurig, »aber ich denke an zu vieles – säe alle Arten von Samen und bekomme von keinem eine große Ernte. Ich bin verflucht mit Empfänglichkeit in jeder Richtung und wirklicher

Fähigkeit in keiner. Ich mag Malerei und Musik gern, ich mag klassische Literatur und mittelalterliche Literatur und moderne Literatur, ich flattere auf allen Wegen und fliege auf keinem.«

»Aber gewiß ist es ein Glück, an so vielem Gefallen zu haben, so viele schöne Dinge zu genießen, wenn sie innerhalb Ihrer Reichweite sind«, sagte Maggie nachdenklich. »Es erschien mir immer als eine Art kluger Dummheit, nur ein Talent zu haben, beinahe wie eine Brieftaube.«

»Es möchte ein Glück sein, an vielem Gefallen zu finden, wenn ich wie andere Männer wäre«, sagte Philip bitter. »Ich könnte Macht und Auszeichnung durch bloße Mittelmäßigkeit bekommen wie sie, wenigstens könnte ich jene mittleren Genugtuungen finden, die Männer damit zufrieden machen, ohne große auszukommen. Ich könnte dann die Gesellschaft in St. Ogg's angenehm finden. Aber nichts könnte das Leben den Preis des Schmerzes für mich wert machen als eine Fähigkeit, die mich über die Öde der provinziellen Existenz hinausheben würde. Doch – es gibt noch etwas, eine Leidenschaft tut dies so gut wie eine Fähigkeit.«

Maggie hörte die letzten Worte nicht, sie kämpfte gegen das Bewußtsein an, daß Philips Worte ihre eigene Unzufriedenheit wie früher in Schwingungen versetzt hatte.

»Ich verstehe, was Sie meinen«, sagte sie, »obwohl ich so viel weniger weiß als Sie. Ich dachte immer, ich könnte das Leben nie ertragen, wenn es nicht aufhörte, jeden Tag dasselbe zu sein, und ich immer nur belanglose Dinge tun müßte und nie etwas Größeres erfahren würde. Aber, lieber Philip, ich glaube, wir sind nur wie Kinder, für die jemand, der weiser ist, sorgt. Ist es nicht richtig, uns selbst ganz zu ergeben, was immer uns versagt sein mag? Ich habe großen Frieden, sogar Freude in den letzten zwei oder drei Jahren darin gefunden, meinen eigenen Willen zu unterwerfen.«

»Ja, Maggie«, sagte Philip heftig, »und Sie schließen sich in einen engen, selbsttäuschenden Fanatismus ein, der nur eine Art Flucht vor dem Schmerz ist, indem Sie all die höchsten Kräfte Ihrer Natur zur Stumpfheit aushungern lassen. Freude und Frieden sind nicht Ergebung; Ergebung ist das gewollte Erdulden eines Schmerzes, der nicht gemildert ist, von dem Sie nicht erwarten, daß er gemildert wird. Betäubung ist keine Ergebung, und es ist Betäubung, in Unwissenheit zu bleiben, alle Zugänge zu versperren, durch die das Leben Ihrer Mitmenschen Ihnen bekannt werden könnte. Ich bin nicht ergeben, ich bin nicht sicher, daß das Leben lang genug ist, diese Lektion zu lernen. *Sie* sind nicht ergeben: Sie versuchen nur, sich selbst zu betäuben.«

Maggies Lippen zitterten, sie fühlte, daß Wahrheit in dem war, was Philip sagte, und doch war sie sich noch tiefer bewußt, daß es, wenn unmittelbar auf ihr Verhalten angewendet, nicht besser war als Falschheit. Ihr doppelter Eindruck entsprach dem doppelten Impuls des Sprechenden. Philip glaubte ernsthaft, was er sagte, aber er sagte es mit Heftigkeit, weil es ein Argument gegen den Entschluß darstellte, der seinen Wünschen zuwiderlief. Aber Maggies Gesicht, das durch die aufsteigenden Tränen noch kindlicher wurde, berührte ihn mit einem zarteren, weniger egoistischen Empfinden. Er nahm ihre Hand und sagte sanft:

»Lassen Sie uns nicht an so etwas denken in dieser kurzen halben Stunde, Maggie. Uns soll jetzt nur wichtig sein, daß wir zusammen sind ... wir werden Freunde sein trotz Trennung ... wir werden immer aneinander denken. Ich möchte gern leben, solange Sie leben, denn ich werde denken, daß immer noch eine Zeit kommen kann, wo ich – wo Sie mich Ihnen auf irgendeine Weise helfen lassen werden.«

»Was für ein lieber, guter Bruder wären Sie gewesen, Philip«, sagte Maggie und lächelte durch den Schleier von Tränen. »Ich glaube, Sie hätten so viel Aufhebens um mich gemacht und sich so darüber gefreut, von mir geliebt zu werden, daß sogar ich damit zufrieden gewesen wäre. Sie hätten mich lieb genug gehabt, um Geduld mit mir zu haben und mir alles zu verzeihen. Das war es, was Tom tun sollte, danach habe ich mich immer gesehnt. Ich war nie nur mit einem bißchen von etwas zufrieden. Deshalb ist es besser für mich, ganz ohne irdisches Glück auszukommen ... Ich meinte immer, daß ich nie genug Musik hätte, ich wollte, daß noch mehr Instrumente zusammen spielten, ich wollte, daß die Stimmen voller und tiefer wären. Singen Sie überhaupt noch, Philip?« setzte sie abrupt hinzu, als hätte sie vergessen, was vorhergegangen war.

»Ja«, sagte er, »beinahe jeden Tag. Aber meine Stimme ist nur mittelmäßig, wie alles andere in mir.«

»Oh, singen Sie etwas für mich, nur ein Lied. Ich darf das noch hören, bevor ich gehe – etwas, das Sie immer in Lorton sangen am Samstagnachmittag, wenn wir die Wohnstube ganz für uns hatten und ich mir meine Schürze über den Kopf zog, um zuzuhören.«

»Ich weiß«, sagte Philip, und Maggie barg ihr Gesicht in ihren Händen, während er sotto voce sang: »Liebe spielt in ihren Augen«,[7] und dann sagte: »Das ist es, nicht wahr?«

»O nein, ich will nicht bleiben«, sagte Maggie und sprang auf. »Es wird mich nur verfolgen. Lassen Sie uns gehen, Philip. Ich muß heim.«

Sie ging, so daß er gezwungen war, aufzustehen und ihr zu folgen.

»Maggie«, sagte er in vorwurfsvollem Ton, »bleiben Sie nicht bei dieser eigensinnigen, sinnlosen Entbehrung. Es macht mich elend zu sehen, wie Sie Ihre Natur derart betäuben und verkrampfen. Sie waren so voller Leben, als Sie ein Kind waren, ich dachte, Sie würden eine brillante Frau werden – ganz Geist und strahlende Phantasie. Und es blitzt noch immer in Ihrem Gesicht auf, bis Sie den Schleier stumpfer Ruhe darüberziehen.«

»Warum sprechen Sie so bitter mit mir, Philip?« sagte Maggie.
»Weil ich voraussehe, daß es nicht gut enden wird; Sie können niemals diese Selbstquälerei weiterführen.«
»Ich werde Kraft haben, die mir gegeben wird«, sagte Maggie bebend.
»Nein, das werden Sie nicht, Maggie. Niemandem wird Kraft gegeben zu tun, was unnatürlich ist. Es ist bloße Feigheit, Sicherheit im Verneinen zu suchen. Kein Charakter wird auf diese Weise stark. Sie werden eines Tages in die Welt geworfen werden, und dann wird jede vernünftige Befriedigung Ihrer Natur, die Sie jetzt leugnen, Sie anfallen wie eine wilde Gier.«
Maggie fuhr zusammen und blieb stehen und sah Philip mit Bestürzung an.
»Philip, wie wagen Sie es, mich auf diese Weise zu erschüttern? Sie sind ein Versucher.«
»Nein, das bin ich nicht, aber Liebe gibt Einsicht, Maggie, und Einsicht gibt oft böse Ahnungen. Hören Sie mir doch zu, lassen Sie mich Ihnen Bücher geben, lassen Sie mich Sie doch manchmal sehen, Ihr Bruder sein und Lehrer, wie Sie in Lorton sagten. Es ist weniger unrecht, daß Sie mich treffen, als daß Sie diesen langen Selbstmord begehen.«
Maggie fühlte sich unfähig zu sprechen. Sie schüttelte den Kopf und ging schweigend weiter, bis sie an das Ende der Kiefern kamen und sie die Hand zum Zeichen des Abschieds ausstreckte.
»Verbannen Sie mich also auf immer von diesem Ort, Maggie? Ich darf doch sicher kommen und manchmal hier spazierengehen. Wenn ich Sie zufällig treffe, dann ist das doch keine Heimlichkeit?«
Es ist der Augenblick, wenn unser Entschluß gerade unwiderruflich zu werden scheint, wenn die verhängnisvollen Eisentore sich gerade schließen, der unsere Kraft erprobt. Dann nämlich, nach Stunden klaren Überlegens und fester Überzeugung, greifen wir nach jeder Spitzfin-

digkeit, die unsere langen Kämpfe zunichte macht und uns die Niederlage beibringt, die wir mehr lieben als den Sieg.

Maggie hüpfte das Herz bei dieser Ausflucht Philips, und über ihr Gesicht kam jener kaum wahrnehmbare Schock, der jede Erleichterung begleitet. Er sah es, und sie trennten sich schweigend.

Philips Gespür für die Situation war zu umfassend, als daß nicht Furcht in ihm aufgekommen wäre, daß er allzu anmaßend in den Bereich von Maggies Gewissen eingegriffen hätte – vielleicht in egoistischer Absicht. Aber nein! Er sagte sich, daß seine Absicht nicht egoistisch sei. Er hatte wenig Hoffnung, daß Maggie je das starke Gefühl erwidern würde, das er für sie empfand, und für Maggies zukünftiges Leben, wenn diese nichtigen familiären Hindernisse für ihre Freiheit erst verschwunden wären, mußte es besser sein, daß die Gegenwart nicht gänzlich geopfert würde und sie Zugang zur Kultur hätte, Gedankenaustausch mit jemandem, der über der gewöhnlichen Stufe jener stand, mit denen zu leben sie jetzt verdammt war. Wenn wir nur weit genug hinausblicken hinsichtlich der Folgen unseres Handelns, dann können wir immer etwas in der Verbindung der Ergebnisse finden, durch das dieses Handeln gerechtfertigt ist; indem wir den Blickwinkel einer Vorsehung annehmen, die Ergebnisse zusammenfügt, oder eines Philosophen, der ihnen nachgeht, wird es uns möglich sein, völliges Behagen darin zu finden, daß wir gerade das tun, was uns im gegenwärtigen Augenblick am liebsten ist. Und auf eben diese Weise rechtfertigte Philip seine spitzfindigen Bemühungen, Maggies wahre Eingebung gegen eine Heimlichkeit zu überwinden, die der Falschheit Einlaß in ihren Geist geben würde und jenen neues Elend verursachen könnte, die den ursprünglicheren, natürlichen Anspruch auf sie hatten. Aber es war ein Übermaß an Leidenschaft in ihm, das ihn halb unabhängig machte von rechtfertigenden Motiven. Sein Verlangen, Maggie zu sehen und einen Teil ihres Lebens auszumachen, trug in sich etwas von jenem wilden Impuls, eine dargebotene Freude an sich zu reißen, die einem Leben entspringt, in dem die geistige und körperliche Verfassung den Schmerz haben vorherrschen lassen. Er hatte nicht seinen vollen Anteil am Gemeingut der Menschen, er konnte nicht einmal als ein Unbedeutender gelten, sondern mußte als Bemitleideter ausgesondert sein und ausgeschlossen von dem, was für andere selbstverständlich war. Sogar für Maggie war er eine Ausnahme, es war klar, daß der Gedanke, daß er ihr Liebhaber sein könnte, ihr niemals in den Sinn gekommen war.

Man denke nicht zu schlecht von Philip. Häßliche und mißgebildete Menschen haben ein großes Bedürfnis nach ungewöhnlichen Tugenden, weil sie sich ohne sie wahrscheinlich sehr unwohl fühlen, aber die Theorie, daß ungewöhnliche Tugenden als direkte Folge aus persönlicher Benachteiligung entspringen, so wie Tiere in rauhem Klima ein wolligeres Fell bekommen, ist vielleicht ein wenig überzogen. Die Verlockungen für die Schönheit sind vielfach beredet, aber ich denke mir, daß sie nur in demselben Verhältnis zu denen für die Häßlichkeit stehen wie die Verlockung zum Übermaß auf einem Fest, wo die Freuden für Auge, Ohr und Gaumen vielfältig sind, zu den Verlockungen, die die Verzweiflung des Hungers befallen. Steht nicht auch der Hungerturm[8] als Zeichen der äußersten Erprobung dessen, was in uns menschlich ist? Philip war nie von jener Mutterliebe umsorgt worden, die uns um so reichlicher zuströmt, je mehr wir sie brauchen, die uns um so zärtlicher umgibt, wenn wir geringere Aussichten haben, Gewinner im Spiel des Lebens zu werden, und das Empfinden der Zuneigung und Gunst seines Vaters war für ihn beeinträchtigt durch die noch deutlichere Wahrnehmung von seines Vaters Fehlern. Weil er von allem praktischen Leben ferngehalten worden und von Natur aus von einer halb weiblichen Empfindlichkeit war, hatte er auch etwas von der unduldsamen Abneigung einer Frau gegen Weltläufigkeit und das Trachten nach sinnlichem Genuß, und dieses eine starke natürliche Band in seinem Leben, Sohn zu sein, war ihm wie ein schmerzendes Glied. Vielleicht ist unausweichlich etwas Morbides in einem Menschen, der auf irgendeine Weise ungünstig von den gewöhnlichen Bedingungen ausgenommen ist, bis die Kraft des Guten Zeit hat zu triumphieren, und mit zweiundzwanzig hat sie selten dazu Zeit gehabt. Philip besaß jene Kraft in hohem Maße, aber selbst die Sonne sieht nur schwach durch die Morgennebel.

Kapitel 4

Eine zweite Liebesszene

Zu Anfang des folgenden April, beinahe ein Jahr nach jenem zweifelhaften Abschied, dessen Zeuge wir gerade waren, kann man, wenn man möchte, Maggie wiederum durch die Gruppe der Kiefern zum Roten Grund gehen sehen. Aber es ist früher Nachmittag, nicht Abend, und die scharfe Frühlingsluft läßt sie ihr großes Umschlagtuch eng um sich ziehen und recht schnell dahergehen, obwohl sie sich umsieht, wie gewöhnlich, damit sie den Anblick der geliebten Bäume in sich aufnehmen kann. Ein eifrigerer, fragenderer Blick als im letzten Juni ist in ihren Augen, und ein Lächeln spielt um ihre Lippen, als ob eine scherzhafte Rede auf den rechten Zuhörer warte. Es dauerte nicht lange, bis der Zuhörer erschien.

»Nehmen Sie Ihre *Corinne*[9] zurück«, sagte Maggie und zog ein Buch unter ihrem Tuch hervor. »Sie hatten recht zu sagen, daß sie mir nicht guttun würde, aber Sie hatten unrecht zu denken, daß ich wünschen würde, so wie sie zu sein.«

»Würden Sie denn wirklich nicht gern eine zehnte Muse sein?« sagte Philip und sah zu ihrem Gesicht auf, wie wir zu einem ersten Aufreißen der Wolken aufsehen, das uns wieder einen strahlenden Himmel verspricht.

»Ganz und gar nicht«, sagte Maggie lachend. »Die Musen waren Göttinnen, die es unbequem hatten, glaube ich – immer genötigt, Schriftrollen und Musikinstrumente mit sich herumzutragen. Wenn ich in diesem Klima eine Harfe trüge, müßte ich wohl eine Stofftasche dafür haben, und bestimmt würde ich sie versehentlich irgendwo liegen lassen.«

»Dann stimmen Sie also mit mir darin überein, Corinne nicht zu mögen?«

»Ich habe das Buch nicht zu Ende gelesen«, sagte Maggie. »Sobald ich zu der blonden jungen Dame kam, die im Park las, habe ich es zugemacht und beschlossen, nicht weiterzulesen. Ich sah voraus, daß das Mädchen mit dem zarten Teint alle Liebe zu Corinne für sich gewinnen und sie elend machen würde. Ich bin entschlossen, keine Bücher mehr zu lesen, wo die blonden Frauen all das Glück davontragen. Ich würde anfangen, Vorurteile gegen sie zu haben. Wenn Sie mir jetzt eine Geschichte geben könnten, wo die dunkle Frau triumphiert, würde es das Gleichgewicht wiederherstellen. Ich möchte Rebecca und Flora MacIvor und Minna[10] und all die übrigen dunklen Unglücklichen rächen. Da Sie mein Lehrer sind, sollten Sie meinen Geist vor Vorurteilen bewahren; Sie sprechen doch immer gegen Vorurteile.«

»Nun, vielleicht werden Sie die dunklen Frauen in eigener Person rächen und Ihrer Kusine Lucy alle Liebe abspenstig machen. Sie hat bestimmt einen hübschen jungen Mann aus St. Ogg's zu ihren Füßen, und Sie brauchen nur auf ihn herabzuscheinen – Ihre kleine blonde Kusine wird ganz ausgelöscht sein in Ihren Strahlen.«

»Philip, das ist nicht schön von Ihnen, daß Sie meinen

Unsinn auf etwas Wirkliches übertragen«, sagte Maggie und sah verletzt aus. »Als ob ich mit meinen alten Kleidern und Mangel an allen Fertigkeiten eine Rivalin der lieben kleinen Lucy sein könnte, die tausenderlei bezaubernde Dinge weiß und tut und zehnmal hübscher ist als ich – sogar wenn ich so gemein und abscheulich wäre zu wünschen, ihre Rivalin zu sein. Außerdem gehe ich nie zu Tante Deane, wenn jemand da ist; nur, weil die liebe Lucy gut ist und mich liebhat, besucht sie mich und will, daß ich sie manchmal besuche.«

»Maggie«, sagte Philip mit Überraschung, »das sieht Ihnen gar nicht ähnlich, Scherze wörtlich zu nehmen. Sie müssen heute morgen in St. Ogg's gewesen sein und sich mit der Langweiligkeit angesteckt haben.«

»Nun«, sagte Maggie lächelnd, »wenn Sie das als Scherz gemeint haben, dann war es ein schlechter, aber ich dachte, es sei ein sehr guter Verweis. Ich dachte, Sie wollten mich gemahnen, daß ich eitel bin und möchte, daß mich jeder am meisten bewundert. Aber nicht deshalb bin ich eifersüchtig für die dunklen Frauen – nicht weil ich selbst dunkel bin. Es ist, weil ich die unglücklichen Menschen immer am meisten mag; wenn das blonde Mädchen verlassen würde, hätte ich sie am liebsten. Ich ergreife immer für den abgewiesenen Liebenden in den Geschichten Partei.«

»Dann hätten Sie nie das Herz, selbst einen abzuweisen, oder, Maggie?« sagte Philip und errötete ein wenig.

»Ich weiß nicht«, sagte Maggie zögernd, dann mit einem strahlenden Lächeln: »Ich glaube, ich könnte es, wenn er sehr eingebildet wäre; und dennoch, wenn er hinterher ganz gedemütigt wäre, würde ich einlenken.«

»Ich habe mich oft gefragt, Maggie«, sagte Philip mit einiger Anstrengung, »ob Sie nicht wohl wirklich eher einen Mann lieben würden, den andere Frauen wahrscheinlich nicht liebten.«

»Das käme darauf an, weswegen sie ihn nicht möchten«, sagte Maggie lachend. »Er könnte sehr unangenehm sein.

Er könnte mich durch ein Einglas, das er sich ins Auge geklemmt hat, ansehen und ein widerwärtiges Gesicht machen, wie der junge Torry. Ich möchte meinen, daß andere Frauen das nicht mögen, dennoch habe ich nie das geringste Mitleid für den jungen Torry empfunden. Ich habe nie Mitleid mit eingebildeten Leuten gehabt, weil ich meine, daß sie ihren Trost schon mit sich herumtragen.«

»Aber angenommen, Maggie –, angenommen, es wäre ein Mann, der nicht eingebildet ist, der spürte, daß er nichts hätte, um sich etwas darauf einzubilden, der von Kindheit an wegen eines Leidens besonderer Art gezeichnet wäre und für den Sie die Sonne seines Lebens wären – der Sie liebte, Sie anbetete, so vollkommen, daß es Glück genug für ihn wäre, wenn Sie zuließen, daß er Sie in seltenen Augenblicken sähe ...«

Philip hielt inne in der plötzlichen Furcht, daß sein Geständnis eben dieses Glück jäh beenden könnte, derselben Furcht, die seine Liebe während langer Monate hatte stumm sein lassen. Ein Anfall von Befangenheit sagte ihm, daß er verblendet war, dies alles gesagt zu haben. Maggies Verhalten war heute so ungezwungen und gleichmütig wie immer gewesen.

Jetzt aber sah sie nicht gleichmütig aus. Betroffen von der ungewohnten Bewegung, mit der Philip sprach, hatte sie sich kurz zu ihm umgewandt, um ihn anzusehen, und als er zu sprechen fortfuhr, kam eine große Veränderung über ihr Gesicht, ein Erröten und eine leichte Verkrampfung der Züge, so wie wir es an Menschen sehen, die eine Nachricht hören, die erfordert, daß sie ihre Vorstellungen aus der Vergangenheit zurechtrücken. Sie war ganz still und ging auf den Stamm eines umgefallenen Baumes zu, wo sie sich niedersetzte, als könne sie keine Kraft mehr für ihre Muskeln erübrigen. Sie bebte.

»Maggie«, sagte Philip, der in jedem neuen Augenblick des Schweigens bestürzter wurde, »ich war ein Dummkopf, dies zu sagen, vergessen Sie, daß ich es gesagt habe.

Ich werde zufrieden sein, wenn alles so bleiben kann, wie es war.«

Der Schmerz, mit dem er sprach, drängte Maggie, etwas zu sagen. »Ich bin so überrascht, Philip; ich hatte nie daran gedacht.« Und die Anstrengung, dies zu sagen, brachte auch die Tränen zum Fließen.

»Müssen Sie mich jetzt hassen?« sagte Philip ungestüm. »Glauben Sie, daß ich ein anmaßender Dummkopf bin?«

»O Philip«, sagte Maggie, »wie können Sie denken, daß ich so fühle, als ob ich nicht dankbar für jegliche Liebe wäre? Aber ... aber ich hatte nie daran gedacht, daß Sie mein Liebhaber sein könnten. Es schien so weit weg – wie ein Traum – nur wie eine der Geschichten, die man sich vorstellt – daß ich je einen Liebhaber haben sollte.«

»Dann können Sie es ertragen, an mich als Ihren Liebhaber zu denken, Maggie?« sagte Philip, setzte sich neben sie und nahm ihre Hand im Hochgefühl einer plötzlichen Hoffnung. »Liebst du mich?«

Maggie wurde ein wenig blaß; diese direkte Frage schien nicht leicht zu beantworten. Aber ihre Augen begegneten Philips, die in diesem Augenblick voller Tränen und schön vor flehentlicher Liebe waren. Sie sprach zögernd, doch mit süßer, schlichter, mädchenhafter Zärtlichkeit.

»Ich glaube, ich könnte kaum jemanden lieber haben; es gibt nichts, für das ich dich nicht liebte.« Sie hielt einen Moment inne und fügte dann hinzu: »Aber es wird besser für uns sein, nichts mehr darüber zu sagen, nicht wahr, lieber Philip? Du weißt, daß wir nicht einmal Freunde sein könnten, wenn unsere Freundschaft entdeckt würde. Ich hatte nie das Gefühl, daß ich recht darin tat, nachzugeben und dich zu treffen, obwohl es mir in mancher Hinsicht so kostbar war; und jetzt überkommt die Furcht mich wieder stark, daß es zu Bösem führen wird.«

»Aber es ist nichts Böses gekommen, Maggie; und wenn du bisher von dieser Furcht geleitet worden wärest, hättest du nur ein weiteres ödes, betäubendes Jahr durchlebt, anstatt wieder zu deinem wirklichen Selbst aufzuleben.«

Maggie schüttelte den Kopf. »Es ist beglückend gewesen, ich weiß es – all das Miteinanderreden und die Bücher und das Gefühl, daß ich den Spaziergang hatte, auf den ich mich freuen konnte, wo ich dir die Gedanken mitteilen konnte, die mir in den Sinn gekommen waren, während ich von dir fort war. Aber es hat mich ruhelos gemacht, es hat mich viel über die Welt nachdenken lassen, und ich habe wieder ungeduldige Gedanken. Ich werde meines Zuhause überdrüssig, und dann schneidet es mir danach ins Herz, daß ich je meines Vaters und meiner Mutter überdrüssig werden konnte. Ich glaube, daß das, was du betäubt nennst, besser war – besser für mich, denn da waren meine selbstsüchtigen Wünsche betäubt.«

Philip war wieder aufgestanden und ging ungeduldig auf und ab.

»Nein, Maggie, du hast falsche Vorstellungen von Selbstüberwindung, wie ich dir oft gesagt habe. Was du Selbstüberwindung nennst – dich selbst blind und taub zu machen gegen alles außer einer einzigen Richtung von Eindrücken – ist nur die Entwicklung von Monomanie in einer Natur wie der deinen.«

Er hatte mit einiger Erregung gesprochen, aber nun setzte er sich wieder neben sie hin und nahm ihre Hand.

»Denk jetzt nicht an die Vergangenheit, Maggie, denk nur an unsere Liebe. Wenn du mir wirklich von ganzem Herzen zugetan sein kannst, wird jedes Hindernis mit der Zeit überwunden werden, wir brauchen nur zu warten. Ich kann von Hoffnung leben. Sieh mich an, Maggie, sag mir noch einmal, daß es dir möglich ist, mich zu

lieben. Sieh nicht fort von mir auf den gespaltenen Baum dort – es ist ein böses Zeichen.«
Sie wandte ihm ihren großen dunklen Blick mit einem traurigen Lächeln zu.
»Komm, Maggie, sag ein freundliches Wort, sonst warst du ja in Lorton besser zu mir. Du fragtest mich, ob ich wollte, daß du mich küßtest – erinnerst du dich nicht? –, und du versprachst, mich zu küssen, wenn du mich wiedersähest. Du hast das Versprechen nie gehalten.«
Die Erinnerung an jene kindliche Zeit war Maggie süß und erleichternd. Sie machte ihr den gegenwärtigen Augenblick weniger befremdlich. Sie küßte ihn beinahe so einfach und ruhig, wie sie es getan hatte, als sie zwölf Jahre alt war. Philips Augen strahlten vor Wonne auf, aber seine nächsten Worte waren Worte der Unzufriedenheit.
»Du scheinst nicht glücklich genug, Maggie, du zwingst dich zu sagen, daß du mich liebst, aus Mitleid.«
»Nein, Philip«, sagte Maggie und schüttelte den Kopf auf die alte kindliche Art, »ich sage dir die Wahrheit. Es ist alles neu und seltsam für mich, aber ich glaube nicht, daß ich irgend jemanden mehr lieben könnte, als ich dich liebe. Ich würde gern immer mit dir leben und dich glücklich machen. Ich war immer glücklich, wenn ich mit dir zusammen war. Es gibt nur eines, das ich um deinetwillen nicht tun werde – ich werde nie etwas tun, das meinen Vater verletzt. Das darfst du nie von mir verlangen.«
»Nein, Maggie, ich werde nichts verlangen, ich will alles ertragen, ich will ein weiteres Jahr nur auf einen Kuß warten, wenn du mir nur den ersten Platz in deinem Herzen gibst.«
»Nein«, sagte Maggie lächelnd, »ich werde dich nicht so lange warten lassen.« Aber dann, wieder ernst, fügte sie hinzu, als sie von ihrem Sitz aufstand:
»Doch was würde dein eigener Vater sagen, Philip? Oh, es ist ganz unmöglich, daß wir je mehr als nur Freunde

sein können, als Bruder und Schwester im geheimen, wie wir es waren. Laß es uns aufgeben, an alles andere zu denken.«

»Nein, Maggie, ich kann dich nicht aufgeben, es sei denn, du täuschtest mich, es sei denn, ich wäre dir wirklich nicht mehr als ein Bruder. Sag mir die Wahrheit.«

»Das tue ich doch, Philip. Habe ich je, seit ich ein kleines Mädchen war, seit den Tagen, als Tom gut zu mir war, ein so großes Glück erfahren wie das, mit dir zusammenzusein? Und dein Geist ist wie eine Welt für mich, du kannst mir alles sagen, was ich wissen möchte. Ich glaube, ich würde nie müde, bei dir zu sein.«

Sie gingen Hand in Hand und sahen einander an. Maggie eilte zwar, denn sie fühlte, daß es längst Zeit war heimzugehen, aber das Empfinden des nahen Abschieds machte sie nur um so besorgter, daß sie unbeabsichtigt einen schmerzlichen Eindruck in Philip hinterlassen haben könnte. Es war einer jener gefährlichen Momente, wo die Sprache gleichzeitig aufrichtig und täuschend ist, wo das Gefühl, das weit über seine durchschnittliche Tiefe hin ansteigt, Flutmarken hinterläßt, die nie wieder erreicht werden.

Sie blieben unter den Kiefern stehen, um Abschied zu nehmen.

»Dann wird mein Leben von Hoffnung erfüllt sein, Maggie – und ich werde glücklicher sein als andere Männer, trotz allem? Wir gehören doch zueinander – für immer –, ob wir getrennt sind oder zusammen?«

»Ja, Philip, ich möchte mich nie von dir trennen, ich möchte dein Leben sehr glücklich machen.«

»Ich warte auf noch etwas anderes, kommt es wohl?«

Maggie lächelte unter glitzernden Tränen und beugte dann ihren Kopf herab, um das bleiche Gesicht zu küssen, das erfüllt war von bittender, scheuer Liebe – wie das einer Frau.

Da hatte sie einen Augenblick wirklichen Glücks, einen

Augenblick des Glaubens, daß, wenn in dieser Liebe ein Opfer war, sie nur um so reicher und befriedigender wäre. Sie wandte sich um und eilte nach Hause und fühlte, daß in der Stunde, seit sie auf diesem Weg einhergegangen war, ein neuer Lebensabschnitt für sie begonnen hatte. Das Netz verschwommener Träume mußte nun immer kleiner werden, bis all die Fäden der Gedanken und Gefühle allmählich aufgenommen wären in das Gewebe ihres wirklichen täglichen Lebens.

Kapitel 5

Der gespaltene Baum

Geheimnisse werden selten nach einem Plan verraten oder entdeckt, den unsere Furcht entworfen hat. Furcht ist fast stets von schrecklichen, dramatischen Szenen verfolgt, die trotz der wohlbegründeten Wahrscheinlichkeiten gegen sie immer wieder auftauchen; und während des Jahres, in dem die Bürde der Heimlichkeit auf Maggie lastete, hatte sich ihr die Möglichkeit der Entdeckung beständig in Form eines plötzlichen Zusammentreffens mit ihrem Vater oder Tom, wenn sie mit Philip im Roten Grund spazierenginge, dargestellt. Sie war sich bewußt, daß dies nicht gerade eines der wahrscheinlichsten Ereignisse war, aber es war die Szene, die ihre innerliche Angst am umfassendsten symbolisierte. Jene zarten, indirekten Hinweise, die auf anscheinend unbedeutenden Zufällen und unberechenbaren Gemütern beruhen, sind die Lieblingsmaschinerie der Wirklichkeit, aber sie sind nicht das Zeug, mit dem die Einbildungskraft arbeiten kann.

Sicherlich war eine der Personen, über die beunruhigt zu sein Maggies Ängsten gänzlich fern lag, ihre Tante Pullet, denn da sie nicht in St. Ogg's lebte und auch weder ein scharfes Auge noch sonst ein scharfes Wesen hatte, wäre es abwegig gewesen, sich auf sie anstatt etwa auf Tante Glegg zu konzentrieren. Und doch war der Kanal des Verhängnisses, die Bahn des Blitzes, niemand anders als Tante Pullet. Sie lebte nicht in St. Ogg's, aber die Straße nach Garum Firs führte am Roten Grund vorbei, am entgegengesetzten Ende, nicht dort, wo Maggie hineinging.

Der Tag nach Maggies letztem Treffen mit Philip war ein Sonntag, an dem Mr. Pullet mit Trauerflor und schwarzer Halsbinde in der Kirche von St. Ogg's erscheinen mußte, und Mrs. Pullet nahm dies zum Anlaß, mit Schwester Glegg zu speisen und bei der armen Schwester Tulliver Tee zu trinken. Sonntag war der einzige Tag in der Woche, an dem Tom nachmittags daheim war, und heute war die bessere Stimmung, in der er kürzlich gewesen war, in ein ungewöhnlich fröhliches, offenes Plaudern mit seinem Vater eingemündet und in die Einladung: »Komm, Magsie, komm doch auch!«, als er mit seiner Mutter in den Garten hinausging, um die aufbrechenden Kirschblüten anzusehen. Maggie gefiel ihm besser, seit sie weniger seltsam und asketisch war, er wurde allmählich sogar richtig stolz auf sie, er hatte schon mehrere Leute sagen hören, daß seine Schwester ein prachtvolles Mädchen sei. Heute war ein besonderes Leuchten in ihrem Gesicht, das in Wirklichkeit von einer Unterströmung der Erregung herrührte, in der ebensoviel Zweifel und Schmerz wie Freude waren, aber es mochte als ein Zeichen des Glücks gelten.

»Du siehst sehr gut aus, meine Liebe«, sagte Tante Pullet und schüttelte traurig mit dem Kopf, als sie um den Teetisch saßen. »Ich hätt's nie gedacht, daß dein Mädchen noch so hübsch werden würde, Bessy. Aber du mußt rosa tragen, meine Liebe, in dem blauen Ding, das deine Tante Glegg dir gab, siehst du aus wie eine Glokkenblume. Jane hatte nie Geschmack. Warum trägst du nicht das Kleid von mir?«

»Es ist so hübsch und elegant, Tante. Ich finde, es ist zu auffallend für mich, wenigstens für die anderen Sachen, die ich dazu tragen muß.«

»Gewiß, es wär' unpassend, wenn nicht jeder wüßte, daß du Angehörige hast, die 's sich leisten können, dir solche Sachen zu geben, wenn sie sie selbst nicht mehr brauchen. Es versteht sich ja, daß ich meiner eignen Nichte hin und wieder was zum Anziehen geben muß – Sachen, die ich mir jedes Jahr kaufe und doch nie auftrage. Und was Lucy betrifft, so braucht man ihr nichts zu geben, denn sie hat alles vom Besten; Schwester Deane kann wohl stolz sein, obwohl sie schrecklich gelb aussieht, die Ärmste. Ich glaub, dies Leberleiden wird sie noch dahinraffen. Das sagte auch der neue Vikar, dieser Dr. Kenn, heute in seiner Leichenrede.«

»Ach, er ist ein wundervoller Prediger, auf jeden Fall, nicht wahr, Sophy?« sagte Mrs. Tulliver.

»Lucy hatte freilich einen Kragen um an diesem Segenstag«, fuhr Mrs. Pullet mit sinnendem Blick fort, »von dem ich nicht sagen könnte, daß ich nicht einen ebenso schönen hätte, aber ich muß meinen besten raussuchen, damit er ihm gleichkommt.«

»Miss Lucy wird ›The Bell of St. Ogg's‹[11] genannt, sagt man, ist das nicht ein merkwürdiger Ausdruck?« bemerkte Mr. Pullet, den die Geheimnisse der Etymologie manchmal als erdrückende Last befielen.

»Pah!« sagte Mr. Tulliver, der Maggies wegen eifersüchtig war. »Sie ist ein kleines Ding, hat nicht viel Figur. Aber Kleider machen Leute. Ich sehe nichts Bewundernswertes in diesen winzigen Frauen, sie sehen albern an der Seite der Männer aus, ganz ohne Proportion. Als ich meine Frau wählte, da wählte ich sie in der richtigen Größe, weder zu klein, noch zu groß.«

Die arme Frau in ihrer verwelkten Schönheit lächelte selbstgefällig.

»Aber die Männer sind nicht alle groß«, sagte Onkel Pullet, nicht ohne einen gewissen Bezug auf sich selbst.

»Ein junger Bursche mag gut aussehen und doch nicht sechs Fuß messen wie Master Tom hier.«

»Ach, was soll das Reden über klein und groß, man möchte ja wohl meinen, daß es eine Gnade ist, daß sie gerade gewachsen sind«, sagte Tante Pullet. »Da ist doch dieser mißgebildete Sohn von Advokat Wakem, ich habe ihn heute in der Kirche gesehen. Oje, oje! Wenn man denkt, was er für einen Besitz haben wird, und dann sagt man, er sei ganz merkwürdig und einsam, mag keine Gesellschaft. Es würde mich nicht wundern, wenn er den Verstand verlöre, denn wir sind noch keinmal die Straße entlang gekommen, wo er nicht zwischen den Bäumen und Büschen im Roten Grund rumgeklettert ist.«

Diese weitgefaßte Aussage, mit der Mrs. Pullet die Tatsache darstellte, daß sie Philip zweimal an dem besagten Ort gesehen hatte, rief eine Wirkung auf Maggie hervor, die um so stärker war, als Tom ihr gegenüber saß und sie nach Kräften bemüht war, gleichgültig auszusehen. Bei Philips Namen war sie errötet, und mit jedem Moment vertiefte sich das Rot vor Schuldbewußtsein, bis es ihr bei der Erwähnung des Roten Grundes so vorkam, als sei das ganze Geheimnis verraten, und sie wagte nicht einmal, ihren Teelöffel zu halten, um nicht zu zeigen, wie sie zitterte. Sie saß da, die Hände unter dem Tisch gefaltet, und wagte nicht, um sich zu sehen. Glücklicherweise saß ihr Vater auf derselben Seite wie sie, hinter ihrem Onkel Pullet, und konnte ihr Gesicht nicht sehen, ohne sich vorzubeugen. Die Stimme ihrer Mutter brachte die erste Erleichterung, weil sie das Gespräch auf ein anderes Thema brachte, denn Mrs. Tulliver war immer beunruhigt, wenn der Name Wakems in Gegenwart ihres Mannes erwähnt wurde. Allmählich gewann Maggie so viel Fassung zurück, daß sie aufsehen konnte; ihre Augen begegneten Toms, doch er wandte seinen Blick sofort ab, und sie ging an jenem Abend im ungewissen darüber zu Bett, ob er wohl durch ihre Verwirrung Verdacht geschöpft hatte. Vielleicht nicht, vielleicht würde er denken, daß es nur ihre Bestürzung darüber war, daß ihre Tante vor ihrem Vater Wakem erwähnte, das war die Deutung, die ihre Mutter der Sache gegeben hatte. Für ihren Vater war Wakem wie eine entstellende Krankheit, um die zu wissen er ertragen mußte, die aber kein anderer erkennen durfte, ohne daß es ihn aufbrachte; und eine noch so große Empfindlichkeit für ihren Vater konnte bei ihr doch nicht überraschend sein, so dachte Maggie.

Aber Tom war zu scharfsichtig, um sich mit einer solchen Deutung zufriedenzugeben; er hatte klar genug gesehen, daß etwas anderes als Besorgnis um ihren Vater in Maggies außerordentlicher Verwirrung gewesen war. Als er versuchte, sich alle Einzelheiten zu vergegenwärtigen, die seinem Verdacht Gestalt geben könnten, fiel ihm ein, daß er erst kürzlich gehört hatte, wie seine Mutter Maggie dafür schalt, daß sie im Roten Grund spazierenging, wenn der Boden feucht war, und Schuhe nach Hause brachte, an denen die rote Erde klumpte, dennoch scheute sich Tom, der all seinen alten Widerwillen gegen Philips Mißbildung behalten hatte, seiner Schwester die Möglichkeit zu unterstellen, mehr als ein freundliches Interesse an solch einer unglücklichen Ausnahme unter der Masse der Männer zu haben. Toms Natur war solcherart, daß sie eine gleichsam abergläubische Abneigung gegen alles Abweichende hegte. Eine Liebe zu einem verwachsenen Mann wäre bei jeder Frau widerwärtig, bei einer Schwester unerträglich. Aber wenn sie irgendeine Art des Umgangs mit Philip aufrechterhalten hatte, mußte dem sofort Einhalt geboten werden; es war Ungehorsam gegenüber den stärksten Gefühlen ihres Vaters und den ausdrücklichen Befehlen ihres Bruders, zudem kompromittierte sie sich selbst durch heimliche Zusammenkünfte. Am nächsten Morgen ging er mit jenem wachsamen Geist von zu Hause fort, der den gewöhnlichsten Verlauf der Dinge in bedeutungsschwere Zufälle wendet.

An jenem Nachmittag, gegen halb vier, stand Tom mit Bob Jakin am Ladeplatz, und sie sprachen über die Möglichkeit, daß das gute Schiff »Adelaide« in ein oder zwei Tagen einliefe mit Ergebnissen, die für sie beide höchst wichtig waren.
»Ach«, sagte Bob ganz beiläufig, als er über die Felder an der anderen Seite des Flusses hinblickte, »da geht dieser bucklige junge Wakem. Ich kenn ihn oder seinen Schatten aus jeder Entfernung, ich treff ihn immer auf der Seite vom Fluß.«
Ein plötzlicher Gedanke schien Tom durchzuckt zu haben. »Ich muß gehen, Bob«, sagte er, »ich habe etwas zu erledigen«, und eilte zum Lagerhaus, wo er Bescheid gab, daß ein anderer seinen Platz einnehmen möchte, er sei in einer dringenden Angelegenheit nach Hause gerufen worden.
Mit schnellem Schritt und auf dem kürzesten Weg kam er zum Tor und hielt absichtlich inne, bevor er es öffnete, damit er unter dem Anschein völliger Gelassenheit ins Haus gehen könnte, als Maggie in Haube und Tuch zur Haustür herauskam. Seine Mutmaßung hatte sich erfüllt, und er wartete auf sie am Tor. Sie fuhr heftig zurück, als sie ihn sah.
»Tom, wie kommt es, daß du zu Hause bist? Ist etwas geschehen?« Maggie sprach mit leiser, bebender Stimme.
»Ich bin heimgekommen, um dich zum Roten Grund zu begleiten und Philip Wakem zu treffen«, sagte Tom, und die Falte in der Mitte seiner Stirn, die er sich angewöhnt hatte, vertiefte sich, als er sprach.
Maggie stand hilflos da, bleich und kalt. Irgendwoher wußte Tom dann also alles. Schließlich sagte sie: »Ich gehe nicht«, und wandte sich um.
»Doch, du gehst, aber ich will erst mit dir sprechen. Wo ist mein Vater?«
»Ausgeritten.«
»Und meine Mutter?«
»Im Hof, glaube ich, bei den Hühnern.«

»Dann kann ich hineingehen, ohne daß sie mich sieht?«
Sie gingen zusammen hinein, und Tom trat ins Wohnzimmer und sagte zu Maggie: »Komm hier herein.«
Sie gehorchte, und er schloß die Tür hinter ihr.
»So, Maggie, nun sage mir sofort alles, was zwischen dir und Philip Wakem vorgefallen ist.«
»Weiß mein Vater etwas?« sagte Maggie, immer noch zitternd.
»Nein«, sagte Tom böse und verächtlich. »Aber er wird es erfahren, wenn du versuchst, mich weiter zu täuschen.«
»Ich will nicht täuschen«, sagte Maggie und wurde rot vor Empörung, dieses Wort auf ihr Verhalten bezogen zu hören.
»Dann sag mir die ganze Wahrheit.«
»Vielleicht weißt du sie.«
»Gleichviel, ob ich sie weiß oder nicht. Sag mir genau, was geschehen ist, oder mein Vater wird alles erfahren.«
»Dann sage ich es um meines Vaters willen.«
»Ja, es steht dir wohl an, Zuneigung zu deinem Vater zu bekunden, nachdem du seine stärksten Gefühle so verachtet hast.«
»Du tust nie etwas Unrechtes«, sagte Maggie höhnisch.
»Nicht, wenn ich es weiß«, antwortete Tom mit stolzer Aufrichtigkeit. »Aber ich habe dir nichts zu sagen außer diesem: Sag mir, was zwischen dir und Philip Wakem vorgefallen ist. Wann hast du ihn zuerst im Roten Grund getroffen?«
»Vor einem Jahr«, sagte Maggie ruhig. Toms Strenge gab ihr ein gewisses Maß an Trotz und ließ ihr Empfinden der Verfehlung zurücktreten. »Du brauchst keine Fragen mehr zu stellen. Wir sind seit einem Jahr befreundet. Wir haben uns getroffen und sind oft miteinander spazierengegangen. Er hat mir Bücher geliehen.«

»Ist das alles?« sagte Tom und blickte ihr mit gerunzelter Stirn ins Gesicht.
Maggie hielt einen Augenblick inne; entschlossen, Toms Recht, sie der Täuschung zu bezichtigen, ein Ende zu setzen, sagte sie dann hochmütig: »Nein, nicht ganz. Am Samstag sagte er mir, er liebe mich. Das war mir vorher nie eingefallen, ich hatte an ihn nur als einen alten Freund gedacht.«
»Und du hast ihn ermutigt?« sagte Tom mit einem Ausdruck des Abscheus.
»Ich sagte ihm, daß ich ihn auch liebe.«
Tom schwieg einige Augenblicke und blickte mit gerunzelter Stirn, die Hände in den Taschen, zu Boden. Schließlich sah er auf und sagte kalt:
»Nun, Maggie, dann gibt es nur zwei Wege, die du einschlagen kannst: Entweder schwörst du mir feierlich mit der Hand auf meines Vaters Bibel, daß du dich nie wieder mit Philip Wakem treffen oder ein Wort allein mit ihm sprechen wirst, oder du weigerst dich, und ich erzähle meinem Vater alles, und in diesem Monat, in dem er durch meine Anstrengungen wieder glücklich gemacht werden könnte, wirst du ihm den Schlag versetzen zu erfahren, daß du eine ungehorsame, arglistige Tochter bist, die ihre eigene Ehrsamkeit wegwirft durch heimliche Treffen mit dem Sohn eines Mannes, der half, ihn zu ruinieren. Wähle.« Tom endete mit kalter Entschlossenheit, ging zu der großen Bibel, nahm sie hervor und öffnete sie bei dem Vorsatzblatt, wo das Geschriebene stand.
Es war eine vernichtende Alternative für Maggie.
»Tom«, sagte sie, nicht mehr stolz, sondern zum Bitten gedrängt, »verlange das nicht von mir. Ich will dir versprechen, allen Umgang mit Philip aufzugeben, wenn du mich ihn noch einmal sehen läßt oder ihm auch nur schreiben und alles erklären läßt, ihn aufzugeben, solange es meinem Vater Schmerz zufügen würde ... Ich empfinde auch für Philip. *Er* ist nicht glücklich.«

»Ich will nichts von deinen Gefühlen hören, ich habe genau gesagt, was ich meine, wähle – und zwar schnell, damit meine Mutter nicht hereinkommt.«

»Wenn ich dir mein Wort gebe, wird das für mich eine so starke Verpflichtung sein, als wenn ich meine Hand auf die Bibel legte. Ich bedarf dessen nicht, um mich zu binden.«

»Tu, was ich verlange«, sagte Tom. »Ich kann dir nicht trauen, Maggie. In dir ist keine Beständigkeit. Leg deine Hand auf diese Bibel und sprich: ›Ich entsage allem privaten Gespräch und Umgang mit Philip Wakem von nun an.‹ Sonst wirst du Schande über uns alle bringen und Kummer über meinen Vater, und was nützt es, daß ich mich anstrenge und alles andre aufgebe, um meines Vaters Schulden bezahlen zu können, wenn du Wahnsinn und Zorn gerade dann über ihn bringen wirst, wenn er sich wieder stolz aufrichten und wohlfühlen könnte.«

»O Tom – werden die Schulden bald bezahlt werden?« sagte Maggie und klatschte mit einer plötzlichen Freude inmitten ihres Elends in die Hände.

»Wenn es so ausgeht, wie ich erwarte«, sagte Tom. »Aber«, setzte er hinzu, und seine Stimme bebte vor Entrüstung, »während ich mich gemüht und abgerackert habe, daß mein Vater noch Frieden finden könnte, bevor er stirbt, abgerackert für die Achtbarkeit unserer Familie, hast du alles getan, was du konntest, um beides zu zerstören.«

Maggie fühlte eine tiefe Bewegung der Reue; für den Augenblick hörte ihr Verstand auf, sich gegen das aufzulehnen, was sie als grausam und unvernünftig empfand, und in ihrer Selbstanklage gab sie ihrem Bruder recht.

»Tom«, sagte sie leise, »es war unrecht von mir – aber ich war so einsam – und Philip tat mir so leid. Und ich glaube, daß Feindseligkeit und Haß sündhaft sind.«

»Unsinn!« sagte Tom. »Deine Pflicht war klar genug. Sag nichts mehr, sondern gib mir dein Versprechen in den Worten, die ich dir sagte.«

»Ich muß aber noch einmal mit Philip sprechen.«
»Du wirst jetzt mit mir gehen und mit ihm sprechen.«
»Ich gebe dir mein Wort, ihn nie wiederzusehen oder ihm zu schreiben ohne dein Wissen. Das ist das einzige, was ich sagen will. Ich werde meine Hand auf die Bibel legen, wenn du es möchtest.«
»Dann sag es.«
Maggie legte ihre Hand auf die beschriebene Seite und wiederholte das Versprechen. Tom schloß das Buch und sagte: »Nun laß uns gehen.«
Kein Wort fiel, während sie dahingingen. Maggie litt in Vorwegnahme dessen, was Philip leiden müßte, und fürchtete die peinigenden Worte, die von Toms Lippen auf ihn herabfallen würden, aber sie fühlte, daß jeder Versuch, der nicht Unterwerfung war, vergebens wäre. Tom hielt ihr Bewußtsein und ihre tiefste Furcht in einem schrecklichen Griff umklammert, sie wand sich unter der nachweislichen Wahrheit der Bezeichnung, die er ihrem Verhalten gegeben hatte, und dennoch rebellierte ihre ganze Seele dagegen als ungerecht in ihrer Einseitigkeit. Er verspürte unterdessen, wie sein Zorn sich gegen Philip zu richten begann. Er wußte nicht, wieviel alte knabenhafte Abneigung und bloßer persönlicher Stolz und Haß in die bittere Strenge der Worte eingingen, mit denen er die Pflicht eines Sohnes und Bruders zu tun gedachte. Es lag Tom nicht, seine eigenen Beweggründe zutiefst zu erforschen, nicht mehr als andere Dinge von unfaßlicher Natur, er war sich ganz sicher, daß seine Beweggründe sowie auch seine Handlungen gut waren, denn sonst hätte er nichts mit ihnen zu tun gehabt.
Maggies einzige Hoffnung war, daß irgend etwas Philip – zum ersten Mal – davon abgehalten haben könnte zu kommen. Dann würde es einen Aufschub geben, dann könnte sie vielleicht Toms Erlaubnis erhalten, ihm zu schreiben. Ihr Herz schlug mit doppelter Heftigkeit, als sie unter die Kiefern kamen. Das war der letzte Augen-

blick der Spannung, dachte sie, Philip traf sie immer bald, nachdem sie hindurch geschritten war. Aber sie überquerten die offene grüne Fläche und betraten den schmalen bewachsenen Pfad an der Mulde. Noch eine Biegung, und sie waren so dicht vor ihm, daß Tom und Philip plötzlich beide nur einen Schritt weit voneinander stehenblieben. Es folgte ein Augenblick des Schweigens, in dem Philip einen fragenden Blick auf Maggies Gesicht warf. Er las dort eine Antwort in den bleichen geöffneten Lippen und der angstvollen Spannung der großen Augen. Ihre Einbildungskraft, die immer weit über einen unmittelbaren Eindruck hinauseilte, sah ihren großen, starken Bruder den schwachen Philip packen, zu Boden werfen und mit Füßen treten.

»Nennen Sie dieses Handeln das eines Mannes und eines Gentleman?« sagte Tom mit einer Stimme voll barscher Verachtung, sobald Philips Augen wieder auf ihn gerichtet waren.

»Was meinen Sie?« antwortete Philip hochmütig.

»Was ich meine? Bleiben Sie weiter zurück, damit ich nicht Hand an Sie lege, und ich will Ihnen sagen, was ich meine. Ich meine, sich die Dummheit und Unwissenheit eines jungen Mädchens zunutze zu machen und sie dazu zu bringen, Sie heimlich zu treffen. Ich meine, es zu wagen, mit der Achtbarkeit einer Familie zu spielen, die einen guten und ehrlichen Namen trägt.«

»Das weise ich von mir«, unterbrach Philip heftig. »Ich könnte nie mit etwas spielen, das das Glück Ihrer Schwester betrifft. Sie ist mir teurer, als sie Ihnen ist, ich ehre sie mehr, als Sie sie je ehren können, ich würde mein Leben für sie hingeben.«

»Reden Sie keinen hochtrabenden Unsinn mit mir, Sir! Wollen Sie vorgeben, Sie hätten nicht gewußt, wie schimpflich es für sie ist, Sie hier Woche für Woche zu treffen? Geben Sie vor, Sie hätten ein Recht, ihr Liebeserklärungen zu machen, sogar wenn Sie ein passender Ehemann für sie wären, wo doch weder mein Vater noch

Ihr Vater je einer Ehe zwischen Ihnen zustimmen würden? Und Sie – Sie! Zu versuchen, sich in die Zuneigung eines hübschen Mädchens einzuschleichen, das noch keine achtzehn ist und durch ihres Vaters Unglück von der Welt abgeschirmt war. Das ist wohl Ihr verkrüppelter Begriff von Ehre? Ich nenne es gemeinen Verrat, ich nenne es Umstände ausnutzen, um zu gewinnen, was zu gut für Sie ist, was Sie mit rechten Mitteln nie bekommen würden.«

»Es ist sehr männlich von Ihnen, auf diese Art mit *mir* zu sprechen«, sagte Philip bitter, und seine ganze Gestalt wurde von heftigen Emotionen geschüttelt. »Riesen haben ein uraltes Recht auf Dummheit und unverschämte Beleidigung. Sie sind ja unfähig, auch nur zu verstehen, was ich für Ihre Schwester empfinde. Ich empfinde so viel für sie, daß ich sogar wünschen könnte, mit *Ihnen* befreundet zu sein.«

»Es täte mir sehr leid, wenn ich Ihre Gefühle verstünde«, sagte Tom mit beißender Verachtung. »Was ich wünsche, ist, daß Sie *mich* verstehen, daß ich für meine Schwester sorgen werde und daß, wenn Sie es wagen, noch den leisesten Versuch zu machen, sich ihr zu nähern oder ihr zu schreiben oder in geringster Weise Einfluß auf sie zu nehmen, Ihr mickriger, jämmerlicher Körper, der Ihnen etwas Bescheidenheit gegeben haben sollte, Sie nicht schützen wird. Ich werde Sie verprügeln, ich werde Sie der öffentlichen Verachtung aussetzen. Wer würde nicht bei dem Gedanken lachen, daß Sie der Liebhaber eines schönen Mädchens werden könnten?«

»Tom, ich ertrage es nicht, ich will es nicht länger anhören«, schrie Maggie mit erstickter Stimme auf.

»Bleib, Maggie!« brachte Philip mühsam hervor. Dann, Tom ansehend: »Sie haben Ihre Schwester hierher gezerrt, nehme ich an, damit sie dabei sein sollte, während Sie mich bedrohen und beleidigen, was Ihnen natürlich als das richtige Mittel erschien, mich zu beeinflussen. Aber Sie irren sich. Lassen Sie Ihre Schwester sprechen.

Wenn sie sagt, daß sie verpflichtet ist, mich aufzugeben, werde ich mich bis aufs letzte Wort ihren Wünschen fügen.«

»Es war um meines Vaters willen, Philip«, sagte Maggie flehend. »Tom droht, es meinem Vater zu sagen, und der könnte es nicht ertragen; ich habe versprochen, ich habe feierlich gelobt, daß wir ohne meines Bruders Wissen keinen Umgang mehr miteinander haben werden.«

»Es ist genug, Maggie. *Ich* werde unverändert bleiben, doch ich möchte, daß du ganz frei bist. Aber vertraue mir, denke daran, daß ich nie nach anderem trachten kann, als was gut ist für alles, was zu dir gehört.«

»Ja«, sagte Tom, aufgebracht durch diese Haltung Philips, »Sie können jetzt davon reden, nach Gutem für sie und was zu ihr gehört zu trachten, trachteten Sie denn auch vorher nach dem, was gut für sie war?«

»Ja – auf einige Gefahr hin, vielleicht. Aber ich wünschte, daß sie einen Freund fürs Leben hätte, der sie liebevoll umsorgte und der ihr eher gerecht würde als ein roher und engstirniger Bruder, auf den sie immer ihre Zuneigung verschwendet hat.«

»Ja, meine Art, ihr Freund zu sein, ist verschieden von Ihrer, und ich will Ihnen sagen, wie meine Art ist. Ich werde sie davor bewahren, ihrem Vater ungehorsam zu sein und ihm Schande zu machen, ich werde sie davor bewahren, daß sie sich an Sie wegwirft, daß sie sich zum Gespött macht, daß sie von einem Mann wie Ihrem Vater verhöhnt wird, weil sie für seinen Sohn nicht gut genug ist. Sie wissen sehr wohl, welche Art von Gerechtwerden und Umsorgen Sie ihr bereiten wollten. Ich lasse mir durch schöne Worte nichts vormachen, ich kann sehen, was Taten bedeuten. Komm fort, Maggie.«

Er ergriff Maggies rechtes Handgelenk, während er sprach, und sie streckte ihre linke Hand aus. Philip drückte sie einen Augenblick lang mit einem sehnenden Blick und eilte dann fort.

Tom und Maggie gingen eine Weile schweigend. Er hielt

noch immer ihr Handgelenk fest, als führe er einen Verbrecher vom Ort der Tat ab. Endlich zog Maggie ihre Hand mit einem heftigen Ruck fort, und ihr lange zurückgehaltener, aufgestauter Zorn machte sich in Worten Luft.

»Glaube nicht, daß ich denke, du hättest recht, Tom, oder daß ich mich deinem Willen beuge. Ich verachte die Gefühle, die du gezeigt hast, als du mit Philip sprachst, ich verabscheue deine beleidigenden, unmännlichen Anspielungen auf seine Mißbildung. Du hast dein Leben lang anderen Leuten Vorwürfe gemacht, du bist immer sicher, daß du selbst recht hast, es ist, weil dein Geist nicht groß genug ist, um zu sehen, daß es Besseres gibt als dein eigenes Verhalten und deine eigenen kleinlichen Ziele.«

»Gewiß«, sagte Tom kühl. »Ich sehe nicht, daß dein Verhalten besser ist, und deine Ziele auch nicht. Wenn dein Verhalten und das von Philip Wakem richtig war, warum schämst du dich dann, wenn es bekannt wird? Antworte mir darauf. Ich weiß, worauf mein Verhalten zielte, und ich habe es erreicht; welchen Nutzen, bitte, hat dein Verhalten dir oder sonst jemandem gebracht?«

»Ich will mich nicht verteidigen«, sagte Maggie, immer noch heftig, »ich weiß, daß ich unrecht hatte – oft, ständig. Aber dennoch, manchmal, wenn ich etwas Unrechtes tat, dann war es, weil ich Gefühle habe, die dich, wenn du sie hättest, nur besser machen könnten. Wenn *du* je etwas falsch machtest, wenn du etwas ganz Unrechtes getan hättest, dann würde es mir leid tun wegen des Schmerzes, den es dir brächte; ich würde nicht wollen, daß du mit Strafen überhäuft würdest. Aber du hattest immer Freude daran, mich zu bestrafen, du warst immer hart und grausam zu mir; sogar als ich ein kleines Mädchen war und dich immer lieber hatte als irgend jemanden sonst auf der Welt, da ließest du mich weinend zu Bett gehen, ohne mir zu verzeihen. Du hast kein

Mitleid, du hast kein Empfinden für deine eigene Unzulänglichkeit und deine eigenen Sünden. Es ist eine Sünde, hart zu sein, es gehört sich nicht für einen Sterblichen, für einen Christen. Du bist nichts als ein Pharisäer. Du dankst Gott für nichts als für deine eigenen Tugenden; du denkst, sie sind groß genug, dir alles andere zu gewinnen. Du hast nicht einmal eine Ahnung von Gefühlen, neben denen deine leuchtenden Tugenden bloße Dunkelheit sind.«

»Gut«, sagte Tom mit kalter Verachtung, »wenn deine Gefühle so viel besser sind als die meinen, dann laß mich sehen, wie du sie auf andere Weise zeigst als durch ein Verhalten, das dazu angetan ist, uns allen Schande zu machen, als von einem lächerlichen Extrem ins andere zu verfallen. Wie hast du denn, bitte, deine Liebe, von der du sprichst, mir oder meinem Vater gezeigt? Indem du uns ungehorsam bist und uns täuschst. Ich habe eine andere Art, meine Zuneigung zu zeigen.«

»Weil du ein Mann bist, Tom, und Macht hast und etwas in der Welt tun kannst.«

»Dann, wenn du nichts tun kannst, füge dich denen, die es können.«

»Ich will mich ja dem fügen, was ich anerkenne und als richtig empfinde. Ich will mich sogar dem fügen, was unvernünftig ist, wenn es von meinem Vater kommt, aber nicht von dir. Du prahlst mit deinen Tugenden, als ob sie dir ein Recht erwürben, grausam und unmännlich zu sein, wie du es heute warst. Glaube nicht, ich würde Philip Wakem aus Gehorsam zu dir aufgeben. Die Mißbildung, die du beleidigst, würde mich an ihn binden und ihn nur um so lieber haben lassen.«

»Sehr gut, das ist deine Ansicht der Dinge«, sagte Tom noch kälter als zuvor, »du brauchst nicht noch mehr zu sagen, um mir zu zeigen, welch weite Entfernung zwischen uns ist. Laß uns in Zukunft daran denken und schweigen.«

Tom ging nach St. Ogg's zurück, um einer Verabredung

mit seinem Onkel Deane nachzukommen und Anweisungen über eine Reise zu empfangen, zu der er am nächsten Morgen aufbrechen sollte.

Maggie ging hinauf in ihr eigenes Zimmer, um all den empörten Protest, gegen den Toms Sinn fest verriegelt war, in bitteren Tränen strömen zu lassen. Dann, als der erste Ausbruch des unbefriedigten Zorns vorüber war, kam die Erinnerung an jene ruhige Zeit, bevor die Freude, die im Elend des heutigen Tages geendet war, die Klarheit und Schlichtheit ihres Lebens verwirrt hatte. Damals hatte sie immer gedacht, sie hätte große Siege errungen und einen bleibenden Platz auf heiteren Höhen gewonnen, über den Versuchungen und dem Konflikt dieser Welt. Und jetzt war sie wieder unten im Getümmel des heißen Gefechtes mit eigenen Leidenschaften und denen anderer. Das Leben war also nicht so kurz, und die vollkommene Ruhe war nicht so nah, wie sie es sich erträumt hatte, als sie zwei Jahre jünger war. Es gab noch mehr Kampf für sie, vielleicht noch tieferen Fall. Hätte sie gefühlt, daß sie völlig im Unrecht war und Tom völlig im Recht, dann hätte sie eher wieder innere Harmonie erlangen können, aber nun wurden ihre Reue und Ergebenheit beständig behindert durch ein bitteres Gefühl, das sich ihr nicht anders darstellen wollte als gerechte Empörung. Ihr Herz blutete für Philip, sie rief sich immer wieder die Beleidigungen ins Gedächtnis, die auf ihn geschleudert worden waren, mit einer so lebendigen Vorstellung dessen, was er dabei gefühlt hatte, daß es beinahe wie ein heftiger körperlicher Schmerz für sie war, der sie mit dem Fuß auf den Boden schlagen und ihre Finger in die Handflächen krallen ließ.

Und dennoch, wie kam es, daß sie hin und wieder einen gewissen verschwommenen Hintergrund der Erleichterung über die erzwungene Trennung von Philip spürte? Gewiß war es nur, weil das Gefühl der Befreiung von Heimlichkeit um jeden Preis willkommen war.

Kapitel 6

Der schwer errungene Triumph

Drei Wochen später, als die Dorlcoter Mühle den hübschesten Anblick im ganzen Jahr bot – die großen Kastanien in Blüte und das Gras üppig und voller Maßliebchen –, kam Tom Tulliver früher am Abend als sonst nach Hause, und als er über die Brücke schritt, sah er mit der alten, tiefverwurzelten Zuneigung auf das stattliche rote Backsteinhaus, das von außen immer fröhlich und einladend schien, mochten drinnen die Zimmer auch noch so kahl und die Herzen noch so traurig sein. In Toms blaugrauen Augen ist ein frohes Leuchten, als er auf die Fenster blickt, jene Falte in seiner Stirn verschwindet nie, aber sie steht ihm, sie scheint eine Willensstärke anzuzeigen, die auch ohne Härte sein kann, wenn Augen und Mund ihren sanftesten Ausdruck haben. Sein fester Schritt wird schneller, und die Mundwinkel rebellieren dagegen, daß er sie zusammenzieht, um sich ein Lächeln zu verwehren.

Die Augen im Wohnzimmer waren zu dem Zeitpunkt nicht auf die Brücke gerichtet, und die Gruppe dort saß in erwartungsloser Stille, Mr. Tulliver in seinem Lehnstuhl, müde von einem langen Ritt und sinnend mit einem verhärmten Blick, der hauptsächlich auf Maggie gerichtet war, die sich über ihr Nähzeug beugte, während ihre Mutter den Tee machte.

Sie sahen alle vor Überraschung auf, als sie den wohlbekannten Schritt hörten.

»Nun, was ist denn los, Tom?« sagte sein Vater. »Du kommst ein wenig früher als sonst.«

»Oh, es gab gerade nichts mehr für mich zu tun, so ging ich heim. Guten Tag, Mutter!«

Tom ging auf seine Mutter zu und küßte sie, ein Zeichen ungewöhnlich guter Stimmung bei ihm. Kaum ein Wort oder Blick war zwischen ihm und Maggie in all den drei

Wochen gewechselt worden, aber seine übliche Schweigsamkeit, wenn er zu Hause war, ließ dies ihren Eltern nicht auffallen.
»Vater«, sagte Tom, als sie mit dem Tee fertig waren, »weißt du genau, wieviel Geld im Blechkasten ist?«
»Nur einhundertunddreiundneunzig Pfund«, sagte Mr. Tulliver. »Du hast kürzlich weniger gebracht, aber junge Burschen wollen auch gern Geld für sich haben. Obwohl ich nicht tat, was ich wollte, bevor *ich* volljährig war.« Er sprach mit scheuer, verhaltener Unzufriedenheit.
»Bist du ganz sicher, daß das die Summe ist, Vater?« sagte Tom. »Ich wünschte, du würdest dir die Mühe machen und den Blechkasten herunterholen. Ich meine, daß du vielleicht einen Fehler gemacht hast.«
»Wie sollte ich einen Fehler machen?« sagte sein Vater scharf. »Ich hab es oft genug gezählt, aber ich kann es holen, wenn du mir nicht glauben willst.«
Es war immer ein Vorgang, den Mr. Tulliver gern hatte in seinem trüben Leben, den Blechkasten zu holen und das Geld zu zählen.
»Geh nicht aus dem Zimmer, Mutter«, sagte Tom, als er sah, daß sie aufstand, nachdem sein Vater nach oben gegangen war.
»Soll Maggie auch nicht gehen?« sagte Mrs. Tulliver. »Es muß doch jemand die Sachen hinaustragen.«
»Wie sie will«, sagte Tom gleichgültig.
Das war ein schneidendes Wort für Maggie. Ihr Herz war gehüpft in der plötzlichen Überzeugung, daß Tom ihrem Vater sagen wollte, daß die Schulden bezahlt werden könnten, und Tom würde es zulassen, daß sie bei dieser Nachricht nicht dabei wäre! Doch sie trug das Tablett hinaus und kehrte sofort wieder zurück. Das Gefühl der eigenen Kränkung konnte in diesem Augenblick nicht vorherrschen.
Tom setzte sich an die Ecke des Tisches neben seinen Vater, als der Blechkasten abgesetzt und geöffnet wurde, und das rote Abendlicht, das auf sie fiel, machte die

verhärmte, bittere Schwermut des dunkeläugigen Vaters und die unterdrückte Freude im hellen Gesicht des Sohnes augenfällig. Die Mutter und Maggie saßen am anderen Ende des Tisches, die eine in ausdrucksloser Geduld, die andere in herzklopfender Erwartung.

Mr. Tulliver zählte das Geld und sortierte es auf dem Tisch und sagte dann, wobei er Tom scharf anblickte: »Da! Du siehst, daß ich recht hatte.«

Er machte eine Pause und sah mit bitterer Mutlosigkeit auf das Geld.

»Es fehlen noch mehr als dreihundert Pfund, es wird noch eine ganze Weile dauern, bevor *ich* das ersparen kann. Daß ich zweiundvierzig Pfund mit dem Korn verloren hab, war eine bittre Sache. Diese Welt ist mir über gewesen. 's hat vier Jahre gedauert, dies zurückzulegen, und 's ist schon viel, wenn ich noch weitre vier Jahre über der Erde bin ... Ich muß auf dich vertrauen, daß du sie bezahlst«, fuhr er mit zitternder Stimme fort, »wenn du deine Gesinnung nicht änderst, jetzt, wo du volljährig wirst ... Aber du wirst mich wohl erst begraben.«

Er sah Tom ins Gesicht mit einem verdrossenen Verlangen nach Bestätigung.

»Nein, Vater«, sagte Tom und sprach mit energischer Entschlossenheit, obwohl man auch in seiner Stimme ein Beben wahrnehmen konnte, »du wirst es erleben, daß alle Schulden bezahlt sind. Du wirst sie mit eigener Hand zurückzahlen.«

Sein Ton beinhaltete mehr als bloße Hoffnung oder Entschlossenheit. Ein leichter elektrischer Schlag schien Mr. Tulliver zu durchzucken, und er hielt seine Augen mit einem eifrig forschenden Blick auf Tom gerichtet, während Maggie, unfähig, sich länger zurückzuhalten, an ihres Vaters Seite stürzte und bei ihm niederkniete. Tom schwieg eine kleine Weile, bevor er fortfuhr.

»Vor einer guten Weile hat mein Onkel Glegg mir etwas Geld geliehen, um damit Handel zu treiben. Das hat sich bezahlt gemacht. Ich habe dreihundertzwanzig Pfund auf der Bank.«

Die Arme seiner Mutter waren um seinen Hals geschlungen, sobald die letzten Worte ausgesprochen waren, und sie sagte halb weinend: »Oh, mein Junge, ich wußte ja, du würdest alles wieder in Ordnung bringen, wenn du erst ein Mann wärst.«

Aber sein Vater schwieg, das überwältigende Gefühl raubte ihm alle Macht zu sprechen. Sowohl Tom als auch Maggie waren in Angst und Schrecken, der Freudenschock könnte verhängnisvoll sein. Aber die segensreiche Erleichterung der Tränen kam. Die breite Brust hob sich, die Gesichtsmuskeln lösten sich, und der grauhaarige Mann brach in lautes Schluchzen aus. Allmählich versiegte das heftige Weinen, und er saß ruhig da und begann wieder regelmäßig zu atmen. Schließlich sah er zu seiner Frau auf und sagte sanft:

»Bessy, komm, du mußt mir jetzt einen Kuß geben, der Junge hat es an dir wiedergutgemacht. Du wirst es wohl wieder ein bißchen besser haben.«

Als sie ihn geküßt hatte und er ihre Hand einen Augenblick lang gehalten hatte, kehrten seine Gedanken zum Geld zurück.

»Ich wünschte, du hättest mir das Geld gebracht, um es anzusehen, Tom«, sagte er und befühlte die Sovereigns auf dem Tisch. »Ich hätte mich sicherer gefühlt.«

»Du sollst es morgen sehen, Vater«, sagte Tom. »Mein Onkel Deane hat die Gläubiger für morgen im ›Goldenen Löwen‹ zusammenkommen lassen, und er hat für zwei Uhr ein Essen für sie bestellt. Sowohl er als auch Onkel Glegg werden da sein. Es hat am Samstag im *Boten* gestanden.«

»Dann weiß Wakem davon!« sagte Mr. Tulliver, und seine Augen flammten in triumphierendem Feuer auf. »Ach«, fuhr er mit einem langgezogenen Kehllaut fort, nahm seine Schnupftabaksdose heraus – der einzige Luxus, den er sich noch gönnte – und klopfte mit etwas von seinem alten trotzigen Ausdruck darauf. »Jetzt komm ich doch von seiner Knute los, obwohl ich nun die alte Mühle verlassen muß. Ich dachte, ich hätt' hier aushalten können, bis ich sterbe, aber ich kann's nicht... Haben wir denn nicht ein Gläschen zu trinken im Haus, Bessy?«

»Doch«, sagte Mrs. Tulliver und zog ihren klein gewordenen Schlüsselbund hervor, »da ist noch der Branntwein, den Schwester Deane mir brachte, als ich krank war.«

»Dann hol ihn mir, hol ihn mir. Ich fühle mich ein wenig schwach.«

»Tom, mein Junge«, sagte er mit festerer Stimme, als er etwas Branntwein mit Wasser genommen hatte, »du wirst ihnen 'ne Rede halten. Ich werd' ihnen sagen, daß du's bist, der das meiste Geld beigesteuert hat. Sie werden sehn, daß ich am Ende doch ehrlich bin und 'nen ehrlichen Sohn hab. Ah! Wakem wär' nur froh, wenn er 'nen Sohn wie ich hätt', 'nen prächtigen, aufrechten Burschen anstatt des armen verkrüppelten Geschöpfes! Du wirst in der Welt vorankommen, mein Junge, du wirst vielleicht den Tag sehn, an dem Wakem und sein Sohn eine oder zwei Stufen unter dir stehn. Dich wird man gern zum Partner nehmen, so wie deinen Onkel Deane, du bist der Rechte dazu, und dann gibt's nichts, was dich hindert, reich zu werden ... Und wenn du jemals reich genug bist – denk dran! – dann versuch, die alte Mühle zurückzubekommen.«

Mr. Tulliver warf sich in seinem Sessel zurück, sein Geist, der so lange nichts als bittere Unzufriedenheit und dunkle Ahnungen beherbergt hatte, füllte sich plötzlich durch das Wunder der Freude mit Bildern von Glück und Wohlstand. Aber irgendein feiner Einfluß hinderte ihn daran, Glück und Wohlstand für sich selbst vorauszusehen.

»Laß mich dir die Hand schütteln, mein Junge«, sagte er und streckte mit einem Mal die Hand aus. »'s ist was

Großartiges, wenn ein Mann stolz sein kann, daß er 'nen guten Sohn hat. *Das* Glück hab ich.«

Nie wieder erlebte Tom einen Augenblick köstlich wie diesen, und Maggie konnte nicht anders, als ihr eigenes Leid zu vergessen. Tom *war* gut, und in der süßen Demut, die in uns allen in Augenblicken echter Bewunderung und Dankbarkeit aufgeht, fühlte sie, daß die Fehler, die er ihr zu vergeben hatte, nie getilgt worden waren wie die seinen. Sie fühlte an diesem Abend keine Eifersucht, daß sie zum ersten Mal bei ihrem Vater in den Hintergrund gedrängt zu sein schien.

Es wurde noch viel gesprochen, bevor sie zu Bett gingen. Mr. Tulliver wollte natürlich alle Einzelheiten über Toms Handelsabenteuer hören, und er lauschte mit wachsender Begeisterung und Freude. Er wollte alles genau wissen, was bei jeder Gelegenheit gesagt worden war – wenn möglich, was gedacht worden war; und Bob Jakins Anteil an dem Geschäft veranlaßte ihn zu besonderen Ausbrüchen der Sympathie für die triumphierende Schlauheit jenes bemerkenswerten Hausierers. Bobs Jugendgeschichte, so weit sie Mr. Tulliver zur Kenntnis gelangt war, wurde mit dem Empfinden ins Gedächtnis gerufen, daß sie erstaunlich vielversprechend war, was man bei allen Erinnerungen an die Kindheit großer Männer beobachtet.

Es war gut, daß dies Interesse an der Erzählung da war, um das undeutliche, aber wilde Gefühl des Triumphs über Wakem niederzuhalten, das sonst der Weg gewesen wäre, den sich seine Freude mit gefährlicher Gewalt gebahnt hätte. Auch so gab dieses Empfinden gelegentlich in plötzlich ausgestoßenen, zusammenhanglosen Ausrufen bedrohliche Anzeichen dafür, daß es letztlich die Oberhand gewinnen würde.

Es dauerte lange, bis Mr. Tulliver an jenem Abend einschlief, und der Schlaf war, als er kam, von lebhaften Träumen erfüllt. Um halb sechs am Morgen, als Mrs. Tulliver schon aufstand, erschreckte er sie, indem er mit

einem erstickten Schrei auffuhr und sich verstört zwischen den Wänden des Schlafzimmers umsah.
»Was ist los, Mr. Tulliver?« sagte seine Frau. Er sah sie an, noch immer verwirrt, und sagte schließlich:
»Ach! Ich habe geträumt ... Habe ich Lärm gemacht? ... Ich dachte, ich hätte ihn.«

Kapitel 7

Tag der Abrechnung

Mr. Tulliver war im Grunde ein enthaltsamer Mann, der wohl sein Gläschen trank und nicht ungern, aber nie die Grenzen der Mäßigkeit überschritt. Er hatte von Natur aus ein reges, heißblütiges Temperament, das nicht des flüssigen Feuers bedurfte, um es zum Glühen zu bringen, seine Heftigkeit entsprach gewöhnlich einem aufregenden Anlaß auch ohne solche Verstärkung, und sein Wunsch nach dem Branntwein deutete an, daß die allzu plötzliche Freude mit einem gefährlichen Schock eine Gestalt befallen hatte, die durch vier Jahre der Schwermut und der ungewohnten schmalen Kost heruntergekommen war. Aber der erste ungewisse, taumelnde Augenblick ging vorüber; durch die zunehmende Erregung schien er auch an Kraft zuzunehmen, und am nächsten Tag, als er mit seinen Gläubigern am Tisch saß, mit leuchtenden Augen und geröteten Wangen in dem Bewußtsein, daß er dabei war, wieder eine ehrenwerte Figur abzugeben, da sah er mehr wie der stolze, zuversichtliche, warmherzige und warmblütige Tulliver aus alten Tagen aus, als irgend jemand für möglich gehalten hätte, der ihm noch eine Woche zuvor begegnet war, als er daherritt, wie es seine Gewohnheit gewesen war in den letzten vier Jahren, seit das Gefühl des Scheiterns und der Schulden auf ihm gelastet hatte – mit hängendem Kopf und kurze, unwillige Blicke denen zuwerfend, die sich seiner Aufmerksamkeit aufdrängten. Er hielt seine Rede und bekräftigte dabei seine ehrlichen Prinzipien mit seinem alten zuversichtlichen Eifer, spielte auf die Schurken an und das Glück, das gegen ihn gewesen war, über das er jetzt aber in gewissem Maße triumphiert hatte durch harte Mühen und die Hilfe eines guten Sohnes, und er endete mit der Geschichte, wie Tom den größten Teil des notwendigen Geldes beschafft hatte. Doch der Anflug von Erbitterung und feindseligem Triumph schien für kurze Zeit in reinerem, väterlichen Stolz und in Freude aufzugehen, als, nachdem auf Tom angestoßen worden war und Onkel Deane die Gelegenheit ergriffen hatte, ein paar Worte des Lobes über seinen Charakter und sein Verhalten im allgemeinen zu sagen, Tom selbst aufstand und die einzige Rede seines Lebens hielt. Sie hätte kaum kürzer sein können; er dankte den Herren für die Ehre, die sie ihm hatten zuteil werden lassen. Er sei froh, daß er seinem Vater habe helfen können, seine Integrität zu beweisen und seinen ehrlichen Namen wiederherzustellen, und er hoffe, daß er seinerseits dieses Werk nie zunichte und diesem Namen nie Schande machen werde. Doch der Beifall, der folgte, war so groß, und Tom sah so hochgewachsen und aufrecht und wie ein Gentleman aus, daß Mr. Tulliver erklärend zu seinen Freunden zur Rechten und zur Linken bemerkte, er habe eine Menge Geld auf die Ausbildung seines Sohnes verwendet.

Die Gesellschaft brach solide um fünf Uhr auf. Tom blieb in St. Ogg's, um einem Geschäft nachzugehen, und Mr. Tulliver bestieg sein Pferd, um heimzureiten und die denkwürdigen Dinge, die gesagt und getan worden waren, der »armen Bessy und dem kleinen Mädel« zu beschreiben. Der Hauch von Erregung, der ihn umfing, rührte nur zu einem geringen Teil von der fröhlichen Stimmung oder von anderen Stimulantien her als dem starken Wein der triumphierenden Freude. Heute wählte

er keine Nebenstraße, sondern ritt langsam mit erhobenem Kopf und freiem Blick die Hauptstraße entlang, den ganzen Weg bis zur Brücke. Warum traf er nicht zufällig auf Wakem? Das Ausbleiben dieses Zusammentreffens ärgerte ihn und ließ ihn in ein erbittertes Nachdenken verfallen. Vielleicht war Wakem heute absichtlich nicht in der Stadt, um zu vermeiden, etwas von der ehrenvollen Handlung zu hören oder zu sehen, die ihm wohl manch unliebsamen Stich versetzen mußte. Falls Wakem ihm begegnen sollte, wollte Mr. Tulliver ihn geradewegs anblicken, und dann würde den Schurken vielleicht seine kühle, herrische Unverschämtheit mal ein wenig verlassen. Er würde allmählich merken, daß ein ehrlicher Mann *ihm* nicht länger dienen würde und seine Ehrlichkeit dafür hergeben, eine Tasche zu füllen, die von unehrlichen Gewinnen schon übervoll war. Vielleicht fing das Glück an, sich zu wenden; vielleicht hatte der Teufel nicht immer die besten Karten auf der Welt.
So brodelte es in Mr. Tulliver, als er sich den Hoftoren der Dorlcoter Mühle näherte und weit genug heran war, um eine wohlbekannte Gestalt auf einem schönen schwarzen Pferd herauskommen zu sehen. Sie begegneten sich ungefähr fünfzig Schritte vom Tor, zwischen den großen Kastanien und Ulmen und dem hohen Ufer.
»Tulliver«, sagte Wakem unvermittelt in einem hochmütigeren Ton als gewöhnlich, »was haben Sie da für dummes Zeug gemacht, diese harten Klumpen auf dem hinteren Acker zu verteilen. Ich sagte Ihnen doch, wie es werden würde; aber ihr Männer lernt ja nie, einen Hof mit Methode zu bewirtschaften.«
»Oh!« sagte Tulliver, plötzlich aufwallend, »suchen Sie sich doch wen andres, um Ihnen den Hof zu bewirtschaften, der Sie um Belehrung bitten wird.«
»Sie haben wohl getrunken«, sagte Wakem und glaubte tatsächlich, dies sei die Ursache von Tullivers gerötetem Gesicht und funkelnden Augen.
»Nein, ich habe nicht getrunken«, sagte Tulliver, »ich

brauche nicht zu trinken, um mich zu entschließen, nicht länger unter einem Schuft zu dienen.«
»Nun gut! Sie können das Anwesen morgen verlassen, halten Sie jetzt Ihren unverschämten Mund und lassen Sie mich durch.« (Tulliver hatte sein Pferd zurückgewendet, so daß es quer auf der Straße stand und Wakem den Weg versperrte.)
»Nein, ich werde Sie nicht durchlassen«, sagte Tulliver und wurde noch wütender. »Ich werde Ihnen erst sagen, was ich von Ihnen denke. Sie sind ein zu großer Schurke, um gehängt zu werden, Sie sind –«
»Lassen Sie mich durch, Sie törichter Rohling, oder ich reite Sie über den Haufen.«
Mr. Tulliver spornte sein Pferd und sprengte mit erhobener Peitsche vor, woraufhin sich Wakems Pferd aufrichtete, rückwärts scheute und seinen Reiter aus dem Sattel und seitwärts zur Erde warf. Wakem hatte die Geistesgegenwart, den Zügel sofort loszulassen, und da das Pferd nur ein paar Schritte taumelte und dann stillstand, hätte er aufstehen und es ohne weitere Unannehmlichkeiten als eine Beule und ein Abschütteln wieder besteigen können. Aber bevor er noch aufstehen konnte, war auch Tulliver von seinem Pferd herunter. Der Anblick des seit langem verhaßten, überlegenen Mannes am Boden und in seiner Macht stürzte ihn in ein Rasen triumphierender Rache, das ihm übernatürliche Behendigkeit und Kraft zu geben schien. Er sprang auf Wakem zu, der gerade versuchte, wieder auf die Füße zu kommen, packte ihn am linken Arm, so daß Wakems ganzes Gewicht auf dem rechten Arm lastete, den er auf den Boden stützte, und prügelte ihm wütend mit seiner Reitpeitsche über den Rücken. Wakem schrie um Hilfe, aber keine Hilfe kam, bis man den Aufschrei einer Frau hörte und den Ruf »Vater, Vater!«
Plötzlich fühlte Wakem, daß irgend etwas Mr. Tullivers Arm angehalten hatte, denn das Prügeln hörte auf und der Griff an seinem eigenen Arm lockerte sich.

»Fort mit dir – fort«, rief Mr. Tulliver zornig. Aber es war nicht Wakem, mit dem er sprach. Langsam erhob sich der Advokat, und als er den Kopf wandte, sah er, daß Tullivers Arme von einem Mädchen gehalten wurden – oder eher von der Furcht, das Mädchen zu verletzen, das mit all seiner jungen Kraft daran hing.

»O Luke, Mutter, kommt und helft Mr. Wakem«, rief Maggie, als sie die ersehnten Schritte hörte.

»Helfen Sie mir auf das niedrigere Pferd«, sagte Wakem zu Luke, »dann wird es vielleicht gehen, obwohl – zum Teufel – ich glaube, der Arm ist verrenkt.«

Mit einiger Schwierigkeit wurde Wakem auf Tullivers Pferd gehoben. Dann wandte er sich dem Müller zu und sagte weiß vor Zorn: »Das werden Sie mir büßen, Sir. Ihre Tochter ist Zeuge, daß Sie mich angegriffen haben.«

»Das kümmert mich nicht«, sagte Mr. Tulliver mit belegter, wütender Stimme, »gehn Sie und zeigen Sie Ihren Rücken und sagen Sie ihnen, daß ich Sie verprügelt hab. Sagen Sie ihnen, daß ich die Dinge in der Welt ein bißchen ins Gleichgewicht gebracht hab.«

»Reiten Sie mir mein Pferd nach Hause«, sagte Wakem zu Luke, »bei der Fähre nach Tofton vorbei, nicht durch die Stadt.«

»Vater, komm herein!« sagte Maggie flehend. Dann, als sie sah, daß Wakem fortgeritten war und daß keine weitere Gewalt möglich war, ließ ihre Umklammerung nach, und sie brach in hysterisches Schluchzen aus, während die arme Mrs. Tulliver dabeistand, schweigend und zitternd vor Angst. Aber Maggie spürte, daß, sobald ihr Griff nachließ, ihr Vater sie umfaßte und sich auf sie stützte. Die Überraschung gebot ihrem Schluchzen Einhalt.

»Mir ist nicht gut – ganz schwach«, sagte er. »Hilf mir hinein, Bessy, ich bin schwindlig, ich hab Schmerzen im Kopf.«

Er ging langsam hinein, gestützt von Frau und Tochter,

und taumelte in seinen Lehnstuhl. Die fast purpurne Röte war einer Blässe gewichen, und seine Hand war kalt.

»Sollten wir nicht lieber nach dem Doktor schicken?« sagte Mrs. Tulliver.

Er schien zu schwach und leidend, um sie zu hören, aber als sie zu Maggie sagte: »Geh und laß jemanden den Doktor holen«, da sah er sie mit klarem Verstand an und sagte: »Doktor? Nein, keinen Doktor. Es ist nur mein Kopf, das ist alles. Hilf mir zu Bett.«

Welch trauriges Ende für einen Tag, der für sie alle wie der Beginn besserer Zeiten angebrochen war. Aber gemischte Saat muß gemischte Ernte bringen.

Eine halbe Stunde nachdem sein Vater sich niedergelegt hatte, kam Tom nach Hause. Bob Jakin war bei ihm – gekommen, um dem »alten Herrn« zu gratulieren, nicht ohne etwas verzeihlichen Stolz, daß er seinen Anteil an Mr. Toms Glück gehabt hatte; und Tom hatte gedacht, daß seinem Vater zum Abschluß des Tages nichts lieber wäre als ein Schwätzchen mit Bob. Aber nun konnte Tom den Abend nur in der düsteren Erwartung der unangenehmen Konsequenzen verbringen, die diesem wahnsinnigen Ausbruch des lange unterdrückten Hasses seines Vaters folgen mußten. Nachdem die schmerzliche Neuigkeit erzählt worden war, saß er schweigend da; es fehlte ihm sowohl an Stimmung als auch Neigung, seiner Mutter und Schwester etwas von dem Essen zu erzählen; sie dachten auch kaum daran, danach zu fragen. Anscheinend war der verknüpfte Faden im Gewebe ihres Lebens so seltsam verflochten, daß keine Freude sein konnte, ohne daß das Leid ihr dicht folgte. Tom war niedergeschlagen durch den Gedanken, daß seine beispielhafte Anstrengung stets durch die Verfehlungen anderer zunichte gemacht werden mußte; Maggie durchlebte immer wieder die Qual des Augenblicks, in dem sie hinausgestürzt war, um sich auf ihres Vaters Arm zu werfen, mit einer undeutlichen, schaudernden Ahnung häßlicher Szenen, die folgen würden. Nicht einer von ihnen fühlte eine besondere Beunruhigung wegen Mr. Tullivers Gesundheit, die Symptome erinnerten nicht an seinen früheren gefährlichen Anfall, und es schien nur eine notwendige Folge, daß seine gewaltsame Leidenschaft und Kraftanstrengung nach vielen Stunden der ungewöhnlichen Erregung ihn sich krank fühlen ließen. Ruhe würde ihn wohl wieder herstellen.

Tom, von den Ereignissen des Tages todmüde, schlief bald ein und schlief sehr tief, es schien ihm, er sei gerade zu Bett gegangen, als er aufwachte und seine Mutter neben sich stehen sah im grauen Licht des frühen Morgens.

»Mein Junge, du mußt sofort aufstehen, ich habe nach dem Doktor geschickt, und dein Vater möchte dich und Maggie bei sich haben.«

»Geht es ihm schlechter, Mutter?«

»Er war die ganze Nacht sehr krank und hatte schlimme Kopfschmerzen, aber er sagt nicht, daß es ihm schlechter ginge, er sagte nur plötzlich: ›Bessy, hol den Jungen und das Mädchen. Sag ihnen, sie sollen schnell kommen.‹«

Maggie und Tom zogen sich in dem kühlen, grauen Licht hastig ein paar Kleidungsstücke über und erreichten das Zimmer ihres Vaters beinahe gleichzeitig. Er schaute nach ihnen aus, seine Stirn war vom Schmerz gezeichnet, aber in seinen Augen zeigte sich geschärftes, besorgtes Bewußtsein. Mrs. Tulliver stand angstvoll und zitternd am Fuß des Bettes und sah verhärmt und gealtert aus wegen der gestörten Nachtruhe. Maggie war zuerst am Bett, aber ihr Vater blickte auf Tom, der kam und sich neben sie stellte.

»Tom, mein Junge, mir scheint, daß ich nicht wieder aufstehen werde ... Diese Welt ist mir über gewesen, mein Junge, aber du hast getan, was du konntest, die Dinge ein bißchen ins Gleichgewicht zu bringen. Laß mich dir nochmal die Hand schütteln, mein Junge, bevor ich von euch gehe.«

Vater und Sohn reichten einander die Hand und sahen sich einen Augenblick lang an. Dann sagte Tom und versuchte, mit fester Stimme zu sprechen:
»Hast du einen Wunsch, Vater, den ich erfüllen kann, wenn ...«
»Ja, mein Junge ... du wirst versuchen, die alte Mühle zurückzubekommen.«
»Ja, Vater.«
»Und dann deine Mutter – du wirst versuchen, es an ihr wiedergutzumachen, so gut du kannst, für mein böses Geschick ... und dann das kleine Mädel ...«
Der Vater wandte seine Augen mit einem noch besorgteren Blick Maggie zu, während sie mit überfließendem Herzen auf ihre Knie fiel, um dem lieben, abgezehrten Gesicht näher zu sein, das ihr während langer Jahre als das Zeichen ihrer tiefsten Liebe und ihrer härtesten Prüfung gegenwärtig gewesen war.
»Du mußt für sie sorgen, Tom ... gräm dich nicht, mein Mädel ... jemand wird kommen, der dich liebhat und für dich eintritt ... und du mußt gut zu ihr sein, mein Junge. Ich war gut zu *meiner* Schwester. Gib mir einen Kuß, Maggie ... Komm, Bessy ... Du wirst wohl ein gemauertes Grab für mich bezahlen können, Tom, so daß deine Mutter und ich beieinanderliegen können.«
Er sah keinen mehr an, als er dies gesagt hatte und lag einige Minuten schweigend, während sie standen und ihn beobachteten und sich nicht zu rühren wagten. Das Morgenlicht wurde heller, und sie konnten sehen, wie Schwere sein Gesicht überzog und seine Augen sich trübten. Aber schließlich blickte er auf Tom und sagte:
»Ich hatte meine Vergeltung. Ich habe ihn geschlagen. Das war nicht mehr wie recht. Ich wollte immer nur, was recht war.«
»Aber Vater, lieber Vater«, sagte Maggie, und eine unaussprechliche Furcht herrschte über ihr Leid, »du vergibst ihm doch – du vergibst doch jetzt allen?«

Er bewegte seine Augen nicht, um sie anzusehen, doch er sagte:
»Nein, mein Mädel. Ich vergebe ihm nicht ... Was soll das Vergeben? Ich kann keinen Schurken lieben.«
Seine Stimme war jetzt belegt, aber er wollte noch mehr sagen und bewegte wieder und wieder die Lippen und mühte sich vergebens zu sprechen. Schließlich rang er sich die Worte ab.
»Vergibt Gott Schurken? Doch wenn er es tut, wird er mir gnädig sein.«
Seine Hände bewegten sich unruhig, als ob er wollte, daß sie ein Hindernis wegnähmen, das auf ihm lastete. Zwei- oder dreimal kamen abgerissene Worte aus seinem Mund: »Diese Welt ist ... mir über ... ehrlicher Mann ... verwirrend ...«
Bald verschmolzen sie zu bloßem Stammeln, die Augen nahmen nichts mehr wahr, und dann kam endgültiges Schweigen.
Aber nicht des Todes. Eine Stunde lang oder mehr hob sich die Brust noch, der laute, harte Atem ging noch und wurde allmählich langsamer, während kalte Schweißperlen auf seine Stirn traten.
Endlich trat eine völlige Stille ein, und die matt erhellte Seele des armen Tulliver hatte für immer aufgehört, sich über das schmerzliche Rätsel dieser Welt zu ärgern.
Jetzt war Hilfe gekommen. Luke und seine Frau waren da, und Mr. Turnbull war eingetroffen, zu spät, um noch etwas anderes zu tun, als zu sagen: »Das ist der Tod.«
Tom und Maggie gingen zusammen hinunter in das Zimmer, wo ihres Vaters Platz leer war. Ihre Augen wandten sich derselben Stelle zu, und Maggie sprach:
»Tom, vergib mir – laß uns einander immer liebhaben«, und sie umfaßten sich und weinten zusammen.

Sechstes Buch

Die große Versuchung

Kapitel 1

Ein Duett im Paradies

Der schön möblierte Salon mit dem offenen Flügel und dem reizenden Ausblick auf den zu einem Bootshaus am Floss hin abfallenden Garten gehört Mr. Deane. Die adrette kleine Dame in Trauer, deren hellbraune Locken auf die bunte Stickerei fallen, mit der ihre Finger beschäftigt sind, ist natürlich Lucy Deane, und der hübsche junge Mann, der sich von seinem Stuhl herabbeugt, um mit der Schere vor dem außerordentlich verkürzten Gesicht des kleinen Spaniel, der zu Füßen der jungen Dame liegt, zu schnappen, ist kein anderer als Mr. Stephen Guest, dessen Diamantring, Rosenöl und Ausstrahlung nonchalanten Müßiggangs um zwölf Uhr mittags das anmutige und wohlriechende Ergebnis der größten Ölmühle und des ausgedehntesten Ladeplatzes von St. Ogg's sind.

Die Handlung mit der Schere ist offensichtlich bloße Tändelei, aber ein scharfsinniges Auge bemerkt sofort, daß eine Absicht dahintersteckt, die sie eines jungen Mannes mit ausgewachsenem Kopf und Gliedern außerordentlich würdig macht, denn man sieht, daß Lucy die Schere braucht und, wie ungern auch immer, genötigt ist, ihre Locken zurückzuschütteln, ihre sanften Haselnußaugen zu erheben, scherzhaft zu dem Gesicht hinabzulächeln, das sich etwa auf der Höhe ihrer Knie befindet, ihre kleine perlmuttrosa Hand auszustrecken und zu sagen:

»Meine Schere, bitte, wenn Sie sich das große Vergnügen versagen können, meinen armen Minny zu plagen.«

Die dumme Schere ist anscheinend zu weit über die Knöchel gerutscht und Herkules streckt hoffnungslos seine gefangenen Finger aus.

»Verflixte Schere! Das Fingerloch sitzt ganz verkehrt. Bitte, ziehen Sie sie mir herunter.«

»Ziehen Sie sie mit der anderen Hand herunter«, sagt Miss Lucy schelmisch.
»Oh, aber das ist meine linke Hand, ich bin doch kein Linkshänder.« Lucy lacht und die Schere wird sanft von winzigen Fingerspitzen heruntergezogen, was Mr. Stephen natürlich zu einem Dakapo anregt. Er paßt also auf, wann die Schere wieder losgelassen wird, damit er sie erneut in Besitz nehmen kann.
»Nein, nein«, sagte Lucy und steckte sie in den Gürtel, »Sie bekommen meine Schere nicht wieder, Sie haben sie schon verbogen. Und nun lassen Sie Minny nicht wieder knurren. Setzen Sie sich ordentlich hin und benehmen Sie sich auch so, dann will ich Ihnen eine Neuigkeit erzählen.«
»Was ist es?« sagte Stephen, warf sich zurück und ließ seinen rechten Arm über die Lehne des Stuhls hängen. Er hätte für sein Porträt sitzen können, das einen recht auffallenden jungen Mann von fünfundzwanzig dargestellt hätte, mit eckiger Stirn, kurzem dunkelbraunem Haar, das mit einer leichten Welle am Ende aufrechtstand wie dichtes Getreide, und einem halb glühenden, halb sarkastischen Blick unter seinen wohlgeformten waagerechten Augenbrauen. »Ist es eine wichtige Neuigkeit?«
»Ja, sehr – raten Sie.«
»Sie werden Minnys Speiseplan ändern und ihm jeden Tag drei Likörplätzchen mit einem Teelöffel voll Sahne geben?«
»Ganz falsch.«
»Nun, dann hat Dr. Kenn wohl gegen Buckram gepredigt, und ihr Damen habt ihm alle einen Beschwerdebrief geschickt, in dem steht: ›Die Lehre ist zu hart, wer kann sie ertragen?‹«
»Schämen Sie sich!« sagte Lucy und verzog ihren kleinen Mund zu einer strengen Miene. »Es ist sehr einfallslos von Ihnen, daß Sie meine Neuigkeit nicht erraten, denn sie betrifft etwas, das ich Ihnen gegenüber vor nicht allzulanger Zeit erwähnt habe.«

»Aber Sie haben mir gegenüber vieles vor nicht allzulanger Zeit erwähnt. Verlangt Ihre weibliche Tyrannei, daß ich, wenn Sie sagen, daß das, was Sie meinen, eines von verschiedenen Dingen ist, dadurch gleich weiß, was Sie meinen?«
»Ja, ich weiß wohl, daß Sie mich für töricht halten.«
»Ich halte Sie für ganz reizend.«
»Und meine Torheit ist Teil meines Reizes?«
»*Das* habe ich nicht gesagt.«
»Aber ich weiß, daß Sie es mögen, wenn Frauen ein bißchen unbedarft sind. Philip Wakem hat Sie verraten, er sagte das einmal, als Sie nicht hier waren.«
»Oh, ich weiß, daß Phil in dem Punkt ganz hitzig ist, er macht gleich eine persönliche Sache daraus. Er muß wohl nach einer unbekannten Dame schmachten, scheint mir, irgendeiner erhabenen Beatrice[1], der er im Ausland begegnete.«
»Übrigens«, sagte Lucy und hielt in ihrer Arbeit inne, »es fällt mir gerade ein, daß ich noch nicht herausgefunden habe, ob meine Kusine Maggie ebensosehr dagegen ist, Philip zu sehen, wie ihr Bruder. Tom würde keinen Raum betreten, in dem Philip ist, wenn er es wüßte, vielleicht ist Maggie genauso, dann könnten wir unsere mehrstimmigen Lieder nicht singen, nicht wahr?«
»Was! Kommt Ihre Kusine zu Besuch?« sagte Stephen mit einem leicht verdrossenen Blick.
»Ja, das war meine Neuigkeit, die Sie vergessen hatten. Sie gibt ihre Stelle auf, in der sie fast zwei Jahre gewesen ist, die Ärmste, seit ihres Vaters Tod, und sie will einen oder zwei Monate – viele Monate, hoffe ich, bei mir bleiben.«
»Muß ich mich über diese Neuigkeit freuen?«
»O nein, keineswegs«, sagte Lucy ein klein wenig pikiert. »*Ich* freue mich, aber das ist natürlich kein Grund, warum *Sie* sich freuen sollten. Es gibt kein Mädchen auf der Welt, das ich so liebhabe wie meine Kusine Maggie.«

»Und Sie werden unzertrennlich sein, wenn sie kommt, nehme ich an. Und dann wird es keine Möglichkeit für ein Tête-à-tête mit Ihnen mehr geben, es sei denn, Sie könnten einen Verehrer für sie finden, der sie gelegentlich entführt. Woher kommt die Abneigung gegen Philip? Er hätte sonst ein Ausweg sein können.«

»Es ist ein Familienstreit mit Philips Vater. Es waren sehr schmerzliche Umstände, glaube ich. Ich habe sie nie ganz verstanden oder auch nur gekannt. Mein Onkel Tulliver hatte Unglück und verlor seinen ganzen Besitz, und ich glaube, er betrachtete Mr. Wakem irgendwie als die Ursache dafür. Mr. Wakem kaufte die Dorlcoter Mühle, das alte Anwesen meines Onkels, wo er immer gelebt hatte. Sie müssen sich doch an meinen Onkel Tulliver erinnern?«

»Nein«, sagte Stephen mit recht herablassender Gleichgültigkeit. »Ich kenne wohl den Namen, und sicher kannte ich auch den Mann vom Ansehen, ohne zu wissen, wie er hieß. Aber ich kenne die Hälfte der Namen und Gesichter in der Gegend, ohne sie miteinander verbinden zu können.«

»Er war ein sehr heißblütiger Mann. Ich erinnere mich, daß er mich, als ich ein kleines Mädchen war und Vetter und Kusine besuchte, oft dadurch erschreckte, daß er so redete, als sei er zornig. Papa erzählte mir, daß noch am Tag vor meines Onkels Tod ein schrecklicher Streit zwischen ihm und Mr. Wakem war, aber es wurde hinterher nie davon gesprochen. Das war, als Sie in London waren. Papa sagt, daß mein Onkel in vielem irrte, er war ganz verbittert geworden. Aber für Tom und Maggie muß es natürlich sehr schmerzlich sein, an diese Dinge erinnert zu werden. Sie haben so viel, so sehr viel Kummer gehabt. Maggie ging vor sechs Jahren noch mit mir zur Schule, als sie fortgeholt wurde wegen ihres Vaters Unglück, und seitdem hat sie kaum noch ein Vergnügen gehabt, glaube ich. Sie hatte eine öde Stellung in einer Schule seit Onkels Tod, weil sie entschlossen ist, unabhängig zu sein, und nicht bei Tante Pullet leben möchte, und ich konnte kaum wünschen, daß sie hierher käme, weil damals die liebe Mama krank war und alles so traurig war. Deshalb möchte ich, daß sie jetzt zu mir kommt und lange, lange Ferien hat.«

»Das ist sehr süß und engelhaft von Ihnen«, sagte Stephen und sah sie mit bewunderndem Lächeln an, »und um so mehr, wenn sie die Konversationsqualitäten ihrer Mutter hat.«

»Armes Tantchen! Sie sind grausam, sich über sie lustig zu machen. Sie ist mir jedenfalls unbezahlbar. Sie führt den Haushalt wunderbar und viel besser, als es jede Fremde könnte, und sie war während Mamas Krankheit ein großer Trost für mich.«

»Ja, aber was ihre Gesellschaft angeht, so würde man vorziehen, daß ihre Weinbrandkirschen und Cremetörtchen sie verträten. Ich denke mit Schaudern daran, daß ihre Tochter die ganze Zeit in eigener Person anwesend sein wird und nicht einmal angenehme Stellvertreter dieser Art hat – ein dickes, blondes Mädchen mit runden blauen Augen, das uns nur schweigend anstarren wird.«

»O ja«, rief Lucy aus, lachte boshaft und klatschte in die Hände, »das ist ganz meine Kusine Maggie. Sie müssen sie schon gesehen haben.«

»Nein, das nicht, ich rate nur, wie Mrs. Tullivers Tochter sein muß, und wenn sie auch noch Philip verbannt, unseren einzigen Notbehelf für einen Tenor, dann wird das noch besonders langweilig.«

»Aber ich hoffe, daß es nicht dazu kommt. Ich glaube, ich werde Sie bitten, bei Philip vorbeizugehen und ihm zu sagen, daß Maggie morgen kommt. Er ist sich der Gefühle Toms wohl bewußt und meidet ihn stets, so wird er es verstehen, wenn Sie ihm sagen, ich hätte Sie gebeten, ihm mitzuteilen, daß er erst kommen soll, wenn ich schreibe und ihn einlade.«

»Ich glaube, es wäre besser, wenn Sie ein hübsches

Briefchen schrieben, das ich mitnehmen könnte; Phil ist sehr empfindlich, das geringste könnte ihn abschrecken, überhaupt noch zu kommen, und es war Mühe genug, ihn herzubekommen. Ich kann ihn nie dazu bewegen, nach Park House zu kommen, er mag meine Schwestern nicht, glaube ich. Es ist nur ihre Feenhand, die sein gesträubtes Gefieder glätten kann.«

Stephen bemächtigte sich der kleinen Hand, die sich eben auf den Tisch zubewegen wollte, und berührte sie leicht mit den Lippen. Die kleine Lucy war ganz stolz und glücklich. Stephen machte ihr den Hof, und sie waren in dem Stadium, das den köstlichsten Augenblick der Jugend ausmacht, die frischeste Blütezeit der Leidenschaft – wenn jeder des anderen Liebe sicher ist, aber keine förmliche Erklärung gemacht wurde –, erfüllt von beiderseitiger Ahnung, die das alltäglichste Wort, die kleinste Geste zu einem durchschauernden Reiz erhebt, der so zart und köstlich ist wie der Duft von Jasmin, der in der Luft liegt. Die Ausdrücklichkeit einer Verlobung schleift diese hauchfeine Spitze der Empfänglichkeit ab, es ist dann gepflückter Jasmin, in einem großen Bouquet überreicht.

»Aber es ist wirklich merkwürdig, daß Sie Maggies Aussehen und Manieren so genau getroffen haben«, sagte die listige Lucy und ging zu ihrem Schreibpult, »denn sie hätte doch wie ihr Bruder sein können, und Tom hat keine runden Augen, und es liegt ihm so fern wie nur möglich, Leute anzustarren.«

»Oh, ich nehme an, er ist wie der Vater, er scheint stolz wie Luzifer zu sein. Nicht gerade ein glänzender Gesellschafter, denke ich mir.«

»Ich mag Tom. Er gab mir meinen Minny, als ich Lollo verloren hatte, und Papa hat ihn sehr gern; er sagt, Tom hätte hervorragende Prinzipien. Er ermöglichte es, daß sein Vater all seine Schulden abbezahlen konnte, bevor er starb.«

»Ah, ja. Ich habe davon gehört. Ich hörte, daß Ihr Vater

und der meine vor einiger Zeit davon sprachen, nach dem Essen, in einer ihrer endlosen geschäftlichen Diskussionen. Sie haben vor, etwas für den jungen Tulliver zu tun, er hat ihnen einen beträchtlichen Verlust erspart, indem er auf phantastische Weise wie Turpin[2] nach Hause geritten ist, um ihnen die Nachricht von der Zahlungseinstellung einer Bank oder dergleichen zu überbringen. Aber ich war damals gerade ziemlich schläfrig.«

Stephen stand von seinem Platz auf, schlenderte zum Flügel und summte im Falsett »Holde Gattin«, während er den Band *Die Schöpfung*[3] durchblätterte, der offen auf dem Pult stand.

»Kommen Sie und singen Sie dies«, sagte er, als er sah, daß Lucy sich erhob.

»Was! ›Holde Gattin‹? Ich glaube nicht, daß das für Ihre Stimme paßt.«

»Das macht nichts, es paßt genau für mein Gefühl, das, jedenfalls nach Philip, das bedeutende Element guten Singens ist. Ich bemerke, daß Männer mit mäßigen Stimmen gewöhnlich dieser Ansicht sind.«

»Philip hielt neulich erst wieder eine seiner Schmähreden auf *Die Schöpfung*«, sagte Lucy und setzte sich ans Klavier. »Er sagt, sie hätte eine Art zuckersüßer Selbstgefälligkeit und schmeichlerischer Täuschung, als wäre sie für das Geburtstagsfest eines deutschen Großherzogs geschrieben worden.«

»Ach was! Er ist der gefallene Adam mit einem bitteren Gemüt. Wir sind Adam und Eva vor dem Fall, im Paradies. Nun denn – das Rezitativ, um der Moral willen. Sie werden die ganze Pflicht einer Frau besingen: ›Und dir gehorchen bringt mir Freude, Glück und Ruhm.‹«

»O nein, ich werde keinen Adam respektieren, der das Tempo so verschleppt wie Sie«, sagte Lucy und begann, das Duett zu spielen.

Sicherlich muß allein der Liebesfrühling unerschüttert von Zweifeln und Ängsten sein, in dem die Liebenden miteinander singen können. Das Gefühl beiderseitigen Zueinanderpassens, das aus den beiden tiefen Noten entspringt, die genau im rechten Moment zwischen den Noten des silbrigen Soprans Erwartungen erfüllen, aus dem perfekten Einklang der absteigenden Terzen und Quinten, aus der abgestimmten liebenden Jagd einer Fuge, kann wohl jede unmittelbare Forderung nach weniger leidenschaftlichen Formen der Übereinstimmung verdrängen. Der Kontra-Alt wird den Baß nicht examinieren wollen, der Tenor wird kein peinliches Ausbleiben des Gesprächsstoffes für Abende vorhersehen, die er mit dem lieblichen Sopran verbringt. Wie konnten auch in der Provinz, wo Musik in jener fernen Zeit so selten war, die musikalischen Menschen vermeiden, sich ineinander zu verlieben? Sogar politische Prinzipien müssen unter solchen Umständen von Aufweichung bedroht gewesen sein, und die Violine, die degenerierten Wahlbezirken[4] treu war, war womöglich versucht, sich auf demoralisierende Weise mit einem reformerischen Violoncello zu verbrüdern. In diesem Fall sangen der vogelkehlige Sopran und der volltönende Baß:

»Mit dir erhöht sich jede Freude,
mit dir ist Leben Seligkeit«,

und glaubten, was sie sangen desto mehr, eben *weil* sie es sangen.

»Und nun Raphaels große Arie«, sagte Lucy, als sie das Duett beendet hatten, »Sie singen die stampfenden Tiere so vollendet.«

»Das hört sich nach einem Kompliment an«, sagte Stephen und sah auf seine Uhr. »Satan, es ist fast halb zwei. Nun, ich kann dies noch gerade singen.«

Stephen brachte mit bewundernswerter Leichtigkeit die tiefen Noten hervor, die das Stampfen der mächtigen Tiere wiedergeben, aber wenn ein Sänger eine Zuhörerschaft von zweien hat, dann können die Empfindungen schon geteilt sein. Minnys Herrin war entzückt, doch

Minny, der sich zitternd in seinen Korb vergraben hatte, sobald die Musik begann, fand diesen Donner so wenig nach seinem Geschmack, daß er hinaussprang und unter die entfernteste Chiffonniere sauste als dem passendsten Ort für ein kleines Hündchen, um die Posaunen des Jüngsten Tages zu erwarten.
»Adieu, ›holde Gattin‹«, sagte Stephen und knöpfte seinen Rock zu, nachdem er zu singen aufgehört hatte, und lächelte von seiner Höhe mit der Miene eines etwas gönnerhaften Liebhabers auf die kleine Dame auf dem Klavierschemel hinunter. »Meine Freude erhöht sich jetzt nicht mehr, denn ich muß nach Hause galoppieren. Ich versprach, zum Essen da zu sein.«
»Dann werden Sie nicht bei Philip vorbeigehen können? Es tut aber nichts, ich habe alles in meinem Briefchen gesagt.«
»Morgen werden Sie mit Ihrer Kusine zusammensein, nehme ich an?«
»Ja, wir wollen eine kleine Familienfeier machen. Mein Vetter Tom wird bei uns essen, und das arme Tantchen wird ihre beiden Kinder zum ersten Mal wieder zusammenhaben. Es wird sehr hübsch sein, ich denke schon viel daran.«
»Aber darf ich übermorgen kommen?«
»O ja, kommen Sie, und lassen Sie sich meiner Kusine Maggie vorstellen, obwohl es kaum möglich ist, daß Sie sie noch nicht gesehen haben, Sie haben sie so gut beschrieben.«
»Auf Wiedersehen, dann.« Und es folgten der leichte Händedruck und die augenblicklange Begegnung der Augen, welche eine kleine Dame oft mit einer leichten Röte und einem Lächeln auf dem Gesicht zurücklassen, die sich nicht sogleich verlieren, wenn die Tür geschlossen ist, und welche sie geneigt machen, lieber im Zimmer auf und ab zu gehen, anstatt sich ruhig zu ihrer Stickerei oder einer sonstigen vernünftigen und förderlichen Beschäftigung niederzusetzen. Wenigstens war dies die

Wirkung auf Lucy, und ich hoffe, man wird es nicht als ein Zeichen von Eitelkeit, die über zartere Regungen herrscht, betrachten, daß sie schnell in den Spiegel über dem Kamin blickte, als sie auf ihrem Weg durch das Zimmer in seine Nähe gelangte. Der Wunsch, zu wissen, daß man während einiger Stunden der Unterhaltung nicht wie ein Schreckgespenst ausgesehen hat, mag noch als innerhalb der Grenzen einer lobenswerten, wohlwollenden Rücksicht auf andere ausgelegt werden, und Lucy hatte so viel von diesem Wohlwollen in ihrem Wesen, daß ich geneigt bin zu denken, ihre kleinen Selbstsüchteleien waren davon durchsetzt, ebenso wie es Leute gibt – und sie sind uns nicht gänzlich unbekannt –, deren geringes Wohlwollen einen vorherrschenden und etwas üblen Geruch des Egoismus an sich hat. Sogar jetzt, während sie auf und ab geht und ihr kleines Mädchenherz triumphierend höher schlägt in dem Gefühl, daß sie von der Person geliebt wird, die in ihrer kleinen Welt von größter Wichtigkeit ist, kann man in ihren Haselnußaugen eine immer gegenwärtige, sonnige Güte sehen, in der die kurzen, harmlosen Blitze persönlicher Eitelkeit ganz verloren sind, und wenn es sie glücklich macht, an ihren Liebsten zu denken, dann ist es, weil der Gedanke an ihn sich bereitwillig mit all der sanften Zuneigung und den gutherzigen Tätigkeiten mischt, mit denen sie ihre friedlichen Tage füllt. Sogar jetzt blickt ihr Sinn in jenem steten Wechsel, der zwei Strömungen des Gefühls oder der Vorstellung wie gleichzeitig erscheinen läßt, von Stephen auf die Vorbereitungen in Maggies Zimmer, mit denen sie erst halb fertig ist. Kusine Maggie sollte bei ihrem Besuch so gut wie die vornehmste Dame behandelt werden – nein, besser, denn sie sollte Lucys beste Bücher und Zeichnungen in ihrem Schlafzimmer haben und den allerschönsten Frühlingsblumenstrauß auf dem Tisch. Maggie würde an all dem ihre Freude haben, sie hatte doch hübsche Dinge so gern! Und dann die arme Tante Tulliver, die niemand richtig schätzte. Sie sollte mit dem Geschenk eines Häubchens der allerfeinsten Qualität überrascht werden, und ihr zum Dank sollte auf ihr Wohl getrunken werden, wofür Lucy heute abend mit ihrem Vater noch einen Plan schmieden wollte. Also hatte sie doch keine Zeit, sich in langen Träumereien über ihre eigene glückliche Verliebtheit zu ergehen. Mit diesem Gedanken ging sie zur Tür, blieb aber dort stehen.

»Was ist denn das, Minny?« sagte sie und beugte sich als Antwort auf ein Winseln des kleinen Vierbeiners nieder und hob seinen glänzenden Kopf an ihre rosa Wange. »Dachtest du, ich ginge ohne dich? Na komm, laß uns zu Sindbad gehen.«

Sindbad war Lucys kastanienbraunes Pferd, das sie immer mit eigener Hand fütterte, wenn es draußen auf der Weide stand. Sie fütterte abhängige Geschöpfe sehr gern und kannte den persönlichen Geschmack aller Tiere des Hauses, freute sich an den leise gurgelnden Tönen ihrer Kanarienvögel, wenn ihre Schnäbel mit frischen Körnern beschäftigt waren, und an dem knabbernden Vergnügen gewisser Tierchen, die ich hier, damit sie nicht allzu trivial erscheint, die »bekannteren Nager« nennen will.

Hatte nicht Stephen Guest recht mit seiner entschiedenen Ansicht, daß diese schlanke Maid von achtzehn genau die Art von Ehefrau war, die ein Mann wohl nie bereuen würde, geheiratet zu haben, eine Frau, die auch zu anderen Frauen liebevoll und aufmerksam war und ihnen keine Judasküsse gab, während sie schon auf deren willkommene Mängel schielte, sondern wahre Sorge und Einsicht für ihre halbverborgenen Schmerzen und Kränkungen zeigte und gern und lange darüber grübelte, wie sie ihnen eine kleine Freude bereiten könnte? Vielleicht fiel das Schwergewicht seiner Bewunderung nicht gerade auf diese so seltene Gabe in ihr, vielleicht befand er es hauptsächlich deshalb für gut, sie gewählt zu haben, weil sie ihm nicht als eine bemerkenswerte Seltenheit vorkam.

Einem Mann gefällt es, wenn seine Frau hübsch ist, nun, Lucy war hübsch, aber nicht in betörendem Ausmaß. Einem Mann gefällt es, wenn seine Frau von feiner Erziehung, sanft, zärtlich und nicht dumm ist, und Lucy besaß all diese Vorzüge. Stephen war nicht überrascht zu merken, daß er in sie verliebt war, und war sich seines hervorragenden Urteils bewußt, sie Miss Leyburn vorzuziehen, der Tochter des Grafschaftsdelegierten, obgleich Lucy nur die Tochter des untergeordneten Teilhabers seines Vaters war; zudem mußte er ein wenig Enttäuschung und Unwillen in seinem Vater und seinen Schwestern herausfordern und überwinden, ein Umstand, der einem jungen Mann das angenehme Bewußtsein seiner eigenen Würde gibt. Für Stephen stand fest, daß er Verstand und Unabhängigkeit genug besaß, um die Frau zu wählen, die ihn glücklich machen würde, unbeeinflußt von allen indirekten Erwägungen. Er wollte Lucy wählen, sie war ein kleiner Liebling und genau die Art von Frau, die er immer am meisten bewundert hatte.

Kapitel 2

Erste Eindrücke

»Er ist sehr klug, Maggie«, sagte Lucy. Sie kniete auf einem Fußschemel zu Maggies Füßen, nachdem sie jene dunkle Dame in den großen rotsamtenen Sessel gesetzt hatte. »Ich bin sicher, daß du ihn mögen wirst. Ich hoffe es sehr.«

»Ich werde aber nur schwer zufriedenzustellen sein«, sagte Maggie, lächelte und hielt dabei eine von Lucys langen Locken hoch, damit das Sonnenlicht hindurchscheinen könne. »Ein Herr, der meint, er sei gut genug für Lucy, muß mit strenger Kritik rechnen.«

»Nein, wirklich, er ist viel zu gut für mich. Und manchmal, wenn er fort ist, denke ich beinahe, es kann nicht wirklich sein, daß er mich liebt. Aber ich kann nie daran zweifeln, wenn er bei mir ist, obwohl ich es nicht ertragen könnte, wenn jemand außer dir wüßte, daß ich so fühle, Maggie.«

»Oh, dann kannst du ihn ja aufgeben, wenn er mir nicht gefällt, da ihr nicht verlobt seid«, sagte Maggie mit gespieltem Ernst.

»Ich möchte lieber nicht verlobt sein. Wenn Leute verlobt sind, denken sie immer gleich daran, bald zu heiraten«, sagte Lucy, die zu vertieft war, um Maggies Scherz wahrzunehmen, »und ich möchte, daß alles noch lange so weitergeht, wie es ist. Manchmal habe ich richtig Angst, daß Stephen sagen könnte, er habe mit Papa gesprochen, und durch etwas, das Papa neulich beiläufig bemerkte, bin ich sicher, daß er und Mr. Guest das erwarten. Auch Stephens Schwestern sind jetzt sehr höflich zu mir. Zuerst, glaube ich, mochten sie es nicht, daß er mir Aufmerksamkeit schenkte, und das war ganz natürlich. Es scheint wirklich ganz unpassend, daß ich je in einem so großen Haus wie Park House leben sollte, so ein kleines, unbedeutendes Ding, wie ich bin.«

»Aber man kann von Leuten nicht erwarten, daß ihre Größe der der Häuser entspricht, in denen sie leben, wie bei Schnecken«, sagte Maggie lachend. »Sind Mr. Guests Schwestern denn, bitteschön, Riesinnen?«

»O nein, und auch nicht hübsch – das heißt, nicht sehr«, sagte Lucy, halb reuevoll über diese unbarmherzige Bemerkung. »Aber er ist hübsch – wenigstens wird er allgemein so angesehen.«

»Obwohl du nicht in der Lage bist, diese Meinung zu teilen?«

»Oh, ich weiß nicht«, sagte Lucy und errötete sanft von Stirn bis Hals. »Es ist ein schlechtes Vorgehen, Erwartungen zu wecken, du wirst vielleicht enttäuscht sein. Aber für *ihn* habe ich eine reizende Überraschung bereitet, ich werde prächtig über ihn lachen können. Ich sage dir aber nicht, was es ist.«

Lucy erhob sich von ihren Knien, ging ein wenig zurück und hielt ihren hübschen Kopf schräg, als ob sie Maggie für ein Porträt hingesetzt habe und jetzt die Gesamtwirkung betrachten wolle.

»Steh mal eben auf, Maggie.«

»Was hast du nun vor?« sagte Maggie und lächelte matt, als sie aus dem Sessel aufstand und auf ihre zarte, elfenhafte Kusine hinunterblickte, deren Gestalt in dem tadellosen Faltenwurf von Seide und Krepp ganz unterging.

Lucy behielt ihre nachdenkliche Stellung nur einige Augenblicke schweigend bei und sagte dann:

»Ich weiß nicht, welche Hexerei es bei dir ist, Maggie, die dich in schäbigen Kleidern am besten aussehen läßt, obwohl du jetzt wirklich ein neues Kleid haben solltest. Aber weißt du, gestern abend versuchte ich, dich mir in einem hübschen, modischen Kleid vorzustellen, aber ich konnte machen, was ich wollte, das alte schlaffe Merinoding fiel mir immer wieder als das einzig richtige für dich ein. Ich möchte wissen, ob nicht Marie Antoinette nur um so erhabener aussah, als ihr Kleid an den Ellenbogen gestopft war. Aber wenn *ich* irgend etwas Schäbiges anziehen wollte, dann wäre ich darin ganz unscheinbar, der reinste Lumpen.«

»O gewiß«, sagte Maggie mit gespieltem Ernst. »Es könnte dir dann passieren, daß du mit den Spinnweben und dem Teppichstaub aus dem Zimmer gekehrt würdest und dich wie Cinderella in der Herdasche wiederfändest. Darf ich mich jetzt nicht wieder setzen?«

»Ja, du darfst«, sagte Lucy lachend. Dann löste sie mit einer ernsthaften Überlegung ihre große Jettbrosche: »Aber wir müssen die Broschen tauschen, Maggie, dieser kleine Schmetterling sieht albern an dir aus.«

»Aber würde das nicht die reizende Wirkung meiner sonstigen Schäbigkeit stören?« sagte Maggie und setzte sich ergeben nieder, während Lucy wieder kniete und den verächtlichen Schmetterling losmachte. »Ich wünschte, meine Mutter wäre deiner Meinung, denn sie grämte sich gestern abend, daß dies mein bestes Kleid sei. Ich habe mein Geld gespart, um ein paar Stunden nehmen zu können, ich werde nie eine bessere Stellung bekommen ohne ein paar Fertigkeiten mehr.« Maggie seufzte ein wenig.

»Nun setz nicht wieder diesen traurigen Blick auf«, sagte Lucy und steckte die große Brosche unter Maggies schönem Hals fest. »Du vergißt, daß du die öde Schulstube hinter dir gelassen hast und jetzt nicht die Kleider von kleinen Mädchen flicken mußt.«

»Ja«, sagte Maggie, »es ist mit mir, wie ich immer dachte, daß es mit dem armen, unruhigen weißen Bären wäre, den ich in der Schaubude sah. Ich meinte, er müsse so dumm geworden sein von dem ständigen Hinundhergehen in dem engen Raum, daß er es weiter tun würde, wenn sie ihn freiließen. Unglücklichsein kann zur schlechten Gewohnheit werden.«

»Aber ich werde dich in die Schule des Vergnügens nehmen, und dann wirst du diese schlechte Gewohnheit verlieren«, sagte Lucy und steckte den schwarzen Schmetterling abwesend an ihren eigenen Kragen, während ihre Augen zärtlich Maggie zugewandt waren.

»Du liebes, winziges Ding«, sagte Maggie in einem ihrer Ausbrüche liebevoller Bewunderung, »du freust dich so sehr am Glück anderer Menschen, ich glaube, du könntest ganz ohne eigenes auskommen. Ich wünschte, ich wäre wie du.«

»Ich habe nie dergleichen durchmachen müssen«, sagte Lucy. »Ich bin immer so glücklich gewesen. Ich weiß nicht, ob ich viel Leid ertragen könnte, ich hatte nie welches, außer dem Tod der armen Mama. *Du* hast viel durchgemacht, Maggie, und ich bin sicher, daß du ebenso viel mit anderen Menschen fühlst wie ich.«

»Nein, Lucy«, sagte Maggie und schüttelte langsam den Kopf. »Ich freue mich an ihrem Glück nicht so wie du,

sonst müßte ich zufriedener sein. Ich fühle mit ihnen, wenn sie in Not sind, ich glaube nicht, daß ich es je ertragen könnte, jemanden *un*glücklich zu machen, und doch hasse ich mich oft selbst, weil mich der Anblick glücklicher Menschen manchmal zornig macht. Ich glaube, ich werde schlechter, da ich älter werde, selbstsüchtiger. Das scheint ganz schrecklich.«
»Aber Maggie!« sagte Lucy in einem vorwurfsvollen Ton. »Ich glaube kein Wort davon. Es ist alles düstere Einbildung – nur weil du von einem öden, mühseligen Leben schwermütig geworden bist.«
»Nun, vielleicht ist es das«, sagte Maggie, verscheuchte entschlossen mit einem strahlenden Lächeln die Wolken von ihrem Gesicht und lehnte sich im Sessel zurück. »Vielleicht kommt es von der Schulkost – wäßriger Reispudding mit Pinnock[5] gewürzt. Wir wollen hoffen, daß es vor Mutters Vanillecremes und Geoffrey Crayons reizendem *Skizzenbuch*[6] weicht.«
Maggie nahm das Buch zur Hand, das neben ihr auf dem Tisch lag.
»Kann ich mich mit dieser kleinen Brosche sehen lassen?« sagte Lucy und ging, um die Wirkung im Spiegel zu betrachten.
»O nein, Mr. Guest wird wieder aus dem Zimmer gehen müssen, wenn er dich damit sieht. Beeil dich bitte und steck eine andere an.«
Lucy eilte aus dem Zimmer, doch Maggie ergriff die Gelegenheit nicht, ihr Buch zu öffnen; sie ließ es auf ihre Knie sinken, und ihre Augen schweiften zum Fenster, wo sie den Sonnenschein auf reiche Büschel von Frühlingsblumen und auf die lange Lorbeerhecke fallen sehen konnte – und dahinter die silbrige Breite des lieben, alten Floss, der aus dieser Entfernung wie an einem Ferienmorgen zu schlafen schien. Der süße frische Gartenduft kam durch das offene Fenster, und die Vögel flatterten eifrig auf und nieder, gurrten und sangen. Doch Maggies Augen begannen sich mit Tränen zu füllen. Der Anblick

der alten Orte hatte den Ansturm der Erinnerungen so schmerzlich werden lassen, daß sie sich sogar gestern an ihrer Mutter wiederhergestelltem Wohlbefinden und an Toms brüderlicher Freundlichkeit nur hatte freuen können, wie wir uns in der Ferne über gute Nachrichten von Freunden freuen, und nicht wie in der Gegenwart eines Glückes, das wir teilen. Erinnerung und Vorstellungskraft drängten ihr ein Empfinden der Entbehrung auf, das zu heftig war, um sie das genießen zu lassen, was die flüchtige Gegenwart bot; ihre Zukunft, so dachte sie, würde schlimmer werden als ihre Vergangenheit, denn nach den Jahren der zufriedenen Entsagung war sie in Wünsche und Sehnsüchte zurückgeglitten; sie fand freudlose Tage der widerwärtigen Beschäftigung zunehmend härter; sie fand, daß das Bild des intensiven und abwechslungsreichen Lebens, nach dem sie verlangte und an dem sie verzweifelte, immer bedrängender wurde. Das Geräusch der sich öffnenden Tür ließ sie auffahren, und hastig wischte sie die Tränen fort und begann, in ihrem Buch zu blättern.

»Ich weiß, daß es ein Vergnügen gibt, Maggie, dem auch deine tiefste Niedergeschlagenheit niemals widerstehen kann«, sagte Lucy, die zu sprechen begann, sobald sie das Zimmer betrat. »Das ist Musik, und ich will, daß du darin nach Herzenslust schwelgen kannst. Ich möchte, daß du wieder zu spielen anfängst, was du viel besser konntest als ich, als wir in Laceham waren.«

»Du hättest gelacht, wenn du gesehen hättest, wie ich den Mädchen ihre kleinen Lieder immer wieder vorgespielt habe, als ich mit ihnen übte«, sagte Maggie, »nur um die lieben Tasten einmal wieder zu berühren. Aber ich weiß nicht, ob ich jetzt noch etwas Schwierigeres als ›Hinweg, öde Sorge‹[7] spielen könnte.«

»Ich weiß noch, in welch wildem Freudentaumel du immer warst, wenn die Sänger herumzogen«, sagte Lucy und nahm ihre Stickerei auf, »und wir könnten all die alten mehrstimmigen Lieder singen, die du so sehr liebtest, wenn ich sicher wäre, daß du in manchen Dingen nicht genau wie Tom empfindest.«

»Ich dachte, es gäbe kaum etwas, dessen du sicherer sein könntest«, sagte Maggie lächelnd.

»Ich hätte besser sagen sollen, in einer bestimmten Sache. Denn wenn du darin so empfindest wie er, dann wird uns unsere dritte Stimme fehlen. St. Ogg's ist so erbärmlich mit musikalischen Männern versehen. Es sind wirklich nur Stephen und Philip Wakem, die so viel Musikkenntnis haben, daß sie eine Stimme singen können.«

Lucy hatte von ihrer Arbeit aufgeblickt, als sie den letzten Satz aussprach, und sah, daß eine Veränderung in Maggies Gesicht vorging.

»Verletzt es dich, den Namen nennen zu hören? Wenn es so ist, will ich nicht wieder von ihm sprechen. Ich weiß, daß Tom ihn nicht sehen will, wenn er es vermeiden kann.«

»Ich empfinde in dem Punkt keineswegs wie Tom«, sagte Maggie und stand auf und ging zum Fenster, als wolle sie noch mehr von der Landschaft sehen. »Ich habe Philip immer gern gehabt, seit ich ein kleines Mädchen war und ihn in Lorton sah. Er war so gut, als Tom seinen Fuß verletzt hatte.«

»Oh, ich bin so froh!« sagte Lucy. »Dann wirst du nichts dagegen haben, daß er manchmal kommt, und wir können viel mehr Musik mit ihm machen, als wir es ohne ihn könnten. Ich mag den armen Philip sehr gern, nur wünschte ich, er würde sich nicht so wegen seiner Mißbildung quälen. Ich nehme an, daß es seine Mißbildung *ist*, die ihn so traurig macht, und manchmal bitter. Es ist ja auch bemitleidenswert, seinen kleinen verkrüppelten Körper und sein bleiches Gesicht zwischen großen und starken Menschen zu sehen.«

»Aber, Lucy«, sagte Maggie und versuchte, dem schwatzenden Strom Einhalt zu tun.

»Ah, da geht die Türglocke. Das muß Stephen sein«, fuhr Lucy fort und bemerkte nicht Maggies schwache

Anstrengung zu sprechen. »Eines der Dinge, die ich am meisten an Stephen bewundere, ist, daß er Philip ein besserer Freund ist als sonst jemand.«
Jetzt war es zu spät für Maggie zu sprechen, die Tür zum Salon öffnete sich, und Minny knurrte schon ein wenig beim Eintreten eines hochgewachsenen Herrn, der auf Lucy zuging und mit halb höflichem, halb zärtlichem Blick und Ton ihre Hand nahm und sich nach ihrem Befinden erkundigte, was anzuzeigen schien, daß er sich der Gegenwart einer anderen Person nicht bewußt war.
»Lassen Sie mich Sie meiner Kusine, Miss Tulliver, vorstellen«, sagte Lucy und wandte sich mit boshafter Freude zu Maggie um, die nun vom hinteren Fenster herantrat. »Dies ist Mr. Stephen Guest.«
Für einen Augenblick konnte Stephen sein Erstaunen beim Anblick dieser großen, dunkeläugigen Nymphe mit der jettschwarzen Haarkrone nicht verbergen, im nächsten erfuhr Maggie zum ersten Mal in ihrem Leben, daß ihr der Tribut eines tiefen Errötens und einer ebenso tiefen Verbeugung von einer Person gezollt wurde, gegenüber der sie selbst eine leichte Scheu empfand. Diese neue Erfahrung war ihr sehr angenehm, so angenehm, daß sie beinahe ihre vorherige Erregung Philips wegen auslöschte. Ein neues Leuchten war in ihren Augen und eine sehr kleidsame Röte auf ihren Wangen, als sie sich niedersetzte.
»Ich hoffe, Sie sehen, was für ein auffallend ähnliches Porträt Sie vorgestern entwarfen«, sagte Lucy mit einem reizenden Lachen des Triumphes. Sie genoß die Verwirrung ihres Liebhabers, gewöhnlich war der Vorteil auf seiner Seite.
»Ihre arglistige Kusine hier hat mich völlig getäuscht, Miss Tulliver«, sagte Stephen, der sich neben Lucy setzte und hinabbeugte, um mit Minny zu spielen, wobei er Maggie nur flüchtig ansah. »Sie sagte, Sie hätten helles Haar und blaue Augen.«

»Nein, Sie waren es, der dies sagte«, protestierte Lucy. »Ich habe es nur unterlassen, Ihr Vertrauen in Ihre Hellsehergabe zu zerstören.«
»Ich wünschte, ich könnte immer auf dieselbe Weise irren«, sagte Stephen, »und die Wirklichkeit so viel schöner finden als meine Erwartungen.«
»Jetzt haben Sie sich der Situation gewachsen gezeigt«, erwiderte Maggie, »und gesagt, was Sie unter den Umständen verpflichtet waren zu sagen.«
Sie warf ihm einen blitzenden, herausfordernden Blick zu, es war ihr klar, daß er zuvor ein satirisches Porträt von ihr entworfen hatte. Lucy hatte gesagt, daß er die Neigung habe, satirisch zu sein, und Maggie hatte innerlich den Zusatz »und ziemlich eingebildet« ergänzt.
»Da steckt der Teufel drin«, war Stephens erster Gedanke. Der zweite, als sie sich über ihre Arbeit gebeugt hatte, war: »Ich wünschte, sie würde mich wieder ansehen.« Der nächste war zu antworten: »Ich nehme an, daß alle bloßen Komplimente die Eigenschaft haben, auch mal wahr zu sein. Ein Mann ist gelegentlich dankbar, wenn er danke sagt. Und es ist recht hart für ihn, daß er dasselbe Wort gebrauchen muß, mit dem alle Welt eine unangenehme Einladung ablehnt, meinen Sie nicht auch, Miss Tulliver?«
»Nein«, sagte Maggie und sah ihn mit ihrem direkten Blick an, »wenn wir alltägliche Worte bei einem wichtigen Anlaß gebrauchen, sind sie nur um so auffallender, weil man sofort fühlt, daß sie eine besondere Bedeutung haben, wie alte Banner oder Alltagskleider, die an einen heiligen Ort gehängt werden.«
»Dann sollte mein Kompliment beredt sein«, sagte Stephen und wußte wirklich nicht genau, was er sagte, während Maggie ihn anblickte, »wenn man sieht, daß die Worte so weit hinter dem Anlaß zurückblieben.«
»Kein Kompliment kann beredt sein, außer als ein Ausdruck der Gleichgültigkeit«, sagte Maggie und errötete ein wenig.

Lucy war ganz bestürzt, sie dachte, Stephen und Maggie würden einander nicht leiden mögen – sie hatte immer gefürchtet, daß Maggie zu sonderbar und klug erscheinen würde, um diesem kritischen Herrn zu gefallen.

»Nun, liebe Maggie«, warf sie ein, »du hast doch immer behauptet, daß du es nur allzu gerne hättest, bewundert zu werden, und jetzt glaube ich, daß du böse bist, weil jemand es wagt, dich zu bewundern.«

»Keineswegs«, sagte Maggie, »ich mag es sehr gern, wenn ich fühle, daß ich bewundert werde, nur lassen mich Komplimente das niemals fühlen.«

»Ich werde Ihnen nie wieder ein Kompliment machen, Miss Tulliver«, sagte Stephen.

»Danke, das wird ein Zeichen von Respekt sein.«

Arme Maggie! Sie war so gar nicht an die Gesellschaft gewöhnt, daß sie nichts als selbstverständlich hinnehmen konnte, und hatte nie in ihrem Leben bloß mit den Lippen gesprochen, so daß sie den erfahreneren Damen notwendigerweise absurd vorkommen mußte wegen des Übermaßes an Empfindung, das sie auch in die beiläufigsten Vorfälle zu legen geneigt war. Aber in diesem Moment war sie sich sogar selbst einer kleinen Absurdität bewußt. Es war richtig, daß sie eine theoretische Abneigung gegen Komplimente besaß und einmal ungeduldig zu Philip gesagt hatte, daß sie nicht einsähe, warum Frauen mit einem albernen Lächeln gesagt werden mußte, daß sie schön seien, ebenso wenig wie man alten Männern sagen mußte, daß sie ehrwürdig seien; doch so erzürnt über eine Gepflogenheit im Fall eines Fremden wie Mr. Stephen Guest zu sein und sich davon anfechten zu lassen, daß er geringschätzig über sie gesprochen hatte, bevor er sie sah, war sicherlich unvernünftig, und sobald sie schwieg, begann sie, sich dessen zu schämen. Es fiel ihr nicht ein, daß ihr Zorn von der angenehmeren Empfindung abhing, die vorausging, genau wie ein unschuldiger Tropfen kalten Wassers als

ein plötzlicher Schmerz auf uns fallen mag, wenn wir gerade behagliche Wärme verspüren.
Stephen war zu wohlerzogen, um sich anmerken zu lassen, daß die vorausgegangene Unterhaltung als peinlich hätte aufgefaßt werden können, und begann sofort, von unpersönlichen Dingen zu reden. Er fragte Lucy, ob sie wüßte, wann der Bazar nun endlich stattfinden würde, damit Hoffnung bestände, sie den Einfluß ihrer Augen auf dankbarere Gegenstände regnen lassen zu sehen als diese Garnblüten, die jetzt unter ihren Fingern wuchsen.
»Irgendwann im nächsten Monat, glaube ich«, sagte Lucy, »aber Ihre Schwestern tun mehr dafür als ich, sie werden den größten Stand haben.«
»Ah, ja, aber sie stellen ihre Produkte in ihrem eigenen Wohnzimmer her, wo ich nicht eindringe. Ich sehe, Sie sind nicht dem modischen Laster der Luxushandarbeit erlegen, Miss Tulliver«, sagte Stephen und sah auf Maggies einfaches Säumen.
»Nein«, sagte Maggie, »ich kann nichts Schwierigeres oder Eleganteres machen, als Hemden zu nähen.«
»Und du nähst so wunderschön«, sagte Lucy, »daß ich glaube, ich werde mir ein paar Proben davon erbitten, um sie als Luxushandarbeit zu zeigen. Dein vorzügliches Nähen ist ein richtiges Geheimnis für mich, du haßtest diese Art von Arbeit doch früher immer so sehr.«
»Es ist ein Geheimnis, das sich leicht erklären läßt, meine Liebe«, sagte Maggie und sah ruhig auf. »Nähen war das einzige, mit dem ich mir Geld verdienen konnte, so mußte ich versuchen, es gut zu machen.«
Lucy, gut und schlicht wie sie war, konnte nicht umhin, ein wenig rot zu werden; sie hatte es nicht so gern, daß Stephen das wußte – Maggie hätte es nicht zu erwähnen brauchen. Vielleicht lag Stolz in diesem Bekenntnis, der Stolz der Armut, die sich ihrer nicht schämt. Aber wäre Maggie die Königin der Koketten gewesen, hätte sie kaum ein Mittel ersinnen können, ihrer Schönheit in

Stephens Augen noch größeren Reiz zu geben; ich bin nicht sicher, daß das ruhige Eingestehen von Nähen und Armut allein gereicht hätte, aber durch die Schönheit unterstützt, machte es Maggie anderen Frauen sogar noch unähnlicher, als sie zunächst erschienen war.
»Aber ich kann stricken, Lucy«, fuhr Maggie fort, »wenn das von irgendwelchem Nutzen für deinen Bazar ist.«
»O ja, von unendlichem Nutzen. Ich werde dich morgen mit scharlachroter Wolle versehen, und du kannst dich an die Arbeit machen. Aber Ihre Schwester ist am beneidenswertesten«, fuhr Lucy zu Stephen gewandt fort, »weil sie Talent zum Modellieren hat. Sie macht eine wundervolle Büste von Dr. Kenn ganz aus dem Gedächtnis.«
»Nun, wenn sie daran denkt, die Augen eng beieinander zu setzen und die Mundwinkel weit getrennt, dann muß die Ähnlichkeit in St. Ogg's schon auffallen.«
»Das ist jetzt aber sehr boshaft von Ihnen«, sagte Lucy und sah ganz verletzt drein. »Ich hätte nicht gedacht, daß Sie so respektlos von Dr. Kenn sprechen würden.«
»Ich spreche respektlos von Dr. Kenn? Himmel bewahre! Aber ich muß doch wohl eine verunglimpfende Büste von ihm nicht respektieren. Ich halte Kenn für einen der besten Männer auf der Welt. Ich mache mir nicht viel aus den hohen Kerzenständern, die er auf den Altartisch gestellt hat, noch möchte ich mir dadurch die Laune verderben, daß ich jeden Morgen schon zu den Frühgebeten aufstehe. Aber er ist der einzige Mensch, den ich je persönlich kannte, der etwas von einem echten Apostel an sich hat – ein Mann, der achthundert Pfund im Jahr verdient und sich mit Kiefernmöbeln und Kochfleisch zufriedengibt, weil er zwei Drittel seines Einkommens wegschenkt. Das war doch hervorragend von ihm, daß er diesen armen Knaben Grattan in sein Haus aufgenommen hat, der aus Versehen seine Mutter erschoß. Er opfert mehr Zeit, als ein weniger beschäftigter Mann

erübrigen könnte, um den armen Kerl davon abzuhalten, deswegen in einen morbiden Geisteszustand zu verfallen; er nimmt den Knaben ständig mit, soweit ich weiß.«

»Das ist schön«, sagte Maggie, die ihre Arbeit hatte sinken lassen und mit großem Interesse zuhörte. »Ich kannte nie jemanden, der solche Dinge tut.«

»Und man bewundert dergleichen Tun bei Kenn um so mehr«, sagte Stephen, »weil sein Verhalten im allgemeinen recht kalt und streng ist. Da ist nichts Zuckriges und Rührseliges an ihm.«

»Oh, ich glaube, er hat einen vollkommenen Charakter!« rief Lucy mit reizender Begeisterung aus.

»Nein, da kann ich Ihnen nicht zustimmen«, sagte Stephen und schüttelte den Kopf mit sarkastischem Ernst.

»Welchen Fehler können Sie ihm denn ankreiden?«

»Er ist Anglikaner.«

»Nun, ich denke, das sind doch die rechten Ansichten«, sagte Lucy mit würdigem Ernst.

»Abstrakt gesehen, ja«, sagte Stephen, »aber nicht von einem parlamentarischen Standpunkt aus. Er hat die Dissenters und die Leute von der Hochkirche gegeneinander aufgehetzt, und ein angehender Senator wie ich, dessen Dienste das Land sehr bedarf, wird das unbequem finden, wenn er sich um die Ehre bewirbt, St. Ogg's im Parlament zu vertreten.«

»Denken Sie wirklich daran?« sagte Lucy, und ihre Augen leuchteten in stolzer Freude auf, die sie die streitbaren Interessen des Anglikanismus vernachlässigen ließ.

»Ganz bestimmt – wann immer des alten Mr. Leyburns Gemeinsinn und Gicht ihn bewegen, aufzuhören. Mein Vater hat sein Herz daran gehängt, und Gaben wie die meinen, wissen Sie«, hier reckte Stephen sich empor und fuhr sich mit scherzhafter Selbstbewunderung mit seinen großen weißen Händen über das Haar – »Gaben wie die meinen bringen große Verantwortung mit sich. Meinen Sie nicht auch, Miss Tulliver?«

»Ja«, sagte Maggie und lächelte, sah aber nicht auf, »so viel Redegewandtheit und Selbstzucht sollten nicht völlig auf private Gelegenheiten verschwendet werden.«
»Ah, ich sehe, wieviel Scharfsinn Sie besitzen«, sagte Stephen. »Sie haben bereits entdeckt, daß ich redselig und dreist bin. Oberflächliche Leute bemerken das nämlich nie – auf Grund meiner Manieren, nehme ich an.«
»Sie sieht mich nicht an, wenn ich von mir selbst spreche«, dachte er, während seine Zuhörerinnen lachten. »Ich muß andere Themen probieren.«
Ob Lucy vorhätte, beim Treffen des Buchklubs in der nächsten Woche dabeizusein, war die nächste Frage. Dann folgte die Empfehlung, *Cowpers Leben*[8] von Southey zu wählen, es sei denn, sie wäre geneigt, philosophisch zu sein und die Damen von St. Ogg's dadurch zu verblüffen, daß sie für eine der *Bridgewater-Abhandlungen*[9] stimmte. Natürlich wollte Lucy wissen, was das für bestürzend gelehrte Bücher seien, und da es immer erfreulich ist, den Geist von Damen zu fördern, indem man zu ihnen zwanglos über Themen spricht, von denen sie nichts wissen, glänzte Stephen mit einem Bericht über die Abhandlung von Buckland, die er gerade gelesen hatte. Er wurde dadurch belohnt, daß er sah, wie Maggie ihre Arbeit sinken ließ und allmählich so von seiner wunderbaren geologischen Geschichte eingenommen war, daß sie mit gekreuzten Armen und in völliger Selbstvergessenheit vorgebeugt dasaß und ihn anschaute, als wäre er ein tabakschnupfender alter Professor und sie ein flaumlippiger junger Schüler. Er war so fasziniert von diesem so klaren, großen Blick, daß er schließlich ganz vergaß, gelegentlich auch Lucy anzusehen, aber sie, das süße Kind, freute sich nur, daß Stephen Maggie bewies, wie klug er war, und daß sie am Ende sicherlich doch noch gute Freunde werden würden.
»Ich bringe Ihnen das Buch mit, ja, Miss Tulliver?« sagte Stephen, als er fand, daß der Strom dessen, was er

behalten hatte, recht seicht wurde. »Es sind viele Abbildungen darin, die Sie sich gern ansehen werden.«
»Oh, vielen Dank«, sagte Maggie und errötete mit wiederkehrender Befangenheit bei dieser direkten Anrede und nahm ihre Arbeit wieder auf.
»Nein, nein«, warf Lucy ein. »Ich kann nicht gestatten, daß Sie Maggie in Bücher stürzen. Ich werde sie nie davon fortbekommen, und ich möchte, daß sie köstliche Tage des Nichtstuns hat, die nur mit Bootfahren und Plaudern und Reiten und Herumfahren ausgefüllt sind – das sind die Ferien, die sie braucht.«
»Apropos«, sagte Stephen und sah auf seine Uhr. »Wollen wir nicht jetzt eine Ruderpartie auf dem Fluß machen? Die Flut ist günstig, um in Richtung Tofton zu fahren, und wir können zu Fuß zurückkehren.«
Das war ein herrlicher Vorschlag für Maggie, denn es war Jahre her, daß sie auf dem Fluß gewesen war. Als sie ging, um ihre Haube aufzusetzen, blieb Lucy noch einen Moment zurück, um dem Dienstmädchen eine Anweisung zu geben, und nutzte die Gelegenheit, um Stephen zu sagen, daß Maggie keine Einwände dagegen habe, Philip zu sehen, so daß es schade sei, daß sie vorgestern jenes Briefchen geschrieben habe. Aber sie würde morgen ein weiteres schreiben und ihn einladen.
»Ich werde morgen auf einen Sprung vorbeigehen«, sagte Stephen, »und bringe ihn am Abend mit, ja? Meine Schwestern werden Ihnen eine Visite machen wollen, wenn ich ihnen erzähle, daß Ihre Kusine zu Besuch ist. Ich muß also am Morgen das Feld für sie räumen.«
»O ja, bitte, bringen Sie ihn mit«, sagte Lucy, »und Sie werden Maggie doch mögen, nicht wahr?« fügte sie in bittendem Ton hinzu. »Ist sie nicht ein liebes, nobel aussehendes Geschöpf?«
»Zu groß«, sagte Stephen und lächelte auf sie hinab, »und ein wenig zu feurig. Sie ist nicht meine Sorte Frau, wissen Sie.«
Herren sind, wie man weiß, immer geneigt, Damen diese

unvorsichtigen Vertraulichkeiten hinsichtlich ihrer ungünstigen Meinung über deren schöne Schwestern mitzuteilen. Deshalb haben so viele Frauen den Vorteil zu wissen, daß sie Männern insgeheim zuwider sind, die ihnen unter Selbstverleugnung glühende Liebe geschworen haben. Und kaum etwas konnte bezeichnender für Lucy sein, als daß sie sowohl bedenkenlos glaubte, was Stephen sagte, als auch entschlossen war, daß Maggie es nicht wissen sollte. Besitzt man aber eine höhere Logik als die verbale, um sich davon leiten zu lassen, dann hat man bereits vorhergesehen, daß Stephen in unmittelbarer Folge dieser seiner ungünstigen Meinung zum Bootshaus hinunterging und sich mit Hilfe einer lebhaften Vorstellungskraft ausrechnete, daß Maggie ihm in Konsequenz dieses hübschen Plans, Kahn zu fahren, wenigstens zweimal die Hand reichen mußte, und daß ein Herr, der wünscht, daß Damen ihn ansehen mögen, am günstigsten plaziert ist, wenn er sie in einem Boot rudert. Was denn? Hatte er sich auf den ersten Blick in diese überraschende Tochter Mrs. Tullivers verliebt? Gewiß nicht. Von solchen Leidenschaften hört man nie im wirklichen Leben. Zudem war er bereits verliebt und halb verlobt mit dem liebsten kleinen Geschöpf auf der Welt, und er war nicht ein Mann, der sich auf irgendeine Weise lächerlich machte. Doch wenn man fünfundzwanzig ist, hat man nicht gerade Gichtknoten an den Fingerspitzen, so daß einem die Berührung eines hübschen Mädchens gänzlich gleichgültig wäre. Es war völlig sicher und natürlich, Schönheit zu bewundern und sich an ihrem Anblick zu erfreuen, wenigstens unter Umständen wie den gegenwärtigen. Und dieses Mädchen hatte wirklich etwas sehr Interessantes an sich, mit ihrer Armut und ihren Nöten; es war erfreulich, die Freundschaft zwischen den beiden Kusinen zu sehen. Im allgemeinen, gab Stephen zu, mochte er Frauen mit charakterlichen Eigenheiten nicht, aber hier schien die Eigenheit wirklich von überlegener Art, und vorausgesetzt, man ist nicht verpflichtet, solche Frauen zu heiraten, machen sie doch gewiß eine Abwechslung im gesellschaftlichen Umgang aus.

Maggie erfüllte Stephens Hoffnung nicht, da sie ihn während der ersten Viertelstunde nicht ansah, ihre Augen waren zu sehr von den alten Ufern erfüllt, die sie so gut kannte. Sie fühlte sich einsam, von Philip getrennt, dem einzigen Menschen, der sie jemals so hingebungsvoll geliebt zu haben schien, wie sie sich sehnte, geliebt zu werden. Aber bald zog die rhythmische Bewegung der Ruder sie an, und sie dachte, daß sie gern lernen würde zu rudern. Dies riß sie aus ihrer Träumerei, und sie fragte, ob sie ein Ruder nehmen dürfe. Es zeigte sich, daß sie viel Belehrung brauchte, und sie wurde ehrgeizig. Die Anstrengung brachte das warme Blut in ihre Wangen und machte sie geneigt, ihre Lektion als vergnüglich hinzunehmen.

»Ich werde nicht zufrieden sein, bis ich beide Ruder führen und Sie und Lucy rudern kann«, sagte sie und strahlte, als sie aus dem Boot stieg. Maggie neigte dazu, wie man weiß, zu vergessen, was sie gerade tat, und sie hatte einen ungünstigen Augenblick für ihre Bemerkung gewählt; ihr Fuß glitt aus, aber glücklicherweise hielt Mr. Stephen Guest ihre Hand und stützte sie mit festem Griff.

»Sie haben sich doch hoffentlich nicht verletzt?« sagte er und beugte sich nieder, um ihr mit Besorgnis ins Gesicht zu sehen. Es war reizend, auf so freundliche, zuvorkommende Weise von jemandem umsorgt zu werden, der größer und stärker war als man selbst. So hatte Maggie sich noch nie gefühlt.

Als sie wieder heimkamen, fanden sie Onkel und Tante Pullet mit Mrs. Tulliver im Salon sitzend, und Stephen eilte fort, nachdem er sich die Erlaubnis erbeten hatte, am Abend wiederzukommen.

»Und bringen Sie bitte den Band von Purcell wieder, den

Sie mitnahmen«, sagte Lucy. »Ich möchte, daß Maggie Ihre besten Lieder hört.«
Angesichts der Gewißheit, daß Maggie eingeladen werden würde, mit Lucy auszugehen, wahrscheinlich nach Park House, war Tante Pullet ganz schockiert über die Schäbigkeit ihrer Kleider, die, von der höheren Gesellschaft von St. Ogg's in Augenschein genommen, der Familie zur Schande gereichen würden und kräftige und schnelle Abhilfe verlangten; und der Beratung darüber, was unter den Überflüssigkeiten aus Mrs. Pullets Kleiderschrank zu diesem Zweck am passendsten wäre, schlossen sich sowohl Lucy als auch Mrs. Tulliver gleich mit einigem Eifer an. Maggie mußte wirklich so bald wie möglich ein Abendkleid haben, und sie war ungefähr ebenso groß wie Tante Pullet.
»Aber sie ist in den Schultern so viel breiter als ich – das ist ganz ungünstig«, sagte Mrs. Pullet, »sonst könnte sie das schöne schwarze Brokatkleid von mir ohne Änderung tragen, und ihre Arme übersteigen alles«, fügte Mrs. Pullet kummervoll hinzu, als sie Maggies vollen runden Arm hochhob. »Sie könnte nie meine Ärmel anbekommen.«
»Oh, das macht nichts, Tante, bitte schicke uns das Kleid«, sagte Lucy. »Ich meine, Maggie sollte keine langen Ärmel tragen, und ich habe noch reichlich schwarze Spitze zum Besatz. Ihre Arme werden wunderschön aussehen.«
»Maggies Arme *sind* sehr schön geformt«, sagte Mrs. Tulliver. »Sie sind, wie meine früher waren – nur waren meine niemals braun; ich wünschte, sie hätte die Haut *unserer* Familie.«
»Unsinn, Tantchen«, sagte Lucy und tätschelte ihrer Tante Tulliver die Schulter, »davon verstehst du nichts. Ein Maler würde Maggies Teint wunderbar finden.«
»Vielleicht, meine Liebe«, sagte Mrs. Tulliver ergeben. »Du weißt das besser als ich. Nur, als ich jung war, hielt man nicht viel von brauner Haut bei ehrbaren Leuten.«

»Nein«, sagte Onkel Pullet, der großes Interesse an der Unterhaltung der Damen fand, während er seine Pastillen lutschte. »Obwohl es auch ein Lied vom ›Nußbraunen Mädel‹[10] gab, ich glaube sie war verrückt – verrückte Käthe –, aber ich kann mich nicht genau erinnern.«
»Oje, oje«, sagte Maggie lachend, aber ungeduldig, »ich glaube, das wird schließlich auch bei meiner braunen Haut noch herauskommen, wenn immer so viel davon geredet wird.«

Kapitel 3

Vertrauliche Momente

Als Maggie an jenem Abend in ihr Schlafzimmer hinaufging, zeigte sich, daß sie keineswegs geneigt war, sich zu entkleiden. Sie setzte ihre Kerze auf dem ersten Tisch ab, der sich anbot, und begann, in ihrem Zimmer, das recht groß war, mit festem, regelmäßigem und recht schnellem Schritt auf und ab zu gehen, was anzeigte, daß sich in dieser Übung eine heftige Regung instinktiv Luft machte. Ihre Augen und Wangen hatten einen fast fieberhaften Glanz; ihr Kopf war zurückgeworfen, und ihre Hände waren mit nach außen gewandten Handflächen aneinandergepreßt mit jener Anspannung der Arme, die häufig innerliches Versunkensein begleitet. War etwas Bemerkenswertes geschehen?
Nichts, das man nicht wahrscheinlich als im höchsten Grade unwichtig erachten würde. Sie hatte schöne Musik gehört, die von einer guten Baßstimme gesungen worden war, aber sie war auf provinzlerische, amateurhafte Weise gesungen worden und hätte für ein kritisches Ohr viele Wünsche offengelassen. Und sie war sich bewußt, daß sie häufig auf ganz flüchtige Weise von einem Augenpaar unter wohlgeformten, waagerechten Augen-

brauen angesehen worden war, mit einem Blick, der irgendwie den schwingenden Einfluß der Stimme aufgenommen zu haben schien. Dergleichen Dinge hätten keine wahrnehmbare Wirkung auf eine durch und durch wohlerzogene junge Dame von vollkommenem inneren Gleichgewicht haben können, die alle Vorzüge von Reichtum, Schulung und erlesener Gesellschaft besaß. Aber wäre Maggie jene junge Dame gewesen, so wüßten wir wohl nichts über sie, ihr Leben wäre an Wechselfällen so arm gewesen, daß man es kaum hätte beschreiben können, denn die glücklichsten Frauen sowie die glücklichsten Nationen haben keine Geschichte.[11]

In der hochgespannten, hungrigen Natur der armen Maggie – die gerade erst einer drittklassigen Schulstube entkommen war, mit all ihren Mißtönen und den wiederkehrenden kleinlichen Aufgaben – hatten diese anscheinend unbedeutenden Ursachen die Wirkung, ihre Einbildungskraft auf eine Weise zu wecken und zu erheben, die ihr selbst geheimnisvoll war. Nicht, daß sie direkt an Mr. Stephen Guest dachte oder bei der Bedeutung dessen verweilte, daß er sie mit Bewunderung ansah; eher fühlte sie die halbentrückte Gegenwart einer Welt von Liebe und Schönheit und Wonne, die aus vagen, vermischten Bildern aus all den Gedichten und Romanzen bestand, die sie je gelesen oder in ihren verträumten Phantasien gewoben hatte. Sie blickte innerlich ein- oder zweimal auf die Zeit zurück, da sie der Entbehrung huldigte, da sie gedacht hatte, alles Sehnen, alle Ungeduld seien bezwungen; aber jener Zustand schien unwiderruflich dahin zu sein, und es schauderte sie bei der Erinnerung daran. Kein Gebet, kein Mühen würde nun jenen negativen Frieden zurückbringen; die Schlacht ihres Lebens, so schien es, war nicht auf so kurze und leichte Weise zu entscheiden – durch vollkommene Entsagung noch an der Schwelle ihrer Jugend. Die Musik vibrierte noch in ihr – Purcells Musik mit ihrer wilden Leidenschaft und Phantasie –, und sie konnte nicht in der Erinnerung jener öden, einsamen Vergangenheit verharren. Sie war wieder in ihrer strahlenderen, luftigen Welt, als es leicht an der Tür klopfte; natürlich war es ihre Kusine, die in einem weiten weißen Schlafrock eintrat.

»Nanu, Maggie, du unartiges Kind, hast du noch nicht angefangen, dich zu entkleiden?« sagte Lucy mit Erstaunen. »Ich versprach, nicht zu kommen und mit dir zu plaudern, weil ich dachte, du müßtest müde sein. Aber jetzt stehst du hier und siehst aus, als wolltest du dich gerade für einen Ball anziehen. Komm, komm, zieh deinen Schlafrock an und flicht dein Haar los.«

»Nun, du bist auch noch nicht sehr weit«, gab Maggie zurück, griff hastig nach ihrem eigenen rosa Baumwollschlafrock und sah auf Lucys hellbraunes Haar, das in lockiger Unordnung nach hinten gebürstet war.

»Oh, ich habe nicht mehr viel zu tun. Ich werde mich niedersetzen und mit dir plaudern, bis ich sehe, daß du wirklich zu Bett gehst.«

Während Maggie dastand und ihr langes schwarzes Haar über ihrem rosa Überwurf losflocht, setzte sich Lucy neben dem Toilettentisch nieder und beobachtete sie mit liebevollen Augen und etwas schräg gelegtem Kopf wie ein hübscher Spaniel. Falls es ganz und gar unglaublich erscheinen sollte, daß junge Damen in einer Situation wie dieser zu einem vertraulichen Gespräch kommen können, so möge man doch bedenken, daß das menschliche Leben viele außergewöhnliche Fälle bereithält.

»Du hast doch wirklich Freude an der Musik heute abend gehabt, nicht wahr, Maggie?«

»O ja, das ist es auch, was mich davon abhält, schläfrig zu sein. Ich glaube, ich hätte keine anderen sterblichen Wünsche, wenn ich nur immer viel Musik haben könnte. Sie scheint meinen Gliedern Kraft einzuflößen und meinem Gehirn Ideen. Das Leben scheint ohne Anstrengung weiterzugehen, wenn ich von Musik erfüllt bin. Zu anderen Zeiten meint man, ein Gewicht zu tragen.«

»Und Stephen hat eine herrliche Stimme, nicht wahr?«

»Nun, vielleicht können wir das beide nicht beurteilen«, sagte Maggie und lachte, als sie sich setzte und ihr langes Haar zurückwarf. »Du bist nicht unvoreingenommen, und ich finde jeden Leierkasten herrlich.«
»Aber sag mir, was du jetzt von ihm hältst. Sag es mir genau – das Gute und auch das Schlechte.«
»Oh, ich meine, du solltest ihn ein wenig demütigen. Ein Liebhaber sollte nicht so sicher sein und so selbstbewußt. Er sollte mehr beben.«
»Unsinn, Maggie! Als ob jemand vor mir beben könnte! Du meinst, er sei eingebildet – ich sehe das wohl. Aber es ist doch nicht so, daß du ihn nicht magst, oder?«
»Nicht mag! Nein. Bin ich es vielleicht gewohnt, solch bezaubernde Leute zu sehen, daß ich nur schwer zufriedenzustellen wäre? Außerdem, wie könnte ich jemanden nicht mögen, der versprach, dich glücklich zu machen, du liebes Ding!«
Maggie kniff Lucy in ihr Grübchenkinn.
»Wir werden morgen abend noch mehr Musik haben«, sagte Lucy und sah schon glücklich aus, »denn Stephen bringt Philip Wakem mit.«
»O Lucy, ich kann ihm nicht begegnen«, sagte Maggie und wurde blaß. »Wenigstens könnte ich ihm nicht ohne Toms Erlaubnis begegnen.«
»Ist Tom denn ein solcher Tyrann?« sagte Lucy überrascht. »Dann übernehme ich die Verantwortung – sag ihm, es war meine Schuld.«
»Aber, Liebe«, sagte Maggie stammelnd, »ich versprach Tom ganz feierlich – vor meines Vaters Tod – ich versprach ihm, daß ich ohne sein Wissen und seine Zustimmung nicht mit Philip sprechen würde. Und ich habe große Furcht davor, das Thema bei Tom anzusprechen und wieder mit ihm in Streit zu geraten.«
»Aber ich habe noch nie etwas so Seltsames und Unvernünftiges gehört. Was kann Philip euch schon zuleide getan haben? Darf ich mit Tom darüber sprechen?«
»O nein, bitte nicht, Liebe«, sagte Maggie, »ich werde

morgen selbst zu ihm gehen und ihm sagen, daß du möchtest, daß Philip kommt. Ich habe schon vorher daran gedacht, ihn zu bitten, mich von meinem Versprechen zu entbinden, aber ich hatte nicht den Mut, es zu beschließen.«

Sie schwiegen beide einige Augenblicke, und dann sagte Lucy:

»Maggie, du hast Geheimnisse vor mir, und ich habe keine vor dir.«

Maggie sah sinnend vor sich hin. Dann wandte sie sich Lucy zu und sagte: »Ich würde dir gern von Philip erzählen. Aber, Lucy, du darfst niemandem gegenüber verraten, daß du es weißt, am allerwenigsten gegenüber Philip selbst oder Mr. Stephen Guest.«

Die Erzählung dauerte lange, denn Maggie hatte nie zuvor die Erleichterung einer solchen Aussprache erfahren, sie hatte Lucy nie etwas von ihrem innersten Leben erzählt, und das süße Gesicht beugte sich ihr mit mitfühlendem Interesse zu, und die kleine Hand, die die ihre drückte, ermutigte sie weiterzusprechen. In zwei Punkten lediglich war sie nicht ausführlich. Sie gab nicht gänzlich preis, was immer noch als Toms großes Unrecht an ihrer Seele nagte, die Beleidigungen, mit denen er Philip überhäuft hatte. So zornig die Erinnerung sie noch immer machte, konnte sie es doch nicht ertragen, daß ein anderer alles wissen sollte, sowohl um Toms als auch um Philips willen. Und sie konnte es nicht ertragen, Lucy von der letzten Szene zwischen ihrem Vater und Wakem zu erzählen, obwohl es diese Szene war, die sie seither immer als eine neue Schranke zwischen sich und Philip empfunden hatte. Sie sagte nur, sie sähe jetzt, daß Tom im ganzen recht darin habe, eine Aussicht auf Liebe und Ehe zwischen ihr und Philip als wegen des Verhältnisses der beiden Familien außer Frage stehend zu betrachten. Natürlich würde Philips Vater nie einwilligen.

»Da hast du also meine Geschichte, Lucy«, sagte Maggie lächelnd und mit Tränen in den Augen. »Du siehst, ich

bin wie Junker Bleichenwang[12] – auch ich wurde einst verehrt.«
»Aha, jetzt sehe ich, woher es kommt, daß du Shakespeare und all das kennst und so viel gelernt hast, seit du die Schule verließest, was mir vorher immer wie Hexerei vorkam – wie bei dir so manches nicht ganz geheuer erscheint«, sagte Lucy.
Sie sann mit gesenkten Augen ein wenig nach und setzte dann hinzu, wobei sie Maggie ansah: »Es ist wunderschön, daß du Philip liebst, ich hätte nie gedacht, daß ihm ein solches Glück zuteil würde. Und meiner Ansicht nach solltest du ihn nicht aufgeben. Es gibt jetzt Hindernisse, aber sie können vielleicht mit der Zeit beseitigt werden.«
Maggie schüttelte den Kopf.
»Doch, doch«, beharrte Lucy, »ich kann nicht umhin, ein wenig Hoffnung in der Sache zu haben. Es ist etwas Romantisches darin – so ganz ungewöhnlich –, genau wie alles sein sollte, das dir widerfährt. Und Philip wird dich anbeten wie ein Ehemann in einem Märchen. Oh, ich werde mir meinen kleinen Kopf zerbrechen und ein Komplott schmieden, das jeden rechten Sinnes macht, so daß du Philip heiraten kannst, wenn ich – jemand andres heirate. Wäre das nicht ein hübsches Ende für all die Nöte meiner armen, armen Maggie?«
Maggie versuchte zu lächeln, aber sie erschauerte, als fühle sie eine plötzliche Kälte.
»Ach, Liebe, dir ist kalt«, sagte Lucy, »du mußt zu Bett gehen und ich auch. Ich wage nicht daran zu denken, wie spät es wohl ist.«
Sie küßten einander, und Lucy ging im Besitz einer vertraulichen Mitteilung fort, die einen starken Einfluß auf ihre folgenden Eindrücke hatte. Maggie war völlig aufrichtig gewesen, ihrem Wesen war es nie leicht geworden, anders zu sein. Aber vertrauliche Mitteilungen machen manchmal blind, selbst wenn sie aufrichtig sind.

Kapitel 4

Bruder und Schwester

Maggie mußte am Mittag zu Toms Wohnung gehen, wenn er zum Essen käme, sonst hätte sie ihn nicht zu Hause angetroffen. Er wohnte nicht bei völlig Fremden. Unser Freund Bob Jakin hatte, mit Mumps' stillschweigender Einwilligung, nicht nur vor etwa acht Monaten eine Frau genommen, sondern auch eines jener merkwürdigen alten, von überraschenden Durchgängen durchbrochenen Häuser am Fluß gekauft, wo, wie er bemerkte, seine Frau und seine Mutter von Unfug abgehalten werden konnten, indem sie zwei Vergnügungsboote vermieteten, in die er einige seiner Ersparnisse investiert hatte, und indem sie einen Mieter für das Wohnzimmer und das überzählige Schlafzimmer aufnahmen. Was konnte unter diesen Umständen besser im Interesse aller Beteiligten sein, von sanitären Bedenken einmal abgesehen, als daß Mr. Tom der Mieter wäre?

Es war Bobs Frau, die Maggie die Tür öffnete. Sie war eine winzige Frau von der Physiognomie einer Holländerpuppe, die, verglichen mit Bobs Mutter, die den rückwärtigen Durchgang ganz ausfüllte, aussah wie eine jener menschlichen Figuren, die Künstler gern neben einer monumentalen Statue stehen lassen, um die Proportionen zu zeigen. Die winzige Frau knickste und sah mit einiger Ehrfurcht zu Maggie auf, sobald sie die Tür geöffnet hatte, doch Maggies lächelnd gesprochene Worte: »Ist mein Bruder daheim?« ließen sie sich in plötzlicher Aufregung umdrehen und rufen:

»Ach, Mutter, Mutter, sag's Bob! 's ist Miss Maggie! Kommen Sie rein, Miss, seien Sie doch so gut«, fuhr sie fort, öffnete eine Seitentür und versuchte, sich selbst an der Wand ganz plattzudrücken, um der Besucherin größtmöglichen Raum zu geben.

Traurige Erinnerungen drängten sich Maggie auf, als sie

das kleine Wohnzimmer betrat, das nun alles war, was der arme Tom mit dem Wort »Zuhause« benennen konnte – dem Wort, das einst, vor so vielen Jahren, für sie beide dieselbe Gesamtheit lieber, vertrauter Gegenstände bedeutet hatte. Aber nicht alles war in diesem neuen Raum fremd für sie: Das erste, auf dem ihre Augen verweilten, war die große alte Bibel, und der Anblick war nicht gerade geeignet, alte Erinnerungen zu zerstreuen. Sie stand da, ohne zu sprechen.

»Wenn Sie sich bitte setzen wollen, wenn's beliebt, Miss«, sagte Mrs. Jakin, rieb mit ihrer Schürze über einen völlig sauberen Stuhl und hob dann vor Verlegenheit einen Zipfel jenes Kleidungsstückes an ihr Gesicht, wobei sie Maggie staunend ansah.

»Dann ist Bob zu Hause?« sagte Maggie, sich wieder fassend, und lächelte die schüchterne Holländerpuppe an.

»Ja, Miss, aber ich glaub, er muß sich wohl waschen und umziehn – ich geh und seh nach«, sagte Mrs. Jakin und verschwand.

Aber sogleich kehrte sie zurück, indem sie mit neuem Mut hinter ihrem Mann herging, der das Strahlen seiner blauen Augen und regelmäßigen weißen Zähne schon am Türeingang zeigte und sich respektvoll verbeugte.

»Guten Tag, Bob«, sagte Maggie, ging auf ihn zu und reichte ihm die Hand, »ich wollte immer schon deiner Frau einen Besuch machen, und ich werde an einem anderen Tag zu dem Zweck noch einmal wiederkommen, wenn es dir recht ist. Aber heute mußte ich kommen, um mit meinem Bruder zu sprechen.«

»Er wird gleich hier sein, Miss. Er macht sich gut, Mr. Tom, das tut er, er wird einer von 'n ersten Männern der Gegend werden – Sie werden's noch sehn.«

»Nun, Bob, was immer er wird, so verdankt er dir doch viel, meine ich; er sagte das auch selbst erst kürzlich, als er von dir sprach.«

»Na ja, Miss, das is so seine Art, 's zu sehen. Aber ich

halt um so mehr davon, wenn er so was sagt, weil seine Zunge nich mit ihm davonläuft wie meine. Tja! Ich bin nich besser als 'ne gekippte Flasche, ich kann nich mehr aufhör'n, wenn ich mal angefangen hab. Aber Sie schau'n mächtig gut aus, Miss – 's tut mir wohl, Sie zu sehn. Was sagst du jetzt, Prissy?« Hier wandte sich Bob seiner Frau zu. »Stimmt nich alles, wie ich's gesagt hab? Obwohl 's nich vielerlei Güter gibt, die ich nich zuviel loben kann, wenn meine Zunge erst mal damit anfängt.«

Mrs. Bobs kleine Nase schien dem Beispiel ihrer Augen zu folgen und sich ehrerbietig zu Maggie zu erheben, aber jetzt konnte sie lächeln und knicksen und sagen: »Ich hab mich so sehr drauf gefreut, Sie zu sehn, Miss, weil mein Mann doch immer von Ihnen erzählt hat, wie wenn er wirr im Kopf wär' – schon immer, seit er anfing, um mich zu frei'n.«

»Nun, nun«, sagte Bob und schaute etwas dümmlich drein, »geh und sieh nach 'n Kartoffeln, sonst muß Mr. Tom noch drauf warten.«

»Ich hoffe, daß Mumps sich mit Mrs. Jakin angefreundet hat, Bob«, sagte Maggie lächelnd. »Ich erinnere mich, daß du immer sagtest, er würde es nicht mögen, wenn du heiratetest.«

»Tja, Miss«, sagte Bob grinsend, »er hat sich damit abgefunden, als er gesehn hat, wie klein sie war. Er tut meist so, als säh' er sie nich, oder als ob er dächte, sie wär' noch nich ganz ausgewachsen. Aber noch was zu Mr. Tom, Miss«, sagte Bob leiser und sah ernst dabei aus, »er is so verschlossen wie 'n Eisenkessel, aber ich bin 'n schlauer Bursche, und wenn ich grad nich mit mein' Bündel unterwegs bin und keine Beschäftigung hab, dann hab ich mehr Grips, als ich weiß, was ich damit tun soll, und ich muß mich schon mit dem Innern andrer Leute beschäftigen. Und 's bekümmert mich, daß Mr. Tom immer so verdrießlich für sich allein sitzt und die Stirn runzelt und 'nen ganzen Abend ins Feuer guckt. Er sollte 'n bißchen lebendiger sein – so 'n feiner junger

Bursche wie er. Meine Frau sagt, wenn sie manchmal reinkommt und er sie gar nicht beachtet, da sitzt er da und guckt ins Feuer, so düster, als ob er drin Leute bei der Arbeit beobachtet.«

»Er denkt so viel an geschäftliche Dinge«, sagte Maggie.

»Ja«, sagte Bob und sprach noch leiser, »aber meinen Sie, es wär' nix andres, Miss? Er is verschlossen, Mr. Tom, das is er, aber ich bin 'n schlauer Bursche, und ich dachte so um letzte Weihnachten, ich hätt' 'ne schwache Stelle bei ihm gefunden. 's war wegen 'nem kleinen schwarzen Spaniel – 'ne prächtige Züchtung –, und er war ganz wild drauf, ihn zu kriegen. Aber seitdem is was über ihn gekommen, und er is verbißner als je zuvor, wo er doch schon so viel Glück hatte. Und ich wollt 's Ihnen erzählen, Miss, weil ich dachte, Sie könnten 's ihm wohl ein wenig austreiben, nun wo Sie gekommen sind. Er ist viel zu einsam und geht nich in Gesellschaft.«

»Ich fürchte, ich habe nur wenig Gewalt über ihn, Bob«, sagte Maggie, die von Bobs Andeutung sehr bewegt war. Es war ein völlig neuer Gedanke für sie, daß auch Tom seine Liebesnöte haben könnte. Der Arme! Und noch dazu in Lucy verliebt! Aber vielleicht war es auch nur eine Einbildung von Bobs allzu dienstfertigem Hirn. Das Geschenk des Hundes bedeutete nicht mehr als vetterliche Freundschaft und Dankbarkeit. Doch schon hatte Bob gesagt: »Da is Mr. Tom«, und die Außentür öffnete sich.

»Es ist keine Zeit zu verlieren, Tom«, sagte Maggie, sobald Bob das Zimmer verlassen hatte. »Ich muß dir sogleich sagen, weswegen ich gekommen bin, sonst halte ich dich noch von deinem Mittagessen ab.«

Tom stand mit dem Rücken zum Kamin, und Maggie saß gegen das Licht. Er bemerkte, daß sie bebte, und ihm schwante, von welchem Thema sie sprechen würde. Der Verdacht machte seine Stimme härter und kälter, als er sagte: »Was ist es?«

Dieser Ton weckte in Maggie Widerstandsgeist, und sie gab ihrer Bitte eine ganz andere Form, als sie sich vorher überlegt hatte. Sie stand von ihrem Platz auf, sah Tom geradewegs an und sagte:

»Ich möchte, daß du mich von meinem Versprechen wegen Philip Wakem entbindest. Oder vielmehr, ich versprach dir, ihn nicht zu sehen, ohne es dir zu sagen. Ich bin gekommen, um dir zu sagen, daß ich ihn zu sehen wünsche.«

»Sehr schön«, sagte Tom noch kälter.

Doch Maggie hatte kaum aufgehört, auf diese kühle, herausfordernde Art zu sprechen, als sie es schon bereute und die Gefahr einer Entfremdung von ihrem Bruder fürchtete.

»Nicht meinetwegen, lieber Tom. Sei nicht böse. Ich hätte nicht darum gebeten, nur ist Philip ein Freund von Lucy, und sie möchte, daß er kommt, hat ihn eingeladen, heute abend zu kommen, und ich sagte ihr, ich könnte ihn nicht sehen, ohne es dir mitzuteilen. Ich werde ihn nur in Gegenwart anderer sehen. Es wird nie wieder etwas Heimliches zwischen uns geben.«

Tom sah Maggie nicht an und legte seine Stirn für eine Weile noch mehr in Falten. Dann wandte er sich ihr zu und sagte langsam und mit Nachdruck:

»Du weißt, welches meine Gefühle zu diesem Thema sind. Ich brauche nichts von dem zu wiederholen, was ich vor einem Jahr sagte. Als mein Vater noch lebte, fühlte ich mich verpflichtet, die äußerste Gewalt über dich zu gebrauchen, um dich daran zu hindern, ihm so wie dir selbst und uns allen Schande zu machen. Aber jetzt muß ich dich deiner eigenen Wahl überlassen. Du wünschst unabhängig zu sein, du sagtest es mir nach dem Tode meines Vaters. Meine Meinung hat sich nicht geändert. Wenn du wiederum an Philip Wakem als Liebhaber denkst, dann mußt du mich aufgeben.«

»Ich möchte es nicht, lieber Tom – wenigstens nicht, wie die Dinge liegen; ich sehe, es würde zu Elend führen.

Aber ich werde bald fortgehen und eine neue Stellung annehmen, und ich wäre gern wieder gut Freund mit ihm, während ich hier bin. Lucy möchte es.«

Die Strenge in Toms Gesicht wich ein wenig.

»Ich hätte nichts dagegen einzuwenden, wenn du ihn gelegentlich im Hause meines Onkels siehst. Ich möchte nicht, daß du Aufhebens um das Thema machst. Aber ich habe kein Vertrauen zu dir, Maggie. Du würdest dich zu allem hinreißen lassen.«

Das war ein grausames Wort. Maggies Lippen begannen zu zittern.

»Warum mußt du das sagen, Tom? Es ist sehr hart von dir. Habe ich nicht alles getan und ertragen, so gut ich konnte? Und ich habe dir mein Wort gehalten als – als ... Mein Leben ist nicht glücklich gewesen, nicht mehr als das deine.«

Sie mußte kindisch sein – die Tränen wollten kommen. Wenn Maggie nicht zornig war, war sie so abhängig von freundlichen oder kalten Worten wie ein Gänseblümchen von Sonnenschein oder Wolken; das Verlangen, geliebt zu werden, würde sie immer bezwingen, so wie es sie früher auf dem wurmstichigen Speicher bezwungen hatte. Auf dieses Bitten hin gewann des Bruders Güte die Oberhand, aber sie konnte sich nur auf Toms Weise zeigen. Er legte ihr die Hand sanft auf den Arm und sagte im Ton eines freundlichen Pädagogen:

»Nun hör mir einmal zu, Maggie. Ich will dir sagen, was ich meine. Du schlägst immer ins Extrem – du hast kein Urteilsvermögen und keine Selbstbeherrschung, und dennoch denkst du, du wüßtest es am besten, und willst dich nicht führen lassen. Du weißt, daß ich es nicht wollte, daß du eine Stellung annähmest. Meine Tante Pullet war gewillt, dir ein gutes Heim zu geben, und du hättest dann anständig unter deinen Verwandten gelebt, bis ich für dich und deine Mutter ein Zuhause hätte schaffen können. Und das ist es, was ich gern tun würde. Ich wollte, daß meine Schwester eine Dame würde, und ich hätte immer für dich gesorgt, wie mein Vater es wünschte, bis du gut verheiratet wärst. Aber deine Vorstellungen und meine sind nie im Einklang, und du willst einfach nicht nachgeben. Und dabei könntest du doch Verstand genug haben, um einzusehen, daß ein Bruder, der in die Welt hinausgeht und unter Leute kommt, notwendigerweise besser weiß, was recht und schicklich für seine Schwester ist, als sie es selbst wissen kann. Du denkst, ich sei nicht freundlich, aber meine Freundlichkeit kann nur durch das geleitet werden, was ich für dich für gut halte.«

»Ja – ich weiß – lieber Tom«, sagte Maggie, immer noch halb schluchzend, aber sie versuchte, ihre Tränen zu unterdrücken. »Ich weiß, daß du viel für mich tun würdest, ich weiß, wie du arbeitest und dich selbst nicht schonst. Ich bin dir dankbar. Aber tatsächlich kannst du nicht richtig für mich urteilen, unsere Naturen sind so verschieden. Du weißt nicht, wie anders Dinge mich berühren als dich.«

»Doch, ich weiß es wohl, ich weiß es nur zu gut. Ich weiß, wie anders du über alles, was unsere Familie und deine eigene Würde als eine junge Frau angeht, denken mußtest, bevor es dir einfallen konnte, heimliche Avancen von Philip Wakem zu empfangen. Wenn es mir nicht schon in jeder anderen Hinsicht widerwärtig wäre, so würde ich es doch ablehnen, daß der Name meiner Schwester auch nur für einen Augenblick in Verbindung gebracht würde mit dem eines jungen Mannes, dessen Vater allein den Gedanken an uns alle hassen muß und der dich mit Füßen treten würde. Bei jedem anderen als dir wäre ich sicher, daß das, was du unmittelbar vor meines Vaters Tod mit angesehen hast, dich für immer davor bewahren würde, jemals wieder an Philip Wakem als Liebhaber zu denken. Aber bei dir bin ich dessen nicht sicher, bei dir bin ich mir nie über etwas sicher. Mal findest du Gefallen an einer abartigen Selbstverleugnung, und dann wiederum hast du nicht einmal die Entschlos-

senheit, einer Sache zu widerstehen, von der du weißt, daß sie unrecht ist.«
Es war eine schreckliche, schneidende Wahrheit in Toms Worten – jene harte Schale der Wahrheit, die die Phantasielosen und wenig Mitfühlenden erkennen können. Maggie wand sich immer unter diesem seinem Urteil, sie rebellierte und war zugleich gedemütigt, es schien ihr, als halte er ihr einen Spiegel vor, um ihr ihre eigene Torheit und Schwäche zu zeigen – als sei er eine prophetische Stimme, die ihr ihre zukünftigen Fehltritte voraussagte –, und dennoch, währenddessen verurteilte sie ihn gleichermaßen, sie sagte sich innerlich, daß er engstirnig und ungerecht sei, daß er nicht an das Empfinden der geistigen Bedürfnisse heranreiche, die oft die Quelle des Unrechtes oder der Widersinnigkeit waren, die ihr Leben für ihn zu einem planlosen Rätsel machten.
Sie antwortete ihm nicht direkt, ihr Herz war zu voll, und sie setzte sich und stützte den Arm auf den Tisch. Es hatte keinen Zweck zu versuchen, Tom fühlen zu lassen, daß sie ihm nahestand, er wies sie immer zurück. Ihr Empfinden bei seinen Worten war durch die Anspielung auf die letzte Szene zwischen ihrem Vater und Wakem kompliziert, und schließlich überstieg jene schmerzliche, erhaben-ernste Erinnerung den unmittelbareren Unwillen. Nein! Sie dachte daran nicht mit leichtfertiger Gleichgültigkeit, dessen durfte Tom sie nicht bezichtigen. Sie sah mit einem sehr ernsten Gesicht zu ihm auf und sagte:
»Ich kann nichts machen, damit du besser von mir denkst, Tom – durch nichts, was ich sagen kann. Aber ich bin deinen Empfindungen gegenüber nicht so verschlossen, wie du glaubst. Ich sehe so gut wie du, daß es auf Grund unserer Situation im Hinblick auf Philips Vater – aus keinem anderen Grunde – unvernünftig, ja unrecht von uns wäre, einen Gedanken an Heirat zu hegen, und ich habe es aufgegeben, an ihn als Liebhaber zu denken ... Ich sage dir die Wahrheit, und du hast

kein Recht, mir nicht zu glauben, ich habe dir mein Wort gehalten, und du hast mich nie bei einer Falschheit entdeckt. Ich würde jeden Umgang mit Philip auf anderer Grundlage als der einer stillen Freundschaft nicht nur nicht ermutigen, sondern sorgsam vermeiden. Du magst denken, daß ich meine Entschlüsse nicht halten kann, aber wenigstens solltest du mich nicht mit harter Verachtung behandeln auf Grund von Fehlern, die ich noch nicht begangen habe.«

»Nun, Maggie«, sagte Tom, der bei dieser Rede sanfter wurde, »ich möchte die Dinge nicht überspannen. Ich meine, in Anbetracht aller Umstände wird es das beste sein, daß du Philip Wakem siehst, wenn Lucy ihn einladen möchte. Ich glaube, was du sagst – zumindest weiß ich, daß du selbst es glaubst; ich kann dich nur warnen. Ich möchte dir ein so guter Bruder sein, wie du es mich sein läßt.«

Es war ein leichtes Beben in Toms Stimme, als er die letzten Worte aussprach, und Maggies bereitwillige Zuneigung kehrte mit einem so plötzlichen Aufglühen zurück wie damals, als sie Kinder waren und zusammen in ihren Kuchen bissen als ein Symbol der Versöhnung. Sie erhob sich und legte ihre Hand auf Toms Schulter.

»Lieber Tom, ich weiß, daß du gut sein willst. Ich weiß, daß du viel zu ertragen hattest und viel getan hast. Ich möchte dir ein Trost sein, nicht dich verärgern. Du meinst doch nicht, daß ich ganz und gar böse bin, nicht wahr?«

Tom lächelte über ihr eifriges Gesicht; sein Lächeln war sehr erfreulich anzusehen, wenn es einmal kam, denn seine grauen Augen konnten unter der gerunzelten Stirn zärtlich sein.

»Nein, Maggie.«

»Vielleicht werde ich mich als besser erweisen, als du erwartest.«

»Das hoffe ich.«

»Und darf ich einmal kommen und für dich Tee machen und diese winzig kleine Frau von Bob wiedersehen?«

»Ja, aber nun troll dich, denn ich habe keine Zeit mehr«, sagte Tom und sah auf seine Uhr.

»Nicht mal, um mir einen Kuß zu geben?«

Tom beugte sich nieder, um ihre Wange zu küssen, und sagte dann:

»So. Sei ein braves Mädchen. Ich habe heute noch viel nachzudenken. Ich werde heute nachmittag eine lange Beratung mit meinem Onkel Deane haben.«

»Wirst du morgen zu Tante Glegg kommen? Wir wollen alle früh essen, damit wir zum Tee hingehen können. Du *mußt* kommen; Lucy hat mir aufgetragen, dir das zu sagen.«

»Pah! Ich habe eine Menge anderes zu tun«, sagte Tom und zog heftig an der Glocke, wobei er den kleinen Klingelzug abriß.

»Ich krieg's mit der Angst, ich laufe davon«, sagte Maggie und verschwand lachend, während Tom mit männlicher Philosophie den Klingelzug in die entfernteste Zimmerecke schleuderte – die aber gar nicht so sehr weit entfernt war: ein Zug menschlicher Erfahrung, der, wie ich mir schmeichle, nicht wenigen wohlhabenden und distinguierten Männern zu Herzen gehen wird, die einst an einer frühen Stufe ihres Aufstiegs in der Welt waren und sehr große Hoffnungen in sehr kleinen möblierten Zimmern hegten.

Kapitel 5

Hier zeigt sich, daß Tom die Auster geöffnet hatte

»Und nun, da wir dieses Geschäft in Newcastle abgesprochen haben, Tom«, sagte Mr. Deane am selben Nachmittag, als sie zusammen im Privatraum der Bank saßen, »gibt es noch eine andere Sache, die ich mit dir bereden möchte. Da du wahrscheinlich in den nächsten paar Wochen eine ziemlich rauchige und unangenehme Zeit in Newcastle haben wirst, kannst du eine gute Aussicht gebrauchen, die dich etwas aufmuntert.«

Tom wartete weniger nervös als bei einer früheren Gelegenheit in diesem Raum, während sein Onkel seine Schnupftabaksdose hervorzog und jedes Nasenloch mit bewußter Unparteilichkeit befriedigte.

»Siehst du, Tom«, sagte Mr. Deane schließlich und lehnte sich zurück, »die Welt geht jetzt mit kräftigerem Schritt vorwärts als damals, als ich noch ein junger Bursche war. Nun, Sir, vor vierzig Jahren, als ich ein solch strammer Jüngling war wie du, da war ein Mann darauf gefaßt, die beste Zeit seines Lebens als Zugpferd im Geschirr zu gehen, bevor er die Peitsche in die Hand bekam. Die Webstühle liefen gemächlich, und die Mode änderte sich nicht gar so schnell. Ich hatte einen besten Anzug für sechs Jahre. Alles war in kleinerem Maßstab, Sir – in bezug auf Ausgaben, meine ich. Es ist diese Dampfkraft, die den Unterschied gemacht hat, sie treibt jedes Rad mit doppelter Geschwindigkeit und das Rad der Fortuna gleich mit, wie unser Mr. Stephen Guest beim Jubiläumsdiner sagte (er trifft diese Dinge oft wunderbar, wenn man bedenkt, daß er vom Geschäftsleben nichts versteht). Ich will den Wandel nicht beklagen, wie es manche Leute tun. Handel öffnet einem Mann die Augen, Sir, und wenn die Bevölkerung auf der Erde dichter wird, so wie jetzt, dann muß die Welt ihren Verstand gebrauchen für Erfindungen der einen oder der andren Art. Ich weiß, daß ich mein Teil dazu getan habe als ein gewöhnlicher Geschäftsmann. Jemand hat gesagt, es sei eine feine Sache, dort zwei Kornähren wachsen zu lassen, wo vorher nur eine wuchs, aber es ist auch eine feine Sache, den Austausch von Gütern zu beschleunigen und das Korn zu den Mündern zu bringen, die hungrig sind. Und das ist unser Geschäft, und ich betrachte es als eine so ehrbare Stellung wie kaum eine, daran beteiligt zu sein.«

Tom wußte, daß die Angelegenheit, von der sein Onkel zu sprechen hatte, nicht dringend war; Mr. Deane war ein zu tüchtiger und praktischer Mann, um seinen Erinnerungen oder seinem Schnupftabak zu gestatten, den Fortschritt des Handels zu behindern. In den letzten ein oder zwei Monaten waren Tom gegenüber Andeutungen gemacht worden, die ihn erraten ließen, daß er einen Vorschlag zu seinen eigenen Gunsten hören würde. Zu Beginn der obigen Rede hatte er seine Beine ausgestreckt, die Hände in die Taschen gesteckt und sich auf eine einleitende Weitschweifigkeit eingestellt, die ihm zeigen sollte, daß Mr. Deane durch seine eigenen Verdienste erfolgreich gewesen war und daß das, was er jungen Männern im allgemeinen zu sagen hatte, war, daß, wenn sie nicht auch erfolgreich wären, es an ihren mangelnden Verdiensten läge. Er war daher recht überrascht, als sein Onkel ihm eine direkte Frage stellte.

»Laß sehen – es ist jetzt wohl schon sieben Jahre her, seit du dich wegen einer Stellung an mich gewandt hast, was, Tom?«

»Ja, Sir, ich bin jetzt dreiundzwanzig«, sagte Tom.

»Ach, es ist ebensogut, das nicht zu sagen, denn du könntest für einiges älter durchgehen, und das Alter hat im Geschäft was zu sagen. Ich erinnere mich sehr gut, wie du kamst; ich erinnere mich, daß ich sah, daß du Schneid hättest, und das war es, weswegen ich dich unterstützt habe. Und ich bin froh, sagen zu können, daß ich recht hatte – ich täusche mich nicht oft. Ich hatte natürlich einige Bedenken, meinen Neffen vorwärtszubringen, aber ich freue mich, sagen zu können, daß du mir Ehre gemacht hast, und wenn ich selbst einen Sohn gehabt hätte, würde es mir nicht leid tun, wenn er so wäre wie du.«

Mr. Deane klopfte auf seine Dose und öffnete sie wieder und wiederholte mit einigem Gefühl: »Nein, es würde mir nicht leid tun, wenn er so wäre wie du.«

»Ich bin sehr froh, daß du mit mir zufrieden bist; ich habe mein Bestes getan«, sagte Tom auf seine stolze, unabhängige Art.

»Ja, Tom, ich bin mit dir zufrieden. Ich spreche nicht von deinem Verhalten als Sohn, obwohl auch das bei meiner Meinung von dir ins Gewicht fällt. Aber womit ich zu tun habe, als Teilhaber in unserer Firma, sind die Eigenschaften, die du als Geschäftsmann gezeigt hast. Wir haben ein gutes Geschäft – ein hervorragendes Unternehmen –, und es gibt keinen Grund, warum es nicht weiter wachsen sollte; das Kapital wächst und die Verwendungszwecke wachsen, aber etwas andres ist für das Gedeihen eines jeden Unternehmens erforderlich, ob es nun groß ist oder klein, und das sind Männer, die es führen, Männer mit den rechten Gewohnheiten – keine von diesen jungen Aufschneidern, sondern solche, auf die man sich verlassen kann. Das sehen Mr. Guest und ich ganz deutlich. Vor drei Jahren nahmen wir Gell in die Firma, wir gaben ihm einen Anteil an der Ölmühle. Und warum? Nun, weil Gell ein Bursche war, dessen Dienste eine Prämie wert waren. So wird es immer sein, Sir. So war es mit mir. Und obwohl Gell wohl bald zehn Jahre älter ist als du, gibt es doch andere Punkte zu deinen Gunsten.«

Tom wurde ein wenig nervös, während Mr. Deane zu sprechen fortfuhr; es lag ihm etwas auf der Seele, das er sagen wollte und das seinem Onkel vielleicht nicht angenehm wäre, einfach weil es ein neues Ansinnen war,

anstatt der Annahme des Vorschlages, den er voraussah.
»Es versteht sich«, fuhr Mr. Deane fort, nachdem er mit seiner neuen Prise fertig war, »daß die Tatsache, daß du mein Neffe bist, zu deinen Gunsten zählt, aber ich leugne nicht, daß, auch wenn du gar kein Verwandter von mir gewesen wärst, dein Verhalten in der Angelegenheit um Pelleys Bank Mr. Guest und mich selbst bewogen hätte, dir eine Anerkennung für den Dienst, den du uns erwiesen hast, zukommen zu lassen; und bestärkt durch deine allgemeine Führung und geschäftliche Fähigkeit hat es uns beschließen lassen, dir einen Anteil am Geschäft zu geben, einen Anteil, den wir gerne erhöhen wollen, wenn die Jahre fortschreiten. Wir meinen, daß das in jeder Hinsicht besser sei, als dein Gehalt zu erhöhen. Es wird dir mehr Bedeutung geben und dich besser darauf vorbereiten, nach und nach einen Teil der Sorgen von meinen Schultern zu nehmen. Im Augenblick kann ich noch eine Menge schaffen, Gott sei Dank, aber ich werde älter – das läßt sich nicht leugnen. Ich sagte Mr. Guest, ich würde bei dir dieses Thema ansprechen, und wenn du von diesem Geschäft aus dem Norden zurückgekehrt bist, können wir Einzelheiten bereden. Dies ist ein großer Schritt für einen jungen Burschen von dreiundzwanzig, aber ich muß sagen, du hast es verdient.«
»Ich bin Mr. Guest und dir sehr dankbar, Sir, natürlich fühle ich mich *dir* am meisten zu Dank verpflichtet, da du mir zuerst eine Stelle gabst und dir seitdem viel Mühe mit mir gegeben hast.«
Tom sprach mit leichtem Beben und hielt inne, nachdem er dies gesagt hatte.
»Jaja«, sagte Mr. Deane. »Ich scheue keine Mühe, wenn ich sehe, daß sie von Nutzen ist. Ich habe mich auch für Gell ins Zeug gelegt – sonst wäre er nicht, was er jetzt ist.«
»Aber da ist noch etwas, das ich dir gern sagen möchte,

Onkel. Ich habe nie zuvor mit dir darüber gesprochen. Falls du dich noch daran erinnerst, zu der Zeit, als meines Vaters Besitz versteigert wurde, da hieß es einmal, daß deine Firma die Mühle vielleicht kaufen würde; ich weiß, daß du es für eine sehr gute Investition hieltest, insbesondere wenn man dort Dampfkraft einsetzen würde.«

»Ganz recht, ganz recht. Aber Wakem hat uns überboten – er hatte sich das vorgenommen. Er tut immer gern alles über andrer Leute Köpfe hinweg.«

»Vielleicht hat es keinen Zweck, daß ich es jetzt erwähne«, fuhr Tom fort, »aber ich möchte, daß du weißt, was ich wegen der Mühle im Sinn habe. Es liegt mir sehr am Herzen. Es war der letzte Wunsch meines Vaters, daß ich versuchen sollte, sie zurückzubekommen, wann immer ich es könnte; sie war seit fünf Generationen in seiner Familie gewesen. Ich versprach es meinem Vater, und außerdem hänge ich an dem Ort. Ich werde nie einen anderen so gern haben. Und wenn es je deinen Absichten entsprechen sollte, sie für die Firma zu erwerben, dann hätte ich eine bessere Chance, den Wunsch meines Vaters zu erfüllen. Ich hätte die Sache dir gegenüber nicht erwähnen mögen, wenn du nicht so freundlich gewesen wärest, zu sagen, daß meine Dienste von Wert gewesen seien. Und ich würde eine viel größere Chance im Leben ausschlagen, wenn ich dafür die Mühle zurückbekommen könnte – ich meine, sie unter meinen eigenen Händen haben könnte und den Preis allmählich abarbeiten.«

Mr. Deane hatte aufmerksam zugehört und sah nun nachdenklich drein.

»Nun ja, nun ja«, sagte er nach einer Weile, »die Sache wäre möglich, wenn eine Chance bestünde, daß Wakem sich von dem Besitz trennt. Aber dies sehe ich nicht. Er hat den jungen Jetsome dort eingesetzt, und ich bin sicher, daß er seine Gründe hatte, als er die Mühle kaufte.«

»Das ist ein lockerer Vogel, dieser junge Jetsome«, sagte Tom. »Er hat das Trinken angefangen, und man sagt, er ließe den Betrieb verkommen. Luke erzählte mir davon, unser alter Müller. Er sagt, er will nicht bleiben, wenn sich da nichts ändert. Ich dachte, daß, wenn es so weiterginge, Wakem vielleicht eher gewillt wäre, sich von der Mühle zu trennen. Luke sagt, er sei schon sehr ungehalten darüber, wie die Dinge laufen.«
»Nun, ich will es überlegen, Tom. Ich muß mich in der Sache erkundigen und mit Mr. Guest darüber sprechen. Aber, siehst du, das heißt eher einen neuen Seitenweg einschlagen und dich darauf schicken, anstatt dich behalten, wo du bist, was wir eigentlich vorhatten.«
»Ich könnte mehr als die Mühle schaffen, wenn die Dinge erst einmal ordentlich in Gang gekommen sind. Ich möchte viel Arbeit haben. Es gibt sonst nichts, das mich viel kümmert.«
Es war etwas recht Trauriges in dieser Rede von einem jungen Mann von dreiundzwanzig, sogar für Onkel Deanes geschäftsliebende Ohren.
»Pah, pah! Du wirst sicher bald eine Frau haben, um die du dich kümmern kannst, wenn du mit diesem Tempo in der Welt vorangehst. Aber was diese Mühle angeht, so dürfen wir uns nicht zu früh freuen. Ich verspreche dir jedoch, es im Sinn zu behalten, und wenn du zurückkommst, werden wir noch einmal darüber reden. Jetzt gehe ich zum Essen. Komm morgen früh und frühstücke mit uns und sag deiner Mutter und Schwester Lebwohl, bevor du aufbrichst.«

Kapitel 6

Die Gesetze der Anziehungskraft zu illustrieren

Es ist wohl nunmehr deutlich, daß Maggie an einem Punkt in ihrem Leben angelangt war, der von allen umsichtigen Personen als eine großartige Gelegenheit für eine junge Frau betrachtet werden mußte. In die obere Gesellschaft von St. Ogg's versetzt, mit einer auffallenden Erscheinung, die den Vorteil hatte, der Mehrheit derer, die sie sahen, ganz unbekannt zu sein, und mit einer solch gemäßigten Unterstützung durch Kleidung, wie wir sie in Lucys besorgter Unterredung mit Tante Pullet angedeutet sahen, war Maggie gewiß an einem neuen Anfang in ihrem Leben. Bei Lucys erster Abendgesellschaft ermüdete der junge Torry seine Gesichtsmuskeln stärker als gewöhnlich, damit das »dunkeläugige Mädchen da in der Ecke« ihn mit seinem Monokel, das ihm noch mehr Stil verleihen sollte, sähe, und mehrere junge Damen gingen heim mit dem Vorsatz, kurze Ärmel mit schwarzer Spitze zu tragen und ihr Haar zu einer breiten Krone auf dem Hinterkopf zu flechten – »diese Kusine von Miss Deane sah so besonders gut aus«. Tatsächlich war die arme Maggie, mit all ihrem inneren Bewußtsein einer schmerzlichen Vergangenheit und ihrer Vorahnung einer kummervollen Zukunft, auf dem Weg, ein Gegenstand manchen Neides zu werden, ein Gesprächsthema im neu eingerichteten Billardsalon und zwischen schönen Freundinnen, die keine Geheimnisse voreinander hatten, was Spitze und Besatz anging. Die Miss Guest, für die es größtenteils Herablassung war, mit den Familien von St. Ogg's zu verkehren, und die dort der Spiegel der Mode waren, nahmen ein wenig Anstoß an Maggies Manieren. Sie hatte eine Art, den Bemerkungen, die in guter Gesellschaft geläufig waren, nicht sofort zuzustimmen und zu sagen, daß sie nicht wisse, ob diese Bemerkungen wahr seien oder nicht, die

ihr einen Anschein von Plumpheit gab und den gleichmäßigen Fluß der Konversation behinderte; aber es ist eine Tatsache, die einer liebenswerten Deutung fähig ist, daß Damen nicht allzu ungnädig gegenüber einer neuen Bekanntschaft ihres eigenen Geschlechts sind, weil sie Anzeichen von Unterlegenheit aufweist. Und Maggie war so völlig frei von jenem hübschen Gehabe der Koketterie, das den traditionellen Ruf hatte, Herren zum Wahnsinn zu treiben, daß sie sich einiges weibliche Mitleid gewann, weil sie trotz ihrer Schönheit so ohne Wirkung war. Sie hatte nicht viele Vorzüge, das arme Ding! Und man mußte zugeben, daß sie überhaupt nicht anmaßend war; ihre etwas schroffen und unverbindlichen Manieren waren deutlich das Ergebnis ihrer abgeschiedenen und niedrigen Umstände. Es war nur ein Wunder, daß kein Hauch von Vulgärem an ihr war, wenn man bedachte, wie die übrigen Verwandten der armen Lucy waren – eine Andeutung, die die Miss Guest immer ein wenig schaudern ließ. Es war nicht angenehm, an eine durch Heirat bewirkte Beziehung zu solchen Leuten wie den Gleggs und den Pullets zu denken, aber es hatte keinen Zweck, Stephen zu widersprechen, wenn er sich einmal etwas in den Kopf gesetzt hatte, und gewiß gab es keinen möglichen Einwand gegen Lucy selbst – man mußte sie einfach gernhaben. Sie würde natürlich wünschen, daß die Miss Guest freundlich zu einer Kusine wären, die sie so liebhatte, und Stephen würde in Harnisch geraten, wenn sie es an Höflichkeit fehlen ließen. Unter diesen Umständen blieben die Einladungen nach Park House nicht aus, und auch anderswo war Miss Deane ein zu beliebtes und angesehenes Mitglied der Gesellschaft von St. Ogg's, als daß es an Aufmerksamkeit ihr gegenüber mangeln sollte.
So wurde Maggie zum ersten Mal in das Leben einer jungen Dame eingeführt und lernte, was es hieß, am Morgen aufzustehen, ohne einen zwingenden Grund zu haben, etwas Bestimmtes zu tun. Dieses neue Gefühl von

Muße und ungehindertem Genuß inmitten von sanftem Hauch und Gartenduft des fortschreitenden Frühlings – inmitten des neuen Überflusses an Musik und schlendernder Spaziergänge im Sonnenschein und der köstlichen Verträumtheit des auf dem Fluß Dahingleitens – konnte kaum ohne berauschende Wirkung auf sie sein nach ihren Jahren der Entbehrung, und schon in der ersten Woche begann Maggie weniger von ihren traurigen Erinnerungen und Vorahnungen befallen zu werden. Das Leben war wirklich im Augenblick sehr angenehm; es wurde angenehm, sich am Abend elegant zu kleiden und zu fühlen, daß sie zu den Schönheiten dieser Frühlingszeit gehörte. Und immer erwarteten sie nun bewundernde Blicke, sie war nicht mehr eine unbeachtete Person, die häufig gescholten wurde, deren Aufmerksamkeit ständig beansprucht wurde, ohne daß man ihr solche zukommen ließ. Es war auch angenehm, wenn Stephen und Lucy ausgeritten waren, allein am Klavier zu sitzen und zu spüren, daß die alte Zusammengehörigkeit ihrer Finger mit den Tasten geblieben war und wieder belebt wurde wie eine Seelenverwandtschaft, die durch Trennung nicht leidet – die Weisen vorzunehmen, die sie am Abend zuvor gehört hatte und sie immer von neuem nachzuspielen, bis sie einen Weg gefunden hatte, sie so wiederzugeben, daß sie zu einer bedeutungsvolleren, leidenschaftlicheren Sprache für sie wurden. Der bloße Klang von Oktaven war eine Wonne für Maggie, und oft nahm sie ein Buch mit Etüden vor anstatt einer Melodie, damit sie in der Abstraktion den primitiveren Sinneseindruck der Intervalle noch deutlicher spüren könnte. Nicht, daß ihre Freude an der Musik von der Art gewesen wäre, die ein großes, besonderes Talent anzeigt; eher war ihre Empfänglichkeit für die höchste Erregung der Musik nur eine Form der leidenschaftlichen Empfänglichkeit, die zu ihrer ganzen Natur gehörte und ihre Fehler und Tugenden alle ineinander verschmelzen ließ, die ihre Zuneigung manchmal zu einer ungeduldigen

Forderung machte, die aber auch ihre Eitelkeit davor bewahrte, die Form bloßer weiblicher Koketterie und Raffinesse anzunehmen, und ihr die Poesie ehrgeizigen Strebens gab. Aber wir kennen Maggie schon seit einer ganzen Weile und brauchen nichts über ihre Eigenschaften, sondern sollen ihre Geschichte hören, die man selbst aus dem vollständigsten Wissen um Eigenschaften kaum vorhersagen kann. Denn die Tragödie unseres Lebens wird nicht gänzlich von innen geschaffen. »Charakter –«, sagte Novalis in einem seiner fragwürdigen Aphorismen, »Charakter ist Schicksal«.[13] Aber nicht das Ganze unseres Schicksals. Hamlet, der Prinz von Dänemark, war grüblerisch und unentschlossen, und es folgt daraus eine große Tragödie. Aber wenn sein Vater bis in sein hohes Alter gelebt hätte und sein Onkel eines frühen Todes gestorben wäre, dann können wir uns vorstellen, daß Hamlet Ophelia geheiratet hätte und im Ruf eines gesunden Verstandes durchs Leben gegangen wäre, ungeachtet vieler Selbstgespräche und manch launischer Sarkasmen zur schönen Tochter des Polonius, von der unverblümten Unhöflichkeit gegen seinen Schwiegervater ganz zu schweigen.

Maggies Schicksal ist demnach gegenwärtig verborgen, und wir müssen warten, daß es sich selbst enthüllt wie der Verlauf eines Flusses, der auf keiner Karte verzeichnet ist. Wir wissen nur, daß der Fluß voll und schnell ist und daß alle Flüsse dasselbe letzte Ziel haben. Unter dem Zauber ihrer neuen Vergnügungen hörte Maggie selbst auf, mit ihrer eifrigen, vorwegnehmenden Einbildungskraft an ihr zukünftiges Los zu denken, und ihre Beklommenheit wegen ihres ersten Zusammentreffens mit Philip verlor den beherrschenden Einfluß; vielleicht tat es ihr unbewußt nicht leid, daß das Zusammentreffen aufgeschoben war.

Denn Philip war an jenem Abend, an dem er erwartet wurde, nicht gekommen, und Mr. Stephen Guest brachte die Nachricht, daß er an die Küste gefahren sei –

wahrscheinlich, so meinte er, auf Zeichenexkursion, aber es war nicht gewiß, wann er zurückkehren würde. Das sah Philip ähnlich – so fortzugehen, ohne es jemandem zu sagen. Erst am zwölften Tag kehrte er zurück und fand beide Briefchen von Lucy vor; er war abgereist, bevor er von Maggies Ankunft erfahren hatte.

Vielleicht müßte man noch einmal neunzehn sein, um ganz von den Gefühlen, die sich für Maggie in diesen zwölf Tagen drängten, überzeugt zu sein, und von der Länge, auf die sie sich für sie durch die Neuheit der darin enthaltenen Erfahrungen und ihrer sich beständig wandelnden Einstellungen ausdehnten. Die ersten Tage einer Bekanntschaft haben beinahe immer diese Bedeutung für uns und füllen einen größeren Raum in unserem Gedächtnis aus als längere folgende Zeitabschnitte, die weniger von Entdeckung und neuen Eindrücken erfüllt sind. Es gab in jenen zehn[14] Tagen wenig Stunden, in denen Mr. Stephen Guest nicht an Lucys Seite saß oder neben ihr am Flügel stand oder sie bei einem Ausflug im Freien begleitete; seine Aufmerksamkeiten wurden deutlich beflissener, und das war es, was jedermann erwartet hatte. Lucy war sehr glücklich, um so glücklicher, weil Stephens Gesellschaft noch viel interessanter und amüsanter geworden zu sein schien, seit Maggie da war. Scherzhafte Diskussionen – manchmal auch ernste – wurden geführt, in denen sowohl Stephen als auch Maggie sich so gaben, daß die sanfte, zurückhaltende Lucy sie nur bewunderte, und mehr als einmal ging es ihr durch den Kopf, was für ein reizendes Quartett sie fürs Leben wären, wenn Maggie Philip heiraten würde. Ist es unerklärlich, daß ein Mädchen sich der Gesellschaft ihres Liebhabers in Gegenwart einer dritten Person um so mehr erfreuen und ohne den leichtesten Anflug von Eifersucht darüber sein sollte, daß sich die Unterhaltung ständig dieser dritten Person zuwandte? Nicht, wenn das Mädchen so ruhigen Herzens ist wie Lucy und so gänzlich von dem Glauben erfüllt, daß sie den Zustand der

Neigungen ihrer Gefährten kennt, und auch nicht anfällig für Empfindungen ist, die einen solchen Glauben erschüttern könnten, wenn ein positiver Gegenbeweis fehlt. Außerdem war es Lucy, neben der Stephen saß, der er seinen Arm reichte, an die er sich als die Person wandte, die ihm gewiß zustimmen würde, und jeden Tag war da dieselbe zärtliche Höflichkeit ihr gegenüber, dasselbe Erraten ihrer Wünsche und die Besorgtheit, sie zu erfüllen. War es wirklich dasselbe? Es schien Lucy, daß es mehr wäre, und es war kein Wunder, daß die wirkliche Bedeutung dieses Wandels ihr entging. Es war ein feiner Akt des Gewissens in Stephen, dessen er sich selbst nicht bewußt war. Seine persönlichen Aufmerksamkeiten gegenüber Maggie waren vergleichsweise gering, und es hatte sich sogar eine offensichtliche Distanz zwischen ihnen aufgetan, die die Erneuerung jener schwachen Andeutung von Galanterie verhinderte, in die er am ersten Tag im Boot verfallen war. Wenn Stephen eintrat, während Lucy nicht im Zimmer war, wenn Lucy sie allein ließ, dann sprachen sie nie miteinander; Stephen schien vielleicht Notenbücher durchzusehen, und Maggie beugte ihren Kopf emsig über ihre Arbeit. Jeder war sich der Gegenwart des anderen bedrückend bewußt, bis in die Fingerspitzen. Und doch sehnte sich jeder danach, daß sich dasselbe am nächsten Tag wieder ereignen möchte. Keiner von ihnen hatte begonnen, darüber nachzudenken oder sich still zu fragen: »Wohin führt all dies?« Maggie fühlte nur, daß das Leben ihr etwas gänzlich Neues offenbarte, und sie war gefesselt von der direkten, unmittelbaren Erfahrung, ohne daß ihr Kraft übrigblieb, sich darüber Rechenschaft abzulegen oder sich damit auseinanderzusetzen. Stephen enthielt sich willentlich aller Selbsterforschung und wollte sich auch nicht eingestehen, daß er einen Einfluß fühlte, der irgendeine bestimmende Wirkung auf sein Verhalten haben sollte. Und wenn Lucy wieder ins Zimmer trat, waren sie wieder ganz ungezwungen; Maggie konnte

Stephen widersprechen und über ihn lachen, und er konnte ihrer Betrachtung das Beispiel der überaus reizenden Heldin Miss Sophia Western[15] empfehlen, die großen »Respekt vor dem Verstand der Männer« hatte. Maggie konnte Stephen ansehen – was sie aus dem einen oder anderen Grunde immer vermied, wenn sie allein waren –, und er konnte sie sogar bitten, die Begleitstimme zu spielen, da Lucys Finger so sehr mit der Arbeit für den Bazar beschäftigt waren, und sie wegen ihrer Beschleunigung des Tempos zurechtweisen, was allerdings Maggies schwacher Punkt war.

Eines Tages – es war der Tag von Philips Rückkehr – hatte Lucy eine plötzliche Verabredung getroffen, den Abend bei Mrs. Kenn zu verbringen, deren labiler Gesundheitszustand, der durch einen Anfall von Bronchitis zu einer chronischen Krankheit zu werden drohte, sie zwang, ihre Aufgaben bei dem bevorstehenden Bazar aufzugeben und in die Hände anderer Damen zu legen, von denen Lucy eine sein sollte. Die Verabredung war in Stephens Gegenwart getroffen worden, und er hatte gehört, wie Lucy versprach, früh zu essen und um sechs Uhr Miss Torry abzuholen, die Mrs. Kenns Bitte überbracht hatte.

»Noch eins der moralischen Ergebnisse dieses idiotischen Bazars«, rief Stephen aus, sobald Miss Torry das Zimmer verlassen hatte, »junge Damen von ihren Pflichten am häuslichen Herd abzuhalten und sie an Orte der Zerstreuung zwischen Urnenteppichen und bestickten Pompadours zu entführen! Ich möchte wissen, was die wahre Aufgabe der Frauen ist, wenn nicht für Ehemänner der Grund zu sein, zu Hause zu bleiben, und noch mehr Grund für Junggesellen, auszugehen. Wenn dies noch lange so weitergeht, dann werden sich die Bande der Gesellschaft auflösen.«

»Nun, es wird nicht mehr lange so weitergehen«, sagte Lucy lachend, »denn der Bazar findet Montag in einer Woche statt.«

»Dem Himmel sei Dank!« sagte Stephen. »Kenn sagte selbst neulich, daß er diesen Plan gar nicht gutheiße, daß die Eitelkeit Werke der Nächstenliebe tun sollte, aber ebenso wie die britische Öffentlichkeit nicht vernünftig genug ist, eine direkte Besteuerung zu ertragen, hat St. Ogg's nicht genügend Anreiz, Schulen zu bauen und zu stiften, ohne die Macht der Narrheit heranzuziehen.«

»Sagte er das?« sagte die kleine Lucy mit weit geöffneten, besorgten Haselnußaugen. »Ich habe ihn nie dergleichen sagen hören; ich dachte, daß was wir täten, bei ihm Anerkennung fände.«

»Ich bin sicher, daß *Sie* bei ihm Anerkennung finden«, sagte Stephen und lächelte ihr zärtlich zu. »Daß Sie heute abend ausgehen, sieht zwar nach verwerflichem Betragen aus, aber ich weiß, daß ihm Gutmütigkeit zugrunde liegt.«

»Oh, Sie denken zu gut von mir«, sagte Lucy und schüttelte den Kopf mit einem reizenden Erröten, und das Thema war beendet. Aber es verstand sich stillschweigend, daß Stephen am Abend nicht kommen würde, und auf Grund dieser stillschweigenden Übereinkunft dehnte er seinen Morgenbesuch aus und verabschiedete sich erst nach vier.

Maggie saß allein im Salon, kurz nach dem Essen, mit Minny auf dem Schoß, nachdem sie ihren Onkel seinem Wein und Nickerchen überlassen hatte und ihre Mutter dem Kompromiß zwischen Stricken und Schlafen, den sie, wenn keine Gesellschaft da war, im Speisezimmer immer bis zur Teezeit ausdehnte. Maggie beugte sich vor, um das winzige, seidene Tierchen zu streicheln und über die Abwesenheit seiner Herrin zu trösten, als das Geräusch eines Schrittes auf dem Kies sie aufsehen ließ und sie Mr. Stephen Guest durch den Garten gehen sah, als käme er geradewegs vom Fluß. Es war sehr ungewöhnlich, ihn so kurz nach dem Essen zu sehen. Er beklagte sich oft, daß man in Park House so späte Essenszeiten habe. Nichtsdestoweniger war er hier im schwarzen Anzug; er war offensichtlich zu Hause gewesen und mußte über den Fluß zurückgekommen sein. Maggie fühlte, daß ihre Wangen glühten und ihr Herz klopfte; es war natürlich, daß sie nervös wurde, sie war es ja nicht gewohnt, allein Besucher zu empfangen. Er hatte sie durch die offene Verandatür aufschauen sehen und lüftete seinen Hut, als er auf diesem Wege eintrat anstatt durch die Haustür. Er errötete ebenfalls und sah gewiß so dümmlich drein, wie man es von einem jungen Mann von Geist und Selbstbeherrschung nur erwarten kann, als er mit einer Notenrolle in der Hand eintrat und zögernd wie aus dem Stegreif sagte:

»Sie sind überrascht, mich wiederzusehen, Miss Tulliver – ich sollte mich entschuldigen, daß ich so überraschend hierher komme, aber ich wollte zur Stadt, und da der Diener mich ruderte, dachte ich, ich könnte diese Sachen aus der *Maid of Artois*[16] für Ihre Kusine vorbeibringen, ich vergaß sie heute morgen. Wollen Sie sie ihr bitte geben?«

»Ja«, sagte Maggie, die sich mit Minny auf dem Arm verwirrt erhoben hatte und sich jetzt, da sie nicht wußte, was sie sonst tun sollte, wieder setzte.

Stephen legte seinen Hut zusammen mit den Noten ab, die zu Boden rollten, und setzte sich in den Sessel neben ihr. Er hatte das nie zuvor getan, und sowohl er als auch Maggie fühlten, daß es eine völlig neue Situation war.

»Na, du verhätschelter Liebling!« sagte Stephen und beugte sich vor, um an den langen lockigen Ohren zu ziehen, die über Maggies Arm herabhingen. Das war keine anregende Bemerkung, und da der Sprecher sie nicht noch weiter entwickelte, ließ sie natürlich die Konversation zum Stillstand kommen. Es erschien Stephen wie eine Handlung in einem Traum, die er tun mußte und über die er dennoch die ganze Zeit selbst verwundert war, daß er fortfuhr, Minnys Kopf zu streicheln. Und doch war es sehr angenehm, er wünschte nur, er würde es wagen, Maggie anzusehen, und daß sie ihn ansähe –

ihm einen langen Blick in ihre tiefen, seltsamen Augen gewährte, und dann würde er zufrieden und ganz vernünftig sein. Er dachte, es würde schon zu einer Art Monomanie bei ihm, diesen langen Blick von Maggie zu wollen, und er quälte seine Erfindungsgabe ständig, um Mittel zu ersinnen, durch die er ihn bekommen könnte, ohne daß es außergewöhnlich erschien und Verlegenheit nach sich zog. Was Maggie betraf, so hatte sie keinen bestimmten Gedanken – nur das Empfinden einer Gegenwart, wie der eines dicht über ihr schwebenden Vogels mit breiten Schwingen in der Dunkelheit, denn sie war unfähig aufzuschauen und sah nichts als Minnys schwarzes, welliges Fell.

Doch dies mußte einmal enden. Vielleicht endete es bald und *schien* nur sehr lange, wie oft ein Traum von einer Minute. Stephen setzte sich schließlich seitwärts in seinem Sessel auf, so daß ein Arm über die Lehne hing, und sah Maggie an. Was sollte er sagen?

»Wir werden einen herrlichen Sonnenuntergang haben, glaube ich. Gehen Sie nicht hinaus, ihn anzusehen?«

»Ich weiß nicht«, sagte Maggie. Dann hob sie mutig die Augen und sah zum Fenster hinaus. »Wenn ich nicht mit meinem Onkel Cribbage[17] spiele.«

Eine Pause, während der Minny wieder gestreichelt wird, aber genügend Einsicht hat, dafür nicht dankbar zu sein, sondern zu knurren.

»Sitzen Sie gern allein?«

Ein etwas schalkhafter Ausdruck kam über Maggies Gesicht, und sie streifte Stephen mit einem Blick und sagte dann: »Wäre es wohl höflich, ja zu sagen?«

»Es war wirklich eine recht gefährliche Frage für einen Eindringling«, sagte Stephen, von dem Blick entzückt und entschlossen, noch einen zweiten abzuwarten. »Aber Sie werden noch mehr als eine halbe Stunde für sich haben, wenn ich gegangen bin«, setzte er hinzu und nahm seine Uhr heraus. »Ich weiß, daß Mr. Deane nie vor halb acht hereinkommt.«

Eine weitere Pause, während der Maggie unverwandt aus dem Fenster sah, bis sie mit großer Anstrengung ihren Kopf bewegte, um wieder auf Minnys Rücken hinunterzublicken, und sagte:
»Ich wünschte, Lucy hätte nicht ausgehen müssen. Wir kommen um unsere Musik.«
»Morgen abend werden wir eine neue Stimme haben«, sagte Stephen. »Wollen Sie ihrer Kusine bitte sagen, daß unser Freund Philip Wakem zurückgekehrt ist? Ich sah ihn, als ich nach Hause ging.«
Maggie zuckte ein wenig zusammen, es schien kaum mehr als eine Schwingung, die im Augenblick von Kopf bis Fuß ging. Aber die neuen Bilder, die durch Philips Namen wachgerufen wurden, zerstreuten halb den bedrückenden Bann, unter dem sie gewesen war. Sie erhob sich mit plötzlicher Entschlossenheit von ihrem Sessel, legte Minny auf sein Kissen und ging, um Lucys großen Handarbeitskorb aus seiner Ecke zu holen. Stephen war verärgert und enttäuscht; er dachte, Maggie möge es vielleicht nicht, daß der Name Wakem so unvermittelt ihr gegenüber genannt wurde, denn er erinnerte sich nun an das, was Lucy ihm von dem Familienstreit gesagt hatte. Es hatte keinen Sinn, noch länger zu bleiben. Maggie setzte sich mit ihrer Arbeit an den Tisch und sah kühl und stolz aus, und er – er sah wie ein Tor aus, daß er überhaupt gekommen war. Ein grundloser, völlig überflüssiger Besuch dieser Art mußte einen Mann unangenehm und lächerlich machen. Natürlich konnte Maggie sich denken, daß er hastig in seinem eigenen Zimmer gegessen hatte, um wieder losgehen und sie allein finden zu können.
Was für ein knabenhafter Geisteszustand für einen gebildeten jungen Herrn von fünfundzwanzig, nicht ohne juristisches Wissen! Doch vielleicht nicht unglaubhaft, wenn man auf die Geschichte verweist.
In diesem Augenblick rollte Maggies Wollknäuel über den Boden, und sie fuhr auf, um es zu fassen. Auch

Stephen erhob sich, nahm das Knäuel auf und begegnete ihr mit einem verärgerten, klagenden Blick, der seinen Augen für Maggie einen ganz neuen Ausdruck gab, als ihre eigenen Augen die seinen trafen, während er ihr das Knäuel reichte.

»Auf Wiedersehen«, sagte Stephen in einem Ton, der dieselbe flehende Unzufriedenheit hatte wie seine Augen. Er wagte nicht, seine Hand auszustrecken; er steckte beide Hände in die Rocktaschen, während er sprach. Maggie dachte, sie sei vielleicht unhöflich gewesen.

»Wollen Sie nicht noch bleiben?« sagte sie scheu, sah aber nicht fort, denn das wäre wieder unhöflich erschienen.

»Nein, danke«, sagte Stephen und blickte noch immer in die halb unwilligen, halb faszinierten Augen, wie ein durstiger Mann zum Lauf eines entfernten Baches blickt.

»Das Boot wartet auf mich ... Sie werden es Ihrer Kusine sagen?«

»Ja.«

»Daß ich die Noten gebracht habe, meine ich?«

»Ja.«

»Und daß Philip zurückgekehrt ist.«

»Ja.« (Dieses Mal überhörte Maggie Philips Namen.)

»Wollen Sie nicht ein wenig mit hinaus in den Garten kommen?« sagte Stephen noch sanfter, aber im nächsten Augenblick ärgerte er sich, daß sie nicht nein sagte, denn sie wandte sich schon zur offenen Verandatür, und er mußte seinen Hut nehmen und an ihrer Seite gehen. Aber er sann auf etwas, das ihn entschädigen konnte.

»Nehmen Sie doch meinen Arm«, sagte er leise, als wäre es ein Geheimnis.

Es ist etwas seltsam Gewinnendes für die meisten Frauen in diesem Angebot eines festen Armes; die Hilfe ist in dem Augenblick physisch nicht vonnöten, aber das Gefühl von Hilfe – die Gegenwart von Stärke, die nicht die ihre ist, aber doch ihnen gehört – begegnet einem ständigen Bedürfnis der Vorstellungskraft. Entweder aus diesem Grund oder aus irgendeinem anderen nahm Maggie den Arm. Und sie gingen zusammen um den Rasenplatz und unter dem hängenden Grün des Goldregens in demselben verschwommenen, träumerischen Zustand, in dem sie sich eine Viertelstunde zuvor befunden hatten, nur hatte Stephen den Blick bekommen, nach dem er verlangt hatte, ohne in sich jedoch die Anzeichen zurückkehrender Vernünftigkeit wahrzunehmen, und in Maggie blitzten Gedanken durch die Verschwommenheit auf. Wie kam es, daß sie hier war? Warum war sie herausgekommen? Kein Wort wurde gesprochen. Wäre es anders gewesen, wäre sich jeder des anderen weniger intensiv bewußt gewesen.

»Achten Sie auf die Stufe«, sagte Stephen schließlich.

»Oh, ich will nun hineingehen«, sagte Maggie und empfand, daß die Stufe wie eine Rettung gekommen sei. »Guten Abend.«

Im Augenblick hatte sie ihm ihren Arm entzogen und lief ins Haus zurück. Sie überlegte nicht, daß diese plötzliche Handlung nur die Peinlichkeit der Erinnerung an diese letzte halbe Stunde mehren würde. Sie hatte keinen Gedanken dafür übrig. Sie warf sich nur in den niedrigen Sessel und brach in Tränen aus.

»O Philip, Philip. Ich wünschte, wir wären wieder zusammen – so ruhig – im Roten Grund!«

Stephen sah ihr einen Moment lang nach, ging dann zum Boot und erreichte kurz darauf den Ladeplatz. Er verbrachte den Abend im Billardsalon, rauchte eine Zigarre nach der anderen und verlor jede Partie. Aber er wollte nicht aufhören. Er war entschlossen, nicht zu denken, keine deutlichere Erinnerung zuzulassen als die, die sich ihm durch Maggies unablässige Gegenwart aufdrängte. Er sah sie an, sie war an seinem Arm.

Aber es kam die Notwendigkeit, im kühlen Sternenlicht heimzugehen, und mit ihr kam die Notwendigkeit, seine eigene Torheit zu verfluchen und bitter zu beschließen, sich nie wieder darauf einzulassen, mit Maggie allein zu sein. Es war ja alles Wahnsinn; er war verliebt, er hing wirklich an Lucy, und gebunden – so stark gebunden wie es ein ehrenhafter Mann nur sein kann. Er wünschte, er hätte diese Maggie Tulliver nie gesehen, wäre nie von ihr in ein solches Fieber gestürzt worden; sie würde irgendeinem Mann eine süße, seltsame, schwierige, anbetungswürdige Frau sein, aber er selbst hätte sie nie gewählt. Fühlte sie wie er? Er hoffte, sie täte es – nicht. Er hätte nicht hingehen sollen. Er würde sich in Zukunft beherrschen. Er würde sich ihr unangenehm machen, vielleicht mit ihr streiten. Mit ihr streiten? War es möglich, mit einem Wesen zu streiten, das solche Augen hatte – herausfordernd und bittend, widersprechend und anhänglich, gebieterisch und flehend, voll von köstlichen Gegensätzen? Ein solches Wesen von Liebe bezwungen zu sehen wäre ein Los, das sich zu haben lohnte – für einen anderen Mann.

Ein unterdrückter Ausruf beendete diesen innerlichen Monolog, als Stephen das Ende seiner letzten Zigarre fortwarf, die Hände in die Taschen steckte und mit ruhigerem Schritt durch das Gebüsch stapfte. Es war nicht gerade ein Segensspruch.

Kapitel 7

Philip tritt wieder auf

Der nächste Morgen war sehr feucht, die Art von Morgen, an der männliche Nachbarn, die keine zwingende Beschäftigung daheim haben, ihren schönen Freundinnen wohl einen unbegrenzten Besuch machen. Der Regen, der auf dem Hinweg – zu Fuß oder zu Pferde – noch gerade erträglich war, wird gewiß so heftig und zugleich ist es so sicher, daß es allmählich aufklaren wird, daß nichts als ein offener Streit den Besuch abkürzen kann, ein unterschwelliger Abscheu genügt keineswegs. Und wenn Leute sich zufällig lieben, was kann dann in England so entzückend sein wie ein verregneter Morgen? Der englische Sonnenschein ist zweifelhaft, Hauben sind nie ganz sicher, und wenn man sich ins Gras setzt, kann das zu Erkältungen führen. Aber auf den Regen kann man sich verlassen. Man galoppiert im Wettermantel hindurch, und schon findet man sich an dem Platz, den man am liebsten hat, ein wenig höher oder tiefer als der, auf dem unsere Göttin sitzt (dem metaphysischen Sinn ist das dasselbe, und aus diesem Grund kann man Frauen verehren und gleichzeitig auf sie herabsehen), im befriedigenden Vertrauen darauf, daß bestimmt kein Damenbesuch kommen wird.

»Stephen wird heute morgen sicher früher kommen«, sagte Lucy, »das tut er immer, wenn es regnet.«

Maggie gab keine Antwort. Sie war böse auf Stephen; sie begann zu denken, daß sie ihn nicht mögen sollte, und wäre der Regen nicht gewesen, dann wäre sie an diesem Morgen zu ihrer Tante Glegg gegangen und hätte ihn so gänzlich vermieden. So wie es war, mußte sie einen Grund dafür finden, draußen bei ihrer Mutter zu bleiben.

Doch Stephen kam nicht früher, sondern ein anderer Besucher, ein noch näherer Nachbar, kam ihm zuvor. Philip wollte sich, als er das Zimmer betrat, nur vor Maggie verbeugen, in dem Empfinden, daß ihre Bekanntschaft ein Geheimnis sei, das er nicht preisgeben durfte, aber als sie auf ihn zukam und ihre Hand ausstreckte, erriet er sogleich, daß Lucy ins Vertrauen gezogen worden war. Es war ein bewegender Augenblick für beide, obwohl Philip viele Stunden damit zugebracht hatte, sich darauf vorzubereiten; doch wie alle Menschen, die mit wenig Erwartung von Anteilnahme durchs

Leben gegangen sind, verlor er selten seine Selbstbeherrschung und scheute mit äußerst empfindlichem Stolz jedes wahrnehmbare Preisgeben von Emotionen. Ein wenig mehr an Blässe, eine leichte Anspannung der Nasenflügel, wenn er sprach, die Stimme in etwas höherer Tonlage, so daß sie Fremden als Ausdruck kalter Gleichgültigkeit erscheinen würde, das waren alle Anzeichen, die Philip gewöhnlich von einem innerlichen Drama gab, das nicht ohne Leidenschaftlichkeit war. Maggie jedoch, die wenig mehr Gewalt hatte, die Eindrücke, die auf sie wirkten, zu verbergen, als wenn sie aus Saiten zusammengefügt wäre, fühlte, daß ihre Augen von Tränen größer wurden, als sie einander schweigend die Hand reichten. Es waren keine schmerzlichen Tränen, sie hatten eher etwas von demselben Ursprung wie die Tränen, die Frauen und Kinder vergießen, wenn sie Schutz gefunden haben, an den sie sich klammern können, und auf die drohende Gefahr zurückblicken. Denn Philip, der vor kurzem in Maggies Sinn noch ständig mit dem Empfinden verknüpft gewesen war, daß Tom sie vielleicht mit einigem Recht tadelte, war nun, in dieser kurzen Zeit, gleichsam ein äußeres Gewissen für sie geworden, zu dem sie um Rettung und Stärke fliehen konnte. Ihre ruhige, zärtliche Zuneigung zu Philip, die tief in ihrer Kindheit wurzelte und Erinnerungen an lange ruhige Gespräche besaß, die durch deutliche, folgende Eindrücke die erste instinktive Neigung festigten – die Tatsache, daß er in ihr Mitleid und weibliche Hingabe stärker ansprach als Eitelkeit oder eine andere egoistische Reizbarkeit ihrer Natur –, schien nun eine Art heiliger Stätte auszumachen, ein Heiligtum, wo sie Zuflucht finden konnte vor einem lockenden Einfluß, dem ihr besseres Selbst widerstehen mußte, der schrecklichen inneren Tumult und äußeres Elend bringen mußte. Dieses neue Empfinden ihrer Beziehung zu Philip machte die ängstlichen Skrupel, die sie sonst gehabt hätte, zunichte, daß sie die Grenze des Umgangs mit ihm, den Tom billigen würde, überschreiten könnte, und sie reichte ihm die Hand und fühlte die Tränen in ihren Augen ohne das Bewußtsein eines innerlichen Hemmnisses. Die Szene war genau, wie Lucy es erwartet hatte, und ihr gutes Herz erfreute sich daran, Philip und Maggie wieder zusammenzubringen, obwohl selbst sie mit all ihrer Achtung vor Philip sich des Eindrucks nicht erwehren konnte, daß ihr Vetter Tom vielleicht zu entschuldigen sei, wenn er schockiert war über das mangelnde äußerliche Zusammenpassen der beiden – ein prosaischer Mensch wie Vetter Tom, der Poesie und Märchen nicht mochte. Aber sie begann so bald wie möglich zu sprechen, um ihnen die Befangenheit zu nehmen.

»Es war sehr brav und artig von Ihnen«, sagte sie in ihrem hübschen Sopran, der wie das leise Zwitschern kleiner Vögel klang, »daß Sie so schnell nach Ihrer Ankunft gekommen sind. Und daher will ich Ihnen, glaube ich, vergeben, daß Sie auf so unpassende Weise fortgelaufen sind, ohne Ihre Freunde zu benachrichtigen. Kommen Sie und setzen Sie sich hierher«, fuhr sie fort und rückte den Sessel zurecht, der ihm am bequemsten wäre, »und Sie werden finden, daß man Sie gnädig behandelt.«

»Sie werden nie gut regieren, Miss Deane«, sagte Philip, als er sich setzte, »weil niemand je an Ihre Strenge glauben wird. Man wird sich nur selbst in seinen Missetaten bestärken, in der Gewißheit, daß Sie nachsichtig sein werden.«

Lucy machte eine scherzhafte Entgegnung, aber Philip hörte nicht, was es war, weil er sich natürlich Maggie zugewandt hatte, und sie richtete jenen offenen, liebevollen und prüfenden Blick auf ihn, mit dem wir einen Freund ansehen, von dem wir lange getrennt waren. Was für ein Augenblick war der ihrer Trennung gewesen! Und Philip war es, als sei es erst gestern gewesen. Er fühlte das so heftig, mit solch intensiver Erinnerung aller Einzelheiten, mit solch leidenschaftlichem Aufleben all dessen, was mit Worten und Blicken in ihrer letzten Unterredung gesagt worden war, daß er mit jener Eifersucht und jenem Argwohn, die in Naturen von geringem Selbstvertrauen beinahe unausweichlich mit einem starken Gefühl verbunden sind, dachte, er lese in Maggies Blick und Verhalten den Beweis einer Veränderung. Allein die Tatsache, daß er es fürchtete und halb erwartete, hätte diesen Gedanken in ihm aufkommen lassen, solange ein Beweis des Gegenteils ausblieb.

»Ich habe großartige Ferien, nicht wahr?« sagte Maggie. »Lucy ist wie eine gute Fee, sie hat mich im Handumdrehen von einem Aschenbrödel in eine Prinzessin verwandelt. Ich tue nichts, als es mir gutgehen zu lassen, und sie findet immer heraus, was ich möchte, bevor ich es selbst weiß.«

»Ich denke, daß sie dann um so glücklicher ist, Sie hierzuhaben«, sagte Philip. »Sie müssen ihr lieber sein als eine ganze Menagerie von Haustieren. Und Sie sehen gut aus, die Veränderung bekommt Ihnen.«

Künstliche Konversation dieser Art setzte sich noch eine Weile fort, bis Lucy, entschlossen, dem ein Ende zu setzen, mit einer guten Nachahmung von Verdruß ausrief, sie habe etwas vergessen, und schnell aus dem Zimmer lief.

Im Augenblick beugten sich Maggie und Philip vor, und ihre Hände umschlossen sich wieder, mit einem Blick wehmütiger Zufriedenheit, wie von Freunden, die sich in Erinnerung kürzlich erlittenen Leides begegnen.

»Ich habe meinem Bruder gesagt, daß ich dich sehen wollte, Philip; ich bat ihn, mich von meinem Versprechen zu entbinden, und er willigte ein.«

Maggie in ihrer Impulsivität wollte, daß Philip sogleich wüßte, welches Verhältnis zueinander sie einhalten müßten, aber sie hielt sich zurück. Die Dinge, die geschehen waren, seit er von seiner Liebe zu ihr gesprochen hatte, waren so schmerzlich, daß sie davor zurückschreckte, die erste zu sein, die darauf anspielte. Es schien schon

beinahe wie eine Kränkung Philips, auch nur ihren Bruder zu erwähnen – ihren Bruder, der ihn beleidigt hatte. Aber er dachte so ausschließlich an sie, daß er im Augenblick für nichts anderes empfänglich war.
»Dann können wir wenigstens Freunde sein, Maggie? Es gibt nichts, das uns jetzt daran hindern könnte?«
»Wird nicht dein Vater dagegen sein?« sagte Maggie und zog ihre Hand zurück.
»Ich würde dich aus keinem anderen Grund als auf deinen eigenen Wunsch hin aufgeben, Maggie«, sagte Philip, während ihm die Röte ins Gesicht stieg. »Es gibt Punkte, in denen ich mich immer meinem Vater widersetzen würde, wie ich dir oft gesagt habe. Und dies ist einer.«
»Dann gibt es nichts, das uns hinderte, Freunde zu sein, Philip – einander zu sehen und miteinander zu sprechen, während ich hier bin; ich werde bald wieder fortgehen. Ich habe vor, bald zu gehen und eine neue Stellung anzunehmen.«
»Ist das unvermeidlich, Maggie?«
»Ja, ich darf nicht lange hierbleiben. Es würde mich für das Leben verderben, das ich schließlich wieder beginnen muß. Ich kann nicht in Abhängigkeit leben, ich kann nicht bei meinem Bruder leben, obwohl er sehr gut zu mir ist. Er würde gern für mich sorgen, aber das wäre mir unerträglich.«
Philip schwieg einige Augenblicke und sagte dann mit der hohen, schwachen Stimme, die bei ihm die entschlossene Unterdrückung von Emotionen anzeigte:
»Gibt es keine andere Wahl, Maggie? Ist das Leben fern von denen, die dich lieben, das einzige, dem entgegenzusehen du dir gestatten willst?«
»Ja, Philip«, sagte sie und sah ihn flehend an, als bäte sie ihn zu glauben, daß sie zu diesem Handeln gezwungen sei. »Wenigstens, wie die Dinge liegen; ich weiß nicht, was in späteren Jahren sein wird. Aber ich beginne zu denken, daß Lieben mir nie viel Glück bringen wird. Es

hat sich mir immer so viel Schmerz darein gemischt. Ich wünschte, ich könnte mir eine Welt außerhalb davon schaffen, wie Männer es tun.«
»Ach, du kehrst nur zu deinem alten Gedanken in einer neuen Form zurück, Maggie – dem Gedanken, den ich immer bekämpft habe«, sagte Philip mit einem leichten Anflug von Bitterkeit. »Du willst eine Weise der Entsagung finden, die eine Flucht vor dem Schmerz sein wird. Ich sage es dir wiederum, eine solche Flucht ist nicht möglich, außer wenn man seine Natur pervertiert oder verstümmelt. Was würde aus mir werden, wenn ich dem Schmerz zu entfliehen versuchte? Verachtung und Zynismus wären mein einziges Opium, wenn ich nicht irgendeinem dünkelhaften Wahnsinn verfallen könnte und mir vorstellen, ein Liebling des Himmels zu sein, weil ich kein Liebling bei den Menschen bin.«
Die Bitterkeit hatte einige Heftigkeit angenommen, während Philip zu sprechen fortfuhr; die Worte waren offensichtlich sowohl Ausdruck eines unmittelbaren eigenen Gefühls als auch eine Antwort für Maggie. Ein Schmerz lastete in diesem Augenblick auf ihm. Er scheute sich mit stolzem Feingefühl vor einer noch so verhaltenen Anspielung auf die Worte der Liebe – der bindenden Liebe –, die zwischen ihnen gefallen waren. Es wäre ihm vorgekommen, als erinnere er Maggie an ein Versprechen; es hätte für ihn etwas von der Niedrigkeit des Zwanges gehabt. Er konnte nicht bei der Tatsache verweilen, daß er selbst unverändert sei, denn auch das hätte den Anschein einer Forderung gehabt. Seine Liebe zu Maggie war, mehr noch als all seine übrige Erfahrung, durch die übertriebene Empfindung geprägt, daß er eine Ausnahme war – daß sie, daß jedermann ihn in diesem Licht, als eine Ausnahme, betrachtete.
Doch Maggie schlug das Gewissen.
»Ja, Philip«, sagte sie in ihrer kindlichen Zerknirschung, wie immer, wenn er sie getadelt hatte, »du hast recht, ich weiß es. Ich denke immer zu viel an meine eigenen

Gefühle und nicht genug an die anderer – nicht genug an deine. Ich bedürfte deiner ständig, daß du mich zurechtweisen und belehren könntest, so viele Dinge haben sich bewahrheitet, die du mir immer gesagt hast.«

Maggie stützte ihren Ellenbogen auf den Tisch, lehnte den Kopf auf die Hand und sah Philip mit halb reuiger, hilfesuchender Zuneigung an, als sie dies sagte, während er ihren Blick mit einem Ausdruck erwiderte, der, wie ihr auffiel, allmählich weniger vage wurde, der sich mit einer bestimmten Erinnerung füllte. War auch sein Sinn zu etwas zurückgeschweift, an das *sie* sich jetzt erinnerte? Etwas von einem Liebhaber Lucys? Es war ein Gedanke, der sie erschauern ließ, er gab ihrer gegenwärtigen Lage und der Tendenz dessen, was sich am Abend zuvor ereignet hatte, neue Bestimmtheit. Sie nahm ihren Arm vom Tisch, denn jener physische Druck auf dem Herzen, der bisweilen einen plötzlichen seelischen Schmerz begleitet, drängte sie, ihre Haltung zu verändern.

»Was ist, Maggie? Ist etwas geschehen?« sagte Philip mit unaussprechlicher Angst, da seine Vorstellung nur zu bereit war, sich all das auszuspinnen, was für sie beide verhängnisvoll wäre.

»Nein – nichts«, sagte Maggie und nahm ihre ganze Willenskraft zusammen. Der verhaßte Gedanke durfte Philip gar nicht erst in den Sinn kommen, sie wollte ihn aus ihrem eigenen verbannen. »Nichts«, wiederholte sie, »außer in mir selbst. Du hast immer gesagt, ich würde die Wirkung meines ausgehungerten Lebens, wie du es nanntest, spüren, und das tue ich. Ich bin zu begierig in meinem Genuß der Musik und all des Luxus, nun da ich sie habe.«

Sie nahm ihre Arbeit auf und beschäftigte sich entschlossen, während Philip sie beobachtete, im Zweifel darüber, ob nicht noch mehr in ihr vorginge, als dieser allgemeine Hinweis besagte. Es lag ganz in Maggies Charakter, durch einen unbestimmten Selbstvorwurf erregt zu sein. Doch bald darauf ertönte ein heftiges, wohlbekanntes Läuten an der Tür, so daß es durchs Haus hallte.

»Oh, was für eine aufschreckende Ankündigung!« sagte Maggie, ganz Herr ihrer selbst, gleichwohl nicht ohne ein inneres Beben. »Wo ist nur Lucy?«

Lucy war nicht taub für das Signal gewesen, und nach einer Pause, die lang genug für einige besorgte, aber nicht hastige Erkundigungen war, geleitete sie Stephen selbst herein.

»Nun, alter Freund«, sagte er, ging geradewegs auf Philip zu und schüttelte ihm herzlich die Hand, während er sich im Vorbeigehen vor Maggie verbeugte, »es ist phantastisch, daß wir Sie wiederhaben; ich wünschte nur, Sie würden sich etwas weniger wie ein Sperling, der auf dem Dache wohnt, aufführen und nicht ständig ein- und ausgehen, ohne es die Dienstboten wissen zu lassen. Dies war schon ungefähr das zwanzigste Mal, daß ich die endlosen Treppen zu Ihrem Atelier hinaufspringen mußte, und ganz ohne Grund, nur weil Ihre Leute dachten, Sie wären daheim. So etwas verdirbt die Freundschaft.«

»Ich habe so wenige Besucher, daß es sich kaum zu lohnen scheint, Bescheid zu sagen, wann ich gehe und komme«, sagte Philip und fühlte sich gerade jetzt erdrückt von Stephens strahlender, starker Gegenwart und starker Stimme.

»Wie geht es Ihnen heute morgen, Miss Tulliver?« sagte Stephen, wandte sich Maggie mit steifer Höflichkeit zu und gab ihr die Hand mit dem Ausdruck, eine gesellschaftliche Pflicht zu erfüllen.

Maggie reichte ihm die Fingerspitzen und sagte in einem Ton stolzer Gleichgültigkeit: »Danke, recht gut.« Philips Augen beobachteten sie scharf, doch Lucy war es gewohnt, Unterschiede in ihrem Verhalten zueinander zu sehen und dachte nur mit Bedauern, daß eine natürliche Antipathie zwischen ihnen bestehe, die gelegentlich ihren beiderseitigen guten Willen überstieg. »Maggie ist nicht die Art von Frau, die Stephen bewundert, und sie ist durch etwas an ihm gereizt, das sie als Einbildung deutet«, war die schweigende Beobachtung, die für die arglose Lucy alles erklärte. Stephen und Maggie hatten diese absichtlich formelle Begrüßung kaum beendet, als sich jeder durch die Kälte des anderen verletzt fühlte. Und Stephen dachte, während er weiterschwatzte und Philip lauter Fragen über seine Zeichenexkursion stellte, nur um so mehr an Maggie, weil er sie nicht in die Unterhaltung einbezog, wie er es sonst unweigerlich getan hätte. »Maggie und Philip sehen nicht glücklich aus«, dachte Lucy, »dieses erste Gespräch hat sie traurig gemacht.«

»Ich glaube, daß wir, die wir nicht galoppiert sind«, sagte sie zu Stephen, »durch den Regen alle ein wenig gedämpft sind. Wollen wir nicht etwas Musik machen? Wir sollten die Gelegenheit nutzen, Sie und Philip zusammen hierzuhaben. Singen Sie uns das Duett aus *Masaniello*[18]. Maggie hat es noch nicht gehört, und ich weiß, daß es ihr gefallen wird.«

»Also los«, sagte Stephen, ging zum Flügel und gab einen Vorgeschmack auf die Melodie in seinen tiefen Brummtönen, was sehr nett anzuhören war.

»Sie, Philip – Sie spielen bitte die Begleitung«, sagte Lucy, »dann kann ich mit meiner Arbeit fortfahren. Sie möchten doch spielen, nicht wahr?« fügte sie mit einem hübschen, fragenden Blick hinzu, wie immer besorgt, daß sie etwas vorgeschlagen haben könnte, das dem anderen nicht recht sei, andererseits aber sehnte sie sich nach ihrer unfertigen Stickerei.

Philips Miene hatte sich bei dem Vorschlag aufgehellt, denn es gibt wohl kein Gefühl, außer der äußersten Furcht und dem tiefsten Leid, das nicht durch Musik Erleichterung fände, das einen Menschen nicht besser singen oder spielen ließe, und Philip besaß in diesem

Augenblick ein Übermaß an aufgestauter Empfindung, so vielschichtig wie jedes Trio oder Quartett, das jemals Liebe und Eifersucht, Resignation und grimmigen Argwohn ausdrücken sollte, alles zur gleichen Zeit.

»O ja«, sagte er und setzte sich an den Flügel, »so kann man sein unvollkommenes Leben ergänzen und drei Menschen gleichzeitig sein – singen und das Klavier singen lassen und sie zugleich beide hören – oder auch singen und malen.«

»Ach, da sind Sie ein beneidenswerter Mensch. Ich kann nichts mit meinen Händen tun«, sagte Stephen. »Das sagt man allgemein über Männer von großer administrativer Fähigkeit, glaube ich. Eine Tendenz der gedanklichen Kräfte in mir zu dominieren. Haben Sie das noch nicht bemerkt, Miss Tulliver?«

Stephen war versehentlich wieder in diese Gewohnheit der scherzhaften Anrede Maggies gefallen, und sie konnte ein Erröten und eine schlagfertige Erwiderung nicht unterdrücken.

»Allerdings habe ich eine Tendenz zum Dominieren bemerkt«, sagte sie lächelnd, und Philip hoffte in diesem Augenblick inbrünstig, daß sie diese Tendenz unangenehm fände.

»Kommen Sie«, sagte Lucy, »Musik, Musik! Wir wollen unsere jeweiligen Qualitäten ein anderes Mal diskutieren.«

Maggie versuchte immer vergebens weiterzuarbeiten, wenn die Musik begann. Heute versuchte sie es mehr denn je, denn der Gedanke, daß Stephen wußte, wie viel ihr an seinem Singen lag, erweckte nicht mehr einen nur scherzhaften Widerstand, und sie wußte auch, daß es seine Gewohnheit war, sich immer so zu stellen, daß er sie ansehen konnte. Doch es hatte keinen Zweck; bald schon warf sie ihre Arbeit nieder, und all ihre Absichten waren verloren in dem unbestimmten Zustand, der durch das beseelende Duett hervorgerufen wurde – ein Gefühl, das sie zugleich stark und schwach zu machen schien:

stark für allen Genuß, schwach für allen Widerstand. Als die Melodie in Moll überging, durchzuckte sie dieser Wechsel so, daß sie beinahe von ihrem Platz auffuhr. Arme Maggie! Sie sah sehr schön aus, wenn die unerbittliche Macht des Klanges so mit ihrer Seele verfuhr. Ein kaum wahrnehmbares Beben ging durch ihre ganze Gestalt, als sie sich ein wenig nach vorn lehnte und ihre Hände einander umschlangen, wie um sich selbst Halt zu geben, während ihre Augen sich weiteten und aufstrahlten in dem großen, kindlichen Ausdruck des staunenden Entzückens, der in ihren glücklichsten Augenblicken immer zu ihr zurückkehrte. Lucy, die sonst immer am Flügel gesessen hatte, wenn Maggie so aussah, konnte dem Impuls nicht widerstehen, leise zu ihr zu gehen und sie zu küssen. Auch Philip konnte ein paarmal am offenen Notenbuch auf dem Pult vorbei einen Blick auf sie werfen und fühlte, daß er sie nie unter einem so starken Einfluß gesehen hatte.

»Mehr, mehr!« sagte Lucy, als das Duett zum zweiten Mal gesungen worden war. »Wieder etwas Lebhaftes. Maggie sagt immer, sie mag brausenden Klang.«

»Dann muß es ›Laßt uns die Straße gehn‹[19] sein«, sagte Stephen, »das ist so passend für einen verregneten Morgen. Aber sind Sie bereit, die geheiligtesten Pflichten des Lebens aufzugeben und zu kommen, um mit uns zu singen?«

»O ja«, sagte Lucy lachend, »wenn Sie die *Bettleroper* aus dem großen Notenständer heraussuchen wollen. Sie hat einen bräunlichen Einband.«

»Das ist ein hervorragender Hinweis, wenn man bedenkt, daß hier etwa zwei Dutzend Einbände von konkurrierender Bräunlichkeit sind«, sagte Stephen und zog den Notenständer hervor.

»Oh, spielen Sie inzwischen etwas, Philip«, sagte Lucy, die bemerkte, daß seine Finger über die Tasten wanderten. »Was ist es, das Ihnen da einfällt, etwas Reizendes, das ich nicht kenne?«

»Kennen Sie das nicht?« sagte Philip und ließ die Melodie deutlicher hervortreten. »Es ist aus der *Nachtwandlerin*[20] – ›Ah! perchè non posso odiarti.‹ Ich kenne die Oper nicht, aber es scheint, daß der Tenor der Heldin sagt, daß er sie immer lieben wird, mag sie ihn auch verlassen. Sie haben es mich schon mit dem englischen Text ›I love thee still‹ singen hören.«
Es war nicht ganz unabsichtlich, daß Philip auf dieses Lied verfallen war, das für Maggie ein indirekter Ausdruck dessen sein könnte, was ihr direkt zu sagen er nicht über sich brachte. Ihr Ohr war offen für das, was er sagte, und als er zu singen begann, verstand sie die klagende Leidenschaft der Musik. Der flehende Tenor war als Stimme nicht hervorragend, aber er war ihr nicht gänzlich neu, er hatte ihr auf verhaltene Weise Teile von Melodien vorgesungen auf den grasbewachsenen Wegen und Mulden und unter der herabhängenden Esche im Roten Grund. Es schien ein Vorwurf in den Worten zu liegen – meinte Philip es so? Sie wünschte, sie hätte ihm bei ihrem Gespräch deutlicher versichert, daß sie die Hoffnung auf Liebe zwischen ihnen nicht erneuern wollte, einzig und allein, weil es ihren unausweichlichen Umständen zuwiderlief. Sie war bewegt, doch nicht gepackt von dem Lied, es ließ deutliche Erinnerungen und Gedanken aufkommen und brachte ruhiges Bedauern anstelle von Erregung.
»So ist das mit euch Tenören«, sagte Stephen, der mit Noten in der Hand wartete, während Philip das Lied zu Ende brachte. »Ihr demoralisiert das schöne Geschlecht, indem ihr eure sentimentale Liebe und Treue unter allerlei niederträchtiger Behandlung heraussträllert. Nichts Geringeres, als wenn eure Köpfe auf Tellern serviert würden, wie der dieses mittelalterlichen Tenors oder Troubadours, würde euch davon abhalten, eure gänzliche Ergebenheit zum Ausdruck zu bringen. Ich muß ein Gegengift anwenden, während Miss Deane sich anschickt, sich von ihren Garnröllchen loszureißen.«

Stephen schmetterte dreist drauflos:

»Soll ich verzweifelnd denn vergehn,
Nur weil eine Frau ist schön?«[21]

und schien die Luft im Zimmer unter einem neuen Einfluß lebendig zu machen. Lucy, die immer stolz auf das war, was Stephen tat, ging zum Flügel, wobei sie ihm lachende, bewundernde Blicke zuwarf, und Maggie wurde trotz ihres Widerstands gegen den Geist des Liedes und den Sänger von dem unsichtbaren Einfluß ergriffen und geschüttelt und auf einer Welle weitergetragen, die zu stark für sie war.

Doch ärgerlich entschlossen, sich nicht zu verraten, griff sie nach ihrer Arbeit, machte weiter falsche Stiche, stach sich mit Ausdauer in die Finger und sah nicht auf oder nahm auch nur Notiz von dem, was vorging, bis alle drei Stimmen vereint waren in »Laßt uns die Straße gehn«.

Ich fürchte, sie hätte eine feine, verstohlene Genugtuung verspürt, wenn sie gewußt hätte, wie gänzlich dieser dreiste, herausfordernde Stephen mit ihr beschäftigt war, wie sich der Entschluß, sie mit zur Schau gestellter Gleichgültigkeit zu behandeln, im Nu in einen quälenden Wunsch nach einem Zeichen der Zuneigung von ihr verwandelte, nach dem Austausch eines leisen Wortes oder Blickes mit ihr. Es dauerte nicht lange, bis er eine Gelegenheit fand, als sie zu der Musik aus dem *Sturm*[22] übergegangen waren. Maggie benötigte einen Fußschemel und ging durchs Zimmer, um einen zu holen, als Stephen, der gerade nicht sang und jede ihrer Bewegungen wahrnahm, ihren Wunsch erriet und eilte, ihr zuvorzukommen, wobei er den Fußschemel mit einem bittenden Ausdruck hochhob, der es ihr unmöglich machte, ihn nicht durch einen Blick der Dankbarkeit zu erwidern. Und überdies, einen Fußschemel sorgsam zurechtgerückt zu bekommen von einer allzu selbstbewußten Person – nicht irgendeiner selbstbewußten Person, sondern einer bestimmten, jemandem, der plötzlich demütig und besorgt dreinschaut und, noch immer vorgebeugt, ein wenig verweilt, um zu fragen, ob es dort zwischen dem Fenster und dem Kamin nicht ein wenig zugig sei und ob er nicht den Arbeitstisch für sie verrücken dürfe – all diese Dinge rufen etwas von der allzu bereitwilligen, verräterischen Zärtlichkeit in die Augen einer Frau, die gezwungen ist, in ihrer Mädchenzeit ihre Lektionen fürs Leben in einer ganz trivialen Sprache zu lernen. Und für Maggie waren solche Dinge keine Alltäglichkeiten gewesen, sondern stellten ein neues Element in ihrem Leben dar, so daß ihr Bedürfnis nach Huldigung noch ganz frisch war. Der Ton zarter Besorgtheit ließ sie in das Gesicht sehen, das ihr zugeneigt war, und »Nein, danke schön« sagen, und nichts konnte verhindern, daß der gegenseitige Blick beiden köstlich war, wie am Abend zuvor.

Es war nur ein gewöhnlicher Akt der Höflichkeit von Stephen, er hatte kaum zwei Minuten beansprucht, und Lucy, die sang, bemerkte ihn kaum. Aber für Philip, dessen Sinn bereits von einer undeutlichen Angst erfüllt war, die sich einen triftigen Grund in jeder nichtigen Begebenheit suchte, schien dieser plötzliche Eifer in Stephen und der Wandel in Maggies Gesicht, das offensichtlich ein Strahlen des seinen widerspiegelte, ein so starker Kontrast zu den vorherigen angestrengten Zeichen der Gleichgültigkeit zu sein, daß er schmerzliche Bedeutung annehmen konnte. Stephens Stimme, die wieder einfiel, war ein solcher Mißklang für seine gereizten Nerven, als wäre es das Geklirr von Eisenblech, und er war geneigt, den Flügel in äußerster Disharmonie kreischen zu lassen. Er hatte wirklich keinen greifbaren Anlaß gesehen, um ein besonderes Gefühl zwischen Stephen und Maggie zu argwöhnen; sein eigener Verstand sagte ihm das, und er wollte sogleich nach Hause gehen, damit er mit kühlem Kopf über diese falschen Bilder nachdenken könnte, bis er sich von deren Nichtigkeit überzeugt hätte. Aber dann wollte er auch wieder bleiben, so lange wie Stephen blieb – wollte immer zugegen sein, wenn Stephen und Maggie zusammen waren. Es schien dem armen Philip so natürlich, nein, so unausweichlich, daß jeder Mann in Maggies Nähe sich in sie verlieben mußte. Es lag kein Versprechen von Glück für sie darin, wenn sie verleitet würde, Stephen Guest zu lieben, und dieser Gedanke machte Philip so kühn, seine eigene Liebe zu ihr im Licht eines weniger ungleichen Anerbietens zu betrachten. Er begann unter diesem taubmachenden inneren Aufruhr ganz falsch zu spielen, und Lucy sah ihn mit Erstaunen an, als das Eintreten von Mrs. Tulliver, die sie zum Mittagessen rufen wollte, eine Entschuldigung bot, um die Musik abrupt abzubrechen.

»Ah, Mr. Philip«, sagte Mr. Deane, als sie ins Speisezimmer traten, »ich habe Sie lange nicht gesehen. Ihr Vater ist wohl nicht zu Hause, nicht wahr? Ich wollte ihn kürzlich in seinem Büro sprechen, und man sagte, er sei nicht in der Stadt.«

»Er war geschäftlich einige Tage in Mudport«, sagte Philip, »aber er ist jetzt wieder zurück.«

»Und hat er noch immer sein Steckenpferd, die Landwirtschaft, so gern?«

»Ich glaube, ja«, sagte Philip, ein wenig verwundert über dieses plötzliche Interesse an den Angelegenheiten seines Vaters.

»Ah!« sagte Mr. Deane. »Er hat eignes Land sowohl auf dieser Seite des Flusses wie auch auf der andern, nicht wahr?«

»Ja, das stimmt.«

»Ah!« fuhr Mr. Deane fort, als er die Taubenpastete verteilte. »Die Landwirtschaft muß ihm wohl ein gewichtiger Posten sein, ein teures Steckenpferd. Ich selbst hatte nie ein Steckenpferd, würde mich nie drauf einlassen. Und die schlimmsten von allen sind die, von denen die Leute denken, daß sie Geld einbringen. Das

Geld rinnt ihnen dann durch die Finger wie Korn aus dem Sack.«

Lucy wurde ein wenig nervös bei der anscheinend grundlosen Kritik ihres Vaters an Mr. Wakems Ausgaben. Doch Mr. Deane ließ hier davon ab und wurde ungewöhnlich schweigsam und nachdenklich während des Essens. Lucy, die es gewohnt war, alle Anzeichen bei ihrem Vater zu beobachten, und die erst kürzlich bestärkte Gründe für ein zusätzliches Interesse an allem hatte, was die Wakems anging, fühlte eine ungewöhnliche Neugier zu erfahren, was ihren Vater zu seinen Fragen bewogen hatte. Sein darauffolgendes Schweigen ließ sie argwöhnen, daß er einen besonderen Grund dafür gehabt hatte.

Mit diesen Gedanken im Kopf nahm sie Zuflucht zu ihrer üblichen Strategie, wenn sie ihrem Vater etwas Bestimmtes sagen oder ihn etwas fragen wollte; sie fand einen Grund für ihre Tante Tulliver, das Speisezimmer nach dem Abendessen zu verlassen, und setzte sich auf einen kleinen Schemel nahe ihres Vaters Knie. Mr. Deane fand unter diesen Umständen, daß er die angenehmsten Augenblicke verkostete, die seine Verdienste ihm im Leben erworben hatten, ungeachtet der Tatsache, daß Lucy, die ihr Haar nicht gern von Schnupftabak gepudert haben wollte, sich bei solchen Gelegenheiten gewöhnlich zunächst einmal seiner Tabaksdose bemächtigte.

»Du möchtest doch jetzt noch nicht schlafen, Papa, nicht wahr?« sagte sie, als sie ihren Schemel herangerückt und die großen Finger aufgebogen hatte, die die Schnupftabaksdose festhielten.

»Noch nicht«, sagte Mr. Deane und warf einen Blick auf die Entschädigung in der Karaffe. »Aber was möchtest *du*?« fügte er hinzu und kniff zärtlich in ihr Grübchenkinn. »Mir noch ein paar Sovereigns für deinen Bazar aus der Tasche schmeicheln, hm?«

»Nein, ich habe heute überhaupt keine niederen Motive.

Ich möchte nur plaudern, nicht betteln. Ich möchte wissen, Papa, was dich veranlaßt hat, Philip Wakem heute nach der Landwirtschaft seines Vaters zu fragen? Es schien recht merkwürdig, weil du sonst kaum etwas zu ihm über seinen Vater sagst, und warum sollte es dich kümmern, wenn Mr. Wakem durch sein Steckenpferd Geld verliert?«

»Hat was mit dem Geschäft zu tun«, sagte Mr. Deane und wedelte mit der Hand, wie um ein Eindringen in dieses Geheimnis abzuwehren.

»Aber, Papa, du sagst doch immer, daß Mr. Wakem Philip wie ein Mädchen erzogen hat, wie kam es, daß du dachtest, du könntest von ihm Geschäftliches erfahren? Diese abrupten Fragen hörten sich recht merkwürdig an. Philip fand sie sonderbar.«

»Unsinn, Kind!« sagte Mr. Deane, gewillt, sein gesellschaftliches Verhalten zu rechtfertigen, das ihn auf seinem Weg nach oben einige Mühe gekostet hatte. »Man sagt, daß Wakems Mühle und Hof auf der anderen Seite des Flusses – die Dorlcoter Mühle, weißt du, von deinem Onkel Tulliver – sich nicht mehr so gut rentieren wie früher. Ich wollte sehen, ob dein Freund Philip etwas darüber verlauten lassen würde, daß sein Vater der Landwirtschaft überdrüssig sei.«

»Warum? Würdest du die Mühle kaufen, Papa, wenn er sich davon trennen wollte?« sagte Lucy eifrig. »Oh, erzähl mir alles – hier, du sollst auch deine Tabaksdose haben, wenn du es mir erzählst. Weil Maggie sagt, es läge ihnen allen so am Herzen, daß Tom die Mühle eines Tages wiederbekommt. Es war eines der letzten Dinge, die ihr Vater zu Tom sagte, daß er die Mühle zurückbekommen müßte.«

»Pst, kleine Puss«, sagte Mr. Deane und bediente sich aus der wiedererlangten Schnupftabaksdose. »Du darfst kein Wort über diese Sache sagen – hörst du? Es besteht kaum eine Chance, daß sie die Mühle bekommen oder daß jemand anders sie Wakem aus der Hand nehmen kann. Und wenn er wüßte, daß wir sie im Hinblick darauf wollten, daß die Tullivers sie wiederbekämen, dann würde er sich noch weniger davon trennen. Es ist natürlich, nach dem was geschehen ist. Er hat sich Tulliver gegenüber vorher anständig genug benommen, aber Prügel mit der Pferdepeitsche bezahlt man wohl nicht mit Zuckerplätzchen.«

»Also, Papa«, sagte Lucy mit einer etwas feierlichen Miene, »willst du mir vertrauen? Du darfst mich nicht nach all den Gründen für das, was ich sagen will, fragen, aber ich habe sehr gute Gründe. Und ich bin sehr vorsichtig – wirklich.«

»Na schön, laß hören.«

»Nun, ich glaube, wenn du zuläßt, daß ich Philip Wakem ins Vertrauen ziehe, mich ihm alles sagen läßt über deinen Wunsch, die Mühle zu kaufen und wofür – daß meine Verwandten sie haben möchten, und warum sie sie haben möchten –, ich glaube, daß Philip uns dann helfen würde, es zu bewerkstelligen. Ich weiß, daß er das sehr gern tun würde.«

»Ich sehe nicht, wie das sein kann, Kind«, sagte Mr. Deane und sah verwirrt drein. »Warum sollte es *ihn* kümmern?« Dann, mit einem plötzlichen, durchdringenden Blick auf seine Tochter: »Du meinst doch nicht, daß der arme Junge dir zugetan ist und du ihn deshalb tun lassen kannst, was du möchtest?« (Über die Zuneigungen seiner Tochter war sich Mr. Deane ganz sicher.)

»Nein, Papa; er macht sich nicht viel aus mir, nicht so viel wie ich mir aus ihm. Aber ich habe einen Grund dafür, dessen, was ich sage, ganz sicher zu sein. Frag mich nicht. Und wenn du es je errätst, dann sag es mir nicht. Gib mir nur die Erlaubnis zu tun, was ich für richtig halte.«

Lucy stand von ihrem Schemel auf, um sich auf ihres Vaters Knie zu setzen und küßte ihn bei dieser letzten Bitte.

»Bist du denn sicher, daß du kein Unheil anrichten wirst?« sagte er und betrachtete sie mit Entzücken.
»Ja, Papa, ganz sicher. Ich bin sehr weise, ich habe all dein geschäftsmännisches Talent. Hast du nicht mein Ausgabenbuch bewundert, als ich es dir zeigte?«
»Nun schön, wenn der junge Mann es für sich behält, dann können wir nicht viel Schaden anrichten. Und um die Wahrheit zu sagen, ich glaube, auf anderem Wege haben wir sowieso kaum Chancen. Und nun laß mich ein Schläfchen halten.«

Kapitel 8

Wakem in neuem Licht

Bevor noch drei Tage nach dem Gespräch zwischen Lucy und ihrem Vater, das man soeben mitanhören konnte, vergangen waren, hatte sie es fertiggebracht, Philip allein zu sprechen, während Maggie ihrer Tante Glegg einen Besuch machte. Einen Tag und eine Nacht lang ging Philip all das, was Lucy ihm in diesem Gespräch gesagt hatte, in ruheloser Erregung im Kopf herum, bis er sich die Art seines Vorgehens genau überlegt hatte. Er meinte jetzt eine Möglichkeit vor sich zu sehen, die Lage im Hinblick auf Maggie zu ändern und wenigstens ein Hindernis zwischen ihnen zu beseitigen. Er entwickelte seinen Plan und berechnete jeden Zug mit der fieberhaften Überlegung eines Schachspielers in den Tagen der ersten Begeisterung und war selbst überrascht über sein plötzliches Genie als Taktiker. Sein Plan war ebenso kühn wie gründlich berechnet. Nachdem er auf einen Augenblick gelauert hatte, in dem sein Vater nichts Dringenderes zur Hand hatte als die Zeitung, stellte er sich hinter ihn, legte eine Hand auf seine Schulter und sagte:
»Vater, willst du in mein Heiligtum kommen und dir

meine neuen Skizzen ansehen? Ich habe sie jetzt zusammengestellt.«
»Ich werde schrecklich steif in den Gelenken, Phil, um noch deine Treppen hinaufzuklettern«, sagte Wakem und sah seinen Sohn freundlich an, während er seine Zeitung hinlegte. »Aber na gut, komm.«
»Dies ist doch ein schöner Raum für dich, nicht wahr, Phil? Ein phantastisches Oberlicht, was?« war wie gewöhnlich das erste, was er sagte, als er das Atelier betrat. Er liebte es, sich und auch seinen Sohn daran zu erinnern, daß seine väterliche Güte diese Räumlichkeit ermöglicht hatte. Er war ein guter Vater gewesen. Emily würde ihm da nichts vorzuwerfen haben, falls sie aus ihrem Grabe zurückkehren würde.
»Sieh mal an«, sagte er, klemmte seinen Kneifer auf die Nase und setzte sich, um sich erst einmal einen Überblick zu verschaffen, während er sich ausruhte, »du hast eine erstklassige Ausstellung hier. Wahrhaftig, ich sehe nicht, warum deine Sachen nicht so gut sein sollen wie die von diesem Londoner Künstler – wie heißt er noch –, für die Leyburn so viel Geld ausgegeben hat.«
Philip schüttelte den Kopf und lächelte. Er hatte sich auf seinen Malerschemel gesetzt und einen Bleistift in die Hand genommen, mit dem er kräftige Striche machte, um dem Beben, das er spürte, entgegenzuwirken. Er beobachtete seinen Vater, wie er aufstand und langsam herumging und gutmütig viel länger bei den Bildern verweilte, als sein Maß an echtem Gefallen an Landschaften verlangt hätte, bis er vor einem Ständer stehenblieb, wo zwei Bilder aufgestellt waren – eines sehr viel größer als das andere – das kleinere in einem Lederfutteral.
»Herrje, was hast du denn hier?« sagte Wakem, überrascht durch einen plötzlichen Übergang von Landschaften zu Porträts. »Ich dachte, du maltest keine Figuren mehr. Wer sind die beiden?«
»Es ist dieselbe Person«, sagte Philip sofort ganz ruhig, »in verschiedenem Alter.«

»Und welche Person?« sagte Wakem und richtete seine Augen mit wachsendem Argwohn scharf auf das größere Bild.
»Miss Tulliver. Das kleine zeigt ungefähr, wie sie war, als ich mit ihrem Bruder in King's Lorton zur Schule ging, das größere ist ein nicht ganz so gutes Abbild von ihr, wie sie war, als ich aus dem Ausland zurückkam.«
Wakem drehte sich mit zornrotem Gesicht heftig um, ließ seinen Kneifer fallen und sah seinen Sohn mit einem solch wilden Blick an, als sei er bereit, diese dreiste Schwachheit vom Schemel zu schlagen. Aber er warf sich wieder in den Sessel und schob die Hände in die Hosentaschen, sah seinen Sohn jedoch noch immer zornig an. Philip erwiderte den Blick nicht, sondern saß ruhig da und betrachtete die Spitze seines Bleistiftes.
»Und willst du damit sagen, daß du mit ihr verkehrt hast, seit du aus dem Ausland zurückkamst?« sagte Wakem schließlich mit jener vergeblichen Anstrengung der Wut, so viel Strafe, wie sie verhängen möchte, in Wort und Tonfall zu legen, da Schläge versagt sind.
»Ja; ich sah sie sehr häufig ein ganzes Jahr lang vor ihres Vaters Tod. Wir trafen uns oft in dem Dickicht – dem Roten Grund – bei der Dorlcoter Mühle. Ich habe sie sehr lieb; ich werde nie eine andere Frau lieben. Ich habe immer an sie gedacht, seit sie ein kleines Mädchen war.«
»Nur weiter, Sir. Du hast also die ganze Zeit mit ihr korrespondiert?«
»Nein. Ich habe ihr nie gesagt, daß ich sie liebe, bis kurz bevor wir uns trennten, und sie versprach ihrem Bruder, mich nicht wiederzusehen oder mit mir zu korrespondieren. Ich bin nicht sicher, ob sie mich liebt oder ob sie einwilligen würde, mich zu heiraten. Aber wenn sie einwilligen würde, wenn sie mich wirklich so sehr liebte, dann würde ich sie heiraten.«
»Und so vergiltst du mir all die Beweise meiner Güte, mit denen ich dich überhäuft habe?« sagte Wakem und

wurde weiß und zitterte aus einem rasenden Gefühl der Ohnmacht heraus gegenüber Philips ruhiger Herausforderung und Zielstrebigkeit.

»Nein, Vater«, sagte Philip und sah ihn zum ersten Mal an. »Ich betrachte es nicht als Vergeltung. Du warst mir ein gütiger Vater, aber ich habe immer gefühlt, daß es war, weil du den liebevollen Wunsch hattest, mir so viel Glück zu schenken, wie mein unglückseliges Los zulassen würde, und nicht, daß es eine Schuld wäre, von der du erwartest, daß ich sie unter Aufopferung aller Chancen des Glücks zurückzahle, um Gefühle von dir zu befriedigen, die ich niemals teilen kann.«

»Ich glaube, daß die meisten Söhne die Gefühle ihres Vaters in diesem Fall teilen würden«, sagte Wakem bitter. »Der Vater des Mädchens war ein törichter, wahnsinniger Rohling, der mich um ein Haar ermordet hätte. Die ganze Stadt weiß das. Und der Bruder ist genauso unverschämt, nur auf kühlere Art. Er verbot ihr, dich zu sehen, sagst du; er wird dir zu deinem größeren Glück alle Knochen im Leib brechen, wenn du nicht achtgibst. Aber du scheinst entschlossen zu sein; du hast dir die Konsequenzen ausgerechnet, nehme ich an. Natürlich bist du unabhängig von mir; du kannst dieses Mädchen morgen heiraten, wenn du willst; du bist ein Mann von fünfundzwanzig, du kannst deinen eignen Weg gehen, und ich gehe den meinen. Wir brauchen nichts mehr miteinander zu tun zu haben.«

Wakem erhob sich und ging zur Tür, aber etwas hielt ihn zurück, und anstatt den Raum zu verlassen, ging er darin auf und ab. Philip ließ sich Zeit mit der Antwort, und als er sprach, war in seinem Ton eine noch schneidendere Ruhe und Klarheit als je zuvor.

»Nein, ich kann Miss Tulliver nicht heiraten, selbst wenn sie mich haben wollte, wenn ich nichts als meine eigenen Mittel habe, um sie zu ernähren. Ich habe keinen Beruf erlernt, ich kann ihr nicht Armut *und* Mißbildung anbieten.«

»Ach, *da* liegt wohl der Grund, warum du dich an mich hängst«, sagte Wakem noch immer bitter, obwohl Philips letzte Worte ihm einen Stich gaben; sie hatten ein Gefühl angerührt, das ihm seit einem Vierteljahrhundert Gewohnheit war. Er warf sich wieder in den Sessel.
»Ich habe all dies erwartet«, sagte Philip. »Ich weiß, daß diese Szenen oft zwischen Vater und Sohn vorkommen. Wenn ich wie andere Männer meines Alters wäre, würde ich deinen zornigen Worten vielleicht mit noch zornigeren antworten, wir könnten uns trennen – ich würde die Frau heiraten, die ich liebe, und hätte eine Chance, so glücklich zu sein wie alle anderen. Aber wenn es dir eine Befriedigung ist, gerade das Ziel all dessen, was du für mich getan hast, zunichte zu machen, so hast du einen Vorteil gegenüber den meisten Vätern – du kannst mich des einzigen, das mein Leben lebenswert machen würde, gänzlich berauben.«
Philip machte eine Pause, aber sein Vater schwieg.
»Du weißt am besten, welche Befriedigung du haben würdest neben der, daß du einem lächerlichen Groll Genüge tust, der nur umherziehender Wilder würdig ist.«
»Lächerlicher Groll!« schrie sein Vater. »Was meinst du? Verdammt noch mal! Soll ein Mann sich von einem Grobian peitschen lassen und ihn dafür noch lieben? Außerdem ist da noch der kalte, stolze Teufel von einem Sohn, der ein Wort zu mir sagte, das ich nicht vergessen werde, als wir die Abrechnung machten. Er wäre die hübscheste Zielscheibe für eine Kugel, die ich kenne – wenn er die Ausgabe wert wäre.«
»Ich meine nicht die Abneigung ihnen gegenüber«, sagte Philip, der seine Gründe für ein gewisses mitfühlendes Verständnis für dieses Bild von Tom hatte, »obwohl ein Gefühl der Rache nicht so viel wert ist, daß du dich noch darum kümmern solltest. Ich meine, daß du die Feindseligkeit auf ein hilfloses Mädchen ausdehnst, das viel zu viel Verstand und Güte hat, um deren engstirnige Vorur-

teile zu teilen. *Sie* hat sich nie an dem Familienstreit beteiligt.«

»Was bedeutet das schon? Wir fragen nicht danach, was eine Frau tut, wir fragen, wem sie angehört. Es ist in jeder Hinsicht erniedrigend für dich, daran zu denken, die Tochter des alten Tulliver zu heiraten.«

Zum ersten Mal während der Unterredung verlor Philip etwas von seiner Selbstbeherrschung und wurde rot vor Zorn.

»Miss Tulliver«, sagte er mit schneidender Bitterkeit, »ist von so einzigartigem Rang, daß nur gemeine Torheit ihn für Mittelklasse halten kann; sie ist fein gebildet, und ihre Angehörigen sind, was immer sonst sie sein mögen, wegen untadeliger Ehre und Integrität geachtet. Ganz St. Ogg's, so meine ich, würde sie für mehr als meinesgleichen erklären.«

Wakem warf seinem Sohn einen Blick grimmigen Zweifels zu, aber Philip sah ihn nicht an, sondern fuhr mit einem gewissen Bewußtsein von Reue nach einer kleinen Weile fort, wie um seine letzten Worte noch weiter auszuführen:

»Finde mir eine einzige Person in St. Ogg's, die dir nicht sagen wird, daß ein so schönes Geschöpf wie sie sich an ein bemitleidenswertes Objekt wie mich nur wegwerfen würde.«

»Sie nicht!« sagte Wakem, stand wieder auf und vergaß alles andere in einem Ausdruck empörten Stolzes, der halb väterlich und halb persönlich war. »Es wäre eine verdammt gute Partie für sie. Es ist doch alles Unsinn von einer zufälligen Mißbildung, wenn ein Mädchen wirkliche Zuneigung zu einem hat.«

»Aber Mädchen fassen unter diesen Umständen nicht so leicht Zuneigung zu einem Mann«, sagte Philip.

»Nun denn«, sagte Wakem fast brutal und versuchte, seine vorherige Position wiederzuerlangen, »wenn sie sich nichts aus dir macht, dann hättest du dir die Mühe ersparen können, mit mir über sie zu sprechen, und du hättest mir die Mühe ersparen können, meine Einwilligung zu etwas zu versagen, das sowieso nie stattfinden würde.«

Wakem schritt zur Tür, und ohne sich noch einmal umzusehen, schlug er sie hinter sich zu.

Philip war nicht ohne Zuversicht, daß das, was geschehen war, letztlich doch noch die Wirkung auf seinen Vater haben würde, die er erwartet hatte; aber die Szene hatte seine Nerven strapaziert, die so empfindlich wie die einer Frau waren. Er beschloß, nicht zum Essen hinunterzugehen; er konnte seinem Vater heute nicht noch einmal begegnen. Es war Wakems Angewohnheit, am Abend, wenn er keine Gesellschaft im Hause hatte, noch auszugehen, oft schon um halb acht; und da es bereits spät am Nachmittag war, schloß Philip sein Zimmer ab und machte sich zu einem langen Spaziergang auf, in der Absicht, nicht zurückzukehren, bis sein Vater aus dem Hause wäre. Er nahm ein Boot und fuhr den Fluß hinunter bis zu einem seiner Lieblingsdörfer, wo er aß und noch etwas verweilte, bis es spät genug war, zurückzukehren. Er hatte noch nie irgendeinen Streit mit seinem Vater gehabt und hatte eine üble Furcht, daß dieser Kampf, gerade begonnen, sich noch wochenlang hinziehen könnte – und was mochte in dieser Zeit nicht alles geschehen? Er wollte sich nicht gestatten, näher zu bestimmen, was diese unwillkürliche Frage bedeutete. Aber wenn er erst einmal in der Position sein könnte, Maggies anerkannter und erhörter Liebhaber zu sein, dann wäre da weniger Raum für namenlose Furcht. Er ging wieder in sein Atelier hinauf, warf sich mit einem Gefühl der Ermüdung in den Sessel und sah abwesend auf die Ansichten von Wasser und Felsen, die um ihn herum aufgestellt waren, bis er in einen Schlummer fiel, in dem es ihm vorkam, als glitte Maggie einen glitzernden, grünen, glitschigen Wasserfall hinab und er sähe hilflos zu, bis er von etwas geweckt wurde, das ein plötzliches, schreckliches Krachen zu sein schien.

Es war das Öffnen der Tür, und er konnte kaum mehr als einige Augenblicke eingenickt sein, denn das Abendlicht hatte sich nicht wahrnehmbar verändert. Es war sein Vater, der eintrat, und als Philip aufstehen wollte, um ihm den Sessel zu räumen, sagte er:
»Bleib sitzen, ich gehe lieber umher.«
Er stolzierte ein- oder zweimal im Zimmer auf und ab, und dann, als er Philip wieder gegenüberstand, sagte er, mit den Händen in den Taschen, als setze er eine Unterredung fort, die nicht abgebrochen worden wäre:
»Aber dieses Mädchen scheint dich gern gehabt zu haben, Phil, sonst hätte sie sich doch nicht auf solche Art mit dir getroffen.«
Philips Herz schlug heftig, und ein flüchtiges Erröten ging wie ein Schimmer über sein Gesicht. Es war nicht ganz leicht, sofort zu sprechen.
»Sie mochte mich in King's Lorton, als sie ein kleines Mädchen war, weil ich oft bei ihrem Bruder saß, als er seinen Fuß verletzt hatte. Sie hatte das im Gedächtnis behalten und dachte an mich als an einen Freund von früher. Sie dachte an mich nicht als Liebhaber, als sie sich mit mir traf.«
»Nun, aber schließlich hast du ihr doch gesagt, daß du sie liebtest. Was sagte sie da?« sagte Wakem und ging wieder umher.
»Sie sagte damals, daß sie mich auch liebe.«
»Zum Henker! Was willst du dann mehr? Ist sie so flatterhaft?«
»Sie war damals sehr jung«, sagte Philip zögernd. »Ich fürchte, sie wußte kaum, was sie fühlte. Ich fürchte, daß unsere lange Trennung und der Gedanke, daß die Geschehnisse uns für immer trennen müssen, vielleicht eine Veränderung bewirkt haben.«
»Aber sie ist in der Stadt. Ich habe sie in der Kirche gesehen. Hast du nicht mit ihr gesprochen, seit du zurück bist?«
»Doch, bei den Deanes. Aber aus verschiedenen Grün-

den konnte ich meinen Antrag nicht erneuern. Ein Hindernis wäre beseitigt, wenn du deine Einwilligung gäbest – wenn du gewillt wärest, an sie als Schwiegertochter zu denken.«
Wakem schwieg eine kurze Weile und blieb vor Maggies Bild stehen.
»Sie ist keine Frau von der Art, wie deine Mutter war, Phil«, sagte er schließlich. »Ich sah sie in der Kirche. Sie ist noch hübscher als dies hier – verdammt schöne Augen und eine gute Figur, wie ich sah. Aber recht gefährlich und widerspenstig, was?«
»Sie ist sehr zärtlich und liebevoll, und so schlicht – ohne das Gehabe und die kleinlichen Schliche anderer Frauen.«
»Ja?« sagte Wakem. Dann wandte er sich zu seinem Sohn um. »Aber deine Mutter sah sanfter aus; sie hatte so braunes welliges Haar und graue Augen wie du. Du kannst dich nicht gut an sie erinnern. Es war tausendmal schade, daß ich kein Bild von ihr hatte.«
»Solltest du dich dann nicht für mich freuen, Vater, dasselbe Glück zu haben – um mir mein Leben zu versüßen? Es kann nie mehr ein so starkes Band für dich geben wie das, welches vor achtundzwanzig Jahren geknüpft wurde, als du meine Mutter heiratetest, und du hast es seitdem immer noch fester gezogen.«
»Ach, Phil – du bist der einzige, der meine beste Seite kennt«, sagte Wakem und gab seinem Sohn die Hand. »Wir müssen zusammenhalten, wenn wir können. Und was soll ich jetzt tun? Du mußt hinunterkommen und es mir sagen. Soll ich hingehen und diesem dunkeläugigen Fräulein einen Besuch machen?«
Nachdem so die Schranke gefallen war, konnte Philip mit seinem Vater freimütig über ihr ganzes Verhältnis zu den Tullivers sprechen, über den Wunsch, die Mühle und das Land wieder für die Familie zurückzubekommen und daß sie als Zwischenschritt Guest & Co. übertragen werden sollte. Er konnte es nun wagen, ihn zu

bereden und zu drängen, und sein Vater gab bereitwilliger nach, als er es sich ausgerechnet hatte.

»*Ich* mache mir nichts aus der Mühle«, sagte er schließlich mit einer Art grimmiger Zustimmung. »Ich habe kürzlich höllischen Ärger mit der Mühle gehabt. Sie sollen nur für meine Verbesserungen zahlen, das ist alles. Aber es gibt eins, darum brauchst du mich nie zu bitten. Ich werde keine direkten Verhandlungen mit dem jungen Tulliver führen. Wenn du ihn um seiner Schwester willen schlucken willst, dann kannst du es, aber mir fehlt die Soße, mit der ich ihn runterkriegen könnte.«

Man kann sich die angenehmen Gefühle vorstellen, mit denen Philip am nächsten Tag zu Mr. Deane ging, um zu sagen, daß Mr. Wakem bereit sei, Verhandlungen aufzunehmen, und Lucys hübschen Triumph, als sie zu ihrem Vater sagte, ob sie nicht ihre großen geschäftlichen Fähigkeiten bewiesen hätte. Mr. Deane war recht verwundert und argwöhnte, daß etwas zwischen den jungen Leuten »vorgegangen« sei, zu dem ihm der Schlüssel fehlte. Aber für Männer von Mr. Deanes Schlag ist das, was zwischen jungen Leuten vorgeht, so unwesentlich für das wirkliche Geschäft des Lebens wie das, was zwischen Vögeln und Schmetterlingen vorgeht – bis gezeigt werden kann, daß es einen üblen Einfluß auf finanzielle Angelegenheiten hat. Und in diesem Fall schien der Einfluß ja gänzlich vorteilhaft zu sein.

Kapitel 9

Wohltätigkeit im Gesellschaftskleid

Der Höhepunkt von Maggies Aufstieg zu einem bewunderten Mitglied der Gesellschaft von St. Ogg's war sicherlich der Tag des Bazars, als ihre schlichte, noble Schönheit, in weißen, sanftfließenden Musselin gekleidet, der wohl aus den Beständen der Garderobe Tante Pullets gekommen sein mußte, mit auffallender Verschiedenheit unter den geschmückteren und konventionelleren Frauen um sie her erschien. Wir entdecken vielleicht nie, wie viel von unserem gesellschaftlichen Verhalten aus Künstlichkeit besteht, bis wir eine Person sehen, die schön und schlicht zugleich ist; ohne die Schönheit sind wir geneigt, Schlichtheit Plumpheit zu nennen. Die Miss Guest waren viel zu wohlerzogen, um Grimassen und affektierte Redeweise zu zeigen, die anmaßende Gewöhnlichkeit kennzeichnen, aber da ihr Stand neben dem war, wo Maggie saß, schien es heute von neuem offensichtlich, daß Miss Guest ihr Kinn zu hoch hielt und Miss Laura[23] ständig auf Wirkung bedacht war, wenn sie sich bewegte oder sprach.

Das ganze elegante St. Ogg's samt Umgebung war da, und es hätte sich schon gelohnt, sogar aus der Ferne zu kommen, um den schönen alten Saal mit seinem offenen Dach und den geschnitzten Eichenbalken und den großen eichenen Flügeltüren zu sehen und das Licht, das aus der Höhe auf die vielfarbige Pracht dort unten fiel – ein ganz altertümlicher Ort, mit breiten verblichenen Streifen, die auf die Wand gemalt waren, und hier und da heraldischen Tieren, borstig und mit langen Rüsseln, den in Ehren gehaltenen Emblemen einer Adelsfamilie, die einmal die Herren dieses jetzt bürgerlichen Saales gewesen waren. Ein großer Bogen, der die obere Wand an einer Seite durchbrach, lag über einer eichenen Orchestergalerie mit einem offenen Raum dahinter, wo man Pflanzenkübel und Stände mit Erfrischungen aufgestellt hatte – eine angenehme Zufluchtsstätte für Herren, die sich wohl ergehen, aber dennoch das Gedränge dort unten mit einem bequemeren Aussichtsplatz vertauschen wollten. Tatsächlich war es auffallend, wie vollkommen geeignet dieses alte Gebäude für einen bewundernswürdigen modernen Zweck war, der Wohltätigkeit wahrhaft elegant machte und durch Eitelkeit hindurch zur Linderung von Mangel führte, so daß kaum jemand den Saal betrat, ohne daß diese Bemerkung mehr als einmal ausgetauscht wurde. In der Nähe des großen Bogens über der Orchestergalerie war der steinerne Fenstererker mit bemaltem Glas, der einer der ehrwürdigen Stilbrüche des alten Saales war, und dicht dabei hatte Lucy ihren Stand mit Rücksicht auf größere schlichte Artikel, die sie für Mrs. Kenn mit übernommen hatte. Maggie hatte gebeten, am offenen Ende des Standes zu sitzen und diese Sachen zu verkaufen und nicht die Perlenuntersetzer und andere kunstvoll gefertigte Produkte, von denen sie nicht viel verstand. Aber es zeigte sich bald, daß die Herrenschlafröcke, die unter ihren Artikeln waren, Gegenstände solch allgemeiner Aufmerksamkeit und Nachfrage darstellten und eine so lästige Neugier hinsichtlich ihres Futters und ihrer jeweiligen Vorzüge erregten, daß dies, zusammen mit einer Entschlossenheit, sie durch Anprobieren zu prüfen, ihren Posten zu einem sehr auffälligen machte. Die Damen, die eigene Artikel zu verkaufen hatten und keine Schlafröcke wollten, sahen sogleich die Frivolität und den schlechten Geschmack dieser männlichen Vorliebe für Waren, die ihnen jeder Schneider liefern könnte; und es ist möglich, daß die nachdrückliche Aufmerksamkeit verschiedenster Art, die Miss Tulliver bei diesem öffentlichen Anlaß auf sich zog, für viele der hier Anwesenden ein krasses und unmißverständliches Licht auf ihr folgendes Verhalten warf. Nicht, daß Zorn auf Grund verschmähter Schönheit der himmlischen Brust[24] wohltätiger Damen innewohnen kann, sondern vielmehr nehmen die Fehler von Menschen, die einst sehr bewundert waren, durch die bloße Kraft des Kontrastes notwendigerweise eine tiefere Färbung an, und überdies machte Maggies heutige auffällige Position zum ersten Mal gewisse Eigenschaften deutlich, die später einen erklärenden Bezug zu haben schienen. Es war etwas Kühnes in Miss Tullivers direktem Blick und etwas unbestimmbar Grobes in der Art ihrer Schönheit, das sie, in der Meinung aller weiblichen Richter, weit unter ihre Kusine Miss Deane stellte, denn die Damen von St. Ogg's hatten nun ihre hypothetischen Ansprüche auf die Bewunderung des Mr. Stephen Guest vollständig an Lucy abgetreten.

Was die liebe kleine Lucy selbst betraf, so verhalfen ihr der kürzlich erlangte wohlmeinende Triumph wegen der Mühle und all ihre liebevollen Pläne, die sie für Maggie und Philip hegte, heute zur allerbesten Stimmung, und sie fühlte nichts als Freude, als sie merkte, wie anziehend Maggie war. Tatsächlich sah sie selbst ganz reizend aus, und Stephen widmete ihr die äußerste Aufmerksamkeit bei diesem Anlaß (eifersüchtig all die Artikel aufkaufend, die er unter ihren Fingern hatte entstehen sehen) und half ihr fröhlich, die männlichen Kunden zum Kauf der weibischsten Nutzlosigkeiten zu beschwatzen. Er legte sogar seinen Hut beiseite, um einen scharlachroten Fez zu tragen, den sie bestickt hatte; von oberflächlichen Beobachtern konnte dies jedoch natürlich weniger als ein Kompliment an Lucy denn als ein Zeichen von Geckenhaftigkeit gedeutet werden. »Guest ist ein großer Geck«, bemerkte der junge Torry, »aber schließlich ist er auch eine privilegierte Persönlichkeit in St. Ogg's, er reißt alle mit; wenn ein anderer dergleichen täte, würde jeder sagen, er mache sich lächerlich.«

Und Stephen kaufte absolut nichts von Maggie, bis Lucy mit etwas verärgertem Unterton sagte: »Nun sehen Sie, all die Dinge, die Maggie gestrickt hat, sind gleich weg, und Sie haben nichts gekauft. Da sind diese herrlich molligen Pulswärmer – kaufen Sie sie doch.«

»O nein«, sagte Stephen, »sie müssen wohl für die phantasiereichen Leute gedacht sein, die an diesem warmen Tag frösteln können, wenn sie an den eisigen Kaukasus[25] denken. Nüchterner Verstand ist meine Stärke, wissen Sie. Sie müssen Philip bewegen, sie zu kaufen. Übrigens, warum kommt er nicht?«

»Er mag nie hingehen, wo viele Menschen sind, obwohl

ich ihm eingeschärft habe zu kommen. Er sagte, er würde all die Sachen von mir aufkaufen, die die übrige Welt verschmähte. Aber jetzt gehen Sie doch und kaufen Sie etwas von Maggie.«

»Nein, nein – sehen Sie – sie hat einen Kunden, da kommt der alte Wakem gerade selbst heran.«

Lucys Augen wandten sich mit besorgtem Interesse Maggie zu, um zu sehen, wie sie diese erste Begegnung seit einer auf traurige Weise denkwürdigen Zeit mit einem Mann bestehen würde, dem gegenüber sie eine seltsame Mischung von Gefühlen hegen mußte; aber sie war erfreut zu bemerken, daß Wakem Takt genug hatte, sofort ein Gespräch über die Bazarwaren zu beginnen und sich am Kauf interessiert zu zeigen, wobei er Maggie hin und wieder freundlich zulächelte und sie kaum zum Sprechen nötigte, als bemerke er, daß sie blaß war und bebte.

»Nanu, Wakem ist ja besonders liebenswürdig zu Ihrer Kusine«, sagte Stephen mit gedämpfter Stimme zu Lucy, »ist es reine Großmut? Sie sprachen doch von einem Familienstreit.«

»Oh, der wird bald ganz geheilt sein, hoffe ich«, sagte Lucy, vor lauter Zufriedenheit ein bißchen leichtsinnig, mit bedeutungsvoller Miene. Aber Stephen schien das nicht zu bemerken, und als einige Kundinnen herankamen, schlenderte er zu Maggies Seite hinüber, nahm ein paar Kleinigkeiten in die Hand und stand abseits, bis Wakem, der seinen Geldbeutel herausgenommen hatte, seinen Einkauf beendete.

»Mein Sohn kam mit mir«, hörte er Wakem sagen, »aber er ist in eine andere Ecke des Gebäudes entschwunden und hat all diese wohltätigen Artigkeiten mir überlassen. Ich hoffe, Sie werden ihn wegen seines schäbigen Verhaltens tadeln.«

Sie erwiderte sein Lächeln und seine Verbeugung, ohne zu sprechen, und er wandte sich ab, jetzt erst Stephen bemerkend, dem er zunickte. Maggie, die gewahrte, daß

Stephen noch da war, beschäftigte sich damit, Geld zu zählen, und vermied es aufzusehen. Sie war erfreut gewesen, daß er sich heute ganz Lucy gewidmet hatte und nicht in ihre Nähe gekommen war. Sie hatten den Morgen mit einer gleichgültigen Begrüßung begonnen, und beide hatten sich gefreut, einander fern zu sein, wie ein Kranker, der endlich ohne sein Opium ausgekommen ist trotz vorheriger Fehlschläge aus mangelnder Entschlußkraft. Und während der letzten paar Tage waren die Fehlschläge sogar beabsichtigt gewesen, da sie die äußeren Ereignisse, die bald kommen mußten, um sie zu trennen, als Grund dafür betrachteten, auf Selbstbeherrschung im einzelnen zu verzichten.

Stephen kam Schritt um Schritt näher, als würde er gegen seinen Willen gezogen, bis er um das offene Ende des Standes herumgelangt und von Vorhängen halb verborgen war. Maggie zählte weiter ihr Geld, bis sie plötzlich eine tiefe sanfte Stimme sagen hörte: »Sind Sie nicht sehr müde? Lassen Sie mich Ihnen etwas bringen – etwas Obst oder Gelee – darf ich?«

Die unerwarteten Töne durchfuhren sie, als ob plötzlich dicht neben ihr eine Harfe angeschlagen worden sei.

»Oh, nein, danke«, sagte sie schwach und sah nur einen Augenblick lang auf.

»Sie sehen so blaß aus«, beharrte Stephen in noch bittenderem Ton. »Ich bin sicher, daß Sie erschöpft sind. Ich muß Ihnen ungehorsam sein und doch etwas bringen.«

»Nein, wirklich, ich könnte es nicht essen.«

»Sind Sie böse mit mir? Was habe ich getan? Sehen Sie mich doch an.«

»Bitte, gehen Sie fort«, sagte Maggie und sah ihn hilflos an, und ihr Blick glitt sogleich von ihm zur gegenüberliegenden Seite der Orchestergalerie hinauf, die halb verborgen war durch die Falten eines alten, verblichenen grünen Vorhangs. Maggie hatte diese Bitte kaum ausgesprochen, als sie sich elend fühlte wegen des Zugeständnisses, das sie enthielt, doch Stephen wandte sich sofort ab, und als er ihrem Blick folgte, sah er Philip Wakem in der halbverborgenen Ecke sitzen, so daß er wenig mehr übersehen konnte, als den Winkel des Saales, in dem Maggie saß. Ein völlig neuer Gedanke kam Stephen, und als er ihn mit dem in Verbindung setzte, was er an Wakems Verhalten beobachtet und was Lucy auf seine Beobachtung erwidert hatte, war er überzeugt, daß es eine frühere Beziehung zwischen Philip und Maggie gegeben haben mußte, die über die Kinderfreundschaft, von der er gehört hatte, hinausging. Mehr als ein Impuls ließen ihn sofort den Saal verlassen und sich zum Erfrischungsraum hinaufbegeben, wo er auf Philip zuging, sich hinter ihm niedersetzte und ihm die Hand auf die Schulter legte.

»Machen Sie Studien für ein Porträt, Phil?« sagte er, »oder für eine Skizze von dem Erkerfenster? Donnerwetter! Es sieht phantastisch aus von dieser dunklen Ecke, mit dem Vorhang, der es genau abgrenzt.«

»Ich habe Studien zum Gesichtsausdruck gemacht«, sagte Philip kurz angebunden.

»Was! Zu Miss Tullivers? Er ist heute ziemlich von der wilden, mißlaunigen Art, finde ich – etwas von der gefallenen Prinzessin, die hinter dem Ladentisch bedient. Ihre Kusine schickte mich zu ihr mit einem höflichen Angebot, ihr eine Erfrischung zu holen, aber sie hat mir eine Abfuhr erteilt, wie gewöhnlich. Es besteht eine natürliche Antipathie zwischen uns, nehme ich an, ich habe selten die Ehre, ihr zu gefallen.«

»Was für ein Heuchler Sie sind!« sagte Philip und wurde rot vor Ärger.

»Was! Weil die Erfahrung mich gelehrt haben muß, daß ich gemeinhin gefalle? Ich gebe zu, daß es die Regel ist, aber hier ist eine störende Kraft.«

»Ich gehe«, sagte Philip und stand unvermittelt auf.

»Ich auch – um etwas frische Luft zu bekommen; dieser Ort wird allmählich drückend. Ich glaube, ich habe meinen Vasallendienst zur Genüge getan.«

Die beiden Freunde gingen zusammen hinunter, ohne zu sprechen. Philip wandte sich durch die Tür zum Innenhof, doch Stephen sagte: »Ach, übrigens, ich muß hier noch hereinschauen«, und ging den Gang entlang zu einem der Räume am anderen Ende des Gebäudes, in denen die Stadtbibliothek untergebracht war. Er hatte den Raum ganz für sich, und ein Mann verlangt nicht weniger als dies, wenn er seinen Hut auf den Tisch schleudern, sich selbst rittlings auf einen Stuhl setzen und eine hohe Backsteinwand mit einem Stirnrunzeln anstarren möchte, das dem Anlaß nicht nachgestanden wäre, wenn er den riesigen Python[26] erschlagen hätte. Das Verhalten, das einem moralischen Konflikt entspringt, hat oft eine so große Ähnlichkeit mit dem Laster, daß der Unterschied allem äußerlichen Urteil entgeht, welches auf einen bloßen Vergleich der Handlungen gegründet ist. Ich hoffe, es ist deutlich, daß Stephen kein Heuchler war – fähig zur absichtlichen Falschheit für einen selbstsüchtigen Zweck; und doch hätte sein Schwanken zwischen dem Nachgeben gegenüber einem Gefühl und dessen systematischem Verbergen ein gutes Argument zur Unterstützung von Philips Anklage liefern können.

Inzwischen saß Maggie kalt und zitternd an ihrem Stand, das schmerzhafte Gefühl in den Augen, das von entschlossen unterdrückten Tränen herrührt. Sollte ihr Leben denn immer so sein? Immer eine neue Quelle inneren Kampfes bringen? Verwirrt hörte sie die geschäftigen und gleichgültigen Stimmen um sich her und wünschte, ihr Sinn könnte in die leichte, schwatzende Strömung einfließen. In eben diesem Augenblick richtete Dr. Kenn, der erst vor kurzem den Saal betreten hatte und jetzt mit den Händen auf dem Rücken durch die Mitte schritt, um sich erst einmal umzusehen, seine Augen zum ersten Mal auf Maggie und war von dem Ausdruck des Schmerzes auf ihrem schönen Gesicht betroffen. Sie saß ganz still, denn der Strom der Kunden hatte sich zu dieser späten Nachmittagsstunde verringert; die Herren hatten hauptsächlich die Mittagszeit gewählt, und Maggies Stand sah recht kahl aus. Dies, zusammen mit ihrem abwesenden, gepeinigten Ausdruck, vollendete den Kontrast zwischen ihr und ihren Gefährtinnen, die alle strahlend, eifrig und geschäftig waren. Er war ganz gefesselt. Ihr Gesicht hatte natürlich in der Kirche seine Aufmerksamkeit auf sich gezogen, weil es ihm neu und auffallend war; und er war ihr während eines kurzen geschäftlichen Besuches bei Mr. Deane vorgestellt worden, aber er hatte noch keine drei Worte mit ihr gesprochen. Er ging nun auf sie zu, und Maggie, die jemanden näherkommen sah, beherrschte sich so weit, aufzusehen und zum Sprechen bereit zu sein. Es fiel ihr schwer und war unangenehm, und sie fühlte eine kindliche, instinktive Erleichterung, als sie sah, daß es Dr. Kenns Gesicht war, das auf sie blickte. Dieses schlichte, nicht mehr ganz junge Gesicht von ernster, durchdringender Güte, das von einem Menschen zu künden schien, der ein festes, sicheres Ufer erreicht hatte, aber mit helfendem Mitleid auf die Kämpfenden schaute, die noch von den Wogen umhergeworfen wurden, hatte in diesem Augenblick eine Wirkung auf Maggie, an die sie sich später erinnerte, als sei es ein Versprechen gewesen.

Die Menschen mittleren Alters, die ihre heftigsten Emotionen durchlebt haben, aber noch in der Zeit stehen, wo das Gedächtnis noch halb leidenschaftlich ist und nicht nur beschaulich, sollten doch eine Art natürlicher Priesterschaft bilden, die das Leben geschult und geweiht hat, Zuflucht und Rettung der früh Strauchelnden und an sich selbst Verzweifelnden zu sein. Die meisten von uns hätten in irgendeinem Augenblick unseres jungen Lebens einen Priester jener natürlichen Ordination, mit oder ohne Talar, willkommen geheißen, mußten aber gänzlich ohne solche Hilfe in all die Schwierigkeiten der Neunzehnjährigen hinaufklettern, wie Maggie es tat.

»Sie finden Ihre Aufgabe hier wohl recht ermüdend, fürchte ich, Miss Tulliver?« sagte Dr. Kenn.
»Ja, ziemlich«, sagte Maggie schlicht, da sie es nicht gewohnt war, mit liebenswürdigem und geziertem Lächeln zu verneinen, was offensichtlich war.
»Aber ich kann Mrs. Kenn sagen, daß Sie ihre Artikel sehr schnell losgeworden sind«, fügte er hinzu, »sie wird Ihnen sehr dankbar sein.«
»Oh, ich habe nichts getan, die Herren kamen sehr schnell, um die Schlafröcke und bestickten Westen zu kaufen, aber ich glaube, daß jede der anderen Damen mehr verkauft hätte; ich wußte nie, was ich darüber sagen sollte.«
Dr. Kenn lächelte. »Ich hoffe, daß ich Sie nun als ständiges Gemeindemitglied haben werde, Miss Tulliver, oder? Sie sind bis jetzt nicht hier in der Nähe gewesen.«
»Ich war Lehrerin an einer Schule, und ich werde sehr bald eine andere Stelle derselben Art antreten.«
»Ach ja? Ich hoffte, Sie würden bei Ihren Angehörigen bleiben, die, wie ich glaube, alle in dieser Gegend wohnen.«
»Oh, *ich muß fort*«, sagte Maggie ernst und sah Dr. Kenn mit einem Ausdruck von Vertrauen an, als hätte sie ihm in diesen drei Worten ihre Geschichte erzählt. Es war einer dieser Augenblicke impliziter Offenbarung, die sich manchmal sogar zwischen Menschen ereignen, die sich nur ganz flüchtig begegnen – wenn man eine Meile zusammen reist, vielleicht, oder am Weg rastet. Immer gibt es die Möglichkeit eines Wortes oder Blickes von einem Fremden, der das Gefühl menschlicher Bruderschaft lebendig erhält.
Dr. Kenns Auge und Ohr nahmen alle Zeichen dafür auf, daß, was Maggie ihm da so kurz anvertraut hatte, von Bedeutung erfüllt war.
»Ich verstehe«, sagte er, »Sie halten es für richtig zu gehen. Aber das verhindert hoffentlich nicht, daß wir uns einmal wiedersehen, verhindert nicht, daß ich Sie

besser kennenlerne, falls ich Ihnen behilflich sein kann.«
Er reichte ihr die Hand und drückte die ihre freundlich, bevor er weiterging.
»Sie hat irgendeinen Kummer auf dem Herzen«, dachte er, »das arme Kind! Sie sieht aus, als wäre sie vielleicht eine der Seelen, ›von der Natur zu hoch gestimmt, vom Leid zu tief gestürzt‹.[27] Es ist etwas wunderbar Ehrliches in diesen schönen Augen.«
Es mag überraschen, daß Maggie, unter deren vielen Unzulänglichkeiten eine übermäßige Freude an Bewunderung und anerkannter Überlegenheit noch immer nicht weniger fehlten als damals, da sie die Zigeuner mit der Absicht, eine königliche Position unter ihnen zu erreichen, unterwies, an einem Tag nicht in Hochstimmung war, an dem sie den Tribut so vieler Blicke und häufigen Lächelns empfing, zusammen mit dem befriedigenden Bewußtsein, das notwendigerweise daher rührte, daß sie vor Lucys großen Drehspiegel gestellt worden war, damit sie ihre schlanke Schönheit, die von der Nacht ihres dichten Haars gekrönt war, in voller Größe bewundern konnte. Maggie hatte sich selbst angelächelt und in dem Gefühl ihrer eigenen Schönheit für einen Augenblick alles andere vergessen. Hätte jener Zustand andauern können, wäre es ihre Wahl gewesen, Stephen Guest zu ihren Füßen zu haben, der ihr ein Leben, erfüllt von allem Luxus, böte, mit dem täglichen Weihrauch der Bewunderung von nah und fern und mit allen Möglichkeiten der Kultur zu ihrer Verfügung. Aber es gab Dinge in ihr, die stärker waren als Eitelkeit – Leidenschaft und Zuneigung und lange tiefe Erinnerung an frühe Selbstzucht und Anstrengung, an frühe Ansprüche auf ihre Liebe und ihr Mitleid, und der Strom der Eitelkeit war bald dahingeflossen und hatte sich unmerklich mit jener breiten Strömung vermischt, die heute ihre höchste Kraft erreichte unter dem doppelten Drängen der Ereignisse

und der inneren Impulse, die die letzte Woche gebracht hatte.
Philip hatte nicht selbst mit ihr über die Beseitigung der Hindernisse zwischen ihnen von seines Vaters Seite gesprochen; er scheute sich davor, aber er hatte Lucy alles gesagt in der Hoffnung, daß Maggie, wenn sie es durch sie erfahren hätte, ihm ein ermutigendes Zeichen geben möchte, daß es ihr ein Glück sei, daß sie nun einander so viel näher gerückt waren. Der Ansturm widerstreitender Gefühle war zu groß für Maggie, um viel zu sagen, als Lucy mit einem Gesicht, das heitere Freude ausstrahlte wie das eines Cherub von Correggio[28], ihre triumphierende Enthüllung heraussprudelte, und Lucy konnte kaum überrascht sein, daß sie wenig mehr zu tun vermochte, als vor Freude bei dem Gedanken zu weinen, daß ihres Vaters Wunsch erfüllt werden und Tom die Mühle zurückbekommen sollte als Belohnung für all seine harte Mühe. Dann waren die Einzelheiten der Vorbereitung für den Bazar gekommen, um Lucys Aufmerksamkeit für die nächsten paar Tage zu beanspruchen, und nichts war von den Kusinen zu Themen gesagt worden, die tiefere Gefühle wecken würden. Philip war mehr als einmal dagewesen, aber Maggie hatte nicht mit ihm allein gesprochen, und so blieb es ihr überlassen, ihren inneren Kampf ohne Einmischung auszufechten.
Aber als der Bazar zu einem glücklichen Ende gekommen war und die Kusinen wieder allein waren und sich daheim zusammen ausruhten, da sagte Lucy: »Du mußt den Plan aufgeben, übermorgen zu deiner Tante Moss zu fahren, schreib ihr ein Briefchen und sag' ihr, daß du es auf meine Bitte hin aufgeschoben hast, und ich schicke einen Dienstboten damit hin. Sie wird nicht ärgerlich sein, du hast viel Zeit, immer noch hinzufahren, und ich möchte nicht, daß du gerade jetzt hier fortgehst.«
»Doch, ich muß bestimmt gehen, Liebe, ich kann es nicht aufschieben. Ich würde Tane Gritty um nichts in

der Welt übergehen. Und ich habe nur noch sehr wenig Zeit, denn ich trete am fünfundzwanzigsten Juni eine neue Stelle an.«

»Maggie!« sagte Lucy, fast weiß vor Erstaunen.

»Ich habe es dir nicht gesagt, Liebe«, sagte Maggie und mühte sich um Fassung, »weil du so beschäftigt warst. Aber vor einiger Zeit habe ich unserer alten Erzieherin, Miss Firniss, geschrieben und sie gebeten, es mich wissen zu lassen, wenn sie von einer Stelle hörte, die ich ausfüllen könnte, und vor ein paar Tagen bekam ich einen Brief von ihr, in dem sie sagte, daß ich drei ihrer verwaisten Schüler in den Ferien an die See begleiten und dann probeweise bei ihr als Lehrerin anfangen könnte. Ich schrieb ihr gestern, daß ich das Angebot annehme.«

Lucy war so verletzt, daß sie einige Augenblicke lang nicht sprechen konnte.

»Maggie«, sagte sie schließlich, »wie konntest du so unfreundlich zu mir sein – es mir nicht zu sagen – einen *solchen* Schritt zu tun – und gerade jetzt!« Sie zögerte ein wenig und setzte dann hinzu: »Und Philip? Ich dachte, daß alles so glücklich werden würde. O Maggie, was ist der Grund? Gib es auf, laß mich schreiben. Es gibt jetzt nichts mehr, das Philip und dich trennt.«

»Doch«, sagte Maggie schwach. »Da ist noch Toms Empfinden. Er sagte, ich müßte ihn aufgeben, wenn ich Philip heiratete. Und ich weiß, daß er sich nicht ändern würde – wenigstens noch sehr lange nicht –, es sei denn, es geschehe etwas, das ihn milder stimme.«

»Aber ich will mit ihm sprechen, er kommt diese Woche zurück. Und diese gute Neuigkeit wegen der Mühle wird ihn milder stimmen. Und ich werde mit ihm Philips wegen sprechen. Tom ist mir gegenüber immer sehr entgegenkommend, ich glaube nicht, daß er so hartnäkkig ist.«

»Aber ich muß fort«, sagte Maggie mit gequälter Stimme. »Ich muß erst etwas Zeit vergehen lassen. Dräng mich nicht zu bleiben, liebe Lucy.«

Lucy schwieg zwei oder drei Minuten und sann mit abgewandtem Blick nach. Endlich kniete sie bei ihrer Kusine nieder, sah ihr mit besorgtem Ernst ins Gesicht und sagte:
»Maggie, ist es, daß du Philip nicht genug liebst, um ihn zu heiraten? Sag es mir, vertrau mir.«
Maggie hielt Lucys Hände eine Weile ganz fest und schwieg. Ihre eigenen Hände waren kalt. Aber als sie sprach, war ihre Stimme ganz klar und deutlich.
»Doch, Lucy, ich würde ihn heiraten wollen. Ich glaube, es wäre das beste und höchste Los für mich – sein Leben glücklich zu machen. Er liebte mich zuerst. Niemand sonst könnte sein, was er mir ist. Aber ich kann mich nicht für mein ganzes Leben von meinem Bruder trennen. Ich muß fortgehen und warten. Bitte, sprich nicht wieder davon zu mir.«
Lucy gehorchte in Schmerz und Erstaunen. Das nächste, was sie sagte, war:
»Nun, liebe Maggie, wenigstens wirst du morgen zum Ball in Park House gehen und Musik und Pracht genießen, bevor du diese langweiligen Pflichtbesuche machst. Ah! da kommt Tantchen mit dem Tee.«

Kapitel 10

Der Bann scheint gebrochen

Die Flucht ineinander übergehender Räume in Park House erstrahlte von Lichtern, Blumen und der persönlichen Pracht von sechzehn Paaren sowie deren begleitenden Eltern und Vormündern. Der Brennpunkt des Glanzes war der lange Salon, wo man unter der Inspiration des Flügels tanzte; die Bibliothek, zu der er an einer Seite führte, hatte die nüchternere Beleuchtung der Reife mit Hauben und Kartenspiel, und am anderen Ende blieb das hübsche Wohnzimmer mit einem anschließenden Wintergarten als ein gelegentlicher kühler Zufluchtsort. Lucy, die zum ersten Mal die Trauer abgelegt hatte und ihre hübsche Schlankheit in einem ganz weiten Kleid aus weißem Krepp hervortreten ließ, war die anerkannte Königin des Festes, denn dies war eine der wirklich herablassenden Partys der Miss Guest, die Mitglieder höherer Aristokratie als der von St. Ogg's ausließen und bis zu den äußersten Grenzen des Handels- und Berufsadels hinabreichten.

Maggie lehnte es zunächst ab zu tanzen und sagte, sie hätte alle Figuren vergessen – es war so viele Jahre her, seit sie in der Schule getanzt hatte, und sie war froh, diese Entschuldigung zu haben, denn es tanzt sich schlecht mit schwerem Herzen. Aber endlich fuhr die Musik ihr doch in ihre jungen Glieder, und die Sehnsucht kam, obwohl es der schreckliche junge Torry war, der ein zweites Mal hinzutrat und versuchte, sie zu überreden. Sie warnte ihn, daß sie nichts als einen Kontertanz tanzen könnte, aber er war selbstverständlich bereit, auf dieses hohe Glück zu warten, und wollte ihr nur ein Kompliment machen, als er ihr zwischendurch mehrmals versicherte, wie öde es sei, daß sie nicht Walzer tanzen könne, er hätte doch so gern mit ihr Walzer getanzt. Aber endlich war jener gute altmodische Tanz an der Reihe, der die geringste Eitelkeit und das größte Vergnügen beinhaltet, und Maggie vergaß ganz ihr sorgenvolles Leben in einer kindlichen Freude an den halb bäuerlichen Rhythmen, die die prätentiöse Etikette zu verbannen scheinen. Sie fühlte sogar Nachsicht gegenüber dem jungen Torry, dessen Hand sie führte und hielt bei dem Tanz; ihre Augen und Wangen hatten das Feuer jugendlicher Freude, das aufflammt, wenn es den geringsten Hauch findet, um es anzufachen, und ihr schlichtes schwarzes Kleid mit seinem bißchen schwarzer Spitze schien wie die matte Fassung eines Juwels.

Stephen hatte sie noch nicht zum Tanz aufgefordert,

hatte ihr nicht mehr als eine beiläufige Höflichkeit gesagt. Seit gestern war jenes Bild von ihr in seinem Innern, das beständig Teil seines Bewußtseins ausgemacht hatte, halb verdeckt durch das Bild Philip Wakems, das wie ein dunkler Fleck darauflag; zwischen ihr und Philip bestand eine Beziehung, wenigstens war da eine Beziehung von seiner Seite, durch die sie sich gebunden fühlte. Hier also, sagte Stephen zu sich selbst, gab es noch einen weiteren Anspruch, wo es die Ehre gebot, der Anziehung zu widerstehen, die ständig drohte, ihn zu überwältigen. Er sagte das zu sich selbst, und dennoch hatte er ein- oder zweimal einen gewissen wilden Widerstand gespürt und ein anderes Mal eine schaudernde Abneigung gegen dieses Eindringen von Philips Bild, das es fast zu einem neuen Reiz werden ließ, auf Maggie zuzustürzen und sein eigenes Anrecht auf sie geltend zu machen. Trotzdem hatte er heute abend getan, was er sich zu tun vorgenommen hatte; er hatte sich ihr ferngehalten, er hatte sie kaum angesehen, er hatte Lucy fröhliche Aufmerksamkeit gewidmet. Aber jetzt verschlangen seine Augen Maggie, und er fühlte die Neigung, den jungen Torry aus der Reihe der Tanzenden zu stoßen und dessen Platz einzunehmen. Dann wünschte er, der Tanz möge enden, damit er seine Partnerin loswürde. Die Möglichkeit, auch selbst mit Maggie zu tanzen und ihre Hand in der seinen zu halten, begann sich seiner wie ein Dürsten zu bemächtigen. Aber schon jetzt begegneten sich ihre Hände im Tanz, begegneten sich unablässig bis zum Ende, obwohl sie weit voneinander entfernt waren.

Stephen wußte kaum, was vorging oder auf welche automatische Weise er in der Zwischenzeit die Pflichten der Höflichkeit absolvierte, bis er frei war und Maggie wieder am anderen Ende des Raumes sitzen sah. Er bahnte sich seinen Weg zu ihr an den Paaren vorbei, die sich zum Walzer aufstellten, und als Maggie merkte, daß sie die Person war, die er suchte, fühlte sie, trotz all der

Gedanken, die vorausgegangen waren, im Herzen eine glühende Freude. Ihre Augen und Wangen leuchteten noch von ihrer kindlichen Begeisterung beim Tanzen, sie war ganz auf Freude und Zärtlichkeit eingestimmt, sogar der kommende Schmerz konnte nicht bitter erscheinen – sie war bereit, ihn als einen Teil des Lebens willkommen zu heißen, denn das Leben schien in diesem Moment ein intensives, vibrierendes Bewußtsein, das sich über Freude und Schmerz erhoben in der Schwebe befand. Diese eine, diese letzte Nacht durfte sie sich vielleicht noch ungehindert der Wärme der Gegenwart öffnen ohne jene kalten, nagenden Gedanken an Vergangenheit und Zukunft.

»Man tanzt wieder Walzer«, sagte Stephen und beugte sich herab, um zu ihr mit dem Blick und Ton verhaltener Zärtlichkeit zu sprechen, den junge Träume sich in sommerlichen Wäldern schaffen, wenn leise gurrende Stimmen die Luft erfüllen. Solche Blicke und Töne bringen den Hauch von Poesie mit sich in einen Raum, der halb erstickt ist vom Gas der Lampen und von angestrengten Schmeicheleien.

»Man tanzt wieder Walzer, man wird schwindlig vom Zusehen, und der Raum ist sehr warm. Wollen wir ein wenig umhergehen?«

Er nahm ihre Hand, legte sie auf seinen Arm, und sie gingen in das Wohnzimmer, wo die Tische mit Kupferstichen bedeckt waren zum Zeitvertreib von Gästen, die sie sich doch nicht ansehen würden. Zu diesem Zeitpunkt waren keine Gäste hier. Sie gingen weiter in den Wintergarten.

»Wie seltsam und unwirklich die Bäume und Blumen aussehen mit den Lichtern dazwischen«, sagte Maggie mit leiser Stimme. »Sie sehen aus, als ob sie zu einem verzauberten Land gehörten und niemals verwelken würden, ich könnte mir vorstellen, sie wären alle aus Juwelen gemacht.«

Sie blickte auf die Reihe der Geranien, als sie sprach, und

Stephen gab keine Antwort, sondern sah sie nur an. Und läßt nicht auch ein überragender Dichter Licht und Klang eins werden, wenn er die Dunkelheit stumm und das Licht beredt nennt?[29] Etwas seltsam Kraftvolles war in dem Licht von Stephens langem Blick, denn es ließ Maggies Gesicht sich ihm zuwenden und zu ihm aufsehen – langsam, wie eine Blüte bei aufgehender Helligkeit. Und unsicheren Schrittes gingen sie weiter, ohne zu spüren, daß sie gingen, ohne irgend etwas zu spüren als jenen langen, ernsten, gegenseitigen Blick, der die Feierlichkeit hat, die zu aller tiefen menschlichen Leidenschaft gehört. Der schwebende Gedanke, daß sie einander entsagen mußten und würden, erhöhte noch den Taumel dieses Augenblicks des stummen Geständnisses.

Aber sie hatten das Ende des Wintergartens erreicht und mußten innehalten und umkehren. Die Veränderung in der Bewegung brachte Maggie wieder zu Bewußtsein; sie errötete tief, wandte den Kopf ab und entzog Stephen ihren Arm, während sie auf einige Blumen zuging, um an ihnen zu riechen. Stephen blieb regungslos und noch immer bleich stehen.

»Oh, darf ich diese Rose haben?« sagte Maggie mit großer Anstrengung, etwas zu sagen und das brennende Empfinden eines nicht zu widerrufenden Geständnisses zu zerstreuen. »Ich glaube, ich bin ganz schlimm mit Rosen, ich mag sie so gern pflücken und daran riechen, bis sie gar keinen Duft mehr haben.«

Stephen war stumm, er war unfähig, einen Satz zusammenzufügen, und Maggie hob ihren Arm ein wenig zu der großen halbgeöffneten Rose hin, die sie angezogen hatte. Wer hat nicht die Schönheit eines Frauenarmes empfunden? Die unsagbaren Andeutungen von Zärtlichkeit, die in den Grübchen des Ellenbogens liegen, und all die mannigfaltigen sanft abnehmenden Rundungen bis hinunter zum zarten Handgelenk mit seinen ganz winzigen, beinahe unmerklichen Einschnitten in der festen Weichheit. Ein Frauenarm rührte die Seele eines großen

Bildhauers vor zweitausend Jahren, so daß er ein Bild davon für den Parthenon schuf, das uns noch immer bewegt, wie es liebend den verwitterten Marmor eines kopflosen Rumpfes umfaßt.[30] Maggies Arm war ein solcher, und er hatte die warme Färbung des Lebens.
Ein wahnsinniger Impuls packte Stephen, er stürzte auf den Arm zu und bedeckte ihn mit Küssen, das Handgelenk umklammernd.
Doch im nächsten Augenblick entriß Maggie ihn ihm und funkelte ihn an wie eine verwundete Kriegsgöttin, bebend vor Zorn und Demütigung.
»Wie wagen Sie es?« sprach sie mit zutiefst erschütterter und halb erstickter Stimme. »Welches Recht habe ich Ihnen gegeben, mich zu beleidigen?«
Sie stürzte von ihm fort in das angrenzende Zimmer und warf sich auf das Sofa, keuchend und zitternd.
Eine schreckliche Strafe war über sie gekommen für die Sünde, einen Moment des Glückes zuzulassen, der Verrat an Lucy, an Philip, an ihrer eigenen besseren Seele war. Dieses Augenblicksglück war von einem Makel, einem Aussatz befallen: Stephen dachte leichtfertiger von ihr als von Lucy.
Stephen selbst lehnte gegen den Glasrahmen des Wintergartens, schwindlig vom Widerstreit der Leidenschaften – Liebe, Zorn und verwirrte Verzweiflung – Verzweiflung über seinen Mangel an Selbstbeherrschung und Verzweiflung, daß er Maggie beleidigt hatte.
Letzteres Gefühl überwog jedes andere; wieder an ihrer Seite zu sein und Vergebung zu erbitten war das einzige, das ihm Antrieb gab, und sie hatte erst wenige Minuten gesessen, als er kam und demütig vor ihr stand. Doch Maggies bitterer Zorn war noch nicht verflogen.
»Lassen Sie mich allein, wenn ich bitten darf«, sagte sie stolz und heftig, »und bleiben Sie mir in Zukunft fern.«
Stephen wandte sich um und ging am anderen Ende des Raumes auf und ab. Da war die gräßliche Notwendig-

keit, wieder in den Tanzsaal zu gehen, dessen wurde er sich langsam bewußt. Sie waren so kurze Zeit draußen gewesen, daß der Walzer, als er wieder eintrat, noch nicht beendet war.

Es dauerte nicht sehr lange, bis auch Maggie wieder hereinkam. Der ganze Stolz ihrer Natur war zu Tätigkeit angestachelt, die verhaßte Schwäche, die sie für diese Verwundung ihrer Selbstachtung erreichbar gemacht hatte, verschaffte sich zumindest ihre eigene Heilung. Die Gedanken und Versuchungen des letzten Monats sollten alle in einen entlegenen Winkel ihres Gedächtnisses geschleudert werden, jetzt gab es nichts, das sie noch verlocken konnte; die Pflicht würde leicht sein, und all die alten ruhigen Absichten würden wieder friedlich herrschen. Sie betrat den Salon noch immer mit erregtem Glänzen im Gesicht, aber mit einem Gefühl stolzer Selbstbeherrschung, das allem Aufrührenden trotzte. Sie lehnte es ab, noch einmal zu tanzen, aber sie redete ganz bereitwillig und ruhig mit jedem, der sie ansprach. Und als sie in jener Nacht heimkehrten, küßte sie Lucy mit einem freien Herzen, beinahe frohlockend über diesen sengenden Augenblick, der sie von der Möglichkeit eines weiteren Wortes oder Blickes, die den Stempel des Verrats an dieser sanften, arglosen Schwester tragen würden, erlöst hatte.

Am nächsten Morgen brach Maggie nicht so früh nach Basset auf, wie sie gedacht hatte. Ihre Mutter sollte sie in der Kutsche begleiten, und Mrs. Tulliver wurde mit den Haushaltsangelegenheiten nicht so schnell fertig. So mußte Maggie, die sich selbst beeilt hatte, im Garten sitzen und warten, zur Fahrt gerüstet. Lucy hatte im Haus damit zu tun, einige Geschenke vom Bazar für die Jüngeren in Basset einzuwickeln, und als die Türglocke laut schellte, fühlte Maggie einige Beunruhigung, daß Lucy Stephen zu ihr hinausbringen könnte, denn es war gewiß Stephen.

Aber sogleich kam der Besucher allein in den Garten und

setzte sich auf einen der Gartenstühle neben sie. Es war nicht Stephen.
»Von diesem Platz aus können wir gerade die Spitzen der Kiefern sehen, Maggie«, sagte Philip.
Sie hatten einander schweigend die Hand gereicht, aber Maggie hatte ihn beinahe mit ihrem alten kindlichen, liebevollen Lächeln angeblickt, das er bisher nicht in diesem Maße hatte wiederaufleben sehen, und er fühlte sich ermutigt.
»Ja«, sagte sie, »ich sehe sie oft an und wünsche, ich könnte das abendliche Sonnenlicht wieder auf den Stämmen sehen. Aber ich bin nie wieder dorthin gegangen, bis auf einmal – zum Kirchhof, mit meiner Mutter.«
»Ich bin dort gewesen – ich gehe dorthin – ständig«, sagte Philip. »Ich habe nichts als die Vergangenheit, um davon zu leben.«
Lebhafte Erinnerung und lebhaftes Mitleid bewegten Maggie, ihre Hand in Philips zu legen. Sie waren so oft Hand in Hand gegangen.
»Ich erinnere mich an alle Stellen«, sagte sie, »gerade wo du mir besondere Dinge erzähltest – schöne Geschichten, die ich nie zuvor gehört hatte.«
»Du wirst bald wieder dorthin gehen, nicht wahr, Maggie?« sagte Philip, nun etwas scheu. »Die Mühle wird bald wieder deines Bruders Zuhause sein.«
»Ja, aber ich werde nicht dort sein«, sagte Maggie. »Ich werde von dem Glück nur hören. Ich gehe wieder fort – Lucy hat dir das wohl noch nicht gesagt?«
»Dann wird die Zukunft sich nie wieder an die Vergangenheit fügen, Maggie? Das Buch ist abgeschlossen?«
Die grauen Augen, die so oft mit flehender Verehrung zu ihr aufgesehen hatten, sahen jetzt mit einem letzten ringenden Hoffnungsstrahl zu ihr auf, und Maggie begegnete ihnen mit ihrem großen, aufrichtigen Blick.
»Das Buch wird nie abgeschlossen sein, Philip«, sagte sie mit ernster Traurigkeit, »ich wünsche mir keine Zukunft, die die Bande der Vergangenheit bricht. Aber das

Band, das mich an meinen Bruder bindet, ist eines der stärksten. Ich kann nichts willentlich tun, das mich auf immer von ihm scheidet.«

»Ist das der einzige Grund, der uns für alle Zeit trennen soll, Maggie?« sagte Philip mit verzweifelter Entschlossenheit, eine endgültige Antwort zu erhalten.

»Der einzige Grund«, sagte Maggie mit ruhigem Entschluß. Und sie glaubte es. In diesem Augenblick hatte sie das Gefühl, als sei der verzauberte Becher[31] auf dem Boden zerschmettert. Die Reaktion der Erregung, die ihr eine stolze Selbstbeherrschung verliehen hatte, war noch nicht erloschen, und sie sah in die Zukunft mit dem Empfinden ruhiger Wahl.

Sie saßen einige Minuten Hand in Hand, ohne einander anzusehen oder zu sprechen, für Maggie waren die ersten Szenen der Liebe und des Abschieds gegenwärtiger als der jetzige Augenblick, und sie sah Philip im Roten Grund vor sich.

Philip fühlte, daß er über diese ihre Antwort völlig glücklich sein sollte, sie war so offen und durchsichtig wie ein Gebirgssee. Warum war er nicht völlig glücklich? Eifersucht gibt sich mit nichts zufrieden als einer Allwissenheit, die auch die feinsten Falten des Herzens erforschen könnte.

Kapitel 11

Auf dem Feldweg

Maggie war schon seit vier Tagen bei ihrer Tante Moss und gab in den von Sorge getrübten Augen dieser liebevollen Frau dem Sonnenschein des frühen Juni ein ganz neues Strahlen und ließ eine andere Zeit anbrechen für ihre kleinen und großen Vettern und Kusinen, die auswendig lernten, was sie sagte und tat, als wäre sie eine

vorübergehende Erscheinung vollkommener Weisheit und Schönheit.
Sie stand mit ihrer Tante und einer Schar Vettern auf dem Dammweg und fütterte die Hühner zu jener ruhigen Stunde vor dem Nachmittagsmelken, wenn auf dem Bauernhof nur wenig Leben ist. Die großen Gebäude um den tiefen Hof waren so armselig und baufällig wie immer, aber die wuchernden Rosensträucher begannen ihre sommerliche Last über die Gartenmauer zu recken, und das graue Holz und der alte Backstein am oberen Haus hatten das Aussehen schläfrigen Alters in der leuchtenden Nachmittagssonne, was zu der ruhigen Stunde paßte. Maggie, mit ihrer Haube am Arm, lächelte auf die Brut kleiner flaumiger Küken hinunter, als ihre Tante ausrief:
»Du meine Güte! Wer ist denn der Herr, der durchs Tor hereinkommt?«
Es war ein Herr auf einem hohen Braunen, und Flanken und Hals des Pferdes hatten vom schnellen Reiten dunkle Streifen. Maggie fühlte ein Hämmern in Kopf und Herz, so schrecklich, wie wenn ein wilder Feind, der sich totgestellt hat, plötzlich lebendig aufspringt.
»Wer ist es, meine Liebe?« sagte Mrs. Moss, die Maggies Gesicht entnahm, daß sie es wußte.
»Es ist Mr. Stephen Guest«, sagte Maggie ziemlich schwach. »Kusine Lucys – ein Herr, der mit Deanes sehr gut bekannt ist.«
Stephen war schon dicht bei ihnen, war von seinem Pferd gesprungen und zog nun den Hut, als er näherkam.
»Halt das Pferd, Willy«, sagte Mrs. Moss zu dem zwölfjährigen Jungen.
»Nein, danke«, sagte Stephen und riß am Zügel, als das Pferd ungeduldig den Kopf hochwarf. »Ich muß sofort wieder zurück. Ich habe Ihnen eine Nachricht zu überbringen, Miss Tulliver, in privater Angelegenheit. Darf ich mir gestatten, Sie zu bitten, ein paar Schritte mit mir zu gehen?«

Er hatte ein halb ermattetes, halb gereiztes Aussehen, wie das eines Mannes, der von Sorge oder Ärger verfolgt wird, so daß ihm sein Bett und Essen nicht mehr von großem Nutzen sind. Er sprach beinahe abgerissen, als sei ihm sein Auftrag zu dringend, als daß es ihn kümmern könnte, was Mrs. Moss von seinem Besuch und seiner Bitte denken würde. Die gute Mrs. Moss, die ziemlich nervös in Gegenwart dieses offensichtlich hochmütigen Herrn war, fragte sich im stillen, ob es recht oder falsch wäre, ihn noch einmal einzuladen, sein Pferd stehenzulassen und hereinzukommen, als Maggie, die die ganze Peinlichkeit der Situation empfand und unfähig war, etwas zu sagen, ihre Haube aufsetzte und sich zum Tor wandte.

Auch Stephen wandte sich um, ging an ihrer Seite und führte sein Pferd.

Kein Wort wurde gesprochen, bis sie auf den Feldweg kamen und dort einige Schritte gegangen waren und Maggie, die die ganze Zeit vor sich hin gesehen hatte, sich umwandte, um zurückzugehen, und mit hochmütigem Unwillen sagte:

»Ich brauche nicht noch weiter zu gehen. Ich weiß nicht, ob Sie es als ritterliches und taktvolles Verhalten betrachten, daß Sie mich in eine Situation versetzten, die mich zwang, mit Ihnen herauszukommen – oder ob Sie mich noch weiter zu beleidigen wünschen, indem Sie mich auf diese Weise zu einer Unterredung nötigen.«

»Natürlich, Sie zürnen mir, weil ich gekommen bin«, sagte Stephen bitter. »Natürlich hat es nichts zu sagen, was ein Mann zu leiden hat, es ist nur Ihre weibliche Würde, die Sie kümmert.«

Maggie fuhr ein wenig zusammen, wie von einem ganz leichten elektrischen Schlag.

»Als wäre es nicht genug, daß ich auf diese Weise verstrickt bin – daß ich vor Liebe zu Ihnen wahnsinnig bin – daß ich mich der stärksten Leidenschaft, die ein Mann fühlen kann, widersetze, weil ich versuche, anderen Ansprüchen gerecht zu werden –, aber Sie müssen mich behandeln, als wäre ich eine rohe Bestie, die Sie willentlich verletzen wollte. Und das, wo ich, wenn ich frei wählen könnte, Sie bitten würde, meine Hand, mein Geld, mein ganzes Leben zu nehmen, und damit zu tun, was Sie wollen. Ich weiß, daß ich mich vergaß. Ich nahm mir eine unverantwortliche Freiheit heraus. Ich hasse mich dafür, daß ich es getan habe. Aber ich bereute es sofort – ich habe es seither ständig bereut. Sie sollten nicht denken, es sei unverzeihlich; ein Mann, der mit ganzer Seele liebt, wie ich Sie liebe, kann für einen Moment von seinen Gefühlen überwältigt werden, aber Sie wissen – Sie müssen es glauben –, daß der schlimmste Schmerz, den ich haben konnte, ist, daß ich Ihnen Schmerz zugefügt habe – und daß ich die Welt dafür geben würde, den Fehler rückgängig zu machen.«

Maggie wagte nicht zu sprechen, wagte nicht, den Kopf zu wenden. Die Stärke, die aus ihrem Unwillen gekommen war, war ganz gewichen, und ihre Lippen bebten sichtlich. Sie konnte sich nicht trauen, die volle Vergebung auszusprechen, die als Antwort auf dieses Bekenntnis in ihr aufstieg.

Sie waren fast wieder beim Tor angelangt, und sie blieb zitternd stehen.

»Sie dürfen diese Dinge nicht sagen – ich darf sie nicht hören«, sagte sie und sah voller Elend zu Boden, während Stephen sich vor sie stellte, um zu verhindern, daß sie noch weiter zum Tor ginge. »Es tut mir sehr leid, wenn Sie Schmerzliches durchmachen müssen, aber das Reden hat keinen Zweck.«

»Doch, es hat Zweck«, sagte Stephen heftig. »Es hätte Zweck, wenn Sie mich mit etwas Mitleid und Rücksicht behandeln würden, anstatt mir im Geiste schändliches Unrecht zuzufügen. Ich könnte alles ruhiger ertragen, wenn ich wüßte, daß Sie mich nicht als einen unverschämten Gecken hassen würden. Sehen Sie mich an –

sehen Sie, was für ein gehetzter Teufel ich bin; ich bin jeden Tag dreißig Meilen geritten, um den Gedanken an Sie loszuwerden.«

Maggie sah ihn nicht an – wagte nicht, es zu tun. Sie hatte das gequälte Gesicht bereits gesehen. Aber sie sagte sanft:

»Ich denke nichts Böses von Ihnen.«

»Dann, Liebste, sehen Sie mich doch an«, sagte Stephen im tiefsten, zärtlichsten Ton der Bitte. »Gehen Sie noch nicht von mir fort. Schenken Sie mir einen Augenblick des Glücks, lassen Sie mich spüren, daß Sie mir vergeben haben.«

»Ja, ich vergebe Ihnen«, sagte Maggie, erschüttert von diesem Ton und desto mehr in Angst vor sich selbst. »Aber bitte, lassen Sie mich wieder hineingehen. Bitte gehen Sie fort.«

Eine große Träne fiel von ihren gesenkten Augenlidern.

»Ich kann nicht von Ihnen fortgehen – ich kann Sie nicht verlassen«, sagte Stephen mit noch leidenschaftlicherem Flehen. »Ich werde wiederkommen, wenn Sie mich mit dieser Kälte fortschicken, ich kann nicht für mich bürgen. Aber wenn Sie nur einen kleinen Weg mit mir gehen wollen, dann kann ich davon leben. Sie sehen doch deutlich genug, daß Ihr Zorn mich nur noch zehnmal so unvernünftig gemacht hat.«

Maggie wandte sich um. Doch Tankred, der Braune, begann gegen diesen häufigen Richtungswechsel so temperamentvolle Einwände zu machen, daß Stephen, der Willy Moss durch das Tor lugen sah, rief: »Komm her und halt mein Pferd für fünf Minuten.«

»O nein«, sagte Maggie hastig, »meine Tante wird es für sehr merkwürdig halten.«

»Egal«, antwortete Stephen ungeduldig, »sie kennen die Leute von St. Ogg's nicht. Führ ihn hier auf und ab für fünf Minuten«, fügte er zu Willy gewandt hinzu, der nun direkt bei ihnen stand, und wandte sich dann an Maggies

Seite zum Gehen. Es war klar, daß sie jetzt weitergehen mußte.
»Nehmen Sie meinen Arm«, sagte Stephen bittend, und sie nahm ihn und und hatte unterdessen das Gefühl, als gleite sie in einem Alptraum in die Tiefe.
»Dies ist Elend ohne Ende«, begann sie und rang darum, den Einfluß durch Sprechen zurückzudrängen. »Es ist böse, gemein, auch nur ein Wort oder einen Blick zuzulassen, den Lucy, den andere nicht hätten sehen dürfen. Denken Sie an Lucy.«
»Ich denke doch an sie – die Gute. Täte ich es nicht –«, Stephen hatte seine Hand auf Maggies gelegt, die auf seinem Arm ruhte, und beide empfanden es als schwierig zu sprechen.
»Und mich binden noch andere Bande«, fuhr Maggie schließlich mit verzweifelter Anstrengung fort, »auch wenn es Lucy nicht gäbe.«
»Sie sind mit Philip Wakem verlobt?« sagte Stephen hastig. »Ist es so?«
»Ich betrachte mich als mit ihm verlobt. Ich will niemand anderes heiraten.«
Stephen schwieg wieder, bis sie aus der Sonne heraus in einen Nebenweg eingebogen waren, der ganz grasbewachsen und geschützt war. Dann rief er heftig aus:
»Es ist unnatürlich, es ist schrecklich. Maggie, wenn Sie mich liebten, wie ich Sie liebe, würden wir alles andere in den Wind schlagen, um einander zu gehören. Wir würden all diese irrtümlichen Bande brechen, die in Blindheit geknüpft wurden, und beschließen, einander zu heiraten.«
»Ich möchte lieber sterben, als dieser Versuchung zu verfallen«, sagte Maggie mit tiefer, langsamer Deutlichkeit, und all die in schmerzlichen Jahren gesammelte geistige Kraft kam ihr in dieser höchsten Not zu Hilfe. Sie entzog ihm ihren Arm, während sie sprach.
»Sagen Sie mir dann, daß ich Ihnen gleichgültig bin«,

sagte er beinahe heftig. »Sagen Sie mir, daß Sie jemand anderes mehr lieben.«
Es durchfuhr Maggie, daß hier eine Möglichkeit war, sich aus äußerem Kampf zu befreien – Stephen zu sagen, daß ihr ganzes Herz Philip gehöre. Doch ihre Lippen wollten dies nicht hervorbringen, und so schwieg sie.
»Wenn Sie mich denn lieben«, sagte Stephen sanft, wobei er wieder ihre Hand nahm und sie auf seinen Arm legte, »dann ist es besser, Liebste, dann ist es recht, daß wir einander heiraten sollten. Wir können den Schmerz, den es verursachen wird, nicht ändern. Es ist über uns gekommen, ohne daß wir danach trachteten, es ist natürlich, es hat sich meiner bemächtigt trotz aller Anstrengung, die ich unternahm, um dem zu widerstehen. Gott weiß, daß ich versucht habe, stillschweigenden Gelöbnissen treu zu sein, und ich habe alles nur schlimmer gemacht – ich hätte besser sofort nachgegeben.«
Maggie schwieg. Wenn es nicht unrecht wäre – wenn sie nur davon überzeugt wäre und nicht länger gegen diese Strömung zu schlagen und anzukämpfen brauchte, die so sanft und doch so stark war wie der Strom im Sommer.
»Sag ja, Liebste«, sagte Stephen und beugte sich vor, um ihr bittend ins Gesicht zu sehen. »Was könnte uns in der ganzen Welt noch kümmern, wenn wir einander gehörten?«
Ihr Atem war auf seinem Gesicht, seine Lippen waren ganz nahe den ihren, aber große Furcht lag in seiner Liebe zu ihr.
Ihre Lippen und Augenlider bebten, sie öffnete ihre Augen für einen Augenblick ganz und begegnete den seinen wie ein liebliches wildes Tier, das sich unter Liebkosungen furchtsam sträubt, und dann wandte sie sich scharf um und wieder dem Hause zu.
»Und schließlich«, fuhr er in ungeduldigem Ton fort und versuchte, seine eigenen Skrupel sowie die ihren zu bezwingen, »ich breche kein ausdrückliches Verlöbnis; wenn Lucy mir ihre Zuneigung entzogen und jemand

anderem geschenkt hätte, würde ich kein Recht fühlen, einen Anspruch auf sie zu erheben. Wenn du nicht wirklich Philip verlobt bist, ist keiner von uns gebunden.«
»Das glauben Sie nicht – es ist nicht Ihr wirkliches Empfinden«, sagte Maggie ernst. »Sie fühlen wie ich, daß die wahren Bande in den Gefühlen und Erwartungen, die wir in anderen geweckt haben, liegen. Sonst könnten alle Gelöbnisse gebrochen werden, für die es keine äußerliche Strafe gibt. Es gäbe nicht so etwas wie Treue.«
Stephen schwieg, er konnte das Argument nicht weiter verfolgen, die gegenteilige Überzeugung hatte sich zu sehr in ihm festgesetzt während der vorangegangenen Zeit seines Kampfes. Doch sie stellte sich sogleich in neuer Form ein.
»Das Gelöbnis kann nicht erfüllt werden«, sagte er mit heftigem Beharren. »Es ist unnatürlich; wir können nur vorgeben, daß wir jemand anderem gehören wollen. Auch darin ist Unrecht, es liegt darin vielleicht Elend sowohl für *sie* als für uns. Maggie, du mußt das sehen – du siehst es doch.«
Er suchte eifrig in ihrem Gesicht nach dem geringsten Zeichen von Nachgeben, seine große feste, sanfte Hand drückte die ihre. Sie schwieg einige Augenblicke und richtete ihre Augen auf den Boden, dann atmete sie tief und sagte, wobei sie mit feierlicher Traurigkeit zu ihm aufsah:
»Oh, es ist schwierig – das Leben ist sehr schwierig. Es erscheint mir manchmal richtig, daß wir unserem stärksten Gefühl folgen sollten, aber dann stoßen solche Gefühle ständig auf die Bande, die unser ganzes früheres Leben für uns geknüpft hat – die Bande, die andere von uns abhängig gemacht haben –, und würden sie entzweischneiden. Wenn das Leben ganz leicht und einfach wäre, wie es im Paradies gewesen sein mag, und wir immer den Menschen zuerst sehen könnten, zu dem ... ich meine, wenn das Leben uns nicht Pflichten aufer-

legte, bevor die Liebe kommt, dann wäre Liebe ein Zeichen dafür, daß zwei Menschen zueinander gehören sollten. Aber ich sehe, ich fühle, daß es nun nicht so ist; es gibt Dinge, denen wir im Leben entsagen müssen, einige von uns müssen auf die Liebe verzichten. Viele Dinge sind schwierig und dunkel für mich, aber eines sehe ich ganz deutlich: daß ich nicht mein Glück suchen kann, nicht suchen darf, indem ich das anderer opfere. Liebe ist natürlich, aber gewiß sind auch Mitleid und Treue und Erinnerung natürlich. Und sie würden weiter in mir leben und mich bestrafen, wenn ich ihnen nicht gehorchte. Ich würde von dem Leid verfolgt, das ich verursacht hätte. Unsere Liebe wäre vergiftet. Drängen Sie mich nicht, helfen Sie mir – helfen Sie mir, *weil* ich Sie liebe.«

Maggie war immer ernster geworden, während sie sprach, ihr Gesicht hatte sich gerötet, und ihre Augen wurden immer mehr von bittender Liebe erfüllt. Die Fasern edler Gesinnung in Stephen vibrierten bei dieser Bitte, doch gleichzeitig – wie konnte es anders sein? – gewann diese flehende Schönheit neue Macht über ihn.

»Liebste«, sagte er in kaum mehr als einem Flüstern, während sein Arm sich um sie legte, »ich will alles tun, alles ertragen, was du wünschst. Aber – ein Kuß – einer – der letzte – bevor wir uns trennen.«

Ein Kuß – und dann ein langer Blick – bis Maggie bebend sagte: »Lassen Sie mich gehen, lassen Sie uns schnell zurückkehren.«

Sie ging eilig, und kein Wort wurde mehr gesprochen. Stephen blieb stehen und winkte Willy heran, als sie ihn und das Pferd erblickten, und Maggie ging weiter durch das Tor. Mrs. Moss stand allein an der Tür im alten Eingang, sie hatte mit rücksichtsvoller Güte alle Vettern und Kusinen hineingeschickt. Es mochte eine freudige Angelegenheit sein, daß Maggie einen reichen und schönen Liebhaber hatte, aber sie würde natürlich verlegen sein, wenn sie wieder hereinkäme – und vielleicht war es auch gar nicht so freudig. Auf jeden Fall wartete Mrs. Moss besorgt, um Maggie allein zu empfangen. Das beredte Gesicht sagte deutlich genug, daß, wenn es Freude war, diese von aufrührender, zweifelhafter Art sein mußte.

»Setz dich hier ein wenig, meine Liebe.« Sie zog Maggie in den Eingang und setzte sich neben sie auf die Bank. Im Haus war man nie ungestört.

»Oh, Tante Gritty, ich bin sehr elend. Ich wünschte, ich hätte sterben können, als ich fünfzehn war. Es schien damals so leicht, etwas aufzugeben – und jetzt ist es so schwer.«

Das arme Kind warf ihre Arme um den Hals ihrer Tante und begann lange und tief zu schluchzen.

Kapitel 12

Ein Familientreffen

Maggie verließ ihre gute Tante Gritty am Ende der Woche und ging nach Garum Firs, um ihre Tante Pullet verabredungsgemäß zu besuchen. In der Zwischenzeit hatten sich ganz unerwartete Dinge ereignet, und in Garum sollte ein Familientreffen stattfinden, um den Wandel im Geschick der Tullivers zu besprechen und zu feiern, der nun wohl endlich den Schatten ihres Versagens wie den letzten Rand einer Sonnenfinsternis hinwegtragen und ihre bis jetzt verdunkelten Tugenden im ganzen Rund ihres Glanzes erstrahlen lassen sollte. Es ist erfreulich zu wissen, daß ein neues Kabinett, das gerade ins Amt gekommen ist, nicht die einzigen Mitmenschen sind, die eine Zeit der Hochschätzung und des volltönenden Lobes genießen, in vielen ehrbaren Familien überall in unserem Königreich begegnen Verwandte, die zu Ansehen kommen, einer ähnlichen Herzlichkeit der

Anerkennung, die, da sie so herrlich frei ist vom Zwang alles Vorhergegangenen, die hoffnungsvolle Möglichkeit andeutet, daß wir uns eines Tages unversehens in einem Millennium befinden werden mit Basilisken, die nicht mehr beißen, und Wölfen, die nicht mehr ihre Zähne zeigen,[32] es sei denn, mit den freundlichsten Absichten.

Lucy kam früh genug, um sogar vor Tante Glegg dazusein, denn sie sehnte sich nach einem ungestörten Gespräch mit Maggie über die wundervolle Neuigkeit. Es schien doch – oder etwa nicht?, sagte Lucy mit ihrer hübschesten weisen Miene –, als ob alles, sogar das Unglück anderer Leute (die Ärmsten!) sich verschworen hätte, um jetzt die arme liebe Tante Tulliver und Vetter Tom und auch die unartige Maggie, wenn sie nicht so hartnäckig auf das Gegenteil versessen wäre, so glücklich zu machen, wie sie es nach all ihren Nöten verdienten. Zu denken, daß an dem Tag – ausgerechnet an *dem* Tag –, nachdem Tom von Newcastle zurückgekehrt war, dieser unselige junge Jetsome, den Mr. Wakem mit der Mühle betraut hatte, in einem Anfall von Trunkenheit von seinem Pferd gestürzt war und nun in einem so gefährlichen Zustand in St. Ogg's lag, daß Wakem seinen Wunsch bekundet hatte, die neuen Käufer mögen das Anwesen sofort übernehmen. Es war schrecklich für diesen unglücklichen jungen Mann, aber es schien doch, als ob das Unglück gerade jetzt und nicht zu irgendeiner anderen Zeit geschehen sei, damit Vetter Tom desto eher die verdiente Belohnung für sein beispielhaftes Verhalten bekommen sollte – Papa hielt so sehr viel von ihm. Tante Tulliver mußte natürlich jetzt zur Mühle gehen und für Tom den Haushalt führen, das war ein ziemlicher Verlust für Lucy in bezug auf häusliche Bequemlichkeit, aber sich das arme Tantchen wieder in ihrer alten Wohnung vorzustellen und wie sie es dort allmählich wieder gemütlich hätte! Zu diesem letzten Punkt hatte Lucy ihre listigen Pläne, und als sie und Maggie ihren gefährlichen

Weg auf der spiegelnden Treppe nach unten gemacht hatten in das hübsche Wohnzimmer, wo selbst die Sonnenstrahlen reinlicher schienen als anderswo, da führte sie ihr Manöver, wie jeder andere große Taktiker es getan hätte, gegen die schwache Seite des Feindes.

»Tante Pullet«, sagte sie, setzte sich aufs Sofa und strich liebkosend die flatternden Haubenbänder jener Dame zurecht, »ich möchte gern, daß du dir überlegst, welches Leinen und Geschirr du Tom für seinen Haushalt geben willst, denn du bist immer so großzügig – du gibst doch immer so hübsche Sachen ab, und wenn du ein Beispiel gibst, wird Tante Glegg folgen.«

»Das kann sie niemals, meine Liebe«, sagte Mrs. Pullet mit ungewöhnlicher Lebendigkeit, »denn solches Leinen hat sie nicht, daß es sich mit meinem sehn lassen könnte, das kann ich dir sagen. Sie hatte nie Geschmack, auch wenn es ihr aufs Geld nicht ankäme. Große Karos und Lebewesen wie Hirsche und Füchse, so ist ihre ganze Tischwäsche – keine Punkte oder Rautenmuster dabei. Aber es ist erbärmlich, sein Leinen zu verteilen, bevor man stirbt, ich hätte nie daran gedacht, das zu tun, Bessy«, fuhr Mrs. Pullet fort, schüttelte mit dem Kopf und sah ihre Schwester Tulliver an, »als du und ich die doppelte Raute aussuchten – der erste Flachs, den wir überhaupt gesponnen hatten – und Gott weiß, wo deins nun hingekommen ist.«

»Ich hatte keine Wahl, gewiß nicht, Schwester«, sagte die arme Mrs. Tulliver, die es gewohnt war, sich im Licht einer Angeklagten zu sehen. »Gewiß ist's niemals mein Wunsch gewesen, nachts wachzuliegen und an mein bestes gebleichtes Leinen zu denken, das übers ganze Land verstreut ist.«

»Nimm ein Pfefferminz, Mrs. Tulliver«, sagte Onkel Pullet in dem Gefühl, eine preiswerte und bekömmliche Form des Trostes anzubieten, die er durch sein Beispiel empfahl.

»Oh, aber, Tante Pullet«, sagte Lucy, »du hast so viel

wunderschönes Leinen, und angenommen, du hättest Töchter gehabt. Dann hättest du es aufteilen müssen, wenn sie geheiratet hätten.«

»Nun, ich sag ja nicht, daß ich es nicht tun will«, sagte Mrs. Pullet, »denn nun, wo Tom solches Glück hat, ist's nicht mehr wie recht, daß seine Angehörigen ihn achten und ihm helfen. Da sind die Tischtücher, die ich bei eurer Versteigerung gekauft hab, Bessy, 's war nichts als Gutmütigkeit von mir, sie zu kaufen, denn sie haben seitdem immer in der Truhe gelegen. Aber ich werd Maggie nichts mehr von meinem indischen Musselin und all dem geben, wenn sie wieder in Dienst gehn will, wo sie bleiben und mir Gesellschaft leisten könnte und für mich nähen, wenn ihr Bruder sie nicht braucht.«

»In Dienst gehen« war der Ausdruck, mit dem man bei den Dodsons die Stellung einer Lehrerin oder Gouvernante bezeichnete, und Maggies Rückkehr ins Gesindeverhältnis, nun, da die Umstände ihr viel wünschenswertere Aussichten boten, würde wohl bei all ihren Verwandten mit Ausnahme von Lucy ein heikler Punkt sein. Maggie war in Rohform, mit den Rücken hinabhängendem Haar und insgesamt nicht gerade vielversprechend, eine ganz und gar nicht wünschenswerte Nichte, aber jetzt war sie in der Lage, Zierde und Nutzen zugleich zu sein. Das Thema wurde in Gegenwart von Tante und Onkel Glegg bei Tee und süßen Semmeln wieder aufgenommen.

»He, he!« sagte Mr. Glegg und klopfte Maggie gutmütig auf den Rücken, »Unsinn, Unsinn! Laß uns nichts mehr davon hören, daß du wieder 'ne Stelle annehmen willst, Maggie. Du mußt doch wohl 'n halbes Dutzend Verehrer beim Bazar aufgetan haben; ist denn kein Schatz von der rechten Sorte dabei? Na, komm?«

»Mr. Glegg«, sagte seine Frau mit jenem Anflug von erhöhter Höflichkeit in ihrer Strenge, den sie immer mit ihren gekräuselteren Stirnlocken anlegte, »entschuldige mich, aber du bist bei weitem zu leichtfertig für 'n Mann in deinen Jahren. Respekt und Pflichtgefühl gegenüber ihren Tanten und ihrer übrigen Verwandtschaft, die so gut zu ihr sind, hätten meine Nichte davon abhalten sollen, 'ne neue Abmachung zu treffen, ohne uns zu befragen – nicht 'n Schatz, wenn ich ein solches Wort gebrauchen soll, obwohl man's in meiner Familie nie gehört hat.«

»Na, wie nannten sie uns denn wohl, als wir damals unsere Besuche machten, was, Nachbar Pullet? Damals waren wir doch wohl geschätzt genug«, sagte Mr. Glegg und zwinkerte vergnügt, während Mr. Pullet, als es um Schätzenswertes ging, noch ein Pfefferminz nahm.

»Mr. Glegg«, sagte Mrs. G., »wenn du geschmacklos sein willst, laß es mich wissen.«

»Ach, Jane, dein Mann scherzt doch nur«, sagte Mrs. Pullet, »laß ihn scherzen, solange er noch Kraft und Gesundheit hat. Sieh doch den armen Mr. Tilt, dem der Mund ganz schief hängt und der nicht lachen könnte, selbst wenn er's versuchte.«

»Dann möchte ich dich wegen des Zuckerstreuers bemühen, Mr. Glegg«, sagte Mrs. G., »wenn ich so kühn sein darf, dein Scherzen zu unterbrechen. Obwohl es andre Leute sehn mögen, was für ein Scherz das sein soll, wenn eine Nichte so geringe Achtung vor der ältesten Schwester ihrer Mutter zeigt, die das Oberhaupt der Familie ist, und nur dann und wann zu kurzen Besuchen kommt während der ganzen Zeit, wo sie in der Stadt war, und dann ohne mein Wissen abmacht, daß sie fortgehen wird – wo ich schon absichtlich Hauben herausgelegt hatte, damit sie sie für mich herrichten könnte –, und das, wo ich mein Geld so gleichmäßig verteilt hab –«

»Schwester«, warf Mrs. Tulliver besorgt ein, »ich bin sicher, daß Maggie nie daran gedacht hat fortzugehen, ohne auch bei dir zu Besuch zu bleiben wie bei den andern. Nicht, daß es mein Wunsch wär', daß sie überhaupt fortgehen soll, ganz im Gegenteil. Bestimmt bin ich unschuldig. Ich hab immer wieder gesagt: ›Meine

Liebe, du hast keine Veranlassung fortzugehen.‹ Aber es sind noch zehn Tage oder zwei Wochen, bevor Maggie gehen soll, sie kann doch gradsogut so lang bei dir wohnen, und ich schau herein, wenn ich kann, und Lucy auch.«

»Bessy«, sagte Mrs. Glegg, »wenn du nur ein wenig mehr deine Gedanken anstrengen würdest, dann möchtest du wissen, daß ich es wohl kaum lohnend finde, jetzt ein Bett herzurichten und mir all die Mühe zu machen, wo die Zeit bald um ist und wo unser Haus doch nicht mehr als eine Viertelstunde zu Fuß von Mr. Deanes entfernt ist. Sie kann früh am Morgen kommen und abends spät gehen und dankbar sein, daß sie eine gute Tante in der Nähe hat, der sie Gesellschaft leisten kann. Ich weiß, daß ich das getan hätte, als ich in ihrem Alter war.«

»Na, Jane«, sagte Mrs. Pullet, »'s würd' deinen Betten guttun, wenn jemand drin schliefe. Das gestreifte Zimmer riecht furchtbar moderig, und der Spiegel ist blind wie nur was. Ich dachte wirklich, ich würd' auf der Stelle sterben, als du mich hineingebracht hast.«

»Oh, da ist Tom!« rief Lucy aus und klatschte in die Hände. »Er ist auf Sindbad gekommen, wie ich ihm gesagt habe. Ich hatte schon Angst, er würde sein Versprechen nicht halten.«

Maggie sprang auf, um Tom zu küssen, als er eintrat, mit heftigem Gefühl bei dieser ersten Begegnung, seit ihm die Aussicht, in die Mühle zurückzukehren, eröffnet worden war, und sie hielt seine Hand und führte ihn zu dem Stuhl an ihrer Seite. Keine Wolke zwischen sich und Tom zu haben, war immer noch ihr ständiges Verlangen, das tiefer verwurzelt war als aller Wandel. Er lächelte sie an diesem Abend sehr freundlich an und sagte: »Na, Magsie, wie geht's Tante Moss?«

»Na, sieh mal an, Sir«, sagte Mr. Glegg und streckte seine Hand aus. »Du bist ja ein so großer Mann, du kommst überall voran, scheint es. Du bist ein gutes Stück früher zu Erfolg gekommen als wir alten Leute, aber ich wünsch dir Glück, ich wünsch dir Glück. Die Mühle wird dir eines Tages wieder ganz gehören, dessen bin ich sicher. Du wirst nicht auf halbem Weg bergauf stehenbleiben.«

»Aber ich hoffe, daß er nicht vergessen wird, daß es seiner Mutter Familie ist, der er es verdankt«, sagte Mrs. Glegg. »Wenn er sie nicht gehabt hätte, um nach ihnen zu geraten, dann wäre es ihm schlecht gegangen. Es gab nie irgendwelche Fehlschläge oder Prozesse oder Verschwendung in unserer Familie – oder Sterben ohne Testament –«

»Nein, oder plötzlichen Tod«, sagte Tante Pullet, »immer wurde der Doktor geholt. Aber Tom hatte die Dodsonhaut, das hab ich von Anfang an gesagt – und ich weiß nicht, was *du* vorhast, Schwester Glegg, aber ich will ihm meine drei zweitgrößten Tischtücher alle geben und außerdem Bettlaken. Ich sag nicht, was ich sonst noch tun werde, aber *das* werde ich tun, und wenn ich morgen sterben sollte, Mr. Pullet, wirst du dran denken – obwohl du die Schlüssel durcheinanderbringen wirst und dich nie erinnerst, daß der im dritten Fach vom linken Kleiderschrank hinter den Nachthauben mit den breiten Bändern, nicht denen mit den schmalen Rüschen, der Schlüssel zu der Schublade im Blauen Zimmer ist, wo der Schlüssel zur Blauen Kleiderkammer liegt. Du wirst 'n Fehler machen, und ich werd es nie mehr erfahren müssen. Du hast 'n Gedächtnis für meine Pillen und Tropfen – wundervoll – das werde ich immer von dir sagen – aber mit Schlüsseln bist du verloren.« Diese düstere Aussicht auf die Verwirrung, die ihrem Hinscheiden folgen würde, ging Mrs. Pullet sehr nahe.

»Du treibst es zu weit, Sophy – dieses Ein- und Aufschließen«, sagte Mrs. Glegg mit einem Ton des Widerwillens gegen diese Torheit. »Du gehst über deine eigne Familie hinaus. Niemand kann sagen, ich schlösse nicht ab, aber ich tue, was vernünftig ist, und nicht mehr. Und was das Leinen angeht, so suche ich das heraus, was nützlich ist, um meinem Neffen ein Geschenk zu machen; ich habe Tuch, das noch nie gebleicht wurde, das ist noch besser als anderer Leute bestes Hollandleinen, und ich hoffe, er wird sich darin niederlegen und an seine Tante denken.«

Tom dankte Mrs. Glegg, aber wich jedem Versprechen, ihre Tugenden nächtens zu überdenken, aus, und Mr. Glegg schaffte eine Ablenkung für ihn, indem er ihn über Mr. Deanes Absichten hinsichtlich der Dampfkraft befragte.

Lucy hatte ihre weitsichtigen Pläne gehabt, als sie Tom bat, auf Sindbad zu kommen. Es zeigte sich, als es Zeit war heimzukehren, daß der Diener das Pferd reiten und Vetter Tom seine Mutter und Lucy fahren sollte. »Du mußt allein sitzen, Tantchen«, sagte die arglistige junge Dame, »denn ich muß neben Tom sitzen, ich habe ihm eine Menge zu sagen.«

Im Eifer ihrer liebevollen Besorgnis um Maggie konnte sich Lucy nicht dazu bringen, ein Gespräch über diese mit Tom aufzuschieben, der, wie sie meinte, mit einem solchen Freudenbecher vor sich wie dieser schnellen Erfüllung seines Wunsches wegen der Mühle, nachgiebig und leichter umzustimmen sein würde. Ihre Natur versah sie mit keinem Schlüssel zu Toms Wesen, und sie war verwirrt und schmerzlich berührt, die unangenehme Veränderung in seinem Ausdruck zu bemerken, als sie ihm die Geschichte erzählte, wie Philip seinen Einfluß auf seinen Vater benutzt hatte. Sie hatte auf diese Enthüllung als einen großen diplomatischen Wurf gesetzt, der Toms Herz sofort Philip zuwenden würde und außerdem bewies, daß der ältere Wakem bereit war, Maggie mit allen Ehren als Schwiegertochter zu empfangen. Es fehlte also an nichts, als daß der liebe Tom, der immer dieses nette Lächeln hatte, wenn er Kusine Lucy ansah, gänzlich umschwenken sollte, das Gegenteil von dem sagen, was er immer gesagt hatte und erklären, daß er für

sein Teil hocherfreut sei, daß all die alten Übel geheilt seien, und daß Maggie Philip mit aller schicklichen Eile haben sollte; nach Kusine Lucys Ansicht hätte nichts einfacher sein können.
Aber Gesinnungen, die stark geprägt sind von den positiven und negativen Eigenschaften, die Strenge schaffen – Willenskraft, bewußter Redlichkeit der Absicht, Begrenztheit der Vorstellung und des Intellekts, großer Macht der Selbstbeherrschung, und einer Neigung, Kontrolle über andere auszuüben –, nehmen Vorurteile auf als die natürliche Nahrung der Neigungen, die keine Unterstützung aus dem komplexen, bruchstückhaften, Zweifel hervorrufenden Wissen ziehen können, das wir Wahrheit nennen. Ein Vorurteil sei ererbt, durch die Luft getragen, durch Hörensagen angenommen, mit dem Auge aufgefangen – wie immer es kommen mag, diese Gesinnungen werden ihm eine Wohnstatt bieten; es ist etwas, das man stark und tapfer bekräftigen kann, etwas, das die Leere an spontanen Gedanken ausfüllt, etwas, das man anderen mit der Autorität bewußten Rechtes auferlegen kann, es ist zugleich Stab und Knüppel. Jedes Vorurteil, das diesen Zwecken entspricht, ist in sich beweiskräftig. Unser guter aufrechter Tom war von dieser Art Gesinnung, seine innerliche Kritik an seines Vaters Fehler hielt ihn nicht davon ab, seines Vaters Vorurteil zu übernehmen, es war ein Vorurteil gegen einen Mann von laxen Prinzipien und einem laxen Leben, und es war ein Sammelpunkt für all die enttäuschten Gefühle des Familien- wie des eigenen Stolzes. Andere Gefühle fügten noch ihre Kraft hinzu, um Toms bitteren Widerwillen gegen Philip und gegen Maggies Verbindung mit ihm hervorzurufen, und ungeachtet Lucys Macht über ihren eigensinnigen Vetter bekam sie nichts als eine kalte Weigerung, jemals eine solche Heirat zu billigen, aber natürlich konnte Maggie tun, was sie wollte, sie hatte ihre Entschlossenheit, unabhängig zu sein, erklärt. Tom für sein Teil fühlte sich aus Pflicht-

treue gegenüber dem Gedächtnis seines Vaters und durch jegliches männliche Gefühl gehalten, niemals in eine Verbindung mit den Wakems einzuwilligen.
Und so war alles, was Lucy durch ihre eifrige Vermittlung bewirkt hatte, daß Toms Sinn sich mit der Erwartung füllte, Maggies abartiger Entschluß, wieder eine Stellung anzunehmen, werde sich bald verwandeln, was ihre Entschlüsse überhaupt gern taten, und zwar in etwas ebenso Abartiges, aber völlig anderes – eine Heirat mit Philip Wakem.

Kapitel 13

Von der Flut fortgetragen

In weniger als einer Woche war Maggie wieder in St. Ogg's, äußerlich in etwa derselben Lage wie zuvor, als ihr Besuch dort erst begonnen hatte. Es war leicht für sie, ihre Vormittage ohne offensichtliche Bemühung fern von Lucy auszufüllen, denn sie mußte ihre versprochenen Besuche bei ihrer Tante Glegg machen, und es war natürlich, daß sie sich in diesen letzten Wochen mehr als gewöhnlich ihrer Mutter widmete, vor allem da man an Vorbereitungen für Toms Haushalt zu denken hatte. Aber Lucy wollte keine Ausrede dafür gelten lassen, daß sie abends ausbliebe; sie mußte stets vor dem Essen von Tante Glegg zurückkehren. »Was habe ich denn sonst von dir?« sagte Lucy mit weinerlichem Schmollmund, dem nicht zu widerstehen war. Und Mr. Stephen Guest hatte sich unerklärlicherweise darauf verlegt, so oft als möglich bei Deanes zu essen, anstatt dies wie früher zu vermeiden. Anfangs begann er seine Vormittage mit dem Entschluß, daß er nicht dort essen, nicht einmal abends hingehen würde, bis Maggie fort sei. Er hatte sogar einen Plan erdacht, in diesem schönen Juniwetter zu einer

Reise aufzubrechen; die Kopfschmerzen, die er ständig als Grund für Stumpfsinn und Schweigen angeführt hatte, waren ein hinreichend einleuchtendes Motiv. Aber die Reise wurde nicht gemacht, und bis zum vierten Morgen war noch kein klarer Entschluß gefaßt hinsichtlich der Abende, es wurde an sie nur als Zeiten gedacht, da Maggie noch für eine kleine Weile gegenwärtig sein würde – da noch eine Berührung, noch ein Blick erhascht werden konnte. Denn, warum nicht? Es gab nichts zu verbergen zwischen ihnen; sie wußten um ihre Liebe, sie hatten sie sich eingestanden, und sie hatten einander entsagt, sie würden sich trennen. Ehre und Gewissen würden sie scheiden, Maggie hatte es aus dem Drängen ihrer innersten Seele heraus so beschlossen; aber gewiß durften sie einander doch noch einen verweilenden Blick über die Kluft hinweg zuwerfen, bevor sie sich abwandten, um sich nie wieder anzusehen, bis jenes seltsame Licht in ihren Augen auf immer erloschen war.

Maggie ging während dieser Zeit in Ruhe, ja fast in Erstarrung umher, die sich so sehr von ihrer sonstigen wechselhaften Lebendigkeit und Begeisterung abhob, daß Lucy eine andere Ursache für eine solche Veränderung hätte suchen müssen, wenn sie nicht überzeugt gewesen wäre, daß die Position, in der Maggie sich befand, zwischen Philip und ihrem Bruder, und die Aussicht auf ihre selbstauferlegte öde Verbannung genug waren, um ein hohes Maß an Niedergeschlagenheit zu erklären. Aber unter dieser Erstarrung ging ein wilder Kampf der Emotionen vor sich, wie Maggie ihn in ihrem ganzen konfliktreichen Leben noch nie erfahren oder erahnt hatte; es schien ihr, als ob das schlimmste Übel in ihr bis jetzt im Hinterhalt gelauert habe und plötzlich in voller Bewaffnung mit entsetzlicher, überwältigender Stärke hervorgebrochen sei. Es gab Momente, in denen eine grausame Selbstsucht sich ihrer zu bemächtigen schien, warum sollte nicht Lucy, warum sollte nicht Philip leiden? *Sie* hatte schon viele Jahre ihres Lebens hindurch leiden müssen, und wer hatte um ihretwillen auf etwas verzichtet? Und wenn etwas wie jene Fülle der Existenz – Liebe, Reichtum, Annehmlichkeiten, Bildung, alles, wonach ihre Natur verlangte – in ihre Reichweite gelangt war, warum sollte sie es aufgeben, so daß jemand anderes es haben könnte, jemand anderes, der es vielleicht weniger brauchte? Aber inmitten all dieses neuen leidenschaftlichen Aufruhrs verschafften sich alte Stimmen mit zunehmender Macht Gehör, bis von Zeit zu Zeit der Aufruhr erstickt schien. War denn die Existenz, die sie verlockte, die volle Existenz, von der sie träumte? Wo wären dann all die Erinnerungen an frühes Streben, all das tiefe Mitleid für den Schmerz eines anderen, die in ihr durch Jahre der Zuneigung und der Not hindurch genährt worden waren, all das göttliche Erahnen von etwas Höherem als bloßem persönlichen Genuß, das das Leben heilig gemacht hatte? Sie konnte ebensogut hoffen, sich des Gehens zu erfreuen, wenn sie ihre Füße verstümmelte, wie hoffen, sich einer Existenz zu erfreuen, die sie begann, indem sie Treue und Mitgefühl verstümmelte, die die besten Organe ihrer Seele waren. Und dann, wenn der Schmerz für *sie* so hart war, was wäre er für andere? – »Oh, Gott! Bewahre mich davor, ihn zuzufügen, gib mir Kraft, ihn zu ertragen.« – Wie war sie in diesen Kampf mit einer Versuchung hinabgesunken, vor der sie sich einst so sicher geglaubt hatte wie vor geplantem Verbrechen? Wann war der erste verhaßte Augenblick gewesen, da sie sich eines Gefühls bewußt geworden war, das ihrer Wahrheit, Zuneigung und Dankbarkeit zuwiderlief, und es nicht mit Entsetzen abgeschüttelt hatte, als wäre es ein ekles Ding? Und dennoch, da dieser seltsame, süße, unterwerfende Einfluß sie nicht besiegte, sie nicht besiegen sollte, da er nur ihr eigenes Leiden bleiben sollte ... so begegnete ihr Sinn Stephens in diesem seinem Gedanken, daß sie noch immer Augenblicke stummen Geständnisses erhaschen könnten, ehe der Abschied kam. Denn litt nicht auch er?

Sie sah es täglich, sah es in dem elenden Blick der Ermattung, mit dem er, wenn er nicht zu Tätigkeit gezwungen war, in Gleichgültigkeit gegenüber allem anderen als der Möglichkeit, sie zu beobachten, verfiel. Konnte sie sich weigern, manchmal diesen flehenden Blick zu erwidern, den sie auf sich fühlte, der ihr folgte wie ein leises Murmeln von Liebe und Schmerz? Sie weigerte sich immer seltener, bis schließlich manchmal der Abend für sie beide aus einem augenblicklangen beiderseitigen Blick bestand, sie dachten an ihn, bis er kam, und wenn er gekommen war, dachten sie an nichts anderes. Nur eins noch schien Stephen gelegentlich Freude zu machen, nämlich zu singen; es war eine Weise, zu Maggie zu sprechen. Vielleicht war er sich selbst nicht deutlich bewußt, daß er durch ein geheimes Sehnen dazu angetrieben wurde, welches all seinen eigenen, erklärten Entschlüssen zuwiderlief – nämlich die Gewalt, die er über sie hatte, zu vertiefen. Man beobachte sein eigenes Reden und achte darauf, wie es von weniger bewußten Absichten geleitet ist, und man wird diesen Widerspruch in Stephen verstehen.

Philip Wakem war ein weniger häufiger Besucher, aber er kam gelegentlich am Abend, und zufällig war er auch gerade da, als Lucy sagte, während sie beim Sonnenuntergang auf dem Rasen saßen:

»Nun, da die Anzahl von Maggies Besuchen bei Tante Glegg erfüllt ist, meine ich, sollten wir jeden Tag eine Bootsfahrt machen, bis sie fortgeht. Sie hat wegen dieser langweiligen Besuche überhaupt nicht genug Kahn fahren können, und sie mag es lieber als alles andere. Nicht wahr, Maggie?«

»Lieber als alle andere Art der Fortbewegung, meinen Sie hoffentlich«, sagte Philip und lächelte Maggie zu, die sich in einem niedrigen Gartensessel zurückgelehnt hatte, »sonst wird sie noch ihre Seele dem Geisterfährmann verkaufen, der auf dem Floss spukt – nur um für immer in einem Boot gefahren zu werden.«

»Wollen Sie nicht ihr Fährmann sein?« sagte Lucy. »Weil Sie, wenn Sie es wollten, mit uns kommen und ein Ruder nehmen könnten. Wenn der Floss nur ein ruhiger See wäre anstatt eines Flusses, dann wären wir von den Herren unabhängig, denn Maggie kann großartig rudern; wie es ist, sind wir aber darauf angewiesen, Ritter und Knappen um ihre Dienste zu bitten, die sie nicht mit großer Bereitwilligkeit anzubieten scheinen.«
Sie sah mit scherzhaftem Vorwurf auf Stephen, der auf und ab schlenderte und dabei gerade im Falsett pianissimo sang:

»Der Durst, der aus der Seele steigt,
Verlangt nach göttlichem Trank.«[33]

Er nahm nichts wahr, sondern hielt sich weiter abseits; er hatte das in letzter Zeit häufig während der Besuche Philips getan.
»Sie scheinen keine Lust zum Kahnfahren zu haben«, sagte Lucy, als er kam, um sich neben sie auf die Bank zu setzen. »Gefällt Ihnen das Rudern nicht mehr?«
»Oh, ich hasse eine große Gesellschaft im Boot«, sagte er beinahe gereizt. »Ich werde kommen, wenn Sie sonst niemanden haben.«
Lucy wurde rot, weil sie fürchtete, Philip möchte verletzt sein; es war ganz neu, daß Stephen auf diese Weise sprach, aber es ging ihm in letzter Zeit offensichtlich nicht gut. Philip errötete ebenfalls, aber weniger aus einem Gefühl persönlicher Beleidigung heraus als aus einem vagen Verdacht, daß Stephens Mißlaunigkeit in einer Beziehung zu Maggie stand, die, als er sprach, aus ihrem Stuhl hochgefahren und zur Lorbeerhecke gegangen war, um sich das untergehende Sonnenlicht über dem Fluß anzuschauen.
»Da Miss Deane nicht wußte, daß sie andere ausschloß, indem sie mich einlud«, sagte Philip, »muß ich verzichten.«
»Nein, keineswegs, das sollen Sie nicht«, sagte Lucy sehr

verärgert. »Ich möchte ganz besonders, daß Sie uns morgen begleiten. Die Flut wird um halb elf den richtigen Stand haben, es wird für ein paar Stunden herrlich sein, nach Luckreth zu rudern und zurückzugehen, bevor die Sonne zu heiß wird. Und was können Sie gegen vier Leute im Boot haben?« setzte sie hinzu und sah Stephen an.

»Ich habe nichts gegen die Leute, nur gegen die Zahl«, sagte Stephen, der sich wieder gefaßt hatte und seiner Grobheit schämte. »Wenn ich einen Vierten zu wählen hätte, wären Sie es natürlich, Phil. Aber wir wollen uns das Vergnügen, die Damen zu begleiten, nicht teilen, wir werden uns damit abwechseln. Ich werde am nächsten Tag fahren.«

Dieser Vorfall hatte die Wirkung, Philips Aufmerksamkeit mit erneuter Besorgnis auf Stephen und Maggie zu ziehen, doch als sie wieder ins Haus gingen, wurde Musik vorgeschlagen, und da Mrs. Tulliver und Mr. Deane mit Cribbagespielen beschäftigt waren, setzte Maggie sich abseits, nahe dem Tisch, auf dem das Nähzeug und die Bücher waren – jedoch ohne etwas zu tun; sie lauschte nur zerstreut der Musik. Stephen verfiel sofort auf ein Duett und bestand darauf, daß Lucy und Philip es singen sollten, er hatte das schon oft getan, aber an diesem Abend dachte Philip, er erriete einen Hintersinn in jedem Wort und Blick von Stephen, und beobachtete ihn scharf, die ganze Zeit zornig über sich selbst wegen seines hartnäckigen Verdachtes. Denn hatte nicht Maggie praktisch jeden Grund für seine Zweifel von ihrer Seite verneint? Und sie war die Wahrheit selbst, es war unmöglich, ihrem Wort und Blick nicht zu glauben, als sie zuletzt miteinander im Garten gesprochen hatten. Stephen mochte wohl von ihr stark fasziniert sein (was war natürlicher?), doch Philip fühlte sich gemein, daß er in das eindrang, was seines Freundes schmerzliches Geheimnis sein mußte. Dennoch beobachtete er. Stephen schlenderte vom Flügel auf den Tisch zu, in dessen

Nähe Maggie saß, und blätterte Zeitungen durch, offensichtlich ganz müßig. Dann setzte er sich mit dem Rükken zum Flügel, zog eine Zeitung unter seinen Ellenbogen und fuhr sich mit der Hand durchs Haar, als wäre er von einer Lokalnachricht im *Laceham-Kurier* angezogen. In Wirklichkeit sah er Maggie an, die sein Näherkommen nicht im geringsten beachtet hatte. Sie hatte immer vermehrte Widerstandskraft, wenn Philip zugegen war, so wie wir unser Reden besser an einem Ort beherrschen können, von dem wir fühlen, daß er geheiligt ist. Aber schließlich hörte sie das Wort »Liebste«, im sanftesten Ton gequälten Flehens gesprochen, wie dem eines Kranken, der um etwas bittet, das wir ihm ohne Bitten hätten geben sollen. Sie hatte dieses Wort nicht mehr gehört seit den Augenblicken auf dem Feldweg in Basset, als es wieder und wieder von Stephen gekommen war, so unwillkürlich beinahe wie ein unartikulierter Schrei. Philip konnte kein Wort hören, aber er war auf die andere Seite des Flügels gegangen und konnte sehen, wie Maggie zusammenfuhr und errötete, ihre Augen einen Augenblick lang zu Stephens Gesicht erhob, aber sogleich besorgt auf ihn selbst blickte. Es war ihr nicht offenbar geworden, daß Philip sie beobachtet hatte, aber eine plötzliche, schmerzende Scham ließ sie unter dem Empfinden dieser Heimlichkeit von ihrem Stuhl aufstehen und zu ihrer Mutter hinübergehen, um dem Cribbagespiel zuzuschauen.
Philip ging kurz darauf heim in einem Zustand entsetzlichen Zweifels, gemischt mit elender Gewißheit. Es war ihm jetzt unmöglich, der Überzeugung zu widerstehen, daß es irgendein gemeinsames Bewußtsein zwischen Stephen und Maggie gab, und die halbe Nacht lang waren seine reizbaren, empfindlichen Nerven beinahe bis zum Wahnsinn dem Druck dieser einen elenden Tatsache ausgesetzt; er konnte keine Erklärung versuchen, die sie mit ihren Worten und Handlungen in Einklang bringen würde. Als schließlich das Bedürfnis nach Glauben

an Maggie sich wieder zu seinem gewohnten Vorrang durchsetzte, da dauerte es nicht mehr lange, bis er sich die Wahrheit vorstellen konnte: sie kämpfte, sie verbannte sich selbst – das war der Schlüssel zu allem, was er seit seiner Rückkehr gesehen hatte. Aber durch diesen Glauben hindurch kamen andere Möglichkeiten, die sich nicht aus dem Blickfeld treiben lassen wollten. Seine Phantasie arbeitete sich die ganze Geschichte aus: Stephen war zum Wahnsinn in sie verliebt, er mußte es ihr gesagt haben, sie hatte ihn abgewiesen und eilte nun fort. Aber würde er sie aufgeben, da er wußte – und dies wollte Philip vor Verzweiflung das Herz zerreißen –, daß sie durch ihr Gefühl zu ihm halb hilflos war?

Als der Morgen kam, war Philip zu krank, um seine Verabredung zur Bootsfahrt einzuhalten. In seiner gegenwärtigen Erregung konnte er nichts entscheiden; er konnte nur zwischen einander widersprechenden Absichten schwanken. Zuerst dachte er, er müsse mit Maggie sprechen und sie bitten, sich ihm anzuvertrauen, dann wieder mißtraute er seiner eigenen Einmischung. Hatte er sich nicht immer Maggie aufgedrängt? Sie hatte vor langer Zeit Worte in jugendlicher Unwissenheit ausgesprochen, es war genug, um sie ihn hassen zu lassen, daß diese ihr ständig als Verpflichtung gegenwärtig sein sollten. Und hatte er ein Recht darauf, sie um die Offenbarung von Gefühlen zu bitten, die sie ihm offensichtlich vorenthalten wollte? Er wollte sie lieber nicht sehen, bis er sicher war, daß er aus reiner Besorgnis um sie und nicht aus egoistischer Erbitterung handeln konnte. Er schrieb ein kurzes Briefchen an Stephen, das er in der Frühe durch einen Dienstboten schickte, und teilte ihm mit, er fühle sich nicht wohl genug, um seine Verabredung mit Miss Deane einzuhalten. Würde Stephen ihn bitte entschuldigen und seinen Platz einnehmen?

Lucy hatte sich einen reizenden Plan zurechtgelegt, der sie ganz zufrieden mit Stephens Weigerung, Boot zu fahren, gemacht hatte. Sie fand heraus, daß ihr Vater an diesem Morgen um zehn nach Lindum fahren würde, und Lindum war genau der Ort, zu dem sie wollte, um Einkäufe zu machen, wichtige Einkäufe, die auf keinen Fall auf eine andere Gelegenheit verschoben werden durften, und Tante Tulliver mußte mitkommen, denn einige der Einkäufe gingen sie an.

»Du wirst aber trotzdem deine Bootsfahrt haben«, sagte sie zu Maggie, als sie aus dem Frühstückszimmer traten und nach oben gingen, »Philip wird um halb elf hier sein, und es ist ein herrlicher Morgen. Komm, sag kein Wort dagegen, du liebes, trübseliges Ding. Was hat es für einen Zweck, daß ich deine gute Fee bin, wenn du dich gegen alle Wunder sträubst, die ich für dich wirke? Denk nicht an den schrecklichen Vetter Tom, du darfst ihm wohl ein bißchen ungehorsam sein.«

Maggie machte keine weiteren Einwände. Sie war beinahe froh über den Plan, denn vielleicht würde es ihr etwas Kraft und Ruhe geben, wieder mit Philip allein zu sein; es war, als besuche sie wieder den Ort eines ruhigeren Lebens, in dem sogar die Kämpfe Erholung waren, verglichen mit dem täglichen Aufruhr der Gegenwart. Sie machte sich für die Bootsfahrt fertig und saß um halb elf wartend im Salon.

Das Läuten an der Haustür war pünktlich, und sie dachte mit halb traurigem, liebevollem Vergnügen an Philips Überraschung, wenn er sähe, daß er mit ihr allein sein sollte, als sie einen festen, schnellen Schritt in der Diele wahrnahm, der gewiß nicht Philips war; die Tür öffnete sich, und Stephen Guest trat ein.

Im ersten Augenblick waren sie beide zu erregt, um zu sprechen, denn Stephen hatte vom Dienstmädchen gehört, daß die anderen ausgegangen waren. Maggie war aufgefahren und hatte sich mit heftig klopfendem Herzen wieder gesetzt, und Stephen legte Hut und Handschuhe ab und kam, um sich schweigend zu ihr zu setzen. Sie dachte, Philip würde bald kommen, und mit großer

Anstrengung – denn sie zitterte sichtlich – erhob sie sich, um zu einem entfernteren Stuhl zu gehen.

»Er kommt nicht«, sagte Stephen leise. »*Ich* fahre das Boot.«

»Oh, dann können wir nicht gehen«, sagte Maggie und fiel wieder in ihren Stuhl zurück. »Lucy erwartete nicht – sie würde verletzt sein. Warum kommt Philip nicht?«

»Er fühlt sich nicht wohl, er bat mich, statt seiner zu kommen.«

»Lucy ist nach Lindum gefahren«, sagte Maggie und nahm ihre Haube mit hastigen, bebenden Fingern ab. »Wir dürfen nicht gehen.«

»Sehr schön«, sagte Stephen träumerisch und sah sie an, während er seinen Arm auf die Lehne des Sessels stützte. »Dann bleiben wir hier.«

Er sah in ihre tiefen, tiefen Augen – weit entfernt und geheimnisvoll wie die sternenerhellte Schwärze und doch ganz nah und furchtsam liebend. Maggie saß ganz still – vielleicht Augenblicke, vielleicht Minuten, bis das hilflose Zittern aufgehört hatte und ihre Wangen brannten.

»Der Dienstbote wartet – er hat die Kissen mitgenommen«, sagte sie. »Wollen Sie gehen und es ihm sagen?«

»Was soll ich ihm sagen?« sagte Stephen beinahe flüsternd. Er betrachtete nun die Lippen.

Maggie gab keine Antwort.

»Lassen Sie uns gehen«, murmelte Stephen bittend, erhob sich und nahm ihre Hand, damit auch sie aufstände. »Wir werden nicht mehr lange zusammen sein.«

Und sie gingen. Maggie fühlte, daß sie durch den Garten zwischen den Rosen hindurch geführt, daß ihr mit fester, zärtlicher Sorgfalt ins Boot geholfen wurde, daß die Kissen und ein Mantel für ihre Füße zurechtgelegt wurden und ihr Sonnenschirm geöffnet (den sie vergessen hatte) – alles von dieser stärkeren Gegenwart, die sie mit sich fortzutragen schien ohne einen Akt ihres eigenen Willens, wie das andere Selbst, das mit dem plötzlichen, belebenden Einfluß eines starken Tonikums kommt – und sie fühlte nichts anderes. Das Gedächtnis war ausgeschlossen.

Sie glitten schnell dahin, Stephen ruderte, unterstützt durch die zurückströmende Flut, an den Bäumen und Häusern von Tofton vorbei und weiter durch die stillen, sonnigen Felder und Weiden, die von einer natürlichen Freude erfüllt schienen, die keinen Vorwurf für die ihre hatte. Der Atem des jungen, noch frischen Tages, das köstliche rhythmische Eintauchen der Ruder, das abgerissene Singen eines vorbeifliegenden Vogels, das hin und wieder zu hören war, als sei es nur das Überfließen randvoller Freude, die süße Einsamkeit eines zweifachen Bewußtseins, das in eins verschmolzen war durch den ernsten, nicht ermüdenden Blick, der sich nicht abzuwenden braucht – was konnte noch in ihrem Sinn sein während der ersten Stunde? Leise, verhaltene, gedehnte Ausrufe der Liebe kamen von Zeit zu Zeit von Stephen, als er so dahinruderte, träge, halb automatisch, sonst sprachen sie kein Wort, denn was hätten Worte sein können als ein Zugang für Gedanken? Und Gedanken gehörten nicht zu diesem verzauberten Dunst, von dem sie umfangen waren, sie gehörten zu Vergangenheit und Zukunft, die außerhalb dieses Dunstes lagen.

Maggie war sich der Ufer, an denen sie vorbeikamen, nur undeutlich bewußt und überlegte sich nicht erst, wie die Dörfer hießen; sie wußte, daß sie an mehreren vorbeifahren mußten, bevor sie Luckreth erreichten, wo sie immer anhielten und das Boot zurückließen. Sie konnte jederzeit ganz in Versunkenheit verfallen, so daß es nicht verwunderlich war, daß sie ihre Wegzeichen unbemerkt vorüberziehen ließ.

Doch schließlich hörte Stephen, der immer träger gerudert hatte, ganz auf und zog die Ruder ein, verschränkte die Arme und sah auf das Wasser hinab, als ob er die Geschwindigkeit beobachte, mit der das Boot ohne seine Hilfe weiterglitte. Diese plötzliche Veränderung ließ

Maggie auffahren. Sie sah auf die sich weithin erstreckenden Felder – auf die nahen Ufer – und merkte, daß sie ihr gänzlich fremd waren. Eine schreckliche Bestürzung bemächtigte sich ihrer.
»Oh, sind wir schon an Luckreth vorbei, wo wir anhalten wollten?« rief sie aus und blickte hinter sich, um zu sehen, ob der Ort außer Sicht wäre. Kein Dorf war zu sehen. Sie drehte sich mit einem unglücklichen, fragenden Blick wieder zu Stephen um.
Er beobachtete weiter das Wasser und sagte in einem seltsamen, träumerischen, abwesenden Ton: »Ja – längst.«
»Oh, was soll ich tun?« rief Maggie voller Qual. »Wir werden erst nach Stunden nach Hause kommen – und Lucy – o Gott, hilf mir!« Sie schlug die Hände zusammen und brach in ein Schluchzen aus wie ein verängstigtes Kind, sie dachte an nichts anderes, als wie sie Lucy begegnen und ihren Blick der schmerzlichen Überraschung und des Zweifels – vielleicht des gerechten Vorwurfs – sehen würde. Stephen bewegte sich, rückte dicht an sie heran und zog sanft ihre verschlungenen Hände herunter.
»Maggie«, sagte er in einem tiefen Ton langsamer Entscheidung, »laß uns nie wieder heimkehren – bis niemand uns trennen kann, bis wir verheiratet sind.«
Der ungewöhnliche Ton, die aufschreckenden Worte ließen Maggies Schluchzen aufhören, und sie saß ganz still und verwundert, als ob Stephen Möglichkeiten gesehen haben möchte, die alles ändern und die elenden Tatsachen aufheben würden.
»Sieh, Maggie, wie alles, ohne daß wir es gewollt haben – trotz all unserer Anstrengungen – gekommen ist. Wir dachten nie daran, allein miteinander zu sein, es ist alles von anderen getan worden. Sieh, wie die Flut uns hinausträgt, fort von all diesen unnatürlichen Banden, die wir fester um uns zu ziehen versuchten und es vergeblich versuchten. Sie wird uns nach Torby weitertragen, und

wir können dort an Land gehen und eine Kutsche nehmen und schnell nach York weiterfahren und dann nach Schottland und nicht einen Augenblick innehalten, bis wir aneinander gebunden sind, so daß uns nur der Tod noch scheiden kann. Es ist das einzig Richtige, Liebste, es ist der einzige Weg, uns aus dieser Verstrickung zu befreien. Alles ist zusammengekommen, um uns dies zu zeigen. Wir haben nichts heimlich ersonnen, wir selbst haben an nichts gedacht.«

Stephen sprach mit tiefem, ernstem Bitten. Maggie lauschte, und ihre aufgeschreckte Verwunderung wich einem Sehnen nach diesem Glauben, daß die Flut alles täte, daß sie mit dem schnellen, ruhigen Strom weitergleiten könnte und nicht mehr kämpfen müßte. Aber durch diesen schleichenden Einfluß hindurch kam der fürchterliche Schatten vergangener Gedanken, und der plötzliche Schrecken, daß jetzt endlich der Augenblick verhängnisvollen Berauschtseins nahe sei, rief Gefühle des zornigen Widerstandes gegen Stephen hervor.

»Lassen Sie mich los!« sagte sie in einem erregten Ton und blitzte ihn empört an, wobei sie versuchte, ihre Hände freizubekommen. »Sie wollten mich aller Wahl berauben. Sie wußten, daß wir zu weit gekommen waren, Sie wagten es, meine Gedankenlosigkeit auszunutzen. Es ist unmännlich, mich in eine solche Lage zu bringen.«

Von diesem Vorwurf getroffen, ließ er ihre Hände los, setzte sich wieder an seinen alten Platz zurück und verschränkte die Arme mit einer gewissen Verzweiflung über die Schwierigkeit, die Maggies Worte ihm vergegenwärtigt hatten. Wenn sie nicht einwilligen würde weiterzufahren, mußte er sich für die Peinlichkeit, in die er sie gebracht hatte, verfluchen. Aber der Vorwurf war das Unerträgliche; das einzige, das schlimmer wäre als eine Trennung von ihr, war, daß sie meine, er habe unwürdig ihr gegenüber gehandelt. Schließlich sagte er in einem Ton unterdrückter Wut:

»Ich hatte nicht bemerkt, daß wir an Luckreth vorbei waren, bis wir das nächste Dorf erreicht hatten, und dann kam es mir in den Sinn, daß wir weiterfahren würden. Ich kann es nicht rechtfertigen, ich hätte es Ihnen sagen sollen. Es ist genug, um mich zu hassen – da Sie mich nicht so sehr lieben, daß Ihnen alles andere gleichgültig wäre, so wie ich Sie. Soll ich das Boot anhalten und versuchen, Sie hier aussteigen zu lassen? Ich werde Lucy sagen, daß ich wahnsinnig war und daß Sie mich hassen, und Sie werden mich auf immer los sein. Niemand kann Ihnen etwas vorwerfen, weil ich mich Ihnen gegenüber unverzeihlich verhalten habe.«

Maggie war wie gelähmt; es war leichter, Stephens Bitten zu widerstehen, als diesem Bild, das er von sich selbst hervorgerufen hatte, wie er litte, während sie gerechtfertigt war – leichter sogar, sich von seinem Blick der Zärtlichkeit abzuwenden, als von diesem Blick des zornigen Elends, der sie in selbstsüchtige Isolierung von ihm versetzte. Er hatte einen Gefühlszustand hervorgerufen, in dem die Gründe, die auf ihr Gewissen eingewirkt hatten, in bloße Rücksicht auf sich selbst umgewandelt schienen. Das empörte Feuer in ihren Augen war erloschen, und sie begann ihn mit scheuer Not anzusehen. Sie hatte ihm vorgeworfen, in ein unwiderrufliches Vergehen gestürzt zu sein – sie, die selbst so schwach gewesen war.

»Als ob ich deshalb nicht genauso fühlte, was dir geschähe«, sagte sie mit einem Vorwurf anderer Art – dem Vorwurf der Liebe, die mehr Vertrauen fordert. Dieses Nachgeben unter dem Gedanken, daß Stephen litte, war noch verhängnisvoller als das andere Nachgeben, weil weniger von dem Empfinden der Ansprüche anderer zu unterscheiden, das die moralische Basis ihres Widerstandes war.

Er fühlte in ihrem Blick und Ton, wie ihre Härte schwand, es war der Himmel, der sich wieder öffnete. Er setzte sich an ihre Seite, nahm ihre Hand, den Ellenbogen auf die Rückseite des Bootes gestützt, und sagte nichts. Er fürchtete sich, noch ein Wort auszusprechen, fürchtete sich, noch eine Bewegung zu machen, die neuen Vorwurf, neue Ablehnung von ihr herausfordern könnte. Das Leben hing an ihrer Einwilligung, alles andere war hoffnungsloses, verwirrtes, widerliches Elend. So glitten sie dahin, beide ruhten in diesem Schweigen wie in einem Hafen, beide fürchteten, daß ihre Gefühle wieder auseinandergehen würden, bis ihnen auffiel, daß der Himmel sich bezogen hatte und das kaum spürbare Frischerwerden des Windes sich immer mehr verstärkte, so daß der Tag eine ganz andere Stimmung bekommen hatte.

»Du wirst frieren, Maggie, in diesem dünnen Kleid. Laß mich den Mantel um deine Schultern legen. Steh einen Augenblick auf, Liebste.«

Maggie gehorchte; ein unaussprechlicher Zauber lag darin, daß ihr gesagt wurde, was sie tun sollte, daß alles für sie entschieden wurde. Sie setzte sich wieder, vom Mantel eingehüllt, und Stephen begann wieder zu rudern, sehr schnell, denn sie mußten versuchen, so rasch wie möglich nach Torby zu gelangen. Maggie war sich kaum bewußt, etwas Entscheidendes gesagt oder getan zu haben. Alles Nachgeben ist von einem weniger lebhaften Bewußtsein begleitet als Widerstand, es ist der teilweise Schlaf der Gedanken, es ist ein Überschwemmen unserer eigenen Persönlichkeit durch eine andere. Jeder Einfluß war geneigt, sie in Ergebenheit einzulullen: Das träumerische Dahingleiten im Boot, das vier Stunden angedauert und einige Müdigkeit und Erschöpfung mit sich gebracht hatte, das Zurückschrecken ihrer ermatteten Sinne vor der untunlichen Schwierigkeit, in dieser unbekannten Entfernung von daheim aus dem Boot auszusteigen und lange Meilen zu Fuß zu gehen – alles half, sie in noch vollständigere Abhängigkeit von dem starken, geheimnisvollen Zauber zu bringen, der eine letzte Trennung von Stephen als den Tod aller

Freude erscheinen ließ und den Gedanken, ihn zu verletzen, zu der ersten Berührung mit dem Foltereisen machte, vor der die Entschlußkraft zurückschreckte. Und dann war da das gegenwärtige Glück, bei ihm zu sein, das genügte, um ihre matte Energie aufzuzehren.
Bald darauf bemerkte Stephen ein Schiff, das hinter ihnen fuhr. Mehrere Schiffe, darunter der Dampfer nach Mudport, waren mit der frühen Flut an ihnen vorbeigefahren, aber seit einer Stunde hatten sie keines mehr gesehen. Er schaute immer eifriger auf dieses Schiff, als ob ihm gleichzeitig auch ein neuer Gedanke in den Sinn gekommen wäre, und dann blickte er zögernd Maggie an.
»Maggie, Liebste«, sagte er schließlich, »wenn dieses Schiff nach Mudport fahren sollte oder an einen anderen günstigen Ort an der Küste zum Norden hin, dann wäre es das beste für uns, sie dazu zu bringen, uns an Bord zu nehmen. Du bist müde – und es kann bald regnen – es mag eine elende Sache werden, in diesem Boot nach Torby zu fahren. Es ist nur ein Handelsschiff, aber ich glaube wohl, daß es für dich einigermaßen bequem sein wird. Wir nehmen die Kissen aus dem Boot. Es ist wirklich das beste für uns. Sie werden uns sicher gern aufnehmen, ich habe eine Menge Geld bei mir, ich kann sie gut bezahlen.«
Maggies Herz begann mit wiedererwachter Bestürzung bei diesem neuen Vorschlag zu schlagen, aber sie schwieg – ein Weg schien so schwierig wie der andere.
Stephen rief das Schiff an. Es war ein holländisches Schiff, das nach Mudport fuhr, wie ihnen der englische Maat sagte, und wenn der Wind anhielte, würden sie in weniger als zwei Tagen dort sein.
»Wir waren mit unserem Boot zu weit abgekommen«, sagte Stephen. »Ich versuchte, Torby zu erreichen, aber ich habe Angst vor dem Wetter, und diese Dame – meine Frau – wird vor Anstrengung und Hunger erschöpft sein. Nehmen Sie uns doch an Bord und holen Sie das Boot auf. Ich werde Sie gut bezahlen.«

Maggie, die nun wirklich vor Furcht schwach war und bebte, wurde an Bord genommen und bildete ein interessantes Objekt der Betrachtung für bewundernde Holländer. Der Maat fürchtete, daß die Dame es an Bord nicht besonders gut haben würde, denn sie hatten keine Unterbringungsmöglichkeiten für solch gänzlich unvorhergesehene Passagiere – keine Privatkabine, die größer war als ein altmodischer Kirchenstuhl. Aber wenigstens hatten sie holländische Reinlichkeit, was alle anderen Unbequemlichkeiten erträglich macht, und die Bootskissen wurden auf dem Heck mit aller Behendigkeit zu einem Lager für Maggie ausgebreitet. Aber auf Stephen gestützt auf dem Deck auf und ab zu gehen, von seiner Stärke gehalten zu werden, war die erste Veränderung, die sie brauchte; dann kam Essen und dann ruhiges Zurücklehnen auf den Kissen mit dem Empfinden, daß an diesem Tage ja kein neuer Entschluß mehr gefaßt werden konnte. Alles mußte bis morgen warten. Stephen saß neben ihr, ihre Hand in der seinen, sie konnten nur leise miteinander sprechen, nur hin und wieder einander ansehen, denn es würde eine Weile dauern, bis die Neugier der fünf Männer an Bord sich erschöpft hätte und diese schönen jungen Fremden zu dem geringeren Grad des Interesses abgesunken wären, der nach Ansicht eines Seemanns allen Objekten gebührt, die näher sind als der Horizont. Aber Stephen war triumphierend glücklich. Jeder andere Gedanke, jede Sorge war in unbestimmte Perspektive gerückt durch die Gewißheit, daß Maggie die Seine sein mußte. Der Sprung war jetzt getan, er war von Skrupeln gequält worden, er hatte erbittert mit einer überwältigenden Neigung gekämpft, er hatte gezögert, aber Reue war unmöglich. Er murmelte in bruchstückhaften Sätzen von seinem Glück, seiner Anbetung, seiner Zärtlichkeit, seinem Glauben, daß ihr Leben zusammen der Himmel sein müsse, daß ihre Gegenwart jedem gewöhnlichen Tag Entzücken verleihen werde, daß ihren geringsten Wunsch zu befriedigen ihm teurer sei als jede andere Wonne, daß alles leicht sei um ihretwillen, außer sich von ihr zu trennen, und jetzt würden sie sich ja nie trennen, er würde für immer zu ihr gehören, und alles was sein war, war auch das ihre, hatte keinen Wert für ihn, außer weil es das ihre war. Solche Dinge haben, wenn sie in leisen, gebrochenen Tönen von der einen Stimme ausgesprochen werden, die zuerst die Saite der jungen Leidenschaft angerührt hat, nur eine schwache Wirkung – auf erfahrene Gemüter, denen sie fern sind. Für die arme Maggie waren sie ganz nah, sie waren wie Nektar, der dicht an durstige Lippen gehalten wird, es gab also, es mußte ein Leben für Sterbliche hienieden geben, das nicht hart und kalt war, in dem Zuneigung nicht länger Selbstaufopferung sein würde. Stephens leidenschaftliche Worte machten ihr die Vision eines solchen Lebens gegenwärtiger, als sie je gewesen war, und für den Augenblick schloß diese Vision alle Wirklichkeiten aus – alle außer den wiederkehrenden Sonnenstrahlen, die auf das Wasser fielen, als der Abend herankam und sich mit dem visionären Sonnenlicht versprochenen Glückes mischten – alle außer der Hand, die die ihre drückte, und der Stimme, die zu ihr sprach, und der Augen, die sie mit ernster, unaussprechlicher Liebe ansahen.

Es sollte schließlich doch nicht regnen; die Wolken trieben wieder davon zum Horizont und bildeten den großen purpurnen Wall und die langen purpurnen Inseln jenes wunderlichen Landes, das sich uns enthüllt, wenn die Sonne untergeht, des Landes, über das der Abendstern wacht. Maggie sollte die ganze Nacht auf dem Heck schlafen, es war besser, als nach unten zu gehen, und sie war mit den wärmsten Umhüllungen bedeckt, die das Schiff bereitstellen konnte. Es war noch früh, als die Anstrengungen des Tages ein schläfriges Verlangen nach völliger Ruhe brachten, und sie legte ihren Kopf nieder und sah auf die schwache, ersterbende Röte im Westen, wo die eine goldene Lampe immer heller wurde. Dann sah sie zu Stephen auf, der noch bei ihr saß, über ihr hing, da er seinen Arm gegen die Bootswand gelehnt hatte. Hinter all den köstlichen Visionen dieser letzten Stunde, die wie ein sanfter Strom über sie hingeflossen waren und sie ganz passiv gemacht hatten, war das verschwommene Bewußtsein, daß der Zustand ein vorübergehender war und daß der morgige Tag das alte Leben des Kampfes wiederbringen mußte – daß da Gedanken waren, die sich sogleich für dieses Vergessen rächen würden. Aber jetzt war ihr nichts deutlich, sie wurde von dem sanften Strom, der noch immer über sie hinfloß, in den Schlaf gelullt mit den köstlichen Visionen, die dahinschmolzen und verblichen wie das wunderliche, luftige Land im Westen.

Kapitel 14

Erwachen

Als Maggie eingeschlafen war, ging Stephen, der von dem ungewohnt langen Rudern und von dem intensiven inneren Erleben der letzten zwölf Stunden auch ermattet war, aber zu rastlos, um zu schlafen, noch mit seiner Zigarre auf dem Deck umher, bis weit auf Mitternacht zu, und sah nicht das dunkle Wasser, war sich kaum bewußt, daß Sterne schienen und lebte nur in der nahen und fernen Zukunft. Endlich siegte die Erschöpfung über die Rastlosigkeit, und er rollte sich in eine Plane auf dem Deck, nahe bei Maggies Füßen.

Sie war vor neun eingeschlafen und hatte sechs Stunden geschlafen, ehe die schwächste Andeutung eines mittsommerlichen Tagesanbruchs deutlich wurde. Sie erwachte aus dem lebhaften Träumen, das unsere tiefere Ruhe umgrenzt: Sie war in einem Boot auf dem weiten Wasser mit Stephen, und in der heraufziehenden Dunkelheit erschien etwas wie ein Stern, der immer größer wurde, bis sie sah, daß es die heilige Jungfrau war, die im Boot des St. Ogg saß, und es kam immer näher, bis sie sahen, daß die Jungfrau Lucy war und der Fährmann Philip – nein, nicht Philip, sondern ihr Bruder, der vorüberruderte, ohne sie anzusehen, und sie stand auf, um ihre Arme auszustrecken und ihm zuzurufen, und ihr eigenes Boot kippte von der Bewegung um, und sie begann zu sinken, bis sie in einem einzigen Schrecken aufzuwachen schien und fand, daß sie wieder ein Kind war, in der Wohnstube im abendlichen Dämmerlicht, und daß Tom nicht wirklich böse war. Dem begütigenden Empfinden des falschen Erwachens folgte das richtige Erwachen – mit dem Klatschen des Wassers gegen das Schiff und dem Geräusch eines Schrittes an Deck und dem furchtgebietenden, sternenerleuchteten Himmel. Einen Moment lang war sie zutiefst verstört, bevor ihr Sinn sich von dem verwirrten Gewebe der Träume befreien konnte, doch bald drängte sich ihr die ganze schreckliche Wahrheit auf. Stephen war jetzt nicht bei ihr, sie war allein mit ihrer eigenen Erinnerung und ihrer eigenen Furcht. Das unwiderrufliche Unrecht, das ihr Leben beflecken mußte, war begangen worden, sie hatte Kummer in das Leben anderer gebracht, in das Leben derer, die mit dem ihren verknüpft waren durch Vertrauen und Liebe. Das Gefühl ein paar kurzer Wochen hatte sie in die Sünden gestürzt, vor denen ihre Natur am meisten zurückgeschreckt war: Treubruch und grausame Selbstsucht. Sie hatte die Bande zerrissen, die der Pflicht Sinn verliehen hatten, und hatte sich zu einer geächteten Seele gemacht, die keinen Führer hatte als die eigensinnige Wahl ihrer eigenen Leidenschaft. Und wohin würde sie dies führen? Wohin hatte es sie nun geführt? Sie hatte gesagt, sie würde eher sterben, als in diese Versuchung zu fallen. Sie fühlte es jetzt – jetzt, da die Folgen eines solchen Falles gekommen waren, ehe die äußere Handlung abgeschlossen war. Wenigstens war da diese Frucht

all ihrer Jahre des Strebens nach dem Höchsten und Besten – daß ihre Seele, gleichwohl verraten, verleitet, verstrickt, nie mit Bedacht einer Wahl des Niedrigeren zustimmen konnte. Und einer Wahl wovon? O Gott – nicht einer Wahl von Freude, sondern von bewußter Grausamkeit und Härte, denn konnte sie je aufhören, Lucy und Philip vor sich zu sehen mit ihrem gemordeten Vertrauen und Hoffen? Ihr Leben mit Stephen konnte keine Heiligkeit haben, auf immer mußte sie sinken und umherwandern, getrieben von einem unbestimmten Impuls, denn sie hatte den Schlüssel des Lebens fahrenlassen, jenen Schlüssel, den einst in lange zurückliegenden Jahren ihre jugendliche Not so fest umklammert hatte. Damals hatte sie allen Freuden entsagt, bevor sie sie kannte, bevor sie in ihre Reichweite gekommen waren. Philip hatte recht gehabt, als er ihr sagte, daß sie nichts von Entsagung wüßte, sie hatte gedacht, es sei ruhige Ekstase, jetzt sah sie sie von Angesicht zu Angesicht – diese traurige, geduldige, liebende Kraft, die den Schlüssel des Lebens hält – und sah, daß die Dornen sich auf immer in ihre Stirn drückten. Das Gestern, das nie mehr zurückgerufen werden konnte – hätte sie es jetzt austauschen können für jedwede Spanne inneren, schweigenden Duldens, so hätte sie sich mit einem Empfinden von Ruhe unter dieses Kreuz gebeugt.
Der Tagesanbruch kam und das rötliche Licht von Osten, während ihr vergangenes Leben sie auf diese Weise mit dem sich enger schließenden Griff erfaßte, der in den letzten Augenblicken möglicher Rettung kommt. Sie konnte Stephen jetzt noch tief schlafend auf dem Deck liegen sehen, und mit seinem Anblick kam eine Woge der Qual, die sich in einem lange unterdrückten Schluchzen entlud. Die schlimmste Bitternis der Trennung – der Gedanke, der zu dem schärfsten inneren Schrei um Hilfe drängte – war der Schmerz, den diese *ihm* zufügen mußte. Doch alles überstieg noch der Schrecken über ihr eigenes mögliches Versagen, die

Furcht, daß ihr Gewissen wieder betäubt sein könnte und sich nicht zu Tatkraft erhöbe, bis es zu spät war. Zu spät! Es war bereits zu spät, kein Elend verursacht zu haben; vielleicht zu spät für alles, außer von dem letzten Akt der Niedertracht fortzustürzen – dem Auskosten der Freuden, die zugrunde gerichteten Herzen abgerungen waren.

Die Sonne ging nun auf, und Maggie fuhr hoch in dem Gefühl, daß ein Tag des Widerstandes für sie begann. Ihre Wimpern waren noch feucht von Tränen, als sie, ihr Tuch um den Kopf geschlungen, dasaß und die sich langsam rundende Sonne betrachtete. Etwas weckte auch Stephen, er stand von seinem harten Lager auf und kam, um sich neben sie zu setzen. Der scharfe Instinkt der besorgten Liebe sah etwas, das ihn schon beim ersten Blick beunruhigte. Er hatte eine unbestimmte Furcht vor Widerstand in Maggies Natur, den er nicht überwinden könnte. Es war ihm unangenehm bewußt, daß er sie gestern ihrer völligen Freiheit beraubt hatte, es war zu viel angeborenes Ehrgefühl in ihm, um das nicht zu spüren; wenn ihr Wille zurückweichen sollte, wäre sein Verhalten abscheulich gewesen, und sie hätte ein Recht, es ihm vorzuwerfen.

Doch Maggie fühlte dieses Recht nicht, sie war sich zu sehr verhängnisvoller Schwäche in sich selbst bewußt, war zu erfüllt von der Zärtlichkeit, die mit der vorausgesehenen Notwendigkeit, eine Wunde zufügen zu müssen, kommt. Sie ließ ihn ihre Hand nehmen, als er sich neben sie setzte und lächelte ihn an –, nur mit einem recht traurigen Blick; sie konnte nichts sagen, das ihn schmerzen würde, bis der Augenblick einer möglichen Trennung näher gekommen war. Und so tranken sie ihre Tasse Kaffee zusammen und gingen über das Deck und hörten die Versicherung des Kapitäns, daß sie bis fünf Uhr in Mudport sein würden, jeder mit einer inneren Bürde; doch in ihm war es eine unbestimmte Furcht, die zu zerstreuen er zuversichtlich den kommenden Stunden überließ, in ihr war es ein bestimmter Entschluß, den sie schweigend zu festigen suchte. Während des Vormittags brachte Stephen ständig seine Besorgnis wegen der Erschöpfung und der Unbequemlichkeit, die sie litte, zum Ausdruck und spielte auf das An-Land-Gehen und den Wechsel der Bewegung und die Ruhe an, die sie in einer Kutsche haben würde, und wollte sich dadurch noch mehr versichern, daß er voraussetzte, alles werde, wie er es geplant hatte. Eine lange Zeit begnügte Maggie sich damit, ihm zu versichern, daß sie eine gute Nachtruhe gehabt habe und daß es ihr nichts ausmache, auf dem Schiff zu sein; es sei nicht wie auf offener See, es sei nur ein wenig unangenehmer, als mit einem Boot auf dem Floss zu fahren. Aber ein unterdrückter Entschluß verrät sich in den Augen, und es wurde Stephen immer unbehaglicher, als der Tag fortschritt, in dem Empfinden, daß Maggie ihre Passivität gänzlich verloren hatte. Er sehnte sich, wagte es aber nicht, von ihrer Heirat zu sprechen, wohin sie danach gehen würden und von den Schritten, die er unternehmen würde, um seinen Vater und die übrigen von dem in Kenntnis zu setzen, was geschehen war. Er sehnte sich danach, sich ihrer schweigenden Zustimmung zu versichern. Doch jedesmal, wenn er sie ansah, verstärkte sich seine Furcht vor der neuen, ruhigen Traurigkeit, mit der sie seinen Augen begegnete. Und sie wurden immer schweigsamer.

»Dort kann man Mudport schon sehen«, sagte er schließlich. »Jetzt, Liebste«, fügte er hinzu und wandte sich ihr mit einem fast flehenden Blick zu, »ist der schlimmste Teil deiner Anstrengungen vorüber. An Land können wir über die Geschwindigkeit bestimmen. In anderthalb Stunden werden wir zusammen in einer Kutsche sitzen, und das wird dir hiernach wie Ausruhen vorkommen.«

Maggie fühlte, daß es Zeit war zu sprechen, es wäre nur lieblos, jetzt durch Schweigen zuzustimmen. Sie sprach

ganz leise, wie auch er es getan hatte, aber mit deutlicher Entschlossenheit.
»Wir werden nicht zusammen sein, wir werden uns getrennt haben.«
Das Blut schoß Stephen ins Gesicht.
»Das werden wir nicht«, sagte er, »eher sterbe ich.«
Es war, wie er befürchtet hatte; ein Kampf bahnte sich an. Doch keiner von ihnen wagte es, noch ein Wort zu sagen, bis das Boot herabgelassen wurde und sie zum Anlegeplatz gebracht worden waren. Hier stand eine Traube von Menschen, Zuschauern und Passagieren, die auf die Abfahrt des Dampfers nach St. Ogg's warteten. Maggie hatte ein vages Gefühl, als sie an Land gegangen waren und Stephen sie eilig an seinem Arm fortführte, daß jemand aus der Traube auf sie zugekommen wäre, als wollte er mit ihr sprechen. Aber sie wurde schnell vorbeigeführt und war allem außer der kommenden Prüfung gegenüber gleichgültig.
Ein Gepäckträger geleitete sie zum nächsten Gasthof und Posthaus, und Stephen bestellte die Kutsche, als sie durch den Hof kamen. Maggie nahm dies nicht wahr und sagte nur: »Sag ihnen, daß sie uns einen Raum zeigen sollen, wo wir uns setzen können.«
Als sie eintraten, setzte Maggie sich nicht, und Stephen, dessen Gesicht eine verzweifelte Entschlossenheit zeigte, war im Begriff, die Glocke zu ziehen, als sie mit fester Stimme sagte:
»Ich gehe nicht, wir müssen uns hier trennen.«
»Maggie«, sagte er, wandte sich zu ihr um und sprach im Ton eines Mannes, der fühlt, daß der Vorgang der Folterung beginnt, »willst du mich töten? Was hat das jetzt für einen Sinn? Es ist alles getan.«
»Nein, es ist nicht getan«, sagte Maggie. »Zu viel ist getan, mehr als daß wir je die Spuren davon beseitigen könnten. Aber ich will nicht weitergehen. Versuche nicht wieder, mich zu bereden. Ich konnte gestern nicht wählen.«

Was sollte er tun? Er wagte nicht, ihr nahe zu kommen; ihr Zorn möchte hervorbrechen und eine neue Schranke bilden. Er ging auf und ab in einer Verwirrung, die ihn wahnsinnig machte.
»Maggie«, sagte er schließlich und blieb vor ihr stehen. Er sprach in einem Ton flehenden Elends, »hab Mitleid – hör mich an – vergib mir das, was ich gestern tat. Ich will dir jetzt gehorchen, ich will nichts tun ohne deine volle Einwilligung. Aber verdirb nicht unser beider Leben durch einen hastigen Eigensinn, der niemandem von Nutzen sein kann, der nur neues Übel schafft. Setz dich, Liebste, warte, bedenke, was du tun willst. Behandle mich nicht, als könntest du mir nicht vertrauen.«
Er hatte den wirksamsten Appell gewählt, aber Maggies Wille war unabänderlich auf die kommende schmerzliche Trennung gerichtet. Sie war entschlossen zu leiden.
»Wir dürfen nicht warten«, sagte sie mit leiser, aber deutlicher Stimme, »wir müssen uns sofort trennen.«
»Wir *können* uns nicht trennen, Maggie«, sagte Stephen heftiger. »Ich kann es nicht ertragen. Was nützt es, mir dieses Elend zuzufügen? Der Schlag – was immer es gewesen sein mag – ist ausgeführt. Wird es irgend jemandem helfen, daß du mich zum Wahnsinn treibst?«
»Ich will keine Zukunft – nicht einmal für dich«, sagte Maggie bebend, »mit einer wissentlichen Einwilligung in das beginnen, was nicht hätte sein sollen. Was ich dir in Basset sagte, fühle ich jetzt; ich wäre lieber gestorben, als in diese Versuchung zu fallen. Es wäre besser gewesen, wenn wir uns damals für immer getrennt hätten. Doch wir müssen uns jetzt trennen.«
»Wir werden uns *nicht* trennen«, rief Stephen heftig und stellte sich instinktiv mit dem Rücken gegen die Tür, alles vergessend, was er wenige Augenblicke zuvor gesagte hatte, »ich werde es nicht ertragen – du wirst mich zur Verzweiflung treiben – ich werde nicht wissen, was ich tue.«
Maggie zitterte. Sie fühlte, daß die Trennung nicht plötz-

lich bewirkt werden konnte. Sie mußte sich auf einen langsameren Appell an Stephens besseres Selbst verlassen, sie mußte auf eine noch härtere Aufgabe gefaßt sein als fortzustürzen, solange der Entschluß noch frisch war. Sie setzte sich. Stephen, der sie mit dem Blick der Verzweiflung beobachtete, der wie ein gespenstisches Licht über ihn gekommen war, kam langsam von der Tür her, setzte sich dicht zu ihr und faßte ihre Hand. Ihr Herz schlug wie das Herz eines verängstigten Vogels, doch dieses direkte Gegenübersitzen half ihr. Sie fühlte, wie ihre Entschlossenheit stärker wurde.

»Erinnere dich, was du vor Wochen fühltest«, begann sie mit bittendem Ernst, »erinnere dich, was wir beide fühlten: daß wir es anderen schuldig wären, ihnen zu gehören, und jede Neigung besiegen müßten, die uns dieser Schuld gegenüber untreu werden lassen könnte. Wir haben unseren Entschluß nicht zu halten vermocht, aber das Unrecht bleibt dasselbe.«

»Nein, es bleibt *nicht* dasselbe«, sagte Stephen. »Wir haben bewiesen, daß es unmöglich war, unseren Entschluß zu halten. Wir haben bewiesen, daß das Gefühl, das uns einander zutreibt, zu stark ist, um überwunden zu werden, daß das Naturgesetz jedes andere übersteigt; wir können dem nicht abhelfen, mit dem es zusammenprallt.«

»Es ist nicht so, Stephen, ich bin ganz sicher, daß das falsch ist. Ich habe immer wieder versucht, so zu denken, aber ich sehe, daß, wenn wir auf diese Weise urteilten, es einen Freibrief für Verrat und Grausamkeit gäbe, wir würden es rechtfertigen, die heiligsten Bande zu zerreißen, die überhaupt auf Erden geknüpft werden können. Wenn die Vergangenheit uns nicht binden sollte, wo kann dann die Pflicht liegen? Wir hätten kein Gesetz, als die Neigung des Augenblicks.«

»Aber es gibt Bande, die nicht durch bloßen Entschluß aufrechterhalten werden können«, sagte Stephen, fuhr auf und ging wieder umher. »Was ist äußerliche Treue?

Hätten sie uns für etwas so Hohles gedankt wie Beständigkeit ohne Liebe?«
Maggie antwortete nicht sogleich. Sie machte einen inneren wie einen äußeren Konflikt durch. Schließlich machte sie leidenschaftlich ihre Überzeugung gegen sich selbst ebensosehr wie gegen ihn geltend:
»Das scheint richtig – zunächst, doch wenn ich weitersehe, bin ich sicher, daß es *nicht* richtig ist. Treue und Beständigkeit bedeuten etwas anderes, außer zu tun, was am leichtesten und angenehmsten für uns selbst ist. Sie bedeuten, dem zu entsagen, was immer dem Vertrauen, das andere in uns setzen, entgegensteht, was immer Elend für die verursachen würde, die der Verlauf unseres Lebens von uns abhängig gemacht hat. Wenn wir – wenn ich besser, edler gewesen wäre, dann wären diese Ansprüche so stark in mir gegenwärtig gewesen – dann hätte ich sie ständig meinem Herzen sich so aufdrängen spüren, wie sie es jetzt tun in den Augenblicken, in denen mein Gewissen wach ist –, daß das entgegengesetzte Gefühl niemals in mir gewachsen wäre, wie es geschah – es wäre sogleich erstickt worden. Ich hätte so ernstlich um Hilfe beten sollen, ich hätte davonstürzen sollen, wie wir vor abscheulicher Gefahr davonstürzen. Ich fühle keine Entschuldigung für mich – keine. Ich hätte nie gegenüber Lucy und Philip gefehlt, wie ich es tat, wenn ich nicht schwach, selbstsüchtig und hart gewesen wäre – fähig, an ihren Schmerz zu denken ohne einen Schmerz in mir, der alle Versuchung zerstörte. Oh, was empfindet Lucy jetzt? Sie glaubte an mich, sie liebte mich, sie war so gut zu mir. Denk an sie ...«
Mit erstickender Stimme sprach Maggie diese letzten Worte aus.
»Ich *kann* nicht an sie denken«, sagte Stephen und stampfte auf wie im Schmerz. »Ich kann an nichts als an dich denken, Maggie. Du verlangst von einem Mann, was unmöglich ist. Ich fühlte das auch einmal, aber ich kann jetzt nicht dazu zurückkehren. Und was nützt es,

daß *du* daran denkst, außer daß es mich quält? Du kannst sie jetzt nicht vor Schmerz bewahren, du kannst dich nur noch von mir losreißen und mein Leben wertlos für mich machen. Und sogar wenn wir zurückkehren und beide unsere Verpflichtungen erfüllen könnten – wenn das jetzt noch möglich wäre –, dann wäre es verhaßt, entsetzlich, zu denken, daß du je Philips Frau, daß du je die Frau eines Mannes sein solltest, den du nicht liebst. Wir sind beide aus einem Irrtum errettet worden.«

Eine tiefe Röte zog über Maggies Gesicht, und sie konnte nicht sprechen. Stephen sah dies. Er setzte sich wieder, nahm ihre Hand in die seine und sah sie mit leidenschaftlichem Bitten an.

»Maggie! Liebste! Wenn du mich liebst, bist du mein. Wer kann einen so großen Anspruch auf dich haben wie ich? Mein Leben ist in deine Liebe eingebunden. Es gibt nichts in der Vergangenheit, das unser Recht aufeinander aufheben kann, es ist das erste Mal für uns beide, daß wir aus ganzem Herzen, mit ganzer Seele lieben.«

Maggie schwieg eine kleine Weile und sah zu Boden. Stephen war erregt von neuer Hoffnung; er würde triumphieren. Doch sie hob die Augen und begegnete den seinen mit einem Blick, der von der Pein des Bedauerns, nicht von Nachgeben erfüllt war.

»Nein, nicht mit ganzem Herzen und ganzer Seele, Stephen«, sagte sie mit scheuer Entschlossenheit. »Ich habe nie mit ganzem Sinn eingewilligt. Es gibt Erinnerungen und Zuneigungen und Sehnsüchte nach vollkommenem Gutsein, die mich so sehr beherrschen; sie würden mich nie auf lange verlassen, sie würden zurückkehren und mir Schmerz sein – Reue. Ich könnte nicht in Freuden leben, wenn ich den Schatten einer vorsätzlichen Sünde zwischen mich und Gott stellte. Ich habe bereits Leid verursacht, ich weiß es, ich fühle es, aber ich habe dem nie in voller Absicht zugestimmt, ich habe nie gesagt: ›Sie sollen leiden, damit ich Freude haben kann.‹ Es war nie mein Wille, dich zu heiraten; wenn du aus einem augenblicklichen Triumphieren meines Gefühls für dich meine Einwilligung gewinnen würdest, so hättest du doch nicht meine ganze Seele. Wenn ich wieder erwachen könnte, und es wäre noch nicht gestern, dann würde ich wählen, meinen ruhigeren Zuneigungen treu zu sein und ohne die Freude der Liebe zu leben.«

Stephen ließ ihre Hand los, stand ungeduldig auf und ging in unterdrückter Wut im Zimmer auf und ab.

»Lieber Gott!« rief er schließlich aus. »Wie erbärmlich ist doch die Liebe einer Frau verglichen mit der eines Mannes! Ich könnte Verbrechen für dich begehen, und du kannst auf diese Weise abwägen und wählen. Aber du liebst mich nicht; wenn du nur ein Zehntel des Gefühls hättest, das ich für dich habe, dann wäre es dir unmöglich, auch nur einen Moment daran zu denken, mich zu opfern. Aber es zählt nicht für dich, daß du mir das Glück *meines* Lebens raubst.«

Maggie preßte ihre Finger wie im Krampf zusammen, während sie sie gefaltet im Schoß hielt. Ein großer Schrecken war über sie gekommen, als ob sie immer wieder im Licht jäher Blitze sähe, wo sie stand, und dann wieder ihre Hände ins Dunkel ausstreckte.

»Nein, ich opfere dich nicht, ich könnte dich nicht opfern«, sagte sie, sobald sie wieder sprechen konnte, »aber ich kann nicht an etwas Gutes für dich glauben, von dem ich fühle, von dem wir beide fühlen, daß es ein Unrecht gegenüber anderen ist. Wir können nicht Glück entweder für uns oder für jemand anderes wählen, wir wissen nicht, wo es liegen wird. Wir können nur wählen, ob wir uns den Genuß des gegenwärtigen Augenblicks gestatten wollen, oder ob wir dem entsagen um des Gehorsams willen gegenüber der göttlichen Stimme in uns, um der Treue willen zu allen Motiven, die unser Leben heiligen. Ich weiß, daß dieser Glaube hart ist, er ist mir immer wieder entglitten, aber ich habe gefühlt, daß, wenn ich ihn für immer fahrenließe, ich kein Licht mehr haben würde in der Dunkelheit dieses Lebens.«

»Aber, Maggie«, sagte Stephen und setzte sich wieder zu ihr, »ist es denn möglich, daß du nicht siehst, daß das, was gestern geschehen ist, die Lage völlig verändert hat? Welche Verblendung, welch hartnäckige Voreingenommenheit ist es, die dich dafür blind macht? Es ist zu spät zu sagen, was wir hätten tun können, was wir hätten tun sollen. Auch wenn man die schlimmste Ansicht dessen, was geschehen ist, zugibt, es ist eine Tatsache, von der wir nun ausgehen müssen, unsere Lage hat sich verändert, der rechte Weg ist nicht mehr, was er vorher war. Wir müssen unsere eigenen Handlungen hinnehmen und von ihnen aus neu beginnen. Angenommen, wir hätten gestern geheiratet? Es ist beinahe dasselbe. Die Wirkung auf andere wäre nicht anders gewesen. Es hätte nur für uns diesen Unterschied gemacht«, setzte Stephen bitter hinzu, »daß du dann vielleicht eingestanden hättest, daß deine Bindung an mich stärker ist als die an andere.«
Wieder überzog eine tiefe Röte Maggies Gesicht, und sie schwieg. Stephen dachte erneut, daß er beginne, sich zu behaupten, er hatte bis jetzt noch nicht geglaubt, daß er sich *nicht* behaupten würde; es gibt Möglichkeiten, vor denen unser Sinn zu sehr zurückschreckt, als daß wir sie fürchten könnten.
»Liebste«, sagte er in seinem tiefsten, zärtlichsten Ton, neigte sich ihr zu und legte seinen Arm um sie, »du *bist* jetzt mein – die Welt glaubt es –, daraus muß jetzt Pflicht erwachsen, in ein paar Stunden wirst du gesetzlich mein sein, und die, die Ansprüche auf uns hatten, werden sich fügen, sie werden sehen, daß es eine Macht gab, die sich gegen ihre Ansprüche erklärte.«
Maggies Augen öffneten sich weit zu einem entsetzten Blick in das Gesicht, das dem ihren nahe war, und sie sprang auf – wieder ganz bleich.
»Oh, ich kann es nicht tun«, sagte sie mit einer Stimme voll äußerster Qual. »Stephen, bitte mich nicht, dränge mich nicht. Ich kann nicht mehr argumentieren, ich weiß nicht, was weise ist, aber mein Herz will es mich nicht

tun lassen. Ich sehe, ich fühle jetzt ihren Kummer, es ist, als wäre er meinem Sinn eingebrannt, *ich* habe gelitten und hatte niemanden, mich zu bemitleiden, und jetzt habe ich andere leiden lassen. Es würde mich nie verlassen, es würde deine Liebe zu mir bitter machen. Ich mag Philip wirklich – auf andere Art, ich erinnere mich an alles, was wir zueinander sagten, ich weiß, wie er an mich als das eine Versprechen in seinem Leben dachte. Er wurde mir gegeben, damit ich sein Los weniger hart machen könnte, und ich habe ihn im Stich gelassen. Und Lucy – sie wurde getäuscht, sie, die mir mehr als irgend jemandem vertraute. Ich kann dich nicht heiraten, ich kann nicht für mich selbst ein Gut annehmen, das ihrem Elend abgerungen ist. Es ist nicht die Macht, die uns regieren sollte – dies, was wir füreinander fühlen; es würde mich von allem abbringen, was mir mein vergangenes Leben lieb und heilig gemacht hat. Ich kann nicht zu einem neuen Leben aufbrechen und das vergessen; ich muß dahin zurückkehren und daran festhalten, sonst werde ich das Gefühl haben, es gäbe nichts Festes unter meinen Füßen.«

»Lieber Gott, Maggie!« sagte Stephen, erhob sich ebenfalls und faßte ihren Arm. »Du phantasierst. Wie kannst du zurückkehren, ohne mich zu heiraten? Du weißt ja nicht, was man sagen wird, Liebste. Du siehst nichts, wie es wirklich ist.«

»Doch, das tue ich. Aber sie werden mir glauben. Ich werde alles bekennen. Lucy wird mir glauben, sie wird dir vergeben und – und – oh, etwas Gutes wird daraus werden, wenn ich am Rechten festhalte. Lieber, lieber Stephen, laß mich gehen! Zieh mich nicht in noch tiefere Gewissensnot. Meine ganze Seele hat nie eingewilligt, sie willigt auch jetzt nicht ein.«

Stephen ließ ihren Arm los und sank auf seinen Stuhl zurück, halb betäubt von verzweifelter Wut. Er schwieg einige Augenblicke und sah sie nicht an, während ihre Augen ihm verlangend zugewandt waren vor Bestürzung

über diesen plötzlichen Wandel. Schließlich sagte er, immer noch ohne sie anzusehen:
»Geh also, verlaß mich, foltere mich nicht noch länger, ich kann es nicht ertragen.«
Unwillkürlich neigte sie sich ihm zu und streckte ihre Hand aus, um die seine zu berühren, aber er wich vor ihr zurück, als wäre es glühendes Eisen, und sagte noch einmal: »Verlaß mich.«
Maggie war sich keiner Entscheidung bewußt, als sie sich von dem düsteren, abgekehrten Gesicht losmachte und aus dem Zimmer ging; es war wie eine automatische Handlung, die eine vergessene Absicht ausführt. Was kam danach? Ein Eindruck von Treppen, die sie hinabging wie im Traum, von Pflastersteinen, von einer Kutsche mit Pferden, die dastand, dann eine Straße, eine Biegung in eine andere Straße, wo eine Postkutsche stand und Reisende aufnahm, und der Gedanke, der sie durchfuhr, daß diese Kutsche sie fortbringen würde, vielleicht nach Hause. Aber sie konnte noch nichts fragen, sie stieg nur in die Kutsche.
Nach Hause – wo ihre Mutter und ihr Bruder waren, Philip, Lucy, der Schauplatz auch ihrer Sorgen und Prüfungen – das war der Hafen, auf den ihr Sinn gerichtet war, das Heiligtum, wo heilige Reliquien lagen, wo sie vor noch tieferem Fall errettet würde. Der Gedanke an Stephen war ihr wie ein pochender Schmerz, der dennoch, wie es solche Schmerzen tun, alle anderen Gedanken in Bewegung versetzte. Doch unter ihren Gedanken war der, was andere über ihr Verhalten sagen und denken würden, kaum vorhanden. Liebe und tiefes Mitleid und reuevolle Pein ließen dafür keinen Raum.
Die Kutsche brachte sie nach York, noch weiter von zu Hause fort, aber sie erfuhr dies erst, als sie um Mitternacht in der alten Stadt abgesetzt wurde. Es tat nichts, sie konnte dort schlafen und am nächsten Tag nach Hause aufbrechen. Sie hatte ihre Geldtasche bei sich mit all ihrem Geld darin, einer Banknote und einem Sovereign,

sie hatte sie aus Vergeßlichkeit in der Tasche behalten, nachdem sie vorgestern Besorgungen gemacht hatte. Legte sie sich in jener Nacht in dem düsteren Zimmer des alten Gasthofes nieder, den Willen unerschütterlich auf den Pfad reuigen Opfers gerichtet? Die großen Kämpfe des Lebens sind nicht so einfach, die großen Probleme des Lebens sind nicht so klar. In der Dunkelheit jener Nacht sah sie Stephens Gesicht, das ihr in leidenschaftlichem, vorwurfsvollem Elend zugewandt war, sie durchlebte noch einmal all die bebenden Wonnen ihres Zusammenseins, die das Leben zu einem leichten Dahingleiten in einem Strom der Freude gemacht hatten anstatt eines ruhigen, entschlossenen Duldens und Mühens. Die Liebe, der sie entsagt hatte, kehrte mit einem grausamen Zauber zu ihr zurück, sie fühlte, wie sie die Arme ausbreitete, um sie noch einmal zu umfangen, und dann schien sie zu entgleiten und zu verblassen und zu schwinden und ließ nur den ersterbenden Klang einer tiefen, erschütternden Stimme zurück, die sagte: »Dahin – auf immer dahin.«

Siebentes Buch

Die endgültige Rettung

Kapitel 1

Die Rückkehr zur Mühle

Zwischen vier und fünf Uhr nachmittags, am fünften Tag, seit Stephen und Maggie St. Ogg's verlassen hatten, stand Tom Tulliver auf dem Kiesweg vor dem alten Haus der Dorlcoter Mühle. Er war jetzt der Herr dort, er hatte den letzten Wunsch seines Vaters halb erfüllt, und durch Jahre tatkräftiger Arbeit und stetiger Beherrschung seiner selbst hatte er es dazu gebracht, bald mehr als die alte Ehrbarkeit, die das stolze Erbe der Dodsons und Tullivers war, zu erlangen.

Doch Toms Gesicht zeigte, als er im heißen, stillen Sonnenschein des Sommernachmittags stand, keine Freude, keinen Triumph. Sein Mund hatte seinen bittersten Ausdruck, seine strenge Stirn ihre tiefste und unerbittlichste Falte, als er seinen Hut weiter über die Augen zog, um sie vor der Sonne zu schützen und, seine Hände tief in die Taschen vergraben, auf dem Kies auf und ab zu gehen begann. Keine Nachricht von seiner Schwester war gekommen, seit Bob Jakin mit dem Dampfer von Mudport zurückgekehrt war und allen unwahrscheinlichen Vermutungen von einem Unfall auf dem Wasser ein Ende gesetzt hatte, indem er berichtete, er habe sie mit Mr. Stephen Guest dort von einem Schiff gehen sehen. Würde die nächste Nachricht sein, daß sie verheiratet war – oder was? Wahrscheinlich, daß sie nicht verheiratet war, Toms Sinn war auf die Erwartung des Schlimmsten, was geschehen konnte, gerichtet: nicht Tod, sondern Schande.

Als er, den Rücken dem Eingangstor und das Gesicht dem rauschenden Mühlbach zugewandt, einherging, näherte sich eine uns wohlbekannte, große, dunkeläugige Gestalt dem Tor und hielt inne, um ihn mit heftig klopfendem Herzen anzusehen. Ihr Bruder war der Mensch, den sie von Kindheit an am meisten gefürchtet hatte, mit jener Furcht, die in uns aufkommt, wenn wir jemanden lieben, der unerbittlich, unbeugsam und unabänderbar ist, mit einem Sinn, nach dem wir uns nie formen können und von dem wir dennoch nicht ertragen können, daß er uns entfremdet wäre. Jene tief verwurzelte Furcht erschütterte Maggie jetzt, doch ihr Sinn war unbeirrbar darauf gerichtet, zu ihrem Bruder zurückzukehren als der natürlichen Zuflucht, die ihr gegeben war. In ihrer tiefen Demütigung im Rückblick auf ihre eigene Schwachheit, in ihrer Pein wegen des Unrechts, das sie zugefügt hatte, wünschte sie sich fast, die Strenge von Toms Verweis zu ertragen, sich in geduldigem Schweigen dem harten, mißbilligenden Urteil zu unterwerfen, gegen das sie so oft rebelliert hatte; es erschien ihr jetzt als nicht mehr wie gerecht – wer war schwächer als sie? Sie verlangte zu ihrem besseren Zweck nach dieser äußeren Hilfe, die von einem vollständigen, demütigen Bekenntnis kommen würde, von der Gegenwart derer, deren Blicke und Worte ein Widerschein ihres eigenen Gewissens sein würden.

Maggie hatte in York einen Tag lang das Bett hüten müssen mit den entkräftenden Kopfschmerzen, die auf die schreckliche Anspannung des vorangegangenen Tages und der Nacht folgen mußten. Immer noch war ein Ausdruck physischen Schmerzes um ihre Stirn und ihre Augen, und ihre ganze Erscheinung in dem Kleid, das sie so lange nicht gewechselt hatte, war verhärmt und elend. Sie hob die Klinke des Tores und trat langsam ein. Tom hörte das Tor nicht, er stand gerade nahe beim dröhnenden Wehr, doch er wandte sich kurz darauf um, und als er die Augen hob, sah er die Gestalt, deren verhärmtes Aussehen und einsame Ankunft ihm eine Bestätigung seiner schlimmsten Vermutungen zu sein schienen. Er blieb stehen, zitternd und weiß vor Abscheu und Zorn.

Maggie blieb gleichfalls stehen, wohl drei Schritte vor

ihm. Sie fühlte den Haß in seinem Gesicht, fühlte, wie er sie bis ins Mark durchfuhr, doch sie mußte sprechen.
»Tom«, begann sie schwach, »ich bin zu dir zurückgekommen, ich bin nach Hause zurückgekommen – als Zuflucht – um dir alles zu sagen.«
»Du wirst bei mir kein Zuhause finden«, antwortete er mit bebender Wut. »Du hast uns allen Schande gemacht. Du hast dem Namen meines Vaters Schande gemacht. Du bist ein Fluch für deine besten Freunde gewesen. Du bist gemein gewesen, falsch; kein Motiv ist stark genug, um dich zurückzuhalten. Ich will nie wieder etwas mit dir zu schaffen haben. Du gehörst nicht zu mir.«
Ihre Mutter war inzwischen zur Tür gekommen. Sie stand wie gelähmt durch den doppelten Schock, Maggie zu sehen und Toms Worte zu hören.
»Tom«, sagte Maggie mit größerem Mut, »ich bin vielleicht nicht so schuldig, wie du glaubst. Ich wollte nie meinen Gefühlen nachgeben. Ich habe gegen sie angekämpft. Ich wurde am Dienstag zu weit mit dem Boot hinausgetragen, um noch zurückzukommen. Ich kam zurück, sobald ich konnte.«
»Ich kann nicht mehr an dich glauben«, sagte Tom, und seine bebende Erregung ging allmählich in kalte Starrheit über. »Du hast eine heimliche Beziehung zu Stephen Guest unterhalten wie schon vorher zu einem anderen. Er besuchte dich bei meiner Tante Moss, du bist allein mit ihm über die Feldwege gegangen, du mußt dich benommen haben, wie kein anständiges Mädchen es dem Liebhaber ihrer Kusine gegenüber tun würde, sonst hätte das nie geschehen können. Die Leute in Luckreth sahen dich vorüberfahren, du fuhrst an allen anderen Orten vorbei, du hast gewußt, was du tatest. Du hast Philip Wakem als Vorwand benutzt, um Lucy zu täuschen, die beste Freundin, die du je hattest. Geh und sieh, wie du es ihr vergolten hast; sie ist krank, unfähig zu sprechen, meine Mutter kann nicht in ihre Nähe kommen, damit sie sie nicht an *dich* erinnert.«

Maggie war halb betäubt, zu schwer bedrängt von ihrer Pein, um auch nur einen Unterschied zwischen ihrer tatsächlichen Schuld und den Anschuldigungen ihres Bruders ausmachen, noch weniger, sich rechtfertigen zu können.

»Tom«, sagte sie und preßte ihre Hände unter dem Mantel zusammen vor Anstrengung, wieder zu sprechen. »Was immer ich getan habe, ich bereue es bitterlich. Ich möchte es wiedergutmachen. Ich will alles ertragen. Ich möchte gehindert werden, noch einmal etwas Unrechtes zu tun.«

»Was *wird* dich denn hindern?« sagte Tom mit grausamer Bitterkeit. »Nicht Religion, nicht dein natürliches Empfinden von Dankbarkeit und Ehre. Und er – er verdiente es, erschossen zu werden, wäre es nicht – aber du bist noch zehnmal schlechter als er. Ich verabscheue deinen Charakter und dein Verhalten. Du hast gegen deine Gefühle angekämpft, sagst du. Ja! *Ich* hatte Gefühle, gegen die ich ankämpfen mußte, aber ich habe sie bezwungen. Ich hatte ein härteres Leben als du, aber ich habe *meinen* Trost darin gefunden, meine Pflicht zu tun. Doch ich werde einen Charakter wie den deinigen nicht billigen, die Welt soll wissen, daß *ich* den Unterschied zwischen Recht und Unrecht empfinde. Wenn du etwas brauchst, will ich es dir geben – laß es meine Mutter wissen. Aber du sollst nicht unter mein Dach kommen. Es ist genug, daß ich den Gedanken an deine Schande zu ertragen habe, dein Anblick ist mir verhaßt.«

Langsam wandte Maggie sich ab, Verzweiflung im Herzen. Doch die Liebe der armen, verängstigten Mutter brach nun stärker hervor als alle Furcht.

»Mein Kind! Ich gehe mit dir. Du hast eine Mutter.«

O welch süße Ruhe in dieser Umarmung für Maggies wehes Herz! Hilfreicher als alle Weisheit ist eine Regung schlichten, menschlichen Mitleids, das uns nicht im Stich läßt.

Tom wandte sich um und ging ins Haus.
»Komm herein, mein Kind«, flüsterte Mrs. Tulliver. »Er wird dich hierbleiben und in meinem Bett schlafen lassen. Er wird es nicht abschlagen, wenn ich ihn darum bitte.«
»Nein, Mutter«, sagte Maggie leise, wie in einem Stöhnen, »ich werde niemals hineingehen.«
»Dann warte draußen auf mich. Ich mache mich fertig und komme mit dir.«
Als seine Mutter in ihrer Haube erschien, kam Tom zu ihr auf den Flur hinaus und legte Geld in ihre Hand.
»Mein Haus ist das deine, Mutter, immer«, sagte er, »du wirst kommen und mich wissen lassen, was du brauchst, du wirst zu mir zurückkehren.«
Die arme Mrs. Tulliver nahm das Geld, zu verängstigt, um etwas zu sagen. Das einzige, was ihr deutlich war, war der mütterliche Instinkt, mit ihrem unglücklichen Kind zu gehen.
Maggie wartete vor dem Tor, sie nahm die Hand ihrer Mutter, und sie gingen schweigend ein Stück Weges.
»Mutter«, sagte Maggie schließlich, »wir wollen zu Lukes Haus gehen. Luke wird mich aufnehmen. Er war sehr gut zu mir, als ich ein kleines Mädchen war.«
»Er hat jetzt keinen Platz für uns, meine Liebe, seine Frau hat so viele Kinder. Ich weiß nicht, wohin wir gehen sollen, wenn nicht zu einer deiner Tanten, und das wage ich kaum«, sagte die arme Mrs. Tulliver, die in dieser äußersten Not bar allen Einfallsreichtums war.
Maggie schwieg eine Weile und sagte dann: »Laß uns zu Bob Jakin gehen, Mutter, seine Frau wird Platz für uns haben, wenn sie noch keinen neuen Mieter haben.«
So gingen sie denn nach St. Ogg's zu dem alten Haus am Fluß.
Bob war selbst daheim, mit schwerem Herzen trotz der neuen Freude und dem Stolz, ein zwei Monate altes Kindchen zu haben – das lebhafteste seines Alters, das je Fürst oder Hausierer geboren wurde. Er hätte vielleicht

all das Zweifelhafte an Maggies Auftauchen am Kai von Mudport mit Mr. Stephen Guest nicht so gründlich verstanden, wenn er nicht Zeuge der Wirkung gewesen wäre, die es auf Tom hatte, als er hinging, um ihm zu berichten, und seither waren die Umstände, die ihr Davonlaufen ohnehin schon zu etwas Unheilvollem machten, über die feineren Kreise von St. Ogg's hinausgetragen und zum Stadtgespräch geworden, das auch den Kutschern und Laufburschen zugänglich war. So hatte er, als er die Tür öffnete und Maggie in ihrem Kummer und ihrer Mattigkeit vor sich stehen sah, keine Frage zu stellen als die eine, die er sich nur selbst zu stellen wagte: Wo war Mr. Stephen Guest? Bob für sein Teil hoffte, er möge in der wärmsten Ecke jenes Aufenthaltsortes schmoren, den es in der anderen Welt für Herren geben soll, die dort zu Fall gekommen sind.

Das Zimmer war frei, und sowohl Mrs. Jakin, die Größere, als auch Mrs. Jakin, die Kleinere, wurden angewiesen, alles behaglich zu machen für die »alte Missis und die junge Miss«. Ach, daß sie noch immer »Miss« war. Der schlaue Bob war arg verwirrt, wie es zustande gekommen sein sollte, wie Mr. Stephen Guest von ihr fortgegangen sein konnte oder sie hatte von sich fortgehen lassen können, wenn er doch die Möglichkeit gehabt hatte, sie bei sich zu behalten. Doch er schwieg und wollte auch seiner Frau nicht gestatten, ihm eine Frage zu stellen, wollte sich auch nicht in dem Zimmer aufhalten, damit es nicht wie Eindringen und Neugier erschiene, denn er hatte noch dieselbe Ritterlichkeit gegenüber der dunkeläugigen Maggie wie in jenen Tagen, als er ihr das denkwürdige Geschenk der Bücher gemacht hatte.

Doch nach ein oder zwei Tagen war Mrs. Tulliver für ein paar Stunden zur Mühle zurückgegangen, um sich um Toms Haushaltsangelegenheiten zu kümmern. Maggie hatte dies gewünscht; nach dem ersten heftigen Ausbruch des Gefühls, der kam, sobald sie keinen tätigen

Zweck mehr zu erfüllen hatte, benötigte sie die Gegenwart ihrer Mutter nicht mehr so sehr; sie verlangte sogar danach, mit ihrem Leid allein zu sein. Aber sie war nur eine kleine Weile für sich in dem alten Wohnzimmer gewesen, das zum Fluß hinausging, als es an der Tür klopfte und sie, nachdem sie mit ihrem traurigen Gesicht aufgeblickt und »Herein« gesagt hatte, Bob eintreten sah, mit dem Säugling in seinen Armen und Mumps an seinen Fersen.

»Wir gehn wieder, wenn Sie's stört, Miss«, sagte Bob.

»Nein«, sagte Maggie leise und wünschte, sie könnte lächeln.

Bob schloß die Tür hinter sich, kam und stellte sich vor sie hin.

»Sehn Sie, wir haben 'n Kleines, Miss, und ich wollt', daß Sie sich's ansehn und auf'n Arm nehmen, wenn Sie so gut sein woll'n. Denn wir war'n so frei, es nach Ihnen zu benennen, und 's wär' besser, wenn Sie sich mal 'n bißchen drum kümmerten.«

Maggie konnte nicht sprechen, aber sie streckte die Arme aus, den winzigen Säugling in Empfang zu nehmen, während Mumps besorgt schnüffelte, um sicherzugehen, daß es mit dieser Übergabe seine Richtigkeit hatte. Maggie war es bei Bobs Tun und Reden warm ums Herz geworden, sie wußte sehr gut, daß es ein Weg war, den er gewählt hatte, um ihr sein Mitgefühl und seine Achtung zu zeigen.

»Setz dich, Bob«, sagte sie darauf, und er setzte sich schweigend und fand, daß seine Zunge neuerdings ganz ungefügig war und sich weigerte zu sagen, was er sagen wollte.

»Bob«, sagte sie nach einigen Augenblicken, sah auf den Säugling hinunter und hielt ihn besorgt, als fürchte sie, daß er ihr aus dem Sinn und aus den Fingern gleiten könnte, »ich möchte dich um einen Gefallen bitten.«

»Sprechen Sie nich so, Miss«, sagte Bob und packte Mumps am Nackenfell, »wenn's irgendwas gibt, das ich

für Sie tun kann, dann wär's für mich wie'n Tageslohn.«
»Ich möchte, daß du zu Dr. Kenn gehst und fragst, ob du ihn sprechen könntest, und ihm sagst, daß ich hier bin und sehr dankbar wäre, wenn er zu mir käme, solange meine Mutter fort ist. Sie wird nicht vor dem Abend zurückkehren.«
»Tja, Miss, das tät' ich sofort, 's ist ja nur 'n Schritt; aber Dr. Kenns Frau liegt tot, sie soll morgen begraben werden – starb an dem Tag, als ich aus Mudport gekommen bin. 's ist um so trauriger, daß sie gerade jetzt sterben mußte, wo Sie ihn sprechen wollen. Aber ich möcht jetzt kaum zu ihm gehn.«
»O nein, Bob«, sagte Maggie, »wir müssen ein paar Tage abwarten, vielleicht, wenn du hörst, daß er wieder ausgeht. Aber vielleicht geht er ja aus der Stadt an einen entfernteren Ort«, setzte sie mit einem neuen Gefühl von Mutlosigkeit bei diesem Gedanken hinzu.
»Er nich, Miss«, sagte Bob. »Er wird nich fortgehn. Er is keiner von den feinen Herrschaften, die in Badeorte gehn, um zu jammern, wenn ihn' die Frau gestorben is, er hat was andres zu tun. Er kümmert sich mächtig um die Gemeinde. Er hat das Kleine getauft, und er hat mich vorgenommen und gefragt, was ich am Sonntag machte, weil ich nich zur Kirche käm'. Aber ich sagt' ihm, ich wär' an Dreiviertel der Sonntage unterwegs, und dann bin ich's so gewohnt, auf'n Beinen zu sein, daß ich nich lang ohne Unterbrechung sitzen kann. ›Und tja, Sir‹, sag ich, ›'n Hausierer kommt mit 'ner kleinen Portion Kirche aus, die schmeckt stark‹, sag ich, ›man braucht sie nich dick aufzutragen.‹ Ach, Miss, wie brav das Kleine bei Ihnen is. 's is ja, als ob sie Sie kennen würd', und vielleicht tut sie das auch, mein ich, wie die Vögel den Morgen kennen.«
Bobs Zunge war offensichtlich von ihren ungewohnten Banden gelöst und nun wohl gar in Gefahr, mehr Arbeit zu tun als erforderlich war. Aber die Themen, über die er

so gern mehr gewußt hätte, waren so steil und schwierig anzugehen, daß seine Zunge eher geradeaus weiterlief, anstatt ihn auf diesem unbeschrittenen Weg zu führen. Er fühlte das und schwieg wieder für eine kurze Weile und überlegte dabei angestrengt die möglichen Formen, in die er eine Frage kleiden könnte. Schließlich sagte er mit schüchternerer Stimme als gewöhnlich:

»Wollen Sie mir erlauben, Sie nur eins zu fragen, Miss?«

Maggie schrak ein wenig zusammen, doch antwortete sie: »Ja, Bob, wenn es mich selbst betrifft und nicht jemand anderes.«

»Nun, Miss, 's is dies: Hegen Sie gegen irgend jemand einen Groll?«

»Nein, gegen niemand«, sagte Maggie und sah ihn forschend an. »Warum?«

»Oh, tja, Miss«, sagte Bob und kniff härter als zuvor in Mumps' Nacken. »Ich wünschte, Sie täten's und würden's mir sagen, dann würd' ich ihn durchprügeln, bis ich nich mehr könnt', und der Richter könnt' danach mit mir machen, was er wollte.«

»O Bob«, sagte Maggie und lächelte schwach, »du bist mir ein sehr guter Freund. Aber ich möchte niemanden bestrafen, selbst wenn man mir Unrecht getan hätte; ich habe selbst zu oft Unrecht getan.«

Diese Betrachtung der Dinge war für Bob verwirrend und warf mehr Dunkelheit als zuvor über das, was sich wohl zwischen Stephen und Maggie ereignet haben mochte. Doch weitere Fragen wären zu aufdringlich gewesen, selbst wenn er sie passend hätte ausdrücken können, und er mußte wohl den Säugling zur Mutter zurückbringen, die auf sie wartete.

»Vielleicht hätten Sie Mumps gern zur Gesellschaft, Miss«, sagte er, als er das Kind wieder genommen hatte. »Er is ausgezeichnete Gesellschaft, der Mumps. Wenn ich's ihm sag, wird er vor Ihnen liegen und auf Sie achtgeben – ganz still – so wie er auf mein Bündel achtgibt. Sie sollten ihn ruhig 'n bißchen hierbehalten, dann mag er Sie bald leiden. Tja, 's is 'ne feine Sache, wenn so'n stummes Tier ein' mag, es bleibt bei einem und schwätzt nicht.«

»Ja, laß ihn hier, bitte«, sagte Maggie. »Ich glaube, ich hätte Mumps gern zum Freund.«

»Mumps, leg dich hierher«, sagte Bob und wies auf einen Platz vor Maggie, »und rühr dich nicht, bis man's dir sagt.«

Mumps legte sich sogleich nieder und gab kein Anzeichen von Unruhe, als sein Herr das Zimmer verließ.

Kapitel 2

St. Ogg's spricht sein Urteil

Es war bald in ganz St. Ogg's bekannt, daß Miss Tulliver zurückgekehrt war; sie war also nicht davongelaufen, um Mr. Stephen Guest zu heiraten, jedenfalls hatte Mr. Stephen Guest sie nicht geheiratet, welches auf dasselbe hinauslief, was den Tatbestand ihrer Schuld anging. Wir urteilen über andere nach Ergebnissen – wie auch sonst, da wir den Vorgang nicht kennen, durch den sie zustande kommen. Wenn Miss Tulliver nach ein paar Monaten passender Reise als Mrs. Stephen Guest zurückgekehrt wäre, mit einer nachhochzeitlichen Aussteuer und all den Vorteilen, die sogar die unwillkommenste Frau eines einzigen Sohnes besitzt, dann hätte die öffentliche Meinung, die in St. Ogg's, wie überall, stets wußte, was sie zu denken hatte, in strenger Übereinstimmung mit diesen Ergebnissen geurteilt. Die öffentliche Meinung ist in solchen Fällen immer weiblichen Geschlechts – Frau Welt –, und sie hätte gesehen, daß zwei ansehnliche junge Menschen – der Herr aus wohl der ersten Familie von St. Ogg's – sich plötzlich in einer Position der

Unaufrichtigkeit befunden hatten und daher auf einen Weg geraten waren, der, gelinde gesagt, höchst unbesonnen war und traurigen Schmerz und Enttäuschung hervorrufen mußte, besonders für das süße junge Ding, Miss Deane. Mr. Stephen Guest hatte sich gewiß nicht gut betragen, aber schließlich verfielen junge Männer leicht in solch betörte Zuneigungen, und wie schlecht es auch für Mrs. Stephen Guest erscheinen mochte, daß sie die geringsten Avancen seitens des Liebhabers ihrer Kusine zugelassen hatte (und man hatte doch gesagt, sie sei schon mit dem jungen Wakem verlobt, der alte Wakem selbst hatte es erwähnt), so war sie ja doch noch sehr jung. »Und dann ein buckliger Mann! Und der junge Guest ist doch so faszinierend, und man sagt, er bete sie förmlich an (das kann gewiß nicht lange dauern), und er ging im Boot mit ihr auf und davon, ganz gegen ihren Willen – und was konnte sie tun? Sie konnte damals nicht zurückkehren – niemand hätte mit ihr gesprochen, und wie gut ihr das maisfarbene Atlaskleid zu ihrem Teint steht! Es scheint, als seien die Falten vorne jetzt Mode, mehrere ihrer Kleider sind so geschnitten, man sagt, er hielte nichts für zu schön, um es für sie zu kaufen. Die arme Miss Deane! Sie ist bemitleidenswert, aber dann waren sie ja auch noch nicht richtig verlobt, und die Seeluft wird ihr guttun. Und schließlich, wenn der junge Guest nicht mehr als *das* für sie empfand, dann war es doch besser für sie, ihn nicht zu heiraten. Was für eine wundervolle Heirat für ein Mädchen wie Miss Tulliver – ganz romantisch. Der junge Guest wird ja auch bei der nächsten Wahl für den Bezirk kandidieren. Es geht doch heutzutage nichts über den Handel! Der junge Wakem hätte fast den Verstand verloren, er war doch immer schon etwas seltsam, aber er ist wieder ins Ausland gefahren, um aus dem Weg zu sein, wohl das Beste für einen buckligen jungen Mann. Miss Unit erklärt, daß sie niemals bei Mr. und Mrs. Stephen Guest Besuch machen will. Solch ein Unfug! Vorzugeben, man sei

besser als andere Leute. Was sollte aus der Gesellschaft werden, wenn wir auf diese Weise Privatangelegenheiten ausforschten, und es ist nur christlich, nicht übel zu denken, und ich glaube, daß Miss Unit nur keine Anzeige bekommen hat.«
Aber die Ergebnisse waren, wie wir wissen, nicht derart, daß sie diese Beschönigung der Vergangenheit rechtfertigten. Maggie war ohne Aussteuer zurückgekehrt, ohne Ehemann und in jenem Zustand der Erniedrigung und Ächtung, in den Irrtum bekanntermaßen führt, und Frau Welt sah mit jenem feinen Instinkt, der ihr für die Erhaltung der Gesellschaft gegeben ist, sogleich, daß Miss Tullivers Verhalten von äußerst schlimmer Art gewesen war. Gab es etwas Verabscheuenswerteres? Ein Mädchen, das den Ihren so viel verdankte, dessen Mutter so wie sie selbst so viel Güte von den Deanes erfahren hatte – es darauf abzusehen, die Zuneigung eines jungen Mannes zu ihrer eigenen Kusine, die wie eine Schwester zu ihr gewesen war, für sich selbst zu gewinnen! Zuneigung zu gewinnen? Das war nicht der Ausdruck für ein Mädchen wie Miss Tulliver, es wäre richtiger zu sagen, daß sie von purer unweiblicher Dreistigkeit und zügelloser Leidenschaft getrieben worden war. Sie hatte schon immer etwas Fragwürdiges an sich gehabt. Diese Verbindung mit dem jungen Wakem, die, wie man sagte, schon seit Jahren unterhalten worden war, machte einen äußerst schlechten, ja abscheulichen Eindruck! Aber bei einem Mädchen von der Veranlagung! Für Frau Welt war immer schon allein in Miss Tullivers Äußerem etwas gewesen, bei dem ein feiner Instinkt die Ankündigung von Unheil spürte. Was den armen Mr. Stephen Guest anging, so war er vor allem bemitleidenswert, ein junger Mann von fünfundzwanzig sollte in solchen Fällen nicht zu streng beurteilt werden, er ist doch wirklich einem solch ränkevollen, dreisten Mädchen völlig ausgeliefert. Und es war klar, daß er gegen seinen Willen nachgegeben hatte, er hatte sie abgeschüttelt, sobald er konnte, es sah

doch wirklich sehr finster aus, daß sie sich so bald getrennt hatten, finster für sie natürlich. Gewiß, er hatte einen Brief geschrieben, in dem er die ganze Schuld auf sich nahm und die Geschichte romantisch darstellte, um zu versuchen, sie ganz unschuldig erscheinen zu lassen; natürlich hatte er das getan. Aber der feine Instinkt der Frau Welt war zum Glück nicht zu täuschen. Was würde sonst auch aus der Gesellschaft? Ihr eigener Bruder hatte sie ja von seiner Tür gewiesen; er hatte genug gesehen, wenn er so etwas tat, da konnte man sicher sein. Ein wahrhaft ehrbarer junger Mann, Mr. Tom Tulliver, der würde wohl in der Welt vorankommen! Die Schande seiner Schwester war natürlich ein schwerer Schlag für ihn. Man konnte nur hoffen, daß sie aus der Gegend fortgehen würde – nach Amerika oder sonstwohin –, um die Luft von St. Ogg's von dem schädlichen Einfluß ihrer Gegenwart zu reinigen, äußerst gefährlich für alle Töchter dort. Nichts Gutes konnte ihr widerfahren, man konnte nur hoffen, daß sie bereuen und daß Gott sich ihrer erbarmen würde, er hatte ja nicht die Sorge für die Gesellschaft am Hals, so wie Frau Welt.

Es erforderte beinahe zwei Wochen, bis der feine Instinkt sich dieser Eingebungen versichert hatte. Es dauerte ja schon eine volle Woche, bis Stephens Brief kam, in dem er seinem Vater die Tatsachen mitteilte und hinzufügte, daß er nach Holland hinübergefahren sei, sich von dem Sachwalter in Mudport Geld habe auszahlen lassen, zu jedem Entschluß im Augenblick unfähig sei.

Maggie war während all dieser Zeit zu vollständig von einer qualvolleren Sorge erfüllt, als daß sie einen Gedanken darauf verwenden konnte, wie die Welt von St. Ogg's ihr Verhalten betrachtete; Sorge um Stephen, Lucy, Philip schlug in einem harten, jagenden, unaufhörlichen Sturm aus Liebe, Reue und Mitleid auf ihr armes Herz ein. Hätte sie überhaupt an Zurückweisung und Ungerechtigkeit gedacht, so wäre es ihr vorgekommen, als hätten diese schon das Schlimmste getan, als könne sie einen Schlag von ihnen kaum unerträglich finden seit den Worten, die sie von ihres Bruders Lippen gehört hatte. Durch alle Sorge hindurch um die, die sie liebte und die sie verletzt hatte, schossen diese Worte immer wieder wie ein schrecklicher Schmerz, der sogar Elend und Schrecken in einen Himmel voller Wonne gebracht hätte. Der Gedanke, je wieder Glück zu erlangen, glimmte nie auch nur für einen Moment in ihr auf, es schien, als sei jede Faser des Empfindens in ihr so vollkommen von Schmerz in Anspruch genommen, daß sie nie wieder unter einem anderen Einfluß würde schwingen können. Das Leben dehnte sich vor ihr aus als ein Akt der Buße, und sie verlangte nach nichts, wenn sie an ihr zukünftiges Los dachte, als nach etwas, das sie davor bewahren würde, noch tiefer zu fallen; ihre eigene Schwachheit verfolgte sie wie ein Schreckensbild entsetzlicher Möglichkeiten, das keinen Frieden erkennen ließ als den, der im Sinne einer sicheren Zuflucht lag.

Doch war sie nicht ohne konkrete Absichten; die Liebe zur Unabhängigkeit war ein zu starkes Erbe und eine zu feste Gewohnheit für sie, als daß sie vergessen könnte, daß sie ihr Brot verdienen mußte, und da andere Pläne ungewiß waren, kam sie darauf zurück, ihre Näherei wieder aufzunehmen und so genug zu verdienen, um für ihr Zimmer bei Bob zu bezahlen. Sie wollte ihre Mutter allmählich dazu überreden, zur Mühle zurückzukehren und wieder bei Tom zu wohnen, und irgendwie würde sie sich schon in St. Ogg's durchbringen. Dr. Kenn würde ihr vielleicht helfen und Rat geben. Sie erinnerte sich an seine Worte beim Abschied auf dem Bazar. Sie erinnerte sich an das augenblickliche Gefühl des Vertrauens, das in ihr aufgekommen war, als er mit ihr sprach, und sie wartete sehnsüchtig auf die Gelegenheit, ihm alles anvertrauen zu können. Ihre Mutter ging jeden Tag zu den Deanes, um zu hören, wie es Lucy gehe; der Bericht war immer traurig, nichts hatte sie bis jetzt aus der teilnahmslosen Schwäche gerissen, die mit dem ersten Schock eingetreten war. Doch über Philip hatte Mrs. Tulliver nichts erfahren, natürlich nicht, niemand, dem sie begegnete, sprach mit ihr über etwas, das ihre Tochter betraf. Doch schließlich nahm sie ihren Mut zusammen und ging, Schwester Glegg zu besuchen, die natürlich alles wissen würde und sogar in Mrs. Tullivers Abwesenheit Tom in der Mühle aufgesucht hatte, obwohl er nichts davon gesagt hatte, was bei der Gelegenheit vorgefallen war.

Sobald ihre Mutter gegangen war, setzte Maggie ihre Haube auf. Sie hatte beschlossen, zum Pfarrhaus zu gehen und zu fragen, ob sie Dr. Kenn sprechen könne. Er war in tiefem Leid, doch das Leid eines anderen belästigt uns unter solchen Umständen nicht. Es war das erste Mal seit ihrer Rückkehr, daß sie aus dem Hause ging, dennoch war ihr Sinn so auf den Zweck ihres Weges gerichtet, daß die Unerquicklichkeit, unterwegs Leuten zu begegnen und angestarrt zu werden, ihr nicht in den Sinn kam. Doch kaum war sie aus den engen Gassen, die sie von Bobs Wohnung aus nehmen mußte, herausgetreten, als sie sich ungewohnter Blicke bewußt wurde, die sie trafen, und dieses Bewußtsein ließ sie nervös weitereilen und ängstlich weder rechts noch links schauen.

Sogleich jedoch lief sie geradewegs auf Mrs. und Miss Turnbull zu, alte Bekannte ihrer Familie; beide sahen sie seltsam an und wandten sich ein wenig ab, ohne zu sprechen. Unfreundliche Blicke waren immer schmerzlich für Maggie, doch ihr Selbstvorwurf war zu stark, um sie übelzunehmen; kein Wunder, daß sie nicht mit mir sprechen wollen, dachte sie, sie haben Lucy so gern. Aber nun sah sie, daß sie an einer Gruppe junger Männer vorbeizugehen hatte, die an der Tür zum Billardsalon standen, und sie konnte nicht umhin wahrzunehmen, daß der junge Torry ein wenig vortrat mit seinem Monokel im Auge und sich mit jener Nonchalance vor ihr verbeugte, die er auch einem freundlichen Barmädchen hätte zukommen lassen. Maggies Stolz war zu ausgeprägt, um nicht sogar inmitten ihres Kummers diesen Stich zu spüren, und zum ersten Mal bemächtigte sich ihrer der Gedanke, daß sie noch andere Schmähungen erfahren würde als die, die ihr wegen ihres Treubruches gegenüber Lucy zukamen. Doch jetzt war sie am Pfarrhaus, dort, vielleicht, würde sie etwas anderes finden als Vergeltung. Vergeltung kann von jeder Stimme kommen, der härteste, grausamste und unmenschlichste Kerl an der Straßenecke kann sie üben, gewiß sind Mitleid und Hilfe das seltenere, und es ist um so notwendiger, daß die Rechtschaffenen sie gewähren.

Sie wurde sofort, nachdem sie angekündigt worden war, in Dr. Kenns Studierzimmer hinaufgeführt, wo er zwischen Stapeln von Büchern saß, nach denen ihm jetzt wenig der Sinn stand, und seine Wange gegen den Kopf seines jüngsten Kindes, eines dreijährigen Mädchens, lehnte. Das Kind wurde mit dem Dienstmädchen hinausgeschickt, und als die Tür geschlossen war, sagte Dr. Kenn, indem er einen Stuhl für Maggie zurechtschob:

»Ich wollte Sie besuchen, Miss Tulliver, Sie sind mir zuvorgekommen, und ich bin froh darüber.«

Maggie sah ihn mit ihrer kindlichen Direktheit an, wie sie es auf dem Bazar getan hatte, und sagte: »Ich möchte Ihnen alles erzählen.« Doch ihre Augen füllten sich schnell mit Tränen, als sie dies sagte, und all die aufgestaute Erregung ihres demütigenden Weges mußte sich erst Luft machen, bevor sie mehr sagen konnte.

»Ja, erzählen Sie mir alles«, sagte Dr. Kenn mit ruhiger Freundlichkeit in seiner ernsten, festen Stimme. »Betrachten Sie mich als einen, dem lange Erfahrung gegeben wurde, die es ihm ermöglichen mag, Ihnen zu helfen.«

In ziemlich abgebrochenen Sätzen und zuerst mit einiger Anstrengung, doch bald mit größerer Leichtigkeit durch das befreiende Gefühl des Sichanvertrauens, erzählte

Maggie die kurze Geschichte eines Kampfes, der der Anfang langen Kummers sein mußte. Erst am Tag zuvor hatte Dr. Kenn Kenntnis vom Inhalt des Briefes von Stephen erhalten, und er hatte ihm sofort geglaubt, ohne die Bestätigung durch Maggies Aussage. Ihre unwillkürliche Klage »Oh, ich muß fort« war ihm als ein Zeichen dafür, daß sie einen inneren Konflikt durchzustehen hatte, im Gedächtnis geblieben.
Maggie verweilte am längsten bei dem Gefühl, das sie veranlaßt hatte, zu ihrer Mutter und ihrem Bruder zurückzukehren, das sie an allen Erinnerungen der Vergangenheit festhalten ließ. Als sie geendet hatte, schwieg Dr. Kenn für einige Minuten; eine Schwierigkeit beschäftigte ihn. Er stand auf und ging vor dem Kamin auf und ab, die Hände auf dem Rücken. Schließlich setzte er sich wieder und sagte, wobei er Maggie ansah:
»Der Impuls, zu Ihren nächsten Angehörigen zurückzukehren, zu bleiben, wo all die Bande Ihres Lebens geknüpft wurden, ist ein wahrer Impuls, auf den die Kirche nach ihrer ursprünglichen Verfassung und Zucht antwortet, indem sie den Reuigen mit offenen Armen empfängt und über ihre Kinder wacht bis zum letzten und sie niemals aufgibt, bis sie hoffnungslos verworfen sind. Und die Kirche sollte das Empfinden der Gemeinschaft darstellen, so daß jede Gemeinde eine Familie wäre, zusammengefügt durch christliche Brüderlichkeit unter einem geistigen Vater; doch die Gedanken der Zucht und der christlichen Bruderschaft haben sich gänzlich gelockert; man kann kaum sagen, daß sie im öffentlichen Bewußtsein noch vorhanden sind, sie überleben kaum außer in der unvollständigen, widersprüchlichen Form, die sie in den beschränkten Gemeinschaften der Schismatiker angenommen haben, und fände ich nicht Stütze in dem festen Glauben, daß die Kirche letztlich die volle Kraft jener Verfassung wiedererlangen muß, die allein den menschlichen Bedürfnissen entspricht, würde ich oft mutlos werden, wenn ich den Mangel an Gemein-

schaftlichkeit und dem Gefühl gegenseitiger Verantwortlichkeit bei meiner Herde beobachte. Gegenwärtig scheint alles auf die Lockerung von Banden hinauszulaufen – auf deren Ersatz durch die Beliebigkeit des Festhaltens an Verpflichtungen, die ihre Wurzeln in der Vergangenheit haben. Ihr Gewissen und Ihr Herz haben Sie in diesem Punkt das Wahre erkennen lassen, Miss Tulliver, und ich habe all dies gesagt, um Sie wissen zu lassen, was mein Wunsch für Sie, was mein Rat für Sie wäre, wenn sie meinem eigenen Empfinden und Dafürhalten entsprächen, ohne Einfluß entgegenwirkender Umstände.«

Dr. Kenn schwieg eine kleine Weile. Seinem Verhalten fehlte jedes überschwengliche Wohlwollen, es war etwas beinahe Kaltes im Ernst seines Blickes und seiner Stimme. Hätte Maggie nicht gewußt, daß sein Wohlwollen in dem Maße, wie er es zurückhielt, fortbestand, wäre sie vielleicht abgeschreckt gewesen, so aber hörte sie erwartungsvoll zu und war ganz sicher, daß in seinen Worten wirksame Hilfe liegen würde. Er fuhr fort.

»Ihre Unerfahrenheit in der Welt, Miss Tulliver, hindert Sie daran, die ganz ungerechten Vorstellungen, die man sich wahrscheinlich hinsichtlich Ihres Verhaltens machen wird, in vollem Ausmaß vorauszusehen – Vorstellungen, die eine ächtende Wirkung haben werden, sogar wenn man Beweise kennt, die sie widerlegen.«

»Oh, doch – ich beginne, das zu sehen«, sagte Maggie, unfähig, diese Äußerung des kürzlich erfahrenen Schmerzes zu unterdrücken. »Ich weiß, daß man mich beleidigen wird, man wird schlechter von mir denken, als ich bin.«

»Sie wissen vielleicht noch nicht«, sagte Dr. Kenn mit einem Anflug von persönlicherem Mitleid, »daß ein Brief gekommen ist, der jedermann, der Sie etwas kennt, überzeugen sollte, daß Sie den steilen und schwierigen Pfad einer Rückkehr zum Rechten in dem Moment wählten, als diese Rückkehr am allerschwierigsten war.«

»Oh – wo ist er?« sagte die arme Maggie mit einem Erröten und Beben, das niemandes Anwesenheit hätte verhindern können.
»Er ist ins Ausland gegangen, er hat von all dem, was vorgefallen ist, an seinen Vater geschrieben. Er hat Sie bis ins letzte gerechtfertigt, und ich hoffe, daß die Mitteilung dieses Briefes eine zuträgliche Wirkung auf Ihre Kusine haben wird.«
Dr. Kenn wartete, bis sie wieder ruhiger wurde, und fuhr dann fort.
»Dieser Brief sollte, wie ich sagte, ausreichen, um falsche Eindrücke in bezug auf Sie zu verhindern. Doch muß ich Ihnen sagen, Miss Tulliver, daß nicht nur die Erfahrung meines ganzen Lebens, sondern meine Beobachtungen innerhalb der letzten drei Tage mich fürchten lassen, daß es kaum einen Beweis gibt, der Sie vor der schmerzlichen Wirkung falscher Bezichtigungen bewahren wird. Die Menschen, die am wenigsten eines Gewissenskampfes wie des Ihren fähig sind, sind genau die, die sich wahrscheinlich von Ihnen abwenden werden, weil sie nicht an Ihren Kampf glauben. Ich fürchte, daß Ihr Leben hier nicht nur von großem Schmerz, sondern auch von vielen Hindernissen begleitet sein wird. Aus diesem Grund – und nur aus diesem – bitte ich Sie zu erwägen, ob es nicht vielleicht besser für Sie wäre, eine Stelle an einem entfernteren Ort anzunehmen, entsprechend Ihren früheren Absichten. Ich will mich sofort für Sie um eine solche bemühen.«
»Oh, wenn ich nur hierbleiben könnte!« sagte Maggie. »Mir fehlt der Mut, noch einmal ein neues Leben in der Fremde zu beginnen. Ich hätte keine Bleibe. Ich würde mich wie ein einsamer Wanderer fühlen, der von der Vergangenheit abgeschnitten ist. Ich habe der Dame, die mir eine Stelle angeboten hatte, geschrieben, um mich zu entschuldigen. Wenn ich hierbliebe, könnte ich vielleicht auf irgendeine Weise an Lucy, an anderen etwas wiedergutmachen, ich könnte sie überzeugen, daß es mir leid

tut. Und«, setzte sie hinzu, und etwas von dem alten stolzen Feuer flammte auf, »ich will nicht fortgehen, weil die Leute Falsches über mich sagen. Sie sollen lernen, es zurückzunehmen. Wenn ich schließlich fortgehen muß, weil – weil andere es wünschen, so will ich doch jetzt nicht fort.«

»Nun gut«, sagte Dr. Kenn nach einiger Überlegung, »wenn Sie dazu entschlossen sind, Miss Tulliver, dann können Sie sich auf all den Einfluß verlassen, den mein Amt mir gibt. Ich bin schon allein durch die Pflichten meines Amtes als Pfarrer veranlaßt, Ihnen beizustehen und Sie zu unterstützen. Ich möchte hinzufügen, daß ich persönlich ein tiefes Interesse an Ihrem inneren Frieden und Wohlergehen habe.«

»Das einzige, was ich brauche, ist irgendeine Beschäftigung, die es mir ermöglicht, mein Brot zu verdienen und unabhängig zu sein«, sagte Maggie. »Ich brauche nicht viel. Ich kann dort wohnen bleiben, wo ich jetzt bin.«

»Ich muß reiflich über die Angelegenheit nachdenken«, sagte Dr. Kenn, »und in ein paar Tagen werde ich das allgemeine Empfinden besser ausmachen können. Ich werde Sie aufsuchen, Sie werden mir nicht aus dem Sinn gehen.«

Nachdem Maggie gegangen war, stand Dr. Kenn, die Hände auf dem Rücken und die Augen auf den Teppich gerichtet, nachdenklich da unter einem schmerzlichen Empfinden von Zweifel und Schwierigkeiten. Der Ton von Stephens Brief, den er gelesen hatte, und das tatsächliche Verhältnis aller betroffenen Personen drängten ihm mit Macht den Gedanken auf, daß eine letztliche Heirat zwischen Stephen und Maggie noch das geringste Übel wäre; und die Unmöglichkeit für beide, unter einer anderen Voraussetzung, außer nach Jahren der Trennung, unweit voneinander in St. Ogg's zu leben, warf eine absehbare, unüberwindliche Schwierigkeit für Maggies Bleiben auf. Andererseits nahm er mit all dem Verständnis eines Mannes, der geistigen Konflikt erfahren und Jahre des hingebungsvollen Dienstes an seinen Mitmenschen durchlebt hat, Anteil an der Entscheidung von Maggies Herz und Gewissen, die die Zustimmung zur Heirat für sie zu einer Entweihung machte. In ihr Gewissen durfte nicht hineingepfuscht werden, der Grundsatz, nach dem sie gehandelt hatte, war ein sichererer Führer als alles Abwägen von Folgen. Seine Erfahrung sagte ihm, daß eine Einmischung eine allzu zweifelhafte Verantwortung wäre, als daß man sie leichtfertig auf sich nehmen sollte, der mögliche Ausgang sowohl eines Versuches, das frühere Verhältnis zu Lucy und Philip wiederherzustellen, als auch des Rates, diesem Hereinbrechen eines neuen Gefühles nachzugeben, verbarg sich im dunkeln, das um so undurchdringlicher schien, da jeder unmittelbare Schritt von Übel belastet war.

Das große Problem des sich verschiebenden Verhältnisses von Leidenschaft und Pflicht ist keinem eindeutig, der fähig ist, es zu erfassen; die Frage, ob der Moment gekommen ist, in dem ein Mensch tiefer gefallen ist, als daß er noch die Möglichkeit einer Entsagung hätte, die von Wirksamkeit sein könnte, und die Macht einer Leidenschaft hinnehmen muß, gegen die er als ein Vergehen angekämpft hat, ist eine, für die wir keinen Hauptschlüssel haben, der für alle Fälle paßt. Die Kasuisten sind zu einem Schimpfwort geworden; doch ihr irriger Hang, bis ins Kleinste zu unterscheiden, war der Schatten einer Wahrheit, für die Augen und Herzen allzuoft unseligerweise versiegelt sind – der Wahrheit, daß moralische Urteile falsch und hohl bleiben müssen, wenn sie nicht durch einen ständigen Bezug auf die besonderen Umstände, die das individuelle Geschick kennzeichnen, überprüft und erleuchtet werden.

All diejenigen, die weiten, starken Sinnes sind, haben einen instinktiven Widerwillen gegen Menschen mit Maximen, denn sie erkennen früh, daß die geheimnisvolle Komplexität unseres Lebens nicht von Maximen eingefangen werden kann und daß wir, wenn wir uns in Formeln dieser Art einschnüren, all die göttlichen Impulse und Eingebungen unterdrücken, die aus wachsender Einsicht und Mitgefühl hervorgehen. Und der Mensch mit Maximen ist der beliebte Repräsentant derjenigen Geister, die in ihrem moralischen Urteil einzig von allgemeinen Regeln geleitet werden und denken, daß diese sie durch eine fertige Patentmethode zur Gerechtigkeit führen werden ohne den mühsamen Aufwand von Geduld, Unterscheidung, Unvoreingenommenheit – ohne jegliches Bemühen, sich zu vergewissern, ob sie die Einsicht haben, die aus einer mühsam erworbenen Einschätzung der Versuchung kommt oder aus einem Leben, das lebendig und intensiv genug ist, um ein weites, verbindendes Gefühl für alles, was menschlich ist, geschaffen zu haben.

Kapitel 3

Hier zeigt sich, daß alte Bekannte uns überraschen können

Als Maggie wieder zu Hause war, berichtete ihr die Mutter über eine unerwartete Vorgehensweise von Tante Glegg. Solange man nichts von Maggie gehört hatte, hatte Mrs. Glegg ihre Fensterläden halb geschlossen und die Rouleaus herabgelassen, sie war überzeugt, daß Maggie ertrunken war, das war bei weitem wahrscheinlicher, als daß ihre Nichte und Erbin etwas getan haben sollte, das die Familienehre in ihrem empfindlichsten Punkt verletzen würde. Als sie schließlich von Tom erfuhr, daß Maggie heimgekehrt sei, und seinen Worten entnahm, womit sie ihre Abwesenheit erklärte, brach sie in einen heftigen Vorwurf gegen Tom aus, daß er das Schlimmste von seiner Schwester zugegeben hatte, bevor er dazu gezwungen war. Wenn man nicht zu seinen Verwandten stehen sollte, solange ihnen noch ein Funken Ehre zuzuerkennen war, zu wem sollte man dann, bitteschön, stehen? Leichtfertig ein Verhalten von jemandem aus der eigenen Familie zuzugeben, das einen zwingen würde, sein Testament zu ändern, war nie die Art der Dodsons gewesen, und obwohl Mrs. Glegg immer eine schlimme Zukunft für Maggie vorhergesagt hatte, zu einer Zeit, da andere vielleicht weniger scharfsichtig gewesen waren, so war doch Fairneß ein Juwel, und es war nicht Sache der eigenen Angehörigen zu helfen, ein Mädchen ihres guten Rufes zu berauben und sie aus dem Schutz der Familie zu verstoßen und der Verachtung der Umwelt preiszugeben, bis sie unwiderruflich zu einer Familienschande geworden war. Die Umstände hatten nicht ihresgleichen in Mrs. Gleggs Erfahrung, derartiges war noch niemals unter den Dodsons vorgekommen, aber es war ein Fall, in dem ihre ererbte Rechtschaffenheit und persönliche Charakterstärke sich gemeinsam mit ihren grundlegenden Sippschaftsideen einen Weg bahnen konnten, wie sie es in ihrer lebenslangen Beachtung von Gerechtigkeit in Geldangelegenheiten taten. Sie zankte mit Mr. Glegg, dessen Güte, die ganz in Mitleid für Lucy zerfloß, ihn so hart in seinem Urteil über Maggie machte wie Mr. Deane selbst, und wütete gegen ihre Schwester Tulliver, weil sie nicht sofort kam, um sie um Rat und Hilfe zu bitten; sie schloß sich von morgens bis abends mit Baxters *Ruhe der Heiligen* in ihrem Zimmer ein und ließ sich gegenüber allen Besuchern verleugnen, bis Mr. Glegg von Mr. Deane die Nachricht von Stephens Brief brachte. Da fühlte Mrs. Glegg, daß sie jetzt genügend Boden gewonnen hatte, um zu kämpfen, da legte sie Baxter beiseite und war bereit, allen, die da kamen, zu begegnen. Während Mrs. Pullet nichts tun konnte, als den Kopf schütteln und weinen und wünschen, daß Vetter Abbot gestorben wäre oder daß eine beliebige Anzahl von Begräbnissen stattgefunden hätte, statt diesem, was noch nie vorher geschehen war, so daß man gar nicht wissen konnte, wie man sich zu verhalten hatte, und Mrs. Pullet nie wieder nach St. Ogg's hineingehen könnte, weil Bekannte von allem wußten, so hoffte Mrs. Glegg nur, daß Mrs. Wooll oder sonst jemand zu ihr kommen würden mit ihren falschen Geschichten über ihre eigene Nichte, und sie würde schon wissen, was sie jener schlecht beratenen Person zu sagen hätte!

Sie hatte einen neuerlichen Auftritt mit Tom und tadelte ihn um so strenger im Verhältnis mit der größeren Stärke ihrer augenblicklichen Position. Doch Tom, wie andere unbewegliche Dinge, schien um so starrer zu sein bei dem Versuch, ihn zu erschüttern. Der arme Tom! Er urteilte nach dem, was er hatte sehen können, und das Urteil war ihm selbst schmerzlich genug. Er dachte, daß er seit Jahren mit eigenen Augen, die kein Anzeichen des Nachlassens zeigten, die Tatsachen beobachtet hätte, die bewiesen, daß Maggies Natur gänzlich unzuverlässig war und allzu deutlich gekennzeichnet von üblen Neigungen, als daß man sie bedenkenlos mit Nachsicht behandeln könne; er würde um jeden Preis nach diesem Beweis handeln, doch der Gedanke daran machte ihm seine Tage bitter. Tom war, wie ein jeder von uns, in den Grenzen seiner eigenen Natur gefangen, und seine Schulbildung war einfach über ihn hingeglitten und hatte eine dünne Glanzschicht zurückgelassen; wenn man geneigt ist, streng mit seiner Strenge zu sein, dann bedenke man, daß die Verantwortung der Toleranz bei denen liegt, die weiter sehen können. In Tom war eine Abneigung gegen Maggie entstanden, die ihre Intensität gerade aus ihrer frühen kindlichen Liebe bezog, aus der Zeit, da sie ihre kleinen Finger ineinandergelegt hatten, und aus ihrem späteren Gefühl der Nähe in einer gemeinsamen Pflicht und einem gemeinsamen Leid; ihr Anblick war ihm, wie er ihr gesagt hatte, verhaßt. In diesem Zweig der Dodsonfamilie fand Tante Glegg eine stärkere Natur als ihre eigene, eine Natur, in der das Familiengefühl seinen sippschaftlichen Charakter verloren und eine doppelt tiefe Färbung persönlichen Stolzes angenommen hatte. Mrs. Glegg gestand zu, daß Maggie bestraft werden sollte – sie war nicht die Frau, dies abzustreiten, sie wußte, wie man sich verhielt –, bestraft jedoch im Verhältnis zu den Missetaten, die bewiesen waren, nicht zu solchen, die ihr von Leuten außerhalb der eigenen Familie angelastet wurden, die wohl nur zeigen wollten, daß ihre eigene Verwandtschaft besser wäre.

»Deine Tante Glegg schalt mich wie noch nie, meine Liebe«, sagte die arme Mrs. Tulliver, als sie zu Maggie zurückkehrte, »daß ich nicht früher zu ihr gekommen wäre; sie sagte, es sei nicht ihre Sache, zuerst zu mir zu kommen. Aber sie sprach auch wie 'ne Schwester, sie war ja immer habgierig und schwer zufriedenzustellen – oje –, aber sie sagte das freundlichste Wort, das bis jetzt überhaupt über dich gesprochen wurde, mein Kind. Denn sie sagt, obwohl sie doch so dagegen ist, noch jemand im Haus zu haben wegen der Extralöffel und so weiter und weil's ihr Umstände macht, so sollst du doch Schutz in ihrem Haus haben, wenn du pflichtschuldigst zu ihr gehst, und sie wird dich unterstützen gegen die Leute, die Schlechtes von dir sagen, obwohl sie kein Recht dazu haben. Und ich sagte ihr, ich meinte, daß du 's nicht ertragen könntest, irgend jemanden außer mir zu sehen, du wärst von Kummer so niedergedrückt, aber sie sagte: ›*Ich* werde sie nicht mit bösen Worten beschimpfen, es gibt welche in der Familie, die bereit genug dazu sind. Aber ich werde ihr guten Rat geben; und sie muß demütig sein.‹ 's ist wunderbar von Jane, denn sonst hat sie mir immer alles, was ich falsch gemacht habe, vorgehalten – ob 's nun der Rosinenwein war, der nichts wurde, oder ob die Pasteten zu heiß waren oder was auch immer.«

»O Mutter«, sagte die arme Maggie, die vor dem Gedanken an all die Berührungen, die ihr gequälter Sinn würde ertragen müssen, zurückschreckte, »sag ihr, daß ich sehr dankbar bin, ich werde sie besuchen, sobald ich kann, aber ich kann im Augenblick niemanden sehen außer Dr. Kenn. Ich war bei ihm, er will mir Rat geben und helfen, eine Beschäftigung zu finden. Ich kann nicht bei irgend jemandem wohnen oder von jemandem abhängig sein, sag das Tante Glegg; ich muß mein Brot selbst verdienen. Aber hast du nichts von Philip – Philip Wakem gehört? Hast du niemanden getroffen, der ihn erwähnt hätte?«

»Nein, meine Liebe, doch ich war bei den Deanes und hab mit deinem Onkel gesprochen, und er sagt, sie hätten Lucy dazu bewegt, den Brief anzuhören, und sie hat von Miss Guest Notiz genommen und Fragen gestellt, und der Doktor meint, daß sie auf dem Wege der Besserung sei. Was für eine Welt ist das doch, was für Sorgen, oje! Der Prozeß war erst der Anfang, und jetzt ist's nur noch schlimmer geworden, ganz plötzlich, grad als sich das Glück zu wenden schien.« Dies war die erste Klage, die Mrs. Tulliver Maggie gegenüber entfuhr, doch durch das Gespräch mit Schwester Glegg war die alte Gewohnheit wieder aufgelebt.

»Meine arme, arme Mutter!« rief Maggie aus, der Mitleid und Reue ins Herz schnitten, und schlang die Arme um den Hals ihrer Mutter. »Ich war immer ungezogen und eine Last für dich. Und jetzt hättest du glücklich sein können, wenn ich nicht wäre.«

»Ach, meine Liebe«, sagte Mrs. Tulliver und lehnte sich gegen die warme, junge Wange, »ich muß meine Kinder nehmen, wie sie sind, ich werd keine anderen mehr haben, und wenn sie mir Unglück bringen, so muß ich auch das gernhaben, 's ist sonst nicht mehr viel da, was ich gernhaben könnte, denn mein Hausrat ist lange dahin. Und du hattest mal angefangen, so gut zu sein, ich verstehe nicht, wie alles so verkehrt gekommen ist.«

Es vergingen noch zwei oder drei Tage, und Maggie hörte nichts von Philip; die Sorge um ihn wurde ihr am quälendsten, und sie nahm endlich ihren Mut zusammen, sich bei Dr. Kenn bei seinem nächsten Besuch nach ihm zu erkundigen. Er wußte nicht einmal, ob Philip daheim wäre. Der ältere Wakem war durch gehäuften Ärger mürrisch geworden: der Enttäuschung über den jungen Jetsome, an dem er offensichtlich hing, war kurz darauf die Katastrophe für die Hoffnungen seines Sohnes gefolgt, nachdem er seinem eigenen starken Gefühl Gewalt angetan hatte, indem er auf sie eingegangen war und unvorsichtigerweise dieses Zugeständnis in St. Ogg's erwähnt hatte – und er war fast wild in seiner Schroffheit, wenn ihm jemand eine Frage über seinen Sohn stellte. Doch Philip konnte kaum krank gewesen sein, sonst hätte man es gewußt, weil der Doktor gerufen worden wäre; es war wahrscheinlich, daß er für einige Zeit die Stadt verlassen hatte. Maggie wurde elend unter dieser Ungewißheit, und ihre Vorstellungskraft lebte immer beharrlicher in dem, was Philip litte. Was glaubte er von ihr?

Schließlich brachte Bob ihr einen Brief ohne ein Postzeichen, der in einer Handschrift adressiert war, die ihr im Schriftzug ihres eigenen Namens vertraut war, einer Handschrift, von der vor langer Zeit ihr Name in eine Taschenausgabe von Shakespeare geschrieben worden war, die sie besaß. Ihre Mutter war im Zimmer, und Maggie eilte in heftiger Erregung nach oben, damit sie den Brief allein lesen könne. Sie las ihn mit pochenden Schläfen:

»Maggie, ich glaube an Dich – ich weiß, daß Du mich nie hintergehen wolltest – ich weiß, daß Du versucht hast, mir und allen die Treue zu halten. Ich glaubte das, noch bevor ich irgendeinen anderen Beweis dafür hatte als Deine eigene Natur. In der Nacht, nachdem ich Dich zum letzten Mal sah, litt ich Folterqualen. Ich hatte gesehen, was mich davon überzeugte, daß Du nicht frei warst, daß da ein anderer war, dessen Gegenwart eine Macht über Dich hatte, die die meine nie besaß, doch durch alle Eingebungen – beinahe mörderische Eingebungen – der Wut und der Eifersucht hindurch bahnte

sich mein Sinn einen Weg zum Glauben an Deine Wahrhaftigkeit. Ich war sicher, daß Du mir treu sein wolltest, wie Du gesagt hattest, daß Du ihn abgewiesen hattest, daß Du kämpftest, ihm zu entsagen, um Lucys und um meinetwillen. Aber ich konnte keinen Ausgang sehen, der nicht verhängnisvoll für *Dich* wäre, und diese Furcht schloß schon den Gedanken an Resignation aus. Ich sah voraus, daß er Dich nicht aufgeben würde, und ich glaubte damals, wie ich auch jetzt glaube, daß die starke Anziehung, die euch verband, nur von einer Seite eurer Charaktere ausging und zu der unvollständigen, geteilten Handlung unserer Natur gehörte, die die halbe Tragödie des menschlichen Schicksals ausmacht. Ich habe das Schwingen von Saiten in Deiner Natur gespürt, deren Fehlen ich ständig in der seinen empfand. Doch vielleicht habe ich unrecht, vielleicht empfinde ich bei Dir wie der Künstler bei der Szene, über der seine Seele in Liebe gebrütet hat, er würde erbeben, wenn er sähe, daß sie anderen Händen anvertraut würde, er würde nie glauben, daß sie für einen anderen all die Bedeutung und Schönheit beinhalten würde, die sie für ihn beinhaltet.
Ich wagte nicht, es mir zuzutrauen, Dich am nächsten Morgen zu sehen; ich war von selbstsüchtiger Leidenschaft erfüllt, ich war zerrüttet von einer Nacht des bewußten Deliriums. Ich sagte Dir vor langer Zeit einmal, daß ich mich nie auch nur mit der Mittelmäßigkeit meines Könnens abgefunden habe, wie konnte ich mich mit dem Verlust des Einen abfinden, das mir je auf dieser Erde zugekommen war mit dem Versprechen einer so tiefen Freude, die der vorausgegangenen Pein eine neue und segensreiche Bedeutung geben würde – dem Versprechen eines anderen Selbst, das meine schmerzende Zuneigung zu dem göttlichen Entzücken eines immer quellenden, immer erfüllten Verlangens erheben würde!
Doch das Elend jener Nacht hatte mich auf das vorbereitet, was vor der nächsten kam. Es war mir keine Überra-

schung. Ich war sicher, daß er Dich beredet hätte, ihm alles zu opfern, und ich wartete mit gleicher Gewißheit darauf, von Deiner Heirat zu hören. Ich maß Deine Liebe und seine an meiner eigenen. Aber ich hatte unrecht, Maggie. Es ist etwas Stärkeres in Dir als Deine Liebe zu ihm.
Ich will Dir nicht sagen, was ich in der Zwischenzeit durchmachte. Doch selbst in der äußersten Qual – selbst in jenen schrecklichen Schmerzen, die die Liebe erleiden muß, bevor sie frei über das selbstsüchtige Begehren hinausgehoben werden kann – reichte meine Liebe aus, mich ohne Hilfe eines anderen Beweggrundes vom Selbstmord zurückzuhalten. Inmitten meines Egoismus konnte ich es dennoch nicht ertragen, als ein Todesschatten über das Fest eurer Freude zu kommen. Ich konnte es nicht ertragen, die Welt aufzugeben, in der Du noch lebtest und mich vielleicht brauchtest, es war Teil der Treue, die ich Dir gelobt hatte – zu warten und zu dulden. Maggie, das ist ein Beweis dessen, was ich nun schreibe, um dich davon zu überzeugen – daß keine Qual, die ich Deinetwegen zu ertragen hatte, ein zu hoher Preis war für das neue Leben, in das ich eingetreten bin, seit ich Dich liebe. Ich möchte, daß Du allen Kummer ablegst über den Kummer, den Du mir verursacht hast. Ich bin mit dem Empfinden der Entbehrung aufgewachsen, ich habe nie Glück erwartet, und da ich Dich kenne, da ich Dich liebe, hatte ich, und habe es noch, was mich mit dem Leben versöhnt. Du warst für meine Zuneigung, was das Licht, was Farbe für mein Auge ist – was Musik dem inneren Ohr ist, Du hast eine verschwommene Unruhe in ein lebhaftes Bewußtsein erhoben. Das neue Leben, das ich gefunden habe, da mich Deine Freude und Dein Leid mehr kümmerten als das, was mich direkt betraf, hat den Geist des rebellierenden Murrens in das willige Ertragen verwandelt, das die Geburt starken Mitgefühls ist. Ich glaube, daß nichts als eine so vollkommene und intensive Liebe mich in

dieses erweiterte Leben hätte einführen können, das ständig wächst, indem es sich das Leben anderer zu eigen macht, denn vorher wurde ich davon immer zurückgehalten durch das allgegenwärtige, schmerzlich-hemmende Bewußtsein meiner selbst. Ich glaube sogar manchmal, daß diese Gabe des übertragenen Lebens, die mir zugekommen ist, da ich Dich liebe, ein neues Talent für mich sein mag.

Dann, Liebes, warst Du also trotz allem der Segen meines Lebens. Laß meinetwegen keinen Selbstvorwurf auf Dir lasten. Ich bin es eher, der sich Vorwürfe machen sollte, weil ich Dir meine Gefühle aufgedrängt und Dich zu Worten veranlaßt habe, die Du später als Fesseln empfunden hast. Du wolltest diesen Worten treu sein, Du *warst* ihnen treu. Ich kann Dein Opfer ermessen durch das, was ich in einer einzigen halben Stunde Deiner Gegenwart erfahren habe, als ich träumte, Du könntest mich am liebsten haben. Doch, Maggie, ich habe keinen gerechten Anspruch auf mehr als auf Dein liebevolles Erinnern.

Einige Zeit lang scheute ich mich, Dir zu schreiben, weil ich mich scheute, auch nur den Anschein zu erwecken, ich wollte mich Dir wiederum aufdrängen und so meinen ursprünglichen Fehler wiederholen. Aber Du wirst mich nicht mißdeuten. Ich weiß, daß wir lange Zeit voneinander getrennt bleiben müssen, wenn nichts anderes, würden uns grausame Zungen allein schon dazu zwingen. Doch ich werde nicht fortgehen. Der Ort, wo Du bist, ist der, wo mein Geist leben muß, wohin ich auch reisen mag. Und denke daran, daß ich unabänderlich der Deine bin: der Deine – nicht mit selbstsüchtigen Wünschen, sondern mit einer Ergebenheit, die solche Wünsche ausschließt.

Gott tröste Dich, meine liebende Maggie, mit Deiner großen Seele. Wenn jedermann sonst Dich verkennt, dann denke daran, daß der nie an Dir gezweifelt hat, dessen Herz Dich vor zehn Jahren erkannte.

Glaube keinem, der sagt, ich sei krank, weil man mich nicht außer Hause sieht, ich habe nur nervöse Kopfschmerzen gehabt, nicht schlimmer als schon manchmal zuvor. Aber die überwältigende Hitze bringt mich dazu, die Tage in völliger Ruhe zu verbringen. Ich bin stark genug, jedem Wort zu gehorchen, das mir sagt, daß ich Dir in Wort oder Tat dienen kann. Auf immer Dein

Philip Wakem.«

Während Maggie schluchzend am Bett kniete, den Brief an sich gepreßt, vereinigten sich ihre Gefühle wieder und wieder zu einem geflüsterten Aufschrei in immer denselben Worten: »O Gott, gibt es ein Glück in der Liebe, das mich *ihren* Schmerz vergessen lassen könnte?«

Kapitel 4

Maggie und Lucy

Bis zum Ende der Woche war Dr. Kenn zu dem Ergebnis gekommen, daß es nur einen Weg für ihn gab, Maggie ein angemessenes Auskommen in St. Ogg's zu sichern. Selbst er mit seinen zwanzig Jahren Erfahrung als Gemeindeseelsorger war entsetzt über das hartnäckige Andauern der Bezichtigungen gegen sie, allem Beweis zum Trotz. Bisher hatte man ihn eher mehr verehrt und sich an ihn gewandt, als ihm lieb war, aber jetzt, da er versuchte, die Ohren der Frauen der Vernunft zu öffnen und ihr Gewissen der Gerechtigkeit hinsichtlich Maggie Tulliver, fand er sich plötzlich so machtlos, wie er gewesen wäre, wenn er versucht hätte, die Form der Hauben zu beeinflussen. Man konnte Dr. Kenn nicht widersprechen, man hörte ihm schweigend zu, doch wenn er das Zimmer verließ, ergab ein Vergleich der Ansichten unter seinen Zuhörern genau dasselbe Ergebnis wie zuvor. Miss Tulliver hatte unleugbar auf tadelnswerte Weise gehandelt, sogar Dr. Kenn stritt das nicht ab, wie konnte er dann so unbesonnen über sie denken und allem, was sie getan hatte, eine solch günstige Interpretation geben? Selbst wenn man annähme, was an die Grenze dessen ging, was man glauben konnte – nämlich daß nichts von dem, was man über Miss Tulliver sagte, wahr wäre –, hatte es dennoch, eben weil es über sie gesagt worden war, eine Anrüchigkeit um sie verbreitet, die jede Frau, die um ihren eigenen Ruf – und um die Gesellschaft – besorgt zu sein hatte, veranlassen mußte, vor ihr zurückzuweichen. Maggie bei der Hand zu nehmen und zu sagen: »Ich will nichts Böses von dir glauben, das nicht erwiesen ist, meine Lippen sollen es nicht aussprechen, meine Ohren sollen dafür verschlossen sein; auch ich bin ein irrender Sterblicher, der straucheln kann, dessen ernsthafte Bemühungen fehlgehen können, dein Los war härter als das meine, deine Versuchung größer, laß uns einander helfen zu stehen und zu gehen, ohne noch weiter zu fallen« – das zu tun hätte Mut, tiefes Mitleid, Selbsterkenntnis und großzügiges Vertrauen verlangt, hätte einen Geist verlangt, der nichts Prickelndes in übler Nachrede schmeckte, der keine Selbsterhebung im Verurteilen fühlte, der sich nicht selbst mit großen Worten vormachte, daß das Leben einen moralischen Zweck, eine hohe Religion haben könne ohne das Streben nach vollkommener Wahrheit, Gerechtigkeit und Liebe für die individuellen Menschen, die unseren Weg kreuzen. Die Damen von St. Ogg's waren nicht durch weitreichende spekulative Vorstellungen verleitet, doch sie hatten ihre Lieblingsabstraktion mit Namen Gesellschaft, die zur völligen Beruhigung ihres Gewissens dafür diente, das zu tun, was ihren eigenen Egoismus befriedigte: das Schlimmste von Maggie Tulliver zu sagen und zu denken und ihr den Rücken zu kehren. Es war natürlich enttäuschend für Dr. Kenn, nach zwei Jahren überflüssiger Beweihräucherung durch seine weiblichen Gemeindemitglieder jetzt zu sehen, daß sie plötzlich ihre

Ansichten in Opposition zu der seinen behaupteten, doch sie behaupteten sie schließlich in Opposition zu einer höheren Autorität, die sie schon länger verehrten. Jene Autorität hatte eine ganz deutliche Antwort für die Menschen gegeben, die fragen mochten, wo ihre Pflichten in der Gesellschaft begännen, und die geneigt sein mochten, weitreichende Ansichten hinsichtlich des Ausgangspunktes anzunehmen. Die Antwort hatte sich nicht auf das letztliche Wohl der Gesellschaft gerichtet, sondern auf einen Mann, der unter die Räuber gefallen war und den man am Wege fand.[1]

Nicht, daß es in St. Ogg's gar keine Frauen von zartfühlendem Herzen und Gewissen gegeben hätte, wahrscheinlich war sein Anteil an guten Menschen ebenso groß wie der jeder anderen kleinen Handelsstadt jener Tage. Aber solange nicht jeder gute Mann auch tapfer ist, müssen wir erwarten, daß viele gute Frauen furchtsam sind, zu furchtsam sogar, um an die Richtigkeit ihrer eigenen besten Eingebungen zu glauben, wenn diese sie in die Minderheit versetzen würden. Und die Männer von St. Ogg's waren keineswegs alle tapfer, einige von ihnen schätzten sogar den Skandal, und in gewisser Weise hätte das ihren Gesprächen einen weibischen Charakter geben können, wenn sie sich nicht durch Männerwitze und ein gelegentliches Achselzucken über den Haß von Frauen untereinander ausgezeichnet hätten. Insgesamt war das männliche St. Ogg's der Ansicht, daß man es besser den Frauen überlassen sollte, wie sie sich gegenseitig behandelten.

Und so hatte sich jede Richtung, die Dr. Kenn in der Hoffnung eingeschlagen hatte, für Maggie etwas freundliche Achtung und eine Anstellung zu finden, als Enttäuschung für ihn erwiesen. Mrs. James Torry mochte nicht daran denken, Maggie auch nur vorübergehend als Kindermädchen zu beschäftigen – eine junge Frau, über die »solche Dinge gesagt worden waren« und über die »die Herren Witze machten« –, und Miss Kirke, die ein

Rückenleiden hatte und eine Vorleserin und Gesellschafterin brauchte, war ganz sicher, daß Maggies Sinn von einer Art sein mußte, mit der sie ihrerseits keinen Kontakt riskieren konnte. Warum nahm Miss Tulliver nicht den Schutz an, der ihr von ihrer Tante Glegg angeboten wurde? Es stand einem Mädchen wie ihr nicht an, das abzulehnen. Oder aber, warum ging sie nicht aus der Gegend fort und suchte sich eine Stelle, wo man sie nicht kannte? (Es war offensichtlich nicht von größerer Bedeutung, wenn sie ihre gefährlichen Tendenzen in fremde Familien trüge, die man in St. Ogg's nicht kannte.) Sie mußte sehr dreist und hartgesotten sein, wenn sie in einem Kirchspiel bleiben wollte, wo sie nur angestarrt wurde und wo man über sie flüsterte.

Dr. Kenn, der große natürliche Festigkeit besaß, begann angesichts dieses Widerstandes, wie es jeder so geartete Mann getan hätte, eine Entschlußkraft zu entwickeln, die über das hinausging, was von dem angestrebten Ziel her verlangt wurde. Er brauchte selbst tagsüber eine Erzieherin für seine jüngeren Kinder, und obwohl er zunächst gezögert hatte, Maggie diese Stellung anzubieten, gab jetzt sein Entschluß, mit der äußersten Macht seiner Persönlichkeit und seines priesterlichen Amtes dagegen zu protestieren, daß sie zugrunde gerichtet und von Verleumdung fortgetrieben wurde, den Ausschlag. Maggie nahm dankbar die Beschäftigung an, die ihr Pflichten sowie ein Auskommen geben würde, ihre Tage würden nun ausgefüllt und einsame Abende willkommene Ruhe sein. Sie bedurfte nicht länger des Opfers, das ihre Mutter brachte, indem sie bei ihr blieb, und Mrs. Tulliver ließ sich überreden, zur Mühle zurückzukehren.

Doch nun begann man zu entdecken, daß Dr. Kenn, beispielhaft wie er bis jetzt erschienen war, auch seine Grillen hatte, vielleicht seine Schwächen. Das männliche St. Ogg's lächelte beifällig und verwunderte sich nicht, daß Kenn gern täglich ein Paar schöne Augen sah oder geneigt war, eine so nachsichtige Ansicht über die Ver-

licht früher Erinnerung und das jetzt in ein trauriges, verhärmtes Gesicht verwandelt war durch das erste Leid ihres Herzens. Und wie die Tage vergingen, wurde dieses bleiche Bild immer deutlicher, es wurde immer mehr zu beredter Bestimmtheit unter der rächenden Hand der Gewissensqual, die sanften haselnußbraunen Augen waren in ihrem Blick des Schmerzes unablässig auf Maggie gerichtet und durchbohrten sie um so mehr, als sie keinen Zorn in ihnen sehen konnte. Doch Lucy war noch nicht fähig, zur Kirche zu gehen oder an irgendeinen Ort, wo Maggie sie sehen könnte, und sogar die Hoffnung darauf schwand, als ihr von Tante Glegg mitgeteilt wurde, daß Lucy wirklich in einigen Tagen nach Scarborough fahren würde, zusammen mit den Miss Guest, die man hatte sagen hören, daß sie ihren Bruder dort erwarteten.

Nur die, welche erfahren haben, was schwerster innerer Konflikt bedeutet, können wissen, was Maggie fühlte, als sie in ihrer Einsamkeit am Abend dasaß, nachdem sie diese Neuigkeit von Mrs. Glegg gehört hatte, nur die, welche erfahren haben, was es heißt, seine eigenen selbstsüchtigen Wünsche zu fürchten, wie die wachende Mutter den Schlaftrunk fürchtet, der ihren eigenen Schmerz stillen soll.

Sie saß ohne Kerze im Dämmerlicht, das Fenster weit zum Fluß hin geöffnet, das Empfinden der bedrückenden Hitze mischte sich ununterscheidbar in die Last ihres Geschickes. Sie saß auf einem Stuhl am Fenster, den Arm auf dem Fensterbrett, und schaute mit leerem Blick auf den dahinfließenden Fluß, der schnell war von der zurückflutenden Ebbe, und sie rang darum, noch immer das süße Gesicht in seiner vorwurfslosen Traurigkeit zu sehen, das jetzt von Augenblick zu Augenblick zu versinken drohte und von einer Gestalt verdeckt zu werden, die sich dazwischendrängte und Dunkelheit brachte. Sie hörte, daß sich die Tür öffnete und dachte, es sei Mrs. Jakin, die wie gewöhnlich mit ihrem Abendessen hereinkäme, und vor Widerwillen gegen belangloses Reden, der mit Mattigkeit und Elend einhergeht, mochte sie sich nicht umdrehen und sagen, daß sie nichts wollte; die gute kleine Mrs. Jakin würde dann sicher ein paar wohlmeinende Bemerkungen machen. Doch im nächsten Augenblick fühlte sie, ohne daß sie das Geräusch eines Fußtrittes wahrgenommen hatte, eine leichte Hand auf ihrer Schulter und hörte eine Stimme dicht neben sich sagen: »Maggie!«

Da war das Gesicht – verändert, doch nur um so süßer – die haselnußbraunen Augen waren da mit ihrer herzzerreißenden Zärtlichkeit.

»Maggie!« sagte die sanfte Stimme. »Lucy!« antwortete eine Stimme mit einem scharfen Klang der Qual, und Lucy schlang ihre Arme um Maggies Hals und drückte ihre bleiche Wange an die glühende Stirn.

»Ich habe mich davongeschlichen«, sagte Lucy fast flüsternd, während sie sich dicht zu Maggie setzte und ihre Hand hielt, »als Papa und die anderen fort waren. Alice ist mit mir gekommen. Ich bat sie, mir zu helfen. Aber ich darf nur eine kleine Weile bleiben, weil es so spät ist.«

Es war leichter, das zuerst zu sagen als irgend etwas anderes. Sie saßen und sahen einander an. Es schien, als müsse die Begegnung ohne weiteres Sprechen enden, denn das Sprechen war sehr schwer. Jede fühlte, daß etwas Sengendes in den Worten sein würde, die das nicht wiedergutzumachende Unrecht in Erinnerung brachten. Doch während Maggie Lucy so ansah, wurde bald jeder deutliche Gedanke überflutet von einer Welle liebender Reue, und die Worte brachen in einem Schluchzen aus ihr hervor.

»Gott segne dich, daß du gekommen bist, Lucy.«

Danach folgten die Schluchzer schnell aufeinander.

»Maggie, Liebe, tröste dich«, sagte Lucy jetzt und hielt ihre Wange wieder an Maggies. »Sei nicht so unglück-

lich«, und sie saß still und hoffte, Maggie durch die sanfte Liebkosung zu beruhigen.
»Ich wollte dich nicht täuschen, Lucy«, sagte Maggie, sobald sie sprechen konnte. »Es machte mich immer elend, daß ich etwas fühlte, von dem ich nicht wollte, daß du es wüßtest ... Es war, weil ich dachte, es ließe sich überwinden, und du würdest nie etwas erleben, das dich verletzen könnte.«
»Ich weiß, Liebe«, sagte Lucy. »Ich weiß, daß du mich niemals unglücklich machen wolltest ... Es ist ein Leid, das über uns alle gekommen ist. Du hast mehr zu ertragen als ich, und du gabst ihn auf, als ... du hast getan, was sehr schwer gewesen sein muß.«
Sie schwiegen wieder eine Weile und saßen mit umschlossenen Händen und aneinander gelehnten Wangen da.
»Lucy«, begann Maggie wieder, »auch *er* kämpfte. Er wollte dir treu sein. Er wird zu dir zurückkehren. Vergib ihm – er wird dann glücklich sein ...«
Diese Worte waren Maggies tiefster Seele abgerungen mit einer Anstrengung wie dem krampfhaften Griff eines Ertrinkenden. Lucy bebte und schwieg.
Ein sanftes Klopfen war an der Tür. Es war Alice, das Dienstmädchen, das eintrat und sagte: »Ich wage es nicht, noch länger auszubleiben, Miss Deane. Man wird es herausfinden, und es wird einen großen Ärger geben, daß Sie so spät noch ausgegangen sind.«
Lucy erhob sich und sagte: »Nun gut, Alice – in einer Minute.«
»Ich soll Freitag fortfahren, Maggie«, setzte sie hinzu, als Alice die Tür wieder geschlossen hatte. »Wenn ich zurückkomme und kräftig bin, werden sie mich tun lassen, was ich möchte. Ich werde dann zu dir kommen, wann ich will.«
»Lucy«, sagte Maggie mit neuerlicher großer Anstrengung, »ich bete ständig zu Gott, daß ich niemals wieder zur Ursache von Kummer für dich werde.«

Sie drückte die kleine Hand, die sie in der ihren hielt, und sah zu dem Gesicht auf, das über sie gebeugt war. Lucy vergaß diesen Blick nie mehr.
»Maggie«, sagte sie mit leiser Stimme, die die Feierlichkeit eines Bekenntnisses hatte, »du bist besser als ich. Ich kann nicht ...«
Hier brach sie ab und sagte nichts mehr. Doch noch einmal umfaßten sie sich in einer letzten Umarmung.

Kapitel 5

Der letzte Konflikt

In der zweiten Septemberwoche saß Maggie wieder in ihrem einsamen Zimmer und kämpfte mit den alten schattenhaften Feinden, die auf immer erschlagen waren und wieder aufstanden. Es war nach Mitternacht, und der Regen schlug heftig gegen das Fenster, mit Macht getrieben vom brausenden, laut stöhnenden Wind. Denn am Tag nach Lucys Besuch war das Wetter plötzlich umgeschlagen; Hitze und Dürre waren kalten, veränderlichen Winden und zeitweiligen schweren Regenfällen gewichen, und man hatte ihr die beabsichtigte Reise untersagt, bis das Wetter sich wieder beruhigt hätte. In den Gegenden den Floss aufwärts hatte es unaufhörlich geregnet, und das Einbringen der Ernte war unterbrochen worden. Und seit zwei Tagen hatte der Regen nun auch hier, am unteren Lauf des Flusses, nicht aufgehört, so daß die alten Männer den Kopf schüttelten und davon sprachen, wie vor sechzig Jahren zur Tagundnachtgleiche genau so ein Wetter die große Flut mit sich gebracht hatte, die die Brücke fortspülte und die Stadt in großes Elend stürzte. Doch die jüngere Generation, die mehrmals eine kleine Flut erlebt hatte, dachte leichtfertig über diese düsteren Erinnerungen und Vorahnungen, und

Bob Jakin, der von Natur aus geneigt war, sein eigenes Geschick hoffnungsvoll zu betrachten, lachte über seine Mutter, als diese bedauerte, daß sie ein Haus am Fluß genommen hätten, und er bemerkte, daß sie sonst auch keine Boote haben würden, die der beste Besitz seien für den Fall einer Flut, welche es erforderlich machte, daß sie um Lebensmittel weit fahren müßten.

Doch die Sorglosen und die Furchtsamen schliefen jetzt gleichermaßen in ihren Betten. Es bestand Hoffnung, daß der Regen am nächsten Tag nachlassen würde; Schlimmeres hatte schon von plötzlichem Tauwetter nach Schneefällen gedroht und war nach Erfahrung der Jüngeren vorübergegangen; im schlimmsten Fall würden die Uferbefestigungen weiter flußabwärts brechen, wo die Flut gewaltsam einströmte, und das Wasser würde sich verteilen, ohne mehr als eine vorübergehende Unbequemlichkeit zu verursachen und Verluste, die nur die Ärmeren spürten, und für die würde die Wohlfahrt sorgen.

Alle waren nun zu Bett, denn es war nach Mitternacht – alle, außer ein paar einsam Wachenden wie Maggie. Sie saß in ihrem kleinen, zum Fluß hinausgehenden Wohnzimmer mit nur einer Kerze, die alles im Zimmer undeutlich ließ außer einem Brief, der vor ihr auf dem Tisch lag. Dieser Brief, den sie heute erhalten hatte, war eine der Ursachen, die sie bis tief in die Nacht hinein aufbleiben ließen, unbewußt der verstreichenden Stunden und ohne an Ruhe zu denken, Ruhe, von der sie keine andere Vorstellung mehr hatte als jene weit, weit entfernte Ruhe, von der es für sie kein Erwachen mehr zu diesem irdischen Leben voller Kämpfe geben würde.

Zwei Tage bevor Maggie den Brief erhielt, war sie zum letzten Mal im Pfarrhaus gewesen. Der heftige Regen hätte sie seitdem daran gehindert hinzugehen, doch es gab noch einen anderen Grund. Dr. Kenn, der zunächst nur durch wenige Hinweise über die neue Wendung, die

Gerede und Verleumdung in bezug auf Maggie genommen hatten, Kenntnis erhalten hatte, war kürzlich in vollerem Umfang darauf aufmerksam gemacht worden, und zwar durch eine ernstliche Einwendung eines seiner männlichen Gemeindemitglieder gegen die Unklugheit, auf dem Versuch zu beharren, das vorherrschende Empfinden im Kirchspiel durch ein Aufbieten von Widerstand zu überwinden. Dr. Kenn, dessen Gewissen frei von jeglichem Vergehen in dieser Sache war, neigte noch dazu, weiterhin so zu handeln, war noch immer unwillig, einem öffentlichen Empfinden nachzugeben, das verhaßt und verachtenswert war; doch schließlich bewog ihn die Betrachtung der besonderen Verantwortung seines Amtes, den Anschein von Übel zu vermeiden, ein »Anschein«, der immer von der durchschnittlichen Qualität der Gemüter der Umgebung abhängig ist. Wo diese Gemüter niedrig und plump sind, ist der Bereich dieses »Anscheins« entsprechend erweitert. Vielleicht war er in Gefahr, aus Hartnäckigkeit zu handeln, vielleicht war es seine Pflicht nachzugeben; gewissenhafte Menschen sind geneigt, ihre Pflicht in dem zu sehen, was am schmerzlichsten ist, und zurückzuweichen war immer schmerzlich für Dr. Kenn. Er befand, daß er Maggie raten mußte, für einige Zeit aus St. Ogg's fortzugehen, und er führte diese schwierige Aufgabe mit so viel Zartgefühl aus, wie er konnte, und stellte nur in unbestimmten Worten fest, er sähe, daß sein Versuch, ihr Bleiben zu unterstützen, eine Quelle der Uneinigkeit zwischen ihm und seiner Gemeinde sei, die seinen Nutzen als Geistlicher behindern könnte. Er bat sie, ihm zu gestatten, einem geistlichen Freund zu schreiben, der sie möglicherweise als Erzieherin in seine eigene Familie aufnehmen würde, und wenn nicht, wahrscheinlich von irgendeiner anderen verfügbaren Stelle für eine junge Frau wüßte, an deren Wohlergehen Dr. Kenn sehr gelegen war.

Die arme Maggie hörte mit bebenden Lippen zu, sie

konnte nichts sagen als ein schwaches »Danke – ich wäre Ihnen dankbar«, und sie ging mit einem neuen Gefühl des Verlassenseins durch den peitschenden Regen zu ihrem Zimmer zurück. Sie mußte ein einsamer Wanderer bleiben; sie mußte unter neue Gesichter gehen, die sie fragend ansehen würden, weil ihr die Tage nicht fröhlich erschienen; sie mußte ein neues Leben beginnen, in dem sie es über sich gewinnen müßte, neue Eindrücke aufzunehmen – und sie war doch so unaussprechlich, so entsetzlich müde! Es gab keine Heimat, keine Hilfe für die Irrenden; sogar die, die Mitleid hatten, waren zu Härte genötigt. Aber durfte sie sich beklagen? Durfte sie auf diese Weise vor der langen Buße des Lebens zurückschrecken, welche die einzige Möglichkeit war, die sie hatte, die Last für andere Leidende zu erleichtern und so diesen leidenschaftlichen Irrtum in eine neue Kraft selbstloser, menschlicher Liebe zu verwandeln? Den ganzen nächsten Tag saß sie in ihrem einsamen Zimmer, das Fenster von Wolken und peitschendem Regen verdunkelt, und dachte an diese Zukunft und rang um Geduld: denn wie konnte die arme Maggie je Ruhe gewinnen, wenn nicht durch Ringen?

Und am dritten Tag, an diesem Tag, dessen Ende sie durchwacht hatte, war der Brief gekommen, der vor ihr auf dem Tisch lag.

Der Brief war von Stephen. Er war aus Holland zurückgekehrt und war wieder in Mudport; keiner seiner Angehörigen wußte davon, und er hatte ihr von dort aus geschrieben und den Brief durch jemanden in St. Ogg's gesandt, dem er vertraute. Von Anfang bis Ende war es ein leidenschaftlicher Aufschrei des Vorwurfs, ein Aufbegehren gegen die Sinnlosigkeit, ihn zu opfern, sich selbst zu opfern, gegen jenen verkehrten Begriff des Rechten, der sie dazu führte, all seine Hoffnungen um einer bloßen Idee willen und nicht für ein tatsächliches Gut zunichte zu machen – *seine* Hoffnungen, dessen, den sie liebte und der sie liebte mit jener einzigen über-

wältigenden Leidenschaft, jener Anbetung, die ein Mann einer Frau nur einmal in seinem Leben gibt.
»Sie haben mir geschrieben, daß Du Kenn heiraten wirst. Als ob ich das glauben könnte! Vielleicht haben sie auch Dir solche Märchen über mich erzählt. Vielleicht sagen sie Dir, daß ich ›auf Reisen‹ sei. Mein Körper ist irgendwo herumgetrieben worden, aber *ich* bin nie von dem gräßlichen Ort weggegangen, wo Du mich verlassen hast, wo ich aus der Betäubung eines hilflosen Zorns auffuhr, um festzustellen, daß Du fort warst.
Maggie! Wessen Pein kann wie die meine gewesen sein? Wer wurde wie ich verletzt? Wer außer mir ist dem langen Blick der Liebe begegnet, der sich in meine Seele eingebrannt hat, so daß kein anderes Bild hineinkann? Maggie, ruf mich zu Dir zurück! Ruf mich zum Leben und zum Guten zurück! Von beidem bin ich jetzt verbannt. Ich habe keinen Antrieb mehr. Alles ist mir gleichgültig. Zwei Monate haben nur die Gewißheit vertieft, daß mir das Leben ohne Dich nichts mehr bedeutet. Schreib mir ein Wort – sag ›Komm!‹ und in zwei Tagen bin ich bei Dir. Maggie, hast Du vergessen, was es hieß, zusammenzusein, in Reichweite eines Blickes zu sein, des anderen Stimme hören zu können?«
Als Maggie diesen Brief zuerst las, war es ihr, als hätte ihre eigentliche Versuchung eben erst begonnen. Am Eingang der kalten, dunklen Höhle wenden wir uns mit frischem Mut vom warmen Licht ab, aber wie, wenn wir weit in die feuchte Dunkelheit hineingeschritten sind und begonnen haben, schwach und müde zu werden – wie, wenn da eine plötzliche Öffnung über uns ist und uns einlädt, zum lebenspendenden Tag zurückzukehren? Der Sprung der natürlichen Sehnsucht unter dem Druck der Pein hervor ist so stark, daß alle weniger unmittelbaren Beweggründe wohl vergessen werden, bis man der Pein entronnen ist.
Stundenlang war es Maggie, als sei ihr Kampf vergebens gewesen. Stundenlang wurde jeder andere Gedanke, den

sie zu fassen suchte, beiseite gedrängt durch das Bild Stephens, der auf das einzige Wort wartete, das ihn zu ihr bringen würde. Sie *las* den Brief nicht, sie hörte, wie er ihn sprach, und die Stimme erschütterte sie mit ihrer alten seltsamen Macht. Den ganzen vorhergehenden Tag war sie erfüllt gewesen von der Vision einer einsamen Zukunft, durch die sie die Bürde reuigen Bedauerns tragen mußte, aufrecht gehalten nur durch einen bleibenden Glauben. Und hier – dicht in ihrer Reichweite und sich ihr sogar als ein Anspruch aufdrängend – war eine andere Zukunft, in der hartes Dulden und Mühen ausgetauscht werden konnten gegen köstlich leichtes Anlehnen an eines anderen liebende Stärke! Und dennoch machte dieses Versprechen der Freude anstelle von Traurigkeit nicht die schreckliche Macht der Versuchung für Maggie aus. Es war Stephens Ton des Elends, es war der Zweifel an der Gerechtigkeit ihres eigenen Entschlusses, der das Gleichgewicht zum Beben brachte und sie einmal von ihrem Stuhl auffahren ließ, um nach Papier und Feder zu greifen und zu schreiben »Komm!«

Doch unmittelbar vor dieser entscheidenden Handlung wich sie innerlich zurück, und das Empfinden der Widersprüchlichkeit zu ihrem vergangenen Selbst in den Augenblicken der Stärke und Klarheit kam über sie wie ein plötzlicher Schmerz bewußter Erniedrigung. Nein – sie mußte warten, sie mußte beten; das Licht, das sie verlassen hatte, würde wiederkehren, sie würde wieder fühlen, was sie gefühlt hatte, als sie geflohen war unter einer Eingebung, die stark genug war, um Qual zu überwinden, um Liebe zu überwinden; sie würde wieder fühlen, was sie gefühlt hatte, als Lucy neben ihr stand, als Philips Brief alle Fasern in ihr erschüttert hatte, die sie an die ruhigere Vergangenheit banden.

Sie saß ganz still, bis tief in die Nacht, ohne jeden Impuls, ihre Haltung zu ändern, ohne genügend Tatkraft sogar für den geistigen Akt eines Gebetes, und wartete nur auf das Licht, das gewiß wiederkehren würde. Es kam mit den Erinnerungen, die keine Leidenschaft lange auslöschen konnte; die lange Vergangenheit kehrte zu ihr zurück und mit ihr die Quellen des selbstentsagenden Mitleids und der Zuneigung, der Treue und der Entschlossenheit. Die Worte, die von der schweigenden Hand in dem alten Büchlein gekennzeichnet waren und die sie vor langer Zeit auswendig gelernt hatte, kamen sogar auf ihre Lippen und strömten aus in einem leisen Murmeln, das in dem laut ans Fenster peitschenden Regen und dem lauten Stöhnen und Dröhnen des Windes ganz unterging: »Ich habe das Kreuz empfangen, ich habe es von Deiner Hand empfangen; ich will es tragen, und tragen bis zum Tod, da Du es mir auferlegt hast.«

Doch bald stiegen andere Worte in ihr auf, die sich nicht anders als in einem Schluchzen äußern konnten: »Vergib mir, Stephen. Es wird vorübergehen. Du wirst zu ihr zurückkehren.«

Sie nahm den Brief auf, hielt ihn über die Kerze und ließ ihn langsam am Kamin verbrennen. Morgen würde sie ihm das letzte Wort des Abschieds schreiben.

»Ich will es tragen und tragen bis zum Tod ... Aber wie lange wird es noch sein, bis der Tod kommt! Ich bin so jung, so gesund. Wie werde ich die Geduld und Kraft haben? Soll ich denn wieder kämpfen und fallen und bereuen? Hat das Leben noch weitere Prüfungen, hart wie diese, für mich?«

Mit diesem Aufschrei der Verzweiflung über sich selbst fiel Maggie auf die Knie und barg ihr von Kummer zerquältes Gesicht auf dem Tisch. Ihre Seele erhob sich zu dem, dessen Mitleid mit ihr sein würde bis ans Ende. Lehrte sie nicht gewiß diese Erfahrung der großen Not etwas, und mußte sie nicht ein Geheimnis menschlicher Güte und langen Leidens lernen, das die, die weniger irrten, kaum kennen konnten? »O Gott, wenn mein Leben noch lang sein soll, dann laß mich leben zum Segen und zum Trost –«

In diesem Augenblick spürte Maggie ein erschreckendes Gefühl von plötzlicher Kälte um ihre Knie und Füße; es war Wasser, das unter ihr hinfloß. Sie fuhr auf; es strömte unter der Tür hindurch, die auf den Flur hinausging. Sie war nicht für einen Augenblick fassungslos, sie wußte, es war die Flut!

Der Tumult der Gefühle, den sie in den letzten zwölf Stunden erduldet hatte, schien eine große Ruhe in ihr zurückgelassen zu haben; ohne zu schreien, eilte sie mit der Kerze hinauf zu Bob Jakins Schlafzimmer. Die Tür war angelehnt; sie ging hinein und rüttelte ihn an der Schulter.

»Bob, die Flut ist gekommen! Das Wasser ist schon im Haus! Laß uns sehen, ob wir die Boote sichern können.«

Sie entzündete seine Kerze, während seine arme Frau nach dem Kind griff und in Schreien ausbrach, und dann eilte sie wieder hinunter, um zu sehen, ob das Wasser schnell stiege. Es ging eine Stufe hinunter zu dem Raum, der neben der Treppe lag, und sie sah, daß das Wasser schon auf einer Höhe mit der Stufe war. Während sie nachsah, stieß etwas mit einem schrecklichen Krachen gegen das Fenster und zerbrach die bleigefaßten Scheiben und die alten Holzrahmen – und das Wasser strömte nach.

»Es ist das Boot!« rief Maggie. »Bob, komm herunter und nimm die Boote.«

Und ohne auch nur einen Augenblick vor Angst zu schaudern, watete sie durch das Wasser, das ihr schnell bis zu den Knien reichte, und beim flackernden Licht der Kerze, die sie auf der Treppe gelassen hatte, kletterte sie auf das Fensterbrett und kroch ins Boot, das mit dem festgeklemmten Bug durch das Fenster hereinragte. Bob kam wenig später, hastig und ohne Schuhe und Strümpfe, aber mit einer Laterne in der Hand.

»Oh, hier sind sie ja beide – beide Boote«, sagte Bob, als er in das stieg, in welchem Maggie war. »Wunderbar,

daß die Befestigung hier nich auch gebrochen is, so wie die Verankerung.«
In der Aufregung fiel Bob, als er in das andere Boot stieg und es losmachte und sich dabei eines Ruders bemächtigte, gar nicht auf, welcher Gefahr Maggie ausgesetzt war. Wir neigen nicht dazu, um die Furchtlosen zu fürchten, wenn wir ihre Gefahr teilen, und Bob dachte an nichts anderes als an mögliche Mittel und Wege für die Sicherheit der Hilflosen drinnen. Die Tatsache, daß Maggie aufgewesen war, ihn geweckt hatte und zuerst tätig geworden war, gab Bob den unbestimmten Eindruck von ihr als einer, die helfen würde zu schützen und nicht geschützt zu werden brauchte. Auch sie hatte sich eines Ruders bemächtigt und so weit abgestoßen, daß das Boot von dem überhängenden Fensterrahmen befreit wurde.
»Das Wasser steigt so schnell«, sagte Bob. »Ich glaub, 's wird bald auch in den Schlafkammern sein, das Haus is so niedrig. Ich glaub, ich hol Prissy und das Kind und meine Mutter ins Boot, wenn ich kann, und vertrau sie 'm Wasser an – denn das alte Haus is nich sicher genug. Und wenn ich das Boot losmach – aber *Sie*«, rief er aus und richtete plötzlich das Licht seiner Laterne auf Maggie, wie sie im Regen stand, das Ruder in der Hand und mit wallendem schwarzen Haar.
Maggie hatte keine Zeit zu antworten, denn eine neue Flutwelle strömte an der Häuserreihe entlang und trieb beide Boote auf das offene Wasser hinaus mit einer Kraft, die sie weit über die entgegenkommende Strömung des Flusses hinwegtrug.
In den ersten Augenblicken fühlte Maggie nichts, dachte an nichts, als daß sie plötzlich aus dem Leben geschieden sei, das sie gefürchtet hatte; es war der Übergang des Todes ohne dessen Kampf – und sie war allein in der Dunkelheit mit Gott.
Das Ganze war so schnell gegangen, wie im Traum, daß die Fäden der gewöhnlichen Assoziationen gerissen

waren; sie sank auf den Sitz nieder und griff mechanisch nach dem Ruder, und für längere Zeit hatte sie keine deutliche Vorstellung von ihrer Lage. Das erste, was sie zu vollerem Bewußtsein erweckte, war das Aufhören des Regens und die Wahrnehmung, daß die Dunkelheit durch ein ganz schwaches Licht geteilt wurde, das die herabhängende Düsternis von der unermeßlichen Wasserfläche darunter trennte. Sie war mit der Flut hinausgetrieben worden, jener schrecklichen Heimsuchung Gottes, von der ihr Vater oft gesprochen hatte und die ihr zum Alptraum ihrer Kindertage geworden war. Und mit diesem Gedanken stieg plötzlich das Bild ihres alten Zuhause in ihr auf, mit Tom, und ihrer Mutter – sie hatten alle zusammen gelauscht.

»O Gott, wo bin ich? Welches ist der Weg nach Hause?« rief sie aus in der finsteren Einsamkeit.

Wie mochte es ihnen wohl in der Mühle ergehen? Die Flut hatte sie einmal fast zerstört. Sie waren vielleicht in Gefahr, in Not, ihre Mutter und ihr Bruder, dort ganz allein, außer Reichweite für Hilfe! Ihre ganze Seele war jetzt angespannt auf diesen Gedanken gerichtet; sie sah die vertrauten, geliebten Gesichter ins Dunkel blicken, nach Hilfe suchen und keine finden.

Sie trieb nun auf ruhigem Wasser, vielleicht weit draußen auf den überfluteten Feldern. Kein Empfinden gegenwärtiger Gefahr hinderte ihre Gedanken daran, zu ihrem alten Zuhause zu schweifen, und sie strengte ihre Augen an, um durch den Vorhang der Düsternis einen ersten Blick auf ihre Umgebung tun zu können, damit sie eine schwache Vorstellung davon bekäme, wo der Fleck lag, auf den all ihre Ängste gerichtet waren.

Oh, wie willkommen war es, als die finstere Wasserfläche weiter wurde, als das bewölkte Firmament sich allmählich hob, als die Schwärze über dem gläsernen Dunkel langsam die Gestalt von Gegenständen annahm. Ja, sie mußte draußen auf den Feldern sein, da waren die Spitzen der Heckenzäune. In welcher Richtung lag der

Fluß? Wenn sie zurückschaute, sah sie Reihen schwarzer Bäume, sah sie nach vorn, waren dort keine; der Fluß lag also vor ihr. Sie ergriff ein Ruder und begann das Boot mit der Energie erwachender Hoffnung weiterzupaddeln; die Dämmerung schien schneller heranzukommen, nun da sie nicht mehr untätig war, und bald konnte sie die armen, stummen Tiere sehen, die sich jämmerlich auf einer Erhebung drängten, wo sie Zuflucht gesucht hatten. Sie paddelte und ruderte abwechselnd im wachsenden Dämmerlicht; die nassen Kleider klebten an ihr, und ihr wallendes Haar wurde vom Wind zerzaust, doch sie war sich körperlicher Empfindungen kaum bewußt – außer einer Empfindung der Stärke, die von gewaltigem Gefühl ausging. Mit dem Empfinden von Gefahr und möglicher Rettung für jene vertrauten Menschen in ihrem alten Zuhause kam ein unbestimmtes Empfinden von Versöhnung mit ihrem Bruder: welcher Streit, welche Härte, welcher Zweifel aneinander kann noch bestehen angesichts eines großen Unglücks, wenn all die künstliche Gewandung unseres Lebens dahin ist und wir alle eins miteinander sind in den primitiven Bedürfnissen Sterblicher? Maggie fühlte dies undeutlich in der starken, wiederauflebenden Liebe zu ihrem Bruder, die all die späteren Eindrücke von hartem, grausamem Unrecht und Mißverstehen hinwegfegte und nur die tiefen darunterliegenden, unerschütterlichen Erinnerungen an frühe Verbundenheit zurückließ.

Doch nun lag in der Ferne eine große dunkle Masse, und nahebei konnte Maggie die Strömung des Flusses erkennen. Die dunkle Masse mußte St. Ogg's sein – ja, sie war es. Ah, jetzt wußte sie, nach welcher Richtung sie um einen ersten Blick auf die wohlbekannten Bäume Ausschau halten mußte: die grauen Weiden, die jetzt gelb werdenden Kastanien und über ihnen das alte Dach! Doch man sah vorerst weder Farbe noch Gestalt; alles war schwach und verschwommen. Immer stärker schien ihre Energie zu werden und auszuströmen, als sei ihr

Leben eine aufbewahrte Kraft, die in dieser Stunde verbraucht wurde, da sie für keine Zukunft nötig war.
Sie mußte ihr Boot in die Strömung des Floss bringen, sonst würde es ihr nie gelingen, am Ripple vorbei- und an das Haus heranzukommen: das war der Gedanke, der ihr kam, als sie sich immer lebhafter den Zustand der Dinge um das alte Zuhause ausmalte. Doch dann würde sie vielleicht weit abgetrieben und könnte ihr Boot nicht wieder aus der Strömung bringen. Zum ersten Mal begannen deutliche Vorstellungen von Gefahr auf ihr zu lasten; aber sie hatte keine Wahl, sie konnte nicht zögern, und sie glitt in die Strömung. Schnell kam sie nun voran, ohne Mühe; immer deutlicher begann sie in der geringer werdenden Entfernung und dem zunehmenden Licht die Dinge zu unterscheiden, von denen sie wußte, daß es die wohlbekannten Bäume und Dächer sein mußten – nein wirklich, sie war nicht weit von einer stürzenden, schlammigen Strömung, die der seltsam veränderte Ripple sein mußte.
Großer Gott! Es trieben massige Gegenstände darin, die gegen ihr Boot schlagen konnten, wenn sie vorüberfuhr, und sie vielleicht vorzeitig umkommen lassen würden. Was war das nur?
Zum ersten Mal begann Maggies Herz in Todesfurcht zu schlagen. Sie saß hilflos da, spürte kaum, daß sie weitertrieb, und spürte desto mehr den erwarteten Zusammenprall. Doch der Schrecken ging vorüber, er ließ vor den herankommenden Speicherhäusern von St. Ogg's nach; sie war also an der Mündung des Ripple vorbei, jetzt mußte sie all ihre Geschicklichkeit und ihre Kraft einsetzen, um das Boot zu lenken und wenn möglich aus der Strömung zu bringen. Sie konnte jetzt sehen, daß die Brücke eingestürzt war, sie konnte die Masten eines gestrandeten Schiffes weit draußen auf den überschwemmten Feldern sehen. Doch keine Boote bewegten sich auf dem Fluß; die, derer man habhaft hatte werden können, wurden in den überfluteten Straßen gebraucht.

Mit neuer Entschlossenheit packte Maggie ihr Ruder und stand wieder auf, um zu paddeln; doch da jetzt Ebbe war, war der Fluß noch schneller, und sie wurde über die Brücke hinaus fortgetragen. Sie konnte Rufe von den Fenstern hören, die zum Fluß hinausgingen, als ob ihr die Leute dort etwas zuriefen. Erst als sie beinahe Tofton erreicht hatte, konnte sie das Boot aus der Strömung bekommen. Dann nahm sie mit einem sehnlichen Blick auf Onkel Deanes Haus, das weiter flußabwärts lag, beide Ruder und ruderte mit aller Macht wieder über die überschwemmten Felder zurück zur Mühle. Farben begannen jetzt zu erwachen, und als sie sich den Feldern von Dorlcote näherte, konnte sie die Färbungen der Bäume unterscheiden, konnte die alten Kiefern weit zur Rechten sehen und die heimatlichen Kastanien. Oh! Wie tief standen sie im Wasser, tiefer als die Bäume diesseits des Hügels. Und das Dach der Mühle – wo war es? Jene schweren Trümmer, die den Ripple hinuntergeschwemmt worden waren – was hatten sie bedeutet? Doch es war nicht das Haus; das Haus stand fest, bis zum ersten Stockwerk unter Wasser, aber dennoch fest; oder war es an der Seite zur Mühle hin eingestürzt?
Mit atemloser Freude, daß sie endlich da war, Freude, die alle Not überwand, näherte sich Maggie der Vorderseite des Hauses. Erst hörte sie keinen Laut, sah nichts, das sich regte. Ihr Boot war auf einer Ebene mit den oberen Fenstern. Sie rief mit lauter, durchdringender Stimme:
»Tom, wo bist du? Mutter, wo bist du? Maggie ist hier!«
Bald hörte sie vom Fenster des Dachbodens im mittleren Giebel Toms Stimme:
»Wer ist da? Ist da ein Boot?«
»Ich bin es, Tom – Maggie. Wo ist Mutter?«
»Sie ist nicht hier, sie ist vorgestern nach Garum gegangen. Ich komme zum unteren Fenster.«
»Allein, Maggie?« sagte Tom mit einer Stimme tiefen

Erstaunens, als er das mittlere Fenster öffnete, das sich auf einer Ebene mit dem Boot befand.

»Ja, Tom; Gott hat sich meiner angenommen und zu dir kommen lassen. Steig schnell ein. Ist noch jemand da?«

»Nein«, sagte Tom und stieg ins Boot, »ich fürchte, der Knecht ist ertrunken; er wurde wohl den Ripple hinabgerissen, als ein Teil der Mühle einstürzte, weil Bäume und Steine dagegenschlugen; ich habe immer wieder gerufen, und es kam keine Antwort. Gib mir die Ruder, Maggie.«

Erst als Tom abgestoßen hatte, und sie auf dem weiten Wasser waren – er Angesicht in Angesicht mit Maggie –, ging ihm die volle Bedeutung dessen, was sich ereignet hatte, mit einem Mal auf. Es kam mit so überwältigender Macht – es war für seinen Geist eine solch neue Offenbarung der Tiefe des Lebens, die außerhalb seines Sehvermögens gelegen hatte, welches ihm als so scharf und klar vorgekommen war –, daß er unfähig war, eine Frage zu stellen. Sie saßen schweigend und sahen einander an; Maggie mit Augen intensiven Lebens, die aus einem erschöpften, geschlagenen Gesicht blickten, Tom bleich von einer gewissen Ehrfurcht und Demütigung. Die Gedanken waren rege, gleichwohl die Lippen stumm waren, und obwohl er keine Frage stellen konnte, erriet er die Geschichte einer beinahe wundersamen, von Gott beschützten Anstrengung. Doch endlich legte sich ein Schleier über die blaugrauen Augen, und seine Lippen fanden ein Wort, das sie aussprechen konnten, das alte kindliche »Magsie«.

Maggie konnte keine andere Antwort geben als ein langes, tiefes Schluchzen aus jenem geheimnisvollen, wunderbaren Glück heraus, das eins ist mit dem Schmerz.

Sobald sie sprechen konnte, sagte sie: »Wir wollen zu Lucy fahren, Tom; laß uns hinfahren und sehen, ob sie in Sicherheit ist, und dann können wir den übrigen helfen.«

Tom ruderte mit frischem Eifer und mit einer anderen Geschwindigkeit als die arme Maggie. Das Boot war bald wieder in der Strömung des Flusses, und bald würden sie in Tofton sein.
»Park House steht so hoch über der Flut«, sagte Maggie, »vielleicht haben sie Lucy dort.«
Sonst wurde nichts gesprochen; eine neue Gefahr kam mit dem Fluß auf sie zu. Irgendeine hölzerne Vorrichtung auf einem der Ladeplätze hatte soeben nachgegeben, und riesige Trümmer wurden mitgeschwemmt. Die Sonne ging jetzt auf, und die weite, trostlose Wasserfläche erstreckte sich in schrecklicher Klarheit um sie her – in schrecklicher Klarheit trieben die bedrohlichen Trümmer in Windeseile weiter. Eine große Gruppe von Menschen, die bei den Häusern von Tofton in einem Boot voranzukommen suchte, beobachtete ihre Gefahr und rief: »Weg von der Strömung!«
Doch das ging nicht so schnell, und Tom schaute nach vorn und sah den Tod auf sie zustürzen. Riesige Trümmer, die in verhängnisvoller Verkettung aneinanderhingen, wälzten sich als eine große Masse quer über den Strom.
»Es kommt, Maggie!« sagte Tom mit tiefer, heiserer Stimme, ließ die Ruder los und umschlang sie.
Im nächsten Augenblick sah man das Boot nicht mehr auf dem Wasser – und die riesige Masse trieb eilends weiter in scheußlichem Triumph.
Doch bald tauchte der Kiel des Bootes wieder auf, ein schwarzer Fleck auf dem goldenen Wasser.
Das Boot tauchte wieder auf, doch Bruder und Schwester waren in einer Umarmung, die nie gelöst werden sollte, untergegangen und durchlebten in einem erhabenen Augenblick noch einmal die Tage, da sie sich in Liebe bei ihren kleinen Händen gefaßt hielten und durch die Felder voller Maßliebchen wanderten.

Schluß

Die Natur macht wieder gut, was sie verwüstet – macht es gut mit ihrem Sonnenschein und mit menschlicher Arbeit. Die Verheerung, die durch die Flut bewirkt worden war, hatte auf dem Angesicht der Erde nach fünf Jahren kaum noch sichtbare Spuren hinterlassen. Der fünfte Herbst war reich an goldenen Korngarben, die sich in dicken Büscheln zwischen den entfernten Hekkenzäunen erhoben; die Ladeplätze und Speicher am Floss waren wieder voller Betriebsamkeit und hallten von eifrigen Stimmen wider, inmitten hoffnungsvollen Be- und Entladens.

Und all die Menschen, die in dieser Geschichte erwähnt wurden, lebten noch, außer denen, deren Ende wir kennen.

Die Natur macht wieder gut, was sie verwüstet – aber nicht alles. Die ausgerissenen Bäume verwurzeln nicht wieder, zerklüftete Hügel behalten ihre Narben; wenn Neues wächst, so sind die Bäume nicht dieselben wie die alten, und die Hügel tragen unter ihrem grünen Kleid die Zeichen vergangener Risse. Für Augen, die auf dem Vergangenen geruht haben, gibt es keine wirkliche Wiederherstellung.

Die Dorlcoter Mühle wurde wieder aufgebaut. Und der Kirchhof von Dorlcote – wo man auf dem gemauerten Grab, in dem ein Vater ruhte, den wir kennen, den Grabstein nach der Flut umgestürzt fand, hatte all seine grasbewachsene Ordnung und gebührende Stille wiedererlangt.

Nahe der gemauerten Grabstätte wurde kurz nach der Flut ein weiteres Grab errichtet für zwei Leichen, die man in enger Umarmung gefunden hatte, und es wurde zu verschiedenen Zeiten von zwei Männern besucht, die beide fühlten, daß ihr höchstes Glück und ihr tiefstes Leid hier für immer begraben waren.

Einer von ihnen besuchte das Grab wieder mit einem süßen Gesicht neben sich – doch das war Jahre später.
Der andere war immer allein. Seine wahre Gesellschaft war unter den Bäumen des Roten Grundes, wo das begrabene Glück noch wie ein zurückkehrender Geist zu schweben schien.
Das Grab trug die Namen von Tom und Maggie Tulliver, und unter den Namen stand geschrieben:

»Im Tod waren sie nicht getrennt.«[3]

Anhang

Anmerkungen

Erstes Buch

1 *Bedlam:* auf das »Hospital of St. Mary of Bethlehem« in London, das seit 1547 der Unterbringung von Geistesgestörten diente, zurückgehende Bezeichnung für ein Irrenhaus.

2 *Manichäismus:* von Mani (Manes, Manichaios; 216–277) in Babylonien begründete, weitverbreitete Religion, in der sich Gut und Böse gleichberechtigt gegenüberstehen und nach der der Mensch von bösen Mächten geschaffen wurde, um die Läuterung der Welt zu verhindern.

3 *Hotspur:* ›Heißsporn‹. Spitzname des Henry Percy, Sohn des Earl of Northumberland, der 1403 im Kampf gegen Heinrich IV. fiel. Vgl. Shakespeare, *Henry IV* (1597).

4 *»Die Geschichte des Teufels«:* Daniel Defoe, *The Political History of the Devil, a serious memoir* (1726).

5 *»Heiliges Leben und Sterben«:* Jeremy Taylor, *Holy Living and Holy Dying* (1651). Taylor (1613–67), gen. »der moderne Chrysostomos«, war Bischof von Down und Connor.

6 *»Des Pilgers Reise«:* John Bunyan, *The Pilgrim's Progress from this World to that which is to Come* (1678–84). Hauptfigur des Buches ist der Pilger Christian (engl. *christian* ›Christ‹).

7 *»De senectute«:* Marcus Tullius Cicero, *Cato maior de senectute* (Cato der Ältere über das Greisenalter).
»Aeneis«: Epos des Vergil.

8 *Jael ... umbrachte:* vgl. Richt. 4,21.

9 *»Pugs Europafahrt«: Pug's Tour through Europe, or the Travell'd Monkey* (1824). Ein Bilderbuch mit Versen über die europäischen Länder.

10 *»Die belebte Natur«:* Oliver Goldsmith, *An History of the Earth and Animated Nature* (1774); Beschreibungen von Tiergattungen, teilweise mit Bildern.

11 *»Sir Charles Grandison«:* Romanheld in Samuel Richardson, *The History of Sir Charles Grandison* (1754). Bei den Bildern zur Geschichte vom Verlorenen Sohn (Luk. 15,11–32) könnte an eine Serie von Stichen von Augustin Legrand gedacht worden sein.

12 *Kronen:* Neben den Währungseinheiten Penny, Schilling und

Pfund werden im Roman die Silber- bzw. Goldmünzen Krone, Sovereign und Guinee erwähnt. 1 Krone = 5 Schilling; 1 Sovereign = 1 Pfund = 20 Schilling; 1 Guinee = 21 Schilling; 1 Penny = 1/12 Schilling.

13 *Christiana:* vgl. *The Pilgrim's Progress*; Christiana ist die Frau des Christian (vgl. 1. Buch, Anm. 6).

14 *»Tugend in Lumpen«:* vgl. Horaz, *Oden* III,27. George Eliot zitiert die englische Übersetzung von John Dryden.

15 *Rhadamanth:* Rhadamanthys, Kreter, unerbittlicher Richter der griechischen Mythologie, Sohn des Zeus und der Europa.

16 *Ajax ... Schafen:* Ajax, Held der griechischen Mythologie, tötet in der nachhomerischen Dichtung, durch Athena verblendet, griechische Herden. Vgl. Sophokles, *Ajax*, Z. 307–311.

17 *»Wenn Geld ... Leben«:* nach Samuel Foote, *Taste* (1752). Dort als »old saying« (alter Spruch) bezeichnet.

18 *dreizehn:* Hier, wie noch an einigen anderen Stellen, weist das Manuskript eine kleine Ungenauigkeit auf, die darauf zurückzuführen ist, daß George Eliot während ihrer Arbeit an dem Roman Angaben zu einzelnen Personen geändert hat. Es müßte hier richtiger heißen: vierzehn.

19 *Elsaß:* auf die schwierige Rechtslage des Elsaß zwischen Deutschland und Frankreich zurückgehender Spitzname für das Dominikanerkloster in London, das als Zufluchtsort für Kriminelle galt.

20 *»Still ... Vögelchor«:* aus John Gay, *Acis and Galatea* (1732); von Händel vertont.

21 *Teufel:* vgl. Mark. 16,9.

22 *Schlangen:* Medusa, eine der furchterregenden Gorgonen der griechischen Mythologie, auf deren Haupt statt Haaren Schlangen wachsen.

23 »τι μέγεδος«: ›gewisse Größe‹, vgl. Aristoteles, *Poetik* VI,2.

24 *Apollyon:* teuflische Gestalt aus *The Pilgrim's Progress*; vgl. 1. Buch, Anm. 5.

25 *Jack, der Riesentöter:* Held von Kindergeschichten, in denen Klugheit und Geschick über Kraft und Gewalt siegen.
Mr. Greatheart: ›Großherz‹, führt Christiana in *The Pilgrim's Progress* zur Himmlischen Stadt; vgl. 1. Buch, Anm. 6.

26 *Geisterliebhaber:* vgl. Gottfried August Bürgers Ballade *Lenore* (1773).

27 *»mit ... vertraut«:* vgl. Wordsworth, *The Excursion* (1814) I,276.

28 *Wesley:* John W. (1703–91), englischer Theologe und Begründer des Methodismus (»Wesleyan Methodism«).

29 *Dissenters:* Bezeichnung für Denominationen, die sich nach der Restauration der Stuarts der Wiedereingliederung in die Kirche von England aus Glaubens- und Kirchenordnungsgründen widersetzten.

30 *Katholischen Frage:* Spannungen, die 1829 zum Erlaß eines Gesetzes gegen die rechtliche und politische Diskriminierung der Katholiken führten (»Catholic Emancipation Act«).

31 *Yorker Münsters:* Brandstiftung durch einen Geistesgestörten am 2. Februar 1829.

32 *Harpagons:* Harpagon ist die Hauptfigur in Molière, *Der Geizhals* (1668).

33 *Moses:* vgl. 4. Mose 12,3.

34 *Sally:* Da vorher der Name des Dienstmädchens mit »Dolly« angegeben wurde, liegt hier möglicherweise eine Verwechslung mit dem Dienstmädchen der Pullets vor.

35 *»Die immerwährende Ruhe der Heiligen«:* Richard Baxter, *The Saints' Everlasting Rest, or a Treatise of the Blessed State of the Saints in their Enjoyment of God in Glory* (1650). B. war ein presbyterianischer Prediger und Verfasser von Erbauungsschriften.

Zweites Buch

1 *Old Goggles:* goggles (engl.): (Schutz-)Brille mit runden Gläsern; auch: Personen mit hervortretenden oder schielenden Augen.

2 *»Mein ... Norval«:* aus dem Drama von John Home, *Douglas* (1756) II,1.

3 *Massillon:* Jean-Baptiste M. (1663–1742), französischer Hofprediger, Mitglied der Académie française.
Bourdaloue: Louis B. (1632–1704), Jesuit, Hofprediger.

4 *Captain Swing:* Briefe von einem fiktiven Captain S., die 1830/31 an Bauern in ländlichen Gebieten Südenglands verschickt wurden, versetzten diese durch Androhung von Brandstiftung in Schrecken.

5 *Mr. Broderips:* vgl. *Letters from the Note Book of a Naturalist* (1852), in denen W. J. Broderip das Verhalten seines Bibers Binny beschreibt.

6 *metaphorische Begabung:* vgl. Aristoteles, *Poetik* XXII,16.

7 *»Delectus«:* T. W. C. Edwards, *Delectus Sententiarum et Historiarum ad Usum Tironum Accommodatus* (^{5}1800).

8 *zwölf:* vgl. 1. Buch, Anm. 18; hier richtiger: dreizehn.

9 *»Geschichte des ... Reiches«:* Edward Gibbon, *The History of the Decline and Fall of the Roman Empire* (6 Bde., 1776–88).

10 *»Mors ... communis«:* Dies und die folgenden Beispiele sind entnommen aus: *The Eton Latin Grammar*, hrsg. von T. W. C. Edwards (^{24}1850).

11 *»erste Ideen«:* vgl. John Locke, *An Essay Concerning Human Understanding* (1690).

12 *»aufrechter Traurigkeit«:* vgl. William Cowper, *The Task* (1785) V,29.

13 *sieben:* vgl. 1. Buch, Anm. 18; hier richtiger: acht.

14 *»Speaker«:* William Enfield, *The Speaker, or Miscellaneous Pieces, Selected from the Best English Writers* (1774).

15 *Hal von Wynd:* Waffenschmied in Sir Walter Scott, *The Fair Maid of Perth* (1828).

16 *Saladin ... konnte:* vgl. Sir Walter Scott, *The Talisman* (1825).

17 *Bruce ... zerschmetterte:* vgl. Sir Walter Scott, *Tales of a Grandfather* (1828).

18 *»divinae particulum aurae«:* »ein Teilchen göttlichen Hauches«, Horaz, *Satiren* II,2,79.

19 *Hooks:* Theodore H. (1788–1841), englischer Schriftsteller, ein seinerzeit populärer Vielschreiber, der Romane von grobem Witz produzierte.

20 *Koalitionskrieg:* Der Text bezieht sich hier auf den im Rahmen der 5. Koalition gegen Napoleon ausgeführten »Peninsular War« in Spanien (1808–14).

21 *Bony:* Napoleon Bonaparte.

22 *Talavera:* Stadt in Spanien; Wellington siegte hier 1809 über die französischen Truppen.

23 *General Wolfe:* kämpfte während des Siebenjährigen Krieges in Nordamerika und fiel 1759 in einer siegreichen Schlacht vor Quebec.

24 *Bitte:* Semele, Gestalt der griechischen Mythologie; bat Zeus, sich ihr in seiner wahren Gestalt zu offenbaren und verbrannte, als er ihr unter Blitz und Donner erschien.

25 *Arne:* Thomas Augustine A. (1710–78), englischer Komponist, bekannt u. a. durch sein Lied »Rule Britannia«.

26 *Kreosot:* aus Holzteer gewonnenes Öl mit antiseptischer Wirkung.

27 *dreizehn:* vgl. 1. Buch, Anm. 18; hier richtiger: vierzehn.
28 *Klassikers:* vgl. Horaz, *Satiren* II,1,55.
29 *vierzehn:* vgl. 1. Buch, Anm. 18; hier richtiger: fünfzehn.
30 *Mann:* Philoktetes, Gestalt der griechischen Mythologie, wurde von einer Schlange gebissen und wegen des üblen Geruches der Wunde auf Lemnos ausgesetzt.

Drittes Buch

1 *Teraphim:* vgl. Richt. 18,14–20.
2 *untadelig:* vgl. Homer, *Ilias* I,423.
3 *fünfzehn:* vgl. 1. Buch, Anm. 18; hier richtiger: sechzehn.
4 *»Horae Paulinae«:* William Paley, *Horae Paulinae, or the Truth of the Scripture History Evinced* (1790).
Blairs »Rhetorik«: Hugh Blair, *Lectures on Rhetoric and Belles Lettres* (1783).
5 *»nunc ... vires«:* vgl. Vergil, *Aeneis* V,191.
6 *Dominie Sampson:* Figur aus Sir Walter Scott, *Guy Mannering* (1815).
7 *gelbe:* Gelb war die Farbe der Whigs, Blau die der Torys.
8 *Nemeischen Löwen:* Die erste der zwölf Aufgaben, die Herkules in der griechischen Sage zu erfüllen hatte, war die Tötung des Nemeischen Löwen, dessen unverwundbares Fell er danach anlegte.

Viertes Buch

1 *Tal der Demütigung:* In *The Pilgrim's Progress* (vgl. 1. Buch, Anm. 6) muß Christian ein Tal dieses Namens durchqueren.
2 *Bossuet:* Jacques-Benigne B., Bischof von Meaux, schrieb eine Kirchengeschichte: *Histoire des eglises protestantes* (1688).
3 *Lebensatem ... machte:* vgl. 1. Mose 7,22 und Jer. 51,43.
4 *Wahl:* Häresie zu griech. αἵρεσις.
5 *Kapellengänger:* zunächst Bezeichnung für Katholiken, später allgemein für Nicht-Anglikaner.
6 *Pitt:* William P. d. J. (1759–1806), englischer Premierminister, trug nach dem verlorenen amerikanischen Unabhängigkeitskrieg zum wirtschaftlichen Aufschwung Großbritanniens bei.
7 *Porträtgalerie:* Hier könnte an die *National Portrait Gallery of illustrous and eminent personages of the nineteenth century* von

William Jerdan (1830–34) gedacht worden sein, die ein Bild von Georg IV. enthielt.

8 *Affen:* vgl. Richard Owen, *On the Gorilla* (1859).

9 *Burkes ... Grabgesang:* vgl. Edmund Burke, *Reflections on the Revolution in France* (1790).

10 *»Télémaque«:* didaktischer Roman von François Fénelon (1699).

11 *Smithfield:* Stätte der Hinrichtung (1555) vieler protestantischer Märtyrer unter Königin Mary.

12 *Eutropius:* Verfasser von *Brevarium ab Urbe Condita*, einer kurzgefaßten Darstellung der römischen Geschichte; lebte im 4. Jh. n. Chr.

13 *Aldrichs »Logik«:* Henry Aldrich, *Artis Logicae Compendium* (1691).

14 *»Das Christliche Jahr«:* Bei den Büchern, die Maggie erhält, handelt es sich um Joseph Addison, *The Beauties of the Spectators, Tatlers and Guardians* (1763); Samuel Johnson, *Rasselas, Economy of Human Life* (1759); Olinthus Gilbert Gregory, *Letters on the Evidences, Doctrines, and Duties of the Christian Religion* (1812); John Keble, *The Christian Year* (1827) und die 1737 von Richard Challoner angefertigte englische Übersetzung von Thomas von Kempen, *De imitatione Christi* (*Über die Nachfolge Christi*).

15 *bittere ... in süße:* vgl. Offb. 8,11 und Jak. 3,11.

16 *Faraday:* Michael F. (1791–1867), englischer Naturforscher.

Fünftes Buch

1 *Unkraut:* vgl. Matth. 13,24–30.

2 *göttliches Kind:* Gemeint ist vermutlich Raffaels Sixtinische Madonna.

3 *Der Pirat: The Pirate* (1821), Roman von Sir Walter Scott.

4 *Hekuba:* Gestalt der griechischen Mythologie, Gattin des Königs Priamos von Troja, Mutter des Hektor.
Hektor: tapferster Held der Trojaner im Trojanischen Krieg.
Zähmers der Pferde: Homers Beiname für Trojanische Helden (vgl. *Odyssee* III,81).

5 *emsigen Lehrlings:* vgl. die Stiche von William Hogarth »Industry and Idleness« (1747; »Fleiß und Müßiggang«).

6 *Aaron:* vgl. 2. Mose 4,14–16,30.

7 *»Liebe ... ihren Augen«:* aus John Gay, *Acis and Galatea* (1732); von Händel vertont.

8 *Hungerturm:* vgl. Dante, *Die göttliche Komödie* (1307–21?), Inferno, Canto 33.

9 *»Corinne«:* Roman von Germaine Necker, Baronne de Staël-Holstein (1807).

10 *Rebecca ... Minna:* Heldinnen aus Romanen von Sir Walter Scott: Rebecca aus *Ivanhoe* (1819), Flora MacIvor aus *Waverley* (1814), Minna aus *The Pirate* (1821).

11 *»the Bell of St. Ogg's«:* Onkel Pullets Verwirrung beruht auf der Verwechslung von engl. *bell* ›Glocke‹ mit frz. *belle* ›die Schöne‹.

Sechstes Buch

1 *Beatrice:* idealisierte Geliebte Dantes; Führerin durch das Paradies in seiner *Göttlichen Komödie* (um 1307–21).

2 *Turpin:* Dick T., englischer Straßenräuber, 1739 hingerichtet, dessen berühmter Ritt nach York in Ainsworth' Schauerroman *Rookwood* (1834) beschrieben wird.

3 *»Die Schöpfung«:* Oratorium von Joseph Haydn (1798). Der von Miltons *Paradise Lost* (1667) beeinflußte Text von Lidley wurde von Gottfried van Swieten ins Deutsche übertragen.

4 *Wahlbezirken:* die sogenannten »rotten boroughs«, durch die Reform von 1832 abgeschaffte alte Wahlkreise, die gegenüber neuen industriellen Ballungsgebieten erheblich überrepräsentiert waren.

5 *Pinnock:* Verfasser von Lehrbüchern zur Geschichte, Geographie und Musik in Frage-und-Antwort-Form, sogenannte Katechismen, die zur Erziehung junger Damen im frühen 19. Jh. verwendet wurden.

6 *»Skizzenbuch«:* Geoffrey Crayon (d. i. Washington Irving), *The Sketch Book* (1820).

7 *»Hinweg ... Sorge«:* ein Lied aus dem 17. Jh., auch bekannt unter dem Titel »The Queen's Jig«.

8 *»Cowpers Leben«:* Robert Southey, *Life of Cowper* (1838).

9 *»Bridgewater-Abhandlungen«:* eine achtbändige Serie über die Schöpfung als Erweis der Macht, Weisheit und Güte Gottes: *Treatises on the Power, Wisdom, and Goodness of God, as Manifested in the Creation* (1833–36). Bd. 8: William Buckland, *Geology and Mineralogy Considered with Reference to Natural Theology*.

10 *»Nußbraunen Mädel«:* Volksballade aus der Sammlung *Reliques of Ancient English Poetry* (1765) von D. D. Thomas Percy, in der ein angeblich Verbannter dem Mädchen, das er liebt, das harte Leben, das sie nach ihrer Heirat zu erwarten hätte, schildert, und sich, als sie bereit ist, all dies aus Liebe zu ihm gern zu ertragen, als Sohn eines Grafen zu erkennen gibt.

11 *keine Geschichte:* vgl. den Aphorismus von Montesquieu: »Happy the People whose Annals are blank in History-Books«.

12 *Junker Bleichenwang«:* Gestalt aus Shakespeare, *Twelfth Night* (1600; *Was ihr wollt*); vgl. II,3,181.

13 *»Charakter ... Schicksal«:* vgl. Novalis, *Heinrich von Ofterdingen* (1802, T. 2): »... je tiefer ich einsehe, daß Schicksal und Gemüt Namen Eines Begriffs sind.«

14 *zehn:* hier richtiger: zwölf; vgl. 1. Buch, Anm. 18.

15 *Sophia Western:* Gestalt aus Henry Fielding, *Tom Jones* (1749), vgl. Buch 17, Kap. 3.

16 *»Maid of Artois«:* Oper von Michael William Balfe (1836).

17 *Cribbage:* englisches Kartenspiel für zwei bis vier Spieler, gespielt mit 52 Blatt und einem Brett mit 61 Löchern, auf dem mittels kleiner Pflöcke die Punkte angezeigt werden.

18 *»Masaniello«:* Titel, unter dem David François Esprit Aubers Oper *Die Stumme von Portici* (1828) in England bekannt ist.

19 *»Laßt uns ... gehn«:* aus John Gay *The Beggar's Opera* (1728; *Die Bettleroper*).

20 *»Nachtwandlerin«: La sonnambula,* Oper von Vincenzo Bellini (1831): »Ah! perchè ...« – »Ach! Warum kann ich dich nicht hassen?«

21 *»Soll ich ... ist schön«:* Anfang des »Sonnet« von George Wither (1588–1667).

22 *»Sturm«:* Vertonung des Dramas von Shakespeare, *The Tempest* (1611), durch Henry Purcell (1695).

23 *Miss Laura:* Es war im 19. Jh. üblich, die älteste unverheiratete Tochter einer Familie mit dem Nachnamen, die jüngeren hingegen mit dem Vornamen zu benennen; daher werden die beiden Miss Guest hier als Miss Guest und Miss Laura vorgestellt.

24 *himmlischen Brust:* vgl. Vergil, *Aeneis* I,11.

25 *Kaukasus:* vgl. Shakespeare, *Richard II* (1597) I,3.

26 *Python:* Drache in der griechischen Mythologie, von Apollon erschlagen.

27 *»von der Natur ... tief gestürzt«:* vgl. John Keble, *The Christian Year* (1827): »St Philip and St James«.

28 *Correggio:* italienischer Maler (1489–1534).

29 *Dunkelheit ... beredt nennt:* vgl. Dante, *Die göttliche Komödie*, Inferno I,60 und V,28.

30 *wie es ... umfaßt:* Es wird hier auf die Demeter-Gruppe der sogenannten Elgin Marbles, Marmorskulpturen, zumeist aus dem Parthenon, die ein Graf von Elgin und Kincardine zu Beginn des 19. Jh.s nach England brachte, verwiesen. Sie wurden vom englischen Staat gekauft und im Britischen Museum ausgestellt.

31 *verzauberte Becher:* vgl. Edmund Spenser, *The Faerie Queene* (1590–96), II,12.57.

32 *Millenium ... zeigen:* vgl. Offb. 20,1–5 und Jes. 11,6–9.

33 *»Der Durst ... göttlichem Trank«:* vgl. Ben Jonson, »Drink to Me Only with Thine Eyes«.

Siebentes Buch

1 *einen ... am Wege fand:* vgl. Luk. 10,31–37.

2 *geweint:* vgl. Luk. 22,62.

3 *»Im Tod ... nicht getrennt«:* vgl. 2. Sam. 1,23.

Literaturhinweise

Werke

Scenes of Clerical Life (1858).
Adam Bede (1859).
»The Lifted Veil« (1859).
The Mill on the Floss (1860).
Silas Marner: the weaver of Raveloe (1861).
Romola (1863).
»Brother Jacob« (1864).
Felix Holt, the radical (1866).
The Spanish Gypsy (1868).
Middlemarch: a study of provincial life (1871/72).
The Legend of Jubal and other Poems (1874).
Daniel Deronda (1876).
Impressions of Theophrastus Such (1879).

Standardausgabe

The Works of George Eliot. 20 vols. Edinburgh/London: Blackwood, 1878–80. (Cabinet Edition.)

Textkritische Ausgabe von »The Mill on the Floss«

George Eliot: The Mill on the Floss. Ed. by Gordon S. Haight. Oxford: Clarendon, 1980. (The Clarendon Edition of the Novels of George Eliot.)

Essays und Biographisches

George Eliots life as related in her letters and journals, arranged and ed. by her husband John W. Cross. 3 vols. Edinburgh 1885.
Haight, Gordon S. (ed.): The George Eliot Letters. Vols. 1–7. New Haven 1954–56. Vols. 8.9. Ebd. 1978.
Pinney, Thomas (ed.): Essays of George Eliot. London 1963.
Haight, Gordon S.: George Eliot. A Biography. Oxford 1968.

Bennett, Joan: George Eliot. Her Mind and Art. Cambridge 1948.
Hagan, John: A Reinterpretation of »The Mill on the Floss«. In: Publications of the Modern Language Association of America 87 (1972) S. 53–63.
Hardy, Barbara: The Novels of George Eliot: A Study in Form. London 1959.
– Particularities. Readings in George Eliot. London 1982.
Harvey, William J.: The Art of George Eliot. London 1961.
Knoepflmacher, U. C.: George Eliot's Early Novels: The Limits of Realism. Berkeley 1969.
– Religious Humanism and the Victorian Novel: George Eliot, Walter Pater and Samuel Butler. Princeton 1965.
Leavis, Frank R.: The Great Tradition: George Eliot, Henry James, Joseph Conrad. New York 1948.
Levine, George: Determinism and Responsibility in the Works of George Eliot. In: Publications of the Modern Language Association of America 77 (1962) S. 268–279.
Martin, Graham: »The Mill on the Floss« and the Unreliable Narrator. In: Anne Smith (ed.): George Eliot: Centenary Essays. London 1980. S. 36–54.
Paris, Bernard J.: Experiments in Life: George Eliot's Quest for Values. Detroit 1965.
Peterson, Carla: The Heroine as Reader. In: Comparative Literature Studies 17 (1980) S. 168–183.
Roberts, Lynne T.: Perfect Pyramids: »The Mill on the Floss«. In: Texas Studies in Literature and Language 13 (1971) S. 111–124.
Wiesenfarth, Joseph: Legend in »The Mill on the Floss«. In: Texas Studies in Literature and Language 18,1 (1976) S. 20–41.
Willey, Basil: Nineteenth Century Studies: Coleridge to Matthew Arnold. London 1949.

Sammelbände

Carroll, David (ed.): George Eliot. The Critical Heritage. London 1971.
Creeger, George R. (ed.): George Eliot: A Collection of Critical Essays. Englewood Cliffs 1970. (Twentieth Century Views.)
Draper, Ronald P. (ed.): George Eliot »The Mill on the Floss« and »Silas Marner«. London 1977. (Casebook Series.)

Haight, Gordon S. (ed.): A Century of George Eliot Criticism. Boston 1965.
– / VanArsdel, Rosemary T. (eds.): George Eliot: A Centenary Tribute. London 1982.
Hardy, Barbara (ed.): Critical Essays on George Eliot. London 1970.

Nachwort

Die Mühle am Floss, 1860 erschienen, ist George Eliots zweiter Roman, es folgten ihm noch fünf weitere. George Eliot war siebenunddreißig, als sie sich zum Schreiben entschloß, wenngleich sich ihr dies, wie ihr Tagebuch berichtet,[1] schon seit langem als Möglichkeit dargestellt hatte. Wohl nicht zufällig setzte sie sich, unmittelbar bevor sie ihre ersten Erzählungen *Scenes of Clerical Life* (1857; dt.: *Szenen aus dem Leben der Geistlichkeit*) schrieb, in einem Artikel für den *Westminster Review* engagiert mit dem Problem der Frau als Schriftstellerin auseinander und verwies trotz zahlreicher von ihr kritisierter Gegenbeispiele darauf, daß Frauen nicht nur befähigt seien, sehr gute Romane zu schreiben, sondern darin Dimensionen eröffnen könnten, die außerhalb männlicher Erfahrung und Gestaltungsmöglichkeit lägen.[2] Erfahrungs- und Gedankeninhalte in Kunst umzusetzen war die Aufgabe, die sie sich stellte, und ein Blick auf ihren Lebensweg kann bereits erste Hinweise auf das Material geben, dem sie schreibend Form gab.

Mary Ann Evans (George Eliots eigentlicher Name) wurde am 22. November 1819 als drittes Kind aus der zweiten Ehe ihres Vaters geboren. Robert Evans war Verwalter der Newdigates von Arbury Hall in Warwickshire und lebte mit seiner Familie in Griff House, unweit Coventry. Mary Ann verbrachte die meiste Zeit mit ihrem um vier Jahre älteren Bruder Isaac, bis beide auf Internate geschickt wurden. In Mrs. Wallingtons Boarding School in Nuneaton zog das ernsthafte kleine Mädchen die Aufmerksamkeit einer ihrer Erzieherinnen auf sich, einer tief religiösen Frau, der sie auch nach ihrer Schulzeit noch über Jahre hinweg freundschaftlich verbunden blieb. Durch sie fand sie Zugang zum

1 Vgl. Gordon S. Haight, *George Eliot. A Biography*, Oxford 1968, S. 206.

2 Thomas Pinney (ed.), *Essays of George Eliot*, London 1963, S. 300–324. – Der Artikel mit dem Titel »Silly Novels by Lady Novelists« erschien ursprünglich in *Westminster Review* 66, Oktober 1856.

Evangelikalismus, einer am Urchristentum orientierten Strömung innerhalb der anglikanischen Kirche, und entwikkelte später unter calvinistischem Einfluß einen religiösen Eifer, der sie mit puritanischer Strenge allen weltlichen Genuß verdammen ließ. Ein weiteres Ergebnis ihrer Schulzeit war ihre Belesenheit, die ihr, nachdem sie nach dem Tod ihrer Mutter 1836 nach Hause zurückkehrte, als Grundlage für ein ausgedehntes Selbststudium auf den verschiedensten Gebieten diente, was ihr in der Nachbarschaft den Ruf einer gelehrten jungen Dame eintrug.
Ihr kritischer Geist und ihr religiöser Eifer gerieten schon bald in Konflikt miteinander, und mehr und mehr beschäftigten sie Zweifel an der Richtigkeit der christlichen Lehre, die 1842 zum Bruch mit der anglikanischen Kirche führten und dazu, daß sie sich intellektuellen, freidenkerischen Kreisen anschloß. 1844 begann sie auf Veranlassung eines ihrer Freunde Strauß' *Das Leben Jesu* zu übersetzen, einige Jahre später übersetzte sie Feuerbachs *Das Wesen des Christentums*, ein Werk, das einen außerordentlich großen Einfluß auf sie ausübte. Beruflich wandte sie sich darüber hinaus dem Journalismus zu und schrieb Rezensionen für den *Westminster Review*. Durch diese Tätigkeiten setzte sie sich nicht nur aktiv mit dem Geistesleben ihrer Zeit auseinander, sondern machte auch die persönliche Bekanntschaft vieler bedeutender Zeitgenossen. Ihre Beziehung zu dem Schriftsteller und Naturwissenschaftler George Henry Lewes, mit dem sie seit 1854 zusammenlebte, den sie jedoch auf Grund des damals geltenden Scheidungsrechtes nicht heiraten konnte, brachte ihr gesellschaftliche Feindseligkeit ein und führte zu einer tiefen Entzweiung mit ihrem Bruder Isaac. Diese Erfahrung mag, neben der ihr eigenen Sensibilität und Zurückhaltung, ein Grund dafür gewesen sein, warum sie ihre Romane, die sie bald darauf zu schreiben begann, unter dem Pseudonym »George Eliot« veröffentlichen ließ. Nacheinander erschienen die Romane *Adam Bede* (1859), *The Mill on the Floss* (1860; dt.: *Die Mühle am Floss*), *Silas Marner* (1861), *Romola* (1863), *Felix Holt* (1866), *Middle-*

march (1871/72) und *Daniel Deronda* (1876), daneben Gedichte, Essays, zwei kürzere Erzählungen und das dramatische Gedicht *The Spanish Gypsy* (1868; dt.: *Die spanische Zigeunerin*). Lewes war der entschiedenste Förderer ihrer eigenen schriftstellerischen Tätigkeit, sein Tod im Jahre 1878 beendete auch ihr literarisches Schaffen. 1880 heiratete sie einen langjährigen Freund, John Cross – ein Umstand, der ihren Bruder erstmalig wieder zu einem Brief an sie veranlaßte, den sie dankbar aufnahm. Am 22. Dezember desselben Jahres starb George Eliot.

Die Mühle am Floss gilt als ein im besonderen Maße autobiographisch gefärbter Roman. Sicherlich läßt sich unschwer in der Umgebung der Dorlcoter Mühle das Warwickshire der Kindheit George Eliots in Griff House wiedererkennen. Die Beschreibung des alten Saals in St. Ogg's verweist auf St. Mary's Guild Hall in Coventry, und auch der Rote Grund und der Runde Teich entsprechen geographischen Gegebenheiten ihrer nächsten Umgebung. Nottingham, ein Zentrum der Textilmanufaktur, diente als Vorbild für Laceham (engl. *lace* ›Spitze‹). Der Floss, der von so großer Bedeutung für das Buch ist, findet jedoch keine Entsprechung in Warwickshire; ein von den Gezeiten abhängiger und Überschwemmungen verursachender Fluß war nur an der englischen Ostküste zu finden, so daß George Eliot hier den Trent zum Vorbild wählte und diese Gegend Englands mit in das im Roman umrissene geographische Umfeld einbezog. Die genaue Beschreibung der Umgebung trägt wesentlich zur Atmosphäre des Buches bei, ebenso die Darstellung der Figuren, die sich vielfach ebenfalls auf reale Vorbilder zurückführen lassen. Vor allem in die Gestaltung von Tom und Maggie Tulliver dürfte vieles aus ihren eigenen Kindheitserfahrungen bis hin zum Bruch mit ihrem Bruder Isaac eingeflossen sein. Zeitlich ist der Roman in den dreißiger Jahren des neunzehnten Jahrhunderts angesiedelt – der Hinweis auf den Brand des Yorker Münsters (S. 166) ist nur ein Detail, das eine genaue historische Zuordnung ermöglicht –

und beginnt damit etwa dreißig Jahre vor der Zeit, in der er geschrieben wurde. Das Einflechten von allgemein- und gesellschaftspolitischen sowie naturwissenschaftlichen Problemen, die die Zeit beschäftigten, fördert das Bild der Epoche, das der Roman vermittelt.

Es wäre jedoch falsch, den Roman als autobiographisches Dokument oder als realistisches Zeitbild zu bewerten, denn er geht über beides hinaus. Beides, intensives eigenes Erleben sowie Auseinandersetzung mit den Geschehnissen und vor allem den geistigen Strömungen ihrer Zeit, geht ein in die zentrale Frage des Romans nach den Bedingungen und Möglichkeiten sinnerfüllter und damit zugleich moralischer menschlicher Existenz auf dem Hintergrund einer Welt, die kaum dazu angetan ist, diese zu befördern. So läßt sich etwa der Müller Tulliver als eine Figur begreifen, die der bäuerlichen Vergangenheit verhaftet ist und dem sich entwickelnden Industriestaat befremdet gegenübersteht, ohne an dessen Möglichkeiten, wie etwa sein Schwager Deane, teilhaben zu können – so ist auch der Einsatz von Dampfkraft eine Neuerung, die erst nach ihm in der Mühle eingeführt wird. Sein Bewußtsein oder eher Erahnen einer verwirrenden Welt, in der der einzelne Einflüssen ausgesetzt ist, die er nicht kontrollieren kann, ja, die sogar seinem Tun zuwiderlaufen und sich sprachlich nicht fassen lassen (». . . es hat sich alles so verdreht und in so unvernünftige Wörter verwickelt, daß man sich gar nicht mehr auskennt und ans Falsche gerät«, S. 25 f.), ist aber zugleich ein Grundproblem des modernen Menschen, dem sich die Welt nicht mehr als ein geordneter und damit Geborgenheit vermittelnder Kosmos darstellt, sondern als eine grundsätzlich fremde Macht. Dem beschränkten Intellekt des Müllers gelingt es nur durch eine Konstruktion des Aberglaubens – indem er Menschen, die ihm die Feindlichkeit der Welt repräsentieren, nämlich die Advokaten, als Geschöpfe des Teufels versteht und diesen letztlich mit einem in die Bibel eingetragenen Racheschwur beizukommen versucht –, das Verwirrende der Welt zwar nicht zu durchschauen, doch immerhin für sich zu erklären. Dies befähigt ihn aber zu keinem adäquaten Handeln, so daß er in unbesonnener Willkür schließlich seinen eigenen Ruin hervorruft und seine Familie in Armut stürzt.

Hierin erschöpft sich jedoch die Gestaltung der Figur des Müllers nicht. So wie Maggie noch nach Jahren, »als alle anderen sagten, ihr Vater hätte schlecht an seinen Kindern gehandelt« (S. 93), an die Zärtlichkeit und Güte ihres Vaters, der immer zu ihr stand, dachte, so ist es unerläßlich, diese Seite seines Charakters, seine »schwache Seite« (S. 103) mitzubetrachten. Die Liebe zu seinem »kleinen Mädel« ist es, die ihn über das Niedrige der Existenz eines törichten und jähzornigen Mannes hinaushebt und zu Handlungen von menschlicher Größe befähigt. Besonders deutlich wird dies im Verhalten gegenüber seiner Schwester Gritty, der er entgegen seinem ursprünglichen Vorsatz ihre Schulden erläßt. Ihm selbst unbewußt, wie das Ende des Kapitels (S. 116) ausdrücklich betont, haben sich Mitmenschlichkeit und Liebe als ein neuer, richtiger Maßstab seines Handelns behauptet. Daß diese Tat seinen finanziellen Ruin noch befördert, daß sie in den Augen anderer als unrichtig erscheint, ist ein Gegensatz, den der Roman nicht auflöst, nicht auflösen will und kann, sondern variiert immer wieder hervortreten läßt.

In der Gestalt des Mr. Tulliver werden Grundstrukturen des Romans deutlich, die in der Heldin Maggie vertieft und erweitert werden. Tullivers Tochter ist ihrem Vater in vielem ähnlich, nicht nur äußerlich, sondern auch in ihrer Neigung zu impulsivem Handeln. Auch ihr stellt sich die Welt als eine fremde, feindliche dar, auch sie verfällt ins Primitiv-Archaische, wenn sie ihren Fetisch, eine hölzerne Puppe, ersatzweise leiden läßt. Anders als ihr Vater versucht sie jedoch, sich dem Rätsel des Lebens auf rationale Weise zu nähern, durch Wissen, das sie sich aus Büchern begierig aneignet, ohne jedoch wirkliche Befriedigung darin zu finden. Für ihre Umwelt wird das dunkle, intelligente Mädchen zum Sonderfall, ein »Mißgriff der Natur« (S. 16), »zu aufgeweckt für 'ne Frau« (S. 15). In dem Spannungsverhältnis von Ererbtem und Individuellem wird ein weiteres Grundmotiv des Romans sichtbar. Mehr noch als für ihren Vater wird jedoch für Maggie Liebe zum zentralen Moment ihres Seins. Das Bedürfnis, geliebt zu werden, »das stärkste Bedürfnis überhaupt in Maggies Natur« (S. 49), sowie die Fähigkeit, selbst zu lieben, bestimmen ihr Verhältnis zur Wirklichkeit mehr als jedes rationale Erfassen.

Der Roman macht an verschiedenen Stellen deutlich, wie Liebe, obwohl ein letztlich unbegreifliches Phänomen, sich bildet und entwickelt an Eindrücken und Erfahrungen, die bis in die früheste Periode der Kindheit zurückreichen. Dies gilt für das besondere Verhältnis zu vertrauten Orten und Dingen (»wir könnten die Erde niemals so sehr lieben, wenn wir nicht unsere Kindheit auf ihr verbracht hätten«, S. 55; »... der Himmel weiß, wohin dieses Streben [nach immer Besserem] uns führen würde, wenn nicht unsere Neigungen die Eigenart hätten, sich um diese alten, minderwertigen Dinge zu schlingen, wenn nicht das, was uns im Leben lieb und heilig ist, seine tiefen, unverrückbaren Wurzeln im Gedächtnis hätte«, S. 211), dies gilt aber auch und in verstärktem Maße für das Verhältnis zu Menschen. Die ausführliche und detaillierte Beschreibung der Kindheit in den ersten beiden Büchern dient dem Aufzeigen der Entstehung und Entwicklung eines solchen Beziehungsgeflechtes. Wenngleich dem Interesse der Zeit an der Evolution des Menschen und der menschlichen Rasse verbunden, geht es George Eliot jedoch nicht um theoretische Durchdringung, sondern um Annäherung an, wie sie es formuliert, »das Geheimnis, das unter den Entwicklungsprozessen liegt«.[3] Die Betonung des Prozeßcharakters menschlicher Einstellungen und Neigungen vermittelt zugleich eine Begründung für zwei Handlungsdispositionen, die in ihrer jeweiligen Konkretisierung völlig unterschiedlich, ja sogar gegensätz-

3 Vgl. Gordon Haight (ed.), *The George Eliot Letters*, Bd. 3, New Haven 1954, S. 227.

lich sein können. Unter dem Einfluß langjähriger prägender Erfahrungen kann sich Liebe als ein Potential spontaner Zuneigung zeigen, sie kann aber auch im unbedingten Vertrauen auf Überkommenes Spontaneität durch Tradition ersetzen. Der Handlungs- und Beurteilungsmaßstab ergibt sich demzufolge einerseits aus dem, was Mitgefühl und Verständnis der Situation unmittelbar verlangen, andererseits aus dem, was schon immer als Richtschnur gegolten und sich bewährt hat. Diese Haltung wird besonders deutlich in der Familie Dodson, wo das Ererbte bis ins letzte, d. h. bis zur inhaltsentleerten Äußerlichkeit, oberstes Gebot ist, wo der Familiensinn wirksame Hilfe für Familienmitglieder gerade unmöglich macht. Daß dennoch ein ursprünglicher Sinn in diesem Traditionsbewußtsein vorhanden ist, scheint nur gelegentlich und auch nur in verzerrter Form auf, wie etwa im Verhalten Tante Gleggs gegenüber ihrer in Verruf geratenen Nichte Maggie. Dennoch, wie chaotisch wäre die Welt, bestände sie nur aus Tullivers. Ein Moment der Ordnung, der gesellschaftlichen Ordnung in der ungeordneten Welt, liegt in dieser auf Pflichtgefühl und Gerechtigkeit beruhenden Wahrung des Tradierten, so bedenklich sie auch sein mag, wenn sie zum unreflektierten Verhaltenskodex degeneriert ist, so daß man wie Tante Pullet in einem noch nicht dagewesenen Fall »gar nicht wissen konnte, wie man sich zu verhalten hatte« (S. 692).

Tom, der das Dodsonblut geerbt hat, wie Maggie das der Tullivers, macht sich die Prinzipien dieser Familie zu eigen, und an ihm werden diese, über das satirisch bloßgelegte Getue seiner Tanten hinausgehend, in ihrer Relevanz als Maßstäbe des Handelns deutlich. Unbedingte Loyalität gegenüber seinem Vater läßt ihn bis zur Selbstverleugnung für die Abzahlung der Schulden und die Wiederherstellung des guten Namens der Familie arbeiten und sich die Sorge für Mutter und Schwester zum Ziel setzen, doch sein Verhalten schlägt in kalte Starrheit um, wo es auf Ansprüche trifft, die jenseits des von ihm wahrgenommenen Weges

liegen. Die Geschwister Tom und Maggie bilden einen deutlichen Kontrast, doch es ist kein Kontrast von Gut und Schlecht, von Richtig und Falsch. Ebenso wie Toms Stärke, seine stolze Integrität, zugleich seine Schwäche, sein Unvermögen ist, so gerät auch Maggies Sensibilität, die sie zu liebender Mitmenschlichkeit befähigt, an ihre Grenzen, wenn sie in Träumerei und Wirklichkeitsflucht einmündet. Die Umgestaltung ihrer Welt in ihrer Phantasie ist ihr »Opium« (S. 65), ein Wort, das George Eliot in einem Brief wiederholt, in dem sie von der höchsten Berufung des Menschen spricht, die eben darin liegt, ohne ein solches Opium auszukommen.[4] Schon die einfühlsame Beschreibung von Toms Schulzeit, der das ganze zweite Buch gewidmet ist, verbietet es, ihn als eine negative Gegenfigur zu Maggie zu betrachten. Doch die unterschiedlichen Dispositionen haben hier zur Ausprägung zweier grundsätzlich verschiedener Konzeptionen geführt, von denen jede ihre eigenen Kategorien und ihre eigenen Wertmaßstäbe kennt. Unrecht verbindet sich für Tom unmittelbar und notwendig mit Strafe, so darf Maggie nicht mit ihm spielen, weil sie seine Kaninchen nicht gefüttert hat, und so unterschreibt er auch des Vaters Racheschwur. Für Maggie gehören zur Vorstellung von Unrecht hingegen Reue und Verzeihung, sie kann Toms strenges Verhalten nicht begreifen, denn »hatte sie ihm nicht gesagt, wie leid es ihr tue?« (S. 49). »Bin ich dir nicht ein guter Bruder?« fragt Tom die kleine Missetäterin in den Kategorien seines Wertsystems, und sie vermag nur mit den ihren zu antworten: »Ja, ... und ich ... ha-a-be dich so lieb« (S. 48). Ihre Auffassungen sind trotz der gemeinsamen Wurzel in kindlicher Erinnerung unvereinbar, berühren sich kaum, und wenn Tom auch nicht als Maggies Widerpart angesehen werden kann, so erscheint doch ihre Konzeption als die tiefere, menschlichere.
Die Abhängigkeit von Zeit und Entwicklung, die enge Verknüpfung von Vergangenheit, Gegenwart und Zukunft, die

4 *The George Eliot Letters*, Bd. 3, S. 366.

der Roman so deutlich hervorhebt, hat zwei Komponenten. Zum einen verweist sie auf den Entwicklungsprozeß der Natur, in der der einzelne Mensch sowie die Menschheit allgemein Teil einer umfassenden Genese sind. Nur ein Jahr vor *Die Mühle am Floss* war Darwins *Vom Ursprung der Arten* erschienen, ein Werk, dessen epochemachende Wirkung George Eliot unmittelbar erkannte.[5] Zum anderen deutet sie, wie bereits das Verhältnis von Erbe und Tradition gezeigt hat, zugleich die Stellung des einzelnen im Kontext der gesellschaftlichen Wirklichkeit an, die ihn als Produkt seiner Umwelt und der Umstände, in die er hineinversetzt ist, erscheinen läßt. Auch dies war eine Frage, die die vom Positivismus geprägte Zeit beschäftigte und die die Psychologie des zwanzigsten Jahrhunderts unter dem Aspekt der Formung durch das Milieu weiterverfolgte. John Stuart Mill, dessen Philosophie George Eliot nahestand, spricht von der Notwendigkeit, mit der das einzelne Leben geprägt und bestimmt ist, die aber auf Grund der Komplexität der Einflüsse und der Unmöglichkeit, alle zu erfassen, niemals im voraus bestimmt werden kann.[6] Aus der Perspektive der Gesamtentwicklung scheint der einzelne bedeutungslos zu sein, »ameisengleich«, wie es im Roman von den Dodsons und Tullivers heißt (S. 379). Und abhängig wie er ist, bestimmt von Einflüssen, die auf ihn wirken, von vielfältigsten Ursachen, die er nicht durchschauen kann, doch deren Wirkung er zu spüren bekommt, scheint ihm kaum Spielraum gegeben, sich über diese seine Bedeutungslosigkeit zu erheben. Und mehr noch, führt der aufgezeigte Determinismus nicht zu völliger Unfreiheit, zur Unmöglichkeit selbstbestimmten, verantwortlichen Handelns? Um diesen Bereich zu erhellen, gibt der Roman ein Beispiel und betont das Beispielhafte und historisch Wirksame, indem er es in Form einer Legende tut. Es ist die Begebenheit, die – in Anlehnung an die Christophoruslegende – von Ogg, dem Sohn des Beorl, erzählt wird. Durch einen Akt der Mit-

5 *The George Eliot Letters*, Bd. 3, S. 227.
6 John Stuart Mill, *A System of Logic*, Bd. 2, London 1843, S. 494.

menschlichkeit, entgegen allen Vernunftgründen und allem persönlichen Interesse (»... es ist genug, daß dein Herz danach verlangt«, S. 161) erwarb er sich Segen für sich und zur Hilfe für andere. Eine einzige Handlung vermochte die Durchbrechung von Naturgesetzen zu bewirken, wie es in der Linderung der folgenden Flutkatastrophen symbolhaft deutlich wird, und seinem Leben Sinn zu verleihen, so daß er fortan als ein Heiliger betrachtet wurde. Doch wie sein Name zum Namen der Stadt erstarrt, die nicht unmenschlicher, aber auch nicht menschlicher ist als jede andere (vgl. S. 701), so geht auch das Gespür für den Sinn seines Tuns verloren, es wird nur noch in verschiedenen Handschriftenfassungen überliefert. Das Einfügen der Legende verdeutlicht jedoch, daß es eine Möglichkeit gibt, die bedeutungslose Niedrigkeit des Lebens zu transzendieren und ihm einen neuen Wert zu verleihen. Die religiöse Begrifflichkeit, die das Buch durchzieht, macht deutlich, daß George Eliot, die sich vom traditionellen Glauben losgesagt hatte, ohne Religion schlechthin zu verachten,[7] im Leben selbst eine religiöse Dimension aufzuspüren suchte, keine von Jenseitsglauben bestimmte Abkehr vom Irdischen, sondern eine immanente Religion, die das Leben heilig macht, eine »Religion der Menschlichkeit«, die vom Positivismus Comtes, vor allem aber von der Religionskritik Feuerbachs[8] entscheidend beeinflußt, jedoch aus ihrem eigenen Ringen um eine Religion, die den Menschen wahrhaft menschlich macht, entstanden ist. Kernstück dieser Religion ist Moral um ihrer selbst willen, ohne Aussicht auf Belohnung, ohne Furcht vor Strafe. Ihre Tugend ist Mitmenschlichkeit, ihre Sünde Egoismus. In diesem Sinne spricht der Roman von der Kindheit als einem paradiesischen Zustand, erst mit dem Beginn der Jugend sind die »goldenen Pforten« (S. 267)

7 Zu George Eliots eigenem Verhältnis zu Religion vgl. ihren Brief an F. D'Albert-Durade vom 6. Dezember 1859 in *The George Eliot Letters*, Bd. 3, S. 230f.

8 Zu George Eliots Übereinstimmung mit Feuerbach vgl. *The George Eliot Letters*, Bd. 2, S. 153.

geschlossen. Die Kindheit ist kein idealer, glücklicher Zustand – Maggie hat genug unter der Lieblosigkeit von Mutter und Tanten und unter der Strenge Toms zu leiden – sie ist eine Zeit der Erfahrung, des Begründens von Beziehungen, des Lernens von Liebe, in der noch keine Entscheidung für oder gegen das Gebot der Mitmenschlichkeit getroffen werden kann. Die entscheidende Erfahrung, die Maggie macht, nachdem sie durch das Unglück ihres Vaters in die Welt der Erwachsenen hineingestoßen wurde und dort Leid, Elend und Unzufriedenheit mit sich und anderen durchzumachen hat und ohne Orientierung ist, trägt den Charakter einer plötzlichen Bekehrung. Wie ein zweiter St. Ogg, der sie um ihrer Not willen an ein anderes Ufer bringt, ist ihr die Schrift des Thomas von Kempen, ist ihr die schweigende Hand, die ihr dort Wegzeichen gesetzt hat, als die »Stimme eines Bruders« (S. 406) eine Hilfe, die ihr Zugang zu der Erkenntnis vermittelt, daß Egoismus der Sinnfindung entgegensteht, daß nur Selbstverleugnung und Entsagung sie aus ihrer inneren Not befreien können. Wieder zeigt sich, daß die vom Ablauf der Zeit, durch Entwicklung und Tradition und Umstände erfolgte Bestimmung des einzelnen durchbrochen wird durch eine Verbindung der Menschlichkeit über Jahrhunderte hinweg. Doch zugleich zeigt sich, daß dies schwierig und voller Kämpfe für den einzelnen ist. Maggies Bekehrung versetzt sie nicht in eine ideale Existenz, und dies nicht nur, weil sie zu jung ist, um die »innerste Wahrheit der Ergießungen des alten Mönchs« (S. 405) zu erfassen. Ihre Natur und die Erfahrungen ihres bisherigen Lebens lassen sich nicht durch einen Willensakt unterwerfen. Es fällt ihr leicht, ihr Verhalten gegenüber dem geliebten Vater nach der neuen Maxime der Selbstverleugnung auszurichten, doch Philips Drängen auf heimliche Freundschaft, das ihrem noch immer bestehenden Wunsch nach Wissen, nach Freude, nach Literatur und Musik entgegenkommt, läßt sie in Konflikt geraten, zumal Philips Anspruch gerade auch durch das Gebot der Mitmenschlichkeit bestätigt wird. Ihre Zeit als Erzieherin, von der der

Roman nichts berichtet, läßt sie schließlich wieder in dem alten Zustand der Unzufriedenheit und Suche zurück. Sie muß sich ein zweites Mal, gegen ihre Liebe zu Stephen, die von Egoismus bedroht ist, weil sie Unrecht gegenüber anderen darstellt, für Selbstverleugnung und Entsagung entscheiden, diesmal nicht in einem Akt der Bekehrung, sondern in einer Entscheidung für die Wahrheit der in der Vergangenheit begründeten Motive, die sich ihr als das offenbaren, was das Leben heilig macht (vgl. S. 662). Indem sie die aus der Kindheit herrührende Liebe zu Lucy und zu Philip zum bestimmenden Moment einer moralischen Entscheidung macht, bewirkt sie eine Synthese von determinierender Vergangenheit und frei verantwortetem Handeln, erkennt als den Gegensatz zu Determinismus nicht Freiheit, sondern Willkür (»Wenn die Vergangenheit uns nicht binden sollte, wo kann dann die Pflicht liegen? Wir hätten kein Gesetz als die Neigung des Augenblicks«, S. 659).
Daß George Eliot die Anerkennung selbstloser Mitmenschlichkeit als höchste Stufe einer Werthierarchie nicht nur als außergewöhnliche Leistung eines einzelnen, sondern bei aller Skepsis gegenüber dem Fortschrittsglauben ihrer Zeit durchaus im Sinne eines Schrittes der auf Vervollkommnung tendierenden menschlichen Gesellschaft insgesamt sah, zeigt die Tatsache, daß Maggie selbst wiederum zum Mittel für andere, für Philip und Lucy nämlich, wird, gleichfalls diesen Prozeß zu vollziehen. Philip bekennt in seinem Brief an sie, daß die Leidenschaft für sie, die er bisher für das Höchste hielt, dessen seine Natur fähig wäre, ihn in ein »erweiterte[s] Leben« eingeführt hat, »das ständig wächst, indem es sich das Leben anderer zu eigen macht« (S. 698). Lucy, die in einem Paradies zu leben schien (vgl. Kap. VI,1), in einem Paradies jedoch, das ungleich dem der Kindheit eine Illusion war, da es den früheren Zustand unreflektiert und ohne Anforderungen an eigenes moralisches Handeln in die Erwachsenenwelt hinübernahm (»ich habe nie dergleichen durchmachen müssen«, S. 517), betrachtet Maggie trotz des ihr zugefügten Leides als die moralisch Überlegene (»du bist

besser als ich«, S. 708), weil sie deren Konflikt und dessen Ergebnis anerkennt.

Maggie selbst unterwirft sich dieser Werthierarchie nach äußerstem Kampf mit sich selbst, einem Kampf der der Werthierarchie korrespondierenden Elemente Verstand und Gefühl. Es geht nicht darum, daß ein übermächtiges Gefühl, Maggies Liebe zu Stephen, letztlich vom Verstand bezwungen wird, sondern im Gegenteil um einen Prozeß, an dessen Ende Gefühl sich von allen rationalen Erwägungen entkleidet als Wahrheit darstellt. Was in der Legende von St. Ogg vorweggenommen ist, was als in Maggies Natur begründet vielfach aufgezeigt ist – ein Beispiel ist ihr intuitiv feinfühliges Verhalten gegenüber dem verwachsenen Philip, das, wie der Roman sagt, so war, »als wäre sie durch die vollkommenste Erziehung dazu angeleitet worden« (S. 256) –, findet einen Höhepunkt in Maggies Auseinandersetzung mit Stephen, in der ihr rationales Argumentieren zusammenbricht und sie sich ganz dem unterordnet, was ihr Herz sie tun läßt (vgl. S. 663 f.). Wenngleich Dummheit vielfach mit moralischer Beschränktheit verbunden ist – ein Beispiel ist Mrs. Tulliver –, so ist doch Moral nicht allein vom Verstand abhängig, im Gegenteil, der Verstand vertritt häufig die Position des Egoismus, wie in Stephens Argumentationsweise deutlich wird. Der ungebildete Bob hingegen ist eine der menschlichsten Figuren des Romans.

Die Motivkette von Gewordensein und Selbstbestimmung, von Menschheitsgeschichte und individueller Existenz, von Determinismus und Moral verdichtet sich am Ende vor dem Hintergrund des Bildes der Flutkatastrophe, die als Steigerung des immer wieder erwähnten stetig dahinfließenden Flusses die feindliche, bedrohliche, undurchschaubare Welt versinnbildlicht, in der der Zufall regiert und hölzerne Massen dem Leben ein jähes Ende setzen können. Diese Situation führt aber zugleich zur Erfahrung, daß »wir alle eins miteinander sind in den primitiven Bedürfnissen Sterblicher« (S. 718), daß die Menschheit insgesamt ein Potential an Menschlichkeit, an Mitmenschlichkeit besitzt. Maggies tiefe, unerschütterliche Erinnerungen (vgl. ebd.), die ihr Sein geprägt haben, münden jetzt ein in einen Akt selbstloser Liebe, indem sie Tom zu Hilfe eilt, und gerade dadurch eröffnet sie ihm, dessen Leben sie nicht retten kann, einen Einblick in »die Tiefe des Lebens«, die sich in Verantwortung und Integrität noch nicht erschöpft, »die außerhalb seines Sehvermögens gelegen hatte« (S. 721). Die Vision einer von Liebe bestimmten, bedeutungsvollen Existenz, die sich hier in einem Augenblick des Erkennens verwirklicht, führt unmittelbar zurück in das Paradies der Kindheit, die diesen Augenblick ermöglichte.

Man hat *Die Mühle am Floss* einen Bildungsroman genannt[9] auf Grund der Entwicklung, die die Protagonistin Maggie durchläuft. Doch will man den Begriff ›Bildungsroman‹ nicht so weit ausdehnen, daß er jede auf ein Ziel hin tendierende Entwicklung eines in der für einen Roman ohnehin konstitutiven Auseinandersetzung mit der Welt begriffenen Helden umfaßt, so ist seine Anwendung hier fraglich. Nicht Maggies Entwicklung ist das Thema des Buches, sondern das Beziehungsgeflecht, in dem sich diese Entwicklung abspielt, das Verhältnis des individuellen Lebens zum Allgemeinen des Kontinuums von Geschichte und Natur. Maggie wächst nicht in eine sinngebende Welt hinein, sondern es wird eine Konzeption von Sinnerfüllung und moralischem Handeln aufgezeigt, die mit Menschsein ursprünglich verbunden und gleichwohl utopisch ist.

Die Einbettung des individuellen Schicksals in den Kontext der bestimmenden Menschheitsgeschichte, in deren Gegenwart Vergangenheit und Zukunft enthalten sind, wird entscheidend mitgetragen von der Funktion des Erzählers in diesem Roman. Der auktoriale Erzähler, der das Geschehen von Anfang bis Ende überschaut und dem Leser darbietet, sich mitunter direkt an diesen wendet und die Handlung

9 Vgl. A. W. Bellringer, »Education in *The Mill on the Floss*«, in: *Review of English Literatur* 7 (1966) S. 52–61: »It is surely the best Victorian achievement in the form of the *Bildungsroman.*«

kommentierend begleitet, ist gerade im viktorianischen Roman ein beliebtes Mittel, zumal es auch den vielfach didaktischen Intentionen der Zeit entgegenkommt, wurde in der weiteren Entwicklung der Gattung jedoch zunehmend subtil gehandhabt. In George Eliots eigener Romanproduktion läßt sich ein Rückgang des Anteils an kommentierendem Eingreifen des Erzählers im Spätwerk gegenüber dem relativ frühen *Die Mühle am Floss* erkennen.[10] Dennoch wäre es verfehlt, eine noch zu überwindende Schwäche in der Erzähltechnik darin zu sehen, da der Einsatz des Erzählers eng mit der Thematik des Romans verbunden und damit funktional ist. Es ist keineswegs so, als habe der Erzähler die Aufgabe zu übernehmen, Bedeutungsebenen aufzuzeigen, die die Handlung selbst nicht zu vermitteln vermöchte. »Warum sag ich dir wohl immer, vom Wasser wegzubleiben? Eines Tages wirst du hineinfallen und ertrinken, und dann wird es dir leid tun, daß du nicht auf deine Mutter gehört hast« (S. 16), sagt Mrs. Tulliver zu ihrer Tochter Maggie, und damit wird nicht nur ein vorausdeutender Hinweis auf das Ende des Romans gegeben, sondern zugleich werden die konfliktträchtigen Positionen der impulsiven Tulliver-Tochter und der autoritätsgläubigen Dodson-Mutter, wobei sich die Beschränktheit letzterer ironisch enthüllt, veranschaulicht, ohne daß ein Kommentar vonnöten wäre.
Ein wenig später, als Maggie wegen der verhungerten Kaninchen von Tom gescholten wurde, wird ihre Reaktion aus dreifach wechselnder Perspektive beschrieben. »Maggie stand, von ihren Schluchzern abgesehen, bewegungslos da – vielleicht eine Minute lang oder zwei. Dann drehte sie sich um und rannte ins Haus und auf ihren Speicher, wo sie sich auf den Fußboden setzte und mit dem Gefühl tiefsten Elends ihren Kopf gegen den wurmstichigen Balken legte« (S. 48). Hier wird vom Erzähler als Beobachter äußeres Geschehen geschildert. Erst im letzten Satz deutet sich ein Wandel an,

10 Vgl. W. J. Harvey, *The Art of George Eliot*, London 1961, S. 247. Harvey gibt das Verhältnis der Erzählerkommentare für *Die Mühle am Floss* mit 1 : 14, für *Middlemarch mit* 1 : 33 an.

indem das beobachtete Geschehen interpretiert wird als Zeichen eines Gefühlszustandes. Dieser aber wird unmittelbar weitergeführt, nun jedoch aus der Sicht Maggies, in Wiedergabe der sie bewegenden Gedanken: »Tom war nach Hause gekommen, und sie hatte gedacht, wie glücklich sie sein würde – und jetzt war er grausam zu ihr. Was konnte ihr etwas bedeuten, wenn Tom sie nicht liebhatte? Oh, er war grausam! Hatte sie ihm nicht das Geld geben wollen, und hatte sie ihm nicht gesagt, wie leid es ihr tue? Sie wußte, daß sie ungezogen zu ihrer Mutter war, aber sie war nie ungezogen zu Tom gewesen – hatte nie ungezogen zu ihm sein *wollen*« (ebd.). Die in indirekter Rede vermittelten Gedanken münden nun in einen direkten Ausruf Maggies ein, der auch tatsächlich laut ausgesprochen wird (»›Oh, er ist grausam!‹ Maggie schluchzte laut«), worauf der Erzähler dann seine allwissende Position einnimmt und Maggies inneren Zustand mit einem Anflug von distanzierender Ironie darstellt (». . . und der hohle Widerhall aus dem großen leeren Speicher gefiel ihr in ihrer Verzweiflung. Sie dachte nicht einmal daran, ihren Fetisch zu schlagen oder zu schinden, sie fühlte sich zu erbärmlich, um wütend zu sein«). Die Ironie ist Ausdruck der Beurteilung durch den psychologisch versierten Erwachsenen, sie ist jedoch nicht Schlußpunkt, sondern Übergang zu dem nun kommentierenden Nachsatz des Erzählers über kindlichen Kummer im allgemeinen, durch den die überlegene Position des Erwachsenen zurückverwiesen wird auf das Absolute kindlicher Erfahrung, das sich in der Beschreibung Maggies angedeutet hatte (»Dieser bittere Kummer der Kindheit – wenn Kummer selbst noch ganz neu und fremd ist, wenn die Hoffnung noch keine Flügel hat, um über Tage und Wochen hinwegzufliegen, und wenn die Zeit von Sommer zu Sommer noch unermeßlich scheint«; ebd.). Zugleich findet hier eine Ausweitung auf ein generelles psychologisches Phänomen statt, das die Episode mit der für den Roman so wichtigen Beziehung von individueller Existenz und den Grundlagen menschlichen Seins verbindet.

Die Vorverlegung des Geschehens auf einen Zeitraum, der zwanzig bis dreißig Jahre vor dem Entstehungszeitpunkt des Buches liegt, gibt nicht nur die Möglichkeit eines umfassenden, weil aus der Distanz gesehenen Bildes einer Epoche, gibt nicht nur die Möglichkeit, autobiographischer Erinnerung durch Authentizität Lebendigkeit bei gleichzeitiger rückblickender Reflexion zu verleihen, es spiegelt sich darin vielmehr das Bewußtsein einer sich beständig ändernden, fortschreitenden menschlichen Gesellschaft, deren Fortschritt jedoch brüchig erscheint, da er Vervollkommnung nur als Möglichkeit, nicht als Faktum enthält. Der Erzähler, dem im Wachhalten des Bewußtseins des zeitlichen Abstandes eine weitere Funktion zukommt, verweist verschiedentlich mit Ironie auf die scheinbar so aufgeklärte Gegenwart (»... diese [...] Tage [...] weiter kommerzieller Anschauungen und weiter Philosophie«, S. 389) und enthüllt in deren Trennung von der altmodischen Vergangenheit einen Rückschritt, der in der Abkehr von überkommenen Werten begründet ist: »Ich erzähle die Geschichte sehr einfacher Leute, die niemals erhellende Zweifel an persönlicher Integrität und Ehre hegten« (ebd.). Dagegen läßt er mit gelegentlichen Verweisen auf Autoritäten der Antike ein Moment der Zeitlosigkeit, der Grundtatsachen menschlichen Lebens einfließen, das seinerseits wieder dem Zusammenhang von Vergangenheit, Gegenwart und Zukunft Gewicht verleiht.
Auf diese Weise stellt der Erzähler die Handlung nicht nur dar, begleitet sie nicht nur, sondern tritt aus ihr heraus, um ein zeitliches und damit für diesen Roman wesentliches Spannungsverhältnis zwischen seinen Bedeutungsdimensionen zu erzeugen. Pathos verständnisvoller, mitfühlender Nähe und distanzierende Ironie fallen nicht auseinander, sondern bedingen einander. Gemeinsam sind sie Ausdruck der Annäherung an das, was George Eliot »das Geheimnis, das unter den Prozessen liegt« nannte.

Eva-Maria König

Inhalt

Englische Romane

IN RECLAMS UNIVERSAL-BIBLIOTHEK

Jane Austen: Emma. Übers. U. u. Ch. Grawe. Nachw., Anm. Ch. Grawe. 7633 [5]

Jane Austen: Kloster Northanger. Übers. U. u. Ch. Grawe. Nachw., Anm. Ch. Grawe. 7728 [4]

Jane Austen: Stolz und Vorurteil. Übers. U. u. Ch. Grawe. Nachw., Anm. Ch. Grawe. 9871 [5]

Jane Austen: Verstand und Gefühl. Übers. U. u. Ch. Grawe. Nachw., Anm. Ch. Grawe. 7836 [5]

Daniel Defoe: Glück und Unglück der berühmten Moll Flanders. Übers. M. Erler. Nachw. W. Pache. 9939 [5]

Oliver Goldsmith: Der Pfarrer von Wakefield. Übers. O. Weith. Nachw. E. Wolff. 285 [3]

Thomas Hardy: Tess von den d'Urbervilles. Übers. P. Baudisch. Neu hrsg. von N. H. Platz. 9935 [7]

Nathaniel Hawthorne: Der scharlachrote Buchstabe. Übers. P. Saatmann. Nachw., Hrsg. B. Scheer-Schäzler. 9454 [4]

Herman Melville: Moby Dick. Übers. A. u. H. Seiffert. Nachw. R. Sühnel. 9369 [9]

Laurence Sterne: Tristram Shandy. Übers. O. Weith. Nachw. E. Wolff. 1441 [8]

Robert Louis Stevenson: Die Schatzinsel. Übers. O. Weith. Nachw. W. Pache. 4856 [3]

Philipp Reclam jun. Stuttgart

gangenheit anzunehmen; die Weiblichkeit jedoch, die zu der Zeit als weniger machtvoll angesehen wurde, betrachtete den Fall melancholischer. Wenn Dr. Kenn nun dazu verleitet würde, diese Miss Tulliver zu heiraten! Man durfte auch hinsichtlich der besten Männer nicht allzu vertrauensvoll sein, ein Apostel hatte gesündigt und hinterher bitterlich geweint,[2] und gleichwohl die Verleugnung des Petrus nicht allzugut auf den Fall paßte, so täte es doch seine Reue ganz gewiß.

Maggie hatte erst seit wenigen Wochen ihre täglichen Gänge zum Pfarrhaus gemacht, als die schreckliche Möglichkeit, daß sie irgendwann die Frau des Pfarrers werden könnte, so oft vertraulich besprochen worden war, daß die Damen anfingen zu diskutieren, wie sie sich ihr gegenüber in dieser Position verhalten sollten. Denn Dr. Kenn, so hörte man, hatte an einem Morgen eine halbe Stunde lang im Schulzimmer gesessen, als Miss Tulliver ihre Stunden gab – nein, er hatte dort jeden Morgen gesessen, er war einmal mit ihr nach Hause gegangen, er ging fast *immer* mit ihr nach Hause, und wenn nicht, dann besuchte er sie abends. Was für eine raffinierte Person sie doch war! Was für eine *Mutter* für diese Kinder! Es war genug, um die arme Mrs. Kenn sich im Grabe umdrehen zu lassen, daß sie nur wenige Wochen nach ihrem Tod in die Obhut dieses Mädchens gegeben waren. Würde er alle Schicklichkeit so weit vergessen, daß er sie heiratete, bevor das Trauerjahr um war? Männlicherseits war man sarkastisch und meinte: Nein.

Für die Miss Guest lag in dem Kummer, eine Torheit bei ihrem Pfarrer mitanzusehen, auch eine Erleichterung, wenigstens würde ihr Bruder sicher sein, und ihr Wissen um Stephens Zähigkeit war ein ständiger Grund der Beunruhigung für sie, daß er vielleicht zurückkehren und Maggie heiraten würde. Sie waren nicht unter denen, die dem Brief ihres Bruders nicht glaubten, doch sie vertrauten nicht darauf, daß Maggie bei ihrer Entsagung bleiben würde; sie argwöhnten, daß sie sich mehr vor dem

Davonlaufen als der Heirat gescheut hätte und sich nur deshalb noch in St. Ogg's aufhielte, weil sie auf seine Rückkehr zu ihr rechnete. Sie hatten sie schon immer für unangenehm gehalten, jetzt hielten sie sie für raffiniert und stolz und hatten ebenso gute Gründe für dieses Urteil, wie wir wohl alle für feste Überzeugungen derselben Art haben. Vorher waren sie nicht gerade entzückt von der beabsichtigten Verbindung mit Lucy gewesen, doch jetzt tat die Furcht vor einer Heirat zwischen Stephen und Maggie das ihre zusammen mit ihrer Entrüstung und ihrem echten Mitleid für das sanfte, verlassene Mädchen und ließ sie wünschen, er möge zu ihr zurückkehren. Sobald Lucy in der Lage wäre, das Haus zu verlassen, sollte sie Erholung von der bedrückenden Hitze dieses August suchen und mit den Miss Guest an die See fahren, und sie planten, Stephen zu bewegen, sich ihnen anzuschließen. Beim allerersten Hinweis auf Gerede, Maggie und Dr. Kenn betreffend, wurde der Bericht in Miss Guests Brief an ihren Bruder weiterbefördert.

Durch ihre Mutter oder Tante Glegg oder Dr. Kenn erhielt Maggie häufig Nachricht von Lucys allmählich fortschreitender Genesung, und ihre Gedanken waren ständig auf Onkel Deanes Haus gerichtet; sie hungerte nach einem Gespräch mit Lucy, wenn es auch nur für fünf Minuten wäre, um ein Wort der Reue auszusprechen, um von Lucys eigenen Augen und Lippen versichert zu werden, daß sie nicht an willentliche Treulosigkeit derer glaubte, die sie geliebt und denen sie vertraut hatte. Doch sie wußte, daß, auch wenn ihres Onkels Empörung ihr nicht seine Tür verschlossen hätte, die Erregung eines solchen Gesprächs Lucy verboten würde. Sie nur zu sehen, ohne zu sprechen, wäre schon Erleichterung gewesen, denn Maggie wurde verfolgt von einem Gesicht, das grausam war in seiner Sanftheit, einem Gesicht, das dem ihren zugewandt gewesen war mit Blicken des Vertrauens und der Liebe seit dem Dämmer-